CAMILLA WARNO

Die Rose von Westminster

Zum Buch

England, Ende des 13. Jahrhunderts: Als der Baron Edmund Mortimer eines Tages an die Tür ihrer bescheidenen Kate klopft, ahnt Anne, die Tochter eines Tagelöhners, noch nicht, dass ihr Schicksal eine folgenschwere Wendung nehmen wird. Unfreiwillig wird sie die Geliebte des Barons und muss sich mit ihrer Rolle am englischen Königshof arrangieren.

Jahre später hat es die „Rose von Westminster" zu Ansehen in der höfischen Gesellschaft gebracht. Aber hat sie dabei auch ihr eigenes Glück gefunden?

Als der Krieg mit Schottland ausbricht und sich die Ereignisse in Westminster überschlagen, sieht sich die junge Frau zur Flucht gezwungen. Zu Fuß schlägt sie sich bis nach Schottland durch, wo sie auf die Hilfe eines alten Freundes hofft. Doch die Schatten der Vergangenheit verfolgen sie bis in die Highlands ...

Zur Autorin

Camilla Warno entdeckte während ihres Studiums der Germanistik, Geschichte und Kunstgeschichte ihre Leidenschaft für das Schreiben von historischen Romanen. Im September 2019 erschien ihr Debütroman „Kendra: Der Ruf des Nordens".

Eine Inhaltswarnung zum Roman finden Sie auf Seite 560.

Camilla Warno

Die Rose von Westminster

Historischer Roman

© 2020 Camilla Warno

Korrektorat: Susanne Degenhardt
Coverdesign: Nadine Merschmann
https://coverfunken.jimdosite.com/
Bildmaterial: ©Depositphotos.com: @Mangoberry, @R-studio, @artlana, @AndreyPopov, @liqwer20.gmail.com

Herstellung und Verlag: BoD – Books on Demand, Norderstedt

ISBN: 978-3-752-62351-2

Bibliografische Information der Deutschen Nationalbibliothek:
Die Deutsche Nationalbibliothek verzeichnet diese Publikation in der Deutschen Nationalbibliografie; detaillierte bibliografische Daten sind im Internet über http://dnb.dnb.de abrufbar.

Die Recherche ist der Ausgangspunkt eines jeden historischen Romans. Sie basiert auf der Interpretation von Quellen und bietet uns einen Blick auf Wendepunkte der Geschichte und das Leben historischer Persönlichkeiten. Aber wer sind die Menschen hinter diesen Berichten? Die meisten Schriften des Mittelalters erzählen von ruhmreichen Königen, von gewieften Feldherren und einflussreichen Kirchenmännern, von Gelehrten und Mächtigen. Dieses Buch ist all denen gewidmet, deren Namen nicht in den Geschichtsbüchern auftauchen. Der Zofe, die ihrer Herrin in guten wie schlechten Zeiten zur Seite steht. Dem Jungen, der des Nachts in das feindliche Lager geschickt wird, um den Gegner auszuspionieren. Dem Knecht, der es wagt, gegen den Grundherren aufzubegehren. Der Feldarbeiterin, die durch ihre Mühen dazu beiträgt, dass ihr Dorf den nächsten Winter überleben wird. Menschen, die unsere Welt durch ihr Wirken zu der geformt haben, die wir heute kennen.

Prolog

»Aber natürlich werde ich dich zum Bankett begleiten.« Die junge Frau sah von ihrer Stickarbeit auf. Ihre himmelblauen Augen leuchteten fröhlich und ihre Lippen verzogen sich zu einem strahlenden Lächeln. Es war ein Lächeln, von dem man sagte, dass kein Mann am königlichen Hof ihm widerstehen konnte. Der Ältere nickte zufrieden, seine Zungenspitze fuhr vorfreudig über seine Lippen. Weniger wegen des Banketts. Sie beide waren sich darüber im Klaren, welcher Zeitvertreib auf das üppige Mahl an der Tafel folgen würde. Und dabei freute er sich umso mehr über die Gewissheit, dass allein *er* das Recht hatte, die Nächte mit seiner „kostbaren Rose", wie er sie manchmal nannte, zu verbringen.

»Komm nicht wieder zu spät«, ermahnte der Mann sie spielerisch und schob ihr das blonde Haar über die Schulter.

»Gewiss.« Die Jüngere bedachte ihn mit einem koketten Augenaufschlag und wandte sich dann wieder ihrer Stickarbeit zu, die in ihrem Schoß lag und darauf wartete, fertiggestellt zu werden. Sie sah erst von ihrer Tätigkeit auf, als das Echo seiner Schritte längst verhallt war und sie sich allein wusste. Achtlos warf sie das unvollendete Tuch auf die Kleidertruhe zu ihrer Linken und streckte ihre Beine aus, die vom langen Sitzen ganz steif geworden waren.

Sie erhob sich und begann, ein paar Schritte auf und ab zu laufen, so wie sie es immer tat, wenn sie sich auf seltsame Weise eingezwängt fühlte, obwohl das Gemach ihres Herrn mehr als großzügig bemessen war.

Lautes Geschrei, das vom Hof bis zum Fenster hinauf drang, ließ sie in der Bewegung innehalten. Die blonde Frau drängte sich an die Öffnung in der Mauer, um zu sehen, was dort draußen vor sich ging.

Im Hof hatte sich eine Menschenmenge um zwei junge Männer gebildet, die lautstark miteinander stritten. Die Kleidung der beiden verriet, dass es ein Page und ein Diener waren, die sich hier vor versammeltem Publikum zankten. Zwar konnte sie die Worte der Streithähne nicht verstehen, glaubte aber zu erkennen, dass der Page sein Gegenüber des Diebstahls bezichtigte. Ihre Vermutung wurde bestätigt, als dieser dem Diener einen Beutel aus der Hand entriss und dessen Inhalt offenbarte. Dabei fielen einige Silbermünzen klirrend auf den gepflasterten Hof. Beim Anblick der großen Summe zeigte sich Überraschung auf dem Gesicht des Lakaien, wurde aber wenig später von blankem Entsetzen abgelöst.

Die Beobachterin fragte sich, ob der Junge das Opfer eines üblen Streichs geworden war oder ob er das Geld tatsächlich entwendet hatte. Seufzend erkannte sie, dass es keine Rolle spielte. Der Page, vermutlich der Sprössling einer adeligen Familie, hatte den Diener beschuldigt und einen Beweis für die Tat präsentiert. Damit war das Schicksal des armen Burschen besiegelt. Man würde ihn des Diebstahls anklagen, ihn vom Hof verjagen, und er konnte sich glücklich schätzen, wenn er diesen mit beiden Händen verließ.

Aufgewühlt lehnte die blonde Frau ihre Stirn gegen die kühle Palastmauer. Sie hatte lange genug am königlichen Hof gelebt, dass sie sich über die allgegenwärtige Ungerechtigkeit nicht mehr wundern sollte. Dennoch hatte der Disput, dessen Zeugin sie gerade geworden war, ihre Welt für einen Augenblick ins Wanken gebracht. Denn der beschuldigte Diener hatte sie auf schmerzliche Weise an jemanden erinnert. Das Gesicht eines sommersprossigen Knaben war für einen Moment vor ihrem inneren Auge aufgeflackert. Es war Jahre her, dass sie ihn das letzte Mal gesehen hatte, und doch glaubte sie, nur die Hand ausstrecken zu müssen, um dem Jungen über die goldblonden Locken streichen zu können.

Erschrocken über die Intensität ihrer Einbildung wich die Dame einen Schritt zurück und atmete tief durch. Sie zwang sich, die

Erinnerungen zu vertreiben, die sie einst tief in ihrem Herzen verschlossen hatte und denen sie nur selten erlaubte, bis in ihr Bewusstsein zu dringen. Erinnerungen an ein Leben, das längst nicht mehr zu ihr gehörte.

TEIL I

1293

1

England, Northumberland, 1293

Anne richtete sich auf und rieb sich die müden Augen. Verschlafen sah sie sich in der Kate ihrer Familie um, in der es an diesem Morgen ungewöhnlich still war. Normalerweise wurde sie spätestens dann geweckt, wenn ihr jüngster Bruder, der zweijährige Alwin, am frühen Morgen lautstark nach seiner ersten Mahlzeit verlangte. Sein Schreien wurde meist noch unerträglicher, sobald er begriff, dass das Frühstück wieder nur aus einer winzigen Portion Haferbrei bestehen würde. Es war eine Enttäuschung, die ihn jeden Tag aufs Neue überkam, an die sich Anne und der Rest ihrer Geschwister jedoch längst gewöhnt hatten.

Doch heute gab Alwin keinen Mucks von sich. Im Schlaf hatte er sich an seine Schwester Janet gekuschelt und Anne musste zugeben, dass die beiden ein liebenswürdiges Bild abgaben. Dann schweifte ihr Blick zum Bett ihrer Eltern – ein klappriges Holzgestell, das mit Stroh ausgelegt war und die Bezeichnung eigentlich kaum verdiente. Aus dem Mund ihres Vaters drang ein leises Schnarchen und ihre Mutter lag wie immer dicht an die Wand gedrängt.

Anne atmete auf. Also würde sie noch ein wenig Zeit für sich haben, bevor der Tag begann und sie sich ihren Aufgaben widmen musste. Ein Lächeln stahl sich auf ihre Lippen. Wie gut, dass sie bereits wusste, wie sie diesen kostbaren Moment nutzen würde.

Vorsichtig, um kein Geräusch zu verursachen, griff sie nach ihren Ledersandalen und schlüpfte mit den bloßen Füßen hinein. Dann erhob sie sich, balancierte so über ihre schlafenden Geschwister, dass die Dielen nicht knarzten, und schnappte nach dem Henkel eines kupfernen Eimers, den sie unterwegs mit frischem Wasser befüllen wollte. Zuletzt griff sie nach dem geflochtenen Korb.

Als Anne die Tür von außen schloss, wurde sie von einer eisigen Brise erfasst, die sie augenblicklich frösteln ließ und eine Gänsehaut über ihre Haut sandte. Sofort wünschte sie sich in die Wärme ihres Nachtlagers zurück und war versucht, wieder hineinzugehen. Doch dann entschied sie, dass die heutige Gelegenheit zu kostbar war, um sie einfach so verstreichen zu lassen.

Auch hier auf der Straße war es noch vollkommen ruhig und sie fragte sich, ob es tatsächlich viel früher am Morgen war, als sie zunächst angenommen hatte. Die Sonne schob sich erst allmählich über den Horizont an der Wegbiegung, die das Ende ihrer Siedlung Dennmoral markierte, und der morgendliche Nebel hatte die Gräser am Straßenrand in glitzernden Tau gehüllt.

Anne kehrte dem Dorf den Rücken und schlug einen kleinen Feldweg ein, der in die Richtung des Waldes führte. Doch dieser war heute nicht ihr Ziel. Mit ihren Behältern in jeweils einer Hand stapfte sie mitten durch eine wilde Wiese, deren Pflanzen nun, zum Frühlingsbeginn, in die Höhe schossen. Sie ignorierte die kalten Tropfen, welche die taunassen Halme auf ihren Beinen hinterließen, und versuchte stattdessen, an die Belohnung für ihre Mühen zu denken, die sie schon in kurzer Zeit erwarten würde.

Als sie ihr Ziel erreicht hatte, stockte Anne der Atem. Die Blumenpracht, die sich vor ihr auftat, war einfach wundervoll, und obwohl sie diesen Ort nicht zum ersten Mal aufsuchte, war sie aufs Neue erstaunt, welches Paradies sich so nahe ihrer Siedlung verbarg. Sie hatte die Lichtung erst vor kurzem gemeinsam mit ihrem Bruder Will entdeckt. Mit einem Lächeln im Gesicht erinnerte sie sich an diesen Tag. Will und sie waren von ihren Eltern für das Sammeln von Feuerholz in den Wald geschickt worden, was allerdings eher in Herumalbern geendet hatte, wie so meistens, wenn sie für einen kurzen Moment der Aufsicht ihres strengen Vaters entfliehen konnten. Rein zufällig waren sie dabei von ihrem üblichen Weg abgekommen und auf diesen Ort gestoßen, an dem Wildblumen und Kräuter in riesiger Zahl wuchsen. Annes Herz hatte bei dem Anblick gejubelt und auch Will hatte sich ein breites Lächeln nicht verkneifen können, obwohl er ihr noch im selben Moment erklärt hatte, dass Blumen Weiberkram waren. Auch jetzt musste Anne schmunzeln, wenn sie an das zahnlückige Grinsen ihres Bruders dachte, der sich mit seinen dreizehn Jahren schon für einen gestandenen Mann hielt.

Bei dem Gedanken an ihn beschlich sie ein schlechtes Gewissen. Ob er ihr böse sein würde, dass sie ohne ihn losgegangen war? Mit einem Seufzen schüttelte sie ihre Ge-wissensbisse ab und suchte sich eine Stelle auf dem Moos, welches erfahrungsgemäß eine bequeme Sitzgelegenheit bot. Bestimmt hätte Will gemurrt, wenn sie ihn aus dem Schlaf gerissen hätte, und dann wäre vielleicht der Rest der Familie wach geworden.

Und außerdem ... Wenn sie ehrlich war, hatte sie ein paar Momente des Alleinseins, der Ruhe, dringend nötig. Eine Gelegenheit, der Enge ihres Zuhauses zu entkommen, dem permanenten Geschrei zu entfliehen.

Will war nicht nur ihr kleiner Bruder, er war auch ihr Verbündeter, wenn es darum ging, die üblen Launen ihres Vaters zu ertragen. Einmal hatte er Peter sogar Widerworte gegeben, was ihm seine charakteristische Zahnlücke eingebracht hatte. Allerdings war ihr Bruder eben auch ein aufgeweckter Junge, der von einem Tag in den anderen lebte und den vor allem interessierte, was sie heute zum Essen ergattern konnten. Er machte sich vermutlich längst nicht so viele Sorgen wie sie. Ob er überhaupt manchmal über seine Zukunft nachdachte?

Anne wusste es nicht, denn sie hatte Will ihre eigene Furcht nie anvertraut. Ihre Angst, ebenso zu enden wie ihre Mutter. Mit irgendeinem der anderen Tagelöhner verheiratet zu werden und ihr ganzes Leben damit zu verbringen, ihm alles recht zu machen, bis schlussendlich nur noch ein Schatten ihrer selbst übrig war.

Die Vorstellung betrübte Anne und sie sehnte sich danach, mit einer Vertrauten über ihre Zweifel zu sprechen. Aber ihre Mutter war mit ihren eigenen Problemen beschäftigt und in Dennmoral, wo ihre Familie erst vor ein paar Monaten hingezogen war, hatte sie bisher kaum Freundinnen gefunden. Und ihre Schwestern, die Zwillinge Emma und Janet, dachten mit ihren jungen Jahren noch nicht an derlei Dinge, worum sie die beiden sehr beneidete. Sie selbst zählte nun schon fünfzehn Winter und es war nur eine Frage der Zeit, bis man über ihre Zukunft entscheiden würde.

Anne versuchte, ihre tristen Gedanken zu verscheuchen, und sich mit dem Anblick der Blütenpracht vor ihrer Nase zu trösten. Es war bemerkenswert, welchen Wandel die Natur in den letzten Wochen vollzogen hatte. Der Winter war nun endgültig vorüber und der Frühling erweckte die Landschaft jeden Tag ein bisschen mehr zum Leben. Anne pflückte gerade eine leuchtend gelbe Blume, als ihr einfiel, mit wem sie vielleicht über ihre Sorgen reden konnte. Gilda, ihre Nachbarin. Zusammen mit Will hatte sie die betagte Frau schon öfters besucht, weil sie den Nachbarskindern manchmal einen Kanten Brot zusteckte. Anne hatte sich oft über ihre Großzügigkeit gewundert. Schließlich besaß die Witwe selbst fast keine Mittel. Seit dem Tod ihres Mannes musste sich die kinderlose Gilda selbst versorgen und hielt sich mit gelegentlichen Näharbeiten mehr schlecht als recht über Wasser. *Sicher würde sie sich über einen Strauß voller Frühlingsblumen freuen*, dachte Anne und begann, ein paar der gelben und violetten Blumen zu sammeln. Dazu pflückte sie eine Handvoll Kräuter, die hier ebenfalls wuchsen und von denen Gilda ihr einmal erzählt hatte, man könne aus ihnen einen heilsamen Trank gegen Erkältungen herstellen.

In den Korb legte sie außerdem ein paar Blumen, die sie ihrer Mutter schenken wollte, deren Gesicht schon lange kein Lächeln mehr gezeigt hatte. Anne konnte es ihr nicht verdenken. Für Sibilla war das Leben mit Annes grobem und trinkfreudigem Vater nie einfach gewesen, doch seit ihre Gesundheit sich dermaßen verschlechtert hatte, verschwand der hoffnungslose Blick gar nicht mehr aus ihren Augen. Zu Beginn war der Husten nur in den Wintermonaten aufgetreten, nun quälte sich Sibilla das ganze Jahr über an ihrer Krankheit, weshalb sie sich kaum um die Kinder kümmern konnte. Anne wusste nicht mehr, wann sie diese Aufgabe von ihrer Mutter übernommen hatte, aber sie erinnerte sich kaum an eine Zeit, in der sie nicht für ihre Geschwister verantwortlich gewesen war.

Für ein paar Atemzüge genoss Anne noch die Ruhe der Waldlichtung, dann machte sie sich auf den Rückweg nach Dennmoral.

Bei Gildas Kate angekommen, klopfte sie vorsichtig an und hoffte, die alte Frau nicht versehentlich geweckt zu haben. Doch als sich die Tür der Behausung öffnete, erschien die gedrungene Gestalt ihrer Nachbarin bereits komplett angekleidet. Ihre weißen Haare waren wie immer zum Großteil unter einem Tuch verborgen, ihr Überkleid an einigen Stellen fadenscheinig, aber sauber.

»Anne!« Gilda begrüßte sie mit einem freundlichen Lächeln und spähte neugierig nach draußen. »Was gibt es? Möchtest du hereinkommen? Du siehst ja reichlich durchgefroren aus! Setz dich ein wenig ans Feuer, gutes Kind!«, plapperte die Alte drauflos und bot ihr den Schemel nahe der Feuerstelle an.

Anne nahm dankbar Platz und streckte ihre klammen Hände in Richtung der Wärmequelle aus. Dann griff sie nach dem Korb hinter sich. »Die habe ich dir mitgebracht.«

»Für mich?«, murmelte die Witwe sichtlich erfreut und nahm die Blumen entgegen. »Wo hast du die denn her? Die sind wundervoll!« Gilda strahlte und legte den Strauß auf einem kleinen Tisch unterhalb des Fensters ab. »Du siehst, es braucht nicht immer einen Beutel voller Münzen, um etwas Schönes zu besitzen.«

»Das stimmt«, lachte Anne. »Sie sind von einer Waldlichtung, die ich erst vor kurzem mit Will entdeckt habe«, erklärte sie. »Außerdem habe ich noch die hier gefunden.« Sie legte die Kamillenblüten zu den Wildblumen.

»Du hast gut aufgepasst, Mädchen«, lobte Gilda sie. »Kamille kann ich immer gut gebrauchen.« Dann runzelte sie die Stirn. »Wie geht's denn der Mutter?«

»Der Husten will einfach nicht besser werden. Sie war schon lange nicht mehr richtig gesund, aber in letzter Zeit wirkt sie noch kraftloser als sonst.«

»Bald kommt der Sommer und die wärmere Luft wird ihr sicher guttun«, versuchte Gilda sie zu beruhigen, doch der sorglose Ton ihrer Stimme konnte Anne nicht täuschen. Die alte Frau kannte sich mit allerlei Krankheiten aus und wusste vermutlich, dass sich Sibillas Zustand nur durch ein Wunder bessern würde.

»Meine Geschwister sind noch so klein …«, begann Anne mit zitternder Stimme. »Vor allem Alwin.«

»Mach dir keine Sorgen über Dinge, die noch nicht eingetreten sind«, wies Gilda sie sachte zurecht.

»Wie könnte ich das nicht tun?« Anne schlug die Hände vor dem Gesicht zusammen. »Ich habe Angst, dass Vater mich schon bald an einen der Männer hier verheiraten wird. Aber ich kann meine Geschwister nicht allein lassen!« Sie schluckte schwer und wischte sich eine verirrte Träne von der Wange. »Sie brauchen mich.«

Gilda nickte. »Ich weiß, wie gut du dich um sie kümmerst. Aber eines Tages wirst du auch dein eigenes Leben führen müssen. Was ist mit deinem Bruder Will? Ist er nicht auch schon ein junger Mann? Zumindest ist er in der letzten Zeit so sehr in die Höhe geschossen, dass er mich nun überragt.«

Auf Annes Lippen stahl sich trotz ihrer Aufgebrachtheit ein Lächeln. »Fast jeder überragt dich, Gilda.« Die Witwe war tatsächlich von kleinem Wuchs und das Alter trug sein Übriges dazu bei, der gesetzten Frau etwas Zwergenhaftes zu verleihen. Anne, die für ihre fünfzehn Jahre bereits sehr hochgewachsen war, reichte sie gerade einmal bis zur Brust.

»Und Will«, kam sie zum Thema zurück, »der hat die meiste Zeit eigentlich nur Unfug im Kopf.« Anne sagte dies, ohne ihrem Bruder wirklich böse zu sein. Sie wusste, Will war sehr wohl auf ihrer Seite, wenn es darum ging, die Kleineren zu beschützen. Doch was die Haushaltsführung anging, war sie auf sich allein gestellt. Will zog es meist vor, sich mit den anderen Burschen in der Siedlung herumzutreiben, was sie ihm nicht einmal übelnahm.

»Manchmal wünsche ich mich einfach … weg«, sprach Anne einen Gedanken aus, den sie noch nie mit jemanden geteilt hatte.

Die Alte kniff die Augen zusammen. »Weg?«

»Ja.« Annes Blick schweifte zum Feuer. »Von alldem hier. Von Vater«, fügte sie leise hinzu. »Aber ich sollte mich nicht beschweren. Andere trifft es noch schlimmer.«

»Obwohl ich dich verstehen kann, hoffe ich doch, dass du deine Träume nicht gänzlich aufgibst.« Gilda wackelte mit dem Zeigefinger. »Denn dafür bist du noch viel zu jung.«

»Ich weiß gar nicht, ob ich Träume habe«, gab Anne nachdenklich zurück. »Außer vielleicht, unter Leuten zu leben, die etwas freundlicher sind als meine Eltern.«

»Da hast du's. Das ist doch schon ein Traum.« Gilda klatschte in die kleinen Hände. »Du hast so etwas an dir, Mädchen, so eine liebe Art, dass ich glaube, dir wird noch etwas Großartiges passieren.«

»Wirklich?« Anne blickte überrascht auf. Für sie sah es nämlich ganz danach aus, als würde ihre Zukunft hier in Dennmoral oder in einer der anderen ärmlichen Siedlungen an der englisch-schottischen Grenze liegen. Welche Alternative blieb einem Mädchen mit ihrer Herkunft auch?

»Ich sollte schon längst zuhause sein!«, rief sie erschrocken, weil ihr gerade bewusst geworden war, dass ihre Familie sie inzwischen sicher vermisste.

»Vorsicht, Kind! Du stolperst ja noch über deine eigenen Füße!«, lachte Gilda, als sie hektisch vom Schemel aufsprang und zur Tür hetzte.

»Bis zum nächsten Mal!«, verabschiedete Anne sich winkend und verließ eilig die Kate.

Wie Anne schon befürchtet hatte, war ihr Verschwinden zuhause nicht unbemerkt geblieben. Alle bis auf ihre Mutter waren auf den Beinen und sorgten für die übliche morgendliche Unruhe in der gedrängten Hütte. Alwin schrie, dass sie sich am liebsten die Hände auf die Ohren gepresst hätte, und die Zwillinge kauerten neben ihrer Mutter.

Doch am meisten fürchtete Anne ihren Vater, der sich wütend vor ihr aufgebaut hatte. »Wo bist du gewesen?«, herrschte er sie an und musterte sie skeptisch.

Anne zog instinktiv den Kopf ein, nicht zuletzt, um dem Geruch von abgestandenem Ale zu entgehen, den Peter schon morgens verströmte.

»Spazieren«, antwortete sie kleinlaut.

»Du hast dich alleine herumgetrieben?!«

Anne nickte und kämpfte gegen den Drang, ihm Widerworte zu geben. Sie wusste genau, dass er sich nicht um ihr Wohlergehen sorgte, sondern lediglich erbost war, dass sie nicht zur Stelle gewesen war, um ihm die lärmenden Kinder abzunehmen.

»Dieses schreckliche Geheule!«, beschwerte er sich auch gleich und wies auf das Kleinkind. »Du musst dafür sorgen, dass er still ist.«

Anne nickte wieder und wandte sich dann Alwin zu, dessen Schreie alarmierend heiser klangen. Dabei sandte sie Emma und Janet einen ärgerlichen Blick zu. Warum konnten die beiden sich nicht einmal für einen kurzen Moment um ihren Bruder kümmern?

Schließlich konnte sie nicht immer zur Stelle sein. Anne seufzte, wohl wissend, dass dies im Grunde genau das war, was Peter von ihr forderte.

»Wo ist der verdammte Kessel?«, hörte sie ihn hinter sich fluchen, dann stolperte er über irgendetwas. Geschirr schepperte gegen die Wand.

Anne war, als würde sich ein eiskalter Schauer über sie ergießen. Der Eimer! Sie hatte ihn bei der Blumenwiese stehen lassen.

»Anne!« Peter hatte sich zu ihr umgedreht.

Anne erhob sich und setzte Alwin vorsichtig bei ihren Schwestern ab. Es hatte keinen Sinn, es zu leugnen.

»Ich hab ihn wohl beim Spazieren vergessen. Es tut mir leid, Vater.« Sie schlug die Augen nieder, weil sie es nicht wagte, in seine wutverzerrte Miene zu sehen.

»Du hast *was*?!«

»Ich wollte ihn unterwegs am Fluss auffüllen, habe es dann aber vergessen.«

»Du dumme Gans! Weißt du, wie lange ich für einen neuen arbeiten muss?« Nun klang seine Stimme fast ein bisschen weinerlich.

»Ich werde ihn gleich suchen gehen«, versuchte Anne, ihn zu beruhigen. »Vielleicht ist er noch da.«

»Das wirst du allerdings! Aber glaub ja nicht, dass du so einfach davonkommst!« Seine rechte Hand umklammerte ein Holzscheit. Dann holte er aus. Anne hörte ihre Mutter hinter sich aufschreien.

Zu spät.

Das Holzstück fuhr quer über ihr Gesicht, hinterließ einen brennenden Schmerz, der bis in ihren Schädel drang. Sie spürte, dass Blut auf ihrer Stirn hervorquoll. Es verschleierte ihre Sicht und tropfte auf ihr Kleid hinab. Ihre Schwestern schrien erschrocken auf.

Anne stürmte aus der Hütte. Lief halb blind über die Straße und stieß mehr als einmal mit einem der Dörfler zusammen. Am Waldrand brach sie in heftiges Schluchzen aus. Ihr Kopf dröhnte, vor ihren Augen tanzten Sterne. Alles drehte sich.

»Anne!« Sie erkannte Wills Stimme. Er rannte auf sie zu und schloss sie stürmisch in die Arme. »Ich habe gehört, was passiert ist!« Als er das blutbesudelte Gesicht seiner Schwester besah, sog er vor Schreck die Luft ein. »Das sieht schlimm aus! Wir sollten es verbinden.«

Anne schüttelte kraftlos den Kopf. »Erst muss ich den Kessel wiederfinden. Sonst lässt er seinen Zorn noch an den anderen aus.«

»Dann gehe ich schnell zurück und hole ein Tuch. Wir treffen uns gleich wieder hier.«

»In Ordnung.«

Sie nahm den gleichen Weg wie am Morgen und stellte voller Erleichterung fest, dass der kupferne Eimer noch an der Waldlichtung stand. Wieso war sie nicht achtsamer gewesen, hatte sich ihren dämlichen Tagträumen hingegeben? Verärgert über sich selbst griff sie nach dem Behältnis und wanderte durch die Wiese zurück. In der Ferne sah sie Wills blonden Haarschopf um die Ecke biegen. Atemlos kam er vor ihr zum Stehen.

»Hier!« Er hatte ein sauberes Stück Leinen dabei, welches er nun vorsichtig auf ihre Wunde presste.

»Aua!« Anne schnappte nach Luft, als die Berührung einen Schmerz durch ihre Stirn sandte. »Wie sieht es eigentlich aus?«

»Es blutet nicht mehr so schlimm«, umging Will ihre Frage. »Vielleicht brauchst du doch keinen Verband.«

»Der würde mich eh nur bei der Arbeit stören.«

Ihr Bruder fasste sie bei den Schultern. »Du musst jetzt nicht zurückgehen«, meinte er ungewohnt einfühlsam. »Ich kann den Eimer genauso gut nach Hause bringen. Vielleicht wäre es ohnehin besser, wenn du Vater erstmal nicht unter die Augen kommst.«

»Das wäre lieb von dir«, gab Anne erleichtert zu. »Aber ich werde dich noch zum Fluss begleiten.«

Will nickte, ergriff ihre Hand, und so marschierten sie beide zum Fluss, der von den Bewohnern aufgrund seines ruhigen Wassergangs nur „Silent Creek" genannt wurde.

Auch heute strömte das Wasser gemächlich am Ufer vorbei, sodass Anne ihr Gesicht in der Oberfläche betrachten konnte. Beim Anblick ihres Spiegelbilds zuckte sie vor Schreck zusammen. Kein Wunder, dass Will ihrer Frage ausgewichen war. Der Schlag mit dem Holzscheit hatte eine Wunde oberhalb des linken Auges hinterlassen. So tief, dass die Haut an dieser Stelle ein wenig auseinanderklaffte. Der Bereich unterhalb der Verletzung war bläulich verfärbt.

Während Will den Kessel befüllte, versuchte Anne, den Bluterguss mithilfe des befeuchteten Lappens zu kühlen. Sie wusste nicht, ob dies wirklich half, doch das eisige Wasser beruhigte wenigstens ihren pochenden Schädel.

Dann bemerkte sie, dass ihr Bruder unschlüssig herumstand und sie beobachtete.

»Geh ruhig«, forderte sie ihn milde auf.

Will nickte, ohne den sorgenvollen Ausdruck in seinen Augen zu verlieren, und ging mit dem Eimer davon.

So blieb Anne alleine am Flussufer zurück und hatte ganz unverhofft jene Ruhe, nach der sie sich heute Morgen so gesehnt hatte. Nun konnte sie sich nicht mehr darüber freuen. Der Vorfall mit ihrem Vater hatte ihr wieder einmal gezeigt, zu welcher Brutalität Peter fähig war. Das jahrelange Trinken hatte seinen Geist zermürbt und zudem seine Arbeitskraft geschwächt, weshalb er nicht allzu oft eine Anstellung fand. Und Anne hatte so eine Ahnung, dass er auch die Stelle als Knecht eines Müllers, die er in Dennmoral angenommen hatte, nicht lange behalten würde. Bei dem Gedanken wurde ihr angst und bange. Dann, ganz vorsichtig, nahm eine Idee in ihrem Geist Form an. Sie könnte versuchen, selbst eine Arbeit zu finden. Ja, ein zusätzliches Einkommen für die Familie, das wäre eine Lösung. In der Siedlung wurde ein Paar arbeitswilliger Hände schließlich immer gebraucht. Hatte Gilda nicht letztens erzählt, dass die Familie des Leinenwebers nach Arbeiterinnen suchte? Der Gedanke gefiel Anne immer besser.

Sie hatte zwar keine Erfahrung mit dem Webstuhl, aber das nötige Handwerk würde sie sicher schnell lernen. Sie musste allerdings ihren Vater überzeugen, was wohl das schwierigste Unterfangen bei der Sache darstellte. Sie würde es geschickt angehen müssen und brachte es am besten erst zur Sprache, wenn sein Zorn etwas verraucht war. Bis dahin würde sie die Rückkehr nach Hause noch ein wenig hinauszögern. Sie hoffte nur, dass Will währenddessen die Stellung hielt, sodass dort wieder Ruhe einkehrte. Anne beschloss, den Vormittag zu nutzen, um sich schon einmal bei der Familie des Webers zu erkundigen.

Kurze Zeit später war sie bei dem länglichen Gebäude angekommen, das die Webstube beherbergte. Anne nahm ihren ganzen Mut zusammen, straffte ihre Schultern und klopfte zweimal kräftig an die Holztür. Für eine Weile tat sich nichts. Lediglich das monotone Klappern der Webstühle drang bis zur Pforte. Dann öffnete sich die Tür und ein beleibter Mann mittleren Alters trat hinaus.

»Was willst du?«, fragte ihr Gegenüber barsch. Seine Miene wirkte jedoch eher neugierig denn verärgert.

Erst jetzt wurde Anne bewusst, dass sie ein furchtbares Bild abgeben musste. Ihr Gesicht war übel zugerichtet, auf ihre Kleidung hatten sich neben den restlichen Flecken nun noch Blutstropfen gesellt, und an ihre Frisur hatte sie heute keinen einzigen Gedanken verschwendet.

»Entschuldigt die Störung, Meister«, brachte sie höflich hervor, während sich ihr Blick vor Aufregung und Scham auf den Boden heftete. »Die Witwe Gilda meinte, Ihr sucht noch Arbeiterinnen?«

»Da hat sie recht«, meinte der Mann nickend. »Und du siehst aus, als hättest du einen Lohn dringend nötig«, fügte er hinzu, als er Annes ärmliche Erscheinung maß. »Zu wem gehörst du überhaupt?«

Anne schluckte, denn diesen Moment hatte sie gefürchtet. »Zu Peter, der in der Mühle arbeitet.«

»Aha«, sagte der Webermeister nur und schien zu grübeln.

Anne wusste, dass ihr Vater es binnen kurzer Zeit geschafft hatte, sich in Dennmoral einen schlechten Ruf zu verdienen. Nicht nur trank er oft über den Durst. Mit seiner aufbrausenden Art eckte er immer wieder bei den Dorfbewohnern an. Würde man ihr trotzdem eine Chance geben?

»Ich werde es mir überlegen«, gab der Mann vage zurück. »Komm in einer Woche nochmal.«

»Das werde ich«, sagte Anne eilig, und die Hoffnung sprach nur allzu deutlich aus ihrer Stimme. Sie malte sich bereits aus, was sie von ihrem Lohn alles würde kaufen können.

Ein lauter Knall ließ sie aus ihrem Tagtraum aufschrecken. Der Meister hatte ihr die Tür einfach vor der Nase zugeschlagen. Allerdings überhörte Anne seine Worte nicht, als er drinnen sprach: »Was für ein seltsames Mädchen.« Obwohl ihre Situation alles andere als lustig war, musste sie unwillkürlich grinsen.

2

Nachdem sich ihre Aufregung über das Gespräch mit dem Webermeister ein wenig gelegt hatte, bemerkte Anne, wie schwach sie war. Ihre Beine drohten, unter ihr nachzugeben, und sie musste sich kurz gegen die Häuserwand lehnen. Wahrscheinlich war es die Verletzung, die sie taumelig machte. Oder war sie einfach nur hungrig? Schließlich hatte sie heute noch nichts zu sich genommen. Ihr Körper sollte an die andauernde Leere ihres Magens gewöhnt sein, aber heute wollte es Anne nicht gelingen, das unangenehme Gefühl in ihrem Bauch zu ignorieren. Da sie ein Zusammentreffen mit ihrem Vater hinauszögern wollte, konnte sie nicht nach Hause. Also machte sie sich zum zweiten Mal an diesem Tag auf den Weg zu Gilda, und hoffte, die alte Frau könnte eine kleine Stärkung für sie entbehren. Doch als sie bei der Kate der Nachbarin ankam, war diese leer.

Enttäuscht machte Anne kehrt und streifte durch die Straßen der Siedlung, bis sie beim Marktplatz von Dennmoral angekommen war. Sie bereute es nun, hierhergekommen zu sein, denn dieser Ort vereinte die verschiedensten Essensgerüche. Bauern, Fleischer und Bäcker boten hier ihre Waren feil und konnten sich über das rege Gedränge freuen, das heute zum Markttag im Zentrum des Dorfes herrschte.

Anne starrte sehnsüchtig zum Stand einer Bäckerin, wo sich riesige Brotlaibe an köstlich aussehende Honigkuchen reihten. Was hätte sie dafür gegeben, heute von der Süßigkeit zu kosten!

Erst nachdem sie mehrmals von anderen Kunden angerempelt worden war und der misstrauische Blick der Verkäuferin sie traf, brachte sie es über sich, dem Stand den Rücken zu kehren. Sie konnte hier nicht ewig verharren, ohne etwas zu kaufen. Gerade als sie in eine der Seitengassen verschwinden wollte, spürte Anne eine Hand auf ihrer Schulter. Die Berührung ließ sie zusammenzucken und sie fürchtete bereits, gleich in das wutverzerrte Gesicht ihres Vaters zu blicken. Überraschenderweise war es ein fremdes Antlitz, das ihr entgegensah.

Der Mann war nicht mehr jung, aber auch kein Greis. Er war von untersetzter Statur, sodass er sie nur um eine Handbreite überragte. Sein rundes Gesicht wies einige Falten auf und war von kurzgeschorenen, grauen Haaren umgeben. Das Auffälligste an ihm war jedoch seine Kleidung. Noch nie hatte Anne so eine edle Aufmachung aus der Nähe gesehen. Der Grauhaarige trug ein samtenes Wams, darüber eine breiten, mit Silberketten verzierten Gürtel. Seine stämmigen Schenkel steckten in dunklen Beinlingen.

Anne erkannte verblüfft, dass es sich bei dem Fremden um einen Edelmann handeln musste. *Sicherlich hat er mich mit jemandem verwechselt*, schoss es ihr durch den Kopf. Sie versuchte einen unbeholfen Knicks und war drauf und dran davonzueilen, um der peinlichen Situation zu entfliehen, als der Mann sie zurückhielt.

»Junge Dame!«

Anne erstarrte unter seiner Hand, die sich schon wieder auf ihre Schulter gelegt hatte. Was wollte der Adelige von ihr? Sie war schließlich alles andere als eine Dame, obwohl er sie gerade so genannt hatte.

»Mylord?«, brachte sie unsicher hervor.

»Keine Angst.« Der Fremde lächelte und entblößte dabei eine vollständige Zahnreihe. »Ich habe nur bemerkt, wie sehnlich du zu den Honigkuchen dort drüben geblickt hast.«

Anne sah verständnislos auf.

»Ich werde dir einen kaufen«, fuhr der Mann fort, als wäre dies nichts Besonderes, und trat an die Verkäuferin heran.

Anne wusste, dass sie sein Angebot spätestens jetzt hätte ablehnen sollen. Ihre Mutter hatte ihr stets davon abgeraten, Geschenke von Fremden anzunehmen, weil dahinter für gewöhnlich nie etwas Gutes steckte. Aber nicht heute. Heute, wo ihr Magenknurren und der süßliche Duft des Gebäcks sie fast um den Verstand brachten, hatte sie nicht die Kraft, zu widersprechen.

Verblüfft sah Anne dabei zu, wie der Mann nicht nur eines, sondern drei der Gebäckstücke erstand und zu ihr aufschloss.

»Setzen wir uns doch«, sagte der Grauhaarige und wies auf eine hölzerne Bank, die seitlich des Marktplatzes aufgestellt war und von der sich gerade zwei schwatzende Bäuerinnen erhoben hatten.

Anne leistete ihm wortlos Folge und konzentrierte sich darauf, das Zittern ihrer Hände zu verbergen, als er ihr die Honigkuchen überreichte. In dem Moment, als sich ihre Zähne in den weichen Teig gruben, meinte sie, vor Glück beinahe weinen zu müssen. Der klebrige Kuchen war köstlich und das erste Stück hatte sie in Windeseile aufgegessen.

»Danke ... edler Lord«, brachte sie kauend hervor.

»*Sir*«, verbesserte der Fremde sie lächelnd. »Sir Edmund Mortimer.«

»Sir Mortimer. Warum habt Ihr das getan?« Anne wies auf das Gebäck in ihrem Schoß.

»Nun, es ist offensichtlich, dass du eine Stärkung nötig hast«, meinte der Edelmann schulterzuckend. Dann tippte er sich mit dem Zeigefinger gegen die Stirn. »Wie ist das passiert?«

Aus einem unerfindlichen Grund löste seine Frage Scham in ihr aus. Anne räusperte sich. »Mein Vater. Mir ist ein Missgeschick passiert.«

Sir Mortimers Augenbrauen hoben sich missbilligend. »Ganz gleich, was du dir hast zuschulden kommen lassen. Niemand sollte seine Tochter so zurichten. Erst recht nicht, wenn sie von solcher Schönheit ist, wie der deinen.«

Anne verschluckte sich beinahe an ihrem Bissen. Hatte der Edelmann sie gerade für ihr Aussehen gelobt? Sie wusste nicht, was sie ihm antworten sollte, denn sie hatte noch nie ein Kompliment von einem erwachsenen Mann bekommen. Erst recht nicht von einem hohen Herrn! Für gewöhnlich wurde sie eher mit Begriffen wie „Lumpenmädchen" oder „Unnützes Ding" bedacht. Doch ein Blick in seine besorgten braunen Augen zeigte ihr, dass der Mann nicht gescherzt hatte.

Sie erhob sich. »Ich sollte jetzt gehen, Mylord.«

»Möchtest du den letzten Kuchen nicht mehr essen?«, fragte der Ältere sie augenzwinkernd.

»Nein. Den hebe ich für meine Geschwister auf.«

»Wie ehrenhaft von dir«, lobte Sir Mortimer sie und bei seinen Worten überkam Anne erneut ein seltsames Gefühl. »Wie viele Geschwister hast du denn?«

»Vier, Mylord.«

»Nun«, seufzte er und kramte mit seiner Hand in einem Beutel, der an seinem Gürtel befestigt war. »Dann solltest du ihnen ebenfalls etwas kaufen.«

Anne stockte beim Anblick der Silbermünzen der Atem. Und obwohl Sir Mortimer ihr das Geld unmissverständlich angeboten hatte, wagte sie es nicht, danach zu greifen.

»Nur zu«, drängte er sie und so streckte sie doch ihre Hand aus.

»Ihr seid sehr gütig, Herr«, bedankte sie sich bei ihrer Bekanntschaft und wollte zum Stand der Bäckersfrau eilen.

»Warte!«

Anne sah zu Sir Mortimer zurück, der auf der Bank sitzengeblieben war. »Wie ist dein Name?«

»Anne!«, rief sie ihm zu. »Anne, von Peter, dem Tagelöhner.«

Sie versank in einen weiteren ungelenken Knicks und reihte sich in die Schlange vor dem Brotstand ein. Allzu gerne hätte sie ihren

Geschwistern von der herrlichen Rascherei mitgebracht. Aber sie wusste, ein Brotlaib war die vernünftigere Wahl, würde er sie doch länger satt machen.

Der Andrang bei der Bäckersfrau war groß und so bot sich Anne während des Wartens die Gelegenheit, sich auf dem Dorfplatz umzublicken. Dabei bemerkte sie eine Gruppe von Bewaffneten, die sich vor einer Schenke versammelt hatte. Manche von ihnen trugen Rüstungen, einige nur einen Lederharnisch. Allesamt schienen sie ehrbare Männer zu sein. Genau wie Sir Mortimer! Plötzlich ärgerte sie sich, dass sie den Edelmann nicht nach dem Grund seines Besuchs in Dennmoral gefragt hatte. Es war schließlich alles andere als alltäglich, dass eine Gruppe Ritter – oder Soldaten, Anne war sich nicht sicher – hier in einer der ärmsten Gegenden des Landes auftauchte. Doch vorhin war sie viel zu schockiert über die Großzügigkeit Sir Mortimers gewesen, sodass sie keinen Gedanken an diese Frage verschwendet hatte. Ob dieser Trupp wohl in den Krieg zog? Anne konnte nur rätseln. Ihre Augen suchten den Marktplatz nach ihrer Bekanntschaft ab, Sir Mortimer konnte sie allerdings nirgendwo entdecken. Wenn sie ehrlich war, verspürte sie darüber ein bisschen Erleichterung. Obwohl sie ihm dankbar dafür war, dass er ihr und der Familie heute etwas zu Essen beschert hatte, hatte ihre Begegnung etwas Seltsames an sich gehabt. Seine Komplimente und die Art, wie er sie neugierig gemustert hatte, waren ihr etwas unpassend vorgekommen. Überhaupt, dass sie zusammen mit einem Edelmann auf einer Bank saß und Honigkuchen verschlang – gewöhnlich war dies ganz und gar nicht.

Als Anne an der Reihe war, musterte die Verkäuferin sie und ihr verdrecktes Kleid skeptisch. Ihre Gesichtszüge wurden jedoch weicher, nachdem Anne ihr die passende Anzahl an Münzen überreicht hatte. Im Gegenzug erhielt Anne einen großen Brotlaib, den sie fest an ihre Brust presste.

Auf dem Heimweg überlegte sie fieberhaft, welche Geschichte sie ihrem Vater auftischen sollte. Sicher würde er ihr nicht glauben, wenn sie ihm erzählte, dass ein edler Herr ihr den Brotlaib einfach so geschenkt hatte. Sie konnte es ja selbst kaum glauben!

Vorsichtig näherte sie sich der Hütte ihrer Eltern. Während sie immer noch über einer passablen Erklärung grübelte, betrat sie die Stube. Von Peter und Sibilla war keine Spur zu sehen. Vermutlich war ihr Vater bereits bei der Mühle. Wo ihre Mutter steckte, wusste Anne nicht, aber im Moment war ihr das nicht so wichtig. Stattdessen blickte sie glücklich in die Gesichter ihrer Geschwister.

Beim Anblick des Brotlaibs bekamen die Kinder riesige Augen.

»Wo hast du den denn her?«, fragte Will sie erstaunt.

»Erzähle ich dir gleich«, vertröstete Anne ihn und begann, den Laib in Stücke zu zerteilen, nach denen Emma, Janet und Alwin gierig ihre Hände ausstreckten.

Welche Wendung dieser Tag doch genommen hatte! Erst die Prügelstrafe durch ihren Vater und dann dieses überraschende Geschenk!

»Also.« Will stupste sie von der Seite an. »Hast du plötzlich Zauberkräfte entwickelt?« Mit seinem zahnlückigen Grinsen wies er auf das, was von dem Brot noch übrig war.

Anne lächelte und zog ihn von den anderen weg. »Das nicht, aber wundersam ist die Geschichte allemal.«

Während sie ihm von der Begegnung erzählte, wuchs Wills Erstaunen nur noch weiter. »Ein Adeliger? War es ein Ritter in silberner Rüstung?«

»Er selbst trug nur kostbare Kleidung, aber da waren auch ein paar Ritter am Marktplatz. Vielleicht waren es auch nur Soldaten, ich bin mir nicht sicher«, gab Anne schulterzuckend zurück.

Ihr Bruder löcherte sie noch mit allerlei Fragen zu den ungewöhnlichen Gästen in Dennmoral und malte sich in den buntesten Farben aus, was der Besuch der Ritter zu bedeuten haben könnte. Seine sommersprossigen Wangen begannen bei seinem Gerede von edlen Recken, Schätzen und Abenteuern zu glühen.

»Vielleicht gehöre ich auch einmal zum Gefolge eines tapferen Ritters«, träumte er.

»Ja, vielleicht«, lachte Anne und verzichtete darauf, ihm zu erklären, dass dies aufgrund seiner Herkunft nicht besonders wahrscheinlich war. Denn sie musste an Gildas Worte denken, dass man seine Träume nicht voreilig aufgeben durfte.

Der Rest des Tages bescherte Anne ein wenig Ruhe – ein schwacher Trost für ihre anhaltenden Kopfschmerzen.

Ihre Mutter, die behauptete, sie hätte tagsüber einer Freundin mit deren kränkelndem Kind geholfen, kam erst am späten Abend zurück. Anne wunderte sich über die Worte ihrer Mutter, denn soweit sie wusste, hatte diese keine Freundinnen im Dorf. Außerdem ärgerte sie sich über die Tatsache, dass Sibilla sich um ein fremdes Kind kümmerte, obwohl sie nicht einmal in der Lage war, Alwin und die Zwillinge zu versorgen. Ein Blick in das bekümmerte, von Leid gezeichnete Gesicht ihrer Mutter hinderte Anne daran, sie weiter zu bedrängen. Stattdessen kochte sie einen Sud aus Kamillenblüten, wie Gilda es ihr gezeigt hatte. Sibilla trank den Becher in wenigen Zügen leer und Anne bemerkte erfreut, dass das Getränk ihren Husten ein wenig zu lindern schien. Die Kranke warf ihrer Tochter einen dankbaren Blick zu, dann sackte ihr Körper, wie so oft, vor Müdigkeit zusammen. Es dauerte nicht lange, bis ihr die Augen gänzlich zufielen.

Anne betrachtete das Gesicht ihrer Mutter, das selbst im Schlaf einen kummervollen Ausdruck zeigte. Manchmal fiel es ihr schwer, Sibilla zu verstehen. Natürlich hatte sie Mitleid mit ihrer Mutter, die seit Jahren mit ihrer Gesundheit zu kämpfen hatte. Trotzdem empfand sie auch Wut. Wut darüber, dass sie sich nicht so verhielt, wie es eine Mutter tun sollte. Oftmals verschwand sie ohne eine Erklärung und kam erst spät nach Hause. So wie heute.

Obwohl Anne Verständnis für ihre Erschöpfung hatte, wünschte sie sich, dass Sibilla wenigstens ab und zu ein nettes Wort für sie übrig hätte, so wie die alte Gilda. Ja, zuweilen fragte sie sich, ob ihrer Mutter überhaupt etwas an ihren Kindern lag.

Anne streckte ihre Glieder, die nach dem anstrengenden Tag schmerzten, und versuchte, ihre Zweifel abzuschütteln. Sie hatte kein Recht dazu, ihrer kranken Mutter Vorwürfe zu machen.

Ihren pochenden Schädel ignorierend, torkelte sie zur Feuerstelle, die ihre Kate an diesem Frühlingsabend beheizte, und legte Brennholz nach. Dabei musste sie immer wieder gähnen. Nachdem sie vom Markt zurückgekehrt war, hatte sie noch Feuerholz gesammelt, Emmas und Janets Kleider am Fluss gewaschen und sich nebenbei um Alwin gekümmert, der ständig davonlief, wenn sie nicht achtgab.

Nun lauschte sie in die ungewöhnliche Stille des Abends hinein, die nur durch das gelegentliche Knistern des Feuers und Alwins kindliches Schnarchen unterbrochen wurde. Ihre Geschwister hatten sich längst zum Schlafen zusammengerollt und Anne beschloss, es ihnen gleich zu tun.

Obwohl sie todmüde war, konnte sie an diesem Abend einfach keinen Schlaf finden. Die Begegnung mit Sir Mortimer ließ sie nicht los, wiederholte sich immer wieder vor ihren Augen. Außerdem fragte sie sich immer noch, was die Anwesenheit der Soldaten in Dennmoral zu bedeuten hatte. Sie wusste nicht viel über die Unruhen im Norden. Nur, dass König Edward den Schottenkönig immer wieder im Kampf gegen Aufständische unterstützte, die in den Highlands ihr Unwesen trieben.

Was die Menschen hier an der Grenze eher zu befürchten hatten, war ein Überfall durch die *Border Reivers*. Banden, denen es egal war, ob sie Engländer oder Schotten überfielen, solange sie nur mit reicher Beute zurückkamen. In ihrer Zeit, die Anne in Dennmoral verbracht hatte, war die Siedlung glücklicherweise noch niemals Opfer einer solchen Plünderung geworden.

Vielleicht gibt es in diesem Dorf einfach kaum etwas zu holen, überlegte Anne, während sie versuchte, die Bilder von skrupellosen Räuberbanden aus ihrem Geist zu verbannen. Sie lebten ja selbst nicht viel besser als diese heimatlosen Banditen.

Ein Geräusch an der Tür ließ Anne aus ihren Gedanken hochschrecken. Sie erkannte die Gestalt ihres Vaters anhand des ungelenken Gangs, mit dem er fast jeden Abend in die Kate stolperte. Hastig presste sie ihre Lider zusammen. Sollte er ruhig denken, dass sie schon schlief. Sie hatte sich zwar vorgenommen, ihn baldmöglichst wegen ihrer Idee mit der Leinenweberei zu fragen, dann jedoch entschieden, sich erst morgen damit an ihn zu wenden. Sie wusste jetzt schon, dass dieses Gespräch ihren ganzen Mut erfordern würde. Außerdem würde Peter am Morgen ein wenig nüchterner sein als in seinem jetzigen Zustand.

Am nächsten Tag kam Anne trotz Alwins Geschrei kaum von ihrer provisorischen Bettstatt hoch. Dies lag weniger an ihrer Müdigkeit denn an den schlimmen Kopfschmerzen, die sie nach wie vor plagten. *Wahrscheinlich habe ich mich gestern doch ein wenig überanstrengt*, überlegte sie. Trotz ihrer Verletzung war ihr bis auf den Besuch des Marktplatzes keine Pause vergönnt gewesen.

Genau wie heute. Stöhnend richtete Anne sich auf, weckte Will und beschloss, die Zwillinge noch etwas schlafen zu lassen. Wie immer suchte sie zuerst den Fluss auf, wo sie sich am Waldrand erleichtern und anschließend waschen konnte. Dann füllte sie den Kessel mit frischem Wasser und kehrte nach Hause zurück. Dort machte sie ein Feuer und erhitzte im Topf ein Gemisch aus Haferflocken, Wasser und einer winzigen Portion Ziegenmilch, die Gilda gestern Abend noch vorbeigebracht hatte. Die Zubereitung des Frühstücks gehörte zu ihren liebsten Aufgaben. Sie mochte es, ihre kalten Hände morgens am Feuer zu wärmen und in Ruhe das Essen vorzubereiten. Noch war es nicht allzu unruhig in der Hütte ihrer Familie – wenn man vom weinenden Alwin absah.

Anne setzte ihn auf ihren Schoß, versicherte ihm, dass das Frühstück gleich bereit sei, und passte auf, dass er den Flammen nicht zu nahe kam.

Allmählich wurden auch die anderen wach. Die Zwillinge plärrten, Sibilla richtete sich träge auf und Peter grummelte irgendetwas vor sich hin, bevor er ohne ein Wort durch die Tür verschwand. Daraufhin besserte sich die Stimmung unter den Kindern merklich.

Emma und Janet summten ein Lied vor sich hin, das sie bei anderen Kindern im Dorf aufgeschnappt hatten, und selbst Will, der sich eigentlich schon viel zu erwachsen für Ammenlieder fühlte, stimmte heute mit ein. Alwin verschlang derweil glücklich seinen Haferbrei und Anne kam kaum hinterher, ihm den Brei vom Kinn zu wischen. Die trügerische häusliche Harmonie wurde jäh durchbrochen, als ein forsches Klopfen erklang.

»Wer könnte das sein?«, fragte Will leise.

Das Gleiche hatte sich Anne auch schon gefragt. Ihr Vater würde nicht anklopfen und Besuch hatten sie hier noch nie bekommen. Ein ungutes Gefühl machte sich in ihr breit.

»Ich sehe nach. Bleibt ihr erstmal bei Mutter«, wies sie die anderen an und bemühte sich um einen ruhigen Ton, obwohl ihr Herz vor Aufregung wie wild schlug. Es war einer der seltenen Momente, in denen sie sich die Anwesenheit ihres Vaters herbeiwünschte. Als es ein zweites Mal laut klopfte, blieb ihr nichts übrig, als die Tür zu öffnen.

Sie kannte das Gesicht, das nur eine Armlänge von ihrem entfernt war. Es gehörte zu Edmund Mortimer.

»Sir ... Sir Mortimer«, stotterte sie.

»Anne.« Sein Ton war nicht unfreundlich, doch seinen Gesichtsausdruck konnte sie nicht recht einordnen. Eine Weile sagte niemand etwas, was ihre Nervosität noch weiter wachsen ließ.

Erst jetzt erkannte sie, dass Sir Mortimer nicht alleine war. Hinter ihm hatten sich einige Soldaten postiert, die offensichtlich seinem

Befehl unterstanden. Ein paar von ihnen hatte sie gestern vor der Schenke gesehen.

»Ist dein Vater zuhause?«, riss Mortimer sie aus ihrem Starren.

Anne schüttelte den Kopf. »Ich denke aber, dass er bald zurück sein sollte, Mylord.«

»In Ordnung.« Der Edelmann schien zufrieden. »Ich warte so lange hier mit meinen Männern.«

Während die Gedanken in ihrem Kopf rasten, blieb Anne unschlüssig in der Tür stehen. Was wollte dieser Mann von ihrem Vater? Hatte er sich etwas zuschulden kommen lassen?

Ihr blieb nichts anderes übrig, als Peters Rückkehr abzuwarten. Sie ließ die Tür einen schmalen Spalt offen, zog sich aber ins Innere der Hütte zurück. Dort starrten vier Augenpaare sie angsterfüllt an. Anne konnte ihrer Mutter und den Geschwistern nichts Beruhigendes sagen, denn vor Aufregung hatte es ihr die Sprache verschlagen. Irgendwann schaffte sie es, ihnen mitzuteilen, dass Sir Mortimer an der Tür war und man nach Peter verlangte. Sibilla schlug sich die Hand vor den Mund und Wills Stirn legte sich in Falten.

»Sir Mortimer? Etwa dieser Edelmann, der dir gestern das Brot geschenkt hat?«

Sie nickte und kam zu dem Schluss, dass es nur zwei Erklärungen für das Auftauchen Sir Mortimers geben konnte. Entweder ihr Vater hatte wirklich etwas Unrechtes getan, oder aber ... Oder aber sein Besuch hing mit ihrer gestrigen Begegnung zusammen.

Anne erblasste und erzitterte am ganzen Leib. War sie dem Adeligen nicht respektvoll genug begegnet? War es falsch gewesen, seine Geschenke anzunehmen? Doch warum hatte Mortimer dann soeben so freundlich zu ihr gesprochen?

Will, der neben ihr saß, bemerkte ihre Anspannung und drückte ihre Hand. So saßen sie eine quälende Weile zusammen, bis die Ankunft ihres Vaters sie endlich erlöste.

Anne hörte seine polternde Stimme, die von außen zu ihr drang. Gleichzeitig mit Will sprang sie auf. Sie platzierten sich so neben der

Tür, dass sie die Szene, die sich nur ein paar Schritte vor ihrer Hütte abspielte, beobachten konnten.

Ihr Vater stand Sir Mortimer gegenüber, dessen Gefolge einen Kreis um die beiden gebildet hatte. Die Körperhaltung ihres Vaters drückte Feindseligkeit aus, doch obwohl Peter den Edelmann um einen Kopf überragte, spürte Anne, dass es im Grunde Mortimer war, der die Macht über diese Situation hatte. Sie kannte den Gesichtsausdruck ihres Vaters, wenn er sich bedrängt fühlte. Leider konnte sie das Gespräch von ihrer Position aus nicht belauschen, aber sie wagte es auch nicht, näher zu treten.

Dann wies Sir Mortimer mit seiner beringten Hand direkt auf Anne. Vor Schreck taumelte sie zurück, doch ihr Vater hatte sie bereits entdeckt. Ihre Blicke trafen sich und die Zeit schien still zu stehen.

Schließlich wandte sich Peter wieder dem Besucher zu. Unter den Männern entfachte eine heftige Diskussion. Anne bemerkte, dass sich die blasse Haut ihres Vaters rot verfärbte und seine Hände vor Zorn zitterten. Sie wusste zwar nicht, worum es ging, aber sie hoffte, dass er sich nicht zu einer Dummheit hinreißen lassen würde. Gewalt gegenüber einem Edelmann konnte mit dem Tode bestraft werden, das wusste selbst sie. Außerdem würde Peter gegen Mortimers Soldaten ohnehin nichts ausrichten können.

Als sie sah, dass ihr Vater langsam nickte, atmete Anne erleichtert auf. Und sie ahnte auch, wie der Adelige es geschafft hatte, den Tagelöhner zu beschwichtigen. Mortimer hatte seine Hand auf den Beutel an seinem Gürtel gelegt, während er Peter eindringlich ansah. Der Beutel, aus dem der Edelmann ihr gestern die Münzen gegeben hatte!

Es ging also um Geld.

Ihr Vater nahm den Beutel an sich, steckte seine schmutzige Hand hinein und ließ die Münzen durch seine Finger gleiten. Einen Atemzug später kehrte er Sir Mortimer den Rücken.

Bestürzung machte sich in Anne breit, als sie merkte, dass ihr Vater direkt auf sie zusteuerte.

»Vater?« Ihre Stimme hatte einen schrillen Klang angenommen. Ihren Ruf ignorierend, zog Peter sie an einem Arm mit sich und schleifte sie zur Tür. Plötzlich sah sich Anne wieder Sir Mortimer gegenüber. Ihre Augen hefteten sich an ihre Schuhspitzen.

Sie unterdrückte einen Aufschrei, als sich Peters Hände von hinten in ihre Schultern gruben, wodurch sie gezwungen war, sich aufzurichten.

»Anne, das ist Sir Edmund Mortimer, mit dem du ja bereits Bekanntschaft gemacht hast.«

Sie wagte es noch immer nicht aufzusehen.

»Er ist so großzügig, dich in sein Gesinde aufzunehmen, da er eine neue Dienstmagd benötigt. Du kannst dich sehr glücklich schätzen.«

Peters Worte trafen sie härter als ein Schlag in die Magengrube.

»Aber Vater«, begann Anne vorsichtig, »ich kann doch hier nicht weg.«

»Edmund Mortimer ist ein Baron, besitzt ein großes Anwesen und verkehrt am königlichen Hof«, überging Peter ihre Einwände einfach.

»... muss doch auf Alwin und die Zwillinge aufpassen«, sprach Anne dazwischen und versuchte, ihre aufsteigende Panik zu unterdrücken.

»Dein Glückstag ...«

»Nein, Vater!« Anne schluchzte auf und floh unter seinem Arm davon, aber er hatte sie schnell wieder eingefangen.

»Du wirst mit ihm gehen, verdammt noch mal!« All die falsche Freundlichkeit war nun aus Peters Stimme gewichen. Er holte bereits zu einer Ohrfeige aus, als Mortimer im letzten Moment dazwischenging. »Halt!«

Anne riss den Kopf nach oben. Würde er ihr erlauben, doch bei ihrer Familie zu bleiben? Hoffnung keimte beim Anblick seiner gutmütigen Miene in ihr auf.

»Genug der Züchtigung«, fuhr der Edelmann fort. »Du brauchst dich nicht zu fürchten, Mädchen. Du wirst es gut haben bei mir.« Er schenkte ihr ein aufmunterndes Lächeln, doch Anne konnte er damit nicht besänftigen.

»Ich will aber nicht fort, Mylord!«, rief sie und verschränkte die Arme vor der Brust.

Nun verdüsterten sich Mortimers Züge. »Es ist bereits entschieden, fürchte ich. Du tust uns allen einen Gefallen, wenn du jetzt brav mitkommst. Sieh nur, dort drüben steht ein Wagen, auf dem du mitfahren kannst!« Er wies mit der Hand auf einen Karren, der von zwei Pferden gezogen wurde.

»Bitte nicht!«, war alles, was Anne hervorbrachte.

»Rodrick, würdest du ...?« Mortimer nickte einem seiner Gefolgsmänner zu. Ein dunkelhaariger Hüne trat neben Anne. Seine riesenhaften Pranken umschlossen ihre Taille und schoben sie unsanft in Richtung des Wagens.

»Nein!« Anne schluchzte auf, schrie nach ihrer Mutter, und versuchte sich durch Treten und Zappeln aus dem Griff des Mannes zu befreien.

Der Hüne reagierte, indem er sie einmal über die Schulter schleuderte, als wäre sie ein Sack Getreide. Anne schrie und wehrte sich nach Leibeskräften, doch ihre Fäuste prallten vergeblich am Harnisch des Soldaten ab. Dann wurde sie auf die Ladefläche des Karrens geworfen. Alles ging viel zu schnell.

Durch ihren Tränenschleier hindurch sah Anne verschwommen, dass Sibilla und ihre Geschwister aus dem Haus herausgestürmt kamen. Will rief ihren Namen und rannte auf sie zu, aber der Wagen hatte sich bereits in Bewegung gesetzt. Peter stand reglos vor der Hütte, während ihre Mutter auf die Erde sank.

3

Über der Landschaft, an der die Gruppe vorbeiritt, lag an diesem Nachmittag ein dichter Nebel. Die Nasskälte ließ Anne frösteln und sie zog den wollenen Umhang, den Edmund Mortimer ihr gereicht hatte, enger um die Schultern. Zum Glück hatte sein Gefolgsmann Rodrick seit der letzten Rast darauf verzichtet, sie an Händen und Füßen zu fesseln. Er schien diese Vorsichtsmaßnahme nicht mehr als nötig zu erachten, nun, da sie schon mehrere Meilen von Dennmoral entfernt waren.

Abgesehen davon hatte Anne inzwischen erkannt, dass es keinen Sinn machte, sich weiter zu wehren. Der Trupp war seit vielen Stunden unterwegs. Stunden, in denen die Reiterschar stoisch der Hauptstraße gen Süden folgte, in denen die Baumspitzen in monotoner Gleichmäßigkeit an Anne vorbeizogen und in denen sich die Fragen in ihrem Kopf überschlugen. Wohin brachte man sie? Und wie lange würden sie noch unterwegs sein?

Verstohlen ließ sie ihren Blick über die Männer gleiten, deren glänzende Rüstungen Macht und Disziplin ausstrahlten. Eine Mischung, die sie gleichermaßen faszinierte wie ängstigte. Selbst in ihrem Zorn wagte sie es nicht, einen der grimmig aussehenden Soldaten anzusprechen. Und Sir Mortimer war der Letzte, mit dem sie reden wollte.

Gegen Mittag hatte die Gruppe bei einem Bach gerastet. Dort hatte Anne vergeblich versucht, Edmund Mortimer umzustimmen. Sie hatte gefleht und geweint, ihn auf Knien angebettelt, zu ihrer Familie zurückkehren zu dürfen.

Doch er hatte sich nicht erweichen lassen. Nüchtern hatte er ihr erklärt, dass ihr Vater sie nicht ohne Grund weggeschickt hatte, sondern weil es das Beste für sie war. In einer anderen Umgebung würde sie viel lernen können. Außerdem habe ihr Vater mit seinem mickrigen Lohn dann einen Bauch weniger zu füllen.

Die letzte Erklärung hatte Anne dem Baron ohne weiteres geglaubt. Dass ihr Vater so gehandelt hatte, weil er an ihrem Wohlergehen interessiert war, bezweifelte sie allerdings.

Dann hatte Mortimer noch einmal betont, wie froh er sei, dass sie mit ihm zog, da er schon länger nach einer zusätzlichen Dienstmagd gesucht hatte. Zwar hatte er bei diesen Worten gutmütig gelächelt, doch auch diese Erklärung hatte Zweifel in Anne geweckt.

Gab es in der Nähe seines Stammsitzes Wigmore Castle etwa nicht genügend Frauen, die diese Stelle ausfüllen konnten? Warum hatte er ausgerechnet sie ausgewählt? Ganz sicher hatte sie mit der Verletzung und ihrer schmutzigen Kleidung keinen besonders vertrauenswürdigen Eindruck gemacht. Ebenso wie ihr Elternhaus. Ihre Eltern hatten ihr nie beigebracht, wie man der adeligen Gesellschaft gegenübertrat, und Anne machte sich Sorgen, dass sie ihre Aufgaben nicht zur Zufriedenheit des Barons würde ausführen können.

Sie veränderte ihre Position auf der Ladefläche des Wagens so, dass sie Mortimer aus der Ferne betrachten konnte. Er ritt an der Spitze der Gruppe auf einem prächtigen Schimmel.

Wie bei ihrer ersten Begegnung war Anne aufs Neue beeindruckt von seiner kostbaren Aufmachung, die ihn unverkennbar als Adeligen auswies. Angeblich verfügte der Baron über umfangreiche Ländereien in den Welsh Marches. Er war ohne Zweifel ein Mann, der Macht besaß und dies auch ausstrahlte. Seine Gesichtszüge, rundlich und von einzelnen Falten zerfurcht, zeugten von Erfahrung und Weisheit, und seine Gefolgsleute schienen ihn zu respektieren.

Das Wundersamste an ihm aber war die Art und Weise, wie er Anne behandelte. Er sprach stets milde zu ihr, statt sie anzuherrschen, wie sie es von ihrem Vater gewohnt war. Auch scheuchte er sie nicht herum. Sie würde schon noch genügend zu tun haben, wenn sie einmal angekommen waren, hatte er gesagt. Und dann hatte er ihr den Wollmantel überreicht, als er bemerkt hatte, dass sie fror. Ungläubig fuhr Anne mit der Hand über den grauen Stoff. Sie war sich sicher, noch nie so etwas Kostbares am Leib getragen zu haben.

Plötzlich musste sie an die Leinenweberei von Dennmoral denken. Sie war so zuversichtlich gewesen, dass eine Arbeit dort ihrer Familie helfen würde. So fest entschlossen, Peter ihre Idee an jenem Morgen vorzutragen.

Dann war Edmund Mortimer ihr zuvorgekommen. Anne blickte zu ihrem neuen Dienstherrn hinüber, fühlte, wie sich ihre Hände unter dem Mantel zu Fäusten ballten. Nein, sie konnte ihm nicht verzeihen, dass er sie gegen ihren Willen aus ihrer Familie gerissen hatte. Daran konnten selbst seine Geschenke und seine Freundlichkeit nichts ändern. Ihre Augen füllten sich mit Tränen. Wie oft hatte sie sich gewünscht, der Enge ihres Elternhauses zu entfliehen? Aber nicht auf diese Weise! Bei der Erinnerung an die verstörten Gesichter ihrer Geschwister und ihrer Mutter spürte sie ein Stechen in ihrer Brust. So schmerzhaft, dass sie unwillkürlich aufkeuchte. Anne presste sich die Hand auf den Mund, damit ihr kein Schluchzen entfuhr, und wischte sich über die feuchten Wangen.

Sie hatte sich nicht einmal verabschieden können.

Eine Weile später kamen sie an einem Gasthaus vorbei. Mortimer entschied, dort Quartier zu beziehen. Die verhangene Sicht und der leichte Regen, welcher nun eingesetzt hatte, verlangsamten ihr Reisetempo ohnehin.

Als sich die Reiter aus ihren Sätteln schwangen, wusste Anne zuerst nicht, wohin mit sich. Schließlich kannte sie bis auf Mortimer niemanden ihrer Mitreisenden. Die Tatsache, dass sie die einzige Frau unter den Reisenden war, bereitete ihr zusätzlich Angst, obwohl die Soldaten sie zu ihrer Erleichterung weitestgehend ignorierten.

Rodrick, der Hüne, beauftragte eine Handvoll Männer damit, die Pferde im Stall unterzubringen, welcher an die Schenke angrenzte. Die anderen machten sich bereits ins Innere der Gastwirtschaft auf. Annes Blick wanderte sehnsüchtig zu dem zweistöckigen Haus. Durch ein Fenster erhaschte sie einen Blick auf Bänke und Tische, an denen vereinzelt ein paar Leute saßen, sowie eine große Feuerstelle, über der ein Kessel befestigt war. Der Geruch nach Eintopf strömte bis nach draußen und ließ ihren Magen laut knurren. Kein Wunder – bis auf ihre Portion Haferbrei am Morgen hatte sie heute noch nichts zu sich genommen. Sir Mortimer hatte ihr bei der gemeinsamen Rast zwar ein Stück Brot und etwas Käse angeboten, doch Anne hatte vor Angst und Nervosität nichts essen können. Nun aber siegte ihr Hungergefühl. Sie sprang vom Wagen und schloss sich den Männern an, die sich einzeln durch die schmale Tür der Schenke schoben.

Drinnen entdeckte sie Mortimer. Er besprach sich mit einer dicklichen Frau, deren dunkle Haarsträhnen ihr von der Arbeit am Herd an der Stirn klebten. Vermutlich handelte es sich um die Wirtin. Als der Baron auf Anne wies, nickte sie kurz, obgleich sich ihre Augenbrauen vor Verwunderung hoben.

»Sir Mortimer?« Anne brach ihr Schweigen, das sie die letzten Stunden über aufrecht erhalten hatte, weil ihre Neugier triumphierte. »Was habt Ihr mit der Wirtin besprochen?«

»Ich habe sie gefragt, ob du bei ihr in der Kammer einen Platz zum Schlafen bekommen kannst. Ich dachte, das würdest du einer Nacht in der Gesellschaft meiner Männer im Stall sicher vorziehen.«

Annes Augen weiteten sich vor Überraschung. Dass ihr Herr daran gedacht hatte!

»Danke, Mylord«, schaffte sie es zu sagen.

Mortimer nickte, streckte die beringte Hand aus und tätschelte ihre Schulter. »Nun sollten wir endlich essen.«

Der Baron und sein Gefolge nahmen an zwei langen Bänken Platz und Anne setzte sich nach seiner Aufforderung zu ihnen. Zwischen all den Kriegern fühlte sie sich abermals vollkommen verloren. Die Männer kannten einander gut, scherzten, redeten über die Politik König Edwards und seine Kriegspläne. Dinge, von denen sie nichts verstand.

Also begnügte sie sich damit, in die Flamme einer Kerze, die man auf dem Tisch platziert hatte, zu starren. Ihre Gedanken schweiften nach Hause. Sie fragte sich, was Will und die anderen wohl gerade machten. Ob sie zurechtkamen? Hatte ihre Mutter sich von dem Schwächeanfall erholt?

Erst als man den Eintopf auftrug, wurde sie aus ihrer Grübelei gerissen. Auch die Männer um sie herum unterbrachen ihre Gespräche für einen kurzen Moment, um sich dem Essen zu widmen. Anne tat es ihnen gleich.

Der Eintopf war mit Zwiebeln und Rüben gewürzt und wies sogar ein paar Fleischstücke auf. Er füllte ihren Magen und wärmte sie von innen. Sie wusste nicht, wann sie das letzte Mal etwas derart Köstliches gegessen hatte.

Oder wann sie je so müde gewesen war.

Anne spürte die Müdigkeit in ihren Gliedern mit einem Mal so deutlich, dass sie glaubte, jederzeit von der Bank zu kippen.

Ihre Lider wurden schwer und die Gespräche und Scherze der Männer verschwammen in ihrem Kopf zu einem undeutlichen Stimmengewirr.

»Sir Mortimer.« Sie hatte seinen Namen, ohne es zu merken, laut ausgesprochen. Der Baron und seine Tischnachbarn wandten sich ihr zu und starrten sie verwundert an.

Anne war die plötzliche Aufmerksamkeit unangenehm. Sie erhob sich und fragte, ob sie sich zurückziehen dürfe. Der Baron bejahte und entließ sie mit einem Nicken. Anne wollte ihre Beine gerade über die Bank schwingen, zögerte dann jedoch. Vielleicht konnte sie nun, da sie seine Aufmerksamkeit hatte, jene Frage stellen, die ihr schon den ganzen Tag auf der Zunge brannte.

»Mylord, wie lange wird es wohl dauern, bis wir bei Eurem Anwesen angelangt sind?« Sie hoffte, dass sie die Strecke schnell hinter sich brachten. Sicher würde sie sich in der Gesellschaft seines Gesindes wohler fühlen als unter seinen Kriegern.

Die dunklen Augen des Barons lagen auf ihrem Gesicht und Anne sah etwas darin aufblitzen, das sie nicht zu deuten wusste. Um seine Mundwinkel spielte ein kleines Lächeln.

»Oh, wir sind nicht auf dem Weg nach Wigmore Castle. Unser Ziel ist der königliche Hof.«

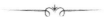

Die Schritte der Soldaten wurden als Echo von den Palastmauern zurückgeworfen. Ein rhythmischer Gleichschritt, der von Dringlichkeit zeugte. Dennoch fiel Anne immer weiter hinter den Männern zurück. Sie war viel zu sehr von der Umgebung abgelenkt, als dass sie sich auf das Laufen hätte konzentrieren können.

Edwards Residenz versetzte sie in Staunen, seit sie einen Fuß auf das königliche Areal gesetzt hatte. Niemals zuvor hatte sie ein so prächtiges Gebäude gesehen, geschweige denn betreten. Im Grunde waren es sogar mehr als ein Gebäude, denn Westminster bestand aus den verschiedensten Trakten. Doch dieser Teil bildete den Kern der Residenz. Er beherbergte die Gemächer König Edwards, Versammlungssäle, private Zimmer für die Berater und hohen Gäste des Monarchen, sowie Schlafplätze für die Dienerschaft. Die Ställe, eine Hauptküche und die Unterkünfte der Wachmänner waren ausgelagert, wie Mortimer ihr auf dem Weg erklärt hatte.

»Mädchen!« Anne wurde aus der Betrachtung eines Wandteppichs gerissen und von Mortimers Gefolgsmann ermahnt, ihnen zu folgen. Hastig schloss sie zu den anderen auf. Sie wusste, der Baron hatte es eilig, zum König zu kommen. Kurz nach ihrer Ankunft hatte einer der Höflinge Mortimer benachrichtigt, dass seine Majestät ihn unverzüglich zu sehen wünsche. Da ihr Herr auf diese Anweisung nicht mit Schrecken, sondern einem zufriedenen Lächeln reagiert hatte, schloss Anne, dass er ein gutes Verhältnis zum König pflegte. Allerdings hatte sie nach wie vor keinen blassen Schimmer, weshalb Mortimers Anwesenheit am Hof vonnöten war.

Sie selbst konnte es jedenfalls kaum glauben, dass sie sich nun an jenem Ort befand, von dem aus der mächtigste Mann Englands das ganze Land regierte! Der Gedanke versetzte sie in Aufregung und ließ sie die Eindrücke um sich herum voller Neugier aufsaugen.

Nachdem sie durch zahllose Gänge geeilt waren und eine ganze Reihe von Wachmännern passiert hatten, kam Mortimer plötzlich zum Stehen. Hätte er Anne nicht blitzschnell bei den Schultern gefasst, wäre sie beinahe in ihn hineingelaufen.

»Ab hier kannst du leider nicht mitkommen.« Seine Stimme klang ungewohnt sachlich.

Anne nickte gehorsam, während sie darüber rätselte, was sich hinter der vergleichsweise unscheinbaren Tür, vor der sie Halt machten, befand.

Mortimer wandte sich an Rodrick. »Es wäre mir recht, wenn du sie zu den Unterkünften der Dienerschaft begleitest. Sieh zu, dass man sich um sie kümmert!«

Rodrick machte sich keine Mühe, sein Missfallen darüber, dass ausgerechnet ihm diese Aufgabe zufiel, zu verbergen, und wies sie einsilbig an, ihm zu folgen.

Anne sah ein letztes Mal über ihre Schulter, versuchte, einen Blick durch die sich öffnende Tür zu erhaschen. Doch sie konnte ihrer Neugier nicht nachgeben, denn der ungeduldige Rodrick zwang sie mit einem Stoß zwischen die Schulterblätter zum Weitergehen.

Schließlich erreichten sie einen Saal, dessen enormer Lärmpegel im Kontrast zu den gedämpften Geräuschen im Königstrakt stand. Auch trugen die Menschen hier deutlich einfachere Kleidung als die Edelmänner und Edelfrauen, denen sie auf ihrem Weg vereinzelt begegnet war. Während sich Rodrick mit einer ältlichen Frau besprach, die in einem Kübel mit Waschlauge rührte, besah sich Anne das geschäftige Treiben genauer. Abermals war sie von den neuen Eindrücken überwältigt. Dieses Mal war es jedoch keine prachtvolle Bauart oder edle Ausstattung, die sie in Staunen versetzte, sondern die summende Betriebsamkeit dieser Halle. Ein paar Mägde waren dabei, Tücher über Waschbrettern zu schrubben. Wieder andere waren damit beschäftigt, die nasse Wäsche zum Trocknen über gespannte Seile zu hängen. Weiter hinten stand eine Gruppe junger Mädchen schwatzend zusammen, bis ein Mann sie dazu anhielt, gefälligst an die Arbeit zu gehen. Augenblicklich hatte Anne das Gefühl, hier viel eher hinzugehören.

Das Gespräch zwischen Rodrick und der Frau schien beendet, denn Mortimers Gefolgsmann winkte sie zu sich. Sofort wurde Anne von der Älteren, die ein helles Kleid aus Leinen und eine Haube aus dem gleichen Material trug, gemustert. Der Blick durch ihre zusammengekniffenen Augen zeugte von Strenge.

»Du bist also Anne.« Ihr Ton war genauso unnachsichtig, wie ihr Aussehen vermuten ließ.

Anne nickte unsicher.

»Mein Name ist Sunniva, ich befehlige die Mägde hier am Hof. Du gehörst zwar zum Gesinde Sir Mortimers, doch die Zeit, in der er nicht nach dir verlangt, wirst du hier verbringen. Hast du verstanden?«

»Jawohl, Sunniva.«

»Außerdem bekommst du einen Schlafplatz bei den anderen Mädchen. Sieh zu, dass du ihn dir verdienst.«

Anne hörte die unausgesprochene Warnung in ihren Worten. Sie würde hart arbeiten müssen, um Sunniva zu gefallen.

»Du kannst gleich damit anfangen, bei den Wäscherinnen zu helfen«, fuhr die ältliche Frau fort und wies auf die Bottiche. »Aber erstmal muss ich dir etwas anderes zum Anziehen besorgen. Mit diesem Lumpen« – sie musterte Annes Gewand voller Abscheu – »machst du mir die Wäsche ja noch dreckiger als vorher. Außerdem solltest du den hohen Herrschaften so nicht unter die Augen kommen.«

Sunniva wandte sich wieder an Rodrick. »Ihr könnt Eurem Herrn ausrichten, dass das Kind hier versorgt wird.«

Sichtlich erleichtert, sich nicht weiter mit dem schmutzigen Mädchen abgeben zu müssen, machte Rodrick auf dem Absatz kehrt und eilte hinaus.

Kurze Zeit später war Anne neu eingekleidet.

Zum Glück hatte Sunniva eine kleine Auswahl an Kleidern bereit, die zu Putzlappen verarbeitet werden sollten, weil der Aufwand, sie auszubessern, nicht mehr lohnte. Die Aufseherin hatte ihr versichert, dass jegliches Gewand besser wäre als jenes, das Anne bei ihrer Ankunft getragen hatte.

Obwohl sie froh war, etwas Sauberes am Leib zu tragen, überkam Anne eine seltsame Wehmut, als Sunniva ihr altes Kleid einfach in den riesigen Kamin warf, von dem aus die Halle beheizt wurde. Es war ihr einziges Erinnerungsstück an Zuhause gewesen.

Mit ihrer neuen Garderobe, bestehend aus einem leinenen Unterkleid und einer braunen Schürze, war sie von den anderen Dienstmägden nicht mehr zu unterscheiden. Sunniva hatte ihr außerdem aufgetragen, ihr Haar zusammenzubinden und unter einem Tuch zu verbergen.

Auf Anweisung der Aufseherin hin gesellte Anne sich zu den Mägden an den Waschbottichen. Sie war schrecklich müde von der langen Reise, aber sie wusste, dass sie vor Sunniva keine Schwäche zeigen durfte.

Verstohlen linste sie zu den anderen Mädchen hinüber, die in ihre Arbeit vertieft waren und sie weitestgehend ignorierten. Zuhause hatte sie die Kleidung ihrer Familie nur im Fluss gewaschen, daher kannte sie sich mit den Waschbrettern nicht aus.

»Soll ich dir helfen?«

Anne zuckte zusammen. Sie hatte nicht bemerkt, dass eine der Mägde neben sie getreten war. Als sie den Kopf hob, blickte sie in ein blasses, sommersprossiges Gesicht, aus dem haselnussbraune Augen sie munter anblickten. Unter der Kopfbedeckung ihres Gegenübers blitzten hier und dort ein paar rotblonde Locken hervor. Anne schätzte das Mädchen auf etwa ihr Alter.

»Du bist neu, nicht wahr?«, fuhr die andere fort, als sie nicht sofort antwortete.

»Ja.« Anne bemühte sich um ein Lächeln.

»Ich kann dir gerne zeigen, wie wir hier arbeiten«, wiederholte das rotblonde Mädchen ihr Angebot.

»Das wäre sehr nett von dir«, meinte Anne erleichtert. »Wie heißt du?«

»Velma. Ich bin seit etwa einem Jahr hier. Und du?«

»Anne. Heute angekommen.«

»Und, hat der Drachen es schon geschafft, dir Angst einzujagen?«, kicherte Velma und wies mit dem Kinn auf Sunniva, die in der Ferne einen jungen Knecht maßregelte, welcher nun betreten zu Boden blickte.

»Irgendwie schon«, gab Anne zu. »Allerdings weiß ich noch nicht, wie viel Zeit ich hier verbringen werde. Ich bin nämlich gar nicht für den Hofstaat angestellt, sondern gehöre zum Gesinde Sir Mortimers.«

Velmas blasse Augenbrauen schossen in die Höhe. »Wie kommt es dann, dass du hier arbeitest?«

»Das ist eine längere Geschichte«, seufzte Anne.

»Das trifft sich gut.« Velma wies auf den beachtlichen Berg an Schmutzwäsche. »Denn damit werden wir einige Stunden beschäftigt sein.«

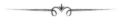

Später konnte Anne sich kaum mehr erinnern, wie sie es geschafft hatte, ihren ersten Tag in Westminster zu überstehen. Ihr Rücken und ihre Arme hatten nach der stundenlangen Arbeit über den Waschbottichen gebrannt, und am Ende hatte sie sich kaum noch auf den Beinen halten können. Der einzige Lichtblick bei der ganzen Plackerei war Velmas Gesellschaft gewesen. Überraschenderweise hatte es sich gut angefühlt, dem Mädchen, das sie gerade erst kennengelernt hatte, von den Umständen ihrer Reise zum Hof zu erzählen. Velma war eine aufmerksame Zuhörerin und hatte bekundet, wie leid es ihr tat, dass man Anne von ihrer Familie getrennt hatte. Sie selbst erinnerte sich kaum an ihre Eltern, denn Velma war schon als Kleinkind zur Waise geworden und bei entfernten Verwandten aufgewachsen. Seit ihrem vierzehnten Lebensjahr musste sie auf eigenen Beinen stehen. Man merkte ihr an, wie froh sie über die Anstellung als Dienstmagd war. Auch wenn die Arbeit hart war und sie die Palastmauern kaum von außen sah.

Nach einem einfachen Mahl, bei dem sich alle Dienstboten versammelten, wurde die Nachtruhe ausgerufen, woraufhin Velma ihr den Schlafsaal für die Frauen zeigte. Anne staunte nicht schlecht beim Anblick des großzügigen Raums. Am Boden waren zahllose Strohsäcke und Decken verteilt und es gab sogar einen Kamin, der die nächtliche Kälte ein wenig abhalten sollte.

»Wie viele Menschen schlafen hier bloß?«

»Zu viele«, lachte Velma. »Irgendwann gewöhnt man sich an die Lautstärke.«

Anne sah sich skeptisch um. Obwohl der Saal mehr Komfort bot als ihre Hütte in Dennmoral, empfand sie ihn aufgrund seiner Weitläufigkeit als ungemütlich. Intuitiv suchte sie sich einen Platz an der Wand.

Trotz ihrer Erschöpfung gelang es Anne an diesem Abend nicht, zur Ruhe zu kommen. Die vielen Eindrücke des Tages wirbelten wild in ihrem Kopf herum. Außerdem grübelte sie über Sir Mortimer und seine Absichten. Bei der Unterhaltung mit Velma war sie erneut auf die Frage gestoßen, weshalb der Baron ausgerechnet ein Mädchen von der Landesgrenze bis zum königlichen Hof schleppte. Seufzend zog sie sich die kratzige Decke über die Schultern. Wie gern hätte sie Will davon erzählt, wohin das Schicksal sie so plötzlich geführt hatte! Sie konnte sich bildhaft vorstellen, wie er bei ihren Schilderungen des Palasts, der vielen Lakaien und der kostbaren Einrichtung die Augen vor Erstaunen weit aufriss. Bei dem Gedanken an ihren Bruder war Anne, als hätte sich eine eiserne Faust um ihr Herz gelegt. Sie wünschte sich nach Hause, in ihre kleine Kate, zu ihren Geschwistern.

In dieser Nacht weinte sie sich in den Schlaf.

4

In den nächsten Tagen hatte Anne so viel zu tun, dass sie kaum dazu kam, an Zuhause zu denken. Was ihre täglichen Aufgaben anging, hatte sie schnell eine Routine entwickelt. Morgens verlangte Sir Mortimer von ihr, dass sie ihm ein leichtes Frühstück aufs Zimmer brachte, die getragene Wäsche einsammelte und sein Gemach ordentlich hielt. Diesbezüglich hatte Anne allerdings nie viel zu tun, denn wie sie bemerkte, verbrachte der Baron bis auf die Nächte kaum Zeit in seinem Zimmer. Anschließend verschwand Anne für eine Weile, um ihr eigenes Frühstück mit Velma und den anderen Mägden einzunehmen. Dann kehrte sie noch einmal in Mortimers Gemach zurück, um das Geschirr einzusammeln. Den Rest des Tages unterstand sie der Aufsicht Sunnivas, die sie entweder zum Putzen oder für die Wäsche einteilte. Anne beneidete Velma, die meist für Näharbeiten eingesetzt wurde, denn diese Tätigkeit erlaubte es ihr, für einige Stunden auf einem bequemen Stuhl nahe dem Kamin zu sitzen. Sie hätte ihr gerne Gesellschaft geleistet, doch Sunniva hatte geurteilt, dass ihre Nähfertigkeiten nicht ausreichten, um Edwards Hofstaat zu genügen.

Unterdessen stellte Anne fest, dass ihr Körper sich trotz der kräfteraubenden Arbeit allmählich erholte. Vermutlich lag es daran, dass sie zum ersten Mal nach langer Zeit in den Genuss von regelmäßigen Mahlzeiten kam. Auch an die Schlafsituation hatte sie sich inzwischen gewöhnt. Sie brauchte meist nur bis drei zu zählen, um nach ihrem Arbeitstag in einen tiefen Schlaf zu fallen.

Dann kam der Sonntag. Der Hofstaat versammelte sich mitsamt dem Monarchen in aller Frühe in der königlichen Kapelle, weshalb Anne Sir Mortimer an diesem Tag nicht mit dem Frühstück aufwarten musste. Stattdessen besuchte sie mit Velma einen kleinen Gottesdienst, der für das Gesinde abgehalten wurde. Die Predigt gestaltete sich allerdings deutlich knapper als die Messe für die Höflinge, wodurch Anne an diesem Tag etwas Zeit zur freien Verfügung stand. Velma schlug vor, einen Spaziergang zu unternehmen, doch Anne lehnte dankend ab. Sie hatte beschlossen, das Gemach ihres Herrn heute besonders schön herzurichten, damit er sich freute, wenn er von der Messe zurückkam.

»Du bist aber übereifrig«, machte Velma sich über sie lustig, als die Mädchen den Weg vom Gotteshaus zurück zum Personaltrakt beschritten.

»Ich begleite dich gerne das nächste Mal, Velma. Ich habe nur das Bedürfnis, etwas Nettes für Sir Mortimer zu tun. Er ist immer so freundlich zu mir, wenn wir uns begegnen.«

»Ich kann mir schon denken, warum er so freundlich ist.« Velmas Schmollmund verzog sich zu einem Grinsen.

Anne sah sie verständnislos an. »Was meinst du?«

»Komm schon, Anne. Du bist ein wunderschönes Mädchen. Kein Wunder, dass dein Herr sich von dir gerne sein Frühstück servieren lässt.«

»Du findest mich wirklich schön?« Anne tastete irritiert nach einer losen Haarsträhne und schob sie unter ihre Haube zurück.

»Aber sicher! Die Farbe deines Haars ist wirklich besonders, das habe ich bisher nur selten gesehen. Und dann hat dein Gesicht so etwas Edles an sich.«

»Du hältst mich doch zum Narren!«, lachte Anne, um ihre Verlegenheit zu überspielen. »Ich bin ja wohl alles andere als eine Edeldame.«

»Aber du *könntest* eine sein!«, rief Velma überzeugt aus und stimmte in ihr Lachen mit ein. »Nur deine Figur ...«

»Was ist mit der?«

»Naja, ein bisschen mager bist du schon für deine Größe.«

»He! Ich bin diese üppigen Mahlzeiten eben nicht gewohnt.« Anne tat empört.

Velmas Stirn legte sich in Falten. »Welche Mahlzeiten bist du denn gewöhnt, wenn dir schon das Essen für die Dienerschaft so gut schmeckt?«

Anne blieb eine freche Entgegnung im Hals stecken. Die Worte ihrer Freundin weckten augenblicklich schmerzhafte Erinnerungen in ihr. All die Morgen, an denen sie den Haferbrei mit noch mehr Wasser hatte strecken müssen, bis er einer dünnen Suppe glich. All die Tage, an denen ihr Vater nicht genug Lohn mit nach Hause gebracht hatte, dass sie davon hätte Brot kaufen können.

»Anne?« Sie spürte Velmas Hand sachte auf ihrer Schulter. »So habe ich es nicht gemeint.«

»Schon gut.« Anne seufzte. »Ich muss mich jetzt aber wirklich auf den Weg machen, wenn ich Sir Mortimer in seinem Gemach zuvorkommen will.«

Velma nickte. »In Ordnung, wir sehen uns später.«

Anne suchte die Wäscherei auf, bewaffnete sich mit Eimer und Lappen und lief durch das Labyrinth aus Fluren, in dem sie sich mittlerweile halbwegs zurechtfand. Sie wusste, dass es einige Trakte in diesem Palast gab, die sie noch nie gesehen hatte. Doch sie kannte sich inzwischen gut genug aus, um Sir Mortimers Aufträge zu erledigen und Sunniva zufrieden zu stellen. Jene Räume, die den Hofleuten vorbehalten waren, würde sie ohnehin niemals von innen sehen.

Vor Sir Mortimers Gemach erwartete sie wie gewöhnlich einer seiner Wachmänner. Obwohl Anne mittlerweile alle Gefolgsmänner ihres Herrn kannte, überfiel sie beim Anblick der bewaffneten Soldaten immer wieder ein Schauer, was vor allem mit den riesigen Schwertern zu tun hatte, die an den Gürteln der Männer baumelten. In dieser Vorsichtsmaßnahme sah sie ein weiteres Indiz dafür, welch hohe Stellung der Baron am königlichen Hof einnahm. Als der Wachmann Anne erkannte, nickte er ihr zu und ließ sie ohne weiteres eintreten.

Im Gemach ihres Herrn verschaffte sie sich zunächst einen Überblick. Es sah danach aus, als hätte Mortimer sein Zimmer in aller Eile verlassen, denn vor den Fenstern waren noch die Tierhäute gespannt, mit denen man nachts die Kälte aus den Räumlichkeiten abhielt. Anne nahm die Lederteile nach der Reihe ab, damit frische Luft und Tageslicht in das Gemach dringen konnten. Bei dem letzten Fenster angekommen, erstarrte sie vor Schreck. Hatte sie dort hinten nicht eine Bewegung wahrgenommen? Vorsichtig näherte sie sich der Zimmerecke, in der sie etwas hatte aufblitzen sehen …

Nichts.

Sie musste sich geirrt haben.

Während sie sich über ihre Schreckhaftigkeit ärgerte, fiel ihr ein Gegenstand auf, der auf einem kleinen Tisch nur ein paar Schritte vor ihr platziert war. Ihre Neugier siegte, auch wenn ihr nicht wohl dabei war, die persönlichen Dinge des Barons zu begutachten. Beim Nähertreten stellte sie fest, dass es sich bei dem Gegenstand um eine Art Glasscheibe handelte. Daneben entdeckte sie ein schmales Rasiermesser. Anne wusste, dass Glas zu den teuersten Materialien überhaupt gehörte. Nur Edelleute oder die Kirche konnten sich so etwas leisten. Als sie sich die sonderbare Scheibe genauer besah, wurden ihre Augen immer größer. Es war ihr eigenes Spiegelbild, was ihr dort entgegenblickte!

Anne war fasziniert. Sie hatte ihr Angesicht zwar schon ein paar Mal in der Wasseroberfläche des Silent Creek betrachtet, aber diese Scheibe gab ihr Äußeres so genau wieder, dass sie beinahe glaubte, hier einen Zauber vor sich zu haben. Nachdem sich ihre Aufregung ein wenig gelegt hatte, wuchs Annes Neugier und sie musterte ihr Spiegelbild genauer.

Es war ein seltsames Gefühl, sich aus den eigenen Augen anzustarren. Diese waren von einem hellen Blau und angesichts ihres Gemütszustandes weit aufgerissen. Umrahmt wurden sie von geschwungenen Augenbrauen, die von einer etwas dunkleren Farbe als der ihres Haupthaars waren.

Und dort entdeckte sie auch die frische Narbe. Sie zog sich über ihre linke Braue und war rosa verfärbt. Anne fuhr mit der Fingerspitze darüber, befühlte die erhabene Linie. Es kam ihr viel länger vor, dass Peter sie bestraft hatte, dabei lag dieser Tag weniger als zwei Wochen zurück. Sie blinzelte verstört, dann strichen ihre Hände wie von selbst über Wangenknochen und Nasenbein. Ihre Augen folgten der Bewegung.

Ihre Nase hatte eine schmale und gerade Form und Anne sprach spontan ein Dankesgebet dafür, dass frühere Schläge ihres Vaters dort nicht ebenfalls ihre Spuren hinterlassen hatten. Sie verzog ihre Lippen, die weder besonders voll noch schmal waren, zu einem kleinen Lächeln. Denn gerade waren ihr Velmas Worte wieder in den Sinn gekommen. Dass ihre Freundin sie für schön hielt, schmeichelte ihr. Trotzdem fand Anne, dass sie viel reizloser wirkte als die Hofdamen mit ihren farbenfrohen Gewändern und aufwendigen Frisuren, die ihr bisher unter die Augen gekommen waren.

Obwohl die Scheibe ihre Faszination noch nicht verloren hatte, löste Anne sich von der Betrachtung. Sie war schließlich nicht hier, um zu trödeln.

Sie schüttelte die Laken ihres Herrn aus und legte sie so zurecht, dass die Bettstatt wieder einladend wirkte. Der Gedanke, dass das Bett selbst im unordentlichen Zustand einen sehr verlockenden Eindruck auf sie machte, ließ sie schmunzeln. Sie erinnerte sich noch an das erste Mal, als sie Sir Mortimers Zimmer besucht und die luxuriöse Ausstattung bestaunt hatte. Der Raum war mit einigen Möbeln aus dunklem Holz bestückt, doch das mit einem Baldachin überdachte Bett bildete den stolzen Mittelpunkt des Gemachs.

So viele Kostbarkeiten für eine einzige Person, dachte Anne, während sie ehrfürchtig über eine Schnitzerei strich, die einen der Balken schmückte.

Dann machte sie sich daran, die Fensternischen und Tischplatten von Staub zu befreien. Sie hatte ihre Arbeit beinahe beendet, da hörte sie, wie sich die Tür mit leisem Quietschen öffnete.

»Entschuldigt, Mylord.« Anne warf den Lappen hastig in den Eimer. »Ich dachte, Ihr seid noch bei der Messe.«

»Keine Sorge, Anne«, winkte der Baron ab. »Wie ich sehe, bist du wieder fleißig.« Er legte seinen Mantel ab. »Du kannst dich heute aber gerne ein wenig ausruhen. Sag das auch dieser ...« Er fuchtelte mit der Hand herum.

»... Sunniva«, vervollständigte Anne seinen Satz und lächelte.

»Richtig. Davor bringst du mir aber bitte noch eine kleine Mahlzeit. Auch ich habe heute etwas Ruhe nötig, daher steht mir der Sinn nicht nach der Tafel.«

»Natürlich, Mylord.« Anne verschwand und war wenig später mit einem Tablett zurück, auf dem sie Brotscheiben, Käse und Fleischpastete sowie einen Krug mit Wein zusammengestellt hatte.

Sie stellte es auf dem Tisch am Fenster ab und wandte sich bereits zum Gehen, als Mortimers Stimme sie zurückhielt. »Möchtest du mir vielleicht erzählen, wie es dir bei Hofe gefällt?«

Anne war erstaunt, dass er sie nach ihrem Wohlbefinden fragte. Dies war nicht die übliche Art und Weise, mit dem Gesinde umzugehen. Selbst für einen gnädigen Dienstherrn wie ihn.

»Bis jetzt habe ich mich recht gut eingelebt, Mylord«, gab sie höflich zurück.

»Und sind die Aufgaben auch nicht zu schwer für dich?«, hakte er nach und bot ihr mit einer Geste den Platz ihm gegenüber an.

Nach kurzem Zögern setzte sich Anne. »Einige Aufgaben sind gewiss mühevoll. Aber dafür lerne ich viel Neues. Es gibt nichts zu beklagen.«

»Nun, falls es jemals etwas geben sollte, zögere bitte nicht, zu mir zu kommen.«

»Ich danke Euch, Mylord.«

Einen Augenblick lang sagte niemand etwas. Anne wusste, dass es sich nicht geziemte, in ihrer Position ungebeten zu sprechen, aber Sir Mortimer machte den Eindruck, als würde er sich tatsächlich gerne mit ihr unterhalten.

»Darf ich Euch etwas fragen?«, brachte sie schließlich hervor.

»Nur zu, mein Kind. Und nimm dir ruhig von dem Brot und dem Wein, wenn dir danach ist.« Er wies auf die Tischplatte.

Anne kam das Ganze immer sonderlicher vor. Sie konnte sich nicht einfach an den Speisen ihres Herrn bedienen! Sie sah von dem Tablett zu ihm auf und besann sich auf ihre Frage. »Warum verbringt Ihr so viel Zeit hier am Hof? Müsst Ihr nicht zu Eurem Anwesen zurückkehren?«

Der Baron lehnte sich in seinem Stuhl zurück. »Um deine erste Frage zu beantworten: Ich diene seiner Majestät als Berater. Der König will seine Herrschaft in Wales dauerhaft stärken und zählt dabei auf mich. Ich habe bereits bei der Eroberung der westlichen Gebiete an seiner Seite gekämpft.« Aus seiner Stimme sprach unverkennbarer Stolz.

»Liegt Wigmore Castle nicht ebenfalls in den Welsh Marches?«, fragte Anne verwundert.

»Wie ich sehe, hast du gut aufgepasst«, sagte Mortimer anerkennend. »Und du hast recht, die Gebiete Maelienydd und Gwrtheyrnion, die mein Vater mir vor vielen Jahren vererbte, gehörten zum einstigen Fürstentum Wales. Allerdings war ich damals vorausschauend genug, mich auf die Seite des Königs zu stellen.«

»Ich weiß nicht viel über die Eroberung«, bekannte Anne. Genauer gesagt wusste sie kaum etwas über Edwards Politik. Aber das hatte Mortimer sicher längst erraten. »Wann war das?«

»Es ist jetzt etwa zehn Jahre her, dass Llywelyn ap Gruffydd, der Anführer der Aufständischen, besiegt wurde.«

Die walisischen Namen klangen fremd in Annes Ohren. »Diese Sprache, sie ist ganz anders als das Englische.«

»Ja.« Mortimer, der sich auf der Bettkante niedergelassen hatte, zog ächzend an einem seiner Stiefel. Anne bot ihm ihre Hilfe an, die er dankend annahm. »Aber schon bald werden alle Waliser die Sprache unseres Königs lernen. Edwards Ziel ist es, die angelsächsische Kultur dort zu etablieren. Er will systematisch Burgen bauen, Klöster errichten und die englische Sprache unter den Menschen verbreiten. Es wird allerdings kein leichtes Unterfangen werden, gerade bei der Landbevölkerung.«

Das letzte Wort spuckte er beinahe aus. Anne, die noch am Boden kniete, zuckte zusammen. Schließlich entstammte auch sie der niederen Schicht.

Anscheinend hatte Mortimer ihre Reaktion auf seine harschen Worte bemerkt, denn sein Daumen schob sich sanft unter ihr Kinn. Sie blickte geradewegs in seine dunklen Augen.

»Andererseits kann ja aus so mancher Knospe eine zarte Rose erblühen, wer weiß.«

Anne hatte keine Zweifel, dass er mit seiner Bemerkung eigentlich sie meinte. Sie spürte, wie ihre Wangen heiß wurden, und entzog sich seiner Berührung. Warum nur machte Sir Mortimer ihr solche Komplimente?

Sie versuchte, sich auf das Aufschnüren seiner Stiefel zu konzentrieren, doch die Bewegungen ihrer Hände waren fahrig und alles andere als geschickt. Die Tatsache, dass ihr Herr sie dabei die ganze Zeit über beobachtete, machte die Sache nicht besser. Nach einer gefühlten Ewigkeit zog sie den zweiten Stiefel von seinem Bein und stellte die Schuhe erleichtert neben die Kleidertruhe.

»Ist das alles, Mylord?« Sie konnte diesen Raum gar nicht schnell genug verlassen.

»Für heute, ja«, gab er zurück und Anne atmete auf.

»Es würde mich sehr freuen, wenn wir unser Frühstück in Zukunft gemeinsam einnehmen.«

»Mylord, das wäre nicht recht«, setzte Anne an. Ihr Herz klopfte wild vor Aufregung.

»Aber *mir* ist es recht«, protestierte Mortimer. »Du besitzt eine schnelle Auffassungsgabe und eine natürliche Neugier. Ich unterhalte mich gerne mit dir, Anne.«

Das Einzige, was Anne zustande brachte, war ein hastiger Knicks. Dann floh sie auf den Flur hinaus.

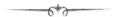

»Du sollst gemeinsam mit deinem Herrn speisen?«, prustete Velma. »Vielleicht lässt er dir ja gleich noch ein paar neue Gewänder schneidern und führt dich in die hohe Gesellschaft ein.«

»Hör bitte auf zu lachen«, flehte Anne. »Ich kann daran nichts Lustiges finden.« Sie schloss zu ihrer Freundin, die durch den königlichen Obstgarten voranlief, auf. »Heilige Mutter Gottes, es war so seltsam, das sage ich dir!«, stöhnte sie. »Wie er mich erst angestarrt und mir dann Komplimente gemacht hat.«

»Und wenn du ihm sagst, dass du das nicht willst?«, fragte Velma und zog eine ihrer durchsichtigen Augenbrauen hoch.

»*Was* nicht will?«

»Na, mit ihm essen.«

Anne legte den Kopf schief. »Ich glaube nicht, dass ich einfach nein sagen kann.«

Velma zuckte mit den Schultern. »Mag sein. Sonst sucht er sich vielleicht eine andere Dienstmagd.«

Für einen kurzen Moment blitzte ein Gedanke in Annes Kopf auf. Was, wenn der Baron sie aus seinem Dienst entließe? Könnte sie dann nach Hause zurückkehren? Im Grunde wusste sie aber, dass dies keine Option war. Zumindest noch nicht. Sie musste erst ein wenig Geld ansparen, um die lange Reise unternehmen zu können. Also galt es vorerst, durchzuhalten. Und so schlimm war es hier in Westminster nun auch wieder nicht. Vermutlich gab es nicht viele Mägde, die sich über einen zu freundlichen Dienstherren beklagten.

Meistens war eher das Gegenteil der Fall. Sie sollte lieber froh sein, dass er nicht grausam war wie ihr Vater.

Peter.

Es gelang ihr hier in der neuen Umgebung mittlerweile immer besser, ihn aus ihren Gedanken zu verbannen. Nur nachts, in ihren Träumen, durchlitt sie oft jene Angst, mit der sie jahrelang gelebt hatte. Mit der Angst, er würde ihr oder ihren Geschwistern etwas antun. Mit der Angst, er würde eines Tages einfach nicht mehr zurückkommen und ihre Familie so dem Bettlerschicksal überlassen.

Ein Schauer überkam Anne bei der Erinnerung. Sie fühlte sich hin- und hergerissen zwischen ihrer Erleichterung, nicht mehr bei ihm leben zu müssen, und der furchtbaren Vorstellung, dass Will, Janet, Emma und Alwin seinen Launen weiterhin ausgesetzt waren.

»Kommst du?«

Anne hatte nicht gemerkt, dass sie stehen geblieben war. Sie riss sich vom Anblick des Horizonts, der heute Abend in Rosatönen leuchtete, los, und schloss zu Velma auf.

»Entschuldige. Ich war nur in Gedanken.«

»Das habe ich bemerkt.« Velma schmunzelte.

Annes Herz wurde etwas leichter. So wie immer, wenn sie mit Velma zusammen war. Das rothaarige Mädchen war ihr längst zu einer guten Freundin geworden. Velma hatte sie aufgefangen, als sie mutterseelenallein hier am Hof angekommen war. Sie hatte auch dann zu ihr gehalten, als sich die anderen Dienstmägde über die verwahrloste Neue lustig gemacht hatten. Ohne Velma hätte sie sich noch viel einsamer gefühlt. Und dafür würde Anne ihr ein Leben lang dankbar sein.

»Wirklich? Der König hat danach nie wieder daran gedacht, zu heiraten?«

»Nein. Ich glaube, Eleonore war seine große Liebe. Ihr Tod hat ihn so sehr getroffen, dass er zu ihren Ehren, über das ganze Land verteilt, zwölf Gedenkkreuze errichten ließ.«

Mortimer lehnte sich in seinem Stuhl zurück und sah zum Hof hinaus. Wie in den letzten Tagen nahmen sie ihr Frühstück vor dem Fenster ein, von dem aus man einen vorteilhaften Blick auf einen großzügigen Innenhof hatte.

Anne schwieg erstaunt. Es war unüblich, dass Könige sich nicht wieder neu vermählten, nachdem sie verwitwet waren. Selbst in Edwards fortgeschrittenem Alter. Immerhin waren seit dem Tod seiner Gemahlin Eleonore von Kastilien bereits drei Jahre verstrichen.

»Was die Thronfolge angeht, dürfte Edward zumindest wenig Sorge verspüren. Schließlich gingen aus seiner Ehe mit Eleonore vierzehn Kinder hervor, wenn auch nur sechs von ihnen das Kindesalter überlebten.«

»Halten sich seine Kinder ebenfalls am Hof auf?«, fragte Anne interessiert.

Der Baron schüttelte den Kopf. »Seine Töchter sind allesamt bei Adelsfamilien oder in Klöstern untergebracht. Und der junge Prinz Edward lebt in Wales unter der Aufsicht von Dominikanermönchen.«

»In Wales? Warum so weit weg von hier?«

»Edward sah es damals als klugen Schachzug an, die Geburt seinen Sohnes im kürzlich eroberten Westen zu arrangieren. Er wollte damit ein Zeichen setzen: Die Zukunft von Wales liegt in der Linie Plantagenet. Der König begann bereits vor etwa zehn Jahren mit der Errichtung von neuen Burgen, welche die Herrschaft des neuen walisischen Fürsten sichern sollen. Und Caernarfon Castle wird einmal die fürstliche Residenz unseres Prinzen werden.«

»Aber er ist erst neun Jahre alt!«, rief Anne erstaunt aus.

»Der König muss die Zukunft seines Thronfolgers zügig planen«, gab Mortimer achselzuckend zurück. »Vor drei Jahren wurde bereits die Heirat des Prinzen mit der schottischen Thronerbin Margarete, der *Maid of Norway*, vertraglich geregelt. Aber dann kam alles anders ... Ihr Tod hat den schottischen Erbfolgestreit ja erst ausgelöst.«

Anne war schockiert. »Was ist mit dem Mädchen passiert?«

»Die siebenjährige Margarete starb bei der Überfahrt von Norwegen nach Schottland. Danach gab es nicht weniger als dreizehn Anwärter für den schottischen Thron.«

»Und unser König bestimmte John Balliol zum Herrscher.«

Mortimer nickte. »Er reagierte auf den dortigen Erbstreit, ernannte sich zum feudalen Oberherrscher und wählte schließlich Balliol. Du siehst, mein Kind, den Schotten ergeht es besser unter starker englischer Führung.«

»Was ist mit Lady Mortimer?«, fragte Anne irgendwann. »Kommt sie auch manchmal an den Hof?«

Die Miene des Barons verzog sich zu einer Grimasse. Anne biss sich auf die Zunge. Sie hätte ihn nicht so etwas Persönliches fragen dürfen.

»Sie bevorzugt das Landleben«, gab er kühl zurück. Sein Tonfall ließ Anne vermuten, dass ihm die Abwesenheit seiner Gemahlin nicht ungelegen war.

»Es tut mir leid, falls ich unhöflich war«, entschuldigte sie sich rasch.

Sofort wurden Mortimers Gesichtszüge weich. »Du darfst mich alles fragen, Anne.« Er griff nach ihrer Hand, die auf dem Tisch lag, und drückte sie leicht. »Obwohl ich zugeben muss, dass meine Gemahlin nicht gerade mein Lieblingsthema ist. Wir leben schon lange nicht mehr wie ein Ehepaar.«

Nun war es Anne, die sich unwohl fühlte. Es gehörte sich nicht, dass ihr Herr ihr solche Dinge anvertraute. Sie versuchte, ihre Hand unauffällig wegzuziehen, und wechselte das Thema.

»Und Eure Kinder? Leben sie auch auf Wigmore Castle?« Anne wusste bereits, dass der Baron Vater von sechs Kindern war. »Bis jetzt, ja. Aber irgendwann werde ich meinen Ältesten, Roger, sicher auch an den Hof holen, damit er etwas lernen kann, bevor er die Grafschaften verwaltet.«

»Das ist sehr vorausschauend von Euch, Mylord.«

»Edmund.« Der Baron umschloss ihre Hand erneut. »Nenn mich doch bitte Edmund.«

»Wenn Ihr es so möchtet, ich meine, wenn *du* es so möchtest, Edmund.«

Anne behagte es nicht, ihren Dienstherren beim Vornamen zu nennen. Doch sie konnte schlecht etwas gegen seine Bitte sagen.

»Ich bin gerne in deiner Gesellschaft«, verriet Edmund. »Mit dir kann ich mich so ungezwungen unterhalten wie mit niemandem sonst.«

Anne erschrak über seine Aussage. »Was ist mit den übrigen Baronen oder deinen treuen Gefolgsmännern ... Rodrick!«, stammelte sie.

»Ach!« Mortimer machte eine Handbewegung, als würde er eine Fliege verscheuchen. »Die anderen Berater des Königs haben nur ihren eigenen Vorteil im Sinn. Es ist geradezu unerträglich, wie sie allesamt um die Gunst des Königs buhlen. Und Rodrick, der ist zwar treu, aber hat nur Stroh im Kopf, wie du sicher schon gemerkt hast.«

Anne war bestürzt. Sie wusste nicht, was ihr mehr Unbehagen verursachte. Edmunds Schmeicheleien oder dass er tatsächlich so wenig von seinen Mitmenschen hielt. Beinahe überkam sie Mitleid, wie er so zerstreut in seinem Stuhl saß. Es wirkte fast, als wäre er ... einsam.

»Du dagegen«, setzte er an, bevor sie irgendetwas erwidern konnte, »du hast etwas Besonderes an dir, das habe ich bereits gemerkt, als wir uns das erste Mal begegneten.«

Annes Augen wurden immer größer. Er sah wirklich etwas Besonderes in ihr? Begriff er denn nicht, dass sie die Tochter eines

Tagelöhners war und nun eine Dienstmagd, die sich nicht einmal besonders geschickt anstellte? Sunnivas Stimme ertönte in ihrem Kopf, schimpfend, weil sie ihre Arbeit zu schlampig verrichtete.

Zu ihrer Überraschung erhob sich Edmund. Seine Hand hielt die ihre noch immer umschlossen. »Du bist wahrlich zu gut dafür, das Leben einer Dienerin zu führen.«

Anne wollte ihren Ohren nicht trauen.

»Komm heute Abend zur siebten Stunde noch einmal zu mir. Ich werde eine Schneiderin damit beauftragen, dir etwas Angemessenes anzufertigen.« Sein Blick flog über ihren Körper.

»Angemessen wofür?«

»Für meine Begleitung an der Tafel«, sagte Edmund, beugte sich nach vorne und hauchte einen Kuss auf ihren Handrücken.

5

„Die Tafel", hatte er gesagt. Aus irgendeinem Grund war Anne nicht davon ausgegangen, dass er damit die *königliche* Tafel gemeint hatte. Die Erkenntnis traf sie mit voller Wucht. Sie würde mit dem König von England an einem Tisch sitzen! Nun, vermutlich würde sie nicht gerade in seiner Nähe sitzen, wie Edmund ihr beim Betreten des riesigen Saals erklärt hatte. Aber dennoch an derselben Tafel!

Anne sank der Mut beim Anblick der vielen Adeligen und mit einem Mal war sie froh, den Baron an ihrer Seite zu haben. Dankbar klammerte sie sich an seinen Arm, den er ihr bot. Denn obwohl sie sich noch immer keinen Reim auf sein ungewöhnliches Verhalten machen konnte, verspürte sie in Edmunds Nähe so etwas wie Sicherheit. Einen Beistand, den sie dringend benötigte.

Zwischen den hochrangigen Gästen des Banketts fühlte sie sich wie eine Maus auf dem Präsentierteller, während die Edelleute wie gierige Katzen auf der Lauer lagen. Anne hielt ihre Augen die meiste Zeit auf den Boden gerichtet, dennoch blieben ihr die Blicke der anderen nicht verborgen. Eine Gruppe von Damen stand in einer Ecke zusammen und redete ganz offensichtlich über sie. Eine von ihnen, deren Alter Anne schwer schätzen konnte, verbarg ihr Kichern nur halbherzig hinter der erhobenen Hand. Ihr ganzer Körper bebte vor Lachen und brachte ihre schwarzen, aufgesteckten Haare zum Wippen. Die umstehenden Frauen stimmten in ihr Gelächter ein und machten keinen Hehl daraus, wem ihr Spott galt.

Anne versteifte sich an Edmunds Seite. *Ich gehöre hier nicht hin*, schoss es ihr durch den Kopf. Der Baron bemerkte wohl, dass etwas nicht stimmte, und legte ihr eine Hand auf die Schulter. »Cecile of Lancaster«, grummelte er und folgte ihrem Blick zu der Schwarzhaarigen. »Lass dich von dieser Schlange und ihren Anhängerinnen nicht ärgern. Sie sind bloß neidisch auf deine Schönheit.« Anne dankte ihm mit einem Lächeln. Er überhäufte sie schon mit Komplimenten, seit er sie in ihrem neuen Kleid gesehen hatte.

Edmund hatte für sie ein rotes Kleid anfertigen lassen, das sich eng an ihren Oberkörper schmiegte und durch eine Schnürung am Rücken an die Figur angepasst wurde. Der Rock hingegen fiel weit und war, was die Menge an Stoff anging, so verschwenderisch, dass es Anne zunächst die Sprache verschlagen hatte. Ihr Haar war heute nicht unter einem Tuch verborgen, sondern wurde lediglich mit einem farblich zum Kleid passenden Band aus der Stirn gehalten.

Vorhin, in Edmunds Gemach, hatte sie sich in dem kleinen Spiegel kaum wiedererkannt. Ein fremdes Mädchen hatte ihr aus den eigenen Augen entgegengeblickt. Die Haut dieser jungen Frau war glatt, die Wangen rosig. Das helle Haar fiel ordentlich gekämmt bis zur Taille und bildete einen schönen Kontrast zum kräftigen Rotton ihres Kleides. Doch das Mienenspiel dieser reizvollen Dame hatte eine Angst ausgestrahlt, über die selbst die edle Gewandung nicht hinwegzutäuschen vermochte.

Auch jetzt, in diesem Saal, überfiel Anne jene Mischung aus Neugier und Furcht. Und als Mortimer sich irgendwann entschuldigte, um ein Gespräch mit Edwards Berater aufzunehmen, schlug ihre Scheu in nackte Panik um.

Hilflos eilte sie zu einer der Saalwände, wo sie sich weniger beobachtet fühlte, aber ihrerseits die Umgebung aufnehmen konnte. Mit klopfendem Herzen ließ sie ihren Blick über das Bankett schweifen. Niemals hätte sie gedacht, diesen Teil des Palasts zu Gesicht zu bekommen, geschweige denn, einen Abend in der Gesellschaft der Höfischen zu verbringen. Die Edelleute standen in kleinen Gruppen zusammen, unterhielten sich und warteten darauf, dass der König erschien und das Abendessen beginnen konnte. Anne versuchte zu erraten, worüber die Menschen sprachen. Vermutlich diskutierten einige lediglich den neuesten Klatsch. Bei anderen Gesprächen ging es wohl um Politik, wie Anne aus den ernsten Mienen der Männer schloss, unter denen sich auch der Baron befand. Sie beobachtete ihren Herrn genauer. Er wirkte etwas klein und untersetzt neben den anderen Männern. Abgesehen davon war er eine stattliche Erscheinung. Wie immer war seine Kleidung höchst kostbar und gepflegt. Er trug dunkle Beinlinge, schwarze Stiefel und eine dunkelgrüne Tunika. Anne wusste mittlerweile, wie viel Wert Mortimer auf ein angemessenes Erscheinungsbild legte. Im Gegensatz zu den anderen Höflingen trug er sein graues Haar, welches an den Schläfen bereits weiß wurde, sehr kurz. In seinen rundlichen Gesichtszügen waren die dunklen Augen noch das Auffälligste. Mal leuchteten sie wachsam, mal wirkten sie abwesend, wenn er sich wieder einmal über etwas den Kopf zerbrach. Anne musste sich eingestehen, dass sie durchaus Sympathie für ihren Dienstherrn hegte. Nur seine ständigen Komplimente und Geschenke hinterließen immer häufiger ein mulmiges Gefühl in ihrer Magengrube.

Während Anne darauf wartete, dass das Essen aufgetragen wurde und Mortimer sie aus ihrer Einsamkeit erlöste, nutzte sie die Zeit für eine ausgiebige Betrachtung des Saals. Von den Deckenpfeilern hingen zwölf Kerzenhalter herab, deren Licht dem Raum eine feierliche Atmosphäre verlieh. Auf den ellenlangen Tafeln hatte man Weinkrüge platziert, an denen sich einige der Höflinge bereits bedienten. Beheizt wurde Edwards Prunksaal von nicht weniger als vier riesigen Kaminen. Anne verließ ihr behelfsmäßiges Versteck und schob sich langsam an der Wand entlang. Auf ihren Dienstgängen waren ihr immer wieder prunkvolle Wandteppiche in den Fluren aufgefallen, die sie allerdings nie in Ruhe hatte betrachten können. Die Exemplare in diesem Festsaal waren noch viel größer und vermutlich auch kostbarer.

Anne blieb stehen, da eine der Darstellungen ihre Aufmerksamkeit erregte. Der Teppich war in der Höhe etwa so lang wie ihr Oberkörper und zog sich über eine stattliche Breite. Er zeigte Männer in Rüstungen, teilweise auf Pferden und allesamt bewaffnet mit Lanzen und Schwertern. Die Stickereien waren in bunten Farben gehalten und äußerst detailreich. Sie konnte sich gar nicht vorstellen, wie lange es gedauert haben musste, dieses Kunstwerk fertigzustellen.

Vollkommen in die Betrachtung versunken, registrierte Anne nicht, dass jemand hinter sie getreten war, bis sich die Person durch ein Räuspern bemerkbar machte. Anne fuhr herum, in der Annahme, dass es sich um Sir Mortimer handelte. Stattdessen landete ihr Blick auf einem roten Wams, in dessen Mitte eine goldene Fibel prangte. Ihre Augen huschten nach oben und trafen auf das Gesicht eines jungen Mannes. Seine grünen Augen blitzten amüsiert auf; seine Augenbrauen, schwarz wie das Haupthaar, zogen sich ein wenig nach oben.

»Ich hoffe, ich habe Euch nicht erschreckt, Mylady.«

»Oh, ich bin keine ...« Anne wollte ihn über ihren Status aufklären, doch der Mann ließ sie nicht zu Wort kommen.

»Ich habe Euch beobachtet. Ihr scheint Euch wohl sehr für diese Kopie des Teppichs von Bayeux zu interessieren.« Seine Mundwinkel verzogen sich zu einem Lächeln und Anne stellte mit einem Mal fest, wie gutaussehend der Fremde neben ihr war.

Ärgerlicherweise wollte ihr keine Antwort über die Lippen kommen. Dabei wäre es angebracht, den Höfling über ihre Herkunft aufzuklären, bevor sie ihn in eine unangenehme Lage brachte. Oder wenigstens etwas zu diesem Teppich von Bayeux zu fragen.

»Diese Darstellung ist angelehnt an das Exemplar, welches man im elften Jahrhundert in Frankreich anfertigte, anlässlich der normannischen Eroberung Englands«, sprach der Unbekannte weiter.

»Der Eroberung Englands? Warum hängt der König eine solche Darstellung auf?«, platzte Anne heraus.

»Nun ja, Edward ist schließlich auch anglonormannischer Abstammung. Er entstammt dem Herrschergeschlecht Anjou-Plantagenet. Außerdem ist er der Herzog von Aquitanien.«

»Tatsächlich?« Eine geistreichere Bemerkung wollte ihr nicht in den Sinn kommen. Ihr war bereits aufgefallen, dass einige Adelige französisch klingende Namen trugen. Aber ihr war nicht bewusst gewesen, dass auch der König von England zu ihnen gehörte. Sie seufzte. Es gab einfach zu viele Dinge, die sie nicht wusste.

»Ihr wirkt ein wenig niedergeschlagen«, bemerkte der Dunkelhaarige. »Lasst mich Euch ein paar meiner Freunde vorstellen.«

Bevor Anne protestieren konnte, landete die Hand ihrer Begleitung auf ihrem Rücken und schob sie vorwärts. Als sie realisierte, wohin der Höfling sie führte, war es bereits zu spät. Anne spürte, wie ein Zucken durch ihren Magen ging. Sie steuerten geradewegs auf Cecile of Lancaster zu!

»Hier ist sie, Schwester!«, tönte die Stimme des Mannes hinter ihr. Der freundliche Ton war daraus verschwunden. Doch auch so fühlte sich Annes Kopf plötzlich blutleer an. *Schwester*. Ihr Begleiter war der Bruder dieser schrecklichen Person?

»Danke, Thomas.« Cecile neigte ihren Kopf, aber Anne erhaschte trotzdem einen Blick auf das Grinsen in ihren feinen Gesichtszügen.

Ihr Herz sank, als sie erkannte, dass sie in der Falle saß. Um Cecile und Thomas Lancaster standen zahlreiche Frauen und Männer, die ebenfalls einen Blick auf das unbekannte Mädchen werfen wollten.

»Wie schön, deine Bekanntschaft zu machen«, sprach Cecile mit hoher Stimme, deren warmer Klang mindestens so falsch war wie ihr Lächeln. Anne war nicht entgangen, dass sie im Gegensatz zu ihrem Bruder auf die höfliche Anrede verzichtet hatte. »Jetzt können wir dich einmal aus der Nähe begutachten.«

Ceciles Hand schoss nach vorn und fasste nach ihrem Haar. Dabei sträubten sich in Anne alle Nackenhaare und sie musste an sich halten, um Ceciles Arm nicht einfach wegzuschlagen.

»Wohl ein bisschen schüchtern, die Kleine, was?«, mischte eine andere Frau sich ein. Ihr kostbarer Schleier wehte ihr ins Gesicht, als sie an Anne herantrat und eine Hand an ihre Wange legte. »Ich würde nicht zu viel auf ihr Gebaren geben, Ailis«, meinte Cecile. »Wahrscheinlich gibt sie sich viel ängstlicher und sittsamer als sie ist, um ihrem Herrn zu schmeicheln.« Die Lady Lancaster lachte schrill auf. »Wie ich hörte, nennt Sir Mortimer sie seine ‚kleine Rose'.«

»Fragt sich nur, ob er sie bereits gepflückt hat«, stimmte Thomas in ihr Lachen ein. »Ich würde ja an seiner Stelle nicht so lange warten.« Sein Blick glitt begierig über Annes Figur.

»Er kann sie mit teuren Kleidern überhäufen, so viel er will«, sprach Cecile und meinte damit Edmund Mortimer. »Sie wird dennoch niemals eine von uns sein.«

Das war zu viel. Anne merkte, wie sich ihre Augen mit Tränen füllten. Sie kämpfte sich durch den Kreis der Umstehenden, fest entschlossen, zu fliehen. Nur weg von dieser Demütigung! Noch nie in ihrem Leben hatte sie sich so schrecklich gefühlt. Nicht einmal Vaters Bestrafungen waren vergleichbar mit dem Schmerz, der jetzt auf ihrer Brust lastete. Halb blind vor Tränen stolperte sie zur Tür.

Gerade als ihr Ausweg in Sichtweite kam, ertönte der Klang einer Trompete. Die Flügeltüren des Saals schlugen auf und herein strömte eine Reihe von Lakaien, die das abendliche Mahl auf riesigen Holzplatten hineintrugen. Anne war gezwungen, zur Seite zu springen, um nicht von der Masse an Dienern umgerannt zu werden. Sie drängte sich an die Mauer neben der Tür und schlug die Hände vor dem Gesicht zusammen. Sie wollte keine Sekunde länger in diesem Saal voller grauenhafter Menschen gefangen sein.

»Anne!« Sie erkannte Sir Mortimers Stimme. »Was ist mit dir, mein Kind?« Als er ihre verweinten Augen bemerkte, zog er rasch ein Tuch aus seinem Beutel hervor und hielt es ihr hin.

Anne griff danach und trocknete ihr Gesicht behelfsmäßig, während sie versuchte, ihren Atem zu beruhigen.

»Hat jemand es gewagt, etwas Schlechtes über dich zu sagen?«, fragte Edmund forsch.

Anne nickte, nicht imstande zu weiteren Erklärungen. Dann erklang die Trompete ein zweites Mal.

»Verdammt!« Anne hörte ihren Herrn zum ersten Mal fluchen. »Du musst mir später erzählen, was passiert ist, hörst du? Aber jetzt müssen wir uns setzen. Der König wartet nicht auf seine Gäste.«

Kurze Zeit später fand sich Anne inmitten einer Schar ihr unbekannter Gesichter wieder. Allein Mortimers Anwesenheit zu ihrer Linken gab ihr ein wenig Halt. Ihr rechter Banknachbar war ein schmaler Bursche, der herausposaunte, dass er zum ersten Mal an der königlichen Tafel teilnehme – ein Moment, auf den er wochenlang hingefiebert habe. Anne konnte seine Vorfreude, die sie zu Beginn des Abends noch geteilt hatte, nicht mehr empfinden. Die unschöne Begegnung mit den Geschwistern Lancaster und den anderen Eiferern wollte sie nicht loslassen. Dass Edmund unter dem Tisch ihre Hand drückte, während er in ein Gespräch vertieft war, spendete ihr nicht allzu viel Trost. Im Gegenteil. Seine Vertrautheit bedrückte sie, nun, da die Lancasters diese beschämenden Anspielungen gemacht hatten. Erst als der König mit dem dritten Trompetenklang in der Tür erschien, gelang es Anne, ihre Gedanken in andere Bahnen zu lenken.

Und dann stand er plötzlich an der Spitze der Tafel. Das Augenfälligste an Edward war mit Sicherheit seine hochgewachsene Statur. Mortimer hatte ihr einmal verraten, dass der König aufgrund seiner langen Beine im Volksmund auch *Longshanks* genannt wurde. Seine Majestät mochte in etwa so alt sein wie Edmund, vielleicht ein paar Jahre älter. Im Gegensatz zu Annes Herrn war er jedoch sehr schlank. Seine dunklen Haare, die ihm bis auf die Schultern reichten, waren von einigen grauen Strähnen durchzogen.

Dem Bankett ging ein Tischgebet voran, welches seine Majestät persönlich vortrug. Anne fiel dabei auf, dass der König leicht lispelte. Dies tat der Wirkung seiner kräftigen Stimme, die von den

Mauern widerhallte, aber keinen Abbruch. Nachdem er das Essen eröffnet hatte, konnte Anne sich nicht davon abhalten, immer wieder zum mächtigsten Mann Englands zu starren. Seine Präsenz zog ihren Blick wie magisch auf sich.

Unterdessen schwirrten noch immer Bedienstete um die Tafel herum, versorgten die Höflinge mit Wein und Ale. Auf dem Tisch reihten sich Platten voller Wildbret an ofenwarme Brotlaibe und Schüsseln mit gegartem Gemüse.

Anne streckte ihre Hand gerade nach einem Stück Brot aus, als sie ein bekanntes Gesicht unter den Dienerinnen entdeckte. Vor Schreck ließ sie das Gebäck auf die Tischplatte fallen. Was hatte Velma bei den Küchengehilfen zu suchen? Normalerweise wurde sie nie für diese Aufgaben eingeteilt, denn die Küche hatte ihr eigenes Personal, das bei diesen Gelegenheiten aufwartete.

Anne betete, dass Velma sie nicht entdeckt hatte. Sie hatte der Freundin absichtlich nicht erzählt, dass sie heute als Gast an der königlichen Tafel speisen würde. Es kam ihr nicht richtig vor, ihre Zeit in der Gesellschaft der Höflinge zu verbringen, statt im Dienstbotentrakt mit Velma. Dabei spielte es keine Rolle, dass sie Mortimer nicht freiwillig begleitete. Sie wollte nicht, dass Velma dachte, sie hielte sich nun für etwas Besseres. Außerdem hatte sich einfach nie der passende Moment ergeben.

Velma trug in jeder Hand einen Krug, aus dem sie den Tischgästen je nach Wunsch Wein oder Ale nachschenkte. Sie befand sich inzwischen fast auf ihrer Höhe und Anne wusste, dass es nur noch ein paar Wimpernschläge dauern würde, bis die Freundin sie entdeckte. Anne beobachtete sie genau. Velma hatte Annes Gegenüber, einer Frau im mittleren Alter, gerade lächelnd nachgeschenkt, als sie aufsah und ihre Blicke sich trafen.

Zuerst blinzelte ihre Freundin verwirrt, dann weiteten sich ihre Augen. Velma hatte ihre Mimik schnell wieder im Griff und setzte ein braves Lächeln auf, doch Anne war der enttäuschte Zug um ihren Mund nicht entgangen.

Sofort fühlte sie sich schrecklich. Wahrscheinlich hätte sie Velma Edmunds Pläne doch nicht verschweigen dürfen. Sicher war ihre Freundin nun erst recht verletzt, da sie es auf diese Weise erfahren hatte.

Die gegenübersitzende Hofdame versuchte, ein Gespräch mit ihr anzufangen, doch da Anne nur einsilbig antwortete, verlor die andere schnell das Interesse und wandte sich wieder ihrem Tischnachbarn zu. Anne war nicht in der Stimmung für Konversation. Ebenso wenig wie für dieses Festmahl. Vor ihrer Nase reihten sich unzählige Köstlichkeiten aneinander. Dinge, von denen sie zuhause mit ihren Geschwistern geträumt hatte, und einige, die sie nicht einmal benennen konnte. Doch an diesem Abend bekam sie keinen einzigen Bissen hinunter.

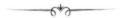

»Ich habe mir Sorgen um dich gemacht!« Edmund schloss die Tür zu seinem Gemach. »Du hast den ganzen Abend nichts gegessen, das ist mir nicht entgangen.«

»Es war alles ein bisschen viel für mich, Edmund«, sprach Anne wahrheitsgemäß. »Die Leute haben sich über mich lustig gemacht. Vor allem Thomas of Lancaster und seine Schwester. Sie haben mir klar zu verstehen gegeben, dass ich dort nicht hingehöre.«

»Mir ist bewusst, dass es für dich ein Sprung ins kalte Wasser war. Aber du darfst solche Gemeinheiten nicht persönlich nehmen. Ich habe dir ja schon gesagt, was ich vom Großteil der Höflinge halte.« Die Verachtung sprach allzu deutlich aus seinen Worten.

»Ich weiß aber nicht, wie ich mich in der hohen Gesellschaft verhalten soll«, zweifelte Anne und warf die Hände in die Luft. »Ich kenne die Umgangsformen nicht. Und selbst wenn mir eine Antwort auf Ceciles Beleidigung eingefallen wäre, bin ich wohl kaum in der Position, ihr Kontra zu geben.« Anne wusste, dass sie durch ihren Stand wenig Möglichkeiten hatte, etwas gegen die Worte einer Lady zu sagen.

»Es gäbe eine Lösung.« Edmund erhob sich und schritt auf Anne zu, die in der Mitte seines Gemachs stehen geblieben war. Seine Hände legten sich auf ihren Rücken. »Vermutlich sind die Menschen einfach nur verwirrt, was deine Rolle angeht. Sie wissen schließlich nicht, wie viel du mir bedeutest, kleine Anne.«

Einen kurzen Moment lang herrschte Schweigen zwischen ihnen und das Prasseln des Kamins, den man noch vor ihrer Rückkehr angeheizt hatte, war das einzige Geräusch im Raum. Die Zeit schien etwas langsamer zu vergehen, als Mortimers Gesicht immer näher kam. Dann lagen seine Lippen auf ihrem Mund.

Anne war unfähig, sich zu bewegen. Weder erwiderte sie den Kuss, noch wandte sie sich von ihm ab. Selbst das Atmen vergaß sie für einen Moment. Die Situation fühlte sich so unecht an wie ein Traum. Nur begriff sie nicht, ob dieser Traum guter oder böser Natur war.

Edmund hatte sich von ihr gelöst. Seine braunen Augen trugen einen Ausdruck zur Schau, den sie noch nie bei ihm bemerkt hatte.

»Wenn ich dich ihnen offiziell als meine Mätresse vorstelle, müssen sie dich respektieren.«

Anne schluckte. *Mätresse*. Dieses Wort war am heutigen Abend einige Male gefallen. Sie war unsicher, was genau der Begriff bedeutete. Aber sie hatte eine Ahnung. Und sie wusste nicht, ob ihr gefiel, was Mortimer vorschlug.

»Ich soll ... mit Euch zusammen leben?«

»Du sollst die Frau an meiner Seite sein«, sprach der Baron bestimmt.

Anne wusste nicht, was sie sagen sollte. Schließlich war Sir Mortimer bereits verheiratet.

Edmund fasste ihr Schweigen wohl als Einverständnis auf, denn er zog sie in seine Arme. »Ich bin so glücklich, dass ich dich damals in diesem gottverlassenen Dorf aufgegabelt habe.«

Bei der Erinnerung an ihre dramatische Abreise überkam Anne ein Schauer, was Mortimer allerdings nicht zu bemerken schien.

»Hier wirst du so viel lernen können und es wird dir an nichts mangeln! Ich werde dir alles über die höfische Kultur beibringen, *alles*! Dann wirst du kein Opfer mehr sein, wenn Menschen wie die Lancasters dich anfeinden.« Ein strahlendes Lächeln erschien auf seinen Lippen. »Denn ich weiß, dass in dir ein Feuer steckt, mit dem du sie alle verzaubern wirst.« Bei diesen Worten streichelten seine Hände über ihren Rücken. »Du wirst natürlich einige neue Kleider bekommen, denn du kannst nicht ständig das Gleiche tragen. Außerdem wäre es eine Schande, eine Schönheit wie dich nicht mit den edelsten Gewändern auszustatten.«

Mortimer fuhr mit dem Daumen über ihre Wange. »Nichts soll dich mehr von einer Edeldame unterscheiden. Daher werde ich dir auch einen neuen Namen geben. *Anne*, das ist so ... gewöhnlich.«

»Einen neuen Namen?«, wiederholte Anne ungläubig.

»Wie wäre es mit *Leanne*? Das wäre deinem Namen ähnlich, nur ein wenig eleganter.« Er schien regelrecht begeistert zu sein von seiner Idee. »Du wirst mir noch danken. Glaub mir, neue Kleider und ein klangvoller Name machen einen großen Eindruck auf die Leute.«

Aber werden sie mich deswegen respektieren?, fragte Anne sich, ohne ihren Gedanken auszusprechen. Sie bezweifelte, dass sich ihre Herkunft so einfach verleugnen ließ.

»Über diese Dinge können wir uns allerdings auch morgen noch den Kopf zerbrechen«, setzte Edmund an und strich ihr eine Haarsträhne hinter das Ohr. »Denn ich fürchte, ich kann nicht länger warten.«

Wieder senkte er seine Lippen auf ihren Mund, während seine Hände ihre Wangen umfassten. Edmunds Zunge drängte sich gegen ihre Lippen, zwang sie, sich ihm zu öffnen. Seine Berührung löste ein seltsames Gefühl in ihrer Magengegend aus. Erst nach ein paar Atemzügen begriff Anne, dass sie am ganzen Körper zitterte.

»Schhhht.« Der Baron strich ihr über den Kopf. »Es ist ganz natürlich, dass du nervös bist. Aber ich werde sehr vorsichtig sein.« Er nahm sie bei der Hand und führte sie in Richtung der Bettstatt. Als Anne ihm nicht folgte, wurde sein Griff etwas fester.

»Zieh das aus!« Mit einer ungeduldigen Handbewegung wies er auf das rote Kleid.

»Mylord!«, entfuhr es Anne erschrocken.

Statt einer Antwort ging Mortimer um sie herum und löste die Schnürung ihres Kleides. »Muss ich mich wiederholen?« In Edmunds Worten steckte eine klare Warnung. Etwas in seinen Gesichtszügen hatte sich verändert. Verschwunden war jegliche Freundlichkeit. In seinen Augen las sie Zorn und noch etwas anderes: Gier.

»Aber das ist Sünde!« Anne spürte, dass ihr Tränen über die Wangen liefen.

»Viele Edelmänner am Hof besitzen eine Mätresse. Und es ist wahrhaft kein schlechter Aufstieg für eine wie dich, *Leanne*.«

Anne starrte beschämt auf ihre Fußspitzen. Dann leistete sie ihm Folge. Sie schlüpfte aus ihren Schuhen, zog den Surcot mit zittrigen Fingern über ihren Kopf, bis der rote Stoff zu Boden fiel. Nun bedeckte sie lediglich ihr leinenes Unterkleid. Als sie keine Anstalten machte, dieses ebenfalls loszuwerden, bückte Edmund sich und schob das Gewand hastig nach oben, hob es schließlich über ihre Schultern.

»Nun gehörst du ganz zu mir«, hauchte er, während sein Blick in aller Ruhe über ihren bloßen Körper glitt.

6

»Anne! Hörst du mich?«

Es dauerte eine Weile, bis Anne begriff, dass jemand ihren Namen gerufen hatte. Langsam drehte sie den Kopf. Velma stand neben ihr, fasste sie beim Arm.

Anne zuckte zusammen und wich einen Schritt zurück. Erst jetzt nahm sie ihre Umgebung wahr. Sie befand sich in der Mitte eines Hofes, der von hohen Palastmauern eingerahmt wurde. Die Erde zu ihren Füßen hatte sich in braunen Schlamm verwandelt. Hier und da hatten sich Pfützen gebildet. Anne blickte an sich herab. Ihr Kleid war voller dunkler Flecken. Von den Säumen ihrer Ärmel tropfte Wasser hinab und rann über ihre Hände.

Es regnete.

»Um Gottes Willen, Anne! Du bist ganz durchnässt! Wie lange stehst du hier schon?«

Anne blinzelte und fixierte Velmas Gesicht. Das Mädchen wirkte verängstigt. Ihre hellbraunen Augen waren geweitet, die Stirn vor Sorge gerunzelt. »Sprich doch bitte mit mir!«, flehte sie.

Da wurde Anne klar, dass sie etwas sagen musste. Doch ihre Kehle fühlte sich an wie zugeschnürt. Kein Laut wollte ihr über die Lippen kommen.

Velma machte einen Schritt auf sie zu und zog sie in eine Umarmung. Ihre Locken schoben sich an Annes Hals vorbei und kitzelten sie an der Wange. Auf einmal schluchzte Velma auf, so heftig, dass ihre Schultern bebten.

Und Anne erwachte aus ihrer Starre.

»Bist du mir nicht böse, weil ich dir nicht von Mortimers Plan erzählt habe?«

»Dir böse?« Velma fasste sie bei den Schultern und sah sie eindringlich an. Ihre Augen waren vom Weinen gerötet. »Wie kommst du darauf? Ich war erschrocken, als ich dich da oben gesehen habe, aber doch nicht böse, Anne!«

»*Leanne*«, verbesserte Anne sie leise.

»Was sagst du da?«

»Ich heiße jetzt Leanne, sagt Sir Mortimer.«

Velma starrte sie fassungslos an. »Er hat dich in sein Bett genommen, nicht wahr?« Sie flüsterte fast.

Anne nickte schwach, unfähig zu antworten. Mit aller Kraft versuchte sie, die Szenen, die sie seit der letzten Nacht verfolgten, zurückzudrängen. Doch sie scheiterte kläglich. Bilder erschienen abwechselnd vor ihrem inneren Auge. Edmunds Körper über ihr. Seine Hände, die ihre Arme grob auf das Laken pressten. Die Innenseite des roten Baldachins, die mit gelben Vögeln bestickt war und auf die sich ihre Augen irgendwann geheftet hatten. Zumindest glaubte sie das, denn die gelben Stickereien hatten sich so sehr in ihren Geist gebrannt, dass sie sich an alle Details erinnerte. Und sie erinnerte sich an das Gefühl, das sie verspürt hatte.

»Ich schäme mich so!«, schluchzte sie. »Edmund meinte, ich müsse mich fügen. Aber ich habe es nicht über mich gebracht und mich gewehrt. Also hat er es mit Gewalt getan.«

»Du hast keinen Grund, dich zu schämen!«, sagte Velma bestimmt. »Es ist nicht recht, was er mit dir getan hat, auch wenn er dich das glauben lässt.«

»Ich weiß nur, dass ich das nicht kann, Velma!« Anne hörte das Blut in ihren Ohren rauschen. »Ich will nicht seine Mätresse sein ... ich will weg von hier!«, schrie sie hinaus. Sie riss sich los und stürmte zum Haupttor, einem der wenigen Ausgänge des Palastgeländes.

»Das verstehe ich doch!« Velma eilte ihr nach. »Anne, warte!« Sie erwischte Anne am Ellbogen und rang nach Luft. »Du kannst nicht einfach so davonlaufen!«, beschwor sie Anne leise, aber eindringlich, während ihr Blick zu den Wachen huschte, die seitlich des Tors Stellung bezogen hatten. Durch Annes Geschrei war ihnen die Aufmerksamkeit der Männer gewiss. »Du musst es geschickt anstellen, denn natürlich wird Mortimer nach dir suchen lassen, hörst du?«

Anne folgte ihrem Blick zu den Bewaffneten und nickte notgedrungen.

»Ich werde dir bei deinem Plan helfen. Aber du darfst nichts überstürzen. Wir brauchen sicher eine Woche, bis wir alles beisammen haben. Schaffst du das?«

Anne schluckte. *Eine Woche.* Sieben Tage, an denen der Baron ihr befehlen konnte, mit ihm das Bett zu teilen. An denen er ihr auftragen konnte, ihn an die Tafel zu begleiten. Allein die Vorstellung bereitete ihr Grauen. Aber sie war vernünftig genug, zu erkennen, dass Velma recht hatte. »In Ordnung«, sagte sie daher und machte widerwillig kehrt.

Eine Woche. Sie hatte keine Ahnung, wie sie diese Zeit überstehen sollte.

Anne schickte ein Stoßgebet gen Himmel, doch die Worte in ihrem Kopf vermochten ihren hämmernden Herzschlag nicht zu übertönen. Sie ließ ihren Rücken gegen die Baumrinde sinken, rang nach Atem.

Sie hatte es tatsächlich geschafft.

Keiner der Palastwächter hatte sie bemerkt. Im Geiste dankte Anne Velma, die für sie die Tracht einer Dienstmagd aufgetrieben und sie angewiesen hatte, ihr auffälliges Haar unter einem Tuch zu verbergen. Viel mehr war nicht nötig gewesen, um ungehindert durch den Dienstboteneingang hinauszuschlüpfen.

Anne lugte hinter dem Baumstamm hervor und riskierte einen Blick zurück auf die königliche Residenz, deren Steinmauern zu dieser späten Stunde von Fackeln erhellt wurden. Mortimer würde sie heute Abend nicht in seiner Kemenate erwarten. Ihr schoss immer noch die Röte ins Gesicht, wenn sie daran dachte, welchen Plan sie zusammen mit Velma erdacht hatte. Ihre Freundin hatte gemeint, dass Edmund sie mit Sicherheit in Ruhe ließe, wenn sie ihm erzählte, dass ihre monatliche Blutung anstand. Anne wäre vor Scham am liebsten im Boden versunken, als sie ihren Herrn heute Nachmittag stotternd über ihre angebliche Unpässlichkeit unterrichtet hatte.

Aber es hatte funktioniert. Edmund hatte keinen Verdacht geschöpft und ihr erlaubt, in den nächsten Tagen in einem eigenen Alkoven zu nächtigen. Ein eigenes Bett, das heute Nacht unbewohnt bleiben würde.

Anne warf den Beutel, der ihre wenigen Habseligkeiten sowie etwas Geld und Proviant beinhaltete, über die Schulter und setzte sich in Bewegung. Mit jedem Schritt versuchte sie, die Erinnerungen an die letzten Tage abzuschütteln.

Nicht nur hatte sie jede Nacht in Mortimers Bett schlafen müssen, er hatte sie in dieser Zeit auch zwei weitere Male bedrängt. Sie gezwungen, bei ihm zu liegen, als wäre sie seine Ehefrau. Wie beim ersten Mal hatte der Akt sie mit Angst und Ekel erfüllt. Allein die Tatsache, dass sie im Geiste bereits ihre Flucht plante, hatte diese Momente erträglicher gemacht. Der Baron dagegen hatte ihren schwindenden Widerwillen als Fügsamkeit interpretiert. Er war sanfter zu ihr gewesen und hatte ihr deshalb weniger Schmerzen bereitet.

Doch innerlich hatte sie die ganze Zeit über geschrien. Mortimer hatte ihr das Einzige genommen, das allein ihr gehört hatte. So viele Male hatte ihre Mutter ihr eingeschärft, dass die Jungfräulichkeit für sie als Mädchen von niederem Stand ihr wichtigster Wert sei.

Mutter.

Die Erinnerung an ihre Familie beflügelte Anne, mit neuer Kraft voranzuschreiten. Schon erschien ihr der dunkle Trampelpfad, der parallel zur Hauptstraße verlief, etwas weniger furchteinflößend. Sie wollte sich nicht dem Risiko aussetzen, auf der Straße auf andere Reisende oder – noch schlimmer – die königliche Garde zu treffen, und hatte sich daher für das Dickicht entschieden. Allerdings war es in der Dunkelheit kein Leichtes, den Weg zu erahnen. Anne erkannte kaum ihre eigenen Füße und drohte mehr als einmal, über Wurzeln und Steine zu stolpern.

Sie hielt sich an Velmas Anweisung, die besagte, dass sie geradeaus laufen musste, bis sie zu einer Wegkreuzung kam. Dort sollte sie sich links halten. Ab dann war sie auf sich allein gestellt und musste sich notfalls durchfragen. Wenn sie ehrlich war, hatte sie keine Ahnung, in welcher Richtung Dennmoral lag.

Anne straffte ihre Schultern. Sie durfte sich jetzt nicht von ihren Zweifeln überwältigen lassen. Irgendwie würde sie es schon nach Hause schaffen. Sie war schließlich bereits ein gutes Stück vorangekommen.

Ein scharrendes Geräusch ganz in ihrer Nähe ließ sie aufschrecken. Ihr Kopf schnellte herum und ihre Augen suchten die Umgebung ab. Aber da war niemand. Zumindest konnte sie im dämmrigen Licht des Mondscheins nichts erkennen.

Wieder raschelte es irgendwo. Dieses Mal meinte Anne, eine Bewegung in den Sträuchern wahrgenommen zu haben. *Sicher nur ein Nagetier oder ein Vogel*, versuchte sie, sich zu beruhigen. Wie von selbst beschleunigten sich ihre Schritte.

Anne fluchte und ließ sich auf den Waldboden sinken. Sie stemmte ihre Handflächen gegen die Erde und schob sich langsam vorwärts, bis ihre Zehen die Wasseroberfläche des kleinen Bachs berührten. Dann tauchte sie ihre Füße ganz hinein. Trotz des eisigen Wassers schienen ihre Fußsohlen zu brennen. Tränen schossen ihr in die Augen und liefen ihr übers Gesicht.

Sie wusste nicht, wie lange sie schon unterwegs war, denn jegliches Zeitgefühl hatte sie mittlerweile verloren. Die Nacht war jedoch noch genauso schwarz wie bei ihrem Aufbruch. Mit einem Stöhnen ließ Anne sich rücklings fallen. Obwohl sich spitze Steine schmerzhaft in ihren Rücken gruben, verschwendete sie keinen Gedanken an den Versuch, aufzustehen. Ihre Beine fühlten sich an wie Blei, die Kälte kroch ihr in die Glieder und an ihren Füßen hatten sich zahlreiche Blasen gebildet. Fast war sie dankbar für den Schmerz, der ihre Angst vor der einsamen Nacht in den Hintergrund rückte.

Falls sie denn alleine war.

Der nächtliche Wald war alles andere als still. Immer wieder kam ein verdächtiges Rascheln aus dem Unterholz, bei dem sie jedes Mal zusammenzuckte. Und irgendwo ertönte das Jaulen eines wilden Hundes.

Anne war bewusst, dass sie weitergehen musste, auch wenn ihr Körper sich noch so sehr sträubte. Mühevoll rollte sie sich in eine sitzende Position, dann stemmte sie sich nach oben. Als sie mit ihrem Fuß auf den unebenen Grund trat, schoss ein stechender Schmerz durch ihr Bein. In diesem Moment wünschte sie sich nichts sehnlicher als ein weiches Bett, eine warme Mahlzeit und Sicherheit.

Anne stockte in der Bewegung. Mit einem Mal traf sie die Erkenntnis, dass keines dieser Dinge sie in Dennmoral erwartete. Sie versuchte, sich die Gesichter ihrer Geschwister ins Gedächtnis zu rufen. Sich selbst daran zu erinnern, weshalb sie diese Strapazen auf sich nahm. Weshalb sie weitergehen musste. Doch ihr Geist ließ sich nicht mehr so einfach beschwichtigen. Zum ersten Mal seit ihrer Flucht beschlichen sie Zweifel. Was erwartete sie in der Heimat? Ihr Vater, der sie ohne zu zögern verkauft hatte und gegen dessen Launen auch ihre Mutter nichts ausrichten konnte? Ständiger Hunger?

In Annes Magen bildete sich ein Knoten. Sie schämte sich für ihre egoistischen Gedanken. Ihre Geschwister brauchten sie! Allerdings war nicht zu leugnen, dass sie am königlichen Hof ein angenehmeres Leben führen konnte. Soweit sie sich Mortimer hingab ... Aber würde sie es über sich bringen, nun zurückzukehren? Die Frage riss ihr Herz entzwei.

Sie sah an ihrem Körper hinab. Ihr Füße waren übersäht mit Wunden, der nasse Saum ihres Kleides eiskalt, ihre Beine zittrig vor Anstrengung.

In diesem Augenblick begriff sie, dass die Entscheidung im Grunde längst gefallen war.

TEIL II

1295

7

Westminster, 1295

»Heute scheint mein Glückstag zu sein!«
Leanne lachte glockenhell und offenbarte ihre Spielkarten auf dem zierlichen Tisch. Ihren Mitspielerinnen war die Enttäuschung deutlich ins Gesicht geschrieben.
»Schon wieder, Lady Leanne!«, empörte sich die dunkelblonde Frau zu ihrer Rechten. »Mir scheint, Ihr besitzt Zauberkräfte«, neckte sie die Jüngere.
»Nein, Lady Allerton, einfach nur Glück!« Leanne zwinkerte der Hofdame zu, erhob sich und schob ihren Stuhl an den Tisch heran. »Entschuldigt mich nun, meine Damen. Ich stehe Euch gerne morgen wieder für eine Partie zu Verfügung.«

Ohne auf den Protest der anderen einzugehen, machte Leanne mit einem Grinsen kehrt und verließ den sonnendurchfluteten Raum, welcher den adeligen Frauen und ihren Gesellschafterinnen für das nachmittägliche Amüsement zur Verfügung stand. Sie hätte es keine Minute länger in der Gegenwart dieser Langweilerinnen ausgehalten. Außerdem hatte sie Pläne für den restlichen Tag, die deutlich mehr Vergnügen versprachen.

Mit langen Schritten lief sie gerade so schnell durch die Palastflure, wie es sich für eine Dame ihres Standes noch geziemte. Zwar war sie genau genommen keine echte Lady, doch als Mätresse eines der einflussreichsten Männer in Westminster wurde ihr beinahe der gleiche Respekt gezollt wie den übrigen Hofdamen. Allerdings wurde dafür auch ein angemessenes Verhalten von ihr erwartet.

Seufzend verlangsamte Leanne ihr Tempo, nickte einer der königlichen Leibwachen zu und zwängte sich durch die schmale, bogenförmige Öffnung in der Mauer, die zum verlassenen Kräutergarten führte.

»Du bist spät!«

Leanne zuckte zusammen. Dann trat ein breites Lächeln auf ihr Gesicht.

»Velma, musst du mich so erschrecken?«, schimpfte sie in gespieltem Ärger.

Velma kam hinter einem hochgewachsenen Strauch hervor, wobei sie sich selbst das Lachen nicht verkneifen konnte. »Du bist schon genauso sensibel geworden wie die anderen feinen Damen!«

Leanne verdrehte die Augen. »Mach nicht den Fehler, mich mit denen zu vergleichen.«

»Klingt, als hättest du einen unterhaltsamen Nachmittag verbracht«, höhnte ihre Freundin.

Leannes Grimasse war Antwort genug. »Und bei dir? Macht Sunniva allen das Leben zur Hölle?«

Velma seufzte. »Ich glaube, mit den Jahren wird sie immer garstiger. Vor allem zu den Neuen.«

Leanne hatte keine Schwierigkeiten, sich die alte Sunniva dabei vorzustellen, wie sie die frisch eingetroffenen Dienstmägde herumscheuchte und sich permanent darüber ausließ, wie unfähig und unwürdig die Mädchen für die Arbeit im Palast waren. Schließlich hatte sie diese Erfahrung selbst machen müssen, als sie vor zwei Jahren an den Hof gekommen war. Jedoch hatte sie nur wenige Wochen unter Sunnivas Regiment zu leiden gehabt.

»Wie geht es Sir Mortimer?«, riss Velma sie aus ihrer Erinnerung. Sie ließ sich auf einer steinernen Bank nieder und Leanne gesellte sich dazu, um zu berichten.

»Er ist vorgestern von seiner Reise nach Wigmore Castle zurückgekommen. Er war ziemlich übel gelaunt. Ich glaube, seine Frau macht ihm wieder Ärger.«

Velma schmunzelte. Leanne hatte ihr oft genug erzählt, dass Edmunds Beziehung zu seiner Ehefrau nicht gerade gut war. Er besuchte seinen walisischen Stammsitz nur in dringenden Angelegenheiten und Lady Mortimer war in all seiner Zeit am Hof kein einziges Mal nach Westminster gekommen. Leanne glaubte, dass er es so wollte und tat sich schwer, Mitleid für die Unbekannte zu empfinden. Allerdings fragte sie sich schon, ob ihr Herr gelegentlich an seine Kinder dachte, die auf Wigmore Castle lebten. Schnell schob sie den Gedanken von sich. Dies waren Edmunds persönliche Probleme, nicht die ihren. Sie war die Frau an seiner Seite und allein das zählte.

»Aber auch hier bekomme ich ihn nicht oft zu sehen«, fuhr Leanne fort. »Der König spannt ihn ziemlich ein, was die Unterwerfung der Schotten angeht. Edmund eilt von einer Besprechung zur nächsten.«

»Klingt doch gar nicht so schlecht«, urteilte Velma und gähnte herzhaft. Sie hatte gerade ihre Schicht in der Wäscherei beendet. »Dann hast du mehr Zeit für dich.«

»Leider nur tagsüber, wenn du verstehst«, gab Leanne mit einem schiefen Grinsen zurück.

»Ich kann mir schon vorstellen, dass Sir Mortimer seine *Rose* sehr vermisst hat«, sagte Velma gedehnt und zog ihre Brauen in die Höhe. »Ach ja, bevor ich es vergesse ...« Sie holte einen kleinen ledernen Beutel unter ihrer Schürze hervor. »Das sollte für eine Weile reichen. Gib mir Bescheid, falls deine Freundinnen wieder etwas benötigen, dann gehe ich nochmal zu Annis.«

Leanne nickte. Annis war eine Heilerin und wohnte abseits der Londoner Stadtmauern. Sie stellte nicht nur Arzneien her, sondern auch Kräutermischungen, die eine Schwangerschaft verhindern konnten. Zumindest behauptete sie das. Leanne kannte zwei Frauen in Westminster, ebenfalls Geliebte von Edelmännern, die im letzten Jahr dennoch ein Kind bekommen hatten. Obwohl die Kräuter ihre Wirkung nicht immer zu entfalten schienen, war die Nachfrage nach

Annis' Mischungen groß, sowohl bei den Mätressen wie den übrigen Hofdamen.

Auch Leanne achtete penibel darauf, die Kräuter regelmäßig zu sich zu nehmen. Sie hatte kein Interesse daran, Edmund einen Bastard zu schenken. Schließlich hatte der Baron schon genug rechtmäßige Erben. Außerdem bestand für schwangere Mätressen stets die Gefahr, verstoßen zu werden. Zwar schätzte sie Edmund nicht derart kaltherzig ein, aber sie wollte lieber keine Risiken eingehen.

Leanne bedankte sich bei Velma. Sie war froh, dass ihre Freundin diese Botengänge für sie erledigte, denn als höfische Dame war es schwer, selbst an derartige Dinge zu kommen.

Dann lenkte sie die Unterhaltung auf leichtere Themen. Sie genoss die Treffen mit Velma, welche die beiden leider viel zu selten einrichten konnten. Zwar hatte Leanne auch in ihren Kreisen neue Freundschaften, oftmals unter Gleichgesinnten, schließen können, doch mit Velma verband sie ein noch stärkeres Band. Niemals würde sie vergessen, was ihre beste Freundin alles für sie getan hatte. Daran änderten auch ihre vermeintlichen Standesunterschiede nichts. Bei Velma musste sie sich nicht verstellen. Sie konnte sagen, was sie dachte, und die höfische Etikette für eine Weile vergessen.

Den Kräutergarten hatten die Mädchen im letzten Frühling entdeckt. Er war vor vielen Jahrzehnten von den Mönchen der angrenzenden Abtei angelegt worden, in der letzten Zeit allerdings etwas vernachlässigt worden. Zumindest tauchte hier kaum eine Menschenseele auf, was den Ort zu einem idealen Treffpunkt machte, an dem sie ungestört reden konnten.

Leanne strich mit den Fingerspitzen über einen violetten Strauch, der bei den sommerlichen Temperaturen einen intensiven Duft verströmte. Sie hätte gerne mehr zu der Pflanze gewusst, aber unter den Hofdamen gab es niemanden, den sie hätte fragen können. Außerdem wollte sie ihren geheimen Rückzugsort nicht verraten.

»Wie geht es Gilbert?«, fragte Leanne in scheinbar nebensächlichem Ton. Sie wusste, dass ihre Freundin schon seit Monaten für einen der Knechte schwärmte, der bei den königlichen Reitställen arbeitete.

»Gut, wieso?«, stammelte Velma.

Es amüsierte Leanne, ihre sonst so schlagfertige Freundin dermaßen unsicher zu erleben, wenn die Sprache auf ihren Schwarm kam.

»Hat er dir wieder ein Kompliment gemacht?«

»Er hat gesagt, dass mein Mund wie zum Küssen gemacht sei, dieser freche Kerl!«, empörte sich Velma, doch der Glanz in ihren Augen und die Röte ihrer Wangen verrieten sie.

»Er hat wirklich Mut«, lachte Leanne. »Und nimmt kein Blatt vor den Mund ... so wie du.«

»Ich? Wovon redest du?«, platzte Velma heraus und konnte sich dabei ein Grinsen nicht verkneifen.

»Vielleicht versteht ihr euch deswegen so gut.«

Leanne freute sich für Velma, da sie einen Verehrer hatte und ihm ebenfalls zugetan war. Schenkte man den Hofdamen Glauben, musste die Liebe eine wunderbare Sache sein. Schließlich sang auch Arnaud, Edwards erster Hofmusikant, auf den abendlichen Festen in seinen Liedern meist von Herzschmerz und inniger Sehnsucht. Sie jedoch musste sich über derlei Gefühle nicht den Kopf zerbrechen. Denn sie gehörte bereits Edmund Mortimer.

»Guten Morgen, meine Rose.«

Edmunds Lippen drückten sich sachte auf ihren Mund. Es war seine übliche Art, sie zu wecken. Leanne schlug die Augen auf und blinzelte gegen die Sonnenstrahlen, die sich hier und dort durch die Fensterbehänge schoben. Wie immer war Sir Mortimer bereits vollständig angekleidet. Nun widmete er sich der Schnürung seiner Stiefel.

Zu Beginn hatte Leanne derartige Aufgaben noch übernommen – schließlich hatte Edmund sie ursprünglich als Dienstmagd angestellt. Mittlerweile verlangte er von ihr nicht mehr, dass sie derlei Tätigkeiten verrichtete. Stattdessen ließ er sie ausschlafen, während er sich selbst schon zu den ersten Beratungen aufmachte. Leanne war immer wieder fasziniert, wie wenig Schlaf ihr Herr benötigte. Überhaupt verfügte der Baron für einen Mann seines Alters über eine beachtliche Lebensenergie und eine robuste Gesundheit. Auch zeigte sein stämmiger Körper keine Anzeichen von Gicht, wie es bei vielen Edelmännern der Fall war.

Sie blickte zum Fußende des Betts, wo Edmund seine Gewandung mit einer funkelnden Brosche komplettierte, die auf sein hohes Amt verwies. Sie wusste, wie viel ihm die Anerkennung des Monarchen und des Hofstaats bedeutete. Er hatte sich seinen Platz hart erkämpft. Von einem walisischen Fürsten war er durch geschickte Politik zu Edwards Günstling geworden, hatte sich den Ritterstand verdient und als Militär im englisch-französischen Krieg gekämpft. Leanne konnte nicht leugnen, dass es sie mit Stolz erfüllte, einem so ehrenwerten Ritter zu dienen. Und das Beste war, dass er sie sogar gut behandelte, was beileibe keine Selbstverständlichkeit war, wie sie von den anderen Mätressen wusste.

Gähnend setzte sie sich auf und wünschte Edmund einen schönen Tag. Als sie alleine war, wusch sie sich über der bereitstehenden Waschschüssel und begann, sich in aller Ruhe anzukleiden. Da auch dieser Tag versprach sehr warm zu werden, entschied sie sich für ein hauchdünnes Unterkleid und ein Bliaut in einem hellen Blauton. Der Ausschnitt des Überkleids war etwas tief geraten, aber mit ihrem Status konnte sie sich derlei Freiheiten gelegentlich erlauben. Außerdem hatte Sir Mortimer schon oft betont, wie hervorragend ihr dieses Gewand zu Gesicht stand. Leanne ergänzte ihre Aufmachung durch einen silbernen Ring aus ihrer Schmuckschatulle und kämmte ihr helles Haar, bis es ihr als glänzender Vorhang bis zur Taille fiel. Zum Schluss setzte sie ein silbernes Schapel auf.

Zufrieden betrachtete sie ihr Spiegelbild. Mit ihrer Erscheinung stand sie den anderen Hofdamen in nichts nach. Lediglich das Fehlen eines Schleiers wies sie als unverheiratete Frau aus. Im Grunde wusste auch so jeder, welche Rolle sie im Leben Edmund Mortimers spielte.

Leanne schloss die Tür ihres Gemachs hinter sich und hoffte, dass sie das Frühmahl nicht schon wieder verpasst hatte. Selbst nach zwei Jahren am Hof fiel es ihr immer noch schwer, morgens die bequeme Bettstatt zu verlassen, die sie mit Edmund teilte. Zudem gab es in ihrem Alltag schlichtweg nicht viel zu tun. Meist glich ein Tag dem anderen. Wenn sie etwas für Sir Mortimer erledigte, dann waren dies kleinere Näh- und Stickarbeiten. Für alles andere hatte er längst eine Dienerin beauftragt. Das Mädchen namens Marlies bekam Leanne nicht allzu oft zu Gesicht, denn sie hielt sich bis auf die Abende kaum in Edmunds Gemach auf.

Die Vormittage verbrachte sie in Gesellschaft der anderen Hofdamen. Manchmal übten sie sich im Gesang, manchmal spielten sie einige Partien Karten, aber die meiste Zeit unterhielten sie sich einfach darüber, was im Königreich und in Westminster gerade passierte. Neuigkeiten verbreiteten sich in Windeseile unter den Frauen, deren Leben von Müßiggang und der Pflicht gegenüber ihren Ehemännern oder Geliebten bestimmt wurde.

Offensichtlich gab es auch heute einen Anlass zu wilden Diskussionen, wie Leanne aus ihrer Beobachtung schloss. In der großen Halle hatte sich eine Gruppe aufgeregt plappernder Damen gebildet. Leanne gesellte sich zu ihnen.

»Habe ich etwas verpasst?«, fragte sie mit gespieltem Interesse, denn für gewöhnlich waren die Neuigkeiten weit weniger aufregend, als das Getue der Frauen rechtfertigte.

»Einer der Campbells ist hier am Hof!«, informierte Lady Allerton sie und machte einen Schritt zur Seite, sodass sie näher treten konnte. Dankbar lächelte Leanne ihr zu. Sie mochte die Ehefrau Sir Allertons. Sie war einige Jahre älter als sie und stets freundlich, auch wenn sie sich für ihren Geschmack ein wenig zu sehr für den neuesten Klatsch begeisterte.

»Campbell? Der Name sagt mir gar nichts!«

»Das überrascht mich nicht.«

Leanne erschrak und drehte den Kopf. Sie hatte nicht bemerkt, dass sich Cecile Lancaster zu ihnen gesellt hatte. Obwohl sich die Mehrheit der Höflinge mittlerweile daran gewöhnt hatte, dass sich die Tochter eines Tagelöhners in ihren Kreisen bewegte, hatte sich Ceciles Einstellung ihr gegenüber nicht geändert. Sie machte nie einen Hehl aus ihrer Ablehnung. Leanne konnte sie sogar verstehen. Die Lancasters gehörten zu den reichsten Adelshäusern Englands und Cecile erwähnte regelmäßig, dass ihre Familie mit dem Königsgeschlecht verwandt war. Sicher war es eine Schmach für sie, sich mit Menschen niederer Herkunft abzugeben. Dennoch war jede ihrer Sticheleien schmerzhaft für Leanne. Innerlich wappnete sie sich bereits für Ceciles nächste Gemeinheiten.

»Die Campbells sind Schotten. Aber da du keine Bildung genossen hast, ist es nicht verwunderlich, dass du noch nie von ihnen gehört hast«, sprach Cecile gönnerhaft und ihre grauen Augen blitzten boshaft auf.

Leanne achtete nicht weiter auf ihren gehässigen Kommentar, denn ihre Überraschung überwog. Ein Schotte! Warum hofierte Edward diesen Mann, dessen Land mit England im Zwist lag?

»Was will dieser Campbell hier?«

Leanne war froh, dass eines der anderen Mädchen gefragt hatte. Sie hätte sich nicht noch einmal die Blöße geben wollen.

Wie immer war Cecile bestens informiert. »Genau genommen sind es zwei. Luke Campbell und sein jüngerer Bruder Neil. Sie sind offensichtlich nicht so dumm wie der Rest ihrer Landsmänner, denn sie haben sich auf die Seite König Edwards geschlagen und wollen ihn unterstützen. Wie ich herausfinden konnte, besitzen sie großzügige Ländereien dort im Norden und sind auch sonst ein interessanter Bündnispartner für seine Majestät.«

Leanne glaubte zu verstehen, was Cecile andeutete. Vermutlich verfügten diese Campbells über eine stattliche Geldsumme. Und Edward steckte seit der Eroberung der französischen Gascogne in großen finanziellen Nöten. Seit einigen Jahren schon trieb er immer höhere Steuern unter der Bevölkerung und der Geistlichkeit ein. Doch auch diese Einnahmen würden nicht reichen, sollte es zum offenen Kampf mit Schottland kommen.

»Ein kluger Schachzug von den Campbells«, lobte Lady Allerton. Leanne wusste nicht, was sie von dem ungewöhnlichen Besuch an Edwards Hof halten sollte. Die Entscheidung der Campbells war vielleicht weise, aber auch sehr berechnend. Ob es den Brüdern leicht gefallen war, sich gegen ihre Landsleute zu stellen?

»Es sind immer noch *Schotten*«, bremste Cecile die Begeisterung Lady Allertons, zog die Augenbrauen in die Höhe und überprüfte den Sitz ihres Schapels auf den schwarzen Haaren. »Früher oder später werden sie sicher Probleme machen.«

»Ich glaube schon, dass Luke Campbell es ernst meint mit seiner Sympathie für die Engländer.« Lady Allerton beugte sich vor, um sich der Aufmerksamkeit der gesamten Runde zu vergewissern. Das Leuchten in ihren blauen Augen und die aufeinandergepressten Handflächen verrieten Leanne, dass sie noch von einem besonders interessanten Detail Kenntnis hatte.

»Wie ich hörte, erschien der Laird Campbell in Begleitung einer Lady, die keine andere ist als die jüngste Tochter des Sir Robert Bonville!«

Einige der Hofdamen schlugen sich schockiert die Hand vor den Mund.

»Hat sie ihn geheiratet?«, fragte eine von ihnen.

»Natürlich nicht!« Cecile Lancaster strafte die Sprecherin mit einem ungeduldigen Blick. »Würde Bonville seine Tochter einem Schotten zur Frau geben?«

Lady Allerton übernahm das Wort. »Nein, sie wurde freiwillig seine Mätresse. Angeblich haben sich die beiden beim Parlament in

Devon vor ein paar Monaten kennengelernt. Er hat sie wohl verführt und überredet, mit ihm zu kommen. Das arme Ding hat all seine Chancen verspielt!«

»Von der Tochter eines angesehenen Barons zur Mätresse eines Schotten«, rief eine der Frauen erschüttert. »Was für ein Abstieg!«

Leanne hörte dem Klagen der Hofdamen schweigend zu. Das Schicksal der Lady Bonville schien die anderen ernsthaft zu betrüben. Es war seltsam. Was für die englische Fürstentochter als schreckliche Wendung des Lebens erschien, hatte man bei ihr als große Chance angesehen.

Sie wurde erst aus ihren Gedanken gerissen, als die Stimmen um sie herum plötzlich verstummten. Leanne hob den Kopf und erkannte sofort den Grund für die veränderte Atmosphäre.

Ein Unbekannter hatte den Saal betreten. Er war hochgewachsen, besaß rotblondes Haar und ein ansprechendes Gesicht, welches sofort die Blicke der Menschen auf sich zog. An seiner Seite war ein dunkelhaariges Mädchen von so zarter Statur, dass sie neben dem Mann zu verschwinden schien. Die Tatsache, dass sie sich fest an den Arm ihrer Begleitung klammerte, ließ sie noch verletzlicher wirken.

Leanne hatte keine Zweifel, dass es sich bei den beiden um besagten Luke Campbell und die ehemalige Lady Bonville handelte. Beinahe jeder im Saal starrte die fremden Gäste an, doch zumindest Luke Campbell ließ sich äußerlich keine Anzeichen von Befangenheit anmerken. Zusammen mit seiner Geliebten durchschritt er den Saal und kam schließlich vor John de Warenne, einem der wichtigsten Kommandanten des Königs, zum Stehen. Augenblicklich waren die Männer in ein Gespräch vertieft. Leanne war sich sicher, dass die beiden viel zu besprechen hatten, wenn sie gemeinsam die Eroberung der schottischen Gebiete planten.

De Warenne gebot Campbell mit einer Geste, ihm zu folgen. Vermutlich, um eine Unterhaltung mit mehr Privatsphäre zu führen.

Der Schotte sandte seiner Begleiterin einen bedauernden Blick zu, löste sich dann jedoch von ihr und folgte dem Kommandanten.

Ohne den Laird wirkte die junge Frau inmitten des weitläufigen Saals vollkommen verloren. Leanne verspürte augenblicklich den Drang ihr zu helfen, und schloss zu der Fremden auf, bevor die anderen Hofdamen ihr zuvorkamen.

Das Mädchen war beinahe einen Kopf kleiner als sie und starrte sie aus großen, veilchenblauen Augen überrascht an. Ihre Gesichtszüge waren passend zur Figur fein und schmal und hatten doch etwas Kindliches an sich. Die kleine, spitze Nase ließ Leanne unwillkürlich an eine Maus denken. Im Kontrast zu ihrem dunkelbraunen Haar wirkte ihr heller Teint beinahe schneeweiß.

»Ihr seid erst heute am Hof eingetroffen, nicht wahr?« Leanne gab sich Mühe, einen vertrauensvollen Ton anzuschlagen.

Ihr Gegenüber nickte nur, konnte sich dann aber doch zu einem kleinen Lächeln durchringen. »Entschuldigt, ich habe mich gar nicht vorgestellt.« Sie versank in einen formvollendeten Knicks. »Ich bin Annabel Bonv ...« Sie stockte mitten im Satz, fing sich jedoch schnell. »Annabel.«

»Sehr erfreut, Annabel. Ich bin Leanne. Du bist sicher hungrig von der Reise?« Ohne ihre Antwort abzuwarten, schob sie Annabel sanft vorwärts und visierte einen der kleineren Tische an. Sie wollte das Mädchen in sichere Gewässer befördern und ihr einen Zusammenstoß mit Cecile Lancaster und ihren Anhängerinnen ersparen. »*Ich* zumindest habe heute noch keinen einzigen Bissen gegessen. Lass uns doch gemeinsam ein Frühmahl zu uns nehmen.«

»Das wäre wunderbar.« Annabel war die Erleichterung ins Gesicht geschrieben.

Während Leanne eine beachtliche Portion Haferbrei und einen Apfel verschlang, zupfte Annabel nur winzige Stückchen Brot von einem Fladen ab und steckte sie sich zaghaft in den Mund. Sie erklärte, dass sie sowieso nie besonders großen Appetit habe, doch

Leanne konnte sich vorstellen, dass ihre Zurückhaltung noch einen anderen Grund hatte. Es war kein angenehmes Gefühl, von all den Palastbewohnern neugierig angestarrt zu werden, wie sie aus eigener Erfahrung wusste. Nur dass die Menschen Annabel zusätzlich als *gefallene Tochter* ansahen, welche die Ehre ihrer Familie beschmutzt hatte.

Natürlich war auch Leanne neugierig, weshalb sich Annabel dieses Schicksal ausgesucht hatte, doch sie wollte nicht gleich mit der Tür ins Haus fallen.

»Wie lange bist du schon an der Seite Luke Campbells?«, fragte sie daher.

»Etwa drei Monate«, gab das dunkelhaarige Mädchen knapp zurück.

»Er ist ein ansehnlicher Mann!«

»Ja, das ist er.« Auf Annabels schmalem Gesicht erschien ein verträumter Ausdruck, der jedoch rasch von Sorgenfalten abgelöst wurde. »Allerdings hat er es nicht besonders leicht, seitdem er die Entscheidung getroffen hat, sich auf Edwards Seite zu schlagen.«

»Tatsächlich? Ist es nicht sehr weise von ihm, sich mit unserem mächtigen König zu verbünden?«

»Sicher, er steht nun in der Gunst seiner Majestät. Aber was ist mit den Menschen? Hast du nicht gehört, wie die Höflinge über die Schotten sprechen? Daran ändert auch Lukes Entschluss wenig. Und wie er nun bei seinen Landsleuten dasteht, brauche ich dir wohl nicht erst zu erklären ...«

Annabel tat Leanne leid. Das Mädchen schien sich ernsthaft um das Ansehen ihres Geliebten zu sorgen. Aber was war mit ihr selbst? Kümmerte sie sich gar nicht darum, dass sie all ihre Privilegien, die sie als englische Fürstentochter genossen hatte, nun verloren hatte? Warum hatte sie all das aufgegeben, um mit diesem Schotten in Sünde zu leben? Natürlich wagte sie es nicht, ihre Fragen laut auszusprechen. Sie wollte Annabel, die ohnehin voller Sorge war, nicht vor den Kopf stoßen.

Die junge Frau neben ihr versteifte sich, als eine der Flügeltüren zum Saal aufgeschlagen wurde und John de Warenne und Luke Campbell eintraten. Offensichtlich war ihre Unterhaltung bereits vorüber. Leanne schloss, dass beide Parteien zu einer Übereinkunft gekommen waren, denn auf dem Gesicht des grauhaarigen Kommandanten erschien ein zufriedenes Lächeln, was durchaus eine Seltenheit war. De Warenne eilte der Ruf eines berechnenden und grimmigen Kriegsherrn voraus. Auch Luke Campbell machte einen heiteren Eindruck. Der Schotte verbeugte sich rasch vor Edwards erstem Kommandanten und ließ seine Augen dann über den Saal gleiten. Sein Gesicht erhellte sich, als er Annabel neben Leanne entdeckte. Eilig steuerte er auf ihren Tisch zu.

»De Warenne war sehr angetan von meinen Vorschlägen«, unterrichtete er Annabel lächelnd und reichte ihr die Hand.

Sie ließ sich von ihm hochziehen. »Oh Luke, ich freue mich so für dich.«

»Für *uns*, mein Herz.«

Leanne verfolgte erstaunt, wie Luke die ehemalige Lady Bonville eng an sich zog und sie dann vor aller Augen auf den Mund küsste. Annabel schlang ihre Arme um seinen Nacken und strahlte. Die beiden wirkten, als hätten sie die Anwesenheit des Hofstaats vollkommen vergessen.

Nun begriff Leanne, weshalb Annabel Titel und Familie aufgegeben hatte, um an Luke Campbells Seite zu leben. So sah es also aus, wenn sich zwei Menschen aus tiefstem Herzen liebten.

8

Leanne musste an sich halten, um nicht herzhaft zu gähnen. Wer hatte sich nur ausgedacht, dass die Frühmesse noch vor Sonnenaufgang abgehalten wurde? Es fiel ihr schwer, sich in den Morgenstunden auf die Predigt zu konzentrieren, insbesondere, da der Priester diese in Latein vortrug – einer Sprache, der sie nicht mächtig war.

Zusätzlich wurde sie in den letzten Wochen immer wieder von einer heftigen Müdigkeit übermannt, die sie sich selbst nicht erklären konnte. Schließlich hatte sie kaum körperliche Arbeiten zu verrichten und auch sonst bestand ihr Alltag meist aus Müßiggang und angenehmer Unterhaltung. Um nicht zu sagen: Langeweile.

Leanne seufzte, was ihr einen Stoß in die Rippen einbrachte. Sie stand mit Annabel in einer der hinteren Reihen der Westminster Abbey, wo sich die persönliche Dienerschaft der Höflinge mitsamt den Mätressen sammelte. Die vorderen Reihen waren dem Adel vorbehalten. Daher verbrachte Leanne die Predigten auch nicht an der Seite Sir Mortimers, sondern inmitten von Gleichgesinnten. Das störte sie jedoch nicht im Geringsten. Sie verbrachte gerne Zeit mit Annabel, die sie mittlerweile ins Herz geschlossen hatte. Vor und nach dem Kirchgang bot sich ihnen die Gelegenheit für einen Plausch und während der Messe sorgte Annabel dafür, dass sie nicht im Stehen einschlief.

Gelegentlich wunderte sich Leanne über Annabels Gottesfurcht. Immerhin hatte sich ihre Freundin bewusst dafür entschieden, ein Leben in Sünde zu führen. Trotzdem lauschte sie den Predigten stets besonders aufmerksam. Leanne konnte sich dies nur durch Annabels Herkunft erklären. Anders als sie hatte die Fürstentochter eine Bildung genossen, sich bereits im Kindesalter mit der lateinischen Sprache und der Heiligen Schrift auseinandergesetzt. Sicher fiel es ihr leicht, den Worten des Priesters zu folgen.

Leanne sah kurz zu ihr hinüber. Manchmal fragte sie sich, ob Annabel ihr altes Leben vermisste und ihre Entscheidung bereute. Doch ihre Freundin wirkte glücklich. Ihre Liebe zu Luke schien stärker zu sein als alle Zweifel. Zudem hatte sie sich in den letzten Wochen an das Leben in Westminster gewöhnen können und ihre anfängliche Schüchternheit überwunden.

Nachdem der Priester die Zeremonie beendet hatte, verweilten die beiden noch kurz an ihren Plätzen. Es war ein ungeschriebenes Gesetz, dass den Edelleuten beim Verlassen der imposanten Kirche der Vortritt gebührte. Außerdem hasste Leanne das Gedränge, das sich stets an der Pforte bildete.

Als die Frauen später den Rückweg zum Palast antraten, kam das Thema schnell auf die Unruhen im schottischen Grenzgebiet. Annabel war durch ihre Verbindung mit Luke stets mit Informationen versorgt.

»Bevor sie die Anhänger des Schottenkönigs John Balliol niederschlagen können, muss Edwards Armee sich erst noch mit den *Border Reivers* rumschlagen«, meinte sie.

Die Erwähnung der berüchtigten Banditen ließ Leanne erschauern. Sie erinnerte sich daran, wie Sibilla ihren Vater oft zu überreden versucht hatte, dass sich ihre Familie etwas weiter fernab der Grenze niederließ. Doch Peter hatte ihren Wunsch nie ernst genommen.

»Was hast du?« Offensichtlich hatte Annabel ihre Verstimmung bemerkt.

»Nichts«, log Leanne. Sie hatte keine Lust, über die Vergangenheit zu reden. »Wird dein Liebster mit dem Trupp reiten?«, kam sie auf das eigentliche Thema zurück.

»Ich befürchte es, ja.« Die Sorge war Annabel ins Gesicht geschrieben. »De Warenne will noch vor dem Winter zu einem großen Schlag ausholen. Übrigens schließt sich auch Lukes jüngerer Bruder Neil dem Kommando an. Er wird in wenigen Tagen an den Hof kommen.«

»Hast du ihn schon kennengelernt?«

»Nein, aber ich freue mich darauf.« Annabel wirkte aufgeregt. »Bisher kenne ich nämlich noch niemanden von seiner Familie. Du weißt ja bereits, dass meine Eltern die Heirat mit Luke verboten haben und meinen Titel für erloschen erklärten, als ich dennoch mit ihm ging. Aber was Lukes Familie von mir hält, kann ich überhaupt nicht sagen ...«

»Ich bin sicher, dass Neil dich im Nu ins Herz schließen wird, wenn er nur erkennt, wie viel du Luke bedeutest.« Leanne lächelte aufmunternd und drückte Annabels Hand.

Im nächsten Moment wurde sie so kräftig geschubst, dass sie ihr Gleichgewicht verlor und bäuchlings auf der Erde landete.

»Leanne!?« Annabel schrie neben ihr auf.

Leanne brauchte einen Moment, um sich zu orientieren. Sie musste gestolpert sein. Nicht weiter schlimm. Sie würde einfach wieder aufstehen und hoffen, dass niemand außer Annabel ihren Fauxpas mitten auf dem Kirchplatz bemerkt hatte. Ohne groß nachzudenken, griff sie nach der Hand, die jemand ihr reichte. Als sie das Gesicht ihres Helfers erblickte, war ihr, als würde sie das zweite Mal den Boden unter den Füßen verlieren.

Vor ihr stand kein anderer als Thomas Lancaster. Seine Mundwinkel waren zu einem hämischen Lächeln verzogen. Doch das Unheimlichste an ihm war die Art und Weise, wie seine grünen Augen sie fixierten, als wäre er ein Raubtier und sie seine Beute. Seine Hand lag eine Spur zu fest an ihrer Taille, sein Gesicht schwebte viel zu nah vor ihrem. So nah, dass Leanne einzelne Bartstoppeln auf seinen Wangen erkennen konnte.

»Mylady!« Seine Stimme troff vor Spott.

Haut einfach ab, Thomas!, betete Leanne innerlich und wand sich unter seinem Griff, doch so einfach ließ Lancaster sie nicht entkommen.

»Na, ein wenig wackelig auf den Beinen, Leanne?«, machte er sich lustig. Dann senkte er die Stimme, sodass nur sie ihn verstehen konnte. »Mir scheint, Sir Mortimer verlangt deinen Schenkeln einiges ab. Wie wäre es erst, wenn du sie einmal für mich breit machst?« Bei seiner Anspielung wurde ihr augenblicklich übel.

»Lasst sie in Ruhe!«, forderte Annabel, die seine Worte nicht gehört haben konnte, die Situation aber sofort erfasste.

Thomas wandte sich ihr träge zu. »Sagt wer? Die Schlampe eines Schotten?«

Annabel erbleichte. Bevor sie etwas entgegnen konnte, machte er auf dem Absatz kehrt und lief hämisch lachend davon.

»Was war das?«, brachte Annabel mit bebenden Lippen hervor.

»*Wer* war das?«

Leannes Gesicht formte eine Grimasse. »Thomas Lancaster.«

»Lancaster?«, fragte Annabel erschrocken. »Wie *Cecile* Lancaster?«

»Er ist ihr Bruder«, erklärte Leanne grimmig. Annabel hatte bereits Ceciles Bekanntschaft gemacht, doch von Thomas war sie bisher verschont geblieben, denn dieser hatte den Sommer auf dem Landsitz seines Vaters verbracht. »Ich habe den Tag gefürchtet, an dem er wieder hier auftaucht.«

»Was für ein furchtbarer Mensch! Wir müssen sofort deinem Herrn Bescheid geben!«

»Ich glaube nicht, dass das eine gute Idee ist«, gab Leanne zu bedenken. »Edmund hasst es, wenn jemand unhöflich zu mir ist. Sicher würde er Thomas zur Rechenschaft ziehen. Aber da die Lancasters so hoch in der Gunst des Königs stehen, wäre das vielleicht nicht so klug.«

»Natürlich muss dieser Mann zur Rechenschaft gezogen werden«, widersprach Annabel heftig. »Leanne, er ist gefährlich, er hat dich absichtlich zu Boden geworfen!«

»Ich stimme dir zu, Thomas Lancaster ist gefährlich. Aber ich glaube, man sollte ihn nicht mit einer Anschuldigung provozieren. Versuch einfach, ihn zu ignorieren.«

Leanne gab sich Mühe, gelassen zu wirken, obwohl sie innerlich vor Angst bebte. Und sie verschwieg Annabel, wie gefährlich Lancaster wirklich war. Anfang des Jahres hatte man den leblosen Körper einer Hure aus seinem Gemach hinausgetragen. Er hatte die Frau halb tot geprügelt.

Als Leanne am Abend Sir Mortimers Gemach betrat, saß dieser kerzengerade auf der Fensterbank. Er hatte seine Tageskleidung noch nicht abgelegt, nicht einmal die Stiefel, und starrte Leanne aus finsteren Augen an. Sie spürte sofort, dass etwas nicht stimmte.

»Edmund«, sagte sie unsicher. »Was ist los?«

»Tu nicht so ahnungslos!«, polterte der Baron und sie zuckte zusammen. »Warum hast du mir den Vorfall mit Thomas Lancaster verschwiegen?«

Verdammt!, schoss es Leanne durch den Kopf. Annabel hatte ihm offensichtlich doch davon berichtet. Schuldbewusst senkte sie den Blick.

»Spätestens beim Mittagsmahl hättest du es mir erzählen müssen«, fuhr Edmund fort. Er wirkte ernsthaft verärgert. »Wie soll ich dich beschützen, wenn du mir solche Dinge verschweigst, Leanne?« Er warf die Hände über dem Kopf zusammen. »Diese Ratte! Ich werde ihm zeigen, was passiert, wenn er sich an dir vergreift!«

»Er wollte mich einfach nur ärgern, mehr nicht«, versuchte Leanne ihn zu beschwichtigen.

»Das hat sich nach den Worten deiner Freundin aber anders angehört!«

Leanne eilte an seine Seite und legte eine Hand an seine Wange. Eine Geste, die ihre Wirkung für gewöhnlich nicht verfehlte.

»Annabel ist noch nicht lange hier«, sprach sie milde. »Sie ist es nicht gewohnt, dass die Höflinge sich dermaßen aufspielen. Und Thomas Lancaster ist wahrlich ein unangenehmer Zeitgenosse. Aber ich bitte dich, ihn nicht herauszufordern, Edmund.«

Leanne schenkte ihm einen Augenaufschlag, mit dem sie hoffte, ihn gänzlich zu überzeugen. »Du weißt, dass niemand etwas gegen das Gehabe der Lancasters ausrichten kann. Sie würden sich sofort unter dem Rock des Königs verkriechen.«

»Nun gut«, brummte der Baron widerwillig und seufzte. »Ich werde vorerst nichts unternehmen.«

Leanne atmete auf. Sie wollte die Sache mit Thomas Lancaster einfach verdrängen und ihm so gut wie möglich aus dem Weg gehen. Denn sie befürchtete, dass er sie im Falle einer Anschuldigung erst recht bestrafen würde.

»Allerdings habe ich eine Bedingung«, sprach Edmund weiter. »Du wirst mir in Zukunft immer sofort berichten, wenn einer der Männer dir zu nahe kommt.« Er lehnte sich nach vorne und strich ihr eine Haarsträhne hinters Ohr.

»Gewiss, Edmund.« Die Lüge ging ihr leicht über die Lippen. Es war besser, ihn in diesen Angelegenheiten im Unwissen zu lassen. Sonst würde ihm seine aufbrausende Art vielleicht eines Tages zum Verhängnis werden. Ihre Gedanken schweiften zu Annabel, mit der sie noch ein Wörtchen zu reden hatte.

Edmund räusperte sich. »Ich habe Angst um dich, Leanne.« Der Kuss, der auf seine Worte folgte, hatte etwas Verzweifeltes.

»Das brauchst du nicht. Es geht mir gut, hier an deiner Seite.«

»Genau das bereitet mir ja Sorgen.«

Leanne hob überrascht den Blick. »Wie meinst du das?«

»Ich werde in den nächsten Monaten nicht immer hier sein können. In Schottland braut sich ein Krieg zusammen.«

In Leannes Magen bildete sich ein Knoten. »Ein Krieg? Jetzt?« Sie hatte zwar von den Unruhen im Nachbarland gehört, aber ihr war nicht bewusst gewesen, dass es schon so bald zum offenen Kampf kommen würde.

»Es ist nur noch eine Frage der Zeit, bis Edward dort einfällt und seinen Herrschaftsanspruch durchsetzt.«

»Hat er nicht selbst John Balliol als König der Schotten anerkannt?«, fragte Leanne verwundert.

»Ja, aber seitdem hat Balliol einige unkluge Entscheidungen getroffen. Weder erschien er zum Parlament, noch kam er Edwards Aufforderung nach, gemeinsamen Kriegsdienst gegen Frankreich zu leisten. Außerdem strebt unser König insgeheim schon lange die Oberherrschaft Schottlands an.«

Es war keine Seltenheit, dass Edmund mit ihr so offen über Edwards Politik sprach. Dennoch wunderte Leanne sich manchmal über das Vertrauen, das er ihr entgegenbrachte.

»Was ist mit den schottischen Lairds, die ihren Besuch für den Herbst angekündigt haben?«

Sir Mortimer machte eine wegwerfende Handbewegung. »Das ist doch alles nur zum Schein, nichts als klägliche Versuche. Die MacLeans, die Camerons, die MacGregors und ein paar andere Clans hoffen auf eine friedliche Übereinkunft. Auch sie sind nicht zufrieden mit ihrem schwachen Herrscher im Norden. Die Regierung hat längst ein zwölfköpfiger Staatsrat übernommen. Eine englische Oberherrschaft hingegen würden wohl auch sie nicht kampflos hinnehmen.«

»Bis auf die Campbells«, merkte sie an.

»Ganz recht«, sagte Edmund lächelnd. Es schien ihn zu freuen, dass Leanne ihm folgen konnte. »Luke Campbell hat geschworen, an Edwards Seite zu kämpfen, wenn die Armee die Eroberung aufnimmt. Im Gegenzug wird der König seine Gebiete nicht vereinnahmen, wenn Schottland erst unter englischer Kontrolle ist.«

Die arme Annabel!, dachte Leanne unvermittelt. Sicher würde sie vor Kummer vergehen, wenn Luke mit in die Schlacht ziehen musste.

»Was betrübt dich, meine Rose?« Edmund bedeckte ihren Handrücken mit Küssen.

»Die Aussicht auf einen Krieg«, seufzte Leanne. »Und natürlich, dass du mich für einige Zeit verlassen musst.« Mittlerweile hatte sie ein Gespür dafür, was der Baron aus ihrem Mund hören wollte. In Wahrheit überkam sie bei dem Gedanken, eine Weile ohne ihn zu sein, ein Gefühl der Erleichterung. Obwohl das Leben als seine Mätresse nicht unangenehm war, schmeckte die Vorstellung des Alleinseins nach Freiheit und Abenteuer.

»Meine süße Leanne!« Mortimer zog sie in seine Arme. »Ich werde zwar einige Monate fort sein, doch ich werde jeden Tag an dich denken, das verspreche ich dir.«

Sie hatte keine Zweifel, dass er aufrichtig sprach.

Als sich Leanne am nächsten Morgen zum Frühmahl aufmachte, entging ihr nicht, dass die Stimmung unter den Höflingen heute besonders ausgelassen war. Überall standen Gruppen schwatzender und lachender Hofdamen zusammen und auf den Fluren reckte sich so mancher Kopf neugierig durch die hohen Fenster.

Im Vorbeigehen schnappte sie ein paar Wortfetzen auf. Von „weitgereisten Händlern" war die Rede und von „erlesenem Tuch und Tand".

Der Markt!, überkam es sie. Den hatte sie vollkommen vergessen. Schon vor einiger Zeit hatte sie Annabel versprochen, zusammen den Markt zu besuchen, der zweimal jährlich in Westminster stattfand. Angeblich war es Edwards verstorbene Gemahlin gewesen, die einst bestimmt hatte, Händler von nah und fern zur Königsresidenz zu rufen. So konnte sich der Hofstaat in Ruhe die Waren besehen, ohne sich unter das gemeine Volk in London mischen zu müssen.

Normalerweise fieberte Leanne regelrecht auf diese Märkte hin. Sie boten eine willkommene Abwechslung in ihrem Leben am Hof. Denn die Händler, die meist für eine ganze Woche im Garten des Palasts weilten, brachten nicht nur Waren aus heimischen wie fernen Ländern mit sich. Auf ihren Reisen schnappten sie eine Vielzahl an Erzählungen und Liedern auf, die sie im Kreise der kauffreudigen Höflinge nur allzu bereitwillig zum Besten gaben. Gelegentlich mischten sich sogar ein paar Spielleute unter die Händler, und das, obwohl Edwards Palastwache das fahrende Volk nicht gerne in Westminster sah. Zumindest, wenn es nicht auf ausdrücklichen Wunsch seiner Majestät eingeladen worden war.

Doch die freudige Aufregung, die Leanne für gewöhnlich pünktlich zum Marktbeginn überkam, wollte sich heute nicht einstellen. Sie hatte nicht einmal Lust, Annabel beim Frühmahl zu begegnen, geschweige denn, den ganzen Tag an ihrer Seite zu verbringen. Dafür lag ihr der Verrat der Freundin noch zu schwer auf der Brust. Auch wenn Annabel ihr lediglich hatte helfen wollen, war es falsch gewesen, dem Baron von dem Vorfall mit Thomas zu berichten. Das gestrige Gespräch mit Edmund hatte sie nur in ihrer Meinung bestätigt.

Missmutig suchte sie sich einen Platz im Speisesaal und ließ sich von einer der Mägde eine Schale Haferbrei und kühles Leichtbier servieren. Die Tische waren heute leerer als gewöhnlich – vermutlich war ein Großteil der Höflinge bereits auf dem Weg zu den Marktständen. Erneut fragte Leanne sich, wie sie diesen besonderen Tag hatte vergessen können. Lancasters Angriff und Mortimers Rede hatten sie wohl doch mehr mitgenommen als gedacht.

Sie hatte erst ein paar Löffel gegessen, als jemand den Stuhl zu ihrer Rechten zurückzog. Annabel.

»Leanne!«, sprach ihre Freundin leise.

Leanne sah nur kurz auf und widmete sich dann demonstrativ ihrem Haferbrei.

»Bist du mir sehr böse?«, hörte sie Annabel fragen.

Leanne wartete mit ihrer Antwort, bis man Annabel ebenfalls eine Mahlzeit aufgetischt hatte.

»Warum musstest du Edmund unbedingt von Thomas erzählen?«, platzte sie heraus. »Er war gestern vollkommen aufgebracht deswegen!«

Annabel senkte schuldbewusst den Blick. »Ich ... es tut mir leid. Ich hatte mit Luke darüber gesprochen. Und er war sofort der Meinung, dass Sir Mortimer Bescheid wissen sollte.«

»Es ehrt mich, dass Luke sich Sorgen macht. Aber er weilt noch nicht allzu lange am Hof und ich wage zu behaupten, dass ich die Lancasters und die Gefahr, die von ihnen ausgeht, besser einzuschätzen vermag als er.«

Annabel starrte betreten auf ihre Mahlzeit und murmelte etwas, das nach einem „Vielleicht" klang. Leanne fiel auf, dass ihre Freundin ungesund blass war und ihr Frühmahl noch gar nicht angerührt hatte. Der Streit schien ihr wohl auf den Magen zu schlagen.

»Was geschehen ist, ist geschehen«, sagte sie daher in versöhnlichem Ton. »Ich bitte dich nur, das nächste Mal auf mich zu hören.« Mit diesen Worten schob sie Annabel ihre Schale hin. »Außerdem solltest du unbedingt etwas essen. Du siehst ja beinahe kränklich aus!«

Auf Annabels Lippen erschien ein mattes Lächeln. »Danke. Aber mir ist heute wirklich nicht ganz wohl.« Schüchtern hob sie den Blick. »Auf den Markt würde ich trotzdem gerne gehen. Möchtest du mich immer noch begleiten?«

»Natürlich.« Inzwischen freute Leanne sich wieder auf das Flanieren bei den Marktständen. »Will Luke auch mitkommen?«

»Ich denke schon.« Annabel lächelte dankbar. »Hoffen wir, dass De Warenne ihn entbehren kann.«

Luke gelang es, sich für ein paar Stunden von seinen Pflichten davonzustehlen, und so schlenderten die drei kurze Zeit später zwischen den zahlreichen Marktständen hindurch, die sich ab heute auf einem weitläufigen Feld aneinanderreihten. Obwohl sich die Händler wahrlich nicht über zu wenig Kundschaft beklagen konnten, buhlten sie lautstark um die Aufmerksamkeit der Höflinge.

»Das allerfeinste Leder findet Ihr nur bei mir, Mylord!«, rief einer der Männer und winkte Luke zu sich. Dessen Blick huschte interessiert über die ausgestellten Lederwaren.

»Wie wäre es mit neuen Stiefeln?«, bemühte der Verkäufer sich, nun, da er die Aufmerksamkeit des Schotten hatte. »Mit Verlaub, Mylord, die Euren haben schon bessere Zeiten gesehen.«

Leanne und Annabel kicherten, da Lukes Blick erschrocken zu seinem Schuhwerk wanderte. Dabei zwinkerte der Händler den Frauen zu. »Und wie wäre es mit einem Paar Handschuhe für die Damen? Ihr mögt es nicht glauben, aber im Winter werden Euch diese wunderbaren Arbeiten« – er hielt ein Paar zierlicher Handschuhe aus hellem Leder in die Höhe – »äußerst gute Dienste leisten.«

Während Annabel die Handschuhe anprobierte, begutachtete Leanne die anderen Waren. Dabei blieb ihr Blick an den dünnen Lederbändern hängen, die man auf einem bestickten Tuch ausgebreitet hatte. Die Bänder gab es in den verschiedensten Farben und an einigen hatte man Verzierungen in Form von Holzperlen oder metallenen Knöpfen angebracht.

»Ahhh, meine Haarbänder gefallen Euch!«, raunte der Verkäufer, der auf wundersame Weise an Leannes Seite aufgetaucht war. »Ihr besitzt wahrlich einen erlesenen Geschmack, Mylady, was mich kaum verwundert. Im ganzen Land können sich die vornehmsten Edeldamen für meinen Haarschmuck begeistern. Ich sage Euch, selbst die Gemahlin des Barons de Ros kaufte diesen Sommer ...«

»Wie viel?«, unterbrach Leanne sein Geschwafel.

»Acht Pence das Stück, Mylady.«

»Acht Pence!?«, mischte Annabel sich ein und trat näher. »Das ist ja Wucher!« Erstaunt beobachtete Leanne ihre Freundin, wie sie die Fäuste in die Seiten stemmte und kopfschüttelnd zu den Haarbändern sah.

»Gebt uns zwei für zehn Pence!«, forderte Annabel den Verkäufer auf, dessen Lächeln bei ihren Worten kurz ins Wanken geriet. Doch er hatte sich schnell wieder gefangen.

»Zwei wunderschöne Bänder für zwei bezaubernde Damen. Wie könnte ich Euch diesen Wunsch abschlagen?«

Annabel setzte ein Lächeln auf und fragte Leanne, welches der Lederbänder sie haben wollte.

»Das mit den Holzperlen gefällt mir am besten. Und du willst wirklich auch eines haben? Oder hast du nur geschickt gefeilscht?«, fügte Leanne leise hinzu. Noch immer war sie überrascht, wie selbstbewusst ihre sonst eher zurückhaltende Freundin gegenüber dem Händler aufgetreten war. Aber vielleicht hatte sie als Fürstentochter Erfahrung in solchen Dingen.

»Ja, ich möchte auch eines«, sagte Annabel. »Und ich nehme auch das mit den Holzperlen. Es wäre doch schön, wenn wir das gleiche besitzen, nicht wahr?«

Leanne stimmte begeistert zu. Als sie nach den Münzen in ihrer Geldkatze kramte, schüttelte Annabel den Kopf.

»Lass mich bezahlen. Als Entschuldigung für gestern«, erklärte sie verlegen.

»Wenn du meinst ...«, antwortete Leanne und bedankte sich.

Nachdem sie bezahlt hatten, schlossen die Frauen zu Luke auf, der gerade mit einem Waffenschmied über verschiedene Arten von Pfeilspitzen fachsimpelte. Bei ihm angekommen, zeigte Annabel ihm stolz ihren Einkauf.

»Sehr schön«, urteilte Luke und begutachtete das Haarband in Annabels Hand. Leanne vermutete, dass er dies zu jedem Teil sagen würde, das seine Geliebte ihm präsentierte. Dennoch war es rührend zu sehen, wie liebevoll die beiden miteinander umgingen.

Annabel bedankte sich, indem sie auf die Zehenspitzen ging und Luke einen Kuss auf die Wange gab.

Da die Vertrautheit zwischen den beiden Leanne nun doch zu viel wurde, wandte sie den Blick ab und besah sich die nahegelegenen Stände. Gegenüber verkaufte eine Frau getrocknete Früchte, Nüsse und Kekse. Es war jedoch ihr Nachbarstand, zu dem es Leanne zog. Dort reihten sich Stoffballen aus den verschiedensten Materialien, Farben und Mustern aneinander. Bei dieser Auswahl wusste sie kaum, wo sie zuerst hinsehen sollte. Unter dem wachsamen Blick des Händlerpaars fuhr ihre Hand über einen dunklen Webstoff, dann über ein schneeweißes Fell und zuletzt über einen lindgrünen Stoff, der sich unter ihren Fingern so weich anfühlte, dass ihr ein erstaunter Laut entfuhr.

»Ich bin sicher, diese Farbe würde Euch wunderbar zu Gesicht stehen!«

Leanne hob den Blick, aber es war nicht der Händler, der gesprochen hatte. Stattdessen bemerkte sie eine Bewegung zu ihrer Linken. Sie drehte den Kopf und blickte geradewegs in ein Paar strahlend blaue Augen. Das war nicht das Einzige, was sie an ihrem Gegenüber faszinierte. Diese herrlichen Augen gehörten zu einem jungen Mann, bei dem es sich der Kleidung nach um einen Ritter handelte. Er war nicht viel größer als sie selbst, doch mit den breiten Schultern und den muskulösen Armen, die sich unter seinem Gewand abzeichneten, gab er dennoch einen stattlichen Krieger ab.

Nun fuhr er sich mit der Hand durch das goldblonde, wellige Haar, als überlegte er, was er als Nächstes sagen sollte. Erst da fiel ihr auf, dass sie noch gar nichts geantwortet hatte. Nein, sie war viel zu sehr damit beschäftigt gewesen, ihn schamlos zu mustern. Bei der Erkenntnis schoss ihr die Röte in die Wangen.

Der junge Mann räusperte sich. »Entschuldigt, Mylady, ich wollte Euch nicht zu nahe treten.«

Leanne schüttelte hastig den Kopf. »Das seid Ihr nicht, Mylord. Ich danke Euch für Eure Freundlichkeit.«

Der Ritter deutete eine Verbeugung an. »Es ist nur die Wahrheit, Mylady. Ich kann mir bildlich vorstellen, wie Euer Haar mit dem glänzenden Tuch um die Wette strahlt.«

»Mylord ...«, murmelte Leanne verlegen und nestelte an ihrem Zopf. Die Worte des Fremden ließen ihr Herz höher schlagen. Zwar war sie hier in Westminster schon oft mit der ein oder anderen Schmeichelei bedacht worden, jedoch hatte es sich dabei meist um plumpe Floskeln gehandelt.

Sie überlegte, ob sie wohl so kühn war, nach seinem Namen zu fragen, als sich eine Hand um ihren Arm schloss.

»Leanne!«, rief Annabel aufgeregt. »Du wirst nicht glauben, was passiert ist! Lukes Bruder ist gerade angekommen!« Noch während die Worte aus Annabel heraussprudelten, zog sie Leanne mit sich.

Im Gehen warf Leanne einen bedauernden Blick über ihre Schulter, den der blonde Ritter mit einem freundlichen Lächeln quittierte. Es ärgerte sie, dass sie seinen Namen nun nicht erfahren hatte. Trotzdem folgte sie Annabel ohne zu zögern, denn es war offensichtlich, dass diese sie jetzt brauchte. So nervös hatte sie ihre Freundin bisher selten erlebt.

Schließlich entdeckte sie Lukes rötlichen Haarschopf in der Ferne. Gerade klopfte er einem hochgewachsenen Mann auf die Schulter.

»Das ist Neil«, erklärte Annabel überflüssigerweise. Die Ähnlichkeit zwischen den Brüdern war unverkennbar. Auch schienen sie sich wirklich gut zu verstehen. Die beiden feierten ihr Wiedersehen vor einem Stand, an dem man die durstigen Marktbesucher mit Ale und Wein versorgte.

»Ich habe Leanne gefunden!«, tönte es schrill aus Annabels Hals und die Männer fuhren herum.

Luke stellte Leanne und Neil einander vor.

»Sehr erfreut«, sprach der Neuankömmling und hauchte einen Kuss auf ihren Handrücken.

»Die Freude ist ganz meinerseits, Mylord«, gab sie lächelnd zurück. »Und für Euren Bruder dürfte Eure Ankunft ein Geschenk des Himmels sein.«

Die Männer begannen gleichzeitig zu lachen.

»Damit hast du allerdings recht«, meinte Luke. Dann setzte er eine ernstere Miene auf. »Es tut gut, einen Mitstreiter an meiner Seite zu haben, wenngleich Neil vermutlich nicht immer hier sein kann.«

Leanne nickte. »Ihr beide habt meinen größten Respekt. Und ich hoffe, Eure Bestrebungen für den Frieden zwischen unseren Ländern werden schon bald Früchte tragen.«

»Das hoffe ich auch«, stimmte Neil ihr zu und strich sich das rotblonde Haar aus der Stirn. »Aber ich fürchte, bevor ich auch nur irgendetwas bewirken kann, muss ich dringend Gesellschaft mit einer Bettstatt machen. Ich will es kaum zugeben, aber die letzten Tage im Sattel haben an meinen Kräften gezehrt.«

»Das ist nur verständlich«, meinte Leanne mitfühlend. Tatsächlich zeugten die dunklen Schatten unter Neils Augen von seiner Erschöpfung und seine staubige Reisekleidung verriet, dass er noch nicht die Gelegenheit gehabt hatte, sich umzuziehen, geschweige denn sich zu waschen.

»Neil hat sich nach seiner Ankunft sofort nach Luke erkundigt und uns ausfindig gemacht«, erklärte Annabel eifrig. »Wollen wir ihm unser Quartier zeigen, damit er sich dort ausruhen kann?«

Luke stimmte zu und auch Leanne schloss sich der Gruppe an. Den Markt konnte sie schließlich noch die ganze Woche aufsuchen. Auf dem Weg ins Palastinnere verwickelte sie den Neuankömmling in ein höfliches Gespräch.

»Ihr seid zum ersten Mal in Westminster, nicht wahr?«

Neil nickte. »Ja. Und ich bin schon jetzt beeindruckt von Edwards Hofhaltung, dabei konnte ich bisher noch gar nicht viel sehen.«

»Oh, es gibt wirklich viele Orte hier, die einen besonderen Reiz besitzen. Wenn Ihr Fragen habt, so dürft Ihr Euch gerne an mich wenden. Sicher werden wir uns in Zukunft bei den Banketten begegnen. Ich verbringe ohnehin viel Zeit mit Annabel und Eurem Bruder.«

»So hörte ich. Es freut mich, dass Ihr den beiden seit ihrer Ankunft eine gute Freundin seid. Daher schlage ich vor, dass wir auf die höfliche Anrede verzichten?«

»Das wäre mir nur recht!«

Neil Campbell wirkte erleichtert. »Mir ist bewusst, dass es hier bei Hofe etwas manierlicher zugeht. Ich fürchte, es wird noch eine Weile dauern, bis ich mich gänzlich an die hiesigen Sitten gewöhnt habe.« Die letzten Worte hatte er ihr mit einem verschwörerischen Augenzwinkern zugeraunt.

Leanne erwiderte sein Grinsen. »Glaub mir, ich bin nun seit zwei Jahren hier und dennoch verzweifle ich manchmal an der Etikette.« Zufrieden registrierte sie sein schallendes Lachen. Lukes Bruder war ihr jetzt schon sympathisch.

9

Das Erntedankfest. Wochenlang hatte Leanne mit einer Mischung aus Nervosität, Angst und Vorfreude auf diesen Tag hingefiebert. Zum einen wegen des festlichen Banketts und des Turniers, das König Edward anlässlich des Feiertags veranstaltete. Vor allem aber, weil dieses Datum Edmunds Abreise bedeutete.

Denn während der König seine Höflinge noch mit diversen Arten der Unterhaltung bei Laune hielt, wurden im Hintergrund längst Vorbereitungen für eine militärische Invasion getroffen. Leanne gehörte zu den wenigen Personen, die wussten, dass die Friedensverhandlungen der schottischen Lairds, die vor einer Woche hier eingetroffen waren, längst zum Scheitern verurteilt waren.

Fröstelnd zog sie ihren Wollmantel enger um die Schultern und verfluchte sich dafür, dass sie Velma versprochen hatte, sie heute gleich nach Edmunds Abreise zu treffen. Der Baron war in aller Frühe aufgebrochen, nicht jedoch, ohne sich von Leanne ausgiebig zu verabschieden. Dabei hatte er ihr noch einmal eingeschärft, sich von Thomas Lancaster fernzuhalten. Außerdem hatte Edmund seinen verlässlichsten Gefolgsmann zurückgelassen, damit dieser in seiner Abwesenheit ein Auge auf seine „Rose" hatte.

Leanne runzelte ärgerlich die Stirn. Es war nicht einfach gewesen, Rodrick loszuwerden. Seit Edmunds Abreise folgte er ihr auf Schritt und Tritt, was nicht gerade ein Vorteil war, wenn man sich unauffällig davonstehlen wollte.

Im Kräutergarten angekommen, stapfte sie missmutig über Berge von Laub, die sich mitten auf den verschlungenen Pfaden türmten.

Als wäre das Wetter nicht schon ungemütlich genug, setzte nun auch noch ein leichter Nieselregen ein. Leanne fluchte leise. Warum musste sich Velma ausgerechnet heute verspäten? Sie schlug ihre Kapuze hoch und rieb sich über die Arme. Der Herbstbeginn zeigte sich deutlich an diesem kühlen Morgen und sie sehnte sich nach der Behaglichkeit des kaminbeheizten Saals.

Sie musste sich jedoch noch einige Zeit gedulden, bis Velmas kupferfarbener Haarschopf endlich im Mauerbogen erschien. »Tut mir leid, Leanne, vorher ging es nicht. Sunniva hat mich noch die Schmutzwäsche der Herrschaften einsammeln lassen«, stöhnte sie. »Ich habe das Gefühl, die Kleidung des gesamten Hofstaats heute in den Händen gehalten zu haben.« Sie strich sich mit den Handflächen über ihren braunen Rock.

»Schon gut«, seufzte Leanne. Ihre Wut war noch nicht ganz verraucht, obwohl sie wusste, dass sie Velma damit Unrecht tat. Für ihre Freundin war es deutlich schwieriger, die gemeinsamen Treffen in ihrem Alltag einzurichten.

»Du klingst aber nicht sehr fröhlich, dafür, dass du jetzt frei bist und dich zwei Tage voller Feierlichkeiten erwarten. Ist dir eine Laus über die Leber gelaufen?«

»Ich bin überhaupt nicht *frei*«, widersprach Leanne heftig. »Edmund hat mir Rodrick zu meiner Sicherheit dagelassen. Jetzt folgt er mir überallhin wie ein dämlicher Köter.«

»Rodrick, dieser bärtige Hüne?«

Leanne nickte grimmig.

»Der hat ja auch etwas von einem treudoofen Hund, findest du nicht?« Velma imitierte Rodricks gleichgültigen Gesichtsausdruck so passend, dass Leanne gegen ihren Willen kichern musste.

»Na, geht doch!«, sagte Velma zufrieden. »Lass dir von diesem Strohkopf nicht deine Stimmung vermiesen. Denk nur dran, was du in den nächsten Tagen alles erleben darfst! Der ganze Hofstaat versammelt sich bei Turnieren und Schaukämpfen, zu Musik und

Tanz.« Sie drehte sich um die eigene Achse, bis ihr Rock schwang, und knickste vor einem unsichtbaren Tanzpartner.

»Du würdest dich sicher amüsieren«, stellte Leanne fest.

»Ja, das würde ich wohl«, seufzte Velma und ihre Augen nahmen einen verträumten Ausdruck an. »Versprichst du mir, dass du Spaß haben wirst?«

»Ich verspreche, es zu versuchen.« Leanne schmunzelte. Manchmal fragte sie sich, wie es ihrer Freundin gelang, sich ihre Heiterkeit zu bewahren. Schließlich musste sie als Dienstmagd schuften, während sich die hohe Gesellschaft Zerstreuungen hingab.

»Wann kommt Sir Mortimer eigentlich wieder zurück?«

Leanne zuckte mit den Schultern. »Das lässt sich schwer sagen. Er reitet gemeinsam mit John de Warenne durchs Land, um von den Fürsten und ihren Untertanen Steuern einzutreiben.«

»Noch mehr Steuern?« Velma kniff die Augen zusammen.

»Irgendwie muss Edward die zusätzlichen Söldner ja bezahlen, mit denen er in Schottland einfallen will.« Leanne bemerkte erschrocken, dass sie bereits zu viel ausgeplaudert hatte. »Du darfst niemandem davon erzählen, hörst du?« Sie sah Velma eindringlich an, obwohl sie wusste, dass ihre Geheimnisse bei ihrer ältesten Freundin sicher waren.

Velma nickte, aber der Schrecken in ihren haselnussbraunen Augen war noch nicht verschwunden. Krieg bedeutete nicht nur für die Soldaten in der Schlacht eine Gefahr. Oft wirkte sich eine militärische Auseinandersetzung auf die gesamte Bevölkerung aus. Der König konnte jederzeit junge Männer zum Kriegsdienst beordern und Nahrungsmittel für seine Armee beschlagnahmen. Edwards Vorhaben, im Norden eine Invasion voranzutreiben, während der Krieg in Frankreich längst nicht entschieden war, beunruhigte Leanne. Was, wenn der König seine Ziele zu hoch steckte? Doch natürlich stand es ihr nicht zu, ihre Meinung zur Kriegsstrategie seiner Majestät kundzutun.

»Feiert die Dienerschaft auch ein Fest zu Erntedank?«, wechselte sie das Thema.

»Ja, aber erst übermorgen, wenn die offiziellen Feierlichkeiten vorüber sind. Dann bekommen wir einen Nachmittag frei.« Velmas Stimme klang nicht so vergnügt, wie Leanne bei diesen Neuigkeiten erwartet hätte.

»Und das freut dich nicht, weil ...?«

Velma holte tief Luft. »Weil ich den Nachmittag gerne mit Gilbert verbracht hätte.«

Leanne unterdrückte ein Grinsen. Hier also drückte der Schuh. »Und was ist das Problem? Hat er nicht freibekommen?«

»Doch. Aber er besucht an dem Tag seine Eltern. Sie wohnen in der Stadt.«

»Warum fragst du ihn nicht einfach, ob er stattdessen mir dir Zeit verbringt?«, schlug Leanne vor. »Er wäre sicher begeistert.«

»Das ist ja das Problem.« Velma verzog das Gesicht. »Gilbert hatte eigentlich zuerst *mich* gefragt. Aber ich habe nein gesagt.«

»Du hast ihm eine Abfuhr erteilt?« Nun konnte sich Leanne das Lachen nicht mehr verkneifen. »Warum?«

»Weiß ich auch nicht so richtig. Vielleicht aus Gewohnheit, weil ich schon seit Wochen damit beschäftigt bin, seinen frechen Komplimenten etwas entgegenzusetzen.«

»Aber eigentlich magst du ihn.« Es war mehr eine Feststellung als eine Frage.

»Irgendwie schon«, gab Velma zu, während sich ein helles Rosa auf ihre Wangen schlich. Sie verschränkte die Arme vor der Brust. »Ist jetzt sowieso egal.«

»Warum redest du nicht nochmal mit ihm?«, schlug Leanne vor, da sie merkte, wie unzufrieden ihre Freundin war.

»Und mache mich zum Narren? Nein danke!«

»Dieses Risiko musst du wohl eingehen. Er überhäuft dich schließlich schon seit Wochen mit Schmeicheleien, da kannst du ihm ruhig etwas entgegenkommen.«

»Hmm ...«, murmelte Velma zerknirscht. »Ich muss darüber nachdenken.«

»Tu das!«, befahl Leanne in gespielter Strenge und wackelte mit dem Zeigefinger. Innerlich aber musste sie grinsen. Warum nur machte Velma alles so kompliziert, wenn es um ihren Stallburschen ging?

Gegen Mittag hatte sich die letzte Wolke am Himmel verzogen und die Sonne brannte überraschend warm auf den weitläufigen Garten der königlichen Residenz herab. Leanne stand mit den anderen Hofdamen zusammen, während ein paar Lakaien mit den Vorbereitungen für das Turnier beschäftigt waren.

Edwards Dienerschaft hatte bereits erstaunliche Arbeit geleistet. Die Grenzen des Turnierplatzes, auf dem das Tjosten und der Schwertkampf stattfinden sollten, wurden von einem schmalen Holzzaun markiert. An den Längsseiten hatte man Bänke für die vornehme Zuschauerschaft aufgestellt. In der Mitte war für den König eigens ein Podest errichtet worden, von welchem aus er zu seinem Hofstaat sprechen und das Turnier eröffnen würde.

»Wie ich hörte, wird seine Majestät heute selbst am Turnier teilnehmen«, sprach Lady Allerton neben Leanne.

»Tatsächlich?« Edward schaffte es immer wieder, sie zu überraschen. Schließlich war der König mit seinen sechsundfünfzig Jahren nicht mehr der Jüngste.

»Oh ja!«, fuhr Lady Allerton fort. »Diese Ehre lässt er sich ungern nehmen. Ich erinnere mich noch an das Turnier in Blyth, wo er mit nur siebzehn Jahren das erste Mal teilnahm. Er war damals schon eine stattliche Erscheinung: hochgewachsen, wallendes Haar ...«
Sie verlor sich in umfassenden Ausschweifungen über Edwards Jugend.

»Wie alt *ist* Lady Allerton?«, flüsterte Annabel Leanne ins Ohr. »Dieses Turnier in Blyth muss doch Jahrzehnte zurückliegen.«

Leanne kicherte. »Entweder ist sie deutlich älter als sie immer vorgibt, oder sie fügt ihrer Erzählung mal wieder etwas zu viel Fantasie hinzu.«

Sie hakte sich bei Annabel unter und zog die Freundin aus dem Kreis der Hofdamen. Sie wusste, dass die ehemalige Fürstentochter sich genauso wenig für den Tratsch interessierte wie sie. Also entschieden sie, sich bis zum Beginn des Turniers die Beine bei den Obstgärten zu vertreten.

Bevor sie losgingen, riskierte Leanne einen schnellen Blick über ihre Schulter. Rodrick war in ein Gespräch mit einem der Wachmänner vertieft und schien zum Glück nicht vorzuhaben, ihr zu folgen.

»Was hast du?« Annabel war ihrem Blick gefolgt und verharrte auf der Stelle.

»Rodrick«, stöhnte Leanne entnervt, während sie Annabel weiterzog.

»Die Leibwache deines Herrn? Was ist mit ihm?«

»Sir Mortimer hat ihn zu meinem persönlichen Wachhund erklärt. Er hatte wohl Bedenken bezüglich meiner Sicherheit, nun, da er unterwegs ist. Du kannst dir sicher denken, weshalb.«

Annabel war der schroffe Ton in ihrer Stimme nicht entgangen. »Es tut mir leid«, brachte sie mit hängenden Schultern hervor. Ihr war klar, dass Leanne auf die Ereignisse vor ein paar Wochen anspielte. Hätte sie dem Baron nicht von dem Zwischenfall mit Thomas Lancaster erzählt, wäre er jetzt vielleicht nicht so übervorsichtig. »Aber Sir Mortimer meint es sicher nur gut.«

Ja, so wie du damals, spottete Leanne im Geiste. »Das kannst du leicht sagen«, antwortete sie stattdessen. »Schließlich folgt Luke dir nicht auf Schritt und Tritt.«

»Vielleicht würde er das, wäre er nicht so sehr in die Kriegspläne eingespannt.« Annabel stellte sich vor einem Obstbaum auf die Zehenspitzen und streckte ihre Hand nach einem leuchtend roten

Apfel aus. Doch sie war immer noch zu klein, um ihn zu erwischen. Leanne wollte ihr gerade zu Hilfe kommen, als Annabels Rücken sich plötzlich krümmte und sie schmerzvoll aufstöhnte.

Leanne erschrak. »Was ist mit dir?!«

Annabel schaffte es, sich trotz ihrer gebeugten Haltung abzuwenden. »Es geht mir gut.«

»Du lügst!« Leanne trat näher und erschrak, als sie die Blässe in Annabels Gesicht bemerkte. »Komm, setz dich«, sagte sie etwas milder und kontrollierte rasch, ob jemand sie beobachtete. Doch um sie herum war zu ihrer Erleichterung niemand zu sehen.

Annabel ließ sich mit Leannes Hilfe ins Gras sinken. Nach ein paar Atemzügen kehrte wieder etwas Farbe in ihr Gesicht zurück und sie konnte sich selbständig aufrecht halten.

»Bei allen Heiligen, Annabel! Du hast mir einen Schreck eingejagt«, rief Leanne erleichtert aus. »Geht es dir jetzt besser?«

»Ja, danke«, gab ihre Freundin knapp zurück und versuchte sich an einem wackeligen Lächeln. »Nur ein kleiner Schwächeanfall.« Sie kam auf die Füße und strich sich mit zittrigen Fingern über den Rock. Die Bewegung lenkte Leannes Aufmerksamkeit auf Annabels Körpermitte. Diese schien einen Hauch gerundeter zu sein als sonst, was ihr angesichts Annabels zierlicher Statur nun deutlich ins Auge fiel.

»Du bist schwanger?«

Annabels Gesichtsausdruck, eine Mischung aus Nervosität und Stolz, bestätigte ihren Verdacht.

»Das ... das ist wunderbar«, brachte Leanne stockend hervor. »Weiß Luke von seinem ...« *Bastard*, hätte sie beinahe gesagt, »von seinem Kind?«

»Ja.« Annabel strahlte mit einem Mal. »Luke hat sich so darüber gefreut. Aber er macht sich Sorgen, weil ich immer wieder diese Anfälle bekomme. Es ist ein kurzer, stechender Schmerz, der aber schnell wieder vorübergeht.«

»Wie viele Monate trägst du das Kind denn schon in dir?«, fragte Leanne neugierig.

»Bald sind es fünf Monate.«

Leanne war überrascht und erleichtert zugleich. Sie wusste, je länger eine Frau das Ungeborene im Leib behielt, desto besser waren die Chancen, dass es die Schwangerschaft überlebte.

»Wie konnte ich es nur all die Zeit übersehen?«

Annabel zuckte mit den Schultern. »Ich konnte es bisher ganz gut verstecken. Aber der Bauch wird nun von Tag zu Tag größer.« Sie strich mit einer liebevollen Geste über die sanfte Rundung.

»Bald werden es auch die anderen sehen«, meinte Leanne besorgt. Annabel schien ihr sehr besonnen dafür, dass sie ihr erstes Kind empfing, zumal es nicht unter dem Segen der Ehe gezeugt worden war.

»Das ist mir bewusst. Aber Luke und ich, wir geben nicht viel auf das böse Geschwätz. Dieses Kind ist aus Liebe entstanden. Und Luke hat geschworen, uns beide zu beschützen.« Ihre veilchenblauen Augen glänzten vor Glück.

Leanne musste an sich halten, um nicht laut zu seufzen. Wusste Annabel wirklich, was auf sie zukam? Die Leute interessierte nicht, ob das Kind aus Liebe entstanden war. Die ehemalige Lady Bonville würde einem Schotten ein uneheliches Kind gebären, welches keinerlei Anspruch auf das Erbe seines Vaters besaß. Leanne graute bereits vor dem Skandal.

Vielleicht hatte es dennoch sein Gutes, dass Annabel so naiv in die Zukunft blickte. Sie hatte sich bewusst für das Leben als Lukes Mätresse entschieden, mit allem, was dazugehörte. Sie würde ihre ganze Kraft benötigen, um diese Schwangerschaft durchzustehen, und sollte sich wirklich nicht mit den bösen Zungen bei Hofe beschäftigen.

»Du wirst eine wundervolle Mutter abgeben«, sagte sie etwas zuversichtlicher und entlockte Annabel damit ein Lächeln.

»Nun sollten wir aber zurückkehren. Das Turnier beginnt jeden Moment und man wird unser Fehlen bald bemerken.«

Der König machte seinem Ruf als furchtloser Reiter alle Ehre. Nachdem er das Turnier mit einer knappen Ansprache eröffnet hatte, nahm er an der zweiten Runde des Tjosts teil. Leanne starrte zur kurzen Seite des Turnierplatzes, wo Edward sich gerade in den Sattel seines Rappen schwang. Mit dem schwarzen, glänzenden Fell und den schlanken Muskeln wirkte das Tier ebenso eindrucksvoll wie sein Herr. Selbst der prunkvolle Rossharnisch war auf Edwards Rüstung abgestimmt. Zuletzt wurde seiner Majestät Helm und Lanze gereicht, dann lenkte er seinen Hengst zum Startpunkt.

»Ich kann nicht fassen, dass Edward wirklich selbst antritt!«, raunte Annabel ihr zu. »Diese Disziplin gehört zu den gefährlichsten eines Turniers.«

Leanne wusste bereits, dass Annabel keine Befürworterin derlei Veranstaltungen war. Da sie selbst allerdings noch nie bei einem Turnier gewesen war, hatte sie es sich nicht nehmen lassen, sich einen Platz in der vordersten Bankreihe zu suchen. Außerdem konnte sie von hier aus viel besser nach einem gewissen blonden Ritter Ausschau halten, der ihr seit der Begegnung am Markt nicht mehr aus dem Kopf gehen wollte.

»Ich finde es bewundernswert«, setzte sie Annabels Bedenken entgegen, als ihr Blick wieder auf dem König lag. »Obwohl Edward sich im Alltag hauptsächlich mit Diplomatie und Kriegsplänen beschäftigt, scheut er die körperliche Herausforderung nicht. Das spricht doch für ihn.«

»Eben weil er eine große Verantwortung trägt, sollte er keine unnötigen Risiken eingehen!«, schimpfe Annabel ungewohnt streng.

Leanne wunderte sich über ihre Sturheit. Hatte ihre Freundin etwa Angst, dass, wenn der König verletzt wurde, auch Luke Campbells Position gefährdet war?

Sie wurde aus ihrer Grübelei gerissen, als der Klang einer Trompete den Beginn der Tjost-Runde ankündigte. Edwards Knappe sowie der seines Rivalen, ein junger Ritter, ließen ihre Fahnen schwingen und sprangen dann zurück, um die Pferde nach vorne preschen zu lassen. In der Zeitspanne eines einzigen Atemzugs erreichten die Tiere ein blitzschnelles Tempo, galoppierten unaufhaltsam aufeinander zu. Als der Zusammenstoß unmittelbar bevorstand, ballten sich Leannes Hände vor Anspannung zu Fäusten. Holz traf auf Metall, wurde in hunderte Splitter gerissen, aber beide Parteien hielten sich im Sattel.

Der König hob seine Lanze, die im Gegensatz zu der seines Gegners heil geblieben war, triumphierend in die Höhe. Das Publikum jubelte. Leanne stimmte in den Applaus ein, ließ sich ganz von der aufgeheizten Stimmung mitreißen und fieberte den nächsten Runden entgegen.

Auch beim zweiten Kräftemessen hielten sich beide Reiter auf ihren Pferden, obwohl Edwards Brustharnisch einmal von der Lanze des Ritters gestreift wurde. Die dritte Runde entschied der König klar für sich. Mit einem kräftigen Stoß hatte er den Jüngeren aus dem Sattel gehoben, welcher sich daraufhin einmal überschlagen hatte und auf der Erde gelandet war.

Edward bedankte sich winkend beim jubelnden Volk und schob sich den Helm vom verschwitzten Haupt. Leanne reckte ihren Hals, um einen Blick auf den Verlierer zu erhaschen. Der Mann lag nach wie vor regungslos auf dem Boden. Man nahm ihm den Helm ab, aber seine Augen blieben geschlossen. Erst als sein Knappe ihm einen Kübel Wasser über den Kopf goss, rollte er sich stöhnend zur Seite, hustete und spuckte neben sich aus. Der Hofstaat amüsierte sich prächtig und lachte auch noch, als zwei Stallknechte den Ritter auf die Füße zogen und davonschleiften.

Während der Turnierplatz für die nächste Disziplin, den Schwertkampf, umgebaut wurde, brachten ein paar Lakaien den Edelleuten Erfrischungen. Auch Leanne griff beherzt nach einem Krug mit Ale, denn die warme Herbstsonne und die Aufregung hatten sie durstig gemacht. Ihre rechte Sitznachbarin, eine flüchtige Bekannte, verwickelte sie und Annabel in ein bangloses Gespräch über die morgigen Feierlichkeiten, sodass Leanne kaum bemerkte, wie die Zeit verflog.

Es war schon weit nach Mittag, als der Turniermeister die zum Schwertkampf angemeldeten Ritter aufrief. Da die Männer alle behelmt waren, hatte Leanne Schwierigkeiten, die Namen zuzuordnen. Auf den Befehl des Meisters hin stoben die Teilnehmer schließlich in alle Richtungen über den weitläufigen Platz.

»Was passiert nun?«, fragte sie verwundert.

»Die Männer wählen eine Frau aus, der sie ihren Kampf widmen«, erklärte Annabel. »Als Zeichen ihrer Anbetung überreichen sie ihr ein Tuch, auf welches das Wappen ihres Fürstentums gestickt ist.«

Staunend verfolgte Leanne das Treiben. Manch ein Ritter hatte schon eine Maid gefunden, die nun freudig das Pfand entgegennahm. Andere schienen etwas länger zu überlegen.

»Leanne!«, zischte Annabel und stieß sie mit dem Ellbogen in die Seite.

»Was ist?« Sie fuhr herum und folgte Annabels Blick.

Konnte das wirklich sein? Einer der Ritter steuerte geradewegs auf sie zu! Mit jedem Schritt, den er tat, schlug ihr Herz ein wenig schneller.

»Lady Leanne!« Der Ritter schob sein Visier nach oben und offenbarte ein Paar strahlend blauer Augen. Kühle Kristalle in einem Gesicht, das sie seit dem Marktbesuch nicht mehr vergessen konnte. Vor ihr stand kein anderer als der blonde Ritter! Leanne war so gefangen von seinem Anblick, dass sie beinahe vergaß zu atmen.

»Erweist Ihr mir die Ehre, dieses Pfand zu nehmen, während ich mich dem Kampf stelle?« Obwohl es sich mit Sicherheit um eine Floskel handelte, klangen seine höflichen Worte wie Musik in ihren Ohren.

Vor lauter Aufregung brachte Leanne keinen Ton heraus. Wortlos nahm sie das schneeweiße Tuch entgegen und nickte dem Ritter zu, der sich daraufhin mit einer Verbeugung entfernte.

Völlig entgeistert versuchte sie zu verstehen, was gerade passiert war. Ein äußerst attraktiver Ritter hatte ihr ein Zeichen seiner Anbetung geschenkt. Und er hatte sie *Lady Leanne* genannt!

Woher kannte er ihren Namen? Und wenn er diesen kannte, so wusste er doch sicher, dass sie keine echte Lady war? Trotzdem hatte er sie auserwählt. Eine seltsame Hitze breitete sich in ihr aus, während sie den jungen Mann beobachtete, der in der Ferne Position bezog. Die Turnierteilnehmer würden erst einen größeren Schaukampf absolvieren, bevor die einzelnen Duelle stattfanden. Sie kniff die Augen zusammen und beobachtete den blonden Ritter voller Faszination. Wer war dieser Mann?

Leanne bemerkte, dass ihre Sitznachbarinnen neugierig auf das feine Tuch in ihrer Hand schielten, und begriff, dass die Antwort auf ihre Frage näher lag, als sie zunächst gedacht hatte. Sie breitete das Tuch in ihrem Schoß aus, sodass Annabel einen Blick auf das Wappen werfen konnte. Ihre Freundin erkannte ihre stumme Bitte und las den Namen vor, der auf den hellen Stoff gestickt war. »Thorley.«

»Kennst du die Familie?«

Annabel dachte kurz nach. »Der Name sagt mir etwas, aber persönlich kenne ich sie nicht. Ich glaube, ihr Stammsitz liegt südöstlich von London.«

Thorley. Leanne formte den Namen mit ihren Lippen. Dann fuhr sie mit dem Daumen über die Stickerei. Um den Schriftzug herum war eine Rosenranke dargestellt. *Wie passend*, dachte sie unwillkürlich und musste lächeln.

Im nächsten Moment erschrak sie über ihre eigenen Gedankengänge. Hatte sie sich gerade wirklich vorgestellt, an der Seite des mysteriösen Ritters zu sein? Und das alles nur, weil sein Familienwappen zufällig eine Rose enthielt?

»Ich habe noch nie einen schöneren Mann gesehen«, schwärmte ihre Sitznachbarin und Leanne atmete erleichtert auf. Also waren auch die anderen Frauen der Wirkung dieses Ritters verfallen und sie nicht verrückt.

Dennoch sah sie dem Schaukampf nun viel aufgeregter entgegen, als zuvor. Der junge Ritter hatte *sie* ausgewählt, ihn während des Turniers durch ihre Gebete zu schützen und seinen Sieg herbeizuwünschen. Da war es wohl angemessen, dass sie sich ein wenig geschmeichelt fühlte.

Mit Argusaugen verfolgte sie den Kampf, an dem etwa dreißig Männer beteiligt waren. Man hatte die Ritter in zwei Parteien aufgeteilt, die gegeneinander antraten und zur Erkennung ein Band in blauer oder weißer Farbe quer über den Oberkörper trugen. Wegen der Rüstungen gelang es Leanne jedoch nicht, Thorley unter ihnen auszumachen. Immer, wenn einer der Schwertkämpfer zu Boden ging, blieb ihr beinahe das Herz stehen, und sie atmete erst wieder auf, sobald der Verlierer seinen Helm abgenommen hatte und sie sicher war, dass es sich nicht um *ihren* Ritter handelte. Zwar wurde bei diesem Schaukampf nicht bis auf den Tod gekämpft, aber sie hoffte natürlich, dass Thorley unter den Gewinnern sein würde. Er hatte so zuversichtlich und tapfer gewirkt.

Der Trompetenklang, der das Ende des Wettbewerbs verkündete, erschien Leanne wie eine Erlösung. Sie musste sich zwingen, nicht sofort aufzuspringen, um nachzusehen, ob Thorley unter der Siegergruppe war.

»Gratuliere!« Annabel hatte ihn zuerst in der Menschenmenge entdeckt. »Dein Verehrer ist unter den Gewinnern!«

»Er ist nicht mein Verehrer«, wehrte Leanne ab, dabei konnte sie selbst nicht anders als breit zu grinsen. Sie war stolz auf Thorley.

Nun musste er sich nur noch bei den Zweikämpfen beweisen. Es dauerte eine Weile, bis sein Name endlich an der Reihe war und ihr geheimnisvoller Ritter auf dem kreisförmigen Duellierplatz Stellung bezog. Als Leanne seinen Rivalen erblickte, krampfte sich ihr Magen vor Schreck zusammen. Thorley trat gegen einen Hünen an, der ihn um mehr als einen Kopf überragte und ihn auch angesichts der Körpermasse übertrumpfte. Wie sollte er gegen diesen Berg von einem Mann eine Chance haben? Leannes Finger klammerten sich an das Tuch in ihrem Schoß, als könnte sie ihren Ritter auf diese Weise beschützen.

Wenigstens ließ Thorleys Körperhaltung nicht darauf schließen, dass er von der Erscheinung seines Gegners eingeschüchtert war. Im Gegenteil – er winkte dem Publikum fröhlich zu und Leanne bewunderte ihn für seinen Mut.

Auch nachdem das Startsignal ertönt war, ließ Thorley sich nicht aus der Ruhe bringen. Geduldig umkreiste er seinen Gegner, wich hier und da einzelnen Schwerthieben aus. Seine flinken Bewegungen hatten etwas von einem Tanz. Obwohl Leanne in ihrem Leben noch nicht viele Duelle mitangesehen hatte, konnte selbst sie erkennen, dass Thorley eine exzellente Kampfausbildung genossen hatte.

Es ging eine Weile so weiter, bis sich bei dem Hünen erste Anzeichen von Ermüdung bemerkbar machten. Sein Schwert – riesig und sicher furchtbar schwer – folgte ihm nicht mehr so präzise wie zu Beginn, seine Bewegungen wurden träge und ungenau. Jetzt war für Thorley die Chance zum Gegenschlag gekommen. Mit einer geschickten Schrittfolge kam er dichter an den Rivalen heran und erwischte ihn mit einem blitzschnellen Schlag an der Schulter. Der Riese ächzte vor Schmerz, hielt sich jedoch aufrecht. Nun schien er seine letzten Kräfte zu sammeln. Wütend drosch er auf den Schwächeren ein, der ihm immer rascher ausweichen musste. Leannes Puls raste, als würde sie selbst auf dem Duellierplatz stehen.

Plötzlich geriet Thorley ins Stolpern. Der Gegner nutzte die Gelegenheit und brachte ihn mit einem kräftigen Stoß gegen den Schild endgültig zu Boden. Nur einen Wimpernschlag später berührte die Schwertspitze des Riesen Thorleys Kehle.

Das Duell war entschieden.

Thorley trug es mit Fassung. Geschwind kam er auf die Beine und zollte dem Sieger seinen Respekt, indem er sich verbeugte.

Seine Niederlage tat Leannes Bewunderung für ihn keinen Abbruch. Im Gegenteil, sie war beeindruckt, wie besonnen er sich verhielt. Ja, auf seinem verschwitzten Gesicht meinte sie sogar, ein kleines Lächeln zu entdecken. Dann verließ Thorley ihr Blickfeld und begab sich zum Ausgang des Turnierplatzes. Am liebsten wäre Leanne ihm hinterhergestürmt, um sicherzustellen, dass er wirklich gänzlich unversehrt aus dem Kampf hervorgegangen war. Angeblich waren Ritter Meister darin, schmerzhafte Verletzungen zu verbergen. Aber es wäre alles andere als angebracht, das Turnier so überstürzt zu verlassen. Und ob es Thorley recht war, dass sie ihm nachkam, war eine ganz andere Frage.

Der Turniermeister kündigte bereits das nächste Duell an, doch es gelang ihr nicht mehr, ihre Aufmerksamkeit auf die Kämpfe zu richten. Wieder und wieder musste sie an Thorley und sein Lächeln denken, als er ihr das Tuch überreicht hatte.

Das Pfand! Erst jetzt realisierte sie, dass das bestickte Leinen noch immer in ihrem Schoß lag. Sicher hatte er nach dem aufreibenden Kampf vergessen, es zurückzuholen. Leanne beschloss, ihn gleich nach dem Ende des Turniers zu suchen, aber die Duelle wollten einfach kein Ende nehmen. Zum Herumsitzen verdammt rutschte sie auf der Bank herum und stieß einen ungeduldigen Seufzer aus. Vielleicht auch mehrere, denn irgendwann warf Annabel ihr einen schiefen Blick zu.

Nachdem der König das Turnier offiziell beendet und die weiteren Festlichkeiten des Tages angekündigt hatte, sprang Leanne auf und hastete zu ihrem Gemach. Sie wollte sich noch ein wenig frisch machen, ehe sie Thorley gegenübertrat. Schnellen Schrittes lief sie durch die Palastflure, grüßte den Wachmann, der vor Mortimers Kemenate Stellung bezogen hatte, und schlüpfte durch die Tür.

Während sie sich wusch, überlegte sie bereits, welches Kleid sie tragen wollte. Sie hatte beschlossen, sich umzuziehen, denn bei dem Turnier war sie vor lauter Anspannung ins Schwitzen gekommen. Vielleicht der rosarote Surcot, der an den Säumen mit einer silbernen Borte verziert war?

Unwillkürlich fragte sie sich, ob sie Thorley darin gefallen würde. Sie wusste, dieses Kleid stand ihr gut zu Gesicht, denn sie hatte dafür zahlreiche Komplimente von den Hofdamen bekommen. Allerdings war es durch die geradezu verschwenderische Verzierung eher für die abendliche Tafel angemessen.

Mit einem Schulterzucken tat Leanne ihre Zweifel ab. Schließlich war heute ein Festtag, da konnte sie ein solches Kleid ruhig schon am Nachmittag tragen.

Zuletzt trat sie vor den Spiegel, wo sie ihr Haar richtete und einen Tropfen duftenden Rosenöls auf ihren Hals auftrug. Thorleys Tuch faltete sie zusammen und steckte es in den Stoffbeutel an ihrem Gürtel.

Voller Vorfreude verließ sie die Kammer und steuerte die große Festhalle an, wo sich an diesem Feiertag die meisten Höflinge sammelten. Dort angekommen suchten ihre Augen die Menschenmenge nach dem blonden Ritter ab. Sie entdeckte einige andere Teilnehmer des Turniers, die sich an der Tafel mit einer Zwischenmahlzeit aus Brot, Käse und Wein stärkten. Scheinbar war Thorley nicht unter ihnen. Enttäuscht ließ Leanne die Schultern hängen. Unbewusst hatte sie sich ausgemalt, wie er hier in der Halle auf sie warten würde, sie ihm das Pfand überreichen und er sich strahlend bei ihr bedanken würde. Eine alberne Vorstellung, wie sie nun selbst erkannte. Es war viel wahrscheinlicher, dass Thorley sich nach dem unsanften Stoß, den sein Rivale ihm verpasst hatte, auf seiner Kammer ausruhte. Dennoch war Leanne die Lust, sich unter die anderen Hofdamen zu mischen, mit einem Mal vergangen.

Dann würde sie sich eben selbst noch ein bisschen ausruhen, bevor das große Fest am Abend begann.

Sie schlug den üblichen Weg ein, durchquerte einen Hauptflur, der heute vor Betriebsamkeit summte, und bog dann einmal links ab, um zu dem Palastabschnitt mit den Privatgemächern zu gelangen.

Als sie ihren Blick hob, blieb ihr vor Schreck beinahe das Herz stehen. Am anderen Ende des Gangs stand kein anderer als Thorley! Bei seinem Anblick ging ein Zucken durch ihren Magen und ihre Knie wurden schwach. Intuitiv floh Leanne aus seinem Blickfeld, presste sich dicht an die Wand, spürte, wie ihr Leib an der kühlen Mauer erzitterte. Während sie wieder zu Atem kam, versuchte sie, sich ihren plötzlichen Anfall zu erklären. Es war seltsam. Aus irgendeinem Grund verspürte sie eine riesige Angst, Thorley gegenüberzutreten, und hätte am liebsten kehrtgemacht. Doch da war noch eine andere Seite in ihr, die sich nichts sehnlicher wünschte, als seine samtene Stimme zu hören und sein Lächeln aus der Nähe zu bewundern.

Von ihrer Neugier überwältigt spähte Leanne hinter der Mauer hervor. Thorley stand mit einem anderen jungen, wohlhabend aussehenden Mann zusammen. Der andere sagte irgendetwas und Thorley lachte. Leanne musste schmunzeln. Offensichtlich hatte er sich von dem Duell erholt.

Ein Räuspern ganz in ihrer Nähe ließ sie aus ihrer Position aufschrecken. Es kam von einer der Hofdamen, einer Freundin Lady Allertons, die sie pikiert musterte, ehe sie mit wehenden Röcken weiterging. Leanne verdrehte die Augen und stieß sich von der Wand ab. Sie machte sich zum Narren mit ihrem Versteckspiel und wusste nicht einmal, weshalb.

Also nahm sie ihren Mut zusammen und ging auf Thorley zu. Dieser klopfte seinem Gesprächspartner gerade freundschaftlich auf die Schulter und wandte sich dann so herum, dass Leanne in seinem Blickfeld erschien. Er blinzelte kurz, dann trat ein Lächeln auf sein

Gesicht. In offensichtlicher Eile verabschiedete er sich von seinem Gegenüber und lief ihr mit schnellen Schritten entgegen.

»Lady Leanne!«, rief er erfreut, als er vor ihr zum Stehen kam.

»Ich wollte Euer Gespräch nicht unterbrechen, Mylord«, brachte Leanne mit pochendem Herzen hervor und wies mit dem Kinn auf den Höfling, der den Flur hinunterging.

»Das macht doch nichts. Er ist ein alter Freund von mir. Ralph Conteville.« Er verzichtete darauf, ihrem Blick zu folgen, denn seine Aufmerksamkeit galt allein ihr. Mit einer Mischung aus Neugier und etwas anderem, das sie nicht einzuordnen vermochte, blickte er auf sie hinab. Leanne spürte, wie ihre Wangen unter seiner Musterung heiß wurden.

»Das habt Ihr nach dem Turnier vergessen«, sagte sie, um die Stille zwischen ihnen zu durchbrechen, und zog das bestickte Tuch aus ihrem Beutel hervor.

Thorley streckte die Hand nach dem Pfand aus, ohne seine blauen Augen von ihr zu nehmen. Für den Hauch einer Sekunde berührten sich ihre Finger und Leanne war, als hätte ein glühender Funke sie gestreift.

Sicher war es irgendein Zauber, der dort in seinen kristallenen Augen loderte. Nur so konnte sie sich erklären, weshalb es ihr einfach nicht gelingen wollte, den Blickkontakt zu unterbrechen.

Normalerweise fiel es ihr nicht schwer, der Etikette zu folgen und Männer, wenn überhaupt, nur diskret zu mustern. Aber zu Thorley fühlte sie sich unwillkürlich hingezogen, als ginge ein unsichtbarer Sog von ihm aus.

»Ich muss Euch etwas gestehen«, brachte er nach einer gefühlten Ewigkeit hervor und senkte den Blick, um die Stickerei in seinen Händen zu betrachten.

»Etwas gestehen?«, fragte sie atemlos.

»Ja.« Um Thorleys bartlosen Mund spielte ein schelmischer Zug. »Ich habe das Pfand nicht wieder an mich genommen, da ich hoffte,

Euch auf diesem Wege noch einmal zu treffen. Fernab des Turnierplatzes, meine ich.«

Leanne wusste nicht, was sie auf sein Geständnis erwidern sollte. Alles, was sie zustande brachte, war ein gestammeltes »Das freut mich«.

»Wirklich?« Thorley machte einen Schritt auf sie zu. Da er nicht viel größer als sie war, schwebte sein Gesicht nur zwei Handbreit vor ihrem. Viel näher, als es der Anstand erlaubte. Viel näher, als ihr klopfendes Herz ertrug. »Dann macht es Euch nichts aus, dass ich den Kampf, den ich für Euch kämpfte, verlor?«

»Natürlich nicht!«, rief Leanne lachend aus und ärgerte sich über den schrillen Klang ihrer Stimme. Verlegen räusperte sie sich. »Ich finde, Ihr habt sehr ehrenhaft gekämpft.«

»Ihr wisst nicht, wie viel mir Eure Worte bedeuten.« Thorley verbeugte sich vor ihr. Seine Galanterie raubte Leanne den Atem. Noch nie war sie jemandem begegnet, der sie so offen bewunderte, der ihr solchen Respekt entgegenbrachte.

»Verratet Ihr mir Euren Namen, Mylord?«, wagte sie sich vor. »Durch die Stickerei auf dem Tuch kenne ich lediglich Euren Familiennamen.« Sie hob den Kopf und lächelte ihn schüchtern an.

»Das werde ich. Aber nur, wenn Ihr mir versprecht, dass wir uns heute Abend bei dem Bankett wiedersehen.« Seine Augen blitzten frech auf.

»Nun gut«, sagte Leanne und gab sich Mühe, nicht zu erwartungsvoll zu klingen. »Dann nennt ihn mir heute Abend.« Sie versank in einen Knicks, warf ihm über die Schulter einen koketten Blick zu und rauschte davon.

Als sie um die Ecke bog, ließ sie ihren Gefühlen freien Lauf und erlaubte sich, breit zu grinsen. In der Vergangenheit war es ihr immer ein Rätsel gewesen, was die Hofdamen an dieser Art der Konversation fanden; an den intensiven Blicken, den zweideutigen Worten und den gewagten Komplimenten. Bisher hatte sie ohnehin kaum derartige Unterhaltungen geführt – schließlich war sie immer an der Seite Sir Mortimers gewesen. Und die paar Erfahrungen mit männlichen Gesprächspartnern, die sie gemacht hatte, waren alles andere als interessant gewesen. Viele Höflinge überhäuften sie mit anzüglichen Blicken und plumpen Schmeicheleien, auf die Leanne stets mit den üblichen Floskeln reagierte. Es war wie ein Spiel, das sie in den letzten Jahren gelernt hatte, zu beherrschen.

Doch mit Thorley war es anders. Es wirkte beinahe so, als würde ihm tatsächlich etwas an ihr liegen. Und mit seiner Bedingung, sie heute Abend wieder zu treffen, hatte er sie geneckt, ohne dabei respektlos zu sein.

Leanne spürte erneut ein Kribbeln in ihrem Bauch, als sie sein Grinsen im Geiste vor sich sah. Ob er sich seiner Attraktivität wohl bewusst war? Sein Lächeln hatte eine Reihe weißer, gerader Zähne entblößt – eine Seltenheit, selbst für Männer seines Alters. Sie mochte das Grübchen in seiner rechten Wange, seine markante, ein wenig gebogene Nase und seine durchdringenden Augen, die bis in ihr Innerstes zu blicken schienen. Obwohl sie gerade erst vor ihm und den Gefühlen, die Thorley in ihr auslöste, geflohen war, konnte Leanne das Wiedersehen kaum erwarten.

10

»Was stimmt nicht mit dir? Du isst überhaupt nicht wie sonst«, bemerkte Annabel und spülte den Bissen in ihrem Mund mit einem Schluck Leichtbier hinunter.

»Das gleiche könnte ich über dich sagen.« Leanne schielte mit hochgezogenen Augenbrauen zu Annabels Teller, auf dem sich eine Hähnchenkeule neben gebratenem Gemüse und drei Scheiben Brot reihte. Im Vergleich zu den winzigen Portionen, die ihre Freundin anfangs verspeist hatte, glich ihr Teller heute einem Festmahl. Erneut wunderte sich Leanne, dass sie die Veränderung an Annabels zierlichem Körper nicht schon eher registriert hatte.

Sie selbst konnte so viel essen wie sie wollte, an ihrer schlanken Statur hatte sich in den letzten Jahren nicht besonders viel verändert. Genauso wenig wie an ihrem Appetit.

Nur heute verspürte sie nicht den Drang, sich ausgiebig am Festmahl zu bedienen. Die Tatsache, dass Thorley sich im gleichen Raum befand, ließ ihren Magen vor Nervosität rebellieren. Fast hätte Leanne laut aufgestöhnt. Konnte es sein, dass allein seine Präsenz sie fühlen ließ, als wäre sie krank?

Sie riskierte einen weiteren Blick zu der Tafel, an der die Ritter zusammensaßen. Thorley war in ein Gespräch mit den anderen Männern vertieft. Neid keimte bei seinem Anblick in ihr auf, gepaart mit Bewunderung. Thorley konnte sich ganz ungezwungen mit seinesgleichen unterhalten. Er musste nicht fürchten, jederzeit von einem der Höflinge schikaniert zu werden. Sein Status allein bewirkte, dass die Menschen ihm Respekt und Anerkennung zollten.

Etwas, von dem sie nur träumen konnte. Umso mehr beschäftigte sie die Frage, was Thorley wohl in ihr sah.

Widerwillig wandte sie sich ab und widmete ihre Aufmerksamkeit den Gesprächen an ihrem Tisch, um nicht unhöflich oder gedankenabwesend zu erscheinen.

»... John Balliol verdient den Titel ‚König' nicht«, urteilte Lady Allertons Gatte, ein ältlicher Lord und Kriegsveteran, und Leanne horchte auf.

»Wenn schon seine eigenen Fürsten hier bei Edward auftauchen, um selbstständig ein Abkommen auszuhandeln ... Dreckige Highlandbande.« Er bedachte die schottischen Lairds, denen man eine gemeinsame Tafel zugewiesen hatte, mit einem abschätzigen Blick.

Seine feindseligen Worte bestürzten Leanne. Abgesehen davon war sein Ausbruch alles andere als höflich. Schließlich saß Luke Campbell mitsamt seinem jüngeren Bruder gleich neben ihnen. Die Campbells ließen sich zwar äußerlich nicht anmerken, dass der Kommentar sie gekränkt hatte, doch sie meinte, ein Zucken in Lukes Miene wahrgenommen zu haben. Und auch bei Neil machte sich der Ärger auf dem errötenden Gesicht bemerkbar.

»Ich finde es sehr mutig«, platzte Leanne heraus. »Sie versuchen eben, ihren Leuten einen Krieg zu ersparen und haben dafür sogar die Reise an den englischen Hof in Kauf genommen.«

Mit einem Mal war es todstill am Tisch. Lady Allerton starrte sie mit geöffnetem Mund an und Lord Allertons Augen hatten sich zu schmalen Schlitzen verengt.

»Was bildest du dir ein, Mädchen, so zu sprechen!?«, fuhr er sie an.

Leanne spürte einen Kloß in ihrem Hals. Er hatte recht, es stand ihr nicht zu, sich derart zu äußern.

»Meinst du etwa, du verstehst irgendetwas von Politik?« Sein Gesicht war rot angelaufen und seine dunklen Augen durchbohrten sie wie Dolche.

»Henry ...« Lady Allerton legte vorsichtig eine Hand auf den Arm ihres Gemahls, welche er unwirsch abschüttelte.

»Nein, Mylord«, sagte Leanne rasch und schlug die Augen nieder. Sie hatte einen Fehler begangen, indem sie einem der mächtigsten Fürsten bei Hofe vor allen Augen widersprochen hatte.

Lord Allerton murmelte noch irgendetwas wie »Ihr Herr hat ihr zu viel durchgehen lassen«, ließ die Sache zur Erleichterung aller Tischgäste aber fallen.

Allerdings war die Stimmung nun nicht mehr so unbeschwert wie zuvor. Leanne sank in sich zusammen und hob den Kopf erst wieder, als Annabel ihre Hand unter dem Tisch drückte. Leanne sandte ihr einen dankbaren Blick zu. Ihrer Freundin gelang es viel besser, sich bei kritischen Themen zurückzuhalten. Zu wissen, wann man lieber den Mund halten sollte, war eine weibliche Tugend, die sie zu ihrem Leidwesen nicht besonders gut beherrschte. Manchmal sprach sie einfach, ohne ihre Worte zu überdenken. Das war nicht besonders schlimm, solange sie sich in Edmunds Gesellschaft befand, denn der Baron ermutigte sie immer wieder, offen mit ihm zu sprechen. Doch hier, in der Öffentlichkeit, könnte ihr diese Angewohnheit einmal zum Verhängnis werden, wenn sie nicht aufpasste.

Umso erleichterter war Leanne, als das Bankett aufgelöst wurde und die Gäste sich im ganzen Saal verteilten. So musste sie nicht länger in Lord Allertons grimmiges Gesicht schauen.

Eine Handvoll Musiker hatte sich in der Nähe des Königs in Position gebracht und erfüllte den Festsaal mit fröhlichen Klängen. Für Leanne gehörte die Musik zu den schönsten Dingen, die derlei Feierlichkeiten mit sich brachten. Wenn die Musiker ihre Hände über die Laute, die Flöte oder die Trommeln fliegen ließen, war ihr, als entschwebe sie in eine andere Welt. In eine Welt voll schöner Prinzessinnen, edler Ritter und Drachen, wie in den alten Geschichten, denen sie als Kind gelauscht hatte.

Da sich die fünf Musiker nach einigen Liedern für eine Pause zurückzogen, trat ein anderer Mann an ihre Stelle.

»Es ist Arnaud!«, rief Annabel erfreut und Leanne reckte den Hals. Sie war von den Fähigkeiten des französischen Musikers, den Edward einst von seinem Aufenthalt in der Gascogne mitgebracht hatte, ebenso angetan wie ihre Freundin. Der Mann, der sich selbst als „Troubadour" bezeichnete, war nicht besonders hoch gewachsen und von schmaler Statur. Dennoch war seine Stimme so kraftvoll, dass ihr Klang die gesamte Halle zu erfüllen vermochte und Männer wie Frauen in ihren Bann zog. Mit seinem Talent hatte er sich einen Namen bis über die Grenzen Londons hinaus gemacht.

Auch an diesem Abend wagte es vor Spannung kaum jemand, die Stimme zu erheben. Selbst der König starrte erwartungsvoll zu dem Musiker, der seine Instrumente, eine Leier und eine Laute, bereitlegte. Zuerst stimmte der Barde ein französisches Lied an, dessen Vers Leanne nicht verstehen konnte. Aber das machte ihr nichts. Sie genoss den melancholischen Klang der fremdländischen Melodie und ließ ihren Blick dabei entspannt über Arnauds Publikum wandern.

Dann geschah es. Ein Paar strahlend blauer Augen kreuzte ihren Blick und traf sie bis ins Herz. Leanne wusste nicht, wie lange Thorley sie über die Bänke hinweg bereits beobachtet hatte. Allein die Tatsache, dass er nach ihr Ausschau gehalten hatte, sandte ein wohliges Kribbeln durch ihren Bauch. Sie vergaß die vielen Menschen um sich herum, denn für diesen einen Moment gab es nur sie beide und Arnauds Leier, die im Hintergrund ihren magischen Klang erzeugte. Leanne schaffte es erst, ihre Augen von Thorley abzuwenden, als die letzten Töne des Liedes verklangen. Nachdem Arnaud drei weitere Musikstücke vorgetragen hatte, bei denen es ihr mit großer Anstrengung gelungen war, ihren Blick kein einziges Mal von dem Musiker zu nehmen, applaudierte der Saal und jubelte dem Künstler zu. Arnaud verbeugte sich mit einer geschmeidigen Bewegung, die seine schwarzen Locken nach vorne fallen ließ, und übergab dann wieder an das Quintett.

Dies war der Augenblick, auf den Leanne den ganzen Abend hingefiebert hatte. Der König rief zum Tanz auf und die höfische Gesellschaft erhob sich eifrig von ihren Plätzen, um sich an den Kreis- und Reihentänzen zu beteiligen.

»Wollen Luke und sein Bruder nicht mitkommen?«, fragte Leanne, während sie gemeinsam mit Annabel nach vorne strömte.

»Luke und Neil sind angeblich zu erschöpft zum Tanzen.« Annabel verdrehte die Augen. »Ich glaube allerdings eher, dass sie Angst haben, sich zu blamieren.«

»Kein Wunder. In Schottland haben sie vermutlich andere Tänze und heute sind sie zum ersten Mal bei einem höfischen Fest dabei. So wie du!« Lächelnd griff Leanne nach Annabels Arm und zog sie unter die Tanzenden. Keine der beiden Frauen hatte Probleme mit den Schrittfolgen. Leanne hatte in den letzten Jahren viel dazugelernt, was die höfischen Traditionen betraf. Und Annabel war als Fürstentochter ohnehin in den verschiedenen Tanzschritten unterwiesen worden.

Zu Leannes Freude hatte sich auch Thorley von seinem Platz erhoben. Geschickt mischte er sich unter die Tanzenden. Seine Bewegungen waren sicher und verrieten in keiner Weise, dass er sich heute Mittag bei dem Turnier verausgabt hatte. Bewundernd glitt Leannes Blick über seine drahtige Gestalt. Auch er hatte sich umgezogen. Er trug ein dunkelgrünes Wams über einem hellen Hemd, dazu braune Beinlinge und Stiefel. Mit der edlen Kleidung würdigte er den besonderen Anlass, ohne dabei so übertrieben ausstaffiert zu sein, wie einige der anderen Höflinge.

Das Musikstück gab einen Reihentanz vor, bei dem die Frauen den Männern gegenüberstanden, ihnen in einer bestimmten Abfolge die Hand reichten und dann eine Drehung ausführten. Leanne stockte der Atem, als sie realisierte, dass Thorley nur wenige Schritte von ihr entfernt war! Sie streckte ihren Arm aus und verschränkte ihre Hand mit der seinen. Seine Haut war warm und überraschend weich. Leanne lachte, als Thorley sie immer wieder herumwirbelte.

Ihr schwindelte. Nicht nur wegen der Drehungen, sondern auch von den Gefühlen, die seine Nähe in ihr auslöste. Sie liebte es, seinen männlichen Geruch einzuatmen, immer dann, wenn der Tanz sie in der Mitte zusammenführte, seinen aufmerksamen Blick auf sich zu spüren und sich in seinen kristallenen Augen zu verlieren. Wieder überkam Leanne das Gefühl eines vertrauten Moments und die Menschen um sie herum verschmolzen zu einer verschwommenen Masse.

»Ihr seht wunderschön aus«, flüsterte Thorley ihr ins Ohr und in Leannes Brust breitete sich eine wohlige Wärme aus. »Ich wollte es Euch schon heute Nachmittag sagen, doch dann seid Ihr so plötzlich verschwunden.«

Leanne grinste über das ganze Gesicht. »Verratet Ihr mir nun endlich Euren Namen?«

»In Ordnung.« Er lächelte. »Jeffrey Thorley.«

Jeffrey. Der Name passte gut zu ihm.

Leanne beteiligte sich an zwei weiteren Tänzen, bei denen Jeffrey stets in ihrer Nähe blieb und ihr immer wieder intensive Blicke zuwarf. Dann verlangte sie atemlos nach einer Verschnaufpause und zog sich an eine der Fensternischen zurück. Sie hatte das Gefühl, dringend frische Luft zu brauchen, denn ihr armes Herz schlug wie wild in ihrer Brust.

»Ihr müsst vorsichtiger sein.«

Leanne zuckte zusammen und wandte sich dem Sprecher zu.

»Arnaud! Ihr habt mir einen Schreck eingejagt.«

Der Barde schien sich über ihre Empörung zu amüsieren. Seine Mundwinkel bogen sich nach oben, ebenso wie der ungewöhnliche Bart mit den gezwirbelten Spitzen, der seine fremdländische Herkunft betonte.

»Was wollt Ihr von mir?«, fragte Leanne forsch, rang sich dann aber zu einem Lächeln durch. Sie wollte den begnadeten Musiker nicht anfahren, auch wenn er sich so dreist an sie herangeschlichen hatte.

»Wie ich schon sagte«, meinte Arnaud und nahm eine seiner Locken zwischen die Fingerspitzen. »Ihr müsst vorsichtiger sein.«

»Ich fürchte, ich verstehe Euch nicht«, gab Leanne verwirrt zurück. Der Troubadour schien ihr ein seltsamer Kauz zu sein. Außerdem sprach er mit einem gewöhnungsbedürftigen Akzent, der ihr bei seinem Gesang zuvor kaum aufgefallen war.

Nun seufzte er laut auf und blinzelte mit seinen langen Wimpern. »Wie Ihr Euch aufführt. Mit Jeffrey Thorley.«

Leannes Herzschlag beschleunigte sich. »Was ist mit ihm?«

»Nichts ist mit ihm.«

Allmählich riss bei Leanne der Geduldsfaden. Warum stellte der Franzose sie vor Rätsel und rückte nicht einfach mit der Sprache heraus?

»Es geht darum, wie Ihr ihn anseht«, durchbrach der Barde schließlich das angespannte Schweigen. »Ihm offen Eure Zuneigung zeigt.«

Leanne erblasste. War es wirklich so offensichtlich, wie sehr sie Thorley bewunderte?

»Ich … ich«, stotterte sie hastig. »Bitte sagt zu niemandem etwas!«

Arnaud hob abwehrend die Hände. »Von mir habt Ihr nichts zu befürchten, junge Dame. Ich dachte nur, ich gebe Euch eine Warnung, bevor es zu spät ist.«

»Aber ich habe doch gar nichts getan!«, protestierte Leanne und dennoch bildeten sich kleine Schweißperlen auf ihrer Stirn.

»Was Ihr getan habt oder tun werdet, ist nicht meine Angelegenheit.« Arnaud widmete sich scheinbar konzentriert der Betrachtung seiner Fingernägel. »Aber Ihr solltet wissen, dass Eure schmachtenden Blicke nicht unbemerkt geblieben sind. *Bon sang!* Sogar während ich spielte, habe ich Eure Schwärmereien bemerkt. Und Euren leidenschaftlichen Tanz …«

Mittlerweile brannten Leannes Wangen vor Scham.

»Ich kenne Euch nicht besonders gut, doch ich weiß, dass Ihr nicht frei seid, sondern einem bedeutenden Mann gehört.«

Leanne fühlte sich furchtbar. Sie hatte an diesem Abend keinen einzigen Gedanken an Edmund verschwendet. Oder seinen Gefolgsmann! Blitzschnell suchte sie den Saal nach ihm ab und erkannte zu ihrem Erschrecken, dass Rodrick sie aus der Ferne genau im Blick hatte.

»Und sagen wir einmal so, eine allzu freundschaftliche *Verbindung* zwischen Euch und Eurem strahlenden Ritter wäre offensichtlich nicht nur Eurem Herrn ein Dorn im Auge.«

»Was meint Ihr?« Arnauds Worte machten ihr Angst.

»Seid Ihr wirklich so blind oder einfach nur einfältig?«, sprach Arnaud, ohne den Blick von seinen Händen zu nehmen. »Seht doch einmal zu der zweiten Bank zu Eurer Rechten.«

Leanne folgte seiner Anweisung und drehte ihren Kopf. Ein weiteres Mal an diesem Abend blieb ihr das Herz vor Entsetzen stehen. Auf besagter Bank saß Thomas Lancaster. Seine grünen Augen fixierten sie aus der Ferne und um seinen Mund spielte ein Lächeln, das Leanne eine Gänsehaut über den Rücken sandte. Als er ihre Reaktion bemerkte, entfuhr ihm ein tonloses Lachen. Hämisch prostete er ihr mit seinem Weinkelch zu.

Leanne spürte die altbekannte Panik in sich aufsteigen, die sie immer befiel, wenn Lancaster ihr seine unwillkommene Aufmerksamkeit zuteilwerden ließ.

»Ihr habt recht, Arnaud«, brachte sie leise hervor. »Ich habe nicht nachgedacht. Habt Dank für Eure Warnung.« Sie bedachte den Musiker mit einem letzten, flehenden Blick. Hoffentlich behielt der Franzose sein Wort und würde ihr beschämendes Benehmen nicht Sir Mortimer berichten.

Niedergeschlagen kehrte sie zu ihrem Tisch zurück und schenkte sich mit zittrigen Händen Wein nach.

»Was ist mit dir?«, fragte Annabel besorgt. »Hat Arnaud dich belästigt?«

»Nein.« Leanne nahm einen Schluck und spürte, wie der bittere Wein ihre Kehle hinunterrann. »Er hat mir nur die Augen geöffnet.«

Einen Tag!

Einen einzigen Tag ohne Edmund hatte es gedauert, bis sie ihren Kopf verloren hatte. Frustriert schlug Leanne die Tür hinter sich zu. Sie machte sich nicht einmal die Mühe, ihr kostbares Kleid abzustreifen, sondern kroch sofort unter die Bettdecke.

Was war nur in sie gefahren? Es war schließlich nicht das erste Mal, dass Sir Mortimer unterwegs war und sie alleine vor der Gesellschaft bestehen musste. Heute hatte sie sich gleich zwei Fauxpas geleistet. Sie hatte sich Jeffrey Thorley schamlos an den Hals geworfen und Lord Allerton mit ihrem unbedachten Kommentar zu den Schotten provoziert.

Erschrocken bemerkte Leanne, dass ihr Tränen über die Wangen liefen. Sie hatte nicht mehr geweint seit jener Nacht, in der Mortimer sie zu seiner Mätresse gemacht hatte. Nicht einmal die zahllosen Sticheleien, denen sie in den letzten Jahren ausgesetzt gewesen war, hatten jemals eine Träne von ihr gefordert.

Heute, in Jeffreys Gegenwart, hatte sie sich so leicht gefühlt ... unbesiegbar! Aber dieses Gefühl war trügerisch. Sie hatte sich selbst etwas vorgemacht. Wie hatte sie nur glauben können, dass ein junger Ritter sich für jemanden wie sie, eine Mätresse von zweifelhafter Herkunft, interessierte? Und selbst wenn es so war, durfte es nicht sein. Sie konnte Edmund nicht hintergehen, ohne alles zu riskieren. Allein er bot ihr die Sicherheit, die sie zum Überleben in dieser Schlangengrube brauchte. Solange sie ihm treu diente, würde niemand es wagen, ihr etwas anzutun.

Mit einem Mal sehnte sich Leanne nach dem Baron. Nach seiner Aufmerksamkeit, die er ihr selbst nach langen Verhandlungen noch entgegenbrachte, nach dem Schutz und der Stabilität, die seine Präsenz ihr bot. Wieso konnte er nicht einfach zurückkehren und dafür sorgen, dass alles war wie immer?

Alleine schaffte sie es nicht. Denn heute hatte sich etwas in ihrem Leben verändert. Seit dem heutigen Tag konnte sie nachvollziehen, wie sich Velma fühlte, wenn sie ihrem Stallburschen begegnete. Wie Annabel für Luke empfand. Nichts war mehr wie zuvor! Sie verzehrte sich nach Jeffrey, seinem Geruch, seinen kühnen Worten. Und sie fragte sich, wie es wohl wäre, ihn zu küssen. Leanne erschrak selbst über die Heftigkeit ihrer Gefühle. Sie hatte noch nie auf diese Weise für einen Mann empfunden. Sie wollte es auch gar nicht, doch ihre Gedanken ließen sich einfach nicht in andere Bahnen lenken.

Sie schniefte. Wie sollte sie den blonden Ritter nur vergessen? Ihr war klar, dass sie genau das tun musste. Vielleicht konnte sie ihn nicht aus ihrem Geist verbannen, aber sie konnte versuchen, ihm aus dem Weg zu gehen. Noch während Leanne diesen Entschluss fasste, wurde sie von neuen Schluchzern übermannt. Mit einem Mal fühlte sie sich schrecklich einsam in dem viel zu großen Bett. Sie rollte sich zusammen und weinte sich in den Schlaf.

Mitten in der Nacht schreckte Leanne hoch. Ihr Atem ging rasselnd, ihr Puls hämmerte laut in ihren Ohren. Panisch schlug sie die Decke zurück und rang nach Luft. Ihr war heiß. Mit zittrigen Händen zog sie ihr enges Kleid über den Kopf und warf es von sich. Dann schlang sie die Arme um die Knie und versuchte verzweifelt, die Bilder zu verdrängen, die sie in ihrem Traum heimgesucht hatten.

Die Gesichter ihrer Familie hatten sich ihr ganz überraschend gezeigt, denn ihr letzter Albtraum lag Monate zurück. Die Szene war normalerweise immer die gleiche. Es war der Tag, an dem Sir Mortimer sie aus Dennmoral geholt hatte:

Sie befand sich auf einem Wagen, ganz in der Nähe ihrer Kate. Rodrick presste sie mit seinem vollen Gewicht auf die Ladefläche. Wie sehr sie sich auch wehrte, es gab kein Entkommen aus seinem eisernen Griff. Seine Hand legte sich um ihre Kehle und drückte ihr die Luft ab. Dann setzte sich der

Tross in Bewegung, entfernte sich viel zu schnell von ihrem Zuhause. Will rannte ihnen nach, stellte ihr schreiend die immer gleiche Frage: Warum hast du uns verlassen?

Doch in dieser Nacht war es anders gewesen. Schlimmer.

Leanne sah an ihrem Körper hinab. Sie trug ihr verschlissenes Kleid und die dünnen Lederschuhe. Gemächlich schlenderte sie durch die Gassen der Siedlung, in denen alles schien wie gewöhnlich. Zwei Frauen hingen tropfnasse Laken über gespannte Seile, ihre Kinder im Säuglingsalter hatten sie sich auf den Rücken gebunden. Auf dem Marktplatz hob der Schankwirt mit der Hilfe eines Burschen Fässer von einem Karren und rollte sie in den Schankraum.

Leannes Füße lenkten sie wie von selbst in Richtung ihres Elternhauses. Auf dem Weg kam sie an Gildas Kate vorbei. Die ältliche Frau sah aus dem Fenster und hob die Hand zum Gruß, aber ihre Miene wirkte dabei ungewohnt bedrückt. Leanne wurde von einem unguten Gefühl erfasst und beschleunigte ihre Schritte. Plötzlich entdeckte sie die Menschentraube, die sich um die Kate ihrer Familie gebildet hatte. Die Leute standen dicht um die Hütte herum und reckten ihre Hälse, um einen Blick ins Innere werfen zu können.

»Lasst mich vorbei!«, fuhr Leanne die Gaffer an und schob einige Leute unsanft zur Seite. Im Hausinneren mussten sich ihre Augen erst an die Dunkelheit gewöhnen. Trotz der Kälte brannte kein Feuer auf der Kochstelle. Es roch nach menschlichen Ausdünstungen und Exkrementen.

Ihr Blick fiel auf einen hellen Haarschopf, ein einsames Leuchten im Halbdunkel.

»Will?«, stieß Leanne ängstlich aus. Ihr Bruder kauerte vor der Bettstatt, in der zwei schmale Gestalten lagen. Will sah nur flüchtig zu ihr auf. Trotz der Finsternis konnte sie die dunklen Ringe unter seinen Augen erkennen, ebenso wie die Schmutzschicht, die sein Gesicht bedeckte.

»Mutter! Vater!« Leanne erschrak, als sie ihre Eltern auf der Bettstatt ausmachte. Oder das, was von ihnen übrig war. Die Körper, die sie dort

sah, waren nicht mehr als Haut und Knochen. Diese traten deutlich unter der blass-gelben Haut hervor und ließen sie beinahe wie Skelette aussehen.

»Sie sind tot«, sprach Will mit tonloser Stimme. »Du kommst zu spät, Anne.«

Fröstelnd zog Leanne die Decke über ihren schweißnassen Körper. *Nur ein böser Traum*, versuchte sie sich zu beruhigen. Die Ereignisse des Tages mussten ihren Geist verstört haben. Dennoch machte sie in dieser Nacht kein Auge mehr zu. Zu groß war ihre Angst, zu der schrecklichen Szene zurückzukehren.

Leannes Zähne klapperten aufeinander – eine Folge der Eiseskälte, die zu dieser frühen Stunde in der Kapelle herrschte. Wie früh es war, wusste sie nicht, aber noch bahnten sich keine Sonnenstrahlen den Weg durch die bogenförmigen Fenster an den Seitenwänden. Die einzige Lichtquelle bildeten die drei Kerzen auf dem Altar, nur wenige Schritte von ihr entfernt. Zitternd warfen sie ihr spärliches Licht über die steinernen Fliesen, ließen hier und dort eine Inschrift erahnen.

Leanne veränderte ihre Position, um ihre schmerzenden Knie zu entlasten. Wie lange saß sie hier schon? Zwei Stunden? Drei? Nachdem sie erkannt hatte, dass die Aussicht auf Schlaf nach ihrem Albtraum hoffnungslos war, hatte sie sich auf den Weg in die Kapelle gemacht. Einer der Geistlichen hatte sie zwar mit argwöhnischen Blick bedacht, als sie in der Dunkelheit im Eingang des Gotteshauses erschienen war, sie aber nicht weiter beachtet. Wortlos hatte er die Kerzen auf dem Altar entzündet und sich dann in einen Nebenraum zurückgezogen.

Obwohl Leanne auch hier Einsamkeit verspürte, hatte die Atmosphäre der kleinen Kapelle im Gegensatz zu ihrem Gemach etwas Tröstliches.

Hier konnte sie ihre Gebete sprechen – etwas, das sie schon lange vernachlässigt hatte – und in Ruhe nachdenken.

Sie betete für ihre Eltern und ihre Geschwister, und bat Gott um Verzeihung dafür, dass sie in letzter Zeit nicht besonders oft an ihre Familie gedacht hatte. Auch Sir Mortimer schloss sie in ihre Gebete ein und wünschte ihm eine sichere Heimkehr von seiner Reise. Zuletzt bat sie die Jungfrau Maria, dass sie ihre schützende Hand über Annabel und ihr ungeborenes Kind halte.

Leanne erhob sich von der Kniebank und streckte ihre steif gewordenen Glieder. Sie spürte, wie gut ihr das Gespräch mit Gott getan hatte, und nahm sich vor, zukünftig etwas mehr Demut zu zeigen und sich nicht von ihren Impulsen leiten zu lassen. Vielleicht war sie ja doch noch keine verlorene Seele.

Beim Verlassen der Kapelle machte sich ihre Erschöpfung noch heftiger bemerkbar. Müde blinzelten ihre Augen gegen die aufgehende Sonne und während sie den Hof überquerte, musste sie mehr als ein Mal gähnen. *Vielleicht sollte ich mich noch einmal ins Bett legen, bevor die offizielle Erntedank-Messe beginnt*, überlegte sie. Im Tageslicht erschien ihr der Schrecken ihres Albtraums nicht mehr ganz so furchterregend wie noch Stunden zuvor.

Etwas zielstrebiger hielt Leanne auf das Palastgebäude zu. Das Geräusch ihrer Schritte auf dem gepflasterten Arkadengang war die einzige Störung der frühmorgendlichen Stille. Noch nie hatte sie diesen Abschnitt so ruhig erlebt und sie genoss das Gefühl, ganz alleine auf dem sonst so belebten Areal zu sein.

»Lady Leanne?«

Leanne zuckte zusammen und entdeckte zu ihrer Überraschung Jeffrey Thorley, der von links über den Hof gelaufen kam.

»Was tut Ihr hier so alleine?«, rief er verwundert. Oder war da Sorge in seiner Stimme?

»Das gleiche könnte ich Euch fragen«, gab Leanne hastig zurück, da sie den Schreck über sein plötzliches Auftauchen noch nicht überwunden hatte. Konnte es wirklich Zufall sein, dass sie sich hier in aller Herrgottsfrühe über den Weg liefen? Für einen kurzen Moment war sie versucht, einfach davonzueilen. Sie wollte nicht, dass Jeffrey sie in diesem Zustand sah. Und was war mit ihrem Vorsatz, ihm aus dem Weg zu gehen?

»So wartet doch!«, rief Jeffrey, da sie ihre Schritte nicht verlangsamte.

Leanne rang mit sich und kam schließlich zum Stehen. Sie machte sich lächerlich, indem sie vor ihm floh. Außerdem hatte er nicht verdient, dass sie ihn einfach ignorierte.

»Um Eure Frage zu beantworten«, sagte Thorley atemlos, nachdem er sie eingeholt hatte, »ich war gerade auf dem Weg zu den Ställen. Ich werde ausreiten.« Ein Lächeln trat auf sein attraktives Gesicht. »Wollt Ihr mich vielleicht begleiten?«

Ihn begleiten? Es dauerte eine Weile, bis der Sinn seiner Worte bis in ihren Verstand vorgedrungen war. Für den Bruchteil einer Sekunde erschien ein Bild vor ihren Augen. Sie und Thorley zusammen auf einem prächtigen Pferd. Einen Arm hatte er um ihre Taille gelegt, mit dem anderen führte er die Zügel. Sie vertraute seinen Reitkünsten, lehnte sich gegen seinen Oberkörper und genoss einfach nur das Gefühl, von ihm gehalten zu werden.

Leanne blinzelte und verscheuchte die Illusion.

»Das geht nicht«, antwortete sie bestimmt, auch wenn sie damit riskierte, ihn zu enttäuschen.

»Warum nicht?«

»Ich kann überhaupt nicht reiten.« Das war zwar nicht der wahre Grund für ihr Zögern, aber ein solides Argument.

»Dann lehre ich es Euch.«

Leanne hatte nicht mit Thorleys Hartnäckigkeit gerechnet. Sie seufzte und zwang sich, ihren Blick von seinen strahlenden Augen und seinem hoffnungsvollen Lächeln zu nehmen. Sonst würden ihr die nächsten Worte nicht über die Lippen kommen.

»Ich ... ich möchte nicht.« Sie wandte sich ab, doch Jeffrey war schneller. Seine Hand schoss nach vorn und legte sich auf ihre Schulter. Leanne keuchte auf.

»Ihr möchtet nicht?« Der verletzte Klang seiner Stimme brachte sie dazu, sich ihm wieder zuzuwenden. »Gestern hatte ich den Eindruck, Ihr findet Gefallen an meiner Gesellschaft.«

Leanne stieß den Atem aus und fasste sich ein Herz. »Euer Eindruck war richtig, Jeffrey.«

»Warum zögert Ihr dann?« Er schien nicht zu begreifen. »Geht es Euch nicht gut? Tatsächlich, Ihr seht ein wenig erschöpft aus. Verzeiht, wenn ich dies bis jetzt nicht bemerkte. Ich hatte nur Augen für Eure Schönheit, die auch heute alles andere überstrahlt.«

Ganz der Charmeur. Leanne kam nicht umhin, zu lächeln.

»Ich habe eine schlaflose Nacht hinter mir, mich plagten Albträume. Deshalb bin ich in die Kapelle geflohen.« Sie wies mit dem Kinn auf das Gotteshaus. »Aber unabhängig davon kann ich Euch nicht begleiten, das müsst Ihr doch selbst erkennen. Jeffrey, Ihr seid ein Ritter und ich ...«, sie machte eine hilflose Geste, »ein Nichts.«

»Es zerreißt mir das Herz, dass Ihr so von Euch denkt.« Jeffreys Augen weiteten sich, er wirkte ehrlich bestürzt. »Wenn Ihr nur wüsstet, wie ich für Euch empfinde ...«

Wie empfindet Ihr denn für mich?, hätte Leanne am liebsten laut gerufen. Doch sie zwang sich, einen letzten Rest ihrer Würde zu bewahren. Außerdem wurde ihre Aufmerksamkeit viel zu sehr von Jeffreys Gesichtszügen eingenommen. Etwas in seinem Blick hatte sich verändert. Seine blauen Augen schienen sich um eine Nuance verdunkelt zu haben. Und sie kamen immer näher.

Im nächsten Moment lagen seine Lippen auf ihren. Leanne schreckte nur für den Bruchteil einer Sekunde zurück. Dann vergaß sie jegliches Denken und gab sich ganz der Berührung hin. Der Kuss war überaus zärtlich und schaffte es dennoch, ihren gesamten Körper in Aufregung zu versetzen. Seine Hände legten sich auf ihren Rücken, hielten sie, während sie sich ihm entgegen bog. Seine Zunge neckte ihre Lippen und Leanne ließ zu, dass er von ihr kostete. Um ihm noch näher zu sein, schlang sie ihre Arme um seinen Nacken. Sie fühlte sich, als würde sie schweben und fallen zugleich. Eine süße Hitze breitete sich in ihrer Bauchgegend aus und bahnte sich ihren Weg bis in den Unterleib. Bei Gott! Dieser Kuss war anders als alles, was sie kannte. Nicht zu vergleichen mit Mortimers Zärtlichkeiten.

Mortimer. Leanne war, als hätte ihr jemand einen Schwall eiskalten Wassers über den Kopf gegossen. Hastig löste sie sich von Jeffrey, der nun verstört dreinblickte.

»Das hier ist nicht richtig«, murmelte sie und schlüpfte unter seinen Armen durch. Ohne ein Wort des Abschieds rannte sie davon.

»Ich gebe nicht so einfach auf!«, rief Jeffrey ihr hinterher, aber sie war bereits um die nächste Ecke verschwunden.

11

Ächzend erhob Leanne sich von der Bettstatt und strich sich über ihren Surcot, der durch den Mittagsschlaf hoffnungslos zerknittert war. Während sie zur Waschschüssel schlurfte, ärgerte sie sich über ihr Versäumnis, ihr Tageskleid abzulegen, bevor sie sich nach dem Essen auf das Federbett geworfen hatte.

Der Mittagsschlaf hatte sich seit der letzten Woche einen festen Platz in ihrem Alltag erschlichen. Dennoch fühlte Leanne sich von Tag zu Tag erschöpfter. Wenn sie doch nur einmal nachts durchschlafen könnte!

Frustriert spritzte sie sich ein paar Handvoll Wasser ins Gesicht, um den Rest ihrer Müdigkeit zu vertreiben. Lächerlich unbedeutend erschien ihr nun die Angst vor ihrem Albtraum, die sie noch vor ein paar Tagen wach gehalten hatte. Die Sache mit Jeffrey war viel schlimmer! Seit ihrem Zusammentreffen, das sie mit einer Mischung aus Verwirrung und Verzweiflung zurückgelassen hatte, galten beinah all ihre Gedanken dem jungen Ritter. Des Nachts, wenn sie einsam unter dem riesigen Baldachin lag, wirbelten ihre Gefühle so ungebändigt in ihrem Kopf herum, dass an Schlaf nicht zu denken war. Und tagsüber ... tagsüber gab sie sich Mühe, Jeffrey aus dem Weg zu gehen, wagte nur flüchtige Blicke in seine Richtung und versuchte zu vergessen, wie sie sich in seiner zärtlichen Umarmung gefühlt hatte.

Bei dem Gedanken, nie wieder einen Kuss mit ihm zu teilen, legte sich eine eiserne Faust um ihr Herz. In solchen Momenten gab es nur eine Methode, die ihr half, den Schmerz in ihrem Inneren irgendwie erträglich zu machen: *beten und an Edmund denken.*

Auch heute wiederholte Leanne diesen Satz in ihrem Kopf, sagte anschließend zweimal das Vaterunser auf, während sie sich auf den Weg zu Annabels Gemach machte. Sie würde ihre Freundin heute zu einem Treffen im Kräutergarten mitnehmen und ihr Velma vorstellen.

Als sie dann vor der Kemenate der Campbells stand, zögerte sie zu klopfen. Aus dem Zimmer drangen laute Stimmen. Wütende Stimmen. Offenbar gab es einen Streit.

Nach kurzer Überlegung entschied Leanne, sich trotz allem bemerkbar zu machen, und hob bereits ihre Hand, als die Tür plötzlich weit aufgerissen wurde. Neil stand vor ihr. Sein Gesicht war wutverzerrt, die rotblonden Haare zerzaust und sein Blick so grimmig, dass Leanne intuitiv zurückwich. Neil drängte sich ohne ein Wort an ihr vorbei und stürmte davon.

Entgeistert sah Leanne ihm hinterher. Was war nur in Lukes Bruder gefahren?

Im Zimmer der Campbells war bis auf leises Gemurmel inzwischen Ruhe eingekehrt. Leanne machte sich mit einem Klopfen bemerkbar und schob ihren Kopf durch den Türrahmen. Dort erwartete sie ein überraschend friedliches Bild. Annabel und Luke standen in einer Umarmung zusammen, sprachen gedämpft und sahen sich liebevoll an.

»Ich kann später wiederkommen«, meinte Leanne taktvoll und wollte bereits umkehren.

»Nein, nein. Ich komme mit!« Annabel hauchte Luke einen Kuss auf die Wange und schloss zu ihr auf.

Sie gingen ein paar Schritte, bis Leanne sich traute zu fragen. »Das hörte sich nach einem schlimmen Streit an.«

»Das war er, allerdings.« Annabel seufzte. »Es ist leider nicht das erste Mal, dass Luke und sein Bruder sich in die Haare kriegen.«

Überrascht runzelte Leanne die Stirn. Auf sie hatten die Campbell-Brüder stets einen einträchtigen Eindruck gemacht. »Worum geht es?«

»Neil ist nicht damit einverstanden, dass Luke dem König sein gesamtes Vermögen versprochen hat, damit Edward ihm die Verwaltung des Clanlandes auch in Zukunft überlässt.«

»Ich wusste nicht, dass Luke dem König tatsächlich *alles* überlassen hat.« Leanne war schockiert. Damit hatte Luke sich vollständig in Edwards Abhängigkeit begeben. Sie wollte nicht an seiner Stelle sein, denn der König war zwar gewieft, aber auch skrupellos, wenn es darum ging, an Geld zu kommen. Es war kein Geheimnis, dass die englische Krone in Schulden versank. Edwards Kriege hatten die Staatskasse leergefegt, dazu verschlang seine aufwendige Hofhaltung jährlich riesige Summen. Und Leanne bezweifelte, dass sich dies in Zukunft ändern würde.

»Ich weiß, es ist riskant«, gab Annabel zu, während ihr Blick nervös durch den Flur huschte. Dieses Gespräch war nicht für fremde Ohren bestimmt. »Und ich bete, dass Edward sein Versprechen halten wird, wenn es irgendwann zur Invasion kommt. Trotzdem steht es Neil nicht zu, Luke deswegen anzuzweifeln. Schließlich ist Luke der Laird. Er weiß, was das Beste für seinen Clan ist, und hat seine Entscheidung nach langer Überlegung getroffen. Jetzt gibt es kein Zurück mehr.«

Leanne spürte, dass das Thema für Annabel beendet war. Auf der einen Seite machte sie sich Sorgen um die Zukunft der Campbells, deren Schicksal nun ganz in Edwards Händen lag. Auf der anderen Seite bewunderte sie Annabel dafür, wie leidenschaftlich sie ihren Luke verteidigte. Unwillkürlich fragte sie sich, ob sie für Jeffrey das Gleiche tun würde.

»Was ist mit dir?« Annabel musterte sie von der Seite.

»Was meinst du?«

»Du hast gerade laut geseufzt.«

Leanne zog die Stirn kraus. Wieso nur schlich Jeffrey sich immer wieder in ihre Gedanken, ganz gleich, ob sie es wollte oder nicht?

»Es ist wegen des jungen Ritters, nicht wahr?« Unter Annabels forschendem Blick war es sinnlos, die Tatsachen zu leugnen, daher nickte Leanne.

»Was für ein junger Ritter!?« Die beiden hatten nicht bemerkt, dass Velma sich ihnen von hinten genähert hatte. Sie lachte über ihre erschrockenen Gesichter.

»Velma!«, schimpfte Leanne. »Bist du nicht langsam zu alt für diese Spielchen?« Mit einem kräftigen Stoß öffnete sie die Tür, die zum Kräutergarten führte.

»Du musst Annabel sein«, stellte Velma fest, als die drei Frauen sich auf die Bänke im Freien gesetzt hatten. Die Fürstentochter und die Dienstmagd machten sich miteinander bekannt und Leanne hoffte insgeheim, dass Velma ihre Frage nach dem Ritter inzwischen wieder vergessen hatte.

Dem war natürlich nicht so. Velma fragte sie über alle Einzelheiten aus. Wie sie Jeffrey kennengelernt hatte, wie er aussah und was zwischen ihnen passiert war. Und Leanne war gezwungen, jeden einzelnen Moment noch einmal zu durchleben.

»Du hast dich verliebt!«, rief Velma erstaunt.

»Unglücklich verliebt«, korrigierte Leanne sie. »Weswegen ich ihn vergessen muss.«

»Gibt es denn gar keine Chance für euch?«

»Ihr wisst beide nur zu gut, dass ich an Sir Mortimer gebunden bin. Ohne ihn bin ich nichts.« Ihre Worte waren hart, aber nur so gelang es ihr, die Traurigkeit in ihrem Herzen in Schach zu halten.

»Aber ...«

»Ich möchte wirklich nicht mehr über ihn reden, Velma.«

»Na gut.« Velma zog einen Schmollmund. Sie wirkte etwas beleidigt, aber der Glanz in ihren Augen verriet Leanne, dass sie noch irgendetwas verbarg. Und sie hatte auch schon eine Ahnung, mit welcher Person Velma gedanklich beschäftigt war.

»Wie ist es mit dir und Gilbert ausgegangen? Hat er den Tag bei seinen Eltern verbracht?« Leanne war froh, dass sie von ihren eigenen Problemen ablenken konnte.

»Das hat er«, bestätigte Velma, die zu erwartende enttäuschte Miene blieb jedoch aus.

»Und ... das freut dich?«

Annabel lehnte sich nach vorne. »Er hat dich zu ihnen mitgenommen, nicht wahr?«

»Ja!«, platzte Velma heraus und Leanne war überrascht von Annabels Scharfsinn.

»Er hat dich ihnen vorgestellt?«

Velma nickte stolz. »Seine Eltern wohnen mit den jüngeren Geschwistern in der Stadt. Sie arbeiten fast alle im Haushalt eines reichen Kaufmanns.«

Leanne hatte Schwierigkeiten, sich Velmas Besuch bei Gilberts Familie auszumalen. Wie lebte es sich in der größten Stadt des Königreichs? Wie wohnten sie? Waren seine Eltern so streng wie ihre damals?

»Seine Eltern haben mich ganz freundlich aufgenommen«, zerschlug Velma ihre Bedenken. »Sie waren beeindruckt, dass ich schon so viele Jahre hier am Hof arbeite. Länger sogar als ihr Gilbert.«

»Warum hat Gilbert überhaupt eine Stelle hier angenommen, wenn doch seine Geschwister alle in der Stadt arbeiten?«, fragte Annabel neugierig.

Velma zuckte mit den Schultern. »Im Haushalt des Kaufmanns ist er nicht untergekommen. Und wegen seiner kräftigen Statur dachten seine Eltern eben, er würde einen guten Stallburschen abgeben.«

Leanne schmunzelte, als sie den stolzen Ton bemerkte, mit dem Velma auf Gilberts *kräftige Statur* hinwies.

»Sie haben uns auch ihren Segen gegeben«, fuhr Velma lächelnd fort.

»Ihren Segen?«

»Um zu heiraten«, sagte Velma, als wäre Leanne schwer von Begriff.

Sie würden heiraten, erkannte Leanne geschockt. Irgendwie hatte sie nie darüber nachgedacht, dass Velma einmal Gilberts Frau werden könnte. Im Grunde gab es nichts, das dagegen sprach, aber dennoch ... der Gedanke war gewöhnungsbedürftig.

»Freust du dich nicht?« Velma wirkte enttäuscht.

»Natürlich freue ich mich«, sagte Leanne. »Es kommt nur so plötzlich.«

»Ich kenne Gilbert nun schon seit über einem Jahr!«

»Ja, aber ...« Leanne suchte nach den passenden Worten. »Ich weiß nicht, die Vorstellung, dass du den Hof verlassen und eine Ehefrau sein wirst ...« Sie zuckte mit den Schultern.

Velma legte einen Arm um sie. »So ist das eben. Wir alle verändern uns, beginnen einen neuen Lebensabschnitt.«

Ja. Alle außer mir, dachte Leanne betrübt. Sie würde für viele weitere Jahre Sir Mortimers Mätresse bleiben, vermutlich bis zu seinem Tod. Ihr graute bereits davor, was dann auf sie zukommen würde. Sie hatte ihre Ehrbarkeit verloren und würde nirgendwo eine Anstellung finden. Und wenn ihre Jugend erst einmal verblüht war, interessierte sich niemand mehr für eine abgelegte Mätresse.

»Wir werden aber erst im nächsten Jahr heiraten«, durchbrach Velma ihre düsteren Gedankengänge. »Seine Eltern möchten, dass wir eine Weile verlobt sind und erst im Frühling getraut werden.«

»Ich gratuliere euch von Herzen«, sprach Annabel und drückte Velmas Hand. »So wie du strahlst, seid ihr füreinander bestimmt.«

Trotz ihrer freundlichen Worte bemerkte Leanne einen Hauch von Wehmut in Annabels Stimme. Sie verstand. Obwohl die Fürstentochter und sie selbst ein privilegiertes Leben in Wohlstand führten, war Velma die einzige, die ihren Liebsten vor Gottes Angesicht zum Mann nehmen durfte. Es wirkte alles so einfach und klar für Velma.

Sie beide dagegen mussten sich auf die Rolle der Mätresse beschränken. Aber wenigstens liebte Annabel Luke aus tiefstem Herzen und sie beide freuten sich auf das gemeinsame Kind.

Etwas, das ihr selbst für immer verwehrt bleiben würde.

Im nächsten Monat versuchte Leanne, sich von ihrem Kummer abzulenken, indem sie sich ständig beschäftigt hielt. Vor ein paar Wochen hatte sie Annabel vorgeschlagen, gemeinsam Kleidung für ihr ungeborenes Kind zu nähen. Annabel war von der Idee sofort begeistert gewesen und mittlerweile verbrachten die Frauen jeden Nachmittag damit, in der Stube der Campbells zu sitzen, sich am Kamin aufzuwärmen und winzige Tuniken und Beinlinge zu schneidern. Seit ihrer Ankunft am Hof hatten sich Leannes Nähkünste deutlich verbessert, denn das Sticken und Nähen gehörte zum üblichen Zeitvertreib der Hofdamen.

Dennoch stellte Annabel sich bei der Handarbeit deutlich geschickter und vor allem flinker an. Leanne machte sich nichts daraus. Sie genoss die Stunden, in denen sie einträchtig vor dem knisternden Feuer saßen, ohne sich zur Konversation verpflichtet zu fühlen. Ein anderer Vorteil dieser Beschäftigung war, dass sie ihr eine Pause von Rodricks permanenter Beobachtung verschaffte. Er nahm seine Aufgabe als ihr Beschützer immer noch ernst und vertraute den Campbells genug, dass er Leanne in ihrer Obhut ließ.

Viel Zeit verbrachte sie außerdem in ihrem eigenen Gemach, an dessen Ausstattung sie ein paar Änderungen vornahm. Gemeinsam mit Marlies, dem Dienstmädchen, wechselte sie die abgenutzten Fensterbehänge, klopfte den Staub aus dem schweren Stoff des Baldachins und orderte Polster für die Stühle, damit der Raum ein wenig wohnlicher wirkte. Auch Sir Mortimers Habseligkeiten staubte sie gründlich ab und stellte sie ordentlich zusammen. Sie hoffte, ihm damit bei seiner Rückkehr eine Freude zu bereiten.

An den Vormittagen gesellte sie sich manchmal an einen der Spieltische, um sich an einer Partie Karten oder Schach zu beteiligen. Selbst dem Klatsch der Hofdamen lauschte Leanne dann und wann. Meist ging es um Nichtigkeiten, die Frauen wie Lady Allerton zu riesigen Skandalen aufbauschten. Doch sie wusste, es konnte nicht schaden, Augen und Ohren offen zu halten. Es gelang ihr beinahe, die Ereignisse von Erntedank zu vergessen. Bis zu jenem Abend.

Das Bankett war wie üblich verlaufen.

Leanne machte höfliche Konversation mit ihren Tischnachbarn und wehrte Cecile Lancasters Sticheleien ab – etwas, in dem sie mittlerweile reichlich Übung besaß.

Als die letzten Krüge an den Tischen gelehrt wurden, erhob sich Leanne, um auf ihr Zimmer zu gehen. Sie verharrte in der Bewegung, als sie erkannte, dass einer der Pagen durch den Saal huschte und dabei geradewegs auf sie zusteuerte.

Eine Nachricht von Edmund?, fragte sie sich sofort. Was sonst könnte der Junge von ihr wollen?

Der Page, welcher kaum mehr als zwölf Jahre zählen mochte, sprach so leise, dass Leanne sich zu ihm hinunterbeugen musste, um ihn zu verstehen.

»Eure Freundin schickt mich, Mylady.« Die Worte kamen nur zaghaft über seine zitternden Lippen.

»Meine Freundin?« Das konnte nur Velma sein, denn Annabel saß noch mit Luke an einem der Tische. Von einer Sekunde auf die andere bekam es Leanne mit der Angst zu tun. War Velma etwas zugestoßen?

»Wo ist sie?«, fragte sie alarmiert.

»Ihr sollt sie bei den Ställen treffen. Sofort!«

Bei den Ställen? Ging es um Gilbert? Leanne überlegte nicht lange, sondern hastete mit eiligen Schritten davon. Sie konnte nur hoffen, dass Rodricks Aufmerksamkeit seinen Trinkkumpanen galt und nicht ihr.

Nachdem ihre Füße die Schwelle des Prunksaals überquert hatten, rannte sie los. Die Gänge waren zu dieser Stunde nur in das dämmrige Licht der Wandkerzen getaucht und Leanne so wohl vertraut, dass es nicht lange dauerte, bis sie sich unter dem nächtlichen Himmel wiederfand. Sie ignorierte das schmerzhafte Stechen zwischen ihren Rippen und hastete die letzte Strecke bis zu den königlichen Reitställen. Dabei betete sie, dass Velma und Gilbert nichts zugestoßen war.

Als sie schließlich vor dem länglichen Gebäude zum Stehen kam, konnte sie jedoch keine Menschenseele entdecken. Plötzlich überkam sie ein Frösteln, das nicht nur von der winterlichen Kälte herrührte. Leanne atmete ein paar Mal ein und aus und ließ ihren Blick beklommen über das ins Mondlicht getauchte Areal schweifen. Sollte sie wieder gehen? Sie wusste, es war verdammt gefährlich, als Frau alleine hier draußen herumzustreifen. Wenn ihr etwas zustieße, würde niemand an diesem Ort nach ihr suchen.

Je länger sie darüber nachdachte, desto seltsamer erschien ihr die Nachricht des Pagen. Wie sollte Velma ihn beauftragt haben? Und warum hatte der Junge so ängstlich gewirkt? Hatte er *bei* den Ställen oder *in* den Ställen gesagt? Ihre innere Stimme warnte sie, dass etwas hier ganz und gar nicht stimmte. Aber Leanne brauchte Gewissheit, was dieses *Etwas* war.

Während sie auf die Ställe zuschritt, rief sie ein paar Mal Velmas Namen, aber ihre Rufe blieben unbeantwortet. Sie gab sich einen Ruck und kletterte undamenhaft über die hölzerne Barriere, die die Tiere am Ausbrechen hinderte. Im Inneren angekommen, schlug ihr der Geruch von Stroh und Pferdehaar entgegen. *Wenigstens spenden die Tiere etwas Wärme*, dachte sie in einem Anflug von Sarkasmus.

Leanne erschrak, als sie eine Bewegung im hinteren Teil des Stalls wahrnahm. Dort kauerte jemand an der Wand!

»Leanne!«

Ihr Herz machte einen Sprung, als sie die Stimme erkannte.

»Jeffrey! Was tust du hier?«

»Ich musste dich sehen.«

Leanne vernahm ein Knistern, als ein Zündholz entfacht wurde. Wenig später erhellte eine Fackel den länglichen Unterstand. Das Feuer warf Schatten auf Jeffreys Gesicht. Er sah ernst aus – nein, verzweifelt.

»Du hast mich hierher gelockt!?« Es war mehr eine Feststellung als eine Frage.

»Ich wusste keinen anderen Weg, wie ich dich alleine treffen könnte«, verteidigte Jeffrey sich und steckte die Fackel in eine Halterung an der Wand.

»Was glaubst du, welche Sorgen ich mir um meine Freundin gemacht habe?«, blaffte Leanne ihn an. Für sie war ihr verschwitztes Kleid, das nun klamm an ihrem Körper klebte, Beweis genug.

Trotz ihres Ärgers verspürte sie auch eine Welle der Erleichterung. Sie hatte sich schon die schlimmsten Dinge ausgemalt, die in diesem Stall auf sie warteten. Und natürlich ließen Jeffreys Bestrebungen sie nicht gänzlich kalt.

»Du weißt, warum ich dich nicht treffen kann«, sprach sie etwas milder.

»Die Frage, auf die ich eine Antwort brauche, ist nicht, ob du es kannst. Die Frage ist, ob du es willst, Leanne.«

Er ging einen Schritt auf sie zu. Das Licht der Fackel sandte zitternde Schatten auf sein attraktives Gesicht und ließ sein Haar wie Gold schimmern.

Leanne hielt ihren Blick starr geradeaus gerichtet, während sie verzweifelt versuchte, das zu fühlen, was sie gleich sagen würde. »Nein.«

»Lügnerin«, sprach er und schloss die Lücke zwischen ihnen.

Leanne machte sich nicht einmal die Mühe zu protestieren. Sie zerschmolz unter seinen Lippen, seinen Händen. *Ihm.*

Dieser Kuss war anders als der erste. Weniger zärtlich. Stattdessen erfüllte er Leanne mit einer Sehnsucht, die sie auf wundersame Weise gleichzeitig erschauern und in Fieber aufgehen ließ. In diesem

Moment wollte sie nichts mehr als Jeffrey. Und die Härte zwischen seinen Beinen, die sich an ihren Unterleib presste, bewies, dass es ihm nicht anders erging.

»Wir müssen zusammen sein«, brachte er atemlos hervor und bedachte sie mit einem vor Lust verschleierten Blick. »Spürst du das nicht?«

Statt einer Antwort umschlang Leanne seinen Nacken. Jeffrey reagierte auf diese Einladung, indem er seine Hände unter ihren Po schob. Nur am Rande registrierte sie, dass sich die Holzplanken an der Wand in ihre Rückseite drückten. Ihre Wahrnehmung beschränkte sich auf die köstlichen Gefühle, die Jeffreys Hände auf ihrem Körper auslösten, selbst durch ihre Kleidung hindurch. Seine Finger fuhren über ihre Brüste, massierten sie, bis sich ihre Brustwarzen vor Erregung aufrichteten. Dann glitt seine Hand tiefer hinab, bis zu ihrer intimsten Stelle. Leanne fühlte Vorfreude und Nervosität zugleich. Noch nie hatte ein Mann sie auf diese Weise berührt, derlei Empfindungen in ihr ausgelöst. Jeffrey fuhr unter ihr Kleid, streichelte sie mit seinem Daumen, bis ihr ein erstauntes Keuchen entfuhr.

»Ich will dich so sehr!«, stöhnte Jeffrey und ließ die Hände sinken. »Aber ich werde nicht weitergehen. Nicht, bevor wir Mann und Frau sind.«

»Du weißt, dass du mich nicht heiraten kannst.« Die Realität brach mit einem Mal über Leanne herein. Jene Schwerelosigkeit, die sie eben noch empfunden hatte, wich einem dumpfen Schmerz. »Du musst eine standesgemäße Braut wählen. Wenn du es nicht tust, tun es deine Eltern.«

»Dann werden wir gemeinsam fortgehen.« Jeffrey klang sehr überzeugt von seinem Plan.

»Wie stellst du dir das vor?« Leanne wurde wütend. »Du kannst deinem Schicksal nicht davonrennen, Jeffrey. Keiner von uns kann das.«

Seine Miene verdunkelte sich. »Ist es seinetwegen? Wegen deines alten Herrn? Liebst du ihn?«

Leanne schüttelte den Kopf. »Nein. Ich liebe *dich*.« Sie hatte diese Worte ausgesprochen ohne nachzudenken. Weil es die Wahrheit war. »Und ich will nicht, dass du wegen mir alles aufgibst.«

»Ich liebe dich auch, Leanne. Mehr als alles.« Jeffrey nahm ihre Hände in seine. »Aber wenn du mich wirklich liebst, musst du doch wollen, dass ich glücklich bin. Und das werde ich nur mit dir.«

Leanne schluckte. Wenn Jeffrey sie auf diese Weise ansah, gelang es ihr nicht, ihre Gefühle zu leugnen.

Dann fasste sie einen Entschluss. Ja, sie konnte ihm nichts versprechen. Keine Heirat, keine Flucht. Aber sie konnte diesen Abend für sie beide zu einem unvergesslichen machen.

Ihr Herz pochte wild und ihr Atem ging keuchend, als sie ihre Hand auf seine Mitte legte, sie dann immer weiter nach unten gleiten ließ. Noch nie war sie so nervös gewesen und gleichzeitig so überzeugt, dass sie das Richtige tat. Jeffrey liebte sie und sie liebte ihn. Sie war keine Jungfrau mehr, aber auch nicht frei. Wie viele Gelegenheiten würde das Leben ihnen noch schenken?

»Bitte!«, raunte sie an seinem Ohr und ließ ihre zitternden Hände über seine Lenden wandern, nestelte schließlich an seinem Hosenbund.

Jeffrey genoss ihre Berührungen und schloss für einen kurzen Moment die Augen. Dann lehnte er sich nach vorne, bis sie in einem weiteren, endlosen Kuss versanken. Auf irgendeine Weise gelang es ihm, gleichzeitig seine Beinlinge loszuwerden und die andere Hand über die Rundung ihrer Hüfte streichen zu lassen.

Das Pulsieren zwischen Leannes Beinen wurde immer stärker, ließ sie vor Ungeduld aufstöhnen. Umso mehr erschrak sie, als er ohne Vorwarnung von ihr abließ.

»Was ist?«, wollte sie sagen, doch Jeffrey legte ihr die Hand auf den Mund. Die Leidenschaft in seinen Augen war mit einem Mal wie fortgewischt, sein Blick konzentriert.

Dann hörte auch sie es. Stimmen, die sich näherten. Der Lautstärke nach handelte es sich um mehrere Männer.

Panik erfasste Leanne. Man durfte sie und Jeffrey auf keinen Fall zusammen entdecken! Sonst waren sie beide in großer Gefahr. Mit bebenden Händen ließ sie ihren Rocksaum hinab, griff nach den Schnüren ihres Unterkleids, die sich zum Teil gelöst hatten.

»Keine Zeit!«, zischte Jeffrey und zog sie am Arm.

Leanne stolperte ihm hinterher. Mit seiner Hilfe schwang sie sich über den Holzzaun. Jeffrey sprang ihr nach. Gehetzt ließ Leanne ihren Blick über die Dunkelheit wandern, doch die Männer schienen sich dem Stall zum Glück von der anderen Seite aus zu nähern. Jeffrey zog sie weiter und so rannten sie in die Nacht hinaus.

12

Leanne wusste, dass es für sie kein Zurück mehr gab. Sie hatte ihr Herz endgültig an Jeffrey Thorley verloren. Und es wurde von Tag zu Tag schlimmer.

Je öfter sie sich trafen, desto mehr verzehrte sie sich nach ihm. Es waren nur flüchtige Momente, gestohlene Minuten in dunklen Ecken des Palasts oder zwischen den Bäumen im Garten, der mittlerweile von einer zarten Schicht Schnee bedeckt war. Die Gefahr entdeckt zu werden war dabei ihr ständiger Begleiter.

Die Treffen schenkten ihr Zärtlichkeit, aber auch Hoffnung. Hoffnung, dass es vielleicht doch eine Zukunft für sie und Jeffrey geben könnte. Wie genau sich ihr gemeinsames Leben gestalten würde, stand allerdings in den Sternen.

Würde Jeffreys Vater ihn enterben und die Nachfolge an seinen jüngeren Bruder abgeben? Oder würden sie den Hof in aller Heimlichkeit verlassen und sich in der Ferne ein neues Leben aufbauen? Würde Mortimer nach ihr suchen lassen?

Egal, für was sie sich entschieden, sie würden warten müssen. Warten, bis der Frühling kam und eine Reise nicht mehr so beschwerlich war.

Bis dahin begnügten sie sich mit eiligen Liebkosungen und träumten von einem Leben als Mann und Frau. Die Versuchung, sich Jeffrey gänzlich hinzugeben, war immer präsent, wenn Leanne mit ihm zusammen war. Aber es boten sich einfach keine Gelegenheiten. In ihr Gemach konnte sie Jeffrey nicht einlassen, denn vor ihrer Tür war stets eine Palastwache postiert. Und auch in Jeffreys Kemenate konnte sie nicht unbemerkt gelangen.

Die Wochen wurden für sie zu einem Versteckspiel. Niemand durfte etwas von ihrer Liebelei erfahren. Nicht einmal Annabel und Velma erzählte sie davon, obwohl sie das Gefühl hatte, dass ihre Freundinnen etwas ahnten. Rodrick warf ihr oft argwöhnische Blicke zu, wenn sie plötzlich verschwand und erst nach einiger Zeit wieder auftauchte, aber mitbekommen hatte er wohl nichts. Zumindest hoffte sie das.

Leanne fühlte sich wie immer berauscht und schuldig zugleich, als sie sich nach ihrem Treffen mit Jeffrey auf den Weg zurück zum Gesellschaftszimmer der Hofdamen machte. Fast meinte sie, die Menschen, die ihren Weg kreuzten, könnten ihr Geheimnis erraten, würden ihre geschwollenen Lippen und erhitzten Wangen bemerken. Ja, selbst die Männer und Frauen auf den Bildern an den Wänden schienen vorwurfsvoll auf sie hinabzublicken.

Leanne verlangsamte ihre Schritte, als sie in der Ferne eine vertraute Gestalt ausmachte. Sie erkannte ihn an seiner schmalen, hochgewachsenen Statur und dem schwarzen Haar. Thomas Lancaster. Um jeden Preis wollte sie einen Zusammenstoß mit ihm vermeiden. Eilig sah sie sich nach der nächsten Fluchtmöglichkeit um, aber dieser Flur besaß zu ihrem Unglück keine Nebengänge. Leanne fühlte Panik in sich aufsteigen. Wo war Rodrick, wenn man ihn brauchte? Ihr blieb nichts anderes übrig, als umzukehren und zu hoffen, dass Thomas sie nicht bemerkte.

Sie hatte erst ein paar Schritte getan, da presste sich eine große Hand auf ihren Mund. Ihr Schrei wurde gedämpft, ihr Körper erstarrte vor Angst.

»Wohin denn so schnell, mein Vöglein?« Langsam nahm Thomas die Hand von ihrem Gesicht, allerdings ohne den Griff um ihre Taille zu lockern.

Leanne rang nach Luft. »Was wollt Ihr von mir?«

»Das, was wohl jeder Mann in Westminster von dir möchte.« Seine Augen hatten einen lüsternen Ausdruck angenommen. Bedrohlich baute Lancaster sich vor ihr auf, drängte sie immer weiter zurück, bis sie plötzlich die kalte Steinmauer an ihrem Rücken spürte. Dann umfasste er ihre Brüste.

»Ihr habt kein Recht dazu!«, herrschte Leanne ihn an und schlug seine Hände weg. »Ich gehöre allein Sir Mortimer.« Sie straffte die Schultern, als könnte sie sich dadurch selbst Mut zusprechen. Dabei huschte ihr Blick zur Seite, um zu sehen, ob es irgendwelche Zeugen gab. Aber der Flur war vollkommen leer. Niemand würde ihr zu Hilfe kommen.

»Ach ja?« Lancaster drückte sie mit seiner ganzen Kraft an die Mauer. Seine linke Hand fuhr an ihrer Kehle entlang. »Da habe ich aber anderes gehört. Schließlich gibst du dich ja auch mit diesem Jungspund Thorley ab. Da könntest du auch mal für mich die Beine breit machen.«

Leanne erbleichte. Wusste er tatsächlich von Jeffrey und ihr? Und wenn ja, wie viel?

»Nehmt Eure üble Anschuldigung zurück!«, zischte sie, doch sie wusste nicht, wie überzeugend sie klang.

»Stell dich nicht so tugendhaft!« Thomas' Arme umschlangen ihren Körper, während seine Zungenspitze über ihren Hals fuhr. Die Berührung verursachte ihr Übelkeit.

»Wir wissen beide, was für eine Art Frau du bist. Geschaffen, um einem Mann Lust zu bereiten.«

»Nein!« Leanne rammte ihm das Knie zwischen die Beine. Nicht einmal in schlimmster Not würde sie mit einem Mann wie Lancaster das Bett teilen.

Thomas keuchte vor Schmerz auf, fing sich jedoch schnell und bekam sie am Rock zu fassen.

»Du Hure!« Er packte sie bei den Schultern und warf sie gegen die Wand. Leanne spürte einen stechenden Schmerz an ihrem Hinterkopf. Schwärze breitete sich vor ihren Augen aus. Bevor sie in die

Bewusstlosigkeit abdriften konnte, traf sie eine kräftige Ohrfeige, die ihre Wange wie Feuer brennen ließ.

»Lasst die Lady in Ruhe!« Wie durch einen Nebel hindurch sah Leanne drei Gestalten auf sie zueilen.

»Mischt Euch nicht in meine Angelegenheiten ein!«, rief Thomas, ohne den Männern weiter Beachtung zu schenken. Ein Fehler, der ihm zum Verhängnis wurde.

Im nächsten Moment wurde er nach hinten gerissen. Eine Faust traf gegen seinen Kiefer. Lancaster schrie schmerzerfüllt auf und schien für den Bruchteil einer Sekunde verwirrt. Dann verwandelte sich sein Gesicht zu einer Maske des Zorns. »Das werdet ihr bereuen, ihr schottischen Bastarde!« Er erkannte wohl, dass er gegen die Überzahl der Männer keine Chance hatte, und floh notgedrungen davon.

»Seid Ihr wohlauf?« Der Mann, der Thomas den Fausthieb verpasst hatte, trat vorsichtig an Leanne heran. Sie schätzte ihn auf etwa fünfzig Jahre. Sein rotbraunes Haar war von einigen weißen Strähnen durchzogen, sein Körper trotz seines fortgeschrittenen Alters ungewöhnlich kräftig. Er reichte Leanne, die an der Wand zusammengesackt war, die Hand und half ihr auf. Einmal auf den Beinen, wurde sie von heftigem Schwindel erfasst.

»Ihr seid verletzt!«, bemerkte der Unbekannte mit sorgenvoller Stimme.

Leanne betastete ihren Hinterkopf und zuckte zusammen. An ihren Fingerspitzen klebte Blut. »Ich muss mir den Kopf an der Mauer aufgeschlagen haben.«

»Die Verletzung ist nicht tief, aber Ihr solltet Euch dennoch ausruhen, Mylady.«

Leanne nickte und griff, ohne zu zögern, nach dem Arm, den der Fremde ihr bot.

Er half ihr, den Weg zu ihrem Zimmer zu beschreiten, und wies unterwegs eine Magd an, saubere Tücher, warmes Wasser und kräftigen Wein zu holen.

Erst dabei realisierte Leanne, dass der Mann mit schottischem Akzent sprach. »Wer seid Ihr?«, fragte sie, als sie fast bei ihrer Kammer angelangt waren.

»Mein Name ist Leith MacGregor, Mylady.«

Leanne musterte ihn genauer und erinnerte sich, den Mann schon ein paar Mal bei den Banketten gesehen zu haben.

»Ich bin Euch zutiefst dankbar für Eure Hilfe, Leith MacGregor.«

»Ihr müsst mir nicht danken«, winkte er ab. »Dieser Lancaster ...« Seine Hände ballten sich zu Fäusten. »Hat er Euch schon öfter bedrängt?«

Leanne seufzte. »Thomas Lancaster hat es schon seit meinem ersten Tag am Hof auf mich abgesehen.«

MacGregors Augen verengten sich. »Ihr solltet es dem König melden.«

»Das werde ich«, log sie und verzog das Gesicht bei dem Versuch, zu nicken. Ihr dröhnte immer noch der Schädel.

»Bitte gebt auf Euch Acht, Lady ...?«

»Leanne.«

»Es gibt hier einige Menschen, die elenden Halunken, was ihre Moral betrifft, in nichts nachstehen.«

Wie recht er doch hatte.

Leanne bedankte sich noch einmal bei dem Schotten und flüchtete in ihr Gemach. Drinnen angekommen, lehnte sie sich gegen die Tür, schloss die Augen und atmete tief durch. Es gelang ihr, sich ein wenig zu beruhigen, bis sie aus Versehen die wunde Stelle an ihrem Kopf berührte. Sie stöhnte auf und taumelte zum Bett.

Die Verletzung war unangenehm, aber im Rahmen des Erträglichen. Eine andere Sache bereitete ihr viel mehr Kopfschmerzen. Wie viel wusste Thomas von ihrer Beziehung zu Jeffrey? Und was geschah, wenn er ihre Liebelei auffliegen ließ?

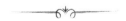

»Wie bitte?« Leanne schreckte aus ihren Gedanken hoch.

»Eure Meinung zu diesem Gewand für einen der morgenländischen Könige«, wiederholte Lady Allerton.

Die Hofdamen hatten es sich zur Aufgabe gemacht, die Kostüme für das Weihnachtsspiel selbst anzufertigen. Bei dem Gewand in Lady Allertons Händen handelte es sich um einen Mantel in dunklem Blau, dem es – wie Leanne fand – noch ein wenig an Prunk fehlte. Daher bot sie sich an, die Säume mit einer goldenen Borte zu verzieren, womit sie den ganzen Vormittag beschäftigt war.

Gegen Mittag legte sie den Mantel zur Seite, da ihre Augen nach einer Pause von der filigranen Näharbeit verlangten. Sie würde morgen daran weiterarbeiten. Immerhin waren es noch ganze drei Wochen bis zum Weihnachtsfest.

Leanne empfand das dringende Bedürfnis nach frischer Luft und machte sich auf den Weg zum Kräutergarten. Velma erwartete sie zwar erst in einer halben Stunde, aber so konnte sie sich in der Zwischenzeit schon einmal die Beine vertreten. Von dem stundenlangen Sitzen waren ihre Glieder ganz steif. Sie legte noch einen Zwischenstopp bei ihrem Zimmer ein, um sich ihren dicken Wollmantel zu holen, und machte sich dann summend auf den Weg ins Freie.

Draußen schlug ihr die Dezemberkälte entgegen und sie fragte sich, ob es eine kluge Idee gewesen war, die Wartezeit hier zu verbringen. Um sich aufzuwärmen, begann sie, durch die dünne Schneeschicht zu stapfen. Der Schnee knirschte unter ihren Schuhsohlen und beschwor Erinnerungen an früher herauf. An das Erstaunen in den Gesichtern ihrer Schwestern, als sie das erste Mal Schneeflocken vom Himmel fallen sahen. An Will, wie er einen Schneeball formte und sie mitten auf den Rücken traf.

Leannes Augen füllten sich mit Tränen, was sie auf den eisigen Wind schob. Wie immer versuchte sie, die Erinnerungen an ihre Familie rasch zu verdrängen. Denn sonst musste sie auch daran denken, dass sie nie wieder nach Dennmoral zurückkehren würde. In diesen Momenten sagte sie sich, dass es so besser war. Hier musste sie weder Hunger leiden noch frieren, ja, nicht einmal arbeiten. Außerdem war ihr selbst bewusst, dass sie dazu neigte, sich das Leben in Dennmoral schöner vorzustellen als es tatsächlich gewesen war. Konnte sie die guten Erinnerungen nicht an einer Hand abzählen? Hatte sie die permanente Angst vor ihrem Vater vergessen?

Leanne schniefte leise und blinzelte gegen ihren Tränenschleier. Hatte sie dort hinter der bröckeligen Steinmauer eine Bewegung wahrgenommen? Hoffentlich irrte sie sich, denn es wäre ihr peinlich, wenn jemand etwas von ihrem Gefühlsausbruch mitbekommen hätte. Darauf bedacht, kein Geräusch zu verursachen, näherte sie sich den verwahrlosten Gemäuern und linste um die Ecke.

Einige Schritte von ihr entfernt stand ein Paar zusammen, vereint in einem leidenschaftlichen Kuss. Erleichtert atmete Leanne auf. Die beiden hatten ganz offensichtlich nur Augen füreinander. Sie kannte das Mädchen nicht, auf das ihre Position den Blick frei gab, aber der Kleidung nach handelte es sich um eine Dienstmagd. Sie besaß blondes Haar und ein hübsches Gesicht, auf dessen von der Kälte geröteten Wangen ein Lächeln erschien. Nun flüsterte sie ihrem Liebhaber etwas ins Ohr.

Gerade, als Leanne sich fragte, weshalb ihr das Haar des Mannes so bekannt vorkam, drehte er seinen Kopf und gab den Blick auf sein Gesicht frei.

Jeffrey.

Leanne erstarrte zu Eis. Keuchte auf, als sich ein unsichtbarer Dolch in ihr Herz bohrte. Sie begann, am ganzen Körper zu zittern. Tränen verschleierten ihren Blick, als sie durch den Garten stolperte und ins Palastinnere floh. Sie war so dumm gewesen! Zu glauben, dass Jeffrey Thorley sie wirklich heiraten wollte! Zum Teufel, er war ein Ritter und Fürstensohn! Sie war wahrscheinlich nur eine von vielen törichten Frauen, mit denen er sich vergnügte. Und beinahe hätte sie sich ihm hingegeben. Ihr wurde schlecht. Sie musste hier raus! Raus aus diesem Palast, weg von dieser schrecklichen Person!

Sie rannte durch die Palastflure, verlief sich einmal, und wäre fast mit Annabel zusammengestoßen, die plötzlich vor ihr auftauchte.

»Leanne!«, rief sie und packte sie am Arm.

»Lass mich«, keifte Leanne. »Lass mich vorbei, Annabel!«

Diese machte jedoch keine Anstalten, zur Seite zu treten.

»Beruhige dich, Leanne! Was ist passiert?«

»Ihr macht einen schrecklichen Fehler!«, schrie Leanne und schluchzte auf.

Annabel wurde blass. »Wovon redest du?«

»Du und Luke. Ihr seid wahnsinnig, gemeinsam eure Zukunft zu planen. In Sünde zu leben. Früher oder später stürzt ihr euch ins Unglück!«, redete Leanne sich in Rage. Sie schlug Annabels Arm weg und rannte davon, ohne sich noch einmal umzudrehen.

Als sie den Hof erreichte, brannte die kalte Luft in ihren Lungen. Sie versuchte, durch eines der Tore zu entkommen, doch die Lanzen der Wächter versperrten ihr den Weg.

»Eine Lady darf den Palast nicht ohne Geleitschutz verlassen«, fuhr einer der Männer sie schroff an.

Fast hätte Leanne gelacht. All die Jahre hatte sie sich gewünscht, genau das zu sein: eine Lady. Doch das war sie nicht und würde sie nie sein. Sie war immer noch Anne, Tochter eines Tagelöhners. Eine hübsche Mätresse, die ein Mann gerne in sein Bett holte, aber niemals heiraten würde.

Vor den Eingangstoren stehend, ballte Leanne ihre Hände zu Fäusten, schluchzte, von Wut und Scham überwältigt, auf. Sie hatte keine Kraft mehr, ihre Tränen zurückzuhalten. Der Schmerz in ihrer Brust wurde so groß, dass ihr Körper sich zusammenkrümmte und zu Boden ging.

»Lady Leanne!«

Ohne aufzusehen, erkannte sie den Sprecher. Es war der Schotte.

»Laird MacGregor.«

»Lasst mich Euch aufhelfen, Mädchen.« Seine tiefe Stimme hatte etwas Beruhigendes, das Leanne dazu brachte, ihm zu vertrauen.

Sie ließ sich von ihm hochziehen und blickte in die verstörten Gesichter der königlichen Wachen.

»Kommt.«

Sie protestierte nicht, als der MacGregor sie sachte zu einer der steinernen Bänke führte, die sich innerhalb des überdachten Arkadengangs befanden. Der Laird nahm neben ihr Platz, sagte jedoch nichts, bis Leannes Tränen irgendwann von selbst versiegten.

»Mir scheint, ich muss Euch immer wieder aus brenzligen Situationen retten«, begann der Schotte das Gespräch mit einem Scherz.

Leanne brachte zu ihrer eigenen Überraschung ein Schmunzeln zustande. »Dann muss ich mich erneut bei Euch bedanken, schätze ich.«

»Wollt Ihr mir erzählen, was Euch widerfahren ist?«

Sie blickte in seine aufmunternde Miene. Der Laird besaß eher grobe Gesichtszüge, doch seine braun-grünen Augen strahlten Weisheit und Güte aus.

»Ich weiß nicht ... Es ist kompliziert.«

»Ich will Euch nicht drängen«, sprach der Mann rücksichtsvoll. »Aber glaubt mir, manchmal kann es helfen, über die Probleme zu sprechen.«

Probleme?

Leanne hatte nicht nur Probleme. Ihr Liebster hatte ihr das Herz gebrochen. Ihre Zukunft zerstört. Ihr den Lebenssinn genommen.

Dennoch begann sie nach einem Seufzer, zu erzählen. Das schuldete sie dem Mann, der ihr bereits das zweite Mal zu Hilfe gekommen war.

Sie erzählte zunächst von Jeffrey, merkte dann aber, dass ihre Gefühle viel komplizierter waren. Sie hingen auch mit Sir Mortimer zusammen. Und dies warf wiederum die Frage auf, wie sie überhaupt nach Westminster gekommen war. Also erzählte Leanne ihm *alles*. Von ihrer ersten Begegnung mit Edmund in Dennmoral, ihrer Reise nach London, bis zum heutigen Tag.

Leith MacGregor hörte ihr die ganze Zeit über schweigend zu. Nur an manchen Stellen legte sich seine Stirn in Falten oder erschien ein kleines Lächeln auf seinen Lippen.

Schließlich beendete Leanne ihren Monolog. Zu ihrem Erstaunen fühlte sie sich tatsächlich etwas besser. Sie hatte noch nie so viel am Stück über ihre Vergangenheit gesprochen, nicht einmal mit Velma oder Annabel.

Der Gedanke an Annabel versetzte ihr prompt einen Stich. Auf einmal schämte sie sich für ihr Verhalten.

»Ich hätte nicht so mit meiner Freundin sprechen dürfen, nicht wahr?«

»Da hast du recht. Du solltest dich bei ihr entschuldigen. Aber ich bin sicher, dass sie dich verstehen wird, wenn du ihr von dem Vorfall mit Jeffrey erzählst.«

»Das hoffe ich«, meinte Leanne betrübt. Gleichzeitig wunderte sie sich darüber, dass MacGregor sie nicht zu verurteilen schien. Weder für ihre Worte gegenüber Annabel noch ihren Fehltritt mit Jeffrey.

»Und was diesen Jungen betrifft ... es ist verständlich, dass du verletzt bist. Er hat dich auf gemeinste Weise getäuscht. Aber das Gute ist, dass dir jetzt die Augen geöffnet wurden. Lieber zu früh als zu spät, finde ich.«

Obwohl Leanne ihm zustimmen musste, war der Schmerz in ihrer Brust noch nicht verschwunden. Sie fühlte sich verraten, enttäuscht und vor allem schrecklich dumm.

Leith MacGregor hob den Kopf, als ein bewaffneter Mann auf sie zusteuerte.

»Die Pferde sind bereit, Mylord.« Offensichtlich handelte es sich um einen seiner Gefolgsmänner.

»In Ordnung. Ich bin gleich da.«

Erst jetzt bemerkte Leanne die Karren, die auf halber Strecke zwischen den Ställen und den Palasttoren bereitstanden.

»Ihr verlasst den Hof?«

Der Schotte nickte. »Es gibt für uns hier nicht mehr viel zu tun.« Bedauern schwang in seinen Worten. »Wir reisen ab. Lieber zu früh als zu spät, wenn du verstehst.« Er lächelte über sein Wortspiel, doch Leanne entging seine kummervolle Stimmung nicht. Die Andeutung des Lairds konnte nur eines bedeuten: Ein Krieg stand ihnen bevor. Und es würde nicht mehr lange dauern.

Augenblicklich verspürte sie Mitleid mit den schottischen Fürsten, die so hartnäckig versucht hatten, mit Edward einen Frieden auszuhandeln. Nun mussten sie unverrichteter Dinge heimkehren und konnten nur hoffen, dass ihr Clan vom Schlimmsten verschont bleiben würde.

Leanne graute bereits jetzt vor dem Krieg. Männer, egal ob jung oder alt, würden im Kampf sterben, Familien Hunger leiden. Dagegen erschien ihr Jeffreys Betrug auf einmal zweitrangig.

»Ich muss nun leider aufbrechen.« Der Laird erhob sich von der Bank und ließ seinen Blick ein letztes Mal über Edwards Residenz schweifen. »Ich fürchte, wir sind beide nicht von Glück verfolgt, was diesen Ort betrifft.«

»Es tut mir leid ...«, setzte Leanne an.

Der Schotte hob die buschigen Augenbrauen.

»... dass es so weit gekommen ist. Für Euch und Eure Männer.«

Auf dem Gesicht des ergrauten Lairds zeigte sich ein dankbares Lächeln. Dann griff er nach dem Beutel an seinem Gürtel, kramte darin und hielt ihr schließlich eine bronzene Münze entgegen.

»Falls Thomas Lancaster Euch noch einmal belästigt oder Ihr auf irgendeine Weise in Not geraten solltet.«

Überrascht nahm Leanne das Metallstück entgegen. »Was ist das?«

»Eine Münze mit dem Wappen der MacGregors. Ich kann Euch Zuflucht auf meiner Burg anbieten. Mein Clan ist nicht besonders wohlhabend, aber ich könnte Euch die Stelle einer Dienstmagd anbieten.« Er zuckte mit den Schultern.

Gerührt sah Leanne zu ihm auf. »Ihr seid sehr großzügig. Und falls wir uns nicht wiedersehen, so wisset, dass ich Euch und Eure Familie in meine Gebete einschließen werde.«

Der MacGregor verbeugte sich knapp. »Lebt wohl, Leanne.«

»Lebt wohl, Leith MacGregor.« Bewegt sah sie dem Schotten hinterher.

Leanne betrachtete die bronzene Münze in ihrer Hand und ließ sie in ihrer Manteltasche verschwinden. Was für ein bemerkenswerter Mann dieser MacGregor doch war! Er hatte seine Abreise hinausgezögert, nur, um ihr in ihrem Elend beizustehen. Sie würde ihn niemals vergessen. Noch im selben Augenblick fasste sie einen Entschluss: In ihrem Leben musste sich etwas ändern. *Sie* musste sich ändern.

All die Jahre war sie einem Ziel hinterhergerannt, das sie niemals erreichen konnte. Hatte versucht, sich ganz natürlich unter den Edeldamen zu bewegen, so als wäre sie eine von ihnen. Das Leben als Mortimers Mätresse war ihr Schicksal, auch wenn Jeffrey sie für eine Zeit lang hatte träumen lassen, dass es da noch etwas anderes gab. Hoffnung auf ein ruhiges Leben fernab dieser Schlangengrube, eine Möglichkeit, den Mann an ihrer Seite selbst wählen zu dürfen. Sie stöhnte innerlich. Nie wieder wollte sie sich von einem Mann zum Narren halten lassen! Je schneller sie die Flausen, die Jeffrey Thorley in ihren Kopf gesetzt hatte, vergaß, desto besser konnte sie sich auf den Weg konzentrieren, den das Schicksal – oder Gott – für sie vorgesehen hatte.

Sie würde Mortimers Mätresse sein. *Die schönste Frau am Hof*, wie manche sagten. Bisher hatte sie diese Schmeicheleien von sich gewiesen. Konnte sie sich ihren Vorteil nicht zunutze machen? Sie würde zwar niemals eine Dame von Ehre sein, aber sie konnte unterhaltsam sein, geschickt in der Konversation und war nicht auf den Kopf gefallen. Sie würde sich einen Platz und Anerkennung unter den Höflingen erkämpfen – zur Not mit ihren weiblichen Reizen

– und dafür sorgen, dass Edmund sie niemals missen wollte. Im Grunde war sie davon überzeugt, dass der Baron ihr treu ergeben war. Aber angesichts der vielen Edelmänner, die sie oftmals gedanklich auszuziehen schienen, war es weise, ihre Position bei ihm zu stärken.

Und sie wollte lernen. Sie würde so viel über die höfische Kultur aufschnappen, wie sie nur konnte, und sich über die Politik des Königs und der zwölf Fürstenfamilien informieren. Sie würde Leuten wie den Lancasters keine Gelegenheit mehr geben, sie für ihre Unwissenheit bloßzustellen.

Und sie sah ein, dass es in ihrem eigenen Interesse war, Rodrick stets in ihrer Nähe zu haben. Westminster war ein gefährlicher Ort, das hatte sie nun oft genug zu spüren bekommen. Zwar konnte sie Mortimers Gefolgsmann nicht ausstehen – und sie war sich ziemlich sicher, dass dies auf Gegenseitigkeit beruhte – doch alleine war sie Übergriffen schutzlos ausgeliefert.

Vernunft sollte in Zukunft ihr Leben bestimmen. Schließlich war sie nicht mehr das junge Ding, das damals völlig naiv an die königliche Residenz gekommen war. Und sie würde ihr neues Leben damit beginnen, sich bei Annabel für ihr unmögliches Verhalten zu entschuldigen.

13

»Du hättest einen viel besseren Engel abgegeben«, flüsterte Annabel und kniff die Augen zusammen.

Leanne schmunzelte und lenkte ihren Blick wieder auf das Weihnachtsspiel, das vorne am Altar aufgeführt wurde. Annabel stand wie eh und je treu zu ihr, selbst nach dem Vorfall vor ein paar Wochen. Sie fand es ungerecht, dass Lady Allertons Nichte Joan diese Rolle bekommen hatte und nicht sie.

»Lass gut sein, Annabel. Ich finde, das Mädchen macht seine Sache recht gut.«

Das entsprach nicht ganz der Wahrheit. Joan brachte kaum einen geraden Ton zustande und Leanne seufzte erleichtert auf, als der Knabenchor wieder den Gesang übernahm. Allerdings wäre sie selbst wohl kaum die passende Besetzung für einen Engel gewesen.

Annabel stöhnte neben ihr auf und trat von einem Fuß auf den anderen. Leanne wusste, wie sehr das lange Stehen ihre Freundin anstrengte. Deren Bauch hatte inzwischen eine ansehnliche Rundung angenommen.

»Es dauert nicht mehr lange«, versuchte Leanne, sie zu trösten. Auch sie sehnte das Ende des Gottesdienstes herbei. Sie genoss zwar den Anblick der geschmückten Kirche und den feierlichen Gesang des Chors, aber die Aussicht auf das Fastenbrechen heute Mittag war ebenso verheißungsvoll.

Nachdem das Weihnachtsspiel zu Ende war und der Priester das abschließende Gebet gesprochen hatte, begab sich die höfische Gesellschaft in den Festsaal. Annabel, die das Weihnachtsfest noch nie in der königlichen Residenz verbracht hatte, staunte beim Anblick des Prunksaals, in dem heute hunderte von Kerzen brannten und der mit Stechpalmen und Tannenzweigen dekoriert war. Ein köstlicher Duft lag in der Luft, bei dem Leanne das Wasser im Munde zusammen lief. An den Gesichtern der Umstehenden konnte sie erkennen, dass es nicht nur ihr so ging. Die gesamte Adventszeit über hatte das Bankett nur einfache Speisen hergegeben, wie Brot und einen Gemüseeintopf aus Steckrüben oder Kohl.

Auch die Tischaufstellung war anders als üblich. Deutlich mehr Menschen mussten heute in diesen Saal passen, denn am Weihnachtsabend war es dem höhergestellten Gesinde erlaubt, zusammen mit der Aristokratie zu speisen. Gemeinsam mit Annabel hielt Leanne Ausschau nach einem geeigneten Platz, bis eine wohlbekannte Stimme hinter ihrem Rücken erklang.

»Lady Leanne!«

Sie holte einmal tief Luft, straffte ihre Schultern und wandte sich widerwillig dem Sprecher zu.

»Was wollt Ihr, Thorley?«

Jeffrey starrte sie unsicher an. Sie war ihm seit jenem Tag vor drei Wochen aus dem Weg gegangen. Seiner Reaktion nach zu urteilen, hatte er immer noch keinen blassen Schimmer, weshalb.

»Ich wollte Euch fragen, ob Ihr mir die Ehre erweist, heute Euer Tischpartner zu sein?«, sprach er und verbeugte sich galant.

Die Geste allein genügte, um Leannes Blut zum Kochen zu bringen. Vor nicht allzu langer Zeit war sie auf Jeffreys Schmeicheleien, seine perfekten Umgangsformen hereingefallen. Jetzt sah sie nur noch einen skrupellosen Fürstensohn vor sich, der glaubte, mit ihr leichtes Spiel zu haben.

»Nein.« Ohne ihn noch eines Blickes zu würdigen, ließ Leanne ihn stehen und gesellte sich zu den anderen Frauen.

»Nein?«, rief Thorley ungläubig und folgte ihr. »Warum weist Ihr mich ab?«

Leanne spürte Jeffreys Hand auf ihrem Arm. Verärgert wich sie einen Schritt zurück und widerstand dem Drang, ihn anzufahren, dass er ein ehrloser Heuchler war.

»An meinem Tisch ist bedauerlicherweise kein Platz mehr für Euch«, sagte sie und zog einen Schmollmund. Was sie ihm eigentlich sagen wollte, war, dass es in ihrem *Herzen* keinen Platz mehr für ihn gab.

»Ganz recht«, kam Annabel ihr dankenswerterweise zu Hilfe.

»Kein Platz mehr? Welches Spiel treibt Ihr mit mir?« Jeffrey gab sich Mühe, seinen Zorn zu verbergen, doch seine zu Fäusten geballten Hände verrieten ihn.

Plötzlich realisierte Leanne, dass sich eine Traube aus mindestens zehn Menschen um sie herumgebildet hatte, die ihren Disput neugierig verfolgte. Ihr Herz begann zu rasen. Sie musste ihre Worte mit Bedacht wählen.

»Es ist alles gesagt, Mylord.«

»Nichts ist gesagt!«, brüllte Jeffrey, woraufhin einige Hofdamen nach Luft schnappten. »Was ist plötzlich in Euch gefahren?« Er baute sich vor ihr auf. »Ich dachte, meine Gesellschaft sei Euch willkommen?«

Leanne begriff, dass seine Beherrschung nur noch am seidenen Faden hing. Er war drauf und dran, vor aller Augen das Gesicht zu verlieren. Vermutlich war er noch nie von einer Dame abgewiesen worden.

»So kann man sich täuschen«, sagte sie unbefangen, doch in ihrem Blick lag pure Ablehnung.

»Was bildest du dir ein ...«, zischte Jeffrey und ging auf sie zu.

Panik erfasste Leanne beim Anblick seiner wutverzerrten Miene. Hilfesuchend sah sie zu Rodrick. Mortimers Gefolgsmann reagierte prompt auf ihre stumme Aufforderung und baute sich schützend neben ihr auf. »Mylord, ich bitte Euch, die Lady nicht weiter zu belästigen.«

Jeffrey musterte den Hünen mit hochrotem Kopf. Er merkte wohl, dass er dieses Spiel verloren hatte, und verschwand ohne ein weiteres Wort.

»Danke, Rodrick«, sprach Leanne mit klopfendem Herzen.

Der Wachmann nickte nur und gesellte sich dann wieder zu seinesgleichen.

Leanne stieß den Atem aus, lockerte ihre Schultern, die sie unbewusst angespannt hatte, und folgte Annabel, die mittlerweile einen freien Platz am Bankett entdeckt hatte. Undamenhaft ließ sie sich auf die Bank plumpsen.

»Ich fühle mich auf einmal so erschöpft.« Sie vergrub ihr Gesicht in den Handflächen.

»Das war es wert«, meinte Annabel und strich ihr über den Rücken. »Du hast dich gut geschlagen gegen dieses Ekel.«

Leanne stöhnte. »War es wirklich so klug, ihn vor allen auflaufen zu lassen?«

»Ich denke, er wird schnell darüber hinwegkommen und sich seinem nächsten Opfer widmen«, sagte Annabel ungewohnt pragmatisch.

Leanne presste die Lippen aufeinander. Sie schämte sich, dass sie selbst auf Jeffrey hereingefallen war.

Annabel tätschelte ihr die Hand. »Sieh es positiv! Mit deinem Auftritt hast du, glaube ich, einen großen Eindruck auf die anderen gemacht.« Sie wies mit dem Kinn auf ein paar Höflinge, die Leanne immer noch neugierig anstarrten und sich leise unterhielten. »Du hast nichts Falsches getan, sondern dich lediglich gegen einen aufdringlichen Verehrer gewehrt.«

Leanne gab ihr recht. Vielleicht war es gar nicht so ungünstig, dass die Konfrontation mit Jeffrey und der Moment, den sie tagelang gefürchtet hatte, in der Öffentlichkeit stattgefunden hatte. Bei dem Gedanken wurde ihr etwas leichter ums Herz und sie konnte wieder Vorfreude auf das festliche Bankett empfinden.

»Luke!« Annabel schloss ihren Geliebten in die Arme.

»Sind die Damen ebenso hungrig wie ich?«, fragte Luke scherzhaft und nahm gegenüber Platz.

»Darauf kannst du wetten!« Leanne grinste.

Glücklicherweise erschien der König nur wenig später im Festsaal und eröffnete mit einer kurzen Ansprache das Fastenbrechen. Zuerst wurde eine leichte Brühe serviert, auf die ein Eintopf mit Rüben und Porree folgte. Als Hauptgang wurden verschiedene Fleischsorten aufgetragen. Gebratene Hühner und Gänse reihten sich an Wildschweinkeulen und geräucherten Fisch. Die Stimmung an ihrem Tisch war ausgelassen, man aß, trank und scherzte.

Irgendwann bemerkte Leanne, dass Lukes Bruder heute nicht an seiner Seite war. Auch im restlichen Saal konnte sie ihn nirgendwo entdecken.

»Ist Neil nicht wohlauf?«, fragte sie nach einer Weile.

Lukes Miene verdüsterte sich. »Mein Bruder ist vor ein paar Tagen abgereist.«

»Das tut mir leid.« Leanne ärgerte sich, so unbedacht gefragt zu haben. Sie wusste schließlich von dem angespannten Verhältnis zwischen den Campbell-Brüdern.

Luke zuckte mit den Schultern, doch man konnte ihm ansehen, dass ihn der Disput bedrückte. »Natürlich hätte ich Neil gerne zur Unterstützung hier gehabt«, gab er zu. »Bei dem, was uns allen demnächst bevorsteht ... Allerdings ist es auch von Vorteil, wenn wenigstens einer von uns auf Ardchonnel Castle die Stellung hält. Bisher musste ich mich gänzlich auf meinen Verwalter verlassen.«

»Ich kann verstehen, dass er eine Pause vom königlichen Hof benötigt«, sagte Leanne diplomatisch. »An manchen Tagen würde ich auch am liebsten davonlaufen. Ich gebe zu, heute ist das nicht der Fall.« Lächelnd wies sie auf die reich gedeckte Tafel.

Leider ging ihr Versuch, Luke aufzumuntern, ins Leere. Er wirkte immer noch niedergeschlagen und Leanne ärgerte sich, da sie ihn an seine Sorgen erinnert hatte.

Schließlich beugte Annabel sich nach vorne, griff nach Lukes Hand und hauchte einen Kuss darauf. »Es wird alles gut gehen.«

Nach dem Essen löste sich die Sitzordnung auf und man rief zum Tanz. Für gewöhnlich zögerte Leanne nicht, sich unter die Tanzenden zu mischen. Heute allerdings hatte sie sich den Bauch so vollgeschlagen, dass sie lieber erst eine Weile sitzenblieb und zusah. Sie grinste, als ein bekanntes Gesicht auf sie zukam. Es war Arnaud, der Troubadour.

»Guten Abend, bezaubernde Lady Leanne!« Er verbeugte sich übertrieben tief vor ihr, was so albern aussah, dass Leanne kichern musste. Vielleicht stieg ihr aber auch nur der Wein zu Kopf, dem sie beim Essen reichlich zugesprochen hatte.

»Arnaud! Was verschafft mir die Ehre Eurer Gesellschaft?« Mit einer galanten Handbewegung lud sie ihn ein, sich zu setzen.

Der Franzose ließ sich auf die Bank fallen und streckte seine schlanken Beine aus.

»Ich komme, um Euch zu gratulieren. Jeffrey Thorley seid Ihr ein für alle Mal los.«

»Ihr habt mich beobachtet?«, fragte Leanne erschrocken.

»Ich glaube, so ziemlich jeder in diesem Saal hat Euch beobachtet.« Arnaud spielte mit den gezwirbelten Enden seines Barts. »Bewundernswert, wie Ihr diesem Wichtigtuer die Stirn geboten habt. Ich vermute, er hat Eure Zuneigung verspielt?«

Leanne spürte, wie ihre Wangen heiß wurden. Warum durchschaute dieser Musiker sie nur so mühelos?

»Er hat sich nicht wie ein Mann von Ehre verhalten«, gab sie zu, ohne ins Detail zu gehen. Dann verlor sich ihr Blick in der Flamme einer Kerze. »Ich sollte mich wohl bei Euch bedanken. Ihr habt mich damals gewarnt, als ich mich unwissentlich in gefährliche Gewässer begeben hatte«, meinte sie und musste daran denken, wie sie Jeffrey beim Erntedankfest liebestoll angemacht hatte. Sie seufzte.

»Übrigens können wir gerne auf die Anrede verzichten, wenn Ihr wollt.«

»Einverstanden.« Arnaud nickte und fuhr sich nachdenklich durch die dichten schwarzen Locken. »Vielleicht hätte ich dich gleich vor Thorley warnen sollen. Ich hatte schon damals ein ungutes Gefühl, was ihn angeht.«

Leanne blickte ihn prüfend an. »Darf ich dir eine Frage stellen?«

»Nur zu.«

»Warum hast du mir geholfen? Und warum interessiert dich, wie es mir ergeht?« Bei Arnaud hatte sie nicht das Gefühl, dass er sie begehrte, so wie es bei einigen Männern der Fall war. Seine Art, mit ihr das Gespräch zu suchen, wirkte eher ... freundschaftlich.

Arnaud schwieg für einen kurzen Moment, dann seufzte er. »Weil ich glaube, dass wir im Grunde gleich sind.«

Leanne runzelte die Stirn. Sie verstand nicht, worauf Arnaud hinauswollte. Was hatten er, der gefeierte Musiker, und sie, die Mätresse, gemeinsam?

»Du kommst aus ärmlichem Hause, nicht wahr?«, sagte er dann.

Leanne schlug die Augen nieder. »Das stimmt. Hast du Erkundigungen eingezogen?«

»Nein. Aber manchmal kann man so etwas spüren«, sprach Arnaud leise. »Meine Mutter war eine Hure.«

Leanne hätte sich beinahe an dem Wein verschluckt, den sie gerade angesetzt hatte.

»Wie du vielleicht schon weißt, sammelte Edward mich damals in der Gascogne auf«, fuhr Arnaud unbeirrt fort und sie nickte. »Jedenfalls verbrachte ich meine Kindheit in dem Freudenhaus, in dem meine Mutter arbeitete. Zu dem Haus gehörte eine Schenke, in der jeden Abend ein Musiker auftrat. Thibaut.« Der abwesende Blick in seinen schwarzen Augen verriet ihr, dass er mit Erinnerungen konfrontiert wurde.

»Thibaut lehrte mich das Lautenspiel und den Gesang, damit ich die Gäste ebenfalls unterhalten konnte. Das tat ich für einige Jahre.

Bis irgendwann ein wohlhabender Graf in unser Etablissement kam. Sein Name war Hugo von Lusignan. Er war so angetan von meiner Musik, dass er mich als Halbwüchsigen in seinem Haushalt aufnahm. Er beschäftigte bereits zwei Musiker, bei denen ich noch mehr Instrumente und Lieder lernen konnte. Hugo von Lusignan und Edward kannten sich von dem Kreuzzug ins Heilige Land, bei dem französische und englische Truppen gemeinsam kämpften. Als Edward später seine Oberherrschaft in der Gascogne durchsetzte, suchte er Hilfe bei Hugos Sohn, der den gleichen Namen wie sein Vater trägt.«

Leanne benötigte einen Moment, um Arnaud zu folgen. »Warum unterstützte der französische Graf unseren König?«

»Hugo von Lusignan ist der Halbbruder Henrys III., Edwards Vater.«

Wieder einmal war Leanne erstaunt, wie sehr die verwandtschaftlichen Beziehungen zwischen den Herrschaftshäusern beider Länder ausgeprägt waren.

»Der jüngere Hugo, bei dem ich drei Jahre lebte, beherbergte seine Majestät für einige Tage. So trafen der König und ich das erste Mal aufeinander.«

»Was geschah dann?«

»Edward zahlte dem Grafen eine stattliche Summe, damit ich ihn an den englischen Hof begleitete.«

»Du wurdest verkauft«, erkannte Leanne traurig. »Offensichtlich haben wir tatsächlich mehr gemeinsam, als ich zuerst dachte.« Sie erzählte ihm knapp von ihrer Kindheit in Dennmoral.

Arnaud hörte ihr aufmerksam zu. »Ich schätze, diese Narbe hat dein Vater dir zugefügt?« Er führte seinen Zeigefinger zur Augenbraue.

Leanne nickte.

»Ich bedaure es wirklich nicht, nie einen Vater gehabt zu haben. Man hört nicht besonders viel Gutes über sie.« Er lächelte schief.

»Wie lange bist du schon hier in Westminster?«, fragte Leanne nach einer Weile.

»Etwas mehr als sieben Jahre.«

»Eine lange Zeit!«, staunte sie und ließ ihren Blick über den belebten Saal schweifen.

»Lange genug, um die meisten Menschen zu durchschauen«, behauptete Arnaud. »Daher hatte ich auch das Bedürfnis, dich damals zu warnen. Du hast deine Gefühle viel zu offen gezeigt.«

»Diesen Fehler werde ich nicht mehr machen,« sagte sie mehr zu sich selbst als zu ihm.

»Ich fürchte, ich muss dich jetzt verlassen«, meinte Arnaud mit einem Blick zum Musiker-Quintett. Vermutlich sollte er selbst gleich auftreten. »Aber es war mir eine große Freude.«

»Mir ebenso«, sagte Leanne wahrheitsgemäß. Es hatte gut getan, sich mit jemandem zu unterhalten, der ebenso zufällig zur aristokratischen Gesellschaft gekommen war. »Ich freue mich schon auf deine Lieder, sie sind alle wundervoll.«

»Ja, das sind sie«, murmelte Arnaud und erhob sich.

Leanne schmunzelte. An Selbstbewusstsein fehlte es dem Musiker wirklich nicht.

14

Das neue Jahr war erst wenige Wochen alt, als die Schreckensnachricht über Westminster hineinbrach: Der König hatte Schottland den Krieg erklärt.

Kurz zuvor hatte man in Erfahrung gebracht, dass die Schotten ein Bündnis mit Frankreich geschlossen hatten – jenem Gegner, mit dem England seit zwei Jahren im Konflikt stand. Edwards Reaktion hatte nicht lange auf sich warten lassen. Gleich nach dem Frühmahl hatte er den Hofstaat darüber unterrichtet, dass er unverzüglich einen Feldzug gegen die schottischen Rebellen plane.

Am Nachmittag war Annabel immer noch so blass um die Nase wie der Schnee vor den Palasttüren. Leanne konnte ihr noch so oft versichern, dass der König sich gut um seine Vasallen kümmerte, ihre Freundin ließ sich durch nichts beruhigen. Was hatte sie auch für Aussichten? Ihr Geliebter zog in den Krieg und das Kind in ihrem Bauch würde in wenigen Wochen zur Welt kommen.

Betrübt lief Leanne durch die Palastflure. Innerhalb weniger Stunden war die Atmosphäre in der königlichen Residenz wie ausgewechselt. Die Betriebsamkeit war geblieben, doch das Lachen, die Vorfreude auf Feste und Amüsements war verschwunden. Fast jeder hatte einen Mann in der Familie, der zum Kriegsdienst antreten musste.

Hier und da sprachen die Menschen leise über Edwards Vorhaben. Einige der Hofdamen erwogen, sich auf ihre Landsitze zurückzuziehen, während ihre Männer in den Kampf zogen.

Leanne hielt nicht besonders viel von dieser Idee. War es nicht besser, diese schwere Zeit mit Gleichgesinnten durchzustehen?

In düstere Gedanken vertieft, betrat sie ihr Gemach. Ein Schrei entschlüpfte ihrer Kehle, als sie eine Gestalt in ihrem Bett entdeckte.

»Edmund?!«

»Meine kleine Rose!« Mortimer versuchte, sich aufzurichten, wobei ihm ein Stöhnen entfuhr.

»Bist du verletzt?« Leanne eilte an seine Seite. Bei seinem Anblick krampfte sich ihr Magen vor Schreck zusammen. Unter Edmunds Augen lagen dunkle Schatten und seine Haut besaß einen ungesunden Farbton.

»Ich bin gerade erst zurückgekehrt«, überging der Baron ihre Frage. »Wie ich mich freue, wieder in dein Antlitz zu blicken!« Er verzog seinen Mund zu etwas, das wohl ein Lächeln sein sollte, jedoch eher einer Grimasse glich.

»Du hast Schmerzen«, stellte Leanne fest. Sie ließ ihren Blick an seinem Körper herunterwandern, zog die Decke ängstlich weg und entdeckte den Verband um sein rechtes Bein.

»Wie ist das passiert?«, fragte sie bange. Sie wusste ja nicht einmal, in welche Angelegenheiten Sir Mortimer in den letzten Monaten verwickelt gewesen war.

»Ein Überfall durch eine Bande von Landstreichern.« Edmund holte Luft. »Irgendwie müssen sie Wind bekommen haben von unserer Mission.«

Richtig. Der Baron war losgezogen, um Steuern für einen möglichen Krieg einzutreiben. Eine berechtigte Maßnahme, wie der heutige Tag gezeigt hatte.

»Diese Bastarde haben uns erst kurz vor London erwischt«, brummte er.

»Haben sie das Silber gestohlen?«

»Wir haben ihnen keine Gelegenheit dazu gegeben«, sagte Mortimer mit grimmiger Genugtuung. »Meine Männer haben tapfer gekämpft. Keiner dieser Halunken ist mit dem Leben davongekommen.«

Leanne schluckte. »Und deine Verletzung?«

»Ein Pfeil. Wir haben zwar rasch einen Feldscher gefunden, der die Spitze entfernen konnte, aber die Wunde ist tief und nicht gut verheilt, fürchte ich.«

»Ich werde mich darum kümmern«, beschloss Leanne. Das war sie ihm schuldig.

Beinahe war Leanne froh darüber, dass sie Mortimer gesund pflegen durfte. Es hielt sie beschäftigt und hinderte sie daran, zu viel über den Krieg nachzudenken.

Vor etwas mehr als einer Woche war der König mitsamt seinen Vasallen und Rittern losgezogen, um in Schottland einzufallen. John Balliol hatte ihm ein weiteres Mal die Übergabe von Städten und Burgen verweigert und damit den englischen Herrschaftsanspruch zurückgewiesen. Daraufhin hatte Edward beschlossen, diese mit Gewalt einzunehmen.

All dies wusste sie von Sir Mortimer, der nach wie vor ans Bett gefesselt war und sie über die politische Lage aufklärte. Die meiste Zeit aber schlief er.

Leanne blickte in sein eingefallenes Gesicht, das selbst im Schlaf von Erschöpfung zeugte. Auch ihr steckte nach den letzten Tagen die Müdigkeit in den Gliedern. Mortimers Zustand war ein einziges Auf und Ab. Kurz nach seiner Rückkehr hatte sie geglaubt, dass er bald wieder vollkommen gesund sein würde, aber dann hatte ihn ein hohes Fieber befallen, und Leanne hatte schon das Schlimmste befürchtet. Zusammen mit Marlies, dem Dienstmädchen, hatte sie tagelang an seiner Bettstatt gewacht, ihm die Stirn gekühlt und sein verletztes Bein mit einer Tinktur eingerieben, die ein Medicus ihr gegeben hatte. Irgendwann war das Fieber gesunken, doch seine nicht heilen wollende Wunde bereitete ihr weiterhin Sorgen.

Als ein leises Klopfen an der Tür erklang, erhob Leanne sich lautlos und öffnete Marlies, die sie für die Abendstunden ablösen würde. Dann ging sie in das Zimmer nebenan, das sie bewohnen durfte, solange Edmund schwer krank war. Platz gab es momentan genug in Westminster – die meisten Edelmänner im kampftauglichen Alter begleiteten den König auf seinem Feldzug. Leanne fröstelte, als sie denn dämmrigen Gang hinabblickte. Die Stille in den leeren Palastgängen hatte etwas Gespenstisches an sich und die Februarkälte tat ihr Übriges dazu, dass sie sich in letzter Zeit vorwiegend in den kleineren Räumen der Residenz aufhielt.

In ihrer Kammer angekommen, trottete sie mit bleischweren Gliedern zum Bett und ließ sich auf das Laken fallen. Selbst zum Essen fühlte sie sich zu müde, obwohl ihr Magen sie knurrend darauf hinwies, dass ihre letzte Mahlzeit bereits einige Stunden zurücklag. *Morgen werde ich das Abendessen nicht verpassen*, sagte sie sich, wie schon so viele Abende zuvor, und fiel in einen traumlosen Schlaf.

Mitten in der Nacht wurde sie durch lautes Klopfen geweckt. Verschlafen stolperte Leanne zur Tür und öffnete. Sie musste ein paar Mal blinzeln, bis sie im spärlichen Kerzenschein ein unbekanntes Dienstmädchen ausmachte.

»Was ist passiert?«, fragte sie, plötzlich hellwach. »Geht es Sir Mortimer wieder schlechter?«

Die Magd schüttelte den Kopf. »Die Lady Bonville schickt mich. Das Kind kommt!«

»Annabel!« Leanne schlug sich die Hand vor den Mund. »Ich komme sofort!« Sie wies das Mädchen an, kurz vor der Tür zu warten, und wusch sich in aller Eile Gesicht und Hände, um den letzten Rest Müdigkeit zu vertreiben. Sie musste all ihre Sinne beinander haben, wenn sie Annabel helfen wollte. Zuletzt schlüpfte sie in ihre Schuhe und warf sich ihren Wollmantel über. Zum Umziehen blieb keine Zeit.

Gemeinsam mit Annabels Dienstmagd, die sich ihr mit dem Namen Bethia vorstellte, eilte Leanne durch die düsteren Flure, bis sie völlig außer Atem vor dem Gemach der Campbells stand. Aus irgendeinem Grund hatte sie sich auf lautes Geschrei und blutüberströmte Laken eingestellt. Doch das Bild, das sie in der Kemenate erwartete, war überraschend friedlich. Eine Dienerin war damit beschäftigt, Wasser in einem Kessel über der Feuerstelle zu erhitzen. Annabel hatte die Hände in die Seiten gestemmt und schritt auf und ab. Sie trug ein weitgeschnittenes Nachthemd und ihr dunkles Haar war zu einem Zopf geflochten. Als sie Leanne erblickte, trat ein Lächeln auf ihr Gesicht.

»Wie geht es dir?«, fragte Leanne und zog ihre Freundin in die Arme, was angesichts des riesigen Bauches gar nicht so einfach war.

»Es ist noch zu ertragen«, sprach Annabel tapfer, aber ihre Stirn war bereits schweißnass. Im nächsten Moment stöhnte sie auf und krümmte sich zusammen.

Leanne versuchte, sie so gut es ging, zu stützen. »Kann ich dir irgendwie helfen?« Es war schrecklich, ihre Freundin so leiden zu sehen. Dabei stand ihr das Schlimmste noch bevor. Leanne war bei den Geburten ihrer Geschwister dabei gewesen und die Erinnerungen daran waren alles andere als angenehm.

»Du musst nichts tun«, presste Annabel hervor, ehe ein neuer Krampf sie überrollte. »Hauptsache, ich bin nicht alleine. Die Hebamme sollte auch jeden Moment kommen.«

»In Ordnung.« Leanne begann, die Kissen auf dem Bett so zu drapieren, dass sie den Rücken der Gebärenden bei der Geburt stützten. »Möchtest du dich nicht hinlegen?«

Annabel schüttelte den Kopf. »Wenn ich stehe, lässt es sich besser aushalten.«

»Wie du meinst.« Leanne ließ sich von der Magd einen Becher mit heißem Wasser reichen und gab ein paar Kräuter zur Flüssigkeit, die

die Geburt vorantreiben sollten. Damit der Trank abkühlen konnte, stellte sie den Becher anschließend in die Nähe des Fensters.

Sie hütete sich, es auszusprechen, denn allmählich machte sie sich Sorgen. Warum war die Hebamme bisher noch nicht aufgetaucht? Die Abstände zwischen Annabels Wehen wurden immer kürzer, was bedeutete, dass das Kind bald auf die Welt kommen wollte.

Eine seltsame Anspannung beherrschte die Kammer. Leanne und die Magd widmeten sich schweigend der Herrichtung der Bettstatt. Annabel kämpfte mit den Wehen. Die Schritte und das gelegentliche Aufstöhnen der Gebärenden waren eine Zeit lang die einzigen Geräusche in der Kemenate.

Leanne atmete auf, als sich die Tür mit leisem Quietschen öffnete. Umso größer war ihre Enttäuschung, als sie sah, dass die Dienstmagd nicht in Begleitung der Hebamme kam.

»Wieso hat das so lange gedauert? Und wo ist die Hebamme?«, fragte sie forsch, aber leise genug, dass Annabel sie nicht hören konnte. Die werdende Mutter sollte sich nicht unnötig aufregen.

»Sie war nirgends aufzufinden, Mylady«, antwortete die Dienerin entschuldigend.

»Was meinst du, sie war nicht aufzufinden? Sie wusste doch, dass es bei Annabel jeden Tag so weit sein würde.« Leanne musste an sich halten, um nicht laut zu werden. Das durfte einfach nicht wahr sein!

»Ich habe überall nach ihr gesucht und das Gesinde befragt. Niemand hat sie heute gesehen.« Das Mädchen wich bei ihren Worten einen Schritt zurück, als hätte sie Angst vor ihrer Reaktion.

Leanne seufzte. Natürlich konnte die Dienerin nichts für das plötzliche Verschwinden der Hebamme. Aber irgendetwas mussten sie trotzdem tun. Annabel brauchte eine heilkundige und erfahrene Frau an ihrer Seite, insbesondere, da es sich um ihr erstes Kind handelte.

»Geh noch einmal los und sag dem gesamten Gesinde, sie sollen nach ihr suchen. Dann kehrst du sofort wieder zurück, verstanden?«

»Jawohl, Mylady.« Das Mädchen hastete davon.

»Was ist los?«, rief Annabel. Sie spürte wohl, dass etwas nicht stimmte. »Wann kommt endlich die Hebamme?« Ihre Lippen verzogen sich zu einem blassen Strich.

»Sie ist sicher jeden Moment hier«, sagte Leanne, obwohl sie selbst nicht recht daran glaubte.

Plötzlich brach Annabel in Tränen aus. »Ich schaffe das nicht, Leanne! Ich habe solche Angst!«

Leanne eilte an ihre Seite und drückte ihre Hand. »Natürlich schaffst du das. Stell dir nur vor, schon bald wirst du euer Kind in den Armen halten!«

Diese Worte schienen bei Annabel etwas zu bewegen. »Du hast recht.« Sie brachte sogar ein schwaches Lächeln zustande. »Wenn nur Luke hier wäre!«

Im nächsten Moment ertönte ein markerschütternder Schrei. Ein Schwall Blut rann an Annabels Beinen herab, färbte den hellen Stoff ihres Nachthemdes rot.

»Rasch!« Leanne wies eine der Dienstmägde an, Annabel mit ihrer Hilfe auf das Bett zu legen. Der Atem der Gebärenden ging schnell und keuchend, aber die Blutung hatte vorerst aufgehört. Das war gut. Leanne hatte von Frauen gehört, die so viel Blut bei der Geburt ihres Kindes verloren hatten, dass sie daran gestorben waren. Annabel schien zunächst nicht in Lebensgefahr.

Leannes Aufmerksamkeit wurde auf den riesigen Bauch gelenkt, der sich auf sonderbare Weise bewegte. Im gleichen Moment drückte Annabel ihre Hand so fest, dass es weh tat.

»Es will rauskommen«, keuchte Annabel. Ihre Gesichtsfarbe wechselte von weiß auf rot, das dunkle Haar klebte ihr an der Stirn. »Ist die Hebamme noch immer nicht da?«

Leanne schüttelte den Kopf. Es machte keinen Sinn mehr, Annabel etwas vorzuspielen. »Ich bin nicht sicher, ob sie noch kommt. Aber du schaffst das auch so.« Sie lächelte Annabel aufmunternd zu, obwohl sie selbst vollkommen verängstigt war. »Denk nur daran, wie viele Frauen täglich ihre Kinder zur Welt bringen«, sprach sie und verdrängte den Gedanken, dass viele dieser Geburten damit endeten, dass Mutter oder Kind den Tag nicht überlebten.

Nun wurde sie ohnehin viel zu sehr davon eingenommen, ihre Freundin mit all der Kraft, die sie aufbringen konnte, zu unterstützen. Die Kreißende presste in immer kürzer werdenden Abständen. Ihre Haut glühte. Leanne kam kaum hinterher, Annabels Stirn mit einem feuchten Tuch zu kühlen und ihr winzige Schlucke des Tees einzuflößen. Irgendwann ließ Annabel selbst dies nicht mehr zu. Ihr gesamter Körper verkrampfte sich, sie schlug um sich und schrie, dass es Leanne das Herz zerriss. Bald hatte sie jegliches Zeitgefühl verloren, aber es fühlte sich so an, als würde Annabel sich schon seit einer Ewigkeit quälen. Dennoch wich Leanne kein einziges Mal von ihrer Seite. Das hier *musste* einfach gut gehen. Sonst würde sie sich für immer Vorwürfe machen. Die Wahrheit war, dass sie schreckliche Angst hatte. Angst davor, dass sich die furchtbaren Worte, die sie Annabel vor ein paar Monaten an den Kopf geworfen hatte, bewahrheiten würden. Dass das Unglück Annabel und Luke einholen würde.

Leanne sandte ein Stoßgebet in den Himmel. *Bitte Herr, lass meine Freundin leben. Und lass sie ein gesundes Kind zur Welt bringen.*

Ein paar Augenblicke später schrie eine der Dienerinnen auf. »Der Kopf ist zu sehen, Mylady!«

»Der Kopf ist zu sehen«, wiederholte Leanne aufgeregt. »Dein Kind ist bald da!«

Sie war sich nicht sicher, ob ihre Worte überhaupt zu Annabel durchdrangen, aber ihre Freundin schien noch einmal ihre letzte Kraft zu sammeln. Ihr Gesicht war zu einer Maske aus Anstrengung und Schmerz verzerrt. Die Adern an ihren Schläfen traten hervor, Tränen quollen aus ihren Augen und ihre Hände waren zu Fäusten geballt. Sie presste ihre Fäuste auf das Laken, stöhnte auf, und schaffte es endlich, das Kind aus ihrem Leib zu pressen. Dann schlossen sich ihre Augen und ihr Körper fiel schlaff zurück.

Alle Blicke im Raum waren nun auf das kleine Bündel gerichtet, das eine der Frauen auf die Arme genommen hatte. Leanne ging um das Bett herum und starrte auf das winzige, blutverschmierte Wesen. Angst schnürte ihr die Kehle zu. Warum bewegte es sich nicht?

Im nächsten Moment öffnete der Säugling den Mund und stieß einen lauten Schrei aus. Erleichterung durchflutete Leanne und den anderen Frauen erging es nicht anders. Alle lachten vor Erschöpfung und Freude.

»Ihr habt einen gesunden Sohn, Mylady!« Die Dienstmagd befreite das Kind von den gröbsten Spuren der Geburt und wickelte es in ein Leinentuch.

Leanne eilte zurück an Annabels Seite und half ihr dabei, sich aufzusetzen. Die frischgebackene Mutter war sehr schwach und ihre Arme zitterten so stark, dass sie es nicht schaffte, den Säugling alleine zu halten. Leanne kam ihr zu Hilfe und so hielten sie das Kind zusammen.

»Mein wunderbarer Sohn!« Tränen standen in Annabels Augen, und doch meinte Leanne, ihre Freundin noch nie so glücklich gesehen zu haben.

Auch Leannes Augen blieben nicht trocken. Annabel hatte einen wunderschönen Sohn zur Welt gebracht. Seine Haut war zart und rosa, auf dem Kopf saß ein dunkler Flaum. Er schien nach seiner Mutter zu kommen. Obwohl das Kind wach war und mit den Beinen strampelte, waren seine Augen geschlossen. Wie er wohl aussah, wenn er sie zum ersten Mal aufschlug?

Leanne erwachte, weil sie fror. Sie blinzelte und entdeckte auch gleich den Grund dafür. Das Feuer im Kamin war beinahe erloschen und ihr Wollmantel, den sie notdürftig als Decke verwendet hatte, spendete nicht mehr genügend Wärme. Sie erhob sich von ihrem provisorischen Schlafplatz auf dem Teppich vor dem Kamin und legte Feuerholz nach. Mit einem Seufzer blickte sie zu Bethia, Annabels Dienstmagd, die in einem der Stühle eingenickt war. Die schlaflose Nacht forderte von ihnen allen Tribut.

Leanne streckte ihren Rücken durch und sah dann nach Annabel und dem Neugeborenen. Die beiden gaben ein herzerwärmendes Bild ab. Sowohl die Mutter als auch das Kind, das in einer Wiege gleich neben dem Bett lag, schliefen friedlich und erholten sich von den Strapazen der letzten Nacht. Nachdem der Säugling auf die Welt gekommen war, waren Leanne und das Gesinde noch eine Weile damit beschäftigt gewesen, die blutigen Laken und die Nachgeburt zu entfernen, die frischgebackene Mutter von den Spuren der Geburt zu reinigen und sie mit sauberen Laken und wärmenden Fellen zu versorgen.

Leanne entschied, dass nun ein guter Zeitpunkt war, um ein paar Besorgungen zu erledigen. Sie ging kurz bei ihrer Kammer vorbei, wo sie sich wusch und etwas Frisches anzog. Dann besuchte sie Edmund, der sich schon Sorgen gemacht hatte, weil sie seit gestern Abend verschwunden war. Wie erwartet zeigte er Verständnis, dass Leanne ihrer Freundin hatte beistehen müssen, und richtete Annabel seine Glückwünsche aus. Anschließend machte Leanne sich auf den Weg in die Palastküche. Sie wollte der frischgebackenen Mutter eine Stärkung bringen und stellte unter den verwunderten Blicken der Küchenmägde ein Tablett mit einer Schale Haferbrei, getrockneten Pflaumen, etwas Brot und warmer Ziegenmilch zusammen. Sie hatte beinahe alle Dinge beisammen, als sie ein bekanntes Gesicht unter den Mägden erblickte.

»Velma!«

Ihre Freundin, die gerade ein paar leere Krüge abstellte, blickte überrascht auf. »Was machst du denn hier unten?« Sie kam auf Leanne zu. »Und wie siehst du überhaupt aus! Bist du krank?«

»Nein«, erwiderte Leanne belustigt. Wahrscheinlich bot sie einen fürchterlichen Anblick. »Annabel hat letzte Nacht ihr Kind zur Welt gebracht.«

Velma jauchzte. »Wie wundervoll!« Sie fiel Leanne um den Hals. »Ich freue mich so für sie! Und sie und das Kind sind wohlauf? Hat sie eine Tochter oder einen Sohn?« Ihre Stimme überschlug sich.

»Einen Sohn«, sagte Leanne lachend. »Den beiden geht es gut. Ich wollte Annabel gerade ein Frühstück hinaufbringen.«

»Dann will ich dich nicht aufhalten.« Velma nickte und lächelte verträumt. »Ich kann es kaum erwarten, ihren Sohn zu sehen.«

»Er ist wirklich niedlich.«

»Hat er denn schon einen Namen?«

»Noch nicht, soweit ich weiß. Aber ich berichte dir bald wieder.«

Velma strahlte. »Treffen wir uns morgen im Kräutergarten?«

»Warum kommst du nicht einfach abends zu meiner Kammer?«, schlug Leanne vor. »Der Palast ist zur Zeit wie ausgestorben, da wird dein Besuch kein Problem sein.« Leanne war wirklich froh, momentan ein eigenes Zimmer zu bewohnen. Die beheizte Kemenate bot deutlich mehr Komfort als der winterliche Garten. Und auch aus einem anderen Grund zog es sie nicht mehr so häufig zu ihrem alten Treffpunkt. Der Kräutergarten erinnerte sie auf schmerzliche Weise an Jeffrey und seinen Verrat.

»In Ordnung. Ich hoffe, Sunniva entlässt mich etwas früher. Jetzt solltest du aber losgehen, bevor noch alles kalt wird.« Velma wies auf den Haferbrei.

»Bin schon auf dem Weg!« Leanne nahm das Tablett und stieg die Treppe hinauf, welche die Küche mit dem Palastgebäude verband. Auf dem Weg zu Annabels Kammer hing sie ihren Gedanken nach. An manchen Tagen erschien es ihr immer noch befremdlich, dass Velma und sie so unterschiedliche Leben führten. Wenn man bedachte, dass sie in ihren ersten Wochen in Westminster die gleichen Aufgaben verrichtet hatten, im selben, stets überfüllten Schlafsaal genächtigt hatten ...

Und nun wusste sie an manchen Tagen nichts mit ihrer Zeit anzufangen – wobei dieser Monat durch Mortimers Krankheit eine Ausnahme bildete. Glücklicherweise hatte sich an ihrer Freundschaft über die Jahre kaum etwas verändert. Velma machte nie den Eindruck, dass sie Leanne um ihren privilegierten Lebensstil beneidete. Im Gegenteil, sie schien zufrieden mit ihrer Arbeit als Dienstmagd, auch wenn diese oft beschwerlich und Sunnivas Regentschaft über die Dienstbotinnen gefürchtet war. Und natürlich war Velma voller Vorfreude auf ihre Heirat mit Gilbert. Dieser war als Knecht vom Kriegsdienst verschont worden und beschäftigte sich momentan mit der Frage, ob er nach der Hochzeit weiterhin am Hof arbeiten oder sich eine Anstellung in der Stadt suchen sollte. Leanne wünschte den beiden alles Glück der Welt, auch wenn die Vorstellung, dass Velma den Hof verlassen könnte, ihr schon jetzt Bauchschmerzen bereitete.

Während ihrer Abwesenheit hatte sich in Annabels Gemach einiges getan. Durch die Fenster drang nun Tageslicht und frische Luft, das Feuer im Kamin brannte hoch und Mutter und Kind waren beide wach. Leanne lächelte Annabel, die ihren Sohn an der Brust hatte, zu, und stellte das Tablett auf einem Beistelltisch ab.

»Ich kann wieder gehen, wenn du ungestört sein möchtest«, bot sie an.

Annabel schüttelte den Kopf und klopfte neben sich auf das Federbett. »Bleib ruhig hier. Ich freue mich über die Gesellschaft.«

Eine Weile waren das Prasseln des Kamins und das Schmatzen des Säuglings die einzigen Geräusche. Leanne genoss die friedliche Stille des Moments. Sie hätte ewig dabei zuschauen können, wie Annabel das Kind stillte und es dabei bewunderte. Die Mutterrolle stand ihr gut.

»Hast du dir denn schon einen Namen überlegt?«, fragte sie irgendwann.

Annabel nickte. »Robert. Nach meinem Vater.«

»Ein schöner Name«, meinte Leanne, wenngleich sie ein wenig überrascht war. Schließlich hatte Annabels Familie sie verstoßen, nachdem ihre Affäre mit Luke Campbell bekannt geworden war. Aber sie beschloss, nicht weiter nachzuhaken.

»Möchtest du ihn halten?«

»Natürlich.« Leanne rückte näher heran und nahm ihr vorsichtig das Kind ab. Obwohl Robert für ein Neugeborenes nicht gerade klein war, wog er federleicht in ihren Armen. Beim Anblick des winzigen Gesichts wurde ihr ganz warm ums Herz. Wie lange war es her, dass sie ihre Geschwister so gehalten hatte? Die Erinnerungen brachen ohne Vorwarnung über sie herein und füllten ihre Augen mit Tränen.

»Ist alles in Ordnung?«, fragte Annabel, die sich mittlerweile dem Frühstück widmete.

»Ja, ich ...« Leanne schniefte. »Robert hat mich nur an früher erinnert.« Sie atmete einmal tief durch und musste plötzlich grinsen, als der Kleine seinen winzigen Mund zu einem Gähnen verzog und seine Stirn dabei angestrengt runzelte. »Er ist wirklich ein prächtiger Knabe!«

»Ja. Ich wünschte, Luke könnte ihn sehen.«

»Er wird sicher bald zurückkommen. Dann ist eure kleine Familie vereint.« Natürlich machte auch Leanne sich insgeheim Sorgen. Annabel würde es vermutlich nicht verkraften, wenn Luke bei dem Feldzug etwas zustieß. Es war traurig genug, dass ihr Geliebter die Geburt seines ersten Kindes verpasst hatte, auch wenn dies keine Seltenheit unter den Edelmännern war, die vom König jederzeit auf Missionen oder in den Krieg geschickt werden konnten.

»Ich werde jetzt nach Edmund sehen, aber später komme ich noch einmal vorbei«, erklärte Leanne und übergab das Kind wieder an Annabel. »Ach ja, ich habe vorhin Velma in der Küche getroffen. Sie und Edmund richten dir ihre Glückwünsche aus. Velma würde sich den Kleinen gerne einmal ansehen. Das ist doch in Ordnung?«

»Ja, sicher.« Annabel und Velma kannten einander inzwischen recht gut.

Leanne winkte zum Abschied, doch die Aufmerksamkeit ihrer Freundin galt schon wieder ganz dem kleinen Robert.

15

»Welch ungewöhnliche Gesellschaft!«, ertönte Cecile Lancasters Stimme schon von weitem. Sie rauschte in den Saal, im Schlepptau folgte ihr eine Reihe getreuer Hofdamen. Leanne verdrehte die Augen.

»Konntet Ihr Euch keine Amme leisten?«, stichelte Cecile gegen Annabel, die Robert auf dem Arm hatte.

»Und sie hier?« Sie stemmte die Hände in die Hüften und wies mit dem Kinn auf Velma. »Ich wusste nicht, dass wir seit neuestem auch die Anwesenheit des Gesindes an unseren Spieltischen gestatten!«

»Ehrenwerte Lady Lancaster ...« Arnaud erhob sich lächelnd von seinem Stuhl.

Cecile war sichtbar geschmeichelt von der höflichen Anrede des Hofmusikers, der nun wieder seine Stimme hob. »Ist Euch so langweilig, dass Ihr Eure Zeit damit verbringen müsst, Euer Umfeld zu schikanieren?«

Ceciles eben noch strahlendes Lächeln gefror zu einer Grimasse. »Was bildet Ihr Euch ein?«, zischte sie erbost. »Ich sorge nur dafür, dass die höfische Etikette eingehalten wird. Irgendjemand muss es ja tun, bei diesen losen Sitten, die hier momentan herrschen!«

»Und wer hat Euch dazu berufen, Lady Lancaster?«, mischte Leanne sich ein. »Seine Majestät höchstpersönlich? Ich bin sicher, er nimmt es damit besonders wichtig, jetzt, wo er mit dem Krieg in Schottland zugange ist.« Sie hatte laut genug gesprochen, dass jeder

der Anwesenden sie hatte hören können. Leanne bemerkte schadenfroh, dass einige der Hofdamen hinter Ceciles Rücken kicherten.

Diese lief vor Wut rot an und schien zu einem Gegenschlag ausholen zu wollen, überlegte es sich dann aber anders. Sie bedachte die Gruppe am Spieltisch mit einem giftigen Blick und eilte davon.

Als sie außer Sichtweite war, brachen alle in schallendes Gelächter aus, bis sich der schlaftrunkene Robert über den Lärm beschwerte. Annabel seufzte und ging ein paar Schritte mit dem weinenden Kind.

Obwohl Robert erst zwei Monate alt war, war er bereits ein festes Mitglied ihrer zusammengewürfelten Gruppe – aus dem einfachen Grund, dass Annabel ihn überall mit hinnahm, statt ihn in die Obhut einer Amme zu geben, wie es unter den Hofdamen üblich war.

»Dein Auftritt vor Cecile war einfach grandios!«, lobte Leanne Arnaud und legte die Karten in ihrer Hand zur Seite.

»Ja!«, stimmte Velma ihr zu. »Danke, dass du für mich eingetreten bist.«

»Gern geschehen!« Arnaud grinste und lehnte sich zurück. »Das war sowieso schon länger fällig.«

»Ich glaube, dass du dein Ansehen unter den Hofdamen mit deiner Schlagfertigkeit noch einmal steigern konntest«, meinte Leanne schmunzelnd und unterstrich ihre Behauptung mit einem Blick zu den Frauen, die dem Troubadour ganz offensichtlich schöne Augen machten. »Ich bin sicher, du hättest die volle Auswahl, jetzt, wo ihre Ehemänner fort sind«, scherzte sie, doch von Arnaud erntete sie dafür nur eine hochgezogene Augenbraue. Unter seiner stets spöttischen Fassade meinte sie, noch etwas anderes aufblitzen gesehen zu haben, aber der Ausdruck verschwand so schnell aus seinem Gesicht, dass sie glaubte, sich getäuscht zu haben.

»Hoffentlich ist dieser Krieg bald vorbei!«, sagte Velma ernst und Leanne stimmte ihr zu. Insgeheim genoss sie den Ausnahmezustand, der Westminster während der Abwesenheit des Königs und seiner Vasallen beherrschte. Sie wollte es kaum zugeben, aber die letzten Wochen gehörten zu den glücklichsten ihres Lebens. Im Palast ging es ruhig zu, weshalb sie viel mehr Zeit mit Velma verbringen konnte als zuvor. Und der kleine Robert hatte seit seiner Geburt für mehr Trubel in Annabels und ihrem Leben gesorgt.

Soweit Leanne mitbekommen hatte, war Edwards Feldzug bisher erfolgreich verlaufen. Ende März hatte er die Festung bei der Grenzstadt Berwick eingenommen, von der aus er seine Invasion nun weiterverfolgte. Abgesehen davon drangen die Informationen nur spärlich und unregelmäßig nach Westminster. Niemand konnte abschätzen, wie lange Schottland der englischen Krone noch die Stirn bieten würde.

Sir Mortimer bekam die Ruhe in Westminster ganz und gar nicht. Leanne glaubte, dass es ihm sehr zusetzte, durch die Beinverletzung an den Hof gefesselt zu sein, während die anderen Fürsten gemeinsam mit seiner Majestät Kriegsstrategien entwickelten. Er schien die Arbeit und die Herausforderungen, die mit der Beratung des Königs einhergingen, in seinem Alltag zu brauchen. Die Untätigkeit ließ ihn von Tag zu Tag mürrischer werden, was zur Folge hatte, dass Leanne sich nur noch ungern in seiner Gesellschaft aufhielt.

Glücklicherweise stand ihr noch immer ein eigenes Gemach zu, sodass sie sich zurückziehen konnte, wenn ihr der Sinn danach stand. Edmund verlangte seit seiner Rückkehr vor ein paar Wochen ohnehin nicht mehr, dass sie das Bett mit ihm teilte. Sein Bein bereitete ihm ständig Schmerzen und er kam nur humpelnd vorwärts.

Leanne befürchtete, dass er nie mehr ganz zu seiner alten Stärke zurückfinden würde. Aber wenn der König wieder in Westminster weilte, könnte Mortimer wenigstens seine Funktion als Berater wieder aufnehmen.

Sie wollte gar nicht daran denken, was passieren könnte, wenn Edmunds Zustand sich verschlechtern oder er gar sterben sollte. Mit seiner Gattin auf Wigmore Castle hatte er einige Kinder, die allerdings noch zu jung waren, um seine Nachfolge anzutreten. Aber was würde mit ihr, der Mätresse des Verstorbenen, geschehen?

Ein hastiges Klopfen erklang an der Tür und schreckte Leanne aus ihren Gedanken.

»Es ist offen!«, rief sie und erhob sich von ihrem Platz an der Fensternische. »Annabel!« Sie lächelte überrascht. »Was ist los? Warum strahlst du so?«

Annabel zog die Hand hinter ihrem Rücken hervor und offenbarte eine kleine Pergamentrolle. »Eine Nachricht von Luke! Man hat sie mir gerade überreicht!«

Leanne klatschte vor Freude in die Hände. »Was für eine wunderbare Überraschung! Möchtest du sie vorlesen?«

Annabel nickte und ließ sich auf Leannes Bett nieder. Als sie das Pergament aufrollte, zitterten ihre Finger vor Aufregung. Dann schien sie wohl vergessen zu haben, dass sie die Nachricht laut vorlesen wollte, denn ihre Augen flogen in Windeseile von Zeile zu Zeile. Leanne versuchte zu erraten, ob die Neuigkeiten guter oder schlechter Natur waren. Aber sie wurde einfach nicht schlau aus Annabels Mimik. »Erzähl schon!«, bat sie schließlich.

Annabel stieß den Atem aus. »Entschuldige.« Sie ließ die Hände sinken und strich über das Pergament in ihrem Schoß. »Luke hat bestätigt, was wir über Berwick gehört haben. Die Eroberung der Stadt war wohl ziemlich grauenvoll. Edward hat die Plünderung und Tötung aller Einwohner veranlasst.«

Leanne erblasste. Wieso musste der König nur zu solch grausamen Maßnahmen greifen?

»Jetzt hat er die Stadt in die Hände von Getreuen gegeben und sogar den Bau einer Stadtmauer veranlasst.«

»Dann kehren seine Truppen bald wieder zurück?«, fragte Leanne hoffnungsvoll.

»Wenn ich Lukes Worte richtig interpretiere, ist der Krieg noch nicht vorbei. Zur Vergeltung für Berwick ist das schottische Heer in Northumberland eingefallen und hat dort Dörfer und Klöster gebrandschatzt.«

»Northumberland?« Leanne fühlte sich, als hätte sich eine eiserne Faust um ihr Herz gelegt. Auch Dennmoral lag in dieser Region im Nordosten Englands.

»Im Moment rasten die schottischen Truppen bei Dunbar Castle«, fuhr Annabel fort. »Die Frau des dortigen Earls ist Schottin und hat ihren Landsmännern während der Abwesenheit ihres Gatten Unterschlupf geboten. Kannst du dir das vorstellen?«

»Was für eine seltsame Geschichte«, meinte Leanne kopfschüttelnd. »Ihr Patriotismus wird sie vermutlich noch das Leben kosten.«

»Ganz am Ende schreibt Luke, dass der König John de Warenne damit beauftragt hat, die Burg wieder in englische Hand zu bekommen. Er fürchtet, dass es bei Dunbar zur entscheidenden Schlacht kommen wird. John Balliol weiß, dass er der Festungsbesatzung zu Hilfe kommen muss und De Warenne ist Edwards fähigster Kommandant.« Annabels veilchenblaue Augen füllten sich mit Tränen.

Ihnen beiden war klar, was das bedeutete. Das Schlimmste stand den Männern noch bevor – und zwar auf beiden Seiten.

Leanne strich ihr über den Rücken. »Luke wird es schaffen. Er ist zäh und stark. Und er weiß, wofür er kämpft. Für dich und euer Kind.«

Annabel schluchzte auf. »Ich habe solche Angst um ihn, Leanne. Und er hat seinen Sohn noch nicht einmal gesehen.«

»Deswegen wird er doch umso mehr auf sich Acht geben«, versuchte Leanne, sie zu ermutigen. »Wo ist Robert überhaupt?«

»Ich habe ihn Bethia zur Aufsicht gegeben.«

Leanne nickte. Bei Annabels treuer Dienstmagd war Robert in guten Händen.

»Wollen wir einen Spaziergang machen? Nur wir beide?«
Annabel war einverstanden.

Kurze Zeit später spazierten die Frauen durch den Obstgarten. Die Winterkälte war seit einigen Wochen einem etwas milderen Wetter gewichen. Die Natur ergrünte und an den Ästen der Bäume sprossen kleine Knospen. Allerdings spiegelte jene frühlingshafte Leichtigkeit nicht Leannes Gefühlsleben wider.

»Weißt du noch, damals zu Erntedank?«

»Ja.« Annabel begriff sofort, worauf sie anspielte und folgte ihrem Blick zu der Wiese, auf der vor ein paar Monaten das Turnier anlässlich des Erntedank-Festes stattgefunden hatte. Stille lag an diesem Apriltag über dem Feld, das damals unter der Herbstsonne vor Leben gestrotzt hatte.

»Was seitdem alles passiert ist«, grübelte Leanne. Beginnend bei Jeffrey Thorley, über Annabels Schwangerschaft, Edwards Kriegserklärung, schließlich Mortimers Verletzung. Und die langen Monate voller Ungewissheit ...

Seit ein paar Tagen wurde sie immer öfter mit einem seltsamen Gefühl konfrontiert, einer Vorahnung, dass etwas Unbestimmtes zu Ende ging. Lag es an der Tatsache, dass Annabel mit Luke ihr Familienglück gefunden hatte und auch Velma bald die Ehe eingehen würde, während sie hier zurückblieb? An Mortimers wechselhaftem Gesundheitszustand? Oder waren die Wintermonate in Westminster einfach zu dunkel, zu einsam gewesen? Warum nur weigerte sich ihr Geist, hoffnungsvoll in die Zukunft zu sehen?

Unabhängig davon, ob sie eine Antwort darauf finden würde oder nicht, sie durfte sich nach außen hin nichts von ihrer Melancholie anmerken lassen. Annabel und Mortimer verließen sich auf sie.

16

Nach einundzwanzigwöchiger Belagerung wurde John Balliol von Edward auf schmachvolle Weise als Schottenkönig abgesetzt. Zuvor hatte John de Warenne die Armee der Schotten bei Dunbar vernichtend geschlagen. Diejenigen, die nach der Schlacht Zuflucht auf der Festung Dunbar gesucht hatten, wurden von den Engländern gefangen genommen und im Tower of London oder in Chester Castle inhaftiert. Unter ihnen waren John Comyn, der Befehlshaber der schottischen Armee, sowie weitere schottische Adelige und Befürworter Balliols.

Nur John Balliol selbst war nicht unter den Gefangenen. Er hatte nach seiner Niederlage die Flucht ergriffen und wich mit einer Handvoll Getreuer immer weiter gen Norden aus. Der englische König war ihm dicht auf den Fersen und tat alles, damit Balliol seinem Urteil nicht entkam. Die Festungen in Roxburgh, Edinburgh, Stirling und Perth kontrollierte er bei seiner Suche sogar persönlich.

Am zweiten Juli gab John Balliol schließlich auf und stellte sich Edward. Dieser inszenierte Balliols Abdankung nur wenige Tage später besonders demütigend. Er ließ den schottischen Krönungsstein, den *Stone of Scone*, von seinem angestammten Platz entfernen und ihn nach Westminster bringen. In seinen Augen hatte er die Oberherrschaft über das Nachbarland ein für alle Male gewonnen.

Am siebten Juli widerrief Balliol das Bündnis mit Frankreich, drei Tage später verzichtete er in Brechin Castle auf Königreich und Titel.

Anschließend weilte er auf Montrose Castle, wo er öffentlich Buße tun musste, bis Edward entschieden hatte, was weiter mit ihm geschehen sollte.

Als die Nachricht, dass Edward den Norden unterworfen hatte und in wenigen Tagen zurückkehren würde, Westminster erreichte, jubelte das Gesinde und all jene, deren Väter, Ehemänner oder Söhne mit in den Krieg gezogen waren.

Annabel ließ sich von der allgemeinen Fröhlichkeit indes nicht anstecken. »Ich glaube es erst, wenn Luke wieder heil vor mir steht«, gestand sie.

Leanne hatte Verständnis für ihre vorsichtige Haltung. Natürlich hatte es auch in englischen Reihen Verluste gegeben, vor allem aber hatte es wohl die Landbevölkerung in Northumberland getroffen. Sie bekam noch immer eine Gänsehaut, wenn sie an die Geschichten dachte, die man über den schottischen Vergeltungsschlag hörte.

Heute wollte sie ihre Gedanken auf die bevorstehende Ankunft König Edwards richten. Am Morgen war ein Reiter in Westminster eingetroffen. Man hatte ihn vorausgeschickt, damit er die Dienerschaft anwies, alles für die Rückkehr seiner Majestät vorzubereiten.

Seitdem war die Stimmung am Hof zum Zerreißen gespannt. Annabel hatte den ganzen Tag über keinen Bissen hinuntergebracht und auch einigen der anderen Hofdamen war die Nervosität deutlich anzumerken.

Am frühen Abend war es schließlich soweit. Ein aufgeregtes Klopfen erklang an Leannes Tür – das musste Annabel sein.

»Kommen sie?«

»Ja!« Annabel strahlte. Sie hatte Robert in einer Schlinge um ihren Oberkörper gebunden. Leanne bemerkte belustigt, dass sie ihren Sohn heute in das hübsche, dunkelblaue Wams gekleidet hatte, an dem sie vor ein paar Wochen zusammen genäht hatten. Dabei war es an diesem Sommertag fast ein wenig zu warm für den schweren Stoff.

Wortlos schritten die Frauen die Flure hinunter, denn Annabel schien ohnehin viel zu nervös für Konversation. Schon bald kamen sie nur noch langsam vorwärts, da beinahe die gesamte Palastbewohnerschaft zu den Türen strömte. Gefangen im dichten Gedränge warf Leanne immer wieder einen Blick durch die arkadenförmigen Fenster. In der Ferne meinte sie, bereits die Spitze des Trupps erkennen zu können.

Was für ein prachtvoller Empfang!, dachte sie unvermittelt, als sie mit Annabel ins Freie trat. Die abendliche Sonne tauchte die Palastmauern in ein warmes Orange. In der Luft hing der Duft von Rosen, die in einem der Gärten unweit der Tore wuchsen.

Der König und seine Leibwache ritten als Erste durch die Pforte. Jubel erklang augenblicklich unter den Leuten und man fiel auf die Knie, um dem siegreichen Herrscher und seinen Kriegern Respekt zu zollen. Gleich hinter seiner Majestät folgten die Earls mit ihren Rittern und Soldaten.

Edwards Verwalter herrschte ein paar Schaulustige an, dass sie den Weg zu den Pferdeställen frei machen sollten. Leanne fragte sich ohnehin, wie die zahlreichen Tiere auf dem Palastgelände untergebracht werden sollten.

»Warum ist Luke nicht bei den anderen Earls?« Annabel klang alarmiert.

»Er taucht sicher gleich auf!«, rief Leanne und reckte den Hals. »Sieh nur, dort!« Sie hatte Luke etwas weiter abseits erblickt, wie er einem Mann, der offensichtlich eine Verletzung davongetragen hatte, von einem Karren hinunter half. Auch Annabel hatte ihren Liebsten nun entdeckt und eilte ohne ein weiteres Wort davon.

Leanne grinste und folgte ihr mit etwas Abstand. Sie war unendlich froh, dass Luke wohlauf war und ihre Freundin endlich wieder sorgenfreier leben konnte. Das Paar stand längst in einer engen Umarmung zusammen. Luke strahlte über das ganze Gesicht, küsste Annabel leidenschaftlich und machte nur Pausen, um seinen kleinen Sohn zu bewundern. Wieder einmal war Leanne erstaunt, welche Intimität die beiden zusammen erschufen, selbst inmitten dieses Durcheinanders.

Leanne entfernte sich taktvoll und entschied, Sir Mortimer einen Besuch abzustatten. Sie befürchtete, dass er sich durch die Ankunft des Königs nicht mehr an die vom Leibarzt verordnete Bettruhe halten würde.

Als sie Edmunds Gemach betrat, war dieser tatsächlich gerade dabei sich anzukleiden. Zumindest versuchte er es. Eigentlich stolperte er nur vor seiner Kleidertruhe herum, stützte sich mit einer Hand an der Wand ab und fluchte, als ihm sein Hemd aus der anderen rutschte.

»Edmund!«, sprach Leanne mit leisem Tadel. »Warum hast du nicht nach Marlies gerufen? Oder mir?«

»Ihr wart beide nicht aufzufinden!« Der Baron fluchte wieder, dieses Mal, weil es ihm nicht gelang, seine Beinlinge anzulegen. Er schien beleidigt zu sein.

Leanne seufzte. »Lass mich das machen.« Sie schob ihn zum Bett und bückte sich dann, um ihm mit den Beinlingen zu helfen. Als ihr Blick auf seinen entblößten rechten Schenkel fiel, zog sich ihr Magen vor Schreck zusammen. Die Wunde war längst nicht so gut verheilt, wie sie es nach den letzten Wochen sein sollte. Der Bereich um die Verletzung war rötlich verfärbt, zudem verströmte die Wunde einen ekelerregenden Geruch. Sie versuchte, sich nichts von ihrem Schock anmerken zu lassen, musste jedoch kurz aufstehen, aus Angst, sich sonst zu erbrechen.

»Dein Bein ...«, begann sie vorsichtig. »Es scheint immer noch nicht richtig zu heilen.«

»Glaubst du, ich weiß das nicht?«, schrie Edmund verärgert. »Jeden Tag muss ich diese Schmerzen ertragen.« Sein Gesicht verzog sich zu einer Grimasse.

»Soll ich gehen?« Leanne war mit ihrer Weisheit am Ende. Mortimer führte sich auf wie ein trotziges Kind, wenngleich sein Verhalten wegen der Schmerzen verständlich war.

»Nein!« Edmund stemmte seine Hände in die Matratze. »Du hilfst mir damit und dann gehen wir zusammen los. Ich lasse mir doch den Empfang des Königs nicht entgehen! Es warten sicher einige Aufgaben auf uns.«

Da Widerstand ohnehin zwecklos war, half Leanne ihm rasch mit dem Rest seiner Garderobe und begleitete ihn in den Festsaal, wo der König heute Abend eine Ansprache halten wollte. Allerdings schmerzte ihr schon nach wenigen Schritten die Schulter, weil Mortimer sich so sehr auf sie stützte. Er bemerkte ihr Unwohlsein von selbst, denn irgendwann blieb er seufzend stehen. »Ich tue dir weh, nicht wahr?«

Statt einer Antwort rieb sich Leanne nur die beanspruchte Schulter.

»Meine Rose ist auch viel zu zart für derlei Dienste«, sagte Edmund mit einem kleinen Lächeln. Er schien sich ein wenig beruhigt zu haben.

Leanne nickte, dann bat sie einen der herumschwirrenden Lakaien, Mortimer mit dem restlichen Weg zu helfen. Als sie in der Halle ankamen, war Edmund schweißgebadet, was auch an den hochsommerlichen Temperaturen liegen mochte. Dennoch bereitete sein Zustand ihr Sorge. Er konnte sich doch nicht einfach so verhalten, als wäre er kerngesund und sich gleich wieder in das gesellschaftliche Leben und seine Verpflichtungen stürzen!

In der rappelvollen Halle roch es nach Schweiß und Aufregung. Leanne entdeckte einige bekannte Gesichter, darunter die zwölf einflussreichsten Vasallen Edwards mit ihren Rittern. Ob es wohl einen Grund dafür gab, dass sie nicht direkt zu ihren Stammsitzen auf dem Land zurückgekehrt waren? Leanne sah Edwards Ansprache mit Spannung entgegen, da bisher noch völlig ungeklärt war, wie der König seine Oberherrschaft in Schottland weiterzuführen gedachte.

Denn es war eine Sache, John Balliol festzunehmen, aber eine ganz andere, die Regierung des Nachbarlandes von Westminster aus zu steuern.

Es dauerte eine Weile, bis der König in der Halle erschien, doch sobald er an der Spitze der Tafel stand, wurde es mucksmäuschenstill. Wie immer hielt Edward sich nicht mit Geplänkel auf, sondern kam gleich zum Punkt.

»Der heutige Tag ist ein freudiger Tag für England. Wir haben einen Sieg errungen und ich habe meine treuen Vasallen und Ritter, meine tapferen Soldaten zurück in die Heimat geführt.« Die Hofgesellschaft jubelte ihm begeistert zu, bis Edwards Verwalter ihnen mit einer Handbewegung bedeutete, den König weitersprechen zu lassen.

»Was wir in den letzten Monaten mit Gottes Hilfe erreicht haben, ist nicht nur ein Sieg für Westminster. Es ist ein Triumph für ganz England!« Er ließ seinen Blick bedeutungsvoll über die Menge schweifen. »Es ist uns gelungen, die schottische Rebellion niederzuschlagen. Ihre Anführer warten nun im Tower auf ihre gerechte Strafe.«

Trotz seiner energischen Rede bemerkte Leanne die Müdigkeit in Edwards Stimme. Das leichte Lispeln, das er im wachsamen Zustand beinahe gänzlich zu verbergen vermochte, schlich sich heute immer wieder auf seine Zunge. Die Falten um seine Augen und auf seiner Stirn hatten sich innerhalb der letzten Monate vertieft und ließen ihn älter wirken. Sie fragte sich, welchen Preis er und sein Gefolge für die Eroberung Schottlands, die er so schlicht als „Triumph" bezeichnet hatte, gezahlt hatten. Monatelang hatten sie bei unwirtlichen Wetterbedingungen gegen die Rebellen gekämpft und John Balliol beinahe bis zur nördlichsten Spitze Schottlands gejagt. Und nun musste der König sofort zu seiner nächsten Aufgabe, der Regierung des eroberten Reiches, übergehen.

Leanne mochte sich nicht vorstellen, welche Verantwortung auf seinen Schultern lastete. Gleichzeitig empfand sie Mitleid mit den Gefangenen und ihren Landsleuten. Jeder wusste, dass Edward nicht gerade zimperlich mit seinen Unterworfenen umging.

»John Balliol wird im Moment von Thomas und Henry Lancaster nach Westminster eskortiert.«

Leanne zuckte bei der Nennung der Lancasters zusammen. Es überraschte sie, dass der König ausgerechnet Thomas und seinen Bruder mit dieser Aufgabe betraut hatte, und die Wahl nicht auf einen erfahreneren Diplomaten gefallen war.

»Unterdessen werde ich beginnen, die schottischen Stützpunkte an diejenigen zu vergeben, die sich in der Vergangenheit meinen Respekt verdient haben.« Sein Verwalter begann, eine Liste mit Namen von Männern vorzulesen, die verschiedene Festungen im Norden, insbesondere im Grenzgebiet, für den König verwalten sollten. Einige von ihnen entstammten den bedeutendsten englischen Familien, von anderen hatte Leanne noch nie etwas gehört. Vermutlich bedeutete die Herrschaft über eine eigene Burg für viele Männer des niederen Adels einen Aufstieg, der ihnen in England verwehrt gewesen wäre.

Nachdem der letzte Name auf der Liste verkündet worden war, ging ein Raunen durch die Menge. Leanne las Erstaunen, Freude aber auch Ärger und Neid in den Mienen der Zuhörer. Offensichtlich war nicht jeder zufrieden mit den Plänen seiner Majestät.

Edward überging die Unruhe unter den Höflingen und fuhr mit seiner Ansprache fort. »Was die schottischen Clanführer betrifft, so erwarte ich von ihnen, dass sie mir noch im nächsten Monat die Treue schwören. Zu diesem Zweck werde ich ein Parlament in Berwick veranstalten.«

»So bald schon?«, murmelte Leanne an Mortimers Ohr. »Er ist gerade erst zurückgekommen ...«

Der Baron gebot ihr mit einer Handbewegung zu schweigen, damit er den Erläuterungen Edwards folgen konnte. Erst als der König seine Rede beendet hatte, holte er zu einer Antwort aus. »Berwick wird eine Herausforderung. Dann werden wir sehen, ob wir wirkliche jede Flamme der Rebellion ausgelöscht haben. Bei diesen wilden Highland-Völkern habe ich ein ungutes Gefühl.«

»Du willst den König zum Parlament begleiten?«, fragte Leanne ungläubig. »Die Reise dauert doch mehrere Tage und wird deinem Bein sicher nicht gut tun.«

»Natürlich werde ich nach Berwick reisen«, unterbrach Edmund sie barsch. »Ich habe eine Pflicht gegenüber meinem König zu erfüllen.«

Leanne sah ein, dass sie nichts sagen konnte, was Mortimer von seinem Plan abbringen würde. Allerdings fragte sie sich, ob es wirklich sein Pflichtgefühl war, das ihn zur Reise drängte. Sie hatte vielmehr den Verdacht, dass ihm hier in Westminster die Decke auf den Kopf fiel.

»Du möchtest, dass ich hierbleibe?« Leanne ließ ihre Schultern vor Enttäuschung sinken.

Mortimer strich ihr eine lose Haarsträhne hinters Ohr. »Verstehst du nicht? Das wird keine vergnügliche Angelegenheit. Ich bin mir nicht sicher, inwieweit Edward die Dörfer rund um Berwick wieder hat instand setzen lassen. Auf der Festung wird es sicher chaotisch und eng zugehen und auf der Reise würde dir so mancher hässlicher Anblick nicht erspart bleiben. Hier hast du es deutlich komfortabler.«

»Edmund, du vergisst, ich kenne Armut und Leid. Ich kann es verkraften.« Sie schlug die Augen auf und schenkte ihm einen bettelnden Blick.

Mortimer seufzte. »Wenn du es unbedingt möchtest ...«

»Danke!« Leanne fiel ihm um den Hals.

»Aber du sollst dich später nicht beschweren, dass ich keine Zeit für dich habe. Denn ich werde jeden Tag an der Seite des Königs sein.«

Leanne nickte und setzte eine bedauernde Miene auf. Doch im Grunde glaubte sie, bei dem Parlament trotz Mortimers Beschäftigung in besserer Gesellschaft zu sein als hier am Hof. Annabel und Robert würden Luke nach Berwick begleiten, was für sie ein Anreiz war, ebenfalls mit in die Grenzstadt zu reisen. In Westminster gab es für sie nicht mehr viel zu tun. Velma würde in zwei Tagen mit Gilbert verheiratet sein und dann mit ihm in die Stadt ziehen. Gilbert hatte eine Anstellung bei dem Bruder des höfischen Hufschmieds gefunden, dessen Werkstatt nicht allzu weit von seinem Elternhaus entfernt lag. Leanne blutete jetzt schon das Herz, wenn sie daran dachte, dass Velma den Hof verlassen würde.

»Ich gebe zu – auf der anderen Seite bin ich ein wenig erleichtert, dass du mich begleiten wirst«, riss Edmund sie aus ihren Gedanken. »Sonst wären wir schon wieder getrennt gewesen. Es ist ohnehin viel zu lange her, dass du mir Gesellschaft geleistet hast.« Er hauchte einen Kuss auf ihren Handrücken und verdeutlichte damit, was er mit dem Wort *Gesellschaft* gemeint hatte. Dann glitt seine Hand ihren Oberschenkel hinauf.

Schockiert über Edmunds unerwartete Annäherung flog Leannes Blick zur Seite. »Aber bist du denn wieder ganz gesund?«, versuchte sie, sein Vorhaben hinauszuzögern.

Mortimer zuckte mit den Schultern. »Wer weiß, ob ich das jemals wieder sein werde«, brummte er. »Aber das soll mich nicht daran hindern, die Freuden, die mir das Leben zugespielt hat, zu genießen. Leg dich zu mir!«

Notgedrungen kam Leanne seiner Aufforderung nach. Sie ekelte sich vor der Verletzung an seinem Bein, die nach wie vor einen abscheulichen Geruch verströmte, und brauchte all ihre Kraft, um sich ihren Widerwillen nicht anmerken zu lassen.

Der Akt dauerte nicht lange. Der Baron war nicht mehr so kräftig wie einst und rollte sich schon bald erschöpft zur Seite. Sein Schnarchen erklang nur einen Augenblick später.

Leanne richtete sich auf und eilte auf leisen Sohlen zu dem Stuhl, auf dem sie ihr Gewand abgelegt hatte. Mit fahrigen Bewegungen schob sie sich ihr Kleid über den Kopf, dann floh sie in ihre eigene Kemenate. In letzter Sekunde erreichte sie die Waschschüssel, wo sie die Reste ihres Frühmahls hervorwürgte.

Keuchend ließ sie sich auf der Fensterbank nieder. Heiße Tränen rannen ihr übers Gesicht. Sie fühlte sich so abgestoßen von dem, was sie gerade hatte tun müssen. Im gleichen Moment ärgerte sie sich über sich selbst. Wann war sie nur so zimperlich geworden? In Mortimers Abwesenheit hatte sie sich wohl zu sehr an ihre Freiheit gewöhnt. Früher hatte sie es doch auch ertragen, und zwar beinahe jeden Abend! Aber ihr war es dabei noch nie so schlecht ergangen wie heute. Niemals hätte sie gedacht, dass Edmund sie in seinem Zustand anrühren würde.

Ob sie doch lieber in Westminster bleiben sollte, statt ihn nach Berwick zu begleiten?

17

Leanne ließ Velma in der Nacht vor deren Hochzeit bei sich im Bett schlafen. Zuerst hatte Velma wie erwartet protestiert und gemeint, einer Dienstmagd stünde es nicht zu, in den Zimmern der edlen Herrschaften zu übernachten. Aber Leanne hatte darauf bestanden, dass sie wenigstens die Nacht vor ihrer Vermählung in einem ordentlichen Bett verbrachte, statt in dem überfüllten Schlafsaal der Dienerschaft.

Bereits am frühen Abend tauchte Velma bei ihr auf. Über der Schulter trug sie ein Bündel, das ihren gesamten bescheidenen Besitz enthielt: ein schlichtes Tageskleid, das sie morgen anstelle der üblichen Dienstbotentracht tragen würde, etwas Leibwäsche, ein paar Haartücher sowie einen hölzernen Kamm.

Nachdem Velma alles auf Leannes Kleidertruhe zurechtgelegt hatte, sprang sie rücklings aufs Bett. »So lässt es sich leben!«

»Allerdings!«, lachte Leanne.

»Eigentlich schade, dass ich erst jetzt in den Genuss dieses Federbetts komme.« Velma strich andächtig über das Laken.

»Morgen wirst du etwas viel Besseres haben. Einen Ehemann!«

»Es fühlt sich noch immer so unwirklich an, dass ich morgen den Hof verlassen und mit Gilbert zusammenleben werde.«

»Aber du bist dir doch sicher?« Leanne umfasste Velmas Hände und sah ihr prüfend in die Augen.

Velma nickte so schnell, dass Leanne keine Zweifel hatte, dass die Hochzeit genau das war, was ihre Freundin wollte.

»Trotzdem ... Westminster war in den letzten Jahren mein Zuhause. Ich werde vieles vermissen, am meisten natürlich dich. Auf Sunniva kann ich dagegen gerne verzichten.«

Leanne stimmte in ihr Lachen ein. »Ich bin ohnehin beeindruckt, wie lange du es unter ihrer Fuchtel ausgehalten hast.« Sie stand auf und ging zum Tisch, um ihnen beiden von dem Wein einzuschenken, den sie in weiser Voraussicht auf ihr Zimmer gebracht hatte.

»Wie ist es denn so?«, kam es zaghaft aus der Richtung des Betts und Leanne hielt in der Bewegung inne.

»Wie ist *was*?«

»Du weißt schon ... wenn Mann und Frau ...«

Leanne wandte Velma weiterhin den Rücken zu, obwohl sie jetzt eine Ahnung hatte, wovon ihre Freundin sprach. Allerdings musste sie das breite Grinsen verbergen, das sich auf ihr Gesicht gestohlen hatte. Ausgerechnet die schlagfertige Velma wurde nervös und fragte sie um Rat, wenn es um die ehelichen Pflichten ging!

Leanne räusperte sich, zwang sich, eine neutrale Miene aufzusetzen, und reichte Velma einen der Becher. Was sollte sie ihrer besten Freundin sagen? Dass sie sich heute nach dem Akt mit Edmund hatte erbrechen müssen? Dass ihr davor graute, wieder das Bett mit ihm teilen zu müssen?

»Ich glaube, ich bin nicht die richtige Ansprechpartnerin für dich. Aber es ist wohl ganz unterschiedlich. Manche Frauen verzehren sich geradezu danach und für manche ist es ein einziges Übel. Natürlich kommt es darauf an, ob man dem Mann zugeneigt ist oder nicht. Und da du bis über beide Ohren in Gilbert verliebt bist, musst du dir keine Sorgen machen.« Zufrieden mit ihrer Antwort prostete sie Velma zu.

Deren Blick ging zum Fenster, genauer gesagt zum Himmel, der an diesem Abend wieder in einem intensiven Orangeton leuchtete.

Leanne bemerkte ihren grüblerischen Ausdruck. »Du weißt doch, was passiert ...?« Daran, dass Velma womöglich rein gar nichts über die körperliche Liebe wusste, hatte sie nicht gedacht.

»Natürlich!«, unterbrach Velma sie energisch. »Unten bei den Dienstmädchen wird schließlich auch geredet.« Das heikle Thema brachte ihre Wangen zum Glühen.

»Dann ist ja gut«, murmelte Leanne.

»Ich meinte ja nur, ob es bei dir wehgetan hat, und so ...« Velma zog ihren typischen Schmollmund.

»Ein bisschen«, gestand Leanne knapp. Sie verstand, dass Velma auf ihre Erfahrung vertraute, doch durch ihre Fragerei musste sie sich mit Erinnerungen beschäftigen, die sie in eine dunkle Ecke ihrer Seele verbannt hatte.

Endlich schien Velma zu begreifen. »Entschuldige.« Sie legte ihren Arm versöhnlich um Leanne. »Irgendwie habe ich Angst, dass er mich nicht schön finden wird.«

»Wie kommst du darauf?«, fragte Leanne erstaunt. Für sie war vollkommen klar, dass Gilbert ganz vernarrt war in seine Verlobte.

»Nun ja, ich weiß nicht. Ich bin ja nicht so eine Schönheit wie du. Und auch nicht so elegant. Meine Taille ist viel zu rund.«

»Was redest du da? Du bist wunderschön und Gilbert findet das auch!«

»Hat er dir das gesagt?«, fragte Velma hoffnungsvoll.

»Nein, aber die Blicke, die er dir zuwirft, sind ziemlich eindeutig.«

Leanne beobachtete zufrieden, wie sich ein Lächeln auf Velmas Gesicht ausbreitete.

»Werden Gilberts Geschwister morgen auch zur Trauung kommen?«, lenkte sie das Gespräch in andere Bahnen.

»Alle bis auf seine Schwester, die kurz vor der Niederkunft mit ihrem zweiten Kind steht.«

»Ich freue mich schon darauf, seine Familie kennenzulernen.« Die Hochzeit war außerdem eine einmalige Gelegenheit, den Palastmauern zu entfliehen und sich unter das Londoner Volk zu mischen. Allein die Vorstellung brachte Leannes Herz vor Aufregung zum Flattern. In den letzten Jahren hatte sie Westminster kein einziges

Mal verlassen. Zu ihrer eigenen Überraschung hatte Mortimer ihr erlaubt, Velmas Hochzeit zu besuchen, wenn sie Rodrick als Geleitschutz mitnahm. Diese Bedingung nahm sie gerne in Kauf, denn es war ihr wichtig, bei Velmas großem Tag dabei zu sein.

Die Mädchen redeten noch bis zum späten Abend über Gott und die Welt, und obwohl sie beide vor Müdigkeit gähnten, konnte in dieser Nacht keine von ihnen Schlaf finden. Velma wälzte sich die ganze Zeit von einer Seite zur anderen – Leanne vermutete, dass sie doch ein wenig nervös war. Und sie selbst gab zwar vor, zu schlafen, aber die Gedanken in ihrem Kopf sprangen ungebändigt umher und hinterließen ein unangenehmes Gefühl in ihrer Magengrube. Es gelang ihr nicht, die Bilder zu vergessen, die Velma vorhin unbeabsichtigt heraufbeschworen hatte. Ihr fünfzehnjähriges Ich stand vor ihr, sah sich verängstigt in der Kammer um, in der Mortimer später an diesem Abend ihre Unschuld rauben würde. Wie naiv sie gewesen war! In den ersten Nächten hatte sie sich anschließend in den Schlaf geweint, aber irgendwann hatte sie sich an Edmunds Berührungen gewöhnt. Und noch später hatte sie gelernt, was sie tun musste, um ihm Lust zu bereiten. Meistens hatte sich ihr Einsatz gelohnt – der Baron hatte seine Wertschätzung oft in Geschenken ausgedrückt. Allerdings hatte Leanne dabei um viel mehr gekämpft als um materielle Dinge. Es war Mortimers Schutz, seine Fürsorge und seine Stellung am Hof, auf die sie angewiesen war, um in Westminster zu überleben.

Und dann war Jeffrey Thorley in ihr Leben getreten. Hatte sie innerhalb eines Tages verzaubert mit seinen vollendeten Manieren und seinem unwiderstehlichen Charme. Hatte sie glauben lassen, dass sie etwas Besonderes sei und sie gemeinsam ihr Glück finden würden, auf das es sich zu warten lohnte. Ja, sie hatte gewartet, viele Wochen lang – nur um dann festzustellen, dass sie geradewegs in eine Falle gelaufen war. Tränen stiegen Leanne in die Augen, als die Mischung aus Wut und Scham sie erfasste, so wie jedes Mal, wenn sie Jeffrey Thorley durch einen Zufall begegnete oder an ihn erinnert wurde. Die Abfuhr, die sie ihm vor aller Augen verpasst hatte, verschaffte ihr ein wenig Genugtuung, aber nicht genügend, um die Wunde zu heilen, die Jeffrey tief in ihrem Herzen hinterlassen hatte. Denn durch ihn hatte sie eine Ahnung davon bekommen, wie es sein könnte, wenn sie mit einem Mann zusammen war, den sie gleichzeitig bewunderte und begehrte. Und dafür hasste sie ihn. Ja, sie hasste ihn mehr als Sir Mortimer, der sie damals aus ihrem alten Leben gerissen hatte, um sie zu seiner Mätresse zu machen. In diesem Moment wurde ihr klar, dass sie es eher ertragen würde, Edmund im Bett weiterhin gefällig zu sein, als sich ein zweites Mal das Herz brechen zu lassen. Ihr Körper gehörte ihr schon lange nicht mehr, doch ihren Stolz würde ihr niemand nehmen.

Leanne fluchte im Geiste. Warum mussten alle Männer, die ihr über den Weg liefen, entweder Lüstlinge oder Betrüger sein? Sie sah zu Velma, die endlich eingeschlafen war, und betete, dass auf Gilbert niemals eines dieser Dinge zutreffen würde.

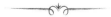

An manchen Tagen stellte sich Rodricks Anwesenheit überraschenderweise als Segen heraus. Velmas Hochzeitstag war einer von ihnen. Die Gruppe, bestehend aus Leanne, Velma und Rodrick, war erst auf halber Strecke zur Kirche, in der die Trauung stattfinden würde, und Leanne hatte sich bereits freiwillig bei dem bärtigen Hünen untergehakt. Sie wusste nicht genau, welches Bild von London sie im Kopf gehabt hatte, doch die Realität übertraf all ihre Vorstellungen.

Londons Straßen waren laut, geschäftig, dreckig und vor allem stanken sie. Leanne presste sich ein Tuch vor die Nase und beobachtete ungläubig, wie einige Bewohner die Inhalte ihrer Bettschüsseln einfach auf die Hauptstraße kippten. Der Großteil der Menschen wirkte ungepflegt, ihre Kleidung verschmutzt und ihre Haut dreckverschmiert. Nun verstand sie, weshalb Annabel es vorgezogen hatte, mit dem kleinen Robert in Westminster zu bleiben. Viele Augenpaare folgten der Gruppe, die in dieser Gegend sicher so exotisch wirkte, wie ein Haufen Bettler in Edwards Rittersaal. Plötzlich fühlte Leanne sich unwohl in ihrem eleganten roten Kleid mit den Trompetenärmeln.

»Gilberts Familie wohnt in einer anderen Gegend«, sagte Velma und zwinkerte ihr zu. Leanne lächelte, und das nicht nur aus Erleichterung. Velma sah heute wunderschön aus. Sie trug ihr helles Leinenkleid, das lockige Haar hatte Leanne ihr zu einem komplizierten Zopf geflochten und auf ihrem Kopf saß eine Krone aus sommerlichen Blumen.

Als die drei bei der Kirche ankamen, war Gilberts Familie schon vor dem Portal versammelt. Der Bräutigam, der Velma heute zum ersten Mal in etwas anderem als ihrer Dienstkluft erblickte, kam aus dem Staunen kaum heraus und auch seine Familie sparte nicht mit Komplimenten. Gilberts Eltern musterten Rodrick und Leanne mit unverhohlener Neugier, dennoch waren sie ihr augenblicklich sympathisch. Die beiden waren höflich, ohne aufdringlich zu sein, und verwickelten Leanne in ein kurzes Gespräch, während ihr Sohn mit Velma zum Altar schritt.

Als Leannes Blick auf das Brautpaar fiel, zerschlugen sich alle Zweifel der letzten Nacht mit einem Mal. Gilbert wie Velma strahlten vor Glück und sie gönnte es den beiden so sehr. Velma hatte seit vielen Monaten auf diesen Moment und den neuen Lebensabschnitt hingefiebert. Auf ein Leben fernab des Hofes, unter anständigen Leuten und vor allem mit Gilbert. Leanne war zuversichtlich, was seine Anstellung in der Schmiede anging. Und Velma würde sich in der Stadt eine neue Arbeit als Dienstmagd suchen – zumindest bis sie eine eigene Familie zu versorgen hatte. Leanne konnte sich bildlich vorstellen, wie sie, umgeben von einer Schar Kinder, vor dem Herd hantierte.

Nach der Trauung wurde im Haus der Familie gefeiert. Genauer gesagt in der Stube, die das gesamte Untergeschoss ausmachte und spartanisch eingerichtet war. Das Gedränge der Hochzeitsgesellschaft um einen einzigen langen Tisch tat der guten Stimmung keinen Abbruch. Gilberts Mutter hatte zu diesem Festtag drei ganze Hähnchen gebraten und versorgte die Gäste außerdem mit Brot und Bier. Selbst für den stets grimmig dreinblickenden Rodrick hatte sie eine Portion zu entbehren.

Je länger der Nachmittag voranschritt, desto mehr genoss Leanne die Gesellschaft dieser bodenständigen Menschen – eine willkommene Abwechslung zu den affektierten Höflingen. Anekdoten wurden ausgetauscht, Lieder gesungen und dem Ale fleißig zugesprochen, sodass Leanne vollkommen die Zeit vergaß. Erst als Rodrick sie irgendwann ermahnte, dass sie nun zum Palast zurückkehren mussten, bemerkte sie, dass die Sonne draußen längst untergegangen war.

Ihr Blick flog zu Velma, die gerade über etwas lachte, das Gilberts Bruder gesagt hatte. Schweren Herzens erhob Leanne sich von ihrem Schemel, um sich von dem Brautpaar zu verabschieden. Nachdem sie ihnen nochmals gratuliert und Velma in eine Umarmung gezogen hatte, holte sie ihr Hochzeitsgeschenk aus einem Beutel hervor.

»Für uns?«, fragte Velma erstaunt und nahm die kleine Holzschatulle entgegen. Leanne nickte, griff nach einer der Kerzen am Tisch und hielt die Flamme so über das Geschenk, dass Velma die Schnitzerei auf dem Deckel erkennen konnte.

»Eine Rose! Was für eine schöne Arbeit!« Sie strich bewundernd über das Holz.

Leanne zwinkerte. »Damit du mich nicht vergisst.«

»Die Rose von Westminster.« Velma lächelte. »Wie könnte ich dich je vergessen, bezaubernde Leanne?« Ihre Zunge ging ein wenig schwer, was Leanne auf den reichlichen Genuss von Ale schob.

Dann fiel Velma ihr stürmisch um den Hals.

Plötzlich standen Tränen in Leannes Augen. Sie hatte zwar stets gewusst, dass dieser Moment kommen würde, aber das machte den Abschied nicht einfacher.

»Danke, dass du all die Jahre meine Freundin warst«, sagte sie gerührt.

»Es gibt nichts, wofür du dich bedanken musst«, murmelte Velma mit tränenverschleierten Augen. »Auf bald!«

»Auf bald!«, wiederholte Leanne, wohl wissend, dass diese Worte nicht mehr die gleiche Bedeutung hatten wie früher. Sie winkte ihrer Freundin und verschwand dann mit Rodrick durch die Tür. Draußen warf sie einen letzten Blick über ihre Schulter. Velma wirkte zwar ein wenig mitgenommen durch ihre Verabschiedung, doch Gilbert war sofort bei ihr, um sie zu trösten. In seinen Armen sah sie augenblicklich zufrieden aus. Als gäbe es für sie auf der ganzen Welt keinen schöneren Ort.

18

Berwick, August 1296

»Diese Gegend hat etwas Unheimliches an sich«, bemerkte Annabel und ließ ihren Blick über die Landschaft schweifen. Sie und ihr Kind reisten mit Leanne in einem Wagen, während Luke und Sir Mortimer zu Pferde unterwegs waren.

Leanne stimmte Annabel zu. Trotz der sommerlichen Temperaturen fröstelte sie beim Anblick der leeren Felder, der zerstörten Katen und niedergebrannten Gehöfte, die ihnen kurz vor den Stadttoren Berwicks begegneten.

»Hoffentlich kehrt hier bald wieder Leben ein«, meinte sie bedrückt. Die Dörfer rund um Berwick zeugten von Krieg und Zerstörung und Leanne konnte nachvollziehen, dass die Bewohner sich dagegen sträubten, ihre Existenz ausgerechnet dort wiederaufzubauen, wo der englische König seine Herrschaft über ihr Land ausgerufen hatte.

Je näher sie der Festung kamen, desto mehr veränderte sich die Atmosphäre. Die unbewohnte Landschaft wich reger Geschäftigkeit. Hunderte von Menschen strömten aus allen Richtungen auf das Stadttor von Berwick zu, welches Edward in aller Eile hatte errichten lassen. Auf dem Gelände vor der Festung reihten sich zahlreiche Zelte aneinander. Berwick Castle platzte vermutlich längst aus allen Nähten und konnte niemals eine solche Menschenmenge beherbergen, wie der König zum Parlament beordert hatte. Schottische Clansmänner reihten sich mit ihren Pferden in die

Schlange der Wartenden ein, während Edwards Gefolge ungehindert in die Festung einzog.

Nachdem Leanne vom Wagen gesprungen war, musterte sie die Gesichter jener Menschen, die angereist waren, um am morgigen Tag ihren Schwur gegenüber dem englischen König zu leisten. Ihre Mienen waren – wie zu erwarten – alles andere als glücklich. Wie demütigend musste es für sie sein, vor Edward auf die Knie zu gehen, ihn als Herrscher anzuerkennen und ihm regelmäßige Steuerabgaben zuzusichern? Jedem hier war der Zweck dieser Zusammenkunft bewusst. Sie bedeutete nicht nur das Ende des Krieges sondern sollte auch jegliche weitere Rebellion im Keim ersticken. Edward hatte endlich sein Ziel erreicht, nach dem er schon jahrzehntelang die Hand ausgestreckt hatte.

Leanne schrak zusammen, als einer der Schotten seinen Kopf drehte und sich ihre Blicke über die Ferne hinweg trafen. Sie hatte nicht bemerkt, dass sie ihn und seine Landsleute schamlos angestarrt hatte. Hastig wandte sie sich ab, aber der wütende Gesichtsausdruck des rothaarigen Schotten hatte sich bereits in ihren Geist gebrannt. In seiner Miene hatten sich die verschiedensten Gefühle offenbart. Allen voran Verzweiflung, Wut und Hoffnungslosigkeit. Darunter war jedoch ein Stolz zu erkennen gewesen, den auch Edward mit seinen Forderungen nicht würde brechen können.

Leanne schüttelte ihre Gänsehaut ab und schloss zu Annabel auf. Die Wächter an den Palasttoren ließen die Gruppe ohne Probleme passieren und so fanden sie sich bald inmitten eines chaotischen Treibens vor, das sie vollkommen überforderte.

»Vielleicht machen wir uns erstmal auf die Suche nach den Männern«, schlug Annabel vor.

Leanne war sofort einverstanden. Sie wusste ja nicht einmal, in welches Zimmer sie ihre Reisetruhe bringen lassen sollte. Glücklicherweise dauerte es nicht lange, bis sie Luke und Edmund bei den Ställen antrafen und gemeinsam mit ihnen die Festung betraten.

In der Burg herrschten ähnliche Zustände wie draußen vor den Stadttoren. Überall schwirrten Diener und Soldaten herum, aber niemand nahm sich der Gruppe an.

»Welche Zimmer können wir beziehen?«, fuhr Sir Mortimer einen der Lakaien an, nachdem sie eine Weile in der überfüllten Eingangshalle gewartet hatten. »Die Frauen sind müde nach der langen Reise und möchten sich unverzüglich ausruhen.«

Leanne entging nicht, dass sich Lukes Mundwinkel hinter Mortimers Rücken zu einem Schmunzeln verzogen. Er konnte wohl nicht viel mit Edmunds herrischer Art anfangen.

Unterdessen war der angesprochene Diener unter den Worten des Barons zusammengezuckt. »Verzeiht, Mylord, ich bin nicht mit der Unterbringung der Gäste vertraut. Aber ich kümmere mich gleich darum, es in Erfahrung zu bringen.« Eilig verschwand er um die nächste Ecke.

Edmund Mortimer zischte durch die Zähne. »Wofür ist er denn hier, wenn er uns nicht behilflich sein kann?« Die Ader auf seiner Stirn begann, sichtbar zu pulsieren – ein klares Anzeichen dafür, dass er von einem Wutanfall nicht mehr weit entfernt war. Da Edmund sich normalerweise nicht so leicht aus der Ruhe bringen ließ, hegte Leanne die Vermutung, dass sein durch den Ritt strapaziertes Bein der wahre Grund für seinen Ärger war. Sicherlich plagten ihn nach all den Tagen im Sattel schlimme Schmerzen.

Beschwichtigend legte sie eine Hand auf seinen Arm. »Diese Festung ist eben nicht Westminster. Die Dienerschaft muss improvisieren.«

Edmund atmete tief durch und schwieg, sodass Leanne die Hoffnung hatte, dass er sich wieder beruhigte.

»Möchtest du dich setzen?« Sie wies auf eine Sitzbank an der Mauer, die gerade frei geworden war. Die Tatsache, dass Mortimer nicht ablehnte, zeugte von seiner schlechten Verfassung. Ächzend ließ er sich auf die Bank fallen und streckte seine stämmigen Beine aus. Diese Position behielt er bei, bis der Bedienstete von vorhin wieder auftauchte, und erst den Campbells, dann ihnen ein Zimmer zuwies.

Wobei das Wort *Zimmer* nicht ganz zutraf. Es handelte sich eher um einen winzigen Alkoven, in dem Edmund und sie sich dicht aneinanderdrängen mussten, wollten sie beide Platz in der Schlafstatt finden.

»Das darf doch nicht wahr sein!« Edmund fuhr wütend herum, um sich bei dem Diener zu beschweren. Dieser hatte aber bereits Reißaus genommen. Leanne konnte es ihm nicht verdenken.

»Es wird schon gehen, Edmund. Zur Not schlafe ich auf den Fellen.«

»Du wirst nicht auf dem Boden schlafen, hörst du?!«

»In Ordnung.« Sie hatte keine Lust, weiter zu diskutieren. »Aber lass mich dein Bein versorgen, bevor du den König aufsuchst.«

Mortimer wedelte ungeduldig mit der Hand, was Leanne als Einverständnis auffasste. Vorsichtig nahm sie die Stoffbinde ab, mit der sie die Wunde gestern verbunden hatte. Als sie das Bein freigelegt hatte, keuchte sie vor Überraschung auf. Über der bisher offenen Stelle hatte sich eine dünne Hautschicht gebildet.

»Es verheilt!« Sie riss den Kopf nach oben, nur um Mortimers Grimasse zu begegnen.

»So fühlt es sich aber nicht an.«

»Das Reiten war bestimmt nicht gut für die Verletzung, dennoch glaube ich, dass die Wunde endlich zuwächst«, meinte sie freudig.

»Das wurde aber auch langsam Zeit.« Edmund biss die Zähne zusammen und kam auf die Füße. »Ich muss dich jetzt leider alleine lassen. Wärst du in der Zwischenzeit so gut und würdest unsere Sachen in dieser *Zelle* unterbringen?«

»Natürlich.«

Leanne machte sich auf den Weg zu Rodrick, der sie in den Norden begleitet hatte und beim Wagen zurückgeblieben war, um die Truhen zu bewachen. Nachdem Rodrick ihr Gepäck hinaufgeschleppt hatte, versuchte sie, das Zimmer ein wenig wohnlicher zu gestalten, was angesichts der Enge jedoch kein leichtes Unterfangen war. Aber irgendwie würde es schon gehen. Da sie noch nicht wusste, wie lange sie sich in Berwick aufhalten würden, war es besser, sich gleich mit der Wohnsituation anzufreunden. Im Gegensatz zu Edmund wunderte es sie nicht, dass man sie mit diesem bescheidenen Schlafplatz abgespeist hatte. Gefühlt der gesamte englische Hof tummelte sich in dieser Festung, der es an luxuriösen Zimmern ohnehin mangelte. Zudem war Berwick Castle im Zuge der Belagerung stark beschädigt worden.

Nachdem Leanne sich eingerichtet hatte, überlegte sie, was sie als Nächstes tun sollte. Sie wollte nicht gleich zu Annabel gehen, um ihr und Luke ein wenig Zweisamkeit zu gönnen. Also beschloss sie, einen Spaziergang durch die Festung zu machen. Vielleicht würde sie dabei auf das ein oder andere bekannte Gesicht stoßen oder etwas über den Ablauf des Parlaments erfahren. Sie grübelte schon seit Tagen über die Frage, wie Edward gedachte, die Machtübernahme strategisch umzusetzen. Und würde er es wirklich schaffen, den Schotten ihren Kampfgeist auszutreiben? Der Blick des rothaarigen Kriegers, den sie vor den Toren Berwicks gesehen hatte, ließ sie daran zweifeln.

Leanne seufzte und blickte durch ein Fenster auf das Meer aus Zelten. Warum musste dieses Volk auch so stur sein? Sahen sie nicht ein, dass sie gegen den mächtigen Süden keine Chance hatten? Edmund hatte immer wieder über den Starrsinn und die Dummheit der Highlander geschimpft, sie als einfältiges und unkultiviertes Volk beschrieben. Konnte es sein, dass ein Funken Wahrheit in seinen Worten steckte?

In diese Gedanken versunken, schlenderte Leanne durch die verwinkelten Gänge der Burg. Zu ihrer Enttäuschung gab es jedoch nicht viel Interessantes zu sehen. Im Vergleich zu Westminster war diese Festung schmucklos und zweckmäßig. Man merkte, dass Berwick Castle eher als militärischer Stützpunkt erbaut worden war denn als komfortable Herberge für die Aristokratie.

Wie sie von Edmund wusste, hatte Berwick seit seiner Errichtung vor über zweihundert Jahren immer wieder den Besitzer gewechselt, war mal von Schotten, mal von Engländern besetzt worden. Auch die Stadt um das Burgareal war einige Male dem Boden gleich gemacht worden. Edward bildete hier keine Ausnahme. Vielleicht war das der Grund, weshalb Leanne an diesem Ort immer wieder ein unangenehmes Gefühl beschlich? Es erschien ihr geschmacklos, sich hier breitzumachen, da die Tötung der schottischen Burgbesatzung und das Massaker unter den Dorfbewohnern erst ein paar Monate zurücklagen.

Ihr Unbehagen trat in den Hintergrund, als sie in der Ferne eine bekannte Gestalt ausmachte. Die schwarzen Locken und die zierliche Statur gehörten eindeutig zu Arnaud. Eilig schloss Leanne zu ihm auf.

»Ich hatte keine Ahnung, dass du auch hier sein würdest!«

Der Musiker drehte sich schwungvoll um und verneigte sich auf jene spöttische Weise, die Leanne immer zum Lachen brachte.

»Wo der König ist, da bin auch ich«, erklärte er grinsend.

»Zumindest, solange er nicht in den Krieg zieht«, merkte sie an.

»Ich bevorzuge in der Tat friedliche Orte«, gab Arnaud mit einem Schmunzeln zu. Leanne konnte sich ihn auch gar nicht in ritterlicher Rüstung und im Kampf vorstellen.

»Findet der König bei all diesem Chaos wirklich noch Zeit für musikalische Unterhaltung?«

Arnaud zuckte mit den Schultern. »Zu Abend essen müssen er und seine Berater auch hier.«

»Das stimmt wohl.« Leanne verschränkte die Arme vor der Brust und lehnte sich gegen die Wand. »Weißt du schon, was du bis heute Abend machen wirst? Mir fällt in unserer kleinen Kammer schon jetzt die Decke auf den Kopf.«

»Heute Nachmittag wollte ich an einem neuen Stück arbeiten. Aber bis dahin können wir gerne eine Partie Karten spielen?«

Leanne nickte begeistert. »Vielleicht finden wir ja draußen ein schattiges Plätzchen. Hier drinnen ist es ganz schön stickig.« Das war eine gewaltige Untertreibung. In der Luft hing ein strenger Schweißgeruch von vielen hundert Menschen, die heute angereist waren.

Arnaud rümpfte die Nase und bot ihr den Arm. »Worauf warten wir?«

Nachdem Leanne den Mittag in Arnauds Gesellschaft verbracht hatte, kümmerte sie sich zusammen mit Annabel um Robert. Luke war bereits kurz nach seiner Ankunft von John de Warenne eingespannt worden. Die beiden kontrollierten gemeinsam die Liste der schottischen Lairds, welche sich in Berwick melden mussten. Für De Warenne war der Campbell an seiner Seite eine wertvolle Hilfe, da Luke beinahe alle Clanführer persönlich kannte und die schottischen Parlamentsteilnehmer verifizieren konnte.

»Ich stelle mir diese Aufgabe ziemlich undankbar vor«, meinte Leanne zu Annabel, die Robert in ihrer Kammer die Brust gab. »Jetzt muss er seinen Landsmännern gegenübertreten.«

»Ein schönes Gefühl ist das sicher nicht.« Annabel seufzte. »Aber ich glaube, Luke sieht sich ohnehin längst als Engländer. Wusstest du, dass seine Mutter aus Northumberland stammt?«

Leanne schüttelte den Kopf. Diese Information warf ein neues Licht auf Lukes politische Gesinnung. Es machte die Herausforderung, die ihm bevorstand, deswegen nicht einfacher.

»Ich bin gespannt, ob sein Bruder noch hier auftaucht. Eigentlich hatte er Luke geschrieben, dass er zum Parlament kommt.«

»Vermutlich könnte Luke seine Unterstützung gut gebrauchen.« Leanne warf sich ein Stofftuch über die Schulter und nahm Robert auf den Arm, damit Annabel ihr Kleid richten konnte.

Die Frauen beschlossen, einen Spaziergang über das Burggelände zu machen, um ein wenig an die frische Luft zu kommen und Robert zum Schlafen zu bringen. Auf dem Weg nach draußen kamen sie an der Halle vorbei, in der John de Warenne und Luke damit beschäftigt waren, die Neuankömmlinge zu protokollieren. Als Annabel Luke erblickte, der gerade über ein Pergament gebeugt war, eilte sie ohne zu zögern auf ihn zu. Sie fasste ihn bei der Schulter, gab ihm einen Kuss auf die Wange und ließ ihn sein Kind herzen. Leanne verdrehte die Augen. Manchmal hatte ihre Freundin einfach kein Gespür für den passenden Moment.

Sie wartete im Hintergrund auf Annabels Rückkehr und beobachtete dabei die Männer, die hinter der provisorischen Schreibstube warteten. Dabei erspähte sie den Mann mit dem rotbraunen Haar, dem sie schon bei ihrer Ankunft begegnet war. Sein Blick war gefangen von der Szene vor seinen Augen. Für die Schotten musste es hart sein, dieses Familienidyll direkt unter die Nase gerieben zu bekommen, während sie das Schicksal ihres eigenen Clans heute in die Hände eines berüchtigten Königs geben mussten.

Zum zweiten Mal an diesem Tag erwiderte der Schotte Leannes Blick. Obwohl seine Miene ausdruckslos war, sah sie etwas in seinen grünen Augen aufflackern, das ihr Angst einjagte. Intuitiv machte sie ein paar Schritte zurück, bis sie aus seinem Sichtfeld verschwunden war.

Zum Glück tauchte Annabel kurz danach an ihrer Seite auf. »Wo warst du denn?«

»Ich wollte nicht so dumm in der Gegend rumstehen«, sagte Leanne schulterzuckend. »Und warten, bis du und Luke eure Zärtlichkeiten beendet habt.« Ihr Ton war härter als beabsichtigt.

Annabel riss die Augen auf. »Ich wollte ihn nur ein wenig aufmuntern, jetzt, wo er so viel zu tun hat. Er hat sich doch gefreut, uns zu sehen!«

Leanne verkniff sich die Bemerkung, dass sie ihren Liebsten erst vor ein paar Stunden das letzte Mal gesehen hatte. »Ich fürchte, bei den Schotten hast du genau das Gegenteil bewirkt.«

Annabels Lippen formten sich zu einem O. »Daran habe ich nicht gedacht«, gab sie zu, strich Robert über das dunkle Haar und warf einen verlegenen Blick zu den Wartenden.

Leanne seufzte. »Lass uns jetzt spazieren gehen. Hier drinnen kommt der Kleine nie zur Ruhe.«

19

Der erste Abend in Berwick gestaltete sich überraschend unterhaltsam. Edward war zufrieden mit dem Verlauf des Tages und ließ dies seine Untertanen spüren. Die Stimmung in der kleinen Festhalle, in der sich ausschließlich Engländer tummelten, war trotz des ernsten Anlasses gelöst und fröhlich. Das Abendessen fiel ein wenig schlicht aus, aber das Ale floss in Strömen und neben Arnaud sorgte eine Gruppe von Gauklern für die Unterhaltung der Gäste.

Weiß Gott, wo Edward die Akrobaten aufgetrieben hatte, sie verstanden jedenfalls etwas von ihrer Kunst und Leanne folgte ihrem Auftritt voller Begeisterung. Noch nie hatte sie Menschen sich auf diese Weise bewegen sehen. Einer der Männer überschlug sich in der Luft. Eine Frau, die in ein Ensemble aus grellen Farben gekleidet war, bewegte ihre Hüften zu der Musik des Troubadours und brachte Leanne mit ihren frivolen Bewegungen zum Grinsen.

Im Anschluss an die Vorführung der Gaukler war die Zeit für eine Rede des Königs gekommen. Er lobte zunächst seine treuen Vasallen, die ihm dabei halfen, eine stabile Herrschaft in Schottland zu etablieren. Auch für Sir Mortimer hatte er ein Kompliment übrig.

Leanne blickte zu Edmund, der durch die Worte seiner Majestät sichtbar geschmeichelt war. Sie freute sich für ihn, da seine Bemühungen für die Krone von England anerkannt wurden.

»John Balliol ist nun sicher im Tower verwahrt!«, informierte Edward die Menge, woraufhin die Menschen jubelten.

»Und dies ist vor allem einem Mann zu verdanken: dem jungen Earl of Lancaster!«

Leanne schauderte. Der Mann, der sich nun erhob und den Beifall der Menge vermeintlich bescheiden entgegennahm, war kein anderer als Thomas Lancaster.

»Seit wann ist Lancaster ein Earl?«, fragte sie Edmund.

»Sein Vater verstarb vor zwei Monaten an einer Krankheit«, erklärte er. »Ich kannte ihn früher recht gut. Gott sei seiner Seele gnädig.« Der Baron bekreuzigte sich.

Leanne verspürte Übelkeit beim Anblick des huldvoll lächelnden Lancasters. Thomas war schon immer ein Tyrann gewesen. Durch seinen neuen Titel würde er über noch mehr Macht verfügen und sie bezweifelte, dass er diese auf gerechte Weise einsetzen würde. An seiner Seite war Thomas' Gemahlin Alice, die er noch vor Beginn des Krieges geehelicht hatte. Die junge Frau brachte zwar ein Lächeln zustande, doch Leanne konnte ihre Ablehnung gegenüber ihrem Gemahl sogar aus der Ferne spüren. Alice tat ihr leid. Einen Ehemann wie Thomas Lancaster hatte wahrlich keine Frau verdient.

Da Edmund sich schon bald nach dem Mahl zurückzog, verbrachte Leanne die restlichen Abendstunden in der Gesellschaft von Annabel, Luke und seinem Bruder Neil, der heute doch noch Berwick erreicht hatte. Sie fühlte sich wohl unter den Campbells, bei denen nicht so ein gestelzter Ton herrschte wie unter den anderen Höflingen. Annabel hatte den kleinen Robert ausnahmsweise in die Hände einer Dienstmagd gegeben und sie alle genossen es, einmal ungestört sprechen zu können. Luke wirkte erleichtert, seinen Bruder, der am frühen Abend eingetroffen war, wieder an seiner Seite zu haben, und Leanne freute sich, dass sie ihre Unstimmigkeiten hatten beheben können.

Drei Becher Ale später meldete sich ihre Blase, daher machte sie sich auf die Suche nach dem nächsten Abort. Auf dem schwach beleuchteten Flur bereute sie es, sich den Weg zu den Abtritten am Nachmittag nicht besser eingeprägt zu haben. Sie lief zunächst in einen Gang, der sich als Sackgasse herausstellte, in der Fässer gelagert wurden, und verirrte sich beinahe, als sie es in die andere Richtung versuchte. Diese bescheidene Burg erwies sich als wahres Labyrinth! Oder lag es daran, dass sie heute über den Durst getrunken hatte?

Leanne fluchte leise und wollte schon aufgeben, da bemerkte sie eine unauffällige Tür in der Mauer. Vielleicht führte die ja zu einem Aborterker.

Sie zog die Tür auf, stolperte über die Schwelle und stieß beinahe mit einem Mann zusammen. Einem Mann mit schwarzen Locken und einem ungewöhnlichen Bart.

»Arnaud!«, brachte Leanne mit schwerer Zunge hervor und kicherte. Was trieb der Musiker in diesem dunklen Erker?

Das Grinsen auf ihrem Gesicht erstarb, als sie erkannte, dass Arnaud nicht alleine war. Dicht hinter ihm stand ein junger Mann, der ihr vage bekannt vorkam. Seine Beinlinge waren auf den Boden gerutscht, mit den Händen bedeckte er notdürftig seine Scham. Einen Atemzug lang war es vollkommen still in der Kammer.

»Was ...?« Leanne stockte.

»Verschwinde!«, knurrte Arnaud und schubste sie durch die Tür. Sie hatte ihn noch nie so wütend erlebt. Leanne stolperte beinahe über ihre eigenen Füße und konnte sich gerade noch an der Mauer abfangen. Dabei schürfte sie sich die Haut an ihren Händen wund, aber den brennenden Schmerz nahm sie nur am Rande wahr. Auf wackeligen Beinen rannte sie davon. Blindlings lief sie die Gänge hinab, stürmte eine Treppe hinunter und hastete weiter, bis sie bei einem Fenster zum Stehen kam. Gierig sog sie die kühle Luft in ihre Lungen und versuchte zu verstehen, was sie gerade gesehen hatte. Offensichtlich hatte sie Arnaud und den anderen bei etwas unterbrochen, das nicht für fremde Augen bestimmt war.

Etwas Unsittlichem.

In all den Jahren unter den Hofdamen hatte sie davon gehört, dass es Männer gab, die sich mit ihresgleichen vergnügten, statt mit einer Frau. Allerdings hatte sie das bisher immer für dummes

Geschwätz gehalten. Niemals hätte sie geglaubt, dass es wirklich sein konnte, dass zwei Männer so miteinander ...

Leanne stieß den Atem aus. Arnaud war also einer von ihnen.

Plötzlich sah sie einige Dinge mit anderen Augen. Arnaud war im Umgang mit den Damen immer galant gewesen, hatte sie begeistert mit seinem Charme. Dennoch hatte sie nie mitbekommen, dass er sich mit einer von ihnen eingelassen hatte. Konnte es sein, dass er ihnen die ganze Zeit etwas vorgemacht hatte?

Leanne wischte sich mit dem Ärmel über die verschwitzte Stirn und blickte in die Sommernacht hinaus. Bis zum Horizont war die Umgebung um Berwick mit Fackeln erhellt. Hunderte von Zelten reflektierten das helle Mondlicht. Doch sie hatte kein Auge für den imposanten Anblick.

Arnaud war ihr Freund – aber wie gut kannte sie ihn wirklich? Was sollte sie tun, jetzt, da sie von seiner Neigung wusste, die nun einmal wider die Natur war? Noch immer sah sie sein erschrockenes Gesicht vor sich. Sie hätte ihm genauso gut ein Messer gegen die Kehle halten können.

Mit einem Mal fiel ihr auch ein, woher sie den anderen Mann kannte. Sein Name war Ralph Conteville, er war mit Jeffrey Thorley befreundet und sie hatte ihn ein paar Mal in seiner Gesellschaft gesehen.

Heilige Mutter Gottes! Sie hütete nicht nur ein Geheimnis, das Arnaud betraf, sondern auch den Sprössling einer bedeutenden Adelsfamilie.

Leanne wurde schlecht. Sie erbrach sich in eine dunkle Ecke der Burg und entschied, unmittelbar zu ihrem Alkoven hinaufzugehen. In diesem Zustand konnte sie auf keinen Fall in die Festhalle zurückkehren.

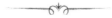

»Über was grübelst du schon wieder, meine Rose?«

»Nichts, ich ...« Leanne stockte. »Ich habe mich nur gefragt, wie lange wir hier noch bleiben. Allmählich macht mir die Enge dieser Kammer ein wenig zu schaffen.« Das war glatt gelogen, aber es stimmte, dass sie sich eine schnelle Abreise herbeisehnte.

»Wir sind doch erst seit vier Tagen hier!«, meinte Mortimer erstaunt. »Ein Parlament kann sich sogar über die Dauer von zehn Tagen ziehen.«

»Tatsächlich?« Sie gab sich keine Mühe, ihre Ernüchterung zu verbergen.

Edmund strich Leanne übers Haar, das ihr an diesem Morgen noch lose auf den Rücken fiel. »Was ist mit dir? In letzter Zeit wirkst du so erschöpft.«

»Das liegt sicher an der Hitze«, winkte sie ab und begann, sich über der Waschschüssel zu erfrischen.

Der Baron nickte nur, während er in Gedanken vermutlich schon die heutigen Aufgaben durchging, und ließ sie dann alleine.

Leanne atmete erleichtert auf. Sie hasste es, sich vor Edmund andauernd verstellen zu müssen. Im Moment fehlten ihr dafür schlichtweg die Nerven. Seit dem unglückseligen Zusammenstoß mit Arnaud hatte sie ständig Angst, ihm über den Weg zu laufen. Natürlich konnte sie nicht von der abendlichen Tafel fernbleiben, weswegen sie ihn bisher aus der Ferne gesehen hatte. Schon allein, ihm ins Gesicht sehen zu müssen, würde sie riesige Überwindung kosten. Sie hatte so viele Fragen ... gleichzeitig wusste sie nicht, wie sie je wieder mit ihm reden sollte.

Den Vormittag verbrachte sie mit einer Näharbeit auf der Kammer, aber irgendwann sah sie ein, dass sie es nicht den ganzen Tag in dem stickigen Zimmer aushalten würde. Sie beschloss, sich auf den Weg zur Burgküche zu machen, da sie das Frühmahl verpasst hatte und ihr Magenknurren nicht länger ignorieren konnte. Es war zwar nicht üblich für eine Hofdame, sich eigenständig um eine

Mahlzeit zu kümmern, aber das hatte sie in Westminster schließlich auch nie gestört.

Widerwillig zog Leanne einen grünen Surcot über ihr Unterkleid – sie wusste jetzt schon, dass sie darin schwitzen würde –, brachte ihre Frisur in Ordnung und begab sich anschließend zur Burgküche. An diesem vor Betriebsamkeit summenden Ort schien niemand von ihr Notiz zu nehmen. Ein paar Männer waren dabei, Hühnern die Federn zu rupfen, andere brachten Nachschub in Form von geschlachteten Schweinen. Die Küchenmägde rührten über brodelnden Kesseln und zerhacktem Gemüse. Offensichtlich bereiteten sie schon jetzt das Abendessen vor. Leanne staunte. Hier unten bekam man einen Eindruck, wie viel Arbeit Edwards Parlament hinter den Kulissen verursachte. Wo hatte er nur die ganzen Bediensteten aufgetrieben?

Sie nahm sich etwas Brot, steckte einen Apfel ein, den sie unterwegs essen wollte, und entfloh der Hitze, die von den kochenden Töpfen und dem Steinofen ausging. Leanne machte sich gerade auf den Weg zurück in die obere Etage, als sie ausgerechnet Thomas Lancaster auf der Treppe erblickte. Der Earl hatte eine verängstigte Küchenmagd an der Taille gepackt und beugte sich über sie, um ihr einen Kuss auf den Hals zu pressen. Das Mädchen – Leanne vermutete, dass sie nicht älter als vierzehn Jahre alt war – wand sich unter seinen Berührungen und verzog das Gesicht. Ganz offensichtlich war sie nicht freiwillig in diese Situation geraten.

Für einen kurzen Moment war Leanne versucht, einfach weiterzugehen. Thomas war so beschäftigt mit dem Mädchen, dass er sie vermutlich nicht einmal bemerken würde, wenn sie an ihm vorbeischlich. Da begegnete sie dem verzweifelten Blick der Küchenmagd. Sie gab sich einen Ruck und trat auf die beiden zu.

»Thomas of Lancaster!«

Der Angesprochene ließ von dem Mädchen ab und suchte ärgerlich nach der Frau, die es wagte, ihn zu stören.

»Habt Ihr es selbst als Earl noch nötig, in niederen Kreisen zu verkehren?«, stichelte Leanne, um ihn abzulenken.

Thomas' Lippen verzogen sich zu einem Strich. Er schien genau zu wissen, worauf sie anspielte. Jeder in Westminster wusste, dass er sich immer wieder mit Huren vergnügte und sich an den Dienstmägden vergriff.

»Eure Gemahlin vermisst Euch sicher schon!«, rief Leanne glattzüngig und provozierte Lancaster damit so sehr, dass er vergaß, sich mit der verschreckten Magd zu befassen. Diese sah ihre Chance gekommen und huschte schnell wie eine Maus davon.

»Meine *Gemahlin* ist eine langweilige Ziege, kalt wie die Nacht im Bett und so trocken wie Herbstlaub zwischen den Beinen.«

Leannes Mitgefühl für seine Gattin verstärkte sich.

»Du hast das Mädchen doch nicht etwa weggeschickt, weil du Angst hattest, selbst zu kurz zu kommen?«, höhnte er mit verschlagenem Gesichtsausdruck. »Ich bin sicher, der Alte kann's dir nicht mal mehr besorgen!«

Verdammt. Sie hatte einen Moment zu lange gezögert und verpasst, einfach an ihm vorbeizurauschen. Nun hatte sie ihm die Gelegenheit zu einem Gegenschlag gegeben. Der Earl baute sich dicht vor ihr auf, so wie er es immer tat, wenn er seine Macht ausspielte. Wieder einmal kam Leanne nicht umhin, zu bemerken, wie attraktiv Thomas Lancaster eigentlich war. Seine Gesichtszüge waren gleichmäßig und männlich, das schwarze Haar ließ seine grünen Augen auffällig leuchten. Aber da war etwas in seinem Blick, das einer aufmerksamen Person sein grausames Naturell verriet. Und Leanne wusste aus eigener Erfahrung, dass Thomas sich über das Leid anderer amüsierte, es ihn sogar zu erregen schien.

»Was zwischen Sir Mortimer und mir geschieht, geht Euch nichts an«, zischte sie, was selbst in ihren Ohren furchtbar lahm klang.

»Keine Sorge, liebste Leanne. Irgendwann kommst du auch noch an die Reihe.« Thomas stahl ihr den Apfel aus der Hand und biss vergnügt hinein. Mit einem hämischen Grinsen stieg er die Treppe hinauf.

Leanne lief ein eisiger Schauder über den Rücken, obwohl ihr das Kleid am verschwitzten Körper klebte. Seine Drohung machte ihr mehr Angst als die Schläge, die er damals ausgeteilt hatte.

Auch in den folgenden Tagen wechselte Leanne kein einziges Wort mit Arnaud. Allmählich hatte sie das Gefühl, dass er ihr ebenfalls aus dem Weg ging. Annabel merkte natürlich, dass etwas nicht stimmte, denn für gewöhnlich gesellte der Musiker sich nach seinen abendlichen Auftritten zu ihnen.

»In letzter Zeit verschwindet er einfach, ohne etwas zu sagen«, beschwerte sie sich beim Abendessen.

»Er meinte einmal, dass er die Hitze nicht besonders gut verträgt«, erfand Leanne spontan. Immerhin war es diesen August tatsächlich ungewöhnlich warm, selbst hier an der Grenze zu Schottland.

»Eigentlich seltsam«, überlegte Annabel. »In der Gascogne, wo er herkommt, sind die Sommer wesentlich heißer als hier.«

»Wirklich seltsam«, stimmte Leanne ihr zu und schämte sich ein wenig, weil sie ihrer Freundin etwas vormachte.

Annabel erhob sich. »Ich ziehe mich dann zurück. Robert ist zurzeit irgendwie quengelig.«

»Vielleicht zahnt er ja?«

»Das könnte gut sein. Ich glaube, ich habe letztens ein erstes Zähnchen gesehen.« Sie legte den Kopf schief. »Ich bin immer wieder überrascht, wie viel du über Kinder weißt.«

»Bin eben mit vielen Geschwistern aufgewachsen«, meinte Leanne achselzuckend und erhob sich ebenfalls.

»Kommst du auch mit?«

Leanne nickte und folgte der Freundin in das obere Stockwerk, in dem sich die privaten Kammern für die hohen Gäste befanden. An der Treppe wünschten sie sich Gute Nacht, da ihre Alkoven in gegensätzlichen Richtungen lagen.

Leannes Schritte hallten einsam auf dem leeren Flur wider und sie fragte sich, ob es nicht viel zu früh war, um sich schlafen zu legen. Sie war beinahe an ihrer Tür angekommen, als eine Bewegung im Augenwinkel sie innehalten ließ. Ihre Nackenhaare stellten sich auf und sie kniff die Augen zusammen, denn das Ende das Gangs war in Schatten gehüllt.

»Leanne!«, zischte eine Stimme, bei deren Klang sich ihr Herzschlag beschleunigte. Arnauds Gestalt schälte sich aus der Dunkelheit. Er hob die Hände in einer abwehrenden Geste und Leanne bemerkte, dass er zitterte.

»Wir sollten reden.«

Leanne starrte ihn an, ohne etwas zu erwidern. Stattdessen warf sie einen hastigen Blick über ihre Schulter. Im Flur war noch immer niemand zu sehen.

»Was ist? Hast du Angst, ich könnte dir etwas antun?« Ein trauriger Ausdruck flackerte in seinen dunklen Augen auf.

»Nein«, log sie schnell und machte einen Schritt auf ihn zu. »Aber hier können wir nicht ungestört reden.«

»Dann komm mit!«, wisperte Arnaud und zog sie mit sich.

Kurze Zeit später erreichten sie den weitläufigen Garten, der zum Burgareal gehörte. Zu dieser Stunde waren sie die einzigen Spaziergänger und es war still bis auf das Wiehern von ein paar Pferden und leise Stimmen, die vom schottischen Lager bis zur Festung drangen. Die Nacht war mild und sternenklar, aber der Anblick des Firmaments konnte Leanne heute nicht fesseln. Die beiden ließen sich auf einem Mauervorsprung nieder.

»Hast du irgendjemandem davon erzählt?«, fragte Arnaud sie direkt und blickte ihr forschend ins Gesicht.

»Nein. Das würde ich niemals tun.« Leanne realisierte, dass ihr der Gedanke, Arnauds Geheimnis mit jemandem zu teilen, nicht einmal in den Sinn gekommen war.

Arnaud atmete auf. »Danke.« Es war ein schlichtes Wort, doch sie fühlte die gewaltige Erleichterung, die dahinter lag.

»Bist du schon immer ... so?«, setzte sie vorsichtig an.

Er nickte nur und schien nicht weiter erzählen zu wollen. Trotzdem fuhr er fort: »Ich habe es mir nicht ausgesucht.« Seine Augen blickten zum Himmel. »Anfangs habe ich versucht, es zu bekämpfen. Erfolglos. Irgendwann habe ich eingesehen, dass es keinen Sinn macht.«

»Aber wie kannst du so leben?«, fragte Leanne ungläubig. »Es ist Sünde!«

»Alles außerhalb der Ehe ist Sünde«, meinte er nüchtern und sah ihr direkt in die Augen. Er hätte sie genauso gut ohrfeigen können.

Arnaud bemerkte ihren verstörten Blick, seufzte und strich ihr zärtlich über die Wange. »Wir können uns unser Schicksal nicht aussuchen, Leanne.«

»Nein, das können wir wohl nicht.« Sie verschränkte die Arme vor der Brust. »Aber wir können unsere Rolle akzeptieren, jeden Tag daran arbeiten, sie besser auszufüllen, bis wir nicht einmal mehr bemerken, dass wir den anderen und uns selbst etwas vormachen.« In ihre Stimme hatte sich ein bitterer Ton geschlichen.

»Und vergessen, wer wir eigentlich sind?« Arnaud schüttelte die schwarzen Locken. »Niemals.«

»Was willst du dann? Wie lange denkst du, wird euer Versteckspiel noch gut gehen? Warst du nicht derjenige, der mir riet, vorsichtiger zu sein?«, höhnte sie. »Was, wenn jemand anderes in dieser Nacht in den Erker gekommen wäre?«

»Ich weiß es nicht!«, rief Arnaud aufgebracht und raufte sich die Haare. »Ich weiß es nicht, Leanne! Ich denke nicht darüber nach, sonst würde ich Ralph nie wieder treffen können.«

Leanne schwieg bestürzt. Wusste Arnaud etwa nicht, in welche Gefahr er sich und den anderen brachte?

»Wie lange geht das mit Ralph Conteville schon?«, fragte sie leise.

»Etwas mehr als zwei Jahre.«

Leannes Augen weiteten sich vor Erstaunen. Es schien, als wären die beiden ein richtiges Liebespaar. »Richte ihm aus, dass ich niemandem etwas verrate.«

»Das werde ich«, sagte Arnaud und lächelte dankbar. »Ralph macht sich ganz verrückt seit jener Nacht. Er hat ohnehin ständig Angst, dass seine Familie oder seine Freunde etwas merken könnten.«

»Wenn es auch nur zu einem einzigen dummen Zufall kommt ...« Leanne holte Luft. »Dann wird euch Schlimmeres drohen als die Exkommunikation. Das ist euch hoffentlich klar?«

»Ja.« Arnaud ließ den Kopf in die Hände sinken.

Auf einmal wirkte er so mutlos, dass Leanne ihm tröstend über den Rücken strich. »Was also wollt ihr tun?«

Arnaud sah zu ihr auf. »Verstehst du nicht? Es gibt nichts, was wir tun können. In dieser Welt gibt es keinen Platz für Männer wie uns.«

Leanne schwieg. Ihr fiel einfach nichts ein, mit dem sie Arnauds drastische Worte hätte abmildern können. Denn es war die grausame Wahrheit.

»Wir werden so weitermachen wie bisher«, sprach Arnaud mit fester Stimme. »Und wenn irgendwann der Tag kommen sollte, an dem alles vorbei ist, dann bin ich bereit, dafür zu sterben. Ich kann mein Wesen nicht verleugnen!«, setzte er leidenschaftlich hinzu.

Leanne nickte. Sie fühlte so viele Dinge auf einmal, die sie nicht in Worte zu fassen vermochte. Auf der einen Seite bewunderte sie den Musiker für seinen Mut, auf der anderen Seite hatte sie furchtbare Angst um ihn. Wie sehr musste er Ralph lieben, wenn er dafür sogar den Tod in Kauf nahm?

Eine Weile saßen sie nur nebeneinander, schwiegen und hingen ihren schwermütigen Gedanken nach.

Plötzlich zerriss ein markerschütternder Schrei die abendliche Stille.

Leanne sprang erschrocken auf und hastete nach vorn, um einen Blick hinauf zur Festung zu werfen. Der Schrei musste aus einem der Fenster gedrungen sein. Eine dunkle Vorahnung, dass etwas Schreckliches geschehen war, erfasste sie.

Arnauds Gesicht spiegelte ihren eigenen Schreck wider.

Ohne sich absprechen zu müssen, hetzten die beiden ins Innere der Burg und erklommen die Stufen jener Treppe, die zu den Privatgemächern führte. Oben angekommen versuchten sie, die Quelle des Lärms auszumachen. Doch das Geschrei war verklungen. Stattdessen hallten Rufe und Gemurmel durch den Flur, auf dem sich mittlerweile eine Menschentraube gebildet hatte.

»Was ist passiert?«, fragte Leanne eine Dame mittleren Alters, die im Nachtgewand neben ihr stand.

»Angeblich ist ein Mann zu Tode gekommen«, erklärte die Frau hinter vorgehaltener Hand.

Leanne blickte sorgenvoll zu Arnaud, der, seiner Miene nach zu urteilen, das Gleiche dachte. Ein Toter, hier in Berwick? Dies war ein hochpolitisches Ereignis und die Wahrscheinlichkeit daher groß, dass es sich um einen Anschlag handelte.

Noch bevor Leanne sie sehen konnte, hörte sie die Ankunft der königlichen Garde, deren Waffen bei jedem Schritt klirrten. Sofort hielten die Soldaten die Menge dazu an, Platz zu machen. Auch Leanne trat rasch zur Seite und stellte sich auf die Zehenspitzen, um über die Köpfe der anderen hinwegblicken zu können. In ihrem Magen bildete sich ein Klumpen, als sie zwei Gardisten erspähte, die eine Bahre trugen, auf der eine leblose Gestalt lag.

Im nächsten Moment gaben ihre Beine unter ihr nach. Bei dem Toten handelte es sich um Luke Campbell. In seiner Brust steckte ein Messer.

»... daher gehen wir davon aus, dass es sich bei dem Mörder um einen Schotten handelt«, beendete Edward seine Rede und ließ den Blick bedeutungsvoll über seine Untertanen schweifen. Er sprach damit aus, was viele Menschen bereits aus dem Vorfall der letzten Nacht geschlossen hatten. Irgendjemand hatte Rache an Laird Campbell geübt, dafür, dass er die Seiten gewechselt hatte.

Leanne ließ den Kopf hängen. Sie wäre am liebsten gleich wieder zu Annabel zurückgekehrt, die sich seit gestern Abend in einem Zustand befand, welcher der Ohnmacht gleichkam. Kein einziges Wort hatte sie bisher gesprochen, sondern nur stumm an die Wand gestarrt. Nicht einmal ihr weinender Sohn hatte sie aus ihrer Starre holen können. Leanne vermutete, dass sie unter Schock stand. Nun, im Grunde taten sie das alle. Sie hatte in den letzten Stunden ebenfalls kein Auge zugetan. Tränen rannen ihr übers Gesicht, als sie Lukes Leiche wieder vor sich sah. In den letzten Tagen war er so fröhlich und zuversichtlich gewesen und hatte sich darauf gefreut, wieder nach Ardchonnel Castle und zu seinem Clan zurückzukehren, nun, da der Krieg vorbei war. Und dann hatten ihn seine Landsmänner auf so grausame Weise ermordet! Leanne zog die Nase hoch und floh aus dem Saal. Sie hielt es keine Minute länger hier aus.

Im Gemach der Campbells erwartete sie ein trauriges Bild. Annabel hatte sich auf der Bettstatt zusammengerollt. Ihre Augen waren geöffnet, der Ausdruck darin leer.

Wie erträgt sie es nur, sich in dem Raum aufzuhalten, in dem ihr Liebster den Tod gefunden hat?, fragte Leanne sich nicht zum ersten Mal und schauderte, als ihr Blick auf den dunklen Fleck auf den Holzdielen fiel.

In dem Zimmer befanden sich außerdem noch Neil Campbell und eine Dienstmagd, die Robert auf dem Arm hatte. Lukes Bruder sah nicht viel besser aus als Annabel. Er kauerte auf einem Stuhl am Fenster und kaute auf seinen Fingernägeln, sodass er viel jünger wirkte als er eigentlich war. Dunkle Schatten unter seinen Augen verrieten, wie sehr ihn der Tod seines Bruders mitnahm.

Leanne legte vorsichtig eine Hand auf seine Schulter. »Weißt du schon, wo man ihn bestatten wird?«

»Der König besteht darauf, dass er in Westminster begraben wird. Aus Respekt vor seinen Diensten für die englische Krone.« Er ließ den Kopf hängen. »Ich glaube, Luke wäre lieber bei Ardchonnel Castle bestattet worden.«

»Das kann ich nachvollziehen«, sagte Leanne mitfühlend. Wie tragisch, dass Luke selbst nach dem Tod noch unter Edwards Einfluss stand. »Dann sollten wir vermutlich bald aufbrechen«, fügte sie hinzu. Sonst würde der Leichnam bei der Hitze zu schnell verwesen. Aber das sprach sie natürlich nicht aus.

»Lieber würde ich hierbleiben, bis man den Schuldigen gefunden hat, damit ich ihm eigenhändig den Hals umdrehen kann.« Neil ballte die Hände zu Fäusten.

»Deinem Bruder wäre es sicher wichtiger, dass du dabei bist, wenn er zur letzten Ruhe gebettet wird«, versuchte Leanne, ihn zu beschwichtigen, ohne zu wissen, ob sie mit ihrer Aussage richtig lag.

Neil nickte langsam, dann fiel sein Blick auf Annabel, die noch immer regungslos auf dem Bett lag. »Könntest du dich um sie kümmern?«

»Natürlich. Ich packe rasch ihre Sachen zusammen, damit wir gegen Nachmittag aufbrechen können.«

Neil bedankte sich und ließ die Frauen alleine. Im gleichen Moment begann Robert zu weinen.

»Annabel!« Leanne streichelte ihren Arm. »Dein Sohn ist hungrig. Willst du ihm die Brust geben?«

Wieder zeigte die Angesprochene keine Reaktion. Kurzerhand nahm Leanne der Dienstmagd das Kind ab und hielt es ihrer Freundin direkt vor das Gesicht.

Robert streckte instinktiv die Hände nach seiner Mutter aus. Dies schien etwas in ihr zu bewegen. Annabel richtete sich stöhnend auf, als würde jeder Teil ihres Körpers schmerzen, und begann Robert zu stillen. Mit zitternden Fingern strich sie ihm über den Kopf. Eine Träne quoll aus ihrem Augenwinkel hervor und rollte ihre Wange hinab. Dann eine weitere. Schließlich schluchzte sie laut auf.

Leanne nahm ihr Robert ab und übergab ihn der Dienstmagd, die sich mit dem schreienden Kind entfernte.

»Ist schon gut«, murmelte sie, schloss ihre Arme um Annabels bebenden Leib und kämpfte gegen ihre eigenen Tränen an. »Wir fahren jetzt nach Hause.«

20

Westminster, September 1296

Der September zog ins Land, ohne dass sich Annabels Zustand wesentlich besserte. An einem kühlen Morgen, der den nahenden Herbst ankündigte, beschlossen Leanne und Neil, eine Amme für den kleinen Robert anzustellen, da Annabel mit ihrer Mutterrolle überfordert schien. Seit Lukes Tod zeigte sie kaum Interesse an ihrem Kind. Bei all dem Verständnis, das Leanne für die Trauernde aufbringen konnte, fragte sie sich, warum Annabel sich für ihren Sohn nicht wenigstens ein bisschen zusammenreißen konnte. Er war schließlich das Einzige, was ihr von dem Leben und der Zukunft, die sie sich mit Luke ausgemalt hatte, noch geblieben war.

Unterdessen hatte Leanne mit ihren eigenen Problemen zu kämpfen. Die Wunde an Edmunds Bein war wieder aufgerissen und quälte ihn mehr als je zuvor. Thomas Lancaster prahlte schon damit, dass er sie nach Mortimers Ableben zu seiner Mätresse machen würde – ein Grund mehr für sie, sich Sorgen um Edmunds Gesundheitszustand zu machen. Sollte er sterben, wäre sie ein Mündel des Königs, was bedeutete, dass Edward mit ihr verfahren konnte, wie es ihm beliebte.

Leanne war mit ihrem Wissen am Ende, sowohl was Annabels Gemüt als auch Mortimers Gesundheit betraf. Arnaud war der Einzige, dem sie ihre Sorgen anvertrauen konnte, daher war sie umso dankbarer, dass sie beide wieder offen miteinander redeten.

Sie glaubte, dass sich ihre Freundschaft seit dem Gespräch in Berwick sogar noch gefestigt hatte, obwohl sie danach nie wieder über Arnauds Neigung oder seine Beziehung zu Ralph Conteville gesprochen hatten.

An diesem Nachmittag zogen sich die beiden mit einem Krug Wein an eine Fensternische im Gesellschaftszimmer zurück. Wehmütig blickte Leanne zu den leeren Tischen, auf denen nur ein paar verstreute Karten darauf hinwiesen, dass hier gelegentlich gespielt wurde. Die Zeit, in der sie hier sorglose Stunden mit Velma, Annabel und Arnaud verbracht hatte, schien Jahre zurückzuliegen.

»Wünschst du dir den Krieg zurück?«, fragte Arnaud, der ihre Gedanken längst erraten hatte, und legte den Kopf schief.

»Ich kann nicht leugnen, dass diese Zeit wohl die glücklichste in meinem Leben war«, gab Leanne zu. »Und ehrlich gesagt, weiß ich nicht, wie es mit mir weitergehen soll.«

»Du meinst, weil Sir Mortimer ernsthaft krank ist?«

Sie nickte. »In all den Jahren habe ich nie darüber nachgedacht, was ich ohne ihn tun würde. Weil ich es nicht musste.« Leanne spielte mit dem Ende ihres geflochten Zopfs, wie so oft, wenn sie über etwas grübelte. »Mortimer bedeutet für mich Sicherheit, verstehst du? Durch ihn weiß ich, wo ich hingehöre.«

Arnaud setzte seinen Weinkelch ab und räusperte sich. »Darf ich dich etwas fragen?«

»Nur zu.«

»Wie alt warst du, als er dich an den Hof gebracht hat?«

»Fünfzehn, wieso?«

Arnaud lehnte sich vor und legte seine Hand auf ihre. »Leanne, du bist noch so jung und dazu wunderschön. Meinst du nicht, dass das Leben noch etwas anderes für dich bereithält? Es kann doch nicht sein, dass du dir wünschst, für immer die Mätresse eines betagten Barons zu sein.«

Leanne schluckte. Die Worte ihres Freundes hatten sie ohne Vorwarnung getroffen. »Ich habe mir einmal etwas gewünscht ...«

Sie dachte an Jeffrey Thorley und wie töricht sie gewesen war. »Du weißt ja, wie es ausgegangen ist.«

Arnaud zog die schwarzen Augenbrauen in die Höhe. »Du hast einmal den Fehler gemacht, einem hübschen Kerl mit falschen Versprechungen zu vertrauen. Ich bin sicher, du hast deine Lektion gelernt. Aber nicht alle Männer sind so wie Thorley.«

»Selbst wenn«, widersprach sie. »Du weißt genau, dass ich als Frau und Mündel des Königs keine freie Wahl hätte.«

»Je länger du dir das einredest, desto eher wird es eintreten!«

»Hast du mir nicht zugehört?«, schnaubte Leanne. Arnaud hatte leicht Reden. »Vielleicht verstehst du es einfach nicht!« Seine unbedarften Worte machten sie wütend und sie wollte schon davonlaufen, als seine Stimme sie zurückhielt.

»Weil ich ein Mann bin?«

Leanne seufzte und wandte sich ihm wieder zu. »Ja!«

»Du vergisst, dass auch ich nicht das Leben führe, das ich mir wünsche«, sagte er ruhig. »Ich bin auf deiner Seite.«

»Und dafür bin ich dir dankbar«, erwiderte Leanne, während ihr Ärger verrauchte.

»Ich hoffe einfach, dass du nicht den Mut verlierst.« Arnaud drückte ihre Hand. In diesem Moment hätte sie ihn am liebsten umarmt, doch das wäre unangebracht gewesen, hier in der Öffentlichkeit. Stattdessen nahm sie wieder auf der Fensterbank Platz.

»Wie geht es Annabel?«, fragte Arnaud nach einer Weile.

»Unverändert. Ich weiß nicht mehr, was ich tun soll. Sie spricht nicht, isst kaum etwas ...«

»Wer kümmert sich noch um sie außer dir?«

»Eigentlich nur Bethia, ihre Dienstmagd. Es gibt natürlich noch die Amme für Robert. Und Neil, Lukes Bruder, aber er besucht sie nicht allzu oft. Ich kann es ihm nicht verdenken. Vermutlich wollte er längst zu seinem Clan zurückkehren. Nun hält ihn die Sache mit Annabel hier. Ich habe wirklich keine Ahnung, wie es mit ihr weitergehen soll.«

»Vielleicht würde es ihr helfen, alte Freunde wiederzusehen?«, überlegte Arnaud.

Leanne zuckte mit den Schultern. »Ich glaube nicht, dass sie hier am Hof echte Freundschaften geschlossen hat.«

»Was ist mit Velma? Die beiden kannten sich gut, oder nicht?«

»Velma? Daran habe ich gar nicht gedacht! Das ist eine wunderbare Idee!«, lobte sie seinen Vorschlag. »Aber wie bekommen wir sie dazu, uns im Palast zu besuchen?«

»Ich überlege mir etwas«, sprach Arnaud zuversichtlich und zwirbelte seine Bartspitzen zwischen den Fingern.

»Danke, Arnaud!« Nun fiel Leanne ihm doch um den Hals.

Die abendlichen Bankette wurden für Leanne zur Qual. Nach außen hin gab sie sich charmant wie eh und je, machte Konversation mit den Höflingen und ließ sich zum Tanz auffordern. Indes weilten ihre Gedanken bei den Geschehnissen von Berwick, bei Annabel und Mortimer.

Auch heute musste sie sich zwingen, höflich zu lächeln, während sich die Hofdamen über oberflächliche Themen austauschten, nach denen ihr im Moment einfach nicht der Sinn stand. Während sie vorgab, der Geschichte Lady Allertons aufmerksam zu folgen, schweiften ihre Gedanken zu Velma ab. Ob es Arnauds Boten gelungen war, sie ausfindig zu machen? Und würde Annabel sie überhaupt wiedererkennen? Sie wirkte stets so abwesend ...

»Wollt Ihr dem Herrn etwa den Tanz verweigern?« Lady Allerton stieß Leanne mit dem Ellbogen in die Seite und hob ihre Augenbrauen vielsagend in die Höhe. Leanne errötete. Sie hatte natürlich überhaupt nicht zugehört, geschweige denn bemerkt, dass sie zum Tanz aufgefordert worden war. Sie fuhr herum und starrte geradewegs in ein Paar grüne Augen, denen es stets gelang, ihr im Handumdrehen eine Gänsehaut über den Rücken zu jagen.

»Earl Lancaster!«, entfuhr es ihr, nachdem sie sich halbwegs gefangen hatte. Da ihr die vielen Augenpaare, die auf sie beide gerichtet waren, nur allzu bewusst waren, hielt sie ihm galant die Hand hin. Thomas Lancaster zog sie stürmisch an sich und mischte sich mit ihr unter die Tanzenden.

»Was wollt Ihr von mir?«, fauchte Leanne an seinem Ohr, als die beiden sich bei einer Drehkombination näherkamen.

»Du weißt gar nicht, wie sehr mich dein Temperament reizt«, gab Thomas grinsend zurück, ohne auf ihre Frage einzugehen.

Er zog sie noch enger an sich und legte seine Hände besitzergreifend um ihre Taille. Obwohl Leanne es tunlichst vermied, ihm nahezukommen, drang sein Geruch in ihre Nase und seine Bartstoppeln streiften immer wieder über ihre Stirn.

»Seid Ihr wahnsinnig? Ihr könnt mich nicht vor aller Augen so unsittlich berühren!« Sie versuchte erfolglos, sich aus seinem starren Griff zu befreien.

»Warum nicht? Die anderen können sich ruhig schon einmal an diesen Anblick gewöhnen.«

Leannes Kopf fühlte sich plötzlich blutleer an und die Musik im Hintergrund verschwamm zu einem undeutlichen Rauschen.

»Ganz recht!« Thomas fuhr mit dem Zeigefinger unter ihr Kinn und zwang sie, ihn anzusehen. »Ich habe gute Neuigkeiten. Der König ist damit einverstanden, dich mir nach Mortimers Tod zu überlassen.« Der lüsterne Ausdruck in seinen Augen verursachte ihr Übelkeit.

Sie blickte zur Seite und visierte den König an, der an der Spitze der Tafel in seinem prächtigen Lehnstuhl saß. Edward hatte ihren Blick bemerkt. Ohne die Miene zu verziehen, hob er seinen Kelch und prostete Leanne über die Ferne zu.

Dieser Teufel! Am liebsten hätte sie ihm ins Gesicht gespuckt. Wie er dort selbstgefällig thronte und vermutlich noch dachte, dass er ihr einen Gefallen tat, indem er die mittellose Mätresse an einen jungen Earl verschacherte. Oh, wie er sich täuschte!

»Wie geschmacklos von Euch, über solche Dinge zu sprechen, obwohl Sir Mortimer noch unter den Lebenden weilt!«, warf sie Lancaster an den Kopf.

»Ich bitte Euch«, erwiderte Thomas lässig. »Der Baron liegt doch bereits im Sterbebett.«

Leanne hatte Mühe, die Tränen zurückzuhalten, die seine gefühllosen Worte in ihr auslösten. Es kam ihr wie eine Ewigkeit vor, bis die Musik endlich verklang und sie vor Lancaster fliehen konnte. Sie benötigte den gesamten Weg vom Festsaal bis zu Mortimers Gemach, um sich zu beruhigen. Energisch wischte sie sich die Spuren ihrer Verzweiflung aus dem Gesicht. Edmund sollte auf keinen Fall merken, wie schlecht es ihr ging. Er litt auch so schon genug.

Beinahe geräuschlos trat Leanne in seine Kammer. Wie bei ihren letzten Besuchen schlug ihr augenblicklich ein abstoßender Geruch entgegen: eine Mischung aus Schweiß, Fäulnis und Tod.

Thomas hat recht, schoss es ihr durch den Kopf. Mortimers Tage waren gezählt.

Langsam ging sie auf den Mann zu, der sie vor so vielen Jahren nach Westminster gebracht hatte. Er war bei Bewusstsein und versuchte, die Hand zu heben, brachte allerdings nur ein kaum merkliches Zucken zustande.

»Meine Rose ...« Edmunds Stimme war nicht mehr als ein Flüstern.

Leanne umschloss seine Hand mit der ihren. »Ich bin hier.«

»Es dauert nicht mehr lange«, sprach Mortimer heiser. »Ich kann es spüren.«

Leanne schlug die Augen nieder. Es hatte keinen Sinn, ihm zu widersprechen. »Bald wird es dir besser gehen«, sagte sie daher und hoffte, es klang tröstlich. »Bald bist du bei deinem Erlöser.«

Edmund verzog die Mundwinkel. »Da bin ich mir nicht sicher. Ich habe so viele Fehler begangen ... gesündigt.« Er wurde von einem Hustenanfall unterbrochen.

»Nicht doch!« Leanne tauchte einen Lappen in die Waschschüssel und presste ihn auf seine erhitzte Stirn.

»Besonders wegen dir mache ich mir Vorwürfe«, gestand Mortimer krächzend. »Ich war nicht immer gut zu dir, meine Rose.«

Seine Augen blickten so gequält zu ihr auf, dass Leanne die Tränen nicht mehr zurückhalten konnte. »Ich vergebe dir«, brachte sie mit bebenden Lippen hervor und ließ sich schluchzend auf das Laken sinken.

Im selben Moment ging die Tür mit einem Krachen auf.

»Hinaus!«, rief eine fremde Stimme, aber Leanne fehlte die Kraft, sich zu bewegen.

»Du sollst verschwinden!«

Sie wurde an den Schultern gepackt und rücklings zu Boden geworfen. Verwirrt richtete sie sich auf und versuchte, im spärlichen Licht etwas zu erkennen. Dann machte sie die Umrisse einer edel gekleideten Frau aus, die sich wütend vor ihr aufgebaut hatte.

»Margaret!«, hörte Leanne leise vom Bett aus und doch deutlich genug, dass ihr sofort klar war, mit wem sie es hier zu tun hatte.

»Lass mich jetzt alleine mit meinem Gemahl!«, fuhr die Frau sie an.

Leanne kam hastig auf die Beine und wies mit dem Kinn auf den sterbenskranken Baron. »Es geht ihm nicht gut, er hat Schmerzen.«

»Denkst du, ich weiß das nicht?« Margaret Mortimer funkelte sie zornig an. Sie schien keine Skrupel zu haben, ein weiteres Mal handgreiflich zu werden.

»Ihr solltet ihn nicht so aufregen«, sagte Leanne noch, dann floh sie aus dem Zimmer.

»Du siehst furchtbar aus!«

Nicht einmal Velmas Direktheit konnte Leanne heute zum Lächeln bringen.

»Es tut so gut, dich zu sehen!« Sie fiel Velma um den Hals. »Ich weiß nicht, wie Arnaud es geschafft hat, aber ich bin ihm unglaublich dankbar.«

Velma nickte. »Hat ihn sicher ein stattliches Sümmchen gekostet, mit dem Boten und der Zahlung an meinen Dienstherrn, damit ich heute freibekomme.«

Leanne löste sich aus der Umarmung. »Wie geht es dir?«

»Gilbert und mir geht es gut. Wir wohnen im Moment noch im Haus seiner Familie, aber in ein paar Wochen können wir unser eigenes Heim beziehen«, sagte sie freudig. Dann verdunkelten sich ihre Züge. »Aber erzähl mir lieber, was mit Annabel los ist! Steht es wirklich so schlecht um sie?«

Leanne nickte traurig. Auf dem Weg zu Annabels Gemach berichtete sie Velma alles, angefangen bei den Geschehnissen von Berwick, über Lukes Begräbnis und verschwieg auch nicht, dass Annabels Lebenswillen gebrochen schien.

»Vielleicht wird dein Anblick sie ein wenig aufmuntern«, meinte sie hoffnungsvoll, als die beiden vor der Tür angelangt waren.

Velma gelang es jedoch nicht, ihre Skepsis zu verbergen.

Leanne ließ die Schultern hängen. »Wir können natürlich keine Wunder erwarten, aber bitte ...« Sie legte Velma eine Hand auf den Arm. »Bitte versuch es. Ich weiß sonst nicht mehr weiter.«

Velma nickte mit ernster Miene und klopfte vorsichtig an. Nach einem Moment des Zögerns traten beide ein.

»Annabel, sieh nur, wer heute gekommen ist.« Leanne sprach leise, damit Annabel sich nicht erschreckte.

Die Angesprochene gab keine Reaktion von sich. Wie immer saß sie auf dem Lehnstuhl vor dem Fenster und starrte hinaus, ohne etwas Bestimmtes zu beobachten. Ihre dunklen Locken hingen ihr schlaff ins Gesicht und ließen ihre Züge noch schmaler wirken als früher.

»Annabel«, sagte Velma schlicht und ging neben der Freundin auf die Knie. »Erinnerst du dich an mich?«

Endlich drehte Annabel ihren Kopf. »Velma.« Ihre Stimme war nur ein Krächzen.

Leanne jubelte innerlich. Immerhin hatte sie die Freundin erkannt.

»Ja.« Velma griff vorsichtig nach ihrer Hand. »Ich bin heute aus der Stadt gekommen.«

»Aus der Stadt«, wiederholte Annabel langsam, als würde sie den Inhalt dieser Worte nicht begreifen. Dann verzog sich ihr Gesicht zu einer Grimasse. »Mein Sohn!«, schrie sie und ihre Hände gruben sich ohne Vorwarnung in Velmas Schultern.

»Robert ist bei Bethia!«, rief Leanne panisch. »Ich kann ihn sofort holen, wenn du möchtest!«

Annabels Hände ließen mit einem Mal von Velma ab.

Diese war leichenblass. Annabels Anfall hatte sie vollkommen verschreckt. Dann nickte Annabel und Leanne atmete schon auf, doch die friedliche Stimmung währte nicht lange. Wie aus dem Nichts begann Annabel zu schluchzen. Die Laute, die sie von sich gab, waren so schrecklich, dass Leanne sich am liebsten die Hände auf die Ohren gepresst hätte. Sie erinnerten sie auf erschreckende Weise an ein verletztes Tier.

Erst als Leanne Robert wenig später seiner Mutter überreichte, löste sich Annabels Weinkrampf ein wenig.

»Ein gutes Zeichen«, flüsterte Leanne Velma zu. »Manchmal reagiert sie kaum auf ihr eigenes Kind.«

Velma sah besorgt zu Annabel, die ihren Sohn in den Armen wiegte. Bethia nickte den beiden zu und vermittelte ihnen, dass sie ein Auge auf Annabel haben würde. Erleichtert verließen die Frauen den Raum.

Draußen stieß Velma den Atem aus. »Ich hätte nicht gedacht, dass es so schlimm ist.«

»Wer weiß, ob sie sich jemals wieder erholen wird«, zweifelte Leanne. »Und was soll mit Robert geschehen? Er hat schon seinen Vater verloren und seine Mutter ist womöglich ...« Sie wagte nicht, es auszusprechen.

»Du meinst ... wahnsinnig?«, flüsterte Velma.

»Lass uns einen ruhigeren Ort finden«, sagte Leanne schnell und blickte ängstlich um sich. Ihre Unterhaltung war nicht für fremde Ohren bestimmt.

Natürlich fiel die Wahl auf den Kräutergarten, den Leanne noch bis vor Kurzem gemieden hatte. Inzwischen waren ihre Sorgen jedoch so groß, dass die Sache mit Jeffrey Thorley dagegen lächerlich unbedeutend erschien.

»Du meinst also, Annabel ist wahnsinnig geworden?«, wiederholte Velma, als sie unter freiem Himmel waren.

»Ich weiß nicht.« Leanne raufte sich die Haare. »Jedenfalls ist sie nicht mehr sie selbst.«

»Da hast du recht. Ich habe sie kaum wiedererkannt. Sie war immer so zuversichtlich und hoffnungsvoll, höflich und freundlich ...«

»Der Hof ist kein guter Ort für sie. Sicher gibt es hier zu viele Erinnerungen an Luke.«

»Ich glaube, es ist ein gebrochenes Herz, an dem sie leidet.«

»Natürlich!«, schnaubte Leanne. »Aber wie kann sie derartig zusammenbrechen? Sie ist schließlich nicht die einzige junge Witwe in diesem Land.«

Velma faltete die Hände vor der Brust. »Vielleicht wirst du es eines Tages verstehen.«

Leanne überging ihre Bemerkung. »Jedenfalls ist Annabel hier nicht sicher. Du weißt, was passiert, wenn die Kirche sie für wahnsinnig erklärt.«

»Sie würden es als selbstverschuldet darstellen, als gerechte Strafe für ihre eigene Unmoral.«

Ihnen war beiden klar, dass Annabel diesbezüglich schlechte Karten hatte, schließlich hatte sie mit Luke Campbell in Sünde gelebt. Plötzlich fielen Leanne die Worte ein, die sie Annabel damals an den Kopf geworfen hatte. *Ihr stürzt euch beide ins Unglück.* Mit einem Mal wurde ihr eiskalt.

»Was ist? Du bist ja schneeweiß!« Velmas haselnussbraune Augen waren vor Sorge geweitet.

»Ich habe mich nur an etwas erinnert«, murmelte Leanne und zwang sich, den schrecklichen Satz, der in ihrem Kopf herumspukte, zu verdrängen. »Hör zu, Velma. Es gibt noch einen anderen Grund, weshalb ich dich bat, heute zu kommen. Ich muss Westminster verlassen.«

»Du gehst fort?!«

»Nicht so laut!«, zischte Leanne. Sie erzählte ihr von Mortimers Zustand und dass seine Gemahlin ihr verboten hatte, ihn zu besuchen; berichtete von Thomas Lancaster und was ihr bevorstand, wenn sie nichts unternahm. »Verstehst du? Ich *muss* verschwinden. Jeder weitere Tag könnte zu spät sein.«

Velma wirkte schockiert. »Wie willst du das anstellen? Ich erinnere mich, dass du es damals erfolglos versucht hast.«

»Das stimmt.« Leanne atmete tief durch. »Aber ich bin nicht mehr die gleiche wie damals. Ich kann es schaffen! Allerdings brauche ich deine Hilfe. Du musst jemanden finden, der morgen gen Norden fährt und mich eine gute Strecke mitnehmen kann. Einen Händler zum Beispiel. Ich warte im Morgengrauen an der zweiten Wegkreuzung in Stadtrichtung.«

Velma schlug die Hände über dem Kopf zusammen. »Wie soll ich das bis morgen alles planen? Was ist, wenn niemand Richtung Norden fährt?«

»Wir sind in London. Du wirst jemanden finden«, sagte Leanne bestimmt und zog eine pralle Geldkatze hervor. »Die hier wird sicherlich ihr Übriges tun.«

Velmas Augen fixierten den samtenen Beutel. »Ich weiß nicht ... Ich kann nicht ... Was, wenn etwas schief läuft?«

»Das darf nicht passieren. Wähle jemanden, der dir vertrauenswürdig erscheint.«

»Ich versuche mein Bestes«, sagte Velma gequält. »Wo willst du überhaupt hin?«

Leannes Augen verengten sich vor Entschlossenheit. »Zu meiner Familie.«

21

Der Wind zog an ihrem Umhang und die Nässe des Laubs drang durch ihre Schuhsohlen, doch Leanne nahm davon kaum Notiz. Alles, worauf sie sich konzentrieren konnte, war das wilde Pochen ihres Herzens und die unbelebte Straße vor ihren Augen. Es war ihr gelungen, unbemerkt durch die Palastmauern zu schlüpfen. So wie damals, als Velma sie durch den Dienstboteneingang geschmuggelt hatte. Leanne schüttelte sich beim Gedanken an ihren ersten Fluchtversuch. An die Verzweiflung, die sie erfasst hatte, als sie sich im Wald verirrt hatte. Dass sie damals beinahe erfroren wäre.

Nein. Dieses Mal würde sie es schaffen. Sie war kein Mädchen von fünfzehn Jahren mehr, das orientierungslos durch die nächtlichen Straßen und den Wald irrte. Sie war erwachsen und hatte einen Plan. Und sie trug einen Beutel mit kostbarem Schmuck und reichlich Geld bei sich.

Wenn nur der Wagen endlich auftauchen würde!

Sie kniff die Augen zusammen und starrte auf die Wegkreuzung, auf der zu dieser Stunde kaum Menschen unterwegs waren. Die Sonne hatte sich noch nicht über den Horizont geschoben und die Sicht war trüb und grau. Dennoch zog Leanne sich die Gugelhaube tiefer ins Gesicht. Velma hatte ihr mehr als einmal eingetrichtert, dass sie ihr auffälliges Haar verbergen musste, weil es in der Dunkelheit so hell leuchtete.

Mit jeder Minute, die sie im Unterholz wartete, wuchs Leannes Nervosität. War es Velma gelungen, einen vertrauenswürdigen Händler zu finden? Was, wenn der Unbekannte einfach mit den Silbermünzen verschwunden war? Welche Garantie hatte sie, dass hier wirklich jemand auftauchen würde? Auf einmal erschien Leanne ihre Idee viel riskanter als gestern. Oder war es nur ihre Erschöpfung, die sie so furchtsam machte?

Sie sah sich schon zu Fuß am Wegesrand laufen – so wie vor ein paar Jahren – als sich ein Karren, gezogen von zwei Pferden, der Kreuzung näherte. Soweit sie erkennen konnte, befanden sich auf der Ladefläche ein paar Fässer. Der Wagen hielt in einiger Entfernung und Leanne erhaschte einen Blick auf den Mann, der die Zügel führte. Er trug einen dunklen Filzhut mit Krempe, der sein Gesicht zum größten Teil verbarg, aber er mochte wohl um die vierzig Jahre alt sein. Der Mann ließ seinen Blick herumschweifen, als suche er die Umgebung ab. Das musste der Händler sein.

Sie gab sich einen Ruck und machte einen Schritt vorwärts, wobei ihr auffiel, dass der Fremde nicht alleine war. Eine zweite Gestalt, die zuvor von ihm verdeckt worden war, löste sich aus seinem Schatten. Leanne lächelte breit und rannte los.

»Velma! Du bist auch gekommen!«

Ihre Freundin stieß einen überraschten Schrei aus und sprang vom Wagen. Leanne schloss sie in die Arme. Dann ging ihr Blick neugierig zu dem Unbekannten.

»Das ist Ramon«, raunte Velma ihr zu. »Er ist ein entfernter Cousin von Gilbert und man hat mir versichert, dass er ein anständiger Kerl sei.«

Leanne nickte erleichtert und grüßte den Händler, der daraufhin nur irgendetwas vor sich hinbrummte.

»Ich hole nur schnell meinen Beutel, den ich dort hinten im Laub versteckt habe.«

»Ich komme mit«, meinte Velma und half ihr beim Tragen.

»Warum hast du Ramon begleitet?«, fragte Leanne auf dem Rückweg zum Karren. »Wirst du nicht irgendwo gebraucht?«

»Ich bin rechtzeitig wieder in der Stadt, wenn ihr mich ein Stück mitnehmt. Und obwohl ich ihm vertraue, musste ich mich einfach vergewissern, dass alles klappt.«

»Danke, aber das wäre doch nicht nötig gewesen«, sagte Leanne gerührt. In Wahrheit war sie jedoch überaus froh, dass Velma sie noch ein wenig begleitete.

Die Frauen warfen den Beutel auf die Ladefläche und nahmen daneben Platz.

»Wir sind bereit«, rief Velma Ramon zu und griff nach Leannes Hand. Der Händler nickte und wendete den Wagen auf der menschenleeren Straße, die nach London führte.

Irgendwann war der Moment des Abschieds gekommen.

»Hier musst du uns verlassen, Velma«, sprach Ramon und zügelte die Pferde.

Leannes Magen verkrampfte sich augenblicklich. »Danke nochmal, für *alles*.« Sie zog ihre Freundin in eine letzte Umarmung.

Velma sah sie eindringlich an. »Möge Gott dich beschützen, Leanne!« Mit diesen Worten verabschiedete sie sich und sprang vom Wagen, woraufhin Ramon die Pferde antrieb. Leanne blickte ihrer Freundin noch lange nach, bis deren Gestalt am Horizont verschwand.

Kurz nachdem sie London hinter sich gelassen hatten, fragte Leanne ihren Begleiter, mit welchen Waren er handle. Es stellte sich heraus, dass in den Fässern Salz lagerte, das er im Norden verkaufen und gegen Schafswolle eintauschen wollte. Leanne war erstaunt. Salz war ein äußerst kostbares Gut und es wunderte sie, dass Ramon den Transport der Fässer ganz alleine übernahm. Dieser antwortete auf ihr Nachfragen nur schulterzuckend und meinte, er wisse schon sich zu verteidigen.

Abgesehen davon sprach der Händler die ganze Fahrt über nicht viel, was Leanne nur recht war. Sie war nicht in der Stimmung für Konversation. Während der Weg vor ihnen zum Leben erwachte und die herbstliche Landschaft an ihnen vorbeiflog, drehten sich ihre Gedanken immer wieder im Kreis. Genauer gesagt um Mortimer und Annabel. Sie fühlte sich schrecklich schuldig, weil sie ihre hilfsbedürftige Freundin im Stich gelassen hatte. Auch ihre Bitte an Arnaud, ab und zu nach Annabel zu sehen, konnte ihre Sorge nicht mildern. Leanne rieb sich die Schläfen. In diesem Zustand sollte Annabel einfach nicht am Hof sein. Es war weder für die Trauernde noch für den kleinen Robert ein guter Ort.

Sie hatte ihre Freundin zurücklassen müssen, um sich selbst zu retten. Noch immer lief ihr ein kalter Schauer über den Rücken, wenn sie an Lancasters Drohung dachte. Das Auftauchen von Margaret Mortimer hatte ihr schließlich vor Augen geführt, dass sie nicht so weitermachen konnte wie bisher. Sich nicht mehr einreden konnte, dass Edmund doch noch genesen würde.

Wehmütig betrachtete sie den silbernen Ring an ihrem Finger, den Mortimer ihr vor ein paar Monaten geschenkt hatte. Sie hatte sich nicht einmal von ihm verabschieden können. Und das nach all den Jahren, die sie an seiner Seite verbracht hatte. Obwohl sie ihre Rolle als Mätresse des Barons oft verflucht hatte, war es schmerzvoll gewesen, ihn am Ende derartig leiden zu sehen.

Und dennoch fühlte sie sich neben all diesen Dingen ... erleichtert. Leanne atmete tief durch und ließ den Anblick der lieblichen Landschaft auf sich wirken. Sie hatte kaum noch Erinnerungen an die Reise, die sie vor ein paar Jahren von Dennmoral aus bis nach Westminster geführt hatte. Damals war sie zu Tode verängstigt gewesen und hatte der Strecke kaum Beachtung beschenkt. Sie schloss die Augen und versuchte, sich die Gesichter ihrer Eltern und ihrer Geschwister vorzustellen. Wie alt mussten Will, Alwin und die Zwillinge mittlerweile sein? Will war nun sicher schon im Mannesalter, die Mädchen etwa so alt wie sie selbst bei ihrer Abreise und Alwin, der musste etwa sechs Winter zählen.

Leanne malte sich das Lächeln auf ihren Gesichtern aus, wenn sie alle in Dennmoral überraschte. Welche Augen würden sie wohl machen, wenn sie ihnen die Geschenke überreichte – Silbermünzen und ihren Schmuck aus Westminster. Für Will hatte sie etwas Besonderes dabei: Ein schmales Messer mit ungewöhnlichen Gravuren am Schaft, das sie zu ihrem eigenen Schutz während der Reise an ihrem Gürtel befestigt hatte. Ihr Magen rumorte vor Aufregung, wenn sie daran dachte, dass sie schon in Kürze wieder mit ihrer Familie vereint sein würde.

Am Morgen des vierten Tages setzte Ramon sie an einer Wegkreuzung ab. Leanne fühlte sich hundemüde und stieg mit wackeligen Beinen vom Wagen. In den letzten Nächten, die sie in mehr oder weniger gepflegten Gastwirtschaften verbracht hatten, war sie kaum zum Schlafen gekommen. Einerseits aus Nervosität vor der Begegnung mit ihrer Familie, anderseits, weil sich die Schlafsituation alles andere als komfortabel gestaltet hatte. Ramon hatte stets draußen bei seinem Wagen geschlafen, während sie sich zu den anderen Gästen in die überfüllten Wirtshäuser gesellt hatte, die im Sommer hoffnungslos überlaufen waren. Statt mit einem Bett hatte sie mit Strohsäcken voller Flöhe als Schlafstatt vorliebnehmen müssen. Allein bei der Erinnerung an das piksende Stroh überkam sie ein Jucken und sie musste sich eingestehen, dass sie sich sehr an die höfische Lebensweise gewöhnt hatte.

Nach einer kurzen Verabschiedung von dem Salzhändler machte sie sich zu Fuß in Richtung Dennmoral auf. Der Beutel mit ihren Habseligkeiten wog schon nach wenigen Schritten schwer auf ihren Schultern und Leanne hoffte, dass die Wegbeschreibung des Wirtes von letzter Nacht stimmte und sie ab hier tatsächlich nur etwa eine

Stunde geradeaus gehen musste. Gleichzeitig war sie froh über die Zeit, die ihr vor der Ankunft in Dennmoral blieb. So konnte sie sich in Ruhe die Worte zurechtlegen, die sie ihrer Familie sagen würde, denn diese Frage hatte sie schon die ganze Reise über beschäftigt.

Die Sonne schien klar und beinahe warm an diesem Morgen und ließ die Landschaft jenseits der staubigen Straße in sattem Grün leuchten. Auf ihrem Weg kam Leanne an ein paar Siedlungen vorbei. Bescheidene Hütten reihten sich an Ställe und eingezäunte Viehweiden. Der Krieg hatte auch hier seine Spuren hinterlassen. Die ohnehin schon verarmte Gegend hatte Edwards Steuererhöhung vermutlich besonders hart getroffen. Leanne begegnete nur wenigen Menschen und diejenigen, die sich nach der alleinreisenden Frau umdrehten, wirkten ausgelaugt und erschöpft. Es war das Gesicht der Hoffnungslosigkeit, das ihr von früher nur allzu gut bekannt war.

Als sich die Silhouette Dennmorals am Horizont abzeichnete, sank Leanne vor Erleichterung auf den Boden. Sie hatte es tatsächlich geschafft! Vorfreudig ließ sie ihren Blick über die vertraute Umgebung schweifen. Dort hinten reckte sich der hölzerne Kirchturm in die Höhe, etwas weiter rechts stieg schwarzer Rauch in den Himmel – vermutlich hatte der Schmied gerade seine Arbeit aufgenommen. Der Anblick ihrer Heimat gab Leanne neue Energie und so legte sie die letzte Strecke bis zur Siedlung in schnellem Tempo zurück.

Jedoch wurden ihre Schritte immer zögerlicher je näher sie der Straße kam, in der sich ihr Elternhaus befand. Es fühlte sich so unwirklich an, wieder hier zu sein. Aus einer alten Gewohnheit heraus warf Leanne einen Blick zu Gildas Kate, konnte die alte Frau allerdings nirgendwo entdecken. *Nicht weiter schlimm*, überlegte sie. Sie würde Gilda später einen Besuch abstatten, denn zuerst musste sie Will und die anderen sehen.

Mit klopfendem Herzen näherte Leanne sich ihrem Elternhaus. Sie vernahm ein verräterisches Gackern, welches von der Hausrückseite zu ihr drang, und musste lächeln. Offensichtlich hatten sich ihre Eltern ein paar Hühner zugelegt. Das bedeutete, dass es der Familie einigermaßen gut ging.

Sie stockte in der Bewegung, da sie hörte, dass sich Schritte von hinten näherten. Leanne wandte sich um und erstarrte. In kurzer Entfernung zu ihr stand ein Mann, der sie beinahe um einen Kopf überragte. Seine Figur war kräftig und ließ darauf schließen, dass er schwerer körperlicher Arbeit nachging. Einige Strähnen seines dunkelblonden Haars fielen ihm in die Stirn und über seine hellblauen Augen, die Leanne so vertraut und doch fremd waren.

»Will?« Der Name blieb ihr beinahe im Hals stecken. So lange hatte sie ihn nicht mehr ausgesprochen.

Die Augen ihres Bruders waren vor Schreck geweitet, abgesehen davon blieb seine Miene unbewegt. Was mochte ihm durch den Kopf gehen? Eine Weile starrten sich die Geschwister nur an.

»Du bist so groß geworden«, sagte Leanne leise. »Du bist zum Mann geworden.« Sie ging auf ihn zu und legte eine Hand an seine Wange. *Bartstoppeln*, erkannte sie überrascht.

Will zuckte unter ihrer Berührung zusammen. »Anne«, kam es krächzend aus seiner Kehle. Er schien seine Stimme ebenso wenig unter Kontrolle zu haben wie sie. Schließlich schlug er ihre Hand weg und kniff die Augenbrauen zusammen. »Was willst du hier?«

Leanne keuchte auf. *Was willst du hier?* War das alles, was er zu sagen hatte? Sie räusperte sich. »Ich ... ich komme wieder zurück.«

»Das wirst du nicht!« Will raufte sich die Haare. »Du kannst nicht einfach hier aufkreuzen und denken, dass du wieder Teil der Familie bist.«

Leanne erschrak. Was war nur in ihren Bruder gefahren? »Aber ich *bin* Teil dieser Familie!« Hilflos warf sie die Hände in die Luft und ließ ihren Beutel dabei zu Boden fallen. »Nur weil man mich damals fortbrachte, heißt das doch nicht ...«

»Du hast uns im Stich gelassen!«, unterbrach er sie schroff. »Und dich von dem alten Geldsack durchfüttern lassen, während wir hier ums Überleben kämpften. Vater hat es mir erzählt.« Seine Augen drückten eine solche Feindseligkeit aus, dass Leanne intuitiv einen Schritt zurückwich.

»Vater ... hat *was*?«, stotterte sie und sah irritiert in Richtung der Hütte. »Wo ist er?«, fragte sie mit etwas festerer Stimme. Sie musste diesen Irrtum unbedingt aufklären.

»Du kannst lange nach ihm suchen«, fuhr Will sie an. »Er ist tot. Unsere Eltern sind tot, Anne!«

»Was!?« Leanne schwindelte. »Wie?«

»Ein Fieber. Vor ein paar Jahren schon.« Er ließ die Schultern sinken und erinnerte sie plötzlich deutlich mehr an den Jungen, der er früher einmal gewesen war.

»Und du hast dich ganz alleine um die anderen gekümmert?«, erkannte Leanne bestürzt.

»Was hätte ich sonst tun sollen? Du warst schließlich nicht da.«

Leannes Augen füllten sich mit Tränen. »Ich wusste doch nicht ... ich konnte nicht!«, brachte sie unter Schluchzern hervor. Sie presste sich die Hand vor den Mund und sah zu dem Haus, in dessen Türrahmen sich zwei Gestalten drängten. *Die Zwillinge!* Ihre Schwestern starrten stumm zurück, bewegten sich jedoch nicht von der Stelle. Neben ihnen schob sich der blonde Schopf eines kleinen Jungen vorbei. Das musste Alwin sein.

»Bitte lass mich dir helfen, Will!« Leanne machte einen Schritt auf ihn zu, aber er wich zurück.

»Ich will deine Hilfe nicht! Nicht nach all den Jahren, in denen wir dich so dringend gebraucht hätten.« Er wirkte so verzweifelt und wütend zugleich, dass Leanne sich mit einem Mal schuldig fühlte.

»Bitte, Will!«, flehte sie und wies mit dem Kinn auf ihre Geschwister. »Für die anderen.«

»Wir kommen alleine zurecht.« Er ließ sich nicht umstimmen und befahl Alwin, der sich neugierig heranschlich, im Haus zu bleiben. Dann musterte er sie abschätzig. »Was ist überhaupt mit dir passiert? Hast du es dir mit deinem reichen Herrn verscherzt?« Seine Worte waren so schmerzhaft, dass Leanne glaubte, ein Messer würde sich in ihre Brust bohren. Ohne sie noch eines Blickes zu würdigen, ging er zum Haus.

»Will.« Leanne musste all ihre Kraft zusammennehmen, um überhaupt noch etwas über die Lippen zu bringen. »Will!« Sie eilte ihm nach und kramte mit einer Hand in ihrem Beutel. »Wenn ich euch nicht helfen kann, dann nimm wenigstens das hier!« Sie zog eine silberne Halskette hervor, an der ein Edelstein von beachtlichem Wert befestigt war.

Ihr Bruder starrte ausdruckslos auf das Schmuckstück. »Wir brauchen deine Almosen nicht, Anne. Und jetzt verschwinde!« Mit diesen Worten schlug er ihr die Tür vor der Nase zu.

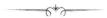

Leanne streifte durch Dennmoral und fühlte sich dabei wie in einem Traum. Die Umgebung weckte Erinnerungen an früher. Bei dem Marktstand dort vorne hatte sie mit Emma und Janet oft Gemüse gekauft. Daneben war die Weberei, wo sie sich um eine Anstellung bemüht hatte. Sie kam an der Schenke vorbei, wo ihr Vater manchmal bis zur Besinnungslosigkeit getrunken hatte. Im Zentrum der Siedlung befand sich die Kirche, wo sie sonntags zusammen mit ihrer Mutter hingegangen waren, bis diese selbst für den Besuch der Messe zu schwach gewesen war. Leanne sog die Eindrücke um sich herum auf, verabschiedete sich sorgfältig von dem Ort, der ihre Jugend zuletzt geprägt hatte.

Wie selbstverständlich trugen ihre Füße sie zum Fluss. Sie ließ ihren Beutel auf den sandigen Grund des Ufers fallen. Ihre Augen folgten der Wasserströmung des Silent Creek, der sich auch heute in gemächlichem Tempo durch die spätsommerliche Landschaft schlängelte. Doch sie wusste, dass die sanfte Strömung trügerisch war. In der Mitte war der Fluss erstaunlich tief und so manch unvorsichtige Bewohner hatte hier schon seinen Tod gefunden. Viele Eltern verboten ihren Kindern deshalb, am Silent Creek zu spielen.

Wäre Leanne heute aus einem anderen Grund hier gewesen, hätte ihre Aufmerksamkeit vielleicht der friedlichen Stimmung der Natur gegolten. Sie hätte die Vögel in den Bäumen zwitschern gehört und das liebliche Rauschen des Flusses genossen, die Reflexion der Sonnenstrahlen auf der Wasseroberfläche bewundert. Aber nicht heute. Heute streifte sie mit zittrigen Fingern ihren Surcot ab, zog ihre Schuhe aus und stellte sie ordentlich nebeneinander.

Langsam ging sie auf das Ufer zu, bis die erste Welle ihre nackten Füße umspielte. Sie wusste nicht, wie lange sie so da stand, aber die Kälte bahnte sich allmählich ihren Weg hinauf, bis sie ihren gesamten Körper erfüllte.

Nur ein paar Schritte, sagte sie sich. *Oder bist du selbst dafür zu feige?*

Sie war sich im Klaren darüber, dass sie niemals ins Himmelreich einziehen konnte, wenn sie den Freitod wählte. War sie nicht ohnehin eine verlorene Seele? Will hatte recht. Sie war eine Sünderin, eine Hure, und schon längst von Gottes Pfad abgekommen. Und jetzt hatte sie alles verloren, was ihr lieb war. *Vielleicht hätte ich wirklich mehr kämpfen müssen*, hallte es durch ihren Kopf. Irgendetwas tun sollen, damit sie ihrer Familie früher hätte helfen können …

Irgendetwas.

Sie war zu spät gekommen.

Entschlossen schüttelte Leanne ihre von der Kälte steifen Glieder und machte einen Schritt vorwärts. Dann noch einen, bis das kalte Wasser sie am ganzen Körper erzittern ließ. Jetzt stand sie bis zur Hüfte im Fluss. Noch ein paar Schritte weiter und sie würde nicht mehr stehen können.

Leanne zuckte zusammen, als sie etwas Heißes in ihrem Gesicht spürte. Erst da wurde ihr bewusst, dass sie weinte. Mit gesenktem Kinn sah sie zu, wie ihre Tränen auf die Wasseroberfläche tropften. Sie kniff die Augen zusammen und fixierte ihr verschwommenes

Spiegelbild. Es war das klägliche Antlitz einer fremden Frau, die nichts mehr mit einer Edeldame gemein hatte. Nein, sie war nicht mehr die Rose von Westminster. Auch nicht mehr Anne aus Dennmoral. Sie war ein Niemand.

»Was machst du da?« Wie durch einen Nebel drang eine Stimme zu ihr hindurch.

Leanne wandte sich um, wobei sie fast das Gleichgewicht auf dem rutschigen Untergrund verloren hätte. Dann erblickte sie einen Knaben, der nur wenige Schritte vom Ufer entfernt stand und sie beobachtete. Sie brauchte einen Moment, um festzustellen, dass es sich bei dem Kind um ihren Bruder Alwin handelte.

»Was machst du da?«, wiederholte der Junge in seiner kindlichen Unbedarftheit. »Gehst du baden?«

»Geh weg!«, rief Leanne mit all der Kraft, die sie noch in ihrer Stimme finden konnte. Das, was sie vorhatte, war nicht für seine Augen bestimmt.

Alwin dachte allerdings gar nicht daran. Seelenruhig ließ er sich am Ufer nieder und verschränkte die Arme vor der Brust. »Du bist meine Schwester, oder?«

»Ja.« Leanne gab auf und stieg aus dem Wasser. Draußen schlotterte sie trotz der wärmenden Sonnenstrahlen, da ihr Kleid unterhalb der Taille klitschnass war.

»Geh weg!«, wiederholte sie und griff nach ihrem Beutel. »Ich ziehe mir jetzt etwas Trockenes an, und wenn ich zurückkomme, will ich dich nicht mehr sehen!«

Fluchend verschwand sie im Schutz einiger Bäume, entledigte sich ihres Unterkleides und zog sich ihr waidblaues Tageskleid über. Das nasse Gewand wrang sie notdürftig aus, rollte es zusammen und stopfte es in den Beutel.

Als sie wieder auf die sonnenbelichtete Wiese hinaustrat, entfuhr ihr ein Seufzen. Alwin hatte sich nicht von der Stelle bewegt. Das tat er erst wieder, als Leanne den Weg in Richtung des Dorfes einschlug. Sie schenkte ihm jedoch keine Beachtung, weder als sie am Markt einen Laib Brot und etwas Käse erstand, noch, als sie auf den Wald zusteuerte. Ihre Hoffnung, dass Alwin sie von selbst in Ruhe lassen würde, zerschlug sich, als sie am Waldrand noch einmal über ihre Schulter blickte. Was wollte der Junge von ihr?

»Ich sage es jetzt ein letztes Mal.« Leanne stemmte die Hände in die Seiten und visierte ihren Bruder aus der Ferne an. »Hau ab! Geh zurück nach Hause! Die anderen fragen sich bestimmt schon, wo du bist.«

»Ich will aber nicht!« Alwin stampfte mit dem Fuß auf. »Ich will mit dir kommen!« Er eilte auf sie zu und wirkte dabei zornig und verletzlich zugleich.

»Warum?«, fragte Leanne und runzelte die Stirn. »Du kennst mich doch gar nicht.«

Alwin zuckte mit den Schultern und kickte mit dem Fuß nach einem auf dem Boden liegenden Ast. »Na und? Schlimmer als Will kannst du ja nicht sein.«

Leanne schnappte entsetzt nach Luft. Hatte Will sich tatsächlich zu solch einem Tyrannen entwickelt? Er war heute auch zu ihr grausam gewesen, aber sie war davon ausgegangen, dass aus ihm die Verzweiflung gesprochen hatte. Wie hatte er sich nur derart verändern können?

»Du kannst auf keinen Fall mit mir kommen«, sprach sie trotz ihrer Bedenken. Sie wusste ja selbst nicht einmal, wohin. Ein kleines Kind am Hals war das Letzte, was sie gebrauchen konnte. »Je länger du fortbleibst, desto wütender wird Will bei deiner Rückkehr sein«, versuchte sie an Alwins Vernunft zu appellieren.

Endlich schlug seine Miene um. Alwin starrte auf seine Schuhspitzen und murmelte etwas, das nach einem „Na gut" klang. Leanne sah ihm nach, wie er sich mit hängenden Schultern auf den Weg in Richtung des Dorfes machte. Es zerriss ihr das Herz, dass Alwin, Emma und Janet offensichtlich unter Wills Fuchtel zu leiden hatten. Aber sie musste einsehen, dass sie ihnen nicht helfen konnte.

Auf einmal befiel sie das dringende Bedürfnis, Dennmoral weit hinter sich zu lassen. Nie wieder wollte sie diese vertrauten Straßen und den Silent Creek sehen, oder jene Menschen, mit denen sie immer nur Leid verband.

Leanne kehrte der Siedlung den Rücken und floh in den Schatten des Waldes. Hier, in der Dunkelheit, fühlte sie sich wohler als unter der strahlenden Sonne, die eine Fröhlichkeit versprach, die sie nicht empfinden konnte. Sie setzte einen Schritt vor den anderen, ging ohne Richtung, ohne Ziel.

22

Leanne schlug die Augen auf und bemerkte, dass es bereits stockfinster war. Erschrocken kam sie auf die Füße und versuchte, sich in der Düsternis zu orientieren. Nachdem sie stundenlang gelaufen war, musste sie am Nachmittag eingenickt sein. Die Zunge klebte ihr am Gaumen und erinnerte sie daran, dass sie seit heute Morgen noch nichts getrunken hatte.

Als sie ihren Trinkschlauch hervorholte, musste sie feststellen, dass dieser fast leer war. Fluchend warf Leanne den ledernen Beutel von sich. Warum hatte sie nicht daran gedacht, das Wasser aufzufüllen, sondern lediglich Brot und Käse am Markt erworben? Warum nur war sie so Hals über Kopf losmarschiert? Stöhnend ließ sie sich ins Laub fallen. Warum war sie überhaupt noch hier?

Wäre dieser Junge nicht gewesen, ihr starrköpfiger kleiner Bruder, dann ...

In diesem Moment vernahm sie ein Rascheln in ihrer Nähe, das ihren Kopf herumschnellen ließ. Blitzschnell zog sie den Dolch von ihrem Gürtel, bereit, sich zu verteidigen, wenn es sein musste. Ihr war bewusst, dass sie als Frau ohne Kampfausbildung bei einem Überfall schlechte Chancen hätte, aber sie würde sich nicht kampflos ergeben. Ein paar Atemzüge lang hörte sie in die Geräusche der Natur hinein, konnte jedoch nichts Auffälliges wahrnehmen. Mit bebenden Fingern steckte sie das Messer weg. Ihre Schreckhaftigkeit hatte ihr wieder einmal einen Streich gespielt.

Dennoch waren ihre Sinne nun hellwach. Leannes Augen folgten dem Mondschein, der einzelne Waldflecken hier und dort beleuchtete. Es musste mitten in der Nacht sein und es war sicher nicht die beste Idee, in dieser Finsternis weiterzugehen. Sie konnte sich allerdings auch nicht überwinden, weiter an ihrem Platz unter dem riesigen Baum auszuharren. Dafür quälte ihr Durst sie zu sehr.

Sie kam nur langsam vorwärts, stolperte über Wurzeln und Äste und schürfte sich ihre Hände an Baumrinden und Sträuchern auf. Irgendwann konnte sie das leise Gluckern von Wasser hören. Das Geräusch verlieh ihr neue Energie.

Leanne folgte ihrem Gehör, bis sie den kleinen Bach im Mondlicht vor sich glitzern sah. Eilig ließ sie sich auf die Knie fallen und trank begierig aus ihren Händen, bevor sie ihren Trinkschlauch am Bach auffüllte.

Erschöpft, aber wenigstens nicht mehr durstig, streckte sie sich auf dem harten Grund aus. Die schwarzen Äste der Bäume bildeten ein dichtes Netz am sternenklaren Himmel. Nur hier und dort leuchtete ein hellerer Fleck auf, gab den Blick auf das glitzernde Firmament frei. Leanne merkte, wie ihre Lider schwer wurden.

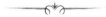

Am nächsten Morgen bereute sie, sich nicht eine weichere Unterlage zum Schlafen gesucht zu haben. Ihr Rücken beschwerte sich über die Wurzeln, Äste und Kastanien, die ihm in der Nacht zugesetzt hatten und Leanne vermutete, dass ihre ganze Rückseite mit blauen Flecken übersät war.

Auf gewisse Weise war sie dankbar für den Schmerz. Er zwang sie, sich um ihren geschundenen Körper zu kümmern, und hielt sie davon ab, über die Ereignisse von gestern zu grübeln.

Nachdem sie auf die Füße gekommen war, verrichtete sie ihre Notdurft, wusch sich am Bach und aß von dem Brot, das sie bisher noch nicht angerührt hatte. Anschließend widmete sie sich ihrem verknoteten Haar, in dem sich einige Blätter verfangen hatten. Vorsichtig zog sie ihren Kamm durch die blonden Strähnen und verzog dabei das Gesicht. Heute würde sie ihr Haar jedenfalls nicht mehr offen tragen.

Leanne hatte ihre Frisur beinahe vollendet, als sie von einem unguten Gefühl erfasst wurde. Obwohl sie im Unterholz keine Menschenseele erblicken konnte, hatte sie plötzlich den Eindruck, nicht alleine zu sein. Ihr Herzschlag pulsierte in ihren Ohren. Wurde sie beobachtet? Oder war sie dabei, verrückt zu werden? Entschlossen griff sie nach dem Dolch, auch wenn ihre Lippen vor Angst bebten.

»Wer ist da?«

Während sie sich langsam um die eigene Achse drehte, suchten ihre Augen die Umgebung ab. Ihr wurde elend zumute vor Anspannung, Angst und Ungewissheit.

»Hier oben!«, rief eine Stimme gerade so laut, dass Leanne sie hören konnte.

Ihr Herz tanzte vor Erleichterung, als sie Alwin in einer der Baumkronen entdeckte. Doch ihre Freude hielt nicht lange an.

»Was zur Hölle tust du da?«, fluchte sie und trat näher an den Baum heran.

»Bin dir hinterher«, gab ihr Bruder mit einem schuldbewussten Lächeln zu und kletterte in Windeseile hinab.

»Ich hatte es dir verboten!«

Alwin zuckte mit den Schultern. »Kann ich was von dem Brot haben? Hab ganz schön Hunger.« Seine Augen starrten gierig auf das Tuch, in das sie den Laib gewickelt hatte.

»Wie lange warst du schon da oben?«, frage Leanne ärgerlich, ohne auf seine Bitte einzugehen.

»Ich hab da geschlafen«, sagte Alwin mir nichts, dir nichts und machte sich an dem Brot zu schaffen.

Leanne war sprachlos. Der Junge war ihr die ganze Zeit über gefolgt und hatte die Nacht in dieser Höhe verbracht? Sie wollte sich gar nicht ausmalen, was alles hätte passieren können.

»Du kannst nicht einfach in den Wald hineinrennen!«, schimpfte sie. »Du bist viel zu jung, um alleine herumzulaufen.«

»Ich war ja nicht alleine«, murmelte Alwin kauend.

Leanne verdrehte die Augen. Dieser Junge war wirklich unbelehrbar!

Vor allem aber stellte er sie vor eine schreckliche Entscheidung. Was sollte sie jetzt mit ihm machen? Vermutlich wäre es das Vernünftigste, ihn zurück nach Dennmoral zu bringen und bei Will abzuliefern. Aber allein bei dem Gedanken wieder umzukehren, schnürte es ihr die Kehle zu.

»Bitte schick mich nicht wieder zurück!«, flehte Alwin mit großen Augen, als er ihren nachdenklichen Ausdruck bemerkte. »Ich will nicht nach Hause!« Seine Stimme hatte einen weinerlichen Klang angenommen und sein Kinn zitterte gefährlich.

Leanne schloss die Augen und rang mit sich. Alwins Verzweiflung berührte sie, ohne dass sie sich dagegen wehren konnte. Nicht zum ersten Mal fragte sie sich, was mit ihm in Dennmoral geschehen war. Der Junge schien geradezu panische Angst vor Will zu haben.

»In Ordnung«, stieß sie irgendwann aus.

Nur einen Atemzug später hatten sich Alwins dünne Arme um ihren Körper geschlungen. »Danke, Anne!«, rief der Junge glücklich und strahlte.

Sein Gefühlsausbruch überrollte sie, sodass sie gar nicht wusste, wohin mit ihren Händen. »Mein Name ist Leanne!«, wies sie ihn scharf zurecht und rückte von ihm ab.

»*Leanne?*« Er kratzte sich am Kopf. »Aber Will hat immer ...«

»Was Will gesagt hat, tut nichts zur Sache. Mein Name ist Leanne. Und noch etwas: Du kannst nur unter einer Bedingung mit mir kommen.« Sie ging vor ihm in die Hocke. »Ich treffe alle Entscheidungen. Und keine Alleingänge mehr für dich, hast du verstanden?«

Alwin nickte eifrig. »Wohin gehen wir denn?«

»Weiß ich nicht«, sagte Leanne und begann, ihre Habseligkeiten einzusammeln.

Am nächsten Morgen stärkten sie sich mit den letzten Resten des Proviants, den sie in Dennmoral besorgt hatte. Sorgenvoll blickte Leanne zu ihrem Bruder. Heute mussten sie unbedingt an einem Gasthaus oder einem Markt vorbeigehen, sonst würden sie mit hungrigem Magen schlafen gehen. Dumm nur, dass sie keinen blassen Schimmer hatte, in welcher Gegend sie sich befanden oder wie sie die nächste Siedlung erreichten. Den ganzen Vormittag verbrachten sie damit, aus dem Wald herauszufinden und auf eine Straße zu gelangen. Zu allem Übel hatte auch noch ein leichter Nieselregen eingesetzt.

Leanne fluchte leise und vergrub sich tiefer in ihre Gugelhaube. Allmählich zeigte sich der Herbst von seiner ungemütlichen Seite. Wie lange konnten sie noch unter freiem Himmel schlafen? Zwar hatte sie eine stattliche Summe Geld bei sich, doch wenn sie jede Nacht in einem Wirtshaus unterkamen, würden ihre Vorräte bald aufgebraucht sein. Und wie viel konnte sie Alwin zumuten? Bisher schlug der Junge sich tapfer, hatte seit gestern kein einziges Mal gejammert. Aber er war eben erst sechs Jahre alt und so kamen sie nicht allzu schnell voran.

Gegen Mittag kreuzten sie endlich eine Straße, die offensichtlich gut genutzt wurde, wie Leanne an den frischen Pferdeäpfeln und Radspuren erkennen konnte.

»Vielleicht führt die ja an einem Dorf vorbei!«, rief Alwin freudig.

»Ja, vielleicht«, sagte Leanne leise. Sie wollte ihm nicht allzu viele Hoffnungen machen. Nachdem sie eine Weile schweigend gelaufen waren, trafen sie auf zwei Bauernmädchen, die ihnen sagen konnten, dass die nächste Gastwirtschaft nur einen halben Tagesmarsch entfernt war.

Leanne war sofort klar, dass sie diese Gelegenheit nutzen mussten, um sich für eine Weile auszuruhen. Die Haut an ihren Füßen war aufgescheuert und schmerzte bei jedem Schritt und Alwin erging es nicht anders.

Am frühen Abend – die Sonne hatte sich bereits über den Horizont geschoben – entdeckten sie endlich eine Behausung am Wegesrand, bei der es sich um besagte Schenke handeln musste. Aus den Fenstern drangen Stimmengewirr und Essensgerüche. Leanne trat hinein und ließ ihren Blick durch den kleinen, belebten Schankraum schweifen. Es hatte etwas Beruhigendes, wieder unter Menschen zu sein. Sie bestellte für Alwin und sich eine große Portion Suppe mit Brot. Die Geschwister stürzten sich auf das Abendessen, denn es war die erste warme Mahlzeit seit ihrer Abreise. Als Leanne den letzten Löffel Suppe zu sich nahm, spürte sie, wie eine bleierne Müdigkeit von ihr Besitz ergriff. Alwin war neben ihr längst zur Seite gekippt und auf der Bank eingeschlafen.

Bei der Wirtin erkundigte sie sich nach einem Schlafplatz. Zum Glück hatte die Frau noch ein privates Zimmer übrig, das sie und Alwin beziehen konnten, und auch der Preis war angemessen. Leanne schaffte es gerade noch, ihren Bruder die Treppe hochzutragen und ihn auf einen Strohsack zu betten, dann fielen ihr selbst die Augen zu.

Am nächsten Morgen fühlte sie sich zum ersten Mal nach langer Zeit ausgeschlafen. Ihre Wanderung hatte sie derart erschöpft, dass sie in einen traumlosen Schlaf gefallen war. Auch Alwin war munterer als gestern und stürzte sich begeistert auf das Frühmahl in der Schenke. Leanne genoss die behagliche Wärme der Stube und zögerte die Abreise bis zum Vormittag hinaus. Ihnen beiden graute davor, weiterzumarschieren, ohne ihr nächstes Ziel zu kennen.

Im Moment wusste Leanne nur eines: Sie wollte einen großen Abstand zwischen sich und Dennmoral bringen. Und da sie zusätzlich von der unwahrscheinlichen, aber nicht minder beängstigenden Vorstellung getrieben wurde, dass Thomas Lancaster nach ihr suchen könnte, kam für sie nur der Norden infrage.

»Warum bist du aus Dennmoral fortgegangen?«, frage Alwin sie aus dem Nichts, nachdem sie der Straße schon eine Weile gefolgt waren.

»Du hast doch mitbekommen, dass Will mich nicht zuhause haben wollte«, entgegnete Leanne und schaffte es nicht, die Bitterkeit in ihrer Stimme zu verbergen.

»Nein, ich meine damals.«

»Hat Will dir erzählt, dass ich euch damals verlassen habe?«

Alwin zuckte mit den Schultern. »Er hat eigentlich nicht viel über dich geredet. Oder ich kann mich nur nicht erinnern.« Der Junge legte den Kopf schief. »Ich glaube, manchmal hat er zu meinen Schwestern gesagt, dass Anne uns im Stich gelassen hat.« Seine unbedarften Worte bohrten sich schmerzhaft in Leannes Brust.

»Ich bin nicht freiwillig aus Dennmoral fort«, sagte sie traurig.

»Bist du nicht?«

»Nein.«

»Aber warum dann?«

»Vater hat mich gezwungen. Ich ...« Sie stockte. »Ich musste eine Anstellung am königlichen Hof annehmen.«

»Am königlichen Hof?« Alwin staunte. »Da, wo unser König wohnt?«

Sie nickte, in ihre eigenen Erinnerungen versunken.

»Hast du da auch Edelleute und Ritter getroffen?«, hakte Alwin nach.

»Ja, sehr viele.« Leannes Lippen verzogen sich unwillkürlich zu einem Grinsen.

Ihr kleiner Bruder musterte sie bewundernd. »Das war bestimmt aufregend.«

»Das war es.« Leanne bedachte ihn mit einem nachsichtigen Lächeln. »Und deine Schwestern? Wie geht es Emma und Janet?«

Alwin überlegte angestrengt. »Gut, glaube ich. Die ärgern sich auch über Will, aber sie halten immer zusammen.«

»Das ist gut«, meinte Leanne und seufzte. Es bekümmerte sie, dass ihre Schwestern unter Wills Tyrannei zu leiden hatten, aber wenigstens hatten sie noch einander. »Was ist mit der alten Gilda? Besuchst du sie manchmal?«

Alwin rümpfte die Nase. »Ich weiß nicht, wen du meinst. Ich kenne nur eine Gilda, aber die ist nicht alt.«

»Ach so«, sagte Leanne nur und nickte traurig. Sie ließ ihren Blick über die Landschaft gleiten und hing ihren Erinnerungen nach.

»Versprich mir einen Sache, Alwin«, fuhr sie irgendwann fort.

»Was denn?«

»Du darfst niemandem von diesen Dingen erzählen. Dass ich bei den Edelleuten in Westminster gelebt habe. Und auch meinen Namen soll niemand erfahren, hörst du?«

Alwins Augen wurden groß. »Warum denn nicht?«

»Bitte versprich es mir einfach!«

»Na gut.« Er schien sich damit abzufinden.

Den ganzen Nachmittag über fragte er sie noch über das Leben am Hof aus und Leanne hatte mehr als einmal Mühe, die richtigen Worte zu finden. Wie sollte sie einem Kind die Machtspiele, die Intrigen und die Aufgaben einer Mätresse erklären? Sie schmückte die schönen Dinge wie die Turniere, die Festmahle und die edle Kleidung in schillernden Farben aus, während sie die dunklen Seiten des Lebens in der Königsresidenz weitestgehend unter den Tisch fallen ließ. Am Abend war ihre Kehle ganz trocken vom vielen Sprechen, daher gebot sie Alwins unermüdlicher Fragerei ermattet Einhalt.

Sie waren nun ohnehin bei der Unterkunft angelangt, die ihnen die Wirtin von letzter Nacht beschrieben hatte. Naserümpfend musterte Leanne die schäbige Herberge. Der Stall, der dem Haus angeschlossen war, verströmte einen strengen Geruch nach Ziege und Mist und die Fensterverschläge hingen schief in den Angeln.

»Worauf wartest du?«, drängte Alwin, der bereits die Tür ansteuerte.

Leanne folgte ihm seufzend. Für ihren Bruder war die Aussicht auf eine warme Mahlzeit Anreiz genug. Sie hoffte, dass das Essen besser war, als die Unterkunft von außen vermuten ließ.

Leider wurde ihre Hoffnung nicht erfüllt. Der Wirt, ein feister Kerl mit dreckverschmutzter Schürze, servierte ihnen etwas, das er Fleischbrühe nannte, was Leanne jedoch für eine Lüge hielt. Eher war diese Speise eine dickflüssige Suppe von bräunlicher Farbe und undefinierbaren Aromen. Manchmal stieß sie beim Essen auf einen Brocken Fleisch, der aber so zäh war, dass sie ihn kaum hinunterbekam. Kopfschüttelnd beobachtete sie Alwin, der seinen Teller bereits geleert hatte und sich jetzt an ihrem zu schaffen machte. Woher nahm der magere Junge nur seinen Appetit?

Die Schlafsituation gestaltete sich nicht viel besser. Angeblich waren alle Zimmer im Gasthaus belegt, sodass Leanne und Alwin mit dem Stall vorliebnehmen mussten. Obwohl ihr die Vorstellung, neben den tierischen Bewohnern zu nächtigen, nicht gefiel, war sie dennoch froh, die Nacht nicht in dem Gasthaus verbringen zu müssen. Der Wirt hatte etwas Verschlagenes an sich, das ihr intuitiv dazu riet, sich von ihm fernzuhalten. Die Geschwister waren die ersten, aber nicht die letzten Gäste, die es sich auf dem Stroh zwischen den Ziegen bequem machten. Im Laufe des Abends gesellten sich noch mehr Menschen in den Stall, bis beinahe jedes trockene Eckchen des Unterschlupfes belegt war. Während Alwin bereits leise vor sich hin schnarchte, ging Leannes Blick wachsam über die Männer und Frauen, die sich neben ihnen zusammengerollt hatten. Zwei ältere Männer unterhielten sich gedämpft, der Rest döste vor sich hin. Trotz der vielen Menschen war es kalt in dem unbeheizten Schuppen, daher holte Leanne ihren Wintermantel aus ihrem Beutel hervor und wickelte sich darin ein. Mit der dünnen Wolldecke, die sie vorausschauenderweise aus Westminster hatte mitgehen lassen, deckte sie Alwin zu. Den Rest ihrer Kleidung rollte sie zu einem Ballen und nutzte ihn als Kopfkissen. Schließlich hatte sie sich einigermaßen bequem eingerichtet und es dauerte nicht lange, bis sie eingeschlafen war.

Im Schlaf wurde sie von Albträumen heimgesucht.

Sie träumte von Mortimers Beerdigung, seiner Ehefrau, die Leanne unter den Trauergästen entdeckte und sie anschrie, sich nie wieder blicken zu lassen. Dann war sie auf Berwick Castle und sah die Bahre, auf der Luke Campbells Leichnam an ihr vorbeigetragen wurde. Sie sah Annabel, die apathisch aus dem Fenster starrte. Schließlich war sie in Dennmoral. Beobachtete Will, wie er ihre Geschwister brutal bestrafte. Als er sich zu ihr umdrehte, blickte sie in das Gesicht ihres Vaters.

Leanne erwachte von ihrem eigenen Schrei. Panisch schoss ihr Blick durch den Raum, bis sie sich erinnerte, wo sie war. Obwohl ihr Schrei längst verklungen war, presste sie sich die Hand auf den Mund und versuchte, ihren rasenden Herzschlag zu beruhigen. Außerdem konnte sie so ihr Schluchzen unterdrücken, das sich sonst einen Weg nach draußen gebahnt hätte. Ein Teil von ihr fühlte sich noch immer von den schrecklichen Szenen ihres Traums verfolgt. Erst das Piksen des Strohs auf ihrer Haut und der strenge Stallgeruch brachten sie ins Hier und Jetzt zurück.

Leanne gelang es, sich halbwegs zu beruhigen, und starrte in die Finsternis. Zum Glück hatte sie keinen der anderen geweckt. Falls doch, ließ sich zumindest niemand etwas anmerken. Erschöpft glitt ihr Blick über die anderen Reisenden. Waren es gestern Abend nicht ein paar mehr gewesen? Oder täuschte sie sich in der Dunkelheit? Natürlich war es nicht ihre Angelegenheit, wenn jemand sich entschlossen hatte, des Nachts weiterzuziehen, aber die Ungewissheit hinterließ ein mulmiges Gefühl in ihrer Magengrube. Aus Gewohnheit legte sie ihre Hand auf die Stelle, wo der Dolch an ihrem Gürtel hing. Die Präsenz der Waffe zu spüren, beruhigte sie für gewöhnlich.

Heute allerdings konnte Leanne an ihrer Hüfte nichts ertasten. Panisch fuhr sie mit der Hand an ihrem Körper entlang, nahm dort, wo sie geschlafen hatte, das Stroh auseinander. Vielleicht hatte sie sich im Schlaf ungünstig gedreht und ihn so verloren? Doch das Messer tauchte nicht mehr auf. Leannes Verzweiflung wuchs. Der Dolch war nicht nur ihre einzige Waffe gewesen, sondern auch eine wertvolle Arbeit, die sie im Notfall für teures Geld hätte verkaufen können. Plötzlich schweißgebadet irrte sie durch den Raum. Und tatsächlich. Dort waren zwei Strohsäcke, die trotz des Platzmangels niemand in Anspruch genommen hatte. Leanne zählte eins und eins zusammen und erkannte, dass die Männer ihr Messer gestohlen und sich dann aus dem Staub gemacht haben mussten. Frustriert griff sie an ihren Gürtel, der nun keine Waffe mehr trug. Dann erstarrte sie in der Bewegung. Nicht nur der Dolch fehlte, auch ihre Geldkatze war nicht mehr dort, wo sie sein sollte. Leanne wurde mit einem Mal schlecht. Sie stürmte aus dem Stall und erbrach sich in das Gebüsch am Wegesrand. Schluchzend ließ sie sich auf den Boden sinken. Ohne Geld waren sie und Alwin verloren! Wäre sie alleine gewesen, wäre es eine andere Sache. Es kümmerte sie nicht besonders, wie ihre Zukunft aussah. Ihr Bruder hingegen hatte ja sonst niemanden. Durch ihre Unachtsamkeit hatte sie auch ihn in Gefahr gebracht.

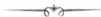

»Komm jetzt, Alwin!« Leanne wandte sich verärgert um. »Die Sonne geht schon unter.«

»Ich kann nicht mehr!« Alwin ließ sich lustlos ins Laub fallen.

»Ich bin auch müde«, sagte sie und zog ihn wieder auf die Füße. »Aber du willst doch nicht im Freien übernachten, oder?«

Er schüttelte den Kopf.

»Na, siehst du! Wenn wir uns beeilen, erreichen wir die nächste Unterkunft noch.« Sie wusste zwar nicht, ob das stimmte, aber sie musste ihn irgendwie dazu bringen, weiterzugehen. Der Wind pfiff heute kalt durch die Bäume und kündigte eine ungemütliche Nacht an.

In den letzten Stunden hatte Leanne sich einen Plan zurechtgelegt. Sie hatte zwar all ihr Geld verloren, aber unter ihren Besitztümern waren immer noch einige Dinge von Wert. Im Notfall würde sie das waidblaue Kleid verkaufen, das Mortimer ihr einst geschenkt hatte und das deutlich hochwertiger vernäht war als die Kleider der Bäuerinnen. Und dann würde sie sich eine Arbeit suchen. Vielleicht konnte sie sich ja in einer der Gaststätten als Schankmagd verdingen. Gleich bei der nächsten Unterkunft würde sie sich erkundigen, ob es irgendwo eine Anstellung für sie gab. Das musste es einfach! Sonst wusste sie sich nicht weiter zu helfen.

Sie liefen noch eine Weile, bis Leanne verdutzt stehen blieb. *Verdammt!* Warum tauchte die Wegkreuzung, welche das nette Mädchen ihr beschrieben hatte, einfach nicht auf? Oder hatte Leanne sie verpasst, weil sie zu sehr mit ihren Gedanken beschäftigt gewesen war? Die Sonne war längst am Horizont verschwunden und von besagter Kreuzung meilenweit nichts zu sehen. Leanne spürte Panik in sich aufsteigen. Sie würden nirgendwo mehr unterkommen.

»Wo ist denn dieses doofe Wirtshaus?«, maulte Alwin hinter ihr, was ihre Stimmung nicht gerade verbesserte.

»Ich weiß es nicht, verflucht!«, fuhr sie ihn an. Ihr Bruder zuckte zusammen und duckte sich unter ihr weg.

»Tut mir leid«, murmelte Leanne. »Heute werden wir wohl im Wald schlafen müssen.«

»Ist schon gut«, meinte Alwin tapfer und griff nach ihrer Hand, obwohl ihm die Enttäuschung ins Gesicht geschrieben war.

»Ja.« Leanne straffte ihre Schultern. Sie musste stark sein für ihren Bruder. »Wir schaffen das schon.«

Zusammen suchten sie sich einen Platz im Unterholz, der von der Straße aus nicht sofort einsehbar war und einen weichen, moosbewachsenen Grund aufwies. *Wenigstens regnet es nicht*, dachte Leanne mürrisch. Das hätte ihnen gerade noch gefehlt. Ob sie in dieser Nacht Schlaf finden würden, war allerdings fraglich. Bis auf ein Stück Brot, das sie von einer großzügigen Frau bei der Schenke bekommen hatten, hatten sie den ganzen Tag über nichts gegessen. Leanne fühlte sich schwach und erschöpft und konnte doch vor Hunger nicht einschlafen. Wenigstens Alwin schien ein wenig rasten zu können. Er hatte sich in die Wolldecke eingemummelt und schnarchte leise vor sich hin. Leanne wunderte sich, dass ihm nicht kalt war. Sie fror selbst in ihrem dicken Wintermantel, denn der eisige Wind hatte noch immer nicht nachgelassen.

Nicht zum ersten Mal verfluchte sie die Tatsache, dass sie überhaupt keine Kenntnisse darüber hatte, wie man in der Wildnis überlebte. Sie hatte nicht einmal daran gedacht, Feuerstahl und Zunder mitzunehmen, damit sie ein Feuer machen konnte. Am Hof hatte sie sich nie um derlei Dinge kümmern müssen. Leanne seufzte und sah zu ihrem schlafenden Bruder. Ihre Flucht aus Westminster war notwendig gewesen, dessen war sie sich immer noch sicher. Aber so hatte sie sich ihr neues Leben nicht vorgestellt. Sie war fest davon ausgegangen, wieder nach Dennmoral zurückkehren zu können. Dass Will sich freuen würde.

Wie dumm sie gewesen war.

Leanne spürte ein Rütteln an ihrer Schulter und schreckte aus dem Schlaf hoch.

»Was ist los, Alwin?« Sie kniff die Augen zusammen, da sie direkt in das Licht der aufgehenden Sonne blickte. An Alwins gequältem Gesichtsausdruck merkte sie sofort, dass etwas nicht stimmte.

»Sag schon!«, forderte sie ihn auf, weil er immer noch nicht mit der Sprache herausrückte. Plötzlich bemerkte sie, dass er am ganzen Leib zitterte. Sie ließ ihren Blick an seinem kleinen Körper hinabgleiten und erkannte den Grund dafür. Alwin hatte sich im Schlaf eingenässt und fror nun in der nassen Hose.

»Hier!« Leanne wickelte sich aus dem Wollmantel und legte ihn Alwin um die Schultern. »Du bist ja eiskalt.«

»Du … du bist nicht böse?«, stotterte er.

Leanne schüttelte den Kopf. »Nein. Ist doch nicht schlimm. Das kann jedem mal passieren. Hast du schlecht geträumt?«

»Ja.« Alwin starrte sie ungläubig an. »Du bist wirklich nicht böse?«

»Wirklich nicht!« Das stimmte nicht ganz. Leanne ärgerte sich insgeheim, dass ihr Bruder seine einzige Kleidung eingenässt hatte. Aber er hatte es ja nicht absichtlich getan und sie sah deshalb keinen Sinn darin, ihn zu schimpfen. Bei seinem ängstlichen Gesicht beschlich sie eine ungute Ahnung. »War Will böse, wenn du dir in die Hose gemacht hast?«

Alwin nickte beschämt und bestätigte ihren Verdacht. Leanne schloss ihn kurzerhand in die Arme. »Ist nicht schlimm. Wenn wir an einem Bach vorbeikommen, waschen wir deine Hose aus, in Ordnung?«

»In Ordnung.«

»Und bis dahin hältst du dich mit dem Mantel warm.«

Ihr Bruder musterte das Kleidungsstück, das ihm schlaff über die knochigen Schultern hing. »Aber der ist mir viel zu groß!«

»Ich weiß. Leider haben wir jetzt nichts anderes. Lass uns rasch weitergehen, dann finden wir schneller eine Wasserstelle und vielleicht sogar die Gaststätte.« Sie war froh, dass sie nun ein Ziel oder zumindest eine Aufgabe vor sich hatten, die sie von ihrem Hunger ablenkte.

Die beiden waren erst einige Schritte gelaufen, als Alwin einen erstaunten Laut von sich gab. »Leanne, was ist das?«

»Was meinst du?« Sie drehte sich um, während sie schon überlegte, wie sie ihm am besten begreifbar machte, dass sie nicht alle paar Meter stehen bleiben konnten.

»Na, das hier!« Alwin streckte seinen Arm aus. Zwischen Daumen und Zeigefinger hielt er einen kleinen Gegenstand. »Das war in der Manteltasche.«

Leanne trat näher. Alwin hielt eine Münze in der Hand. Sie benötigte einen Moment, dann brach die Erinnerung über sie hinein. »Die Münze des Laird MacGregor!«, entfuhr es ihr. Sie schnappte sich das Metallstück und betrachtete das eingeprägte Wappen, das einen gekrönten Löwen zeigte.

»Die Münze des *was*?«

»Die Münze des Laird MacGregor«, wiederholte sie nachdenklich. Im nächsten Atemzug hellte sich ihre Miene auf. »Du bist ein wahrer Glücksbringer, Alwin!«

»Ich?«, staunte er und wies auf die Münze. »Ist die sehr wertvoll?«

»Viel wertvoller als du dir vorstellen kannst!«, lachte Leanne.

23

»Für dieses Kleid bekommt man in London drei Tageskleider und ein paar Schuhe noch dazu!« Leanne stemmte die Hände ärgerlich in die Hüften. Die Summe, welche die Marktfrau ihr genannt hatte, war einfach lächerlich.

Ihr Gegenüber zeigte sich unbeeindruckt. »Wir sind hier nun mal nicht in London, gnädige Frau.« In ihrer Stimme schwang neben dem schottischen Akzent ein spöttischer Klang mit, der Leanne zur Weißglut brachte.

Sie zwang sich, tief durchzuatmen. »Ich brauche nur *ein* Kleid, das robust genug ist, um eine Reise zu überstehen. Und *ein* Paar Beinlinge für den Jungen. Ihr wisst genau, dass dies ein guter Tausch für Euch ist.« Sie grub ihre Fäuste in die Tischplatte, damit sie diese nicht aus Versehen anderweitig verwendete. Die Händlerin schien ihre Verzweiflung genau zu spüren und nutzte die Situation schamlos aus.

Leanne war mit ihrer Geduld am Ende. Das waidblaue Kleid war eines der letzten Dinge von Wert, die sie noch besaß. Und Alwin benötigte unbedingt neue Beinkleider. Sie selbst konnte getrost mit einem schlichteren Kleid auskommen. Ein unauffälligeres Gewand wäre für die Weiterreise ohnehin von Vorteil.

Leanne spürte, wie sich ihre Fingernägel in die Handflächen gruben. Nur noch ein paar Tage mussten sie durchhalten. Nur noch ein paar Tagesmärsche, bis sie den Stammsitz der MacGregors erreichen würden. Zumindest hoffte sie das.

»Ihr könnt dieses Kleid haben«, gab die Marktfrau schulterzuckend zurück und wies auf das braune Kleid aus dünner Wolle, das an manchen Stellen schon den Motten zum Opfer gefallen war. »Aber für die Beinlinge müsst ihr extra zahlen.«

Leanne hatte genug. »Wir gehen, Alwin.« Aufgebracht griff sie nach der Hand ihres Bruders und machte kehrt. Dabei ging ihr Blick frustriert über die anderen Marktstände. Doch die übrigen Händler boten alle nur andere Waren feil. Kein Wunder bei einer Siedlung von dieser geringen Größe.

»Wartet!«

Leanne verdrehte die Augen, ihr Herz hingegen machte einen hoffnungsvollen Sprung.

»Ich gebe Euch beide Dinge. Wenn Ihr mir noch das schöne Lederband überlasst, das Euer Haar ziert.«

Aha, dachte Leanne spöttisch. *Plötzlich doch ganz höflich!*

Mit einer schnellen Bewegung löste sie ihren Zopf und warf den Haarschmuck auf den Tisch. Es war das Lederband mit den Holzperlen, das sie einst mit Annabel auf dem Markt erstanden hatte und sie hing daran, weil es sie an ihre Freundin und an schönere Zeiten erinnerte. Aber heute konnte sie keine Rücksicht auf ihre Gefühle nehmen.

»Bitte sehr«, murmelte sie.

»Habt Dank.« Die Händlerin lächelte zufrieden, nahm das blaue Kleid und den Haarschmuck an sich und überreichte den Geschwistern im Gegenzug ihre neuen Gewänder.

Im Schutz der Bäume zog Leanne den wollenen Surcot über ihr Unterkleid. Es war ein grober Stoff, der sie am Hals kratzte, aber wenigstens versprach er, sie halbwegs warmzuhalten. Alwin legte die neuen Beinlinge an und war sichtlich froh, nicht mehr in der klammen Hose herumlaufen zu müssen.

Währenddessen entschied Leanne, auch noch ihren Gürtel zu verkaufen. Ohne Geldkatze und Dolch konnte sie eigentlich auf ihn verzichten. Ihr blutete das Herz, als sie die kostbare Lederarbeit über den Tisch schob, deren Verkauf ihnen gerade so viel Geld einbrachte, dass sie sich davon Proviant für mehrere Tage sichern konnten.

Nachdem sie zwei Brotlaibe, ein paar Rüben sowie Käse und Schinken erworben hatten, setzten sie ihren Weg in Richtung Norden fort. Leanne war froh, diese Siedlung hinter sich zu lassen. Die Menschen waren ihr unfreundlich erschienen, die Häuser ärmlich und die Atmosphäre gedrückt. Natürlich hatte sie nicht damit gerechnet, von den Schotten mit offenen Armen empfangen zu werden. Aber dass die Menschen ihre Not so schamlos ausnutzen würden, nur weil sie Engländerin war, hatte sie nicht erwartet.

Das Grenzland schien es am schlimmsten getroffen zu haben. Immer wieder stießen die beiden auf verlassene Dörfer, abgebrannte Häuser und verwahrloste Felder. Es waren Bilder, die Leanne bereits von ihrer Reise nach Berwick kannte, die sie jedoch bis zuletzt verdrängt hatte.

Hoffentlich ist der Stammsitz der MacGregors vom Krieg verschont worden, überlegte sie. Sonst wäre diese ganze Reise umsonst. Schließlich lagen all ihre Hoffnungen darauf, dass der Laird MacGregor sein Versprechen halten und sie tatsächlich aufnehmen würde. Im besten Fall würde sie sich dort als Dienstmagd verdingen können. Die Vorstellung gefiel Leanne. Nicht unbedingt die Arbeit an sich – obwohl sie fleißig sein konnte, wenn sie musste – sondern, dass sie in Ruhe und weit weg vom königlichen Hof leben könnten. Alwin hätte endlich ein besseres Zuhause und sie selbst könnte vielleicht ihren Frieden mit der Vergangenheit schließen.

Am Abend ließen sie sich in der Nähe eines Bachs nieder. Leanne wollte Alwins streng riechende Hose auswaschen, aber der Junge bestand darauf, es selbst zu machen. Nachdenklich betrachtete sie ihren kleinen Bruder, der sich manchmal viel zu erwachsen für sein Alter verhielt. Gerade wrang er das eisige Wasser aus dem Stoff und breitete die Beinlinge auf dem trockenen Laub aus.

»So!«, sagte er zufrieden und lief zu seiner Schwester. »Und jetzt habe ich noch eine Überraschung für dich!«

»Eine Überraschung?« Leanne zog die Augenbrauen hoch. Was hatte er denn hier in der Wildnis aufgetrieben?

»Mach die Augen zu!«, forderte Alwin sie ungeduldig auf.

»Na gut.« Sie gehorchte und konnte sich das Grinsen dabei nicht verkneifen.

»Jetzt mach sie wieder auf!«

Leanne schlug die Augen auf. Alwin hatte seine Hände ausgestreckt. Darin lagen drei kleine Gegenstände: ein Feuerstein, eine Zunderbüchse und ein Feuereisen.

»Alwin! Wo hast du das her!?«

»Du freust dich ja gar nicht«, kam es verwundert zurück.

»Wo hast du die Sachen her?«, wiederholte Leanne streng.

»Aus ... ich ... ich hab sie mitgenommen.«

»Mitgenommen woher?«

Er ließ die Schultern hängen. »Von dem Markt, wo wir heute waren.«

»Du hast sie gestohlen!«, rief sie schockiert.

Seine Augen hefteten sich an seine Schuhspitzen. »Ich wollte doch nur, dass uns nicht mehr kalt ist.«

»Trotzdem kannst du die Sachen nicht einfach stehlen! Was, wenn dich jemand erwischt hätte? Weißt du, welche Strafe auf Diebstahl folgt?«

Alwin schüttelte den Kopf.

»Man schneidet dem Dieb das Ohr ab oder sogar seine Hand.« Sie hasste es, ihrem Bruder mit ihren Worten Angst einzujagen, aber er musste verstehen, in welche Gefahr er sich begeben hatte.

Alwins Mundwinkel zogen sich nach unten. Dann kullerten Tränen über sein blasses Gesicht.

»Schon gut!« Leanne sank auf die Knie und zog ihn an sich. Der Junge vergrub sein Gesicht an ihrer Schulter und wimmerte herzzerreißend. »Schon gut, Alwin!«, wiederholte sie leise und strich ihm über das helle, struppige Haar. »Dieses Mal hast du ja Glück gehabt. Bitte mach das nie wieder, hörst du?«

Sie spürte sein Nicken an ihrer Schulter.

»Gut.« Leanne atmete auf. »Weißt du denn überhaupt, wie man ein Feuer macht?«

Alwin löste sich von ihr und zog die Nase hoch. »Natürlich.«

»Also los!« Leanne wies auf das Gestrüpp, das um sie herum wucherte. »Sammeln wir Feuerholz.«

Obwohl das Feuer am nächsten Morgen längst erloschen war, fühlte Leanne sich deutlich ausgeschlafener als an den Tagen zuvor. Ihre Füße waren keine Eisklumpen und ihre Glieder beschwerten sich nicht, als sie Anstalten machte, aufzustehen. Sie streckte ihren Rücken durch und verschwand kurz im Gebüsch. Dann weckte sie Alwin, der sie mit einem herzhaften Gähnen begrüßte. Scheinbar hatte auch er tief geschlafen.

»Aufstehen!«, rief sie lächelnd.

»Gibt's was zu essen?«, murmelte der Kleine schlaftrunken.

»Unterwegs. Wir haben keine Zeit zu verlieren«, sagte sie und packte ihn kurzerhand unter den Achseln.

Alwin kicherte, als sie ihn in die Luft hob. »Na gut!«

»Aber laufen musst du schon selbst«, meinte Leanne und schob ihn vorwärts. »Du bist viel zu schwer, um getragen zu werden.«

Alwin murrte noch ein wenig, schloss jedoch schon bald zu ihr auf. »Kommen wir heute bei der Burg an?«, fragte er, während er über ein paar querliegende Äste sprang.

»Heute nicht, aber morgen«, sagte Leanne hoffnungsvoll.

Zwei Tage. Zwei Tage, bis sie in Sicherheit waren. Die Aussicht auf ein Dach über dem Kopf ließ sie schneller voranschreiten. Am Nachmittag nahm sie ihren Bruder doch noch huckepack, weil der Junge mit ihrem Lauftempo nicht mithalten konnte.

»Was ruckelst du ständig so rum?«, fragte Leanne entnervt, während sie mit ihrem Gleichgewicht kämpfte. Alwin auf dem Rücken und ihren Beutel vor der Brust zu tragen, war nicht unbedingt die einfachste Weise, voranzukommen.

»Ich hab mir nur die Wolken angeschaut«, verteidigte Alwin sich. »Sieht ganz schön dunkel aus.«

Da es Leanne in dieser Position unmöglich war, nach oben zu blicken, setzte sie ihren Bruder kurzerhand ab. Als sie ihren Kopf zum Himmel hob, zuckte sie zusammen. In der Ferne schob sich eine riesige, schwarze Wolkendecke auf sie zu. Es würde heute wohl nicht bei dem typischen Nieselregen bleiben. Ihnen stand ein heftiges Gewitter bevor.

»Halt die Augen nach einem Unterschlupf offen!«, rief sie alarmiert. »Zum Beispiel ein paar kleine Bäume, über die wir die Decke spannen können«, setzte sie hinzu, aber Alwin hatte auch so verstanden.

Die beiden eilten den Pfad am Waldrand entlang und suchten die Umgebung ab. Ausgerechnet an diesem Wegabschnitt überwogen hochgewachsene Bäume, die kaum Schutz vor Regen und Wind boten. Leanne hatte die Hoffnung auf ein trockenes Plätzchen schon aufgegeben, als sie in der Ferne eine Behausung ausmachte.

Alwin kniff neben ihr die Augen zusammen. »Ist da vorne ein Haus? Eine Schenke vielleicht?«

»Falls ja, ist heute unser Glückstag!«, rief sie und rannte gleichzeitig mit ihm los. Die ersten Regentropfen prasselten auf die Erde und als sie bei dem hölzernen Gebäude angelangt waren, war ihre Kleidung bereits vollkommen durchnässt.

Leanne riss die Tür zu dem Haus schwungvoll auf und floh mit Alwin ins Trockene. Im Inneren konnte sie zunächst kaum etwas erkennen, da graue Rauchwolken ihre Sicht verschleierten.

»... wieder feuchtes Holz genommen ...«, keifte eine tiefe Stimme irgendwo.

»Lass ihn doch!«, rief eine Frauenstimme, ohne Zweifel in der Hoffnung, den Mann zu beschwichtigen.

Alwin hustete und Leanne wies ihn an, sich den Ärmel seines Hemdes vor Nase und Mund zu pressen. Es dauerte eine Weile, bis sie die Umrisse des Raumes ausmachen konnte. Sie sah eine grobe Arbeitsplatte, auf der sich unterschiedliche Werkzeuge aneinanderreihten, einen weiteren Tisch voller Küchengeschirr und verschiedener Gemüsesorten und weiter hinten eine schmale Bettstatt an der Wand. In einer Ecke entdeckte Leanne eine Stiege, die vermutlich auf den Dachboden führte. Dies war definitiv kein Gasthaus. Aber wo waren sie dann gelandet?

»Verzeiht!«, rief sie vorsichtig.

Ein schrilles Quieken erklang bei der Feuerstelle, die immer noch in dichten Rauch gehüllt war. Die Gestalt einer Frau trat aus dem Dunst. In der Hand hielt sie den Griff eines Messers umschlossen.

»Entschuldigt!« Leanne hob abwehrend die Hände. »Ich wollte Euch nicht erschrecken!«

»Herrje!« Die Frau ließ das Messer sinken und presste sich die linke Hand an die Brust. Sie wirkte ohnehin alles andere als gefährlich mit ihrem kleinen, rundlichen Wuchs und dem gutmütigen Gesicht, das unter einer übergroßen Haube hervorschaute.

»Wer bist du, Lassie? Und was wollt ihr hier?« Skeptisch blickte sie die jungen Leute an, die plötzlich in ihrem Heim aufgetaucht waren.

»Wir wollen nichts, wir sind nur vor dem Unwetter geflüchtet«, erklärte Leanne, zeigte mit der Hand zum Fenster und hoffte, das Mitgefühl der Unbekannten zu wecken.

»Aye, das sieht wahrlich nicht gemütlich aus, da draußen«, sagte die Frau nickend und wies auf zwei Schemel in der Nähe der Feuerstelle. »Wollt ihr hier eine Rast einlegen?«

Leanne und Alwin ließen sich nicht zweimal bitten. »Habt Dank!«

Die Frau beäugte die Fremden neugierig. »Ihr kommt nicht von hier, was?«

Leanne schüttelte den Kopf und wollte gerade zu einer Antwort ansetzen, als ein grobschlächtiger Mann in den Wohnraum stürzte.

»Was machen *die* denn hier?«, fuhr er die Frau an, bevor er sich vor den Geschwistern aufbaute. »Wir nehmen keine Streuner auf! Macht, dass ihr verschwindet!«

Leanne kam auf die Füße und hob ein weiteres Mal beschwichtigend die Hände. »Wir gehen sofort! Aber wenn Ihr uns vielleicht eine Auskunft geben könntet?« Sie zog Alwin schützend hinter ihren Rücken, da sie die Reaktion des Mannes nicht abschätzen konnte.

»Was für eine Auskunft?« Der Mann kniff die Augen zusammen.

Im gleichen Moment tauchte ein Junge hinter ihm auf. Leanne vermutete, dass er etwas jünger war als sie selbst. Sein Gesicht trug einen ungewöhnlichen Ausdruck zur Schau, der verriet, dass er vom Schwachsinn gezeichnet war.

»Ich habe gesagt, du sollst die Kohle ins Trockene bringen, Calum!«, schnauzte der Mann den Burschen an. »Wird's bald?«

Kohle?, überlegte Leanne. Natürlich. Nur ein Köhler lebte derart abgeschieden im Wald.

Weil der Junge nicht reagierte, sondern die Geschwister weiter entgeistert anstarrte, wandte sich auch der Ältere wieder den Fremden zu.

Leanne erkannte ihre Chance und ergriff das Wort. »Wir sind auf dem Weg zu Leith MacGregor. Könnt Ihr uns sagen, wie wir nach Kilchurn Castle kommen? Man sagte mir, dass es nicht mehr weit sei.«

»Was haben zwei zerlumpte Gestalten wie ihr mit dem Laird zu schaffen? Ihr seid ja nicht mal von hier«, sprach der Köhler und musterte die beiden abschätzig.

»Es ist wirklich nicht mehr weit«, überging die Frau seine Unhöflichkeit und erntete dafür einen zornigen Blick. »In ein bis zwei Tagen solltet ihr da sein. Ihr folgt der Hauptstraße bis zum Ben Lui, einem Hügel, an dem rechts ein schmaler Fluss entlangläuft. Ihr umgeht den Hügel an der linken Seite und geht geradeaus, bis ihr wieder auf ein Waldstück trefft. Von dort aus habt ihr es fast geschafft.«

Leanne hörte aufmerksam zu und hoffte, sich alles gemerkt zu haben. Sie bedankte sich bei der Schottin und zog Alwin zur Tür. Als sie den Verschlag öffnete, wurde ihr Mantel augenblicklich von einem Windstoß erfasst. Die heftige Bö machte es schwierig, das Haus überhaupt zu verlassen, aber Leannes Wille war stärker. Sie konnte die feindliche Haltung des Köhlers keine Sekunde länger ertragen.

Draußen kamen sie nur geduckt vorwärts. Leanne zog ihren Wollmantel über ihre Köpfe, um sie halbwegs vor dem Regen zu schützen, dennoch schlug der Wind den Stoff immer wieder nach oben.

»Verdammt!«, fluchte sie und stolperte mit Alwin zurück in Richtung des Waldes, als sie aus den Augenwinkeln eine Gestalt sah. Es war der Junge aus der Köhlerhütte. Er beobachtete sie aus einiger Entfernung, seine Kleidung war längst durchnässt.

»Was ist?«, schrie Leanne gegen den strömenden Regen an.

Der Bursche antwortete nicht, sondern forderte sie mit einer Geste auf, ihm zu folgen. In ihrer Verzweiflung entschied Leanne, ihm zu vertrauen. Nach einer kurzen Wegstrecke blieb der Junge plötzlich stehen und zeigte mit der Hand auf eine winzige Hütte. Leanne zögerte nicht lange und eilte mit Alwin zu der Behausung. Sie zog an der Tür – sie war nicht verriegelt. Schon beim Öffnen schlug ihr der Geruch von verbranntem Holz entgegen. Offensichtlich wurde hier Kohle gelagert.

»Danke!«, rief sie ihrem Helfer zu, bevor sie mit Alwin in den Unterstand schlüpfte.

24

»Es hat aufgehört!« Leanne erwachte, weil Alwin sie an den Schultern rüttelte. »Der Regen hat aufgehört!«

Sie stöhnte und streckte ihre Beine durch. Wie hatte sie nur in dieser Position einnicken können? Ihre Glieder fühlten sich an, als hätte ein Riese sie im Schlaf verknotet und ihr Rücken schmerzte beim Aufrichten. Leanne stolperte aus der Hütte und blickte erstaunt zum Himmel. Er war strahlend blau. Die Sonnenstrahlen bahnten sich ihren Weg durch die Baumkronen und warfen ihr Licht auf Moos und Laub. Nichts deutete darauf hin, dass hier noch vor kurzer Zeit ein heftiger Sturm gewütet hatte. Wenn das kein gutes Zeichen war!

Auf der Straße kamen sie mühelos vorwärts, weil die Sonne den aufgeweichten Pfad rasch trocknete, doch sobald ihr Weg sie wieder durch den Wald führte, kämpften sie mit dem schlammigen Boden.

»Ich bin schon wieder stecken geblieben!«, ärgerte sich Alwin und zeigte auf seinen Fuß, der bis zum Knöchel zwischen zwei Mooshügeln eingesunken war.

»Dann ... pass ... besser ... auf ...«, Leanne zerrte an seinem Schienbein, »wo du hintrittst!«

Sie wusste, das war leichter gesagt als getan. Die schottischen Wälder waren schließlich bekannt für ihre zahlreichen Moore, die manchmal ganz unerwartet unter der Oberfläche lauerten. Auch auf ihrer Stirn hatte sich bereits ein dünner Schweißfilm gebildet, denn jeder Schritt in diesem sumpfigen Gebiet zerrte nicht nur an ihren Kräften, sondern auch an ihren Nerven. Warum nur hatte die Frau sie nicht vor der Gefahr dieses Waldes gewarnt? Leanne hatte oft genug gehört, dass Menschen gänzlich in Mooren einsanken, nicht mehr herauskamen und einen qualvollen Tod erlitten. Zwar wies sie Alwin vorsichtshalber an, nur auf Steine und Baumwurzeln zu treten, doch ihr Herzschlag beruhigte sich erst wieder, als sie die Moorlandschaft hinter sich gelassen hatten.

Leanne fiel erschöpft auf den Hintern und besah sich den Schaden, den der letzte Wegabschnitt an ihren Füßen hinterlassen hatte. Ihre Lederschuhe waren kaum zu erkennen unter der dicken Schlammschicht, die sie bis auf ihre nackte Haut spürte. Die Geschwister säuberten ihr Schuhwerk notdürftig mithilfe von Blättern, wobei Alwin vor Müdigkeit das Gleichgewicht verlor.

»Lass mich das machen!«, meinte sie und er nickte schwach, während seine Lider schwer wurden.

Sorgenvoll beobachtete Leanne ihren Bruder, dessen zierlicher Körper im Schlaf zuckte. Diese Reise brachte ihn an seine Grenzen. Zwar hatten sie noch genügend Proviant bei sich, doch was der Junge brauchte, war Ruhe, eine ordentliche Schlafstatt und die Wärme eines Kamins. Die Wildnis war kein Ort für ein Kind, erst recht nicht in ihrer Begleitung. Wieder einmal zweifelte Leanne an sich selbst. Kümmerte sie sich ausreichend um ihren Bruder? Manchmal gelang es ihr, sich mit dem Gedanken, alles in ihrer Macht stehende getan zu haben, zu beruhigen. Andere Male machte sie sich Vorwürfe, die sie bis in den Schlaf verfolgten. Warum war sie nicht wachsamer gewesen, damals, als man ihr den Dolch und all das Geld gestohlen hatte?

Als wollte das Schicksal sie verhöhnen, erklang in diesem Moment das Jaulen eines Wolfes. Oder war es nur ein wilder Hund? Das Geräusch war nicht besonders laut – das Tier musste meilenweit entfernt sein – aber laut genug, um Leanne eine Gänsehaut über den Körper zu jagen.

»Wach auf, Alwin!«, zischte sie und zog ihren Bruder auf die Füße.

Er blinzelte verwirrt. »Was ist los?«

Sie verschwieg ihm die unheimlichen Geräusche. »Lass uns weitergehen, bevor die Dämmerung einbricht«, sagte sie stattdessen und schob ihren Bruder vorwärts. Überraschenderweise folgte Alwin ihr, ohne zu murren. Nach einer Weile glaubte sie, dass das Wolfsgeheul nur eine Einbildung gewesen war, die ihr erschöpfter Geist ihr vorgegaukelt hatte. Dann jedoch erklang das Gejaule erneut, lauter und näher dieses Mal. Außerdem war sie sich nun sicher, dass es sich um mehrere Tiere handelte.

Alwin erschrak und klammerte sich an ihren Rock. Seine blauen Augen sahen verängstigt zu ihr auf. Leanne führte ihren Zeigefinger zum Mund und bedeutete ihm, leise zu sein. Sie hatte keinen blassen Schimmer, wie sie sich gegen ein wildes Tier wehren sollte, daher war es wohl das Beste, rasch und vor allem lautlos aus dieser Gegend zu verschwinden.

Leanne griff nach Alwins Hand und beide hasteten weiter. Nicht so schnell, dass sie sofort all ihre Kraft, oder das, was davon übrig war, erschöpften, aber eilig genug, dass sie einen großen Abstand zwischen sich und das Geheule brachten. Immer wieder warf sie einen gehetzten Blick über ihre Schulter, wäre einmal fast gestolpert, hätte Alwin sie nicht gestützt. Sie dankte ihm wortlos und rannte weiter.

»Ich glaube, wir sind jetzt weit genug weg!«, rief Alwin ihr zu und blieb stehen.

Leanne verzichtete auf eine Antwort und zog an seiner Hand. Sie würde sich erst wieder beruhigen, wenn sie überzeugt war, dass sie den Tieren entkommen waren. Noch zuckte sie bei jedem Rascheln, jeder Bewegung im Unterholz zusammen, meinte, an jeder Ecke in ein hungriges Augenpaar zu blicken.

»Leanne!«

Sie schenkte Alwins Rufen keine Beachtung. Ein Kind seines Alters konnte die Gefahren der Wildnis leicht unterschätzen. Sie biss die Zähne zusammen und schritt weiter voran, zog ihren Bruder unnachgiebig vorwärts.

»Leanne!«, sagte Alwin noch einmal. »Die Hunde sind längst weit weg! Außerdem kann ich nicht mehr.« Er sank mitten im Gehen zu Boden und verschränkte die Arme vor der Brust.

Leannes Gedanken überschlugen sich. Alwin hielt die Geräusche für Hunde? Wie konnte sie ihn zum Weiterlaufen überreden? Würde sie es schaffen, ihn eine Weile zu tragen? Während sie fieberhaft nach einem Ausweg suchte, stützte sie sich auf ihre Oberschenkel. Erst jetzt bemerkte sie, dass ihr Atem röchelnd ging, dass Schweiß ihren Nacken hinab rann und ihre Beine zitterten.

»Hörst du, Leanne? Sie sind weg!«

Es dauerte eine Weile, bis seine Worte zu ihr durchdrangen. Leanne ignorierte ihren dröhnenden Herzschlag und lauschte in die Geräusche des Waldes hinein. Verblüfft stieß sie den Atem aus und richtete sich auf. Das Geheul war tatsächlich verstummt. Sie waren entkommen!

»Gott sei Dank!« Sie schickte ein Dankgebet gen Himmel und spürte, wie sich ihr Puls allmählich beruhigte.

»Alles wird gut«, sagte Alwin leise und tätschelte ihr die Hand. Leanne brachte vor Erschöpfung kaum ein Lächeln zustande. Die Geste ihres Bruders berührte sie. Wieder einmal hatte er sie vor sich selbst und ihrer Panik gerettet.

An diesem Tag legten sie nur noch eine kurze Strecke zurück. Zu mehr waren sie in ihrer Verfassung nicht fähig. Die Strapazen der letzten Stunden forderten ihren Tribut und so errichteten die Geschwister schon am frühen Abend ihr Lager und wärmten ihre klammen Hände an der Feuerstelle. Erst als die Flammen zu erlöschen drohten, konnte Leanne sich dazu durchringen, auf die Suche nach neuem Feuerholz zu gehen. Als Alwin anbot, sie zu begleiten, winkte sie sofort ab. Der Junge musste sich dringend ausruhen.

Sie war gezwungen, sich weiter vom Lager zu entfernen, als ihr lieb war.

Nach dem Regen des Vormittags war es kein leichtes Unterfangen, etwas Brennbares aufzutreiben. Im Licht der Dämmerung wurde es immer schwieriger, ihre eigenen Füße zu sehen. Zudem kam sie auf dem feuchten Laub leicht ins Rutschen und ihr Rocksaum verfing sich ständig in den Sträuchern. Leanne entschied, mit ihrer Beute zurückzugehen, auch wenn sie mit dieser keineswegs zufrieden war. Aber sie wollte Alwin nicht allzu lange alleine lassen. Wahrscheinlich war das Feuer längst niedergebrannt und nun saß er dort einsam in der Kälte. Von ihrer Sorge angetrieben machte sie kehrt und hastete in Richtung des Lagers zurück. Wieder einmal wurde ihre Eile ihr zum Verhängnis – im schwachen Mondlicht übersah sie eine dicke Wurzel und drohte, der Länge nach hinzuschlagen, als irgendetwas ihren Fall abfederte.

Irgendetwas oder irgendjemand.

Schneller als sie einen klaren Gedanken fassen konnte, wurde ihr Körper in eine aufrechte Position befördert und ihre Füße auf dem Boden abgestellt. Leanne begriff erst, dass sie nicht alleine war, als sie ihren Blick hob und die Umrisse einer menschlichen Gestalt ausmachte. Sie quietschte vor Schreck und sprintete intuitiv los, doch schon nach wenigen Schritten wurde sie erneut zurückgehalten. Ein Paar kräftige Hände schloss sich um ihre Taille, hob sie mühelos in die Höhe und presste sie gegen den nächsten Baumstamm.

»Was zum Teufel!? Was treibst du hier?«, grollte eine tiefe Stimme, die zu einem Mann von hochgewachsener Statur gehörte. Mehr konnte sie nicht erkennen, denn sein Gesicht war in die nächtliche Dunkelheit getaucht.

Leannes Puls raste. Wer war dieser Mann? Und was wollte er von ihr? Das, was alle Frauen ohne Geleitschutz am meisten fürchteten? Aber warum fluchte er dann vor sich hin, statt sie zu bedrängen?

»Wer bist du?«, sprach der Fremde, da sie keine Reaktion zeigte, sondern ihn nur mit offenem Mund anstarrte.

Sein plötzliches Erscheinen, seine gefährliche Ausstrahlung, die sie trotz der Düsternis deutlich spüren konnte, erzeugten eine Angst in ihr, die sie lähmte.

Der Fremde ließ von ihr ab und verschränkte die Arme vor der Brust. Leanne war bewusst, dass ein Fluchtversuch ausgeschlossen war. Gegen einen Mann von solch kräftiger Statur hätte sie niemals eine Chance. Erst recht nicht in ihrem Zustand. Sie bemerkte, wie sein Blick an ihrem Körper hinabglitt, und erschauderte.

»Wieso treibst du dich nachts alleine im Wald rum?«

»Ich bin nicht alleine!«, entgegnete Leanne endlich. »Ich reise gemeinsam mit einer Gruppe Bewaffneter!« Die Worte sprudelten unerwartet aus ihr heraus. War es nicht immer das Beste, einen Angreifer im Glauben zu lassen, dass man in der Überzahl war? Sie musste an Alwin denken. Auf keinen Fall durfte sie den Fremden zu ihm führen.

»Eine Gruppe Bewaffneter, ja?«, wiederholte der Mann spöttisch. Seine Aussprache war seltsam ... schottisch. Natürlich war er Schotte! »Also bist du mit englischen Soldaten unterwegs?«

Leannes Stirn legte sich in Falten. Ihr Gegenüber hatte ihre Herkunft offensichtlich genauso schnell erraten. Der Unbekannte machte einen Schritt auf sie zu und sie riskierte einen Blick auf seine Gesichtszüge, die im Mondlicht hart und angsteinflößend wirkten. Seine Wangenknochen waren schmal und ausgeprägt, ebenso wie sein kantiges Kinn, das er zuletzt vor ein paar Tagen rasiert haben musste. Leanne konnte nicht sagen, ob seine Augen hell oder dunkel waren, aber sie lagen aufmerksam auf ihrem Gesicht. Eine Spur *zu* aufmerksam. Rasch wandte sie sich ab. Warum starrte sie ihn an, statt sich eine glaubhafte Ausrede zurechtzulegen?

»Bist du eine Hure?«, platzte der Schotte heraus.

»Bin ich nicht!«, empörte sich Leanne und funkelte den Fremden wütend an.

Er rümpfte die Nase. »Hätte ich mir eigentlich denken können. Eine Hure würde mehr auf ihr Erscheinungsbild geben.«

Leanne blieb eine schlagfertige Entgegnung im Hals stecken.

»Also eine Spionin«, schlussfolgerte der Unbekannte.

»Ihr besitzt eine blühende Fantasie, das muss ich zugeben!«, fauchte sie. Im Geiste suchte sie fieberhaft nach einem Ausweg, aber unter seiner Fragerei gelang es ihr kaum, einen klaren Gedanken zu fassen.

»Und wer seid Ihr?«, drehte sie den Spieß daher um. »Welchen Grund habt Ihr, in der Dunkelheit herumzuschleichen und unschuldige Frauen zu verschrecken?«

Seine Augenbrauen hoben sich, überrascht von ihrem verbalen Angriff. Dann senkte sich sein Gesicht auf einmal dicht zu ihr hinab. »Falls du denkst, ich bin so dumm, auf deine Taktik hereinzufallen, muss ich dich leider enttäuschen.«

»Was für eine Taktik? Haltet Ihr mich immer noch für eine Spionin?«

»Ich gebe zu, dass du mich vor Rätsel stellst.« Zwischen seinen Brauen bildete sich eine Falte. »Du bist ärmlich gekleidet, siehst aus wie eine Bettlerin. Deine Art, zu sprechen, ist jedoch ungewöhnlich. Ich würde beinahe vermuten, dass du unter Edelleuten gelebt hast.«

Leanne schnappte nach Luft. Wie hatte der Schotte sie so einfach durchschauen können? Und was fing er nun mit der Information an?

Er lehnte sich ein wenig zurück und musterte sie prüfend. »Aber eines kann ich dir sagen. Ich habe mehr Recht, mich hier herumzutreiben, als du. Also zeig mir, wo der Rest deiner Gruppe steckt!« Bei den letzten Worten hatte er seine Hand auf ihre Schulter gelegt. Die Berührung war sanft, dennoch steckte eine klare Drohung in ihr. Leanne geriet in Panik. Was sollte sie ihm sagen? Ihr Blick huschte zur Seite. Erst einmal musste sie Zeit gewinnen.

»Hier entlang«, murmelte sie daher und schritt in eine Richtung, die weg von ihrem Lager führte, stolperte hektisch und ohne Ziel durch den nächtlichen Wald. Obwohl sie es nicht wagte, über ihre Schulter zu blicken, konnte sie die Präsenz des Schotten deutlich spüren. Er bewegte sich lautlos, ihr dicht auf den Fersen. Leanne lief und lief, in der Hoffnung, dass der Fremde irgendwann aufgeben und sie allein lassen würde, doch natürlich wurde ihr Wunsch nicht erfüllt.

»Führst du mich absichtlich in die falsche Richtung oder gibt es gar kein Lager?«

Leanne schreckte aus ihrem tranceartigen Gang hoch. Wie hatte er sie unbemerkt überholen können?

Sie ließ die Schultern sinken. »Ihr habt recht. Ich habe Euch getäuscht. Ich hatte Angst, dass Ihr mir etwas antun würdet.« Das war nicht gelogen, aber nur die halbe Wahrheit.

Der Schotte stemmte die Hände in die Seiten. Dabei fiel ihr auf, dass er mit Pfeil und Bogen ausgestattet war und ein Schwert an der Hüfte trug. Sie hatte vorhin nicht darauf geachtet, da der Fremde allein durch seine Statur furchteinflößend gewirkt hatte. Leanne kannte sich nicht besonders gut aus mit Waffen, aber ein solch hochwertiges Schwert wurde für gewöhnlich nur von Edelleuten geführt. Handelte es sich bei dem Mann etwa um einen Ritter? So manche Frau hätte bei der Erkenntnis vermutlich frohlockt. Schließlich sagte man Rittern nach, dass sie Männer von Ehre waren und niemals einer Frau etwas zuleide tun würden. Nun, sie hatte genügend Ritter getroffen, die sie vom Gegenteil überzeugt hatten. Ihr Gegenüber schien jedoch wenig mit den Höflingen aus Westminster gemeinsam zu haben. Er wirkte eher wie ein Draufgänger und auf gewisse Weise ... wild.

Hatte Mortimer am Ende tatsächlich recht damit, dass die Schotten ein Barbarenvolk waren? Aber Luke war schließlich auch umgänglich gewesen ...

»Dann bleibt mir nur eine Möglichkeit!«, unterbrach der Mann abrupt ihren Gedankenstrom. Er legte seine Hand auf den Schwertknauf und sie befürchtete schon das Schlimmste.

»Du kommst mit mir!«

Leanne starrte ihn entgeistert an. Wohin würde er sie bringen? Ihr Mund öffnete sich, um genau diese Frage zu stellen, aber der Schotte kam ihr zuvor.

»Keine Fragen!«, brummte er in einem Ton, der keinen Widerspruch zuließ. »Und keine Täuschungsmanöver mehr!«

Leanne biss sich auf die Lippe. Sie saß endgültig in der Falle.

25

Leanne schlang die Arme um die Knie und starrte zitternd in die Flammen des Lagerfeuers. Ihr Körper sehnte sich nach Erholung und drängte sie, sich neben der wohligen Wärme, die das Feuer ausstrahlte, zusammenzurollen. Aber ihr Geist weigerte sich, zur Ruhe zu kommen. Die Sorge um Alwin, der alleine in der Dunkelheit auf sie wartete, brachte sie fast um den Verstand. Er war verloren, wenn ihm niemand zu Hilfe kam!

Sollte sie dem Fremden einfach die Wahrheit sagen? Würde er Mitgefühl zeigen, wenn sie ihm erklärte, dass ihr kleiner Bruder allein zurückgeblieben war?

Leanne beobachtete ihren Entführer, der sich gerade seinem Pferd widmete, das an einem Baumstamm angebunden war. Sie war immer noch erstaunt über die Erkenntnis, dass er zu Pferd reiste und das Tier hier im Wald versteckt hatte, um ihr nachzugehen. Auf der anderen Seite passte der edle Hengst zu ihrer Vermutung, dass es sich bei ihm um einen Mann von hohem Rang handelte. Der Schotte strich dem Tier über die Nüstern, murmelte vor sich hin und wirkte dabei überraschend sanft. Luke hatte ihr einmal erzählt, dass man das Wesen eines Mannes daran erkennen könne, wie er mit seinem Pferd umging. Doch in Leanne sträubte sich alles dagegen, dem Schotten zu vertrauen. Zu ihr war er schließlich alles andere als freundlich gewesen.

Ihr Entführer holte etwas aus den Satteltaschen und ging dann zurück zur Feuerstelle, wobei Leanne erneut ins Auge fiel, wie lang seine Beine waren, die in dunklen Beinlingen und Stiefeln steckten.

Mit einer geschmeidigen Bewegung, die sie einem Mann von seiner Körpergröße nicht zugetraut hätte, ließ er sich ihr gegenüber nieder. Während er in einem Leinenbeutel kramte, streifte das Licht der Flammen sein rötlich schimmerndes Haar, das ihm in lockeren Wellen bis auf die Schultern fiel. Irgendetwas in ihr drängte sie dazu, sein Gesicht genauer zu studieren. Sie kniff die Augen zusammen und folgte der Linie seiner langen, geraden Nase, den ausgewogenen Lippen, die man fast sinnlich nennen könnte, hätte er sie nicht so grimmig verzogen ... Leanne schnappte nach Luft, schockiert über sich selbst und die Richtung, die ihre Gedanken eingeschlagen hatten.

Dem Schotten war ihr geräuschvoller Atemzug nicht entgangen. Prüfend blickte er zu ihr hinüber. »Was ist?«

»Es ist nichts«, sagte sie hastig und entschied sich intuitiv, dem Mann ihre Erkenntnis zu verheimlichen.

Die Erkenntnis, dass sie sich schon einmal begegnet waren.

Zugegebenermaßen waren es nur kurze Momente gewesen. Nur flüchtige Blicke, die sie sich in Berwick zugeworfen hatten. Den vorwurfsvollen Ausdruck in seinen grünen Augen hatte sie wochenlang nicht vergessen können. Und nun waren sie beide hier!

Leanne konnte es nicht fassen. Wachsam starrte sie zurück, um zu sehen, ob er sich ebenfalls erinnerte, aber seine Miene blieb undurchschaubar.

Je länger sie darüber nachdachte, desto unwahrscheinlicher erschien es ihr, dass er sich an ihre Begegnung im Sommer erinnerte. Ihre Blicke hatten sich nur aus der Ferne getroffen. Aber viel mehr als das wog vermutlich die Tatsache, dass sie in Berwick eine Hofdame gewesen war – mit Schmuck ausgestattet und in elegante Kleider gehüllt. Von jener Edeldame war nun nichts mehr übrig. Die Frau, die der Schotte hier vor sich sah, musste eine abstoßende Gestalt sein. Leanne erinnerte sich nicht mehr daran, wann sie sich zuletzt gewaschen oder das Haar gekämmt hatte. An derlei banale Dinge hatte sie in den letzten Tagen nicht einmal einen Gedanken verschwendet. Sie war zu sehr damit beschäftigt gewesen, zu überleben, weiter zu laufen, Alwin in Sicherheit zu bringen ...

Sollte sie nun, da sie es so weit geschafft hatten, wirklich scheitern? Leanne spürte, wie ihr Tränen in die Augen schossen. Hastig wischte sie sich mit dem Ärmel übers Gesicht und zog die Nase hoch. Sie durfte jetzt keine Schwäche zeigen.

»Möchtest du auch von dem Brot?«

Leanne sah, überrascht von seiner Frage, auf.

»Bist du hungrig?« Der Schotte wies auf das Brot in seiner Hand. Seine Stimme klang etwas sanfter als zuvor.

Leanne nickte. Sie musste bei Kräften bleiben.

Er kam zu ihr herüber und reichte ihr ein Stück, bevor er sich wieder setzte. Seine langen Beine ausgestreckt, begab er sich schließlich in eine liegende Position, drehte sich auf die Seite und schloss die Augen.

Er schloss tatsächlich die Augen? Verwundert starrte sie zu ihrem Entführer, auf dessen Gesicht das Feuer tanzende Schatten warf. Natürlich musste auch er irgendwann rasten. Aber wie konnte es sein, dass er sie einfach unbewacht ließ, ja, sie nicht einmal fesselte? Sie mutmaßte, dass er sich womöglich nur schlafend stellte und weiterhin aufmerksam lauschte. Doch welche Erklärung gab es für sein Verhalten?

Leanne wurde abgelenkt, weil sie im Augenwinkel eine Bewegung wahrnahm. Dort hinten im Gebüsch hatten sich die Äste bewegt. Oder nicht? Sie kniff die Augen zusammen.

Ihr Herz machte einen Sprung, als sie einen hellen Haarschopf im Unterholz aufblitzen sah. Alwin! Er war hier! Leannes Puls beschleunigte sich und ihre Augen schossen zwischen dem Jungen und dem schlafenden Schotten hin und her. Zu ihrem Entsetzen verließ ihr Bruder sein Versteck und ging vorsichtig auf die Feuerstelle zu.

Leanne gestikulierte verzweifelt, um ihn davon abzuhalten, näherzukommen. Aber Alwin schenkte ihr kaum Beachtung. Sein

Mund war zu einem grimmigen Strich verzogen, seine Miene zeugte von kindlicher Entschlossenheit. Als ihr Blick auf den dicken Ast fiel, den der Junge bei sich trug, durchschaute sie endlich seinen Plan. Mit angehaltenem Atem beobachtete sie, wie ihr kleiner Bruder sich immer weiter an den regungslosen Schotten heranschlich und zu einem Schlag gegen dessen Kopf ausholte.

Das Nächste, was sie vernahm, war ein heller Schrei. Nicht grollend und dunkel, wie die schmerzerfüllte Stimme des Schotten klingen müsste, sondern quietschend und panisch.

Alwins Stimme.

Leanne hatte gar nicht so schnell schauen können, wie der Fremde aufgesprungen war und den Jungen in die Luft gehoben hatte. Seine Hand hatte sich um Alwins Kehle gelegt.

»Alwin!«, kreischte sie verzweifelt. »Bitte tut ihm nichts!«

Der Fremde warf ihr einen Blick zu und schien kurz zu überlegen, bevor er seinen Griff endlich lockerte.

»Alwin!«, rief Leanne noch einmal und stürmte auf ihren Bruder zu. Der floh sofort in ihre Arme. Sie hielt ihn so fest, dass er bald jammerte, keine Luft mehr zu bekommen.

»Geht es dir gut?«, fragte sie besorgt und wich zurück, um ihn von allen Seiten zu betrachten.

Er nickte und Leanne fiel ein Stein vom Herzen. Ihr Bruder war unverletzt und das war im Moment alles, was zählte.

Alwin allerdings warf einen wütenden Blick in Richtung des Schotten. Vermutlich war er frustriert, dass sein Angriff misslungen war.

»Ist er dein Sohn?« Der Mann klang erstaunt.

»Mein Bruder«, erklärte Leanne und strich Alwin übers Haar. Sie war viel zu erleichtert darüber, dass der Kleine aufgetaucht war, um sich Sorgen darüber zu machen, dass er nun ebenfalls in der Gewalt ihres Entführers war.

Der Schotte räusperte sich. »Mir war klar, dass du nicht alleine unterwegs bist.«

Also hatte er wirklich eine Strategie verfolgt, indem er vorgegeben hatte zu schlafen?

»Es sind nur wir beide, das schwöre ich!« Leanne entschied, mit offenen Karten zu spielen. »Bitte lasst uns einfach gehen!«

»Lass mich und meine Schwester in Ruhe!«, kam Alwin ihr zu Hilfe. Sein kindliches Gesicht war wutverzerrt.

Der Rothaarige legte den Kopf schief. »Nein«, sagte er dann. »Ich muss wissen, warum sich zwei Engländer in unseren Wäldern herumtreiben. Außerdem seht ihr beide aus, als würde euch eine Nacht unter festem Dach guttun.«

Dem hatte Leanne nichts entgegenzusetzen. Die letzten Tage im Wald, die Angst vor wilden Tieren und der stetige Hunger hatten an ihren Kräften gezehrt. Aber bei der Vorstellung, von ihrem eigentlichen Plan abzukommen, bildete sich ein Kloß in ihrem Hals. Wenn der Mann wenigstens verraten würde, wohin er sie brachte!

»Tut mir leid, dass es nicht geklappt hat!«, meinte Alwin und verbarg sein Gesicht an ihrer Schulter.

»Schon gut«, murmelte Leanne und strich ihm über den Rücken. »Ich bin stolz auf dich, dass du es alleine bis hierher geschafft hast. Ich hatte solche Angst um dich! Wie hast du mich gefunden?«

Er zog die Stirn kraus. »Weil du so lange weg warst, habe ich mir schon gedacht, dass irgendetwas passiert ist. Dann habe ich deinen Schrei gehört und bin in die Richtung gelaufen. Irgendwann habe ich den Rauch von eurem Lagerfeuer gesehen.«

»Du bist wirklich schlau, weißt du das?«

Auf Alwins Lippen stahl sich trotz der ernsten Lage ein Lächeln.

»Sind unsere Sachen noch dort?«, fragte Leanne schließlich.

Alwin schlug sich die Hand vor den Mund. »Oh, das hätte ich fast vergessen. Ich hab sie mitgenommen. Der Beutel liegt noch da hinten im Gebüsch.« Ohne auf sie zu warten, sprang er auf und verschwand zwischen den Ästen.

Leanne beobachtete währenddessen den Schotten.

Er hatte Alwins Verschwinden natürlich bemerkt, aber an seinem nachsichtigen Blick konnte sie erkennen, dass er dem Jungen keine weiteren Faxen zutraute.

Ihr Bruder tauchte mit der Tasche auf, fischte die Wolldecke heraus und benutzte den Beutel als Kissen. Er rollte sich zusammen und war bald darauf eingeschlafen. Wieder einmal staunte Leanne, wie selbständig und mutig er für sein Alter war.

Als sie aufsah, blickte sie geradewegs in die Augen des Schotten. Hastig wandte sie sich ab und zog das schäbige Tuch, das ihren Kopf bedeckte, tiefer ins Gesicht, um ihre Narbe über der Braue zu verdecken. Konnte es sein, dass er sie doch wiedererkannt hatte? Sicher wäre es seiner Empathie nicht gerade zuträglich, wenn er herausfand, dass sie bis vor kurzem unter der englischen Nobilität gelebt hatte.

Aber wer war dieser Mann? Sie grübelte noch lange über diese Frage nach, bis ihr irgendwann die Augen zufielen.

Leanne gähnte, während sie aus den Büschen hervorkam und den Weg zurück ins Lager einschlug. Nach der letzten Nacht fühlte sie sich wie gerädert. Sie war ständig hochgeschreckt aus ihren Albträumen, in denen Alwin verschwunden war. Immer wieder hatte sie sich versichern müssen, dass er wirklich hier bei ihr war. In Sicherheit, soweit man das unter diesen Umständen behaupten konnte.

Verstohlen blickte Leanne zu ihrem Nachtlager, wo Alwin noch immer schlummerte und der Schotte die letzten Flammen des Lagerfeuers austrat. Sie ließ ihre Hand in die Manteltasche gleiten, befühlte das kalte Metall zwischen ihren Fingern und besah sich die bronzene Münze schließlich auf ihrer Handfläche. Der Gegenstand, in dem sie mittlerweile einen Glücksbringer sah, erinnerte sie immer wieder daran, dass sie ihr eigentliches Ziel nicht aufgeben durfte.

Dass sie weiter nach Leith MacGregor suchen musste, sobald dieser starrköpfige Schotte einsah, dass von ihr keine Gefahr ausging.

Leanne hatte gehofft, Westminster und die Schatten der Vergangenheit in diesem wilden Land endlich hinter sich lassen zu können. Doch sie hatte die feindliche Gesinnung und das Misstrauen der Schotten unterschätzt.

»Was hast du da?«, ertönte eine tiefe Stimme hinter ihr.

Leanne zuckte zusammen und ließ ihre Hand samt der Münze in der Manteltasche verschwinden.

»Nichts. Nur ein altes Andenken«, meinte sie und stapfte davon.

Der Rothaarige stellte sich ihr in den Weg. »Ich möchte es sehen.« Der Blick in seinen moosgrünen Augen war so hart und unnachgiebig, dass Leanne sich gezwungen sah, seiner Aufforderung nachzukommen. Seufzend zog sie ihre Faust hervor und öffnete die Hand.

Der Gesichtsausdruck des Schotten wechselte im Bruchteil einer Sekunde von Skepsis zu Überraschung. »Woher hast du die Münze?«, fragte er atemlos.

Verwundert registrierte Leanne seine Reaktion. Warum brachte ihn dieser schlichte Gegenstand dermaßen aus der Fassung?

»Das kann ich Euch nicht sagen.« Tatsächlich fühlte sie sich nicht imstande dazu, ihm die ganze Geschichte zu erzählen. Wie sollte sie ihm erklären, dass ein schottischer Laird sie damals getröstet hatte, als ein ehrloser Ritter ihr das junge Herz gebrochen hatte? Wer würde ihr so eine Erklärung abnehmen?

Der Schotte stieß einen Laut aus, der seinen Unmut zum Ausdruck brachte, bedrängte sie aber nicht weiter.

Sollte er sie doch hinbringen, wohin er wollte. Ihre Geschichte würde sie niemals preisgeben. Früher oder später würde sie Leith MacGregor ausfindig machen. Das schwor sie sich.

Den ersten Wegabschnitt bestritten die drei schweigend. Sie gingen in einem gemächlichen Tempo und Leanne fragte sich, warum der Schotte sein Pferd an den Zügeln führte, statt im Sattel zu sitzen. Aber sie sprach ihn nicht darauf an. Sie war nicht in der Stimmung für Geplauder, ebenso wenig wie der sonst so quirlige Alwin. Ihr Bruder zog seit dem Morgen eine beleidigte Schnute, was sie halb auf seinen Groll gegenüber dem Schotten, halb auf seine Erschöpfung schob.

Leanne bemerkte zu spät, dass der Rothaarige zum Stehen gekommen war, und wäre beinahe in ihn hineingelaufen.

»Saß der Junge schon mal im Sattel?«, fragte er und drehte sich halb zu ihr um.

Leanne machte hastig einen Schritt zurück, bevor sie den Kopf schüttelte. Es behagte ihr nicht, dem Schotten so nahezukommen. Gestern Abend hatte sie den Schutz der Dunkelheit gehabt, aber nun, bei Tageslicht, konnte es leicht passieren, dass er sich möglicherweise wieder an sie und Berwick erinnerte.

Sie räusperte sich. »Warum fragt Ihr?«

»Weil wir dann wesentlich schneller vorankommen würden.«

Insgeheim gab Leanne ihm recht. Aber was hielt Alwin von der Idee? An seiner wachsamen Miene merkte sie, dass ihr Bruder das kurze Gespräch mitbekommen hatte. Sie beugte sich zu ihm hinab. »Möchtest du auf dem Pferd reiten, Alwin?«

Der Kleine zögerte. »Wenn ich darf?« Leanne vermutete, dass er Skrupel hatte, auf das Pferd des Feindes zu steigen.

»Du kannst es ja mal versuchen«, schlug sie vor und wandte sich wieder an den Besitzer des Tieres. »Es ist doch nicht gefährlich?«

Statt einer Antwort hob der Schotte nur eine Augenbraue. Dann schnappte er sich den Jungen, der laut quietschte, als er schwungvoll im Sattel landete.

Leanne eilte zur Flanke des Tieres, aus Angst, dass ihr Bruder das Gleichgewicht verlieren könnte.

»Hat dein Pferd auch einen Namen?«, fragte Alwin und wirkte stolz, wie er sich mit seinen kleinen Händen an der Mähne festklammerte. Leanne freute sich, endlich mal wieder etwas Fröhlichkeit in seinem Kindergesicht aufleuchten zu sehen.

»Eachann.«

»Komischer Name«, urteilte Alwin naserümpfend, während er von Seite zu Seite schaukelte.

Der Schotte entgegnete darauf nichts. Seine Aufmerksamkeit galt der Umgebung, den hohen Nadelbäumen, den kieseligen Wegen und den gluckernden Bachläufen.

»Ist alles in Ordnung?«, fragte Leanne alarmiert. Hatte er irgendetwas Verdächtiges beobachtet? Ihr Blick schoss umher, allerdings konnte sie nichts Ungewöhnliches erspähen.

»Ja, alles in Ordnung.« Er sah kurz zu ihr hinüber, bevor seine Augen wieder die Landschaft fixierten.

Leanne bemerkte, dass seine Iris beinahe die gleiche Farbe besaß wie das Grün der Tannen. Ein ungewöhnlicher Farbton, der von ein paar bräunlichen Sprenkeln benetzt war und einen interessanten Kontrast zu seinem rotbraunen Haar bildete.

Ihre Wangen wurden heiß, als sie sich dabei ertappte, wie sie das Gesicht ihres Entführers musterte. Weshalb übte der Fremde nur eine solche Faszination auf sie aus? Sie sollte ihn fürchten, ihn hassen, ihn verfluchen, dafür, dass er sie zwang, von ihrem Plan abzukommen. Und doch gelang es ihr nicht, die gleiche Wut zu empfinden, wie noch am Abend zuvor. Diese Wanderung, der Umgang zwischen ihnen, fühlte sich viel zu friedlich, viel zu vertraut an. Wann begriff sie endlich, dass der Frieden des Moments nur eine Illusion war?

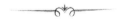

»Da vorne ist ein Dorf!«, rief Leanne aufgeregt, nachdem sie in der Ferne einige Behausungen erspäht hatte.

»Ich weiß«, knurrte der Schotte. »Aber wir werden dort nicht vorbeigehen.«

»Seid Ihr sicher? Wir bräuchten bald neue Vorräte!«

Der Rothaarige machte sich nicht einmal die Mühe, sich zu ihr umzudrehen.

Leanne stampfte mit dem Fuß auf. Allmählich war sie es leid, dass er die Hälfte ihrer Fragen einfach überging. Wütend schloss sie zu ihm auf und packte ihn am Arm. »Denkt wenigstens an meinen Bruder! Ihr wisst doch, wie hungrig er immer ist!«

»Aye.« Seine Mundwinkel verzogen sich spöttisch. Dann wanderte sein Blick zu ihrer Hand, die noch immer auf seinem Oberarm lag. Leanne zog ihre Finger so hastig zurück, als hätte sie sich verbrannt.

»Eine Rast ist überflüssig, weil wir in kurzer Zeit unser Ziel erreichen«, erklärte er schließlich. Seine Worte lösten bei ihr Erleichterung und Angst zugleich aus. Endlich hatte diese mühselige Reise ein Ende. Aber was würde sie an ihrem Ziel erwarten? Wer würde über sie urteilen?

»Guck mal, Leanne!«, rief Alwin vom Sattel aus. »Eine Burg!«

Eine Burg? Sie eilte nach vorne.

Tatsächlich. In der Ferne erhob sich eine Festung auf einem Hügel, der durch einen Wassergraben geschützt war. Oder war die Burg auf einen See gebaut? So oder so war der Anblick atemberaubend. Die untergehende Sonne umgab die Festung mit orangevioletten Licht, das sich in der Wasseroberfläche spiegelte. Die Burg an sich war recht klein im Vergleich zu den Bauten, die Leanne aus England kannte, doch in dieser Atmosphäre wirkte sie nicht weniger majestätisch.

»Schhh, ganz ruhig.« Der Schotte sprach beruhigend auf sein Pferd ein, das auf der Stelle tänzelte. »Es ist wohl besser, wir lassen Eachann jetzt in Ruhe«, sagte er und half Alwin aus dem Sattel. »Er spürt, dass er gleich zuhause ist.«

»Zuhause?«, fragte Alwin überrascht. »Das heißt, wir gehen da rein?«

»Aye, wir gehen da rein«, wiederholte der Schotte belustigt und gab dem Pferd einen Klaps auf den Hintern. Eachann galoppierte augenblicklich davon und drosselte sein Tempo erst, als er die schmale Steinbrücke überquerte, die zum Burgareal führte.

Je weiter sich Leanne der Festung näherte, desto mehr wuchs ihre Anspannung. Verbarg sich hinter diesen schweren Mauern ihr nächstes Gefängnis? Was würde der Burgherr mit ihnen, zwei zerlumpten Engländern, anfangen?

Sie versuchte, sich alle Eindrücke, die sich ihr beim Betreten der Festung boten, einzuprägen. Womöglich musste sie später von ihrem Wissen Gebrauch machen. Zwei Wachen waren auf dem Wehrgang oberhalb des Burgtors postiert und nickten ihrem Entführer knapp zu, bevor sie ihn einließen. Vor dem Eingang zum Wohnturm hielten zwei weitere Männer die Stellung.

»Mylord«, begrüßte einer von ihnen ihren Begleiter und Leannes Augen wurden groß. Also war er tatsächlich ein Mann von adliger Abstammung! »Der Laird erwartet Euch bereits.« Der Rothaarige nickte nur und erklomm dann die Stufen einer Treppe, die vermutlich in den Wohnbereich des Burgherrn führte. Leanne und Alwin, der sich nervös an ihren Rocksaum klammerte, folgten ihm in einigem Abstand.

Sie hörte, wie weiter oben eine Tür aufgestoßen wurde.

»Rory! Was hat dich so lange ferngehalten?« Die sorgenvolle Stimme musste zu besagtem Burgherren gehören.

»Das wirst du gleich erfahren, fürchte ich.«

Leanne hatte die Antwort ihres Begleiters aufgeschnappt. Sie erklomm die letzte Stufe und stolperte durch die Tür in einen großräumigen Saal hinein.

»Vater, die beiden habe ich unterwegs aufgesammelt.«

Vater? Wie konnte das sein?

»Laird MacGregor!«, keuchte Leanne, ehe Schwärze sie umfing.

26

»Leanne! Wach auf!«

Irgendetwas kitzelte sie am Ohr. Sie zog die Nase kraus und blinzelte. Nur eine Handbreit über ihrem Gesicht blickten Alwins geweitete Augen auf sie hinab.

»Wo bin ich?«, stöhnte sie und versuchte, sich auf dem Bett aufzusetzen.

»Sie ist wach!«, jubelte ihr Bruder so laut, dass Leanne vor Schreck zusammenzuckte. Dann streiften ihre Augen verwundert die fremde Umgebung. Sie befand sich in einem kleinen Raum mit hohen, steinernen Wänden. In der Burg der MacGregors.

Sie erwischte Alwin am Ärmel. »Geht es dir gut?«

Er nickte. »Ja. Aber ich hatte Angst, als du auf einmal hingefallen bist.«

Richtig. Ihr war plötzlich schwarz vor Augen geworden. Nachdem sie begriffen hatte, dass ihr Entführer kein anderer war als der Sohn von Leith MacGregor! Sie musste sofort mit dem Laird reden. Leanne erhob sich so schnell, dass Sterne vor ihren Augen tanzten.

»Nicht so eilig!« Sie erkannte verschwommen, dass eine Frau auf sie zukam. Man legte ihr eine Hand auf die Schulter und führte sie zurück zum Bett, wo Leanne sich mit wackeligen Beinen setzte.

»Ist dir noch schwindelig?«, fragte die freundliche Stimme.

»Ein wenig«, gestand Leanne und sah endlich zur Sprecherin auf. Vor ihr stand ein Mädchen, das etwa im gleichen Alter wie sie selbst sein mochte, vielleicht ein paar Jahre jünger. Sie trug ein einfaches

Wollkleid aus dunklem Stoff und besaß kastanienfarbenes Haar, das zu einem lockeren Knoten aufgesteckt war.

»Wer seid Ihr?«

»Fenella«, sagte die junge Frau lächelnd. »Fenella MacGregor.«

»Verzeiht, Mylady!« Leanne erhob sich und versank vor der Tochter des Lairds in einen Knicks.

»Nicht doch!« Fenella schob sie sachte zum Bett zurück. »Mein Vater hat mir aufgetragen, mich um dich zu kümmern. Die Reise hat dir wohl ziemlich zugesetzt, was?«

Leanne nickte. *Wenn sie wüsste.*

Das Mädchen plapperte munter weiter. »Vater hat gesagt, dass ihr euch von früher kennt. Das müsst ihr heute Abend unbedingt genauer erzählen. Hinter eurer Reise scheint ja ein richtiges Abenteuer zu stecken ...«

»Heute Abend?«, unterbrach Leanne sie leise.

»Ihr beide werdet natürlich mit uns zu Abend essen! Rory ist bisher nicht mit der Sprache rausgerückt, daher freue ich mich umso mehr auf eure Geschichte.« Sie klatschte vorfreudig in die Hände.

Leanne hatte keine Zweifel, dass Fenella meinte, was sie sagte. Aber im Moment ging ihr alles zu schnell. »Rory ist Euer Bruder?«, kombinierte sie.

»Ja!«, sprach die Fürstentochter, dann zog sie eine Augenbraue hoch. »Ich dachte, ihr seid zusammen gereist? Hat er dir etwa nicht mal seinen Namen verraten?«

»Ich äh ... nein«, gab Leanne stockend zu. Dieses Mädchen hatte offenbar eine ganz andere Vorstellung von den letzten Tagen.

Fenella schnaubte. »Das sieht ihm mal wieder ähnlich. Naja, bevor wir zu Abend essen, schlage ich vor, dass ihr beide ein heißes Bad nehmt?«

»Das wäre wunderbar!« Das letzte Mal, dass sie sich gewaschen hatte, war viel zu lange her.

»Muss ich auch?«, meldete Alwin sich zu Wort. Seine Miene verriet, dass ihm die Aussicht auf ein Bad nicht gerade gefiel.

»Unbedingt!«, rief Leanne. »Hast du schon einmal in den Spiegel geblickt?«

Alwin zog die Stirn kraus. »Was ist ein *Spiegel*?«

Die Frauen brachen gleichzeitig in Gelächter aus.

»Das wirst du noch früh genug sehen«, meinte die Tochter des Lairds und führte Alwin aus dem Raum.

Normalerweise hätte Leanne sich augenblicklich Sorgen gemacht, aber die freundliche Fenella hatte es im Nu geschafft, ihr Vertrauen zu gewinnen. Ungläubig schüttelte sie den Kopf. Wie konnte es sein, dass sich ihr Wesen so sehr von dem ihres Bruders unterschied?

Rory. Es war seltsam, plötzlich seinen Namen zu kennen. Bisher hatte sie ihn im Geiste einfach *ihren Entführer* genannt. Mittlerweile wusste sie nicht einmal, ob diese Bezeichnung noch zutraf. Ab dem Moment, in dem er die Münze seines Vaters in ihrer Hand erblickt hatte, musste er geahnt haben, wo ihr Ziel lag. Doch warum hatte er seine Identität nicht preisgegeben? Leanne schwirrte der Kopf von den vielen Fragen, sodass sie beinahe froh war, als ihr Grübeln durch die Ankunft zweier Mägde unterbrochen wurde. Die beiden Frauen schleppten übervolle Eimer in die Kammer und befüllten den Zuber an der Wand mit heißem Wasser. Sie holten ein paar Mal Nachschub, bis Leanne endlich in den Bottich steigen konnte. Bevor man sie alleine ließ, legte eine der Dienerinnen wortlos ein rostrotes Kleid auf der Bettstatt zurecht.

Verwundert blickte Leanne ihr nach. Man gab ihr neue Kleidung? Steckte Fenella dahinter? Sie dachte jedoch nicht weiter darüber nach, sondern freute sich einfach über die Gelegenheit, ihr streng riechendes und dreckstarres Kleid endlich abstreifen zu können.

Das Badewasser war heiß, als Leanne ihren Fuß hineintauchte. Bei den frischen Temperaturen, die innerhalb der Burgmauern herrschten, würde es sicher schnell abkühlen. Vorsichtig stieg sie in den Zuber und genoss das Gefühl, vollständig von der angenehmen Hitze umhüllt zu werden. Dabei ließ sie ihren Blick durch das

Gemach schweifen. Wer hier wohl für gewöhnlich wohnte? Oder handelte es sich um ein Gästezimmer? Der kleine Raum war alles andere als luxuriös und hatte wenig mit den prachtvollen Kemenaten gemein, die Leanne aus Westminster kannte. Aber die Möbel wirkten robust und gut in Schuss, der Boden frisch gefegt. *Nur ein Feuer hätten die Mägde vielleicht machen können*, überlegte sie, während ihr Blick am gegenüberliegenden Kamin hängenblieb. Im nächsten Atemzug ärgerte sie sich über ihre Zimperlichkeit. Sie sollte lieber dankbar sein für die Gastfreundschaft, die man ihr hier entgegenbrachte. Schließlich hatte sie mit einem deutlich schlimmeren Empfang gerechnet.

Sie griff nach dem bereitliegenden Schwamm und schrubbte sich so kräftig ab, bis ihre Haut gerötet war. Anschließend nahm sie Kamm und Seife zur Hand und widmete sich ihrem Haar. Es war ein beinahe unmögliches Unterfangen, ihre zotteligen Strähnen auszukämmen, ohne sich dabei ständig Haare auszureißen oder noch größere Knoten zu verursachen. Nach einer Weile gab sie seufzend auf und reinigte stattdessen ihre verschmutzten Fingernägel. Als sie mit dem Ergebnis zufrieden war, war das Badewasser längst kalt. Leanne stieg aus dem Bottich, wrang fröstelnd ihr nasses Haar aus und trocknete sich halbherzig mit einem Leinentuch ab, bevor sie das neue Gewand anlegte. Andächtig strich sie mit der Hand über den rostroten Stoff. Wann hatte sie das letzte Mal so etwas Schönes getragen? Es musste Wochen her sein. Das Kleid passte fast perfekt und war nur einen Hauch zu weit für ihre schmale Figur. Dem Schnitt nach könnte es tatsächlich Fenellas Garderobe entstammen.

Frisch gebadet und in das ansehnliche Kleid gehüllt, fühlte Leanne sich wie ein neuer Mensch. Zum ersten Mal nach langer Zeit verspürte sie wieder so etwas wie Selbstachtung und sich daher deutlich besser gerüstet für die Herausforderungen, die heute Abend ohne Zweifel auf sie zukommen würden.

Zuletzt schlüpfte sie in ihre Schuhe und huschte über die Dielen zur Tür, um sich auf die Suche nach Alwin zu machen.

Orientierungslos streifte sie durch den Flur, in den nur wenig Tageslicht drang. Der Torbogen dort hinten führte wahrscheinlich zur Haupthalle, aber die war nicht ihr Ziel. Sie fragte sich, wohin man ihren Bruder für sein Bad geschickt hatte und wollte es gerade in die andere Richtung versuchen, als ein Geräusch sie innehalten ließ. Waren das Kinderstimmen? Sie lugte um die Ecke und wäre beinahe mit Alwin zusammengeprallt, der im rasanten Tempo auf sie zuschoss.

Alwin lachte, als er sie entdeckte und schlang seine Arme um ihre Beine. »Hallo, Leanne!«

»Hallo, Alwin!«, gab sie belustigt zurück und fuhr mit der Hand durch sein Haar, das im Vergleich zu heute Nachmittag plötzlich einen Ton heller schien. »Was ist denn hier los?«

Erst dann bemerkte sie das Mädchen, das sie aus einigem Abstand neugierig beäugte. Das Kind war vielleicht zwei Jahre älter als Alwin und besaß dunkelblondes, gewelltes Haar.

»Das ist Mariota«, kam Alwin ihrer Frage zuvor.

»Freut mich, dich kennenzulernen, Mariota«, meinte Leanne zu dem Mädchen. »Wohnst du hier in der Burg?«

»Ja«, sagte die Kleine und trat näher. »Mein Vater ist nach dem Krieg nach Frankreich gegangen. Jetzt wohne ich bei meinem Onkel.«

»Dein Onkel ist der Laird MacGregor?«

Das Mädchen nickte. »Ja. Und meine Tante Isla, die ...«

»Mariota!«, ertönte eine strenge Stimme hinter ihnen.

Leanne fuhr erschrocken herum. Es war Rory MacGregor, der sie wütend anstarrte, bevor er sich wieder dem Mädchen zuwandte. »Du kannst fremden Leuten nicht einfach diese Dinge erzählen! Das hatten wir doch besprochen.«

»Tut mir leid«, sprach Mariota und ließ die Schultern hängen.

»Wenn du dich endlich daran hältst, was man dir sagt, müsstest du dich nicht entschuldigen«, schimpfte er.

Was für ein schrecklicher Mensch!, dachte Leanne. Warum ließ er das Mädchen nicht einfach in Ruhe? »Sie hat ja kaum etwas erzählt!«, platzte sie heraus.

Rorys Miene verdunkelte sich. »Misch dich nicht ein! Dazu hast du kein Recht!«

»Ich habe kein Recht, meine Meinung kundzutun?« Sein arroganter Tonfall brachte sie zur Weißglut.

Der Schotte ging einen Schritt auf sie zu. Seine wütend funkelnden Augen schwebten gefährlich nahe vor ihrem Gesicht. Leanne bemerkte aus dem Augenwinkel, dass die beiden Kinder sich aus dem Staub machten.

»Nein«, sagte er schlicht und trotzdem gelang es ihm, dabei bedrohlich zu klingen. »Nicht auf diesem Boden.«

»Was seid Ihr nur für ein Ekel!«, warf sie ihm an den Kopf. »Ich kann nicht fassen, dass Ihr tatsächlich der Sohn des großzügigen Laird MacGregor sein sollt.«

Rory starrte sie für einen Moment sprachlos an. Seine Augen waren zu Schlitzen verengt, sein Kiefer verkrampft und an seiner Stirn trat eine Ader hervor.

Heilige Mutter Gottes!, dachte Leanne bestürzt. Warum hatte sie ihn so provozieren müssen? Sie erwartete jeden Moment, dass er explodierte, ihr Schimpfwörter an den Kopf warf, oder – noch schlimmer – seine Faust sie traf. Aber nichts dergleichen geschah. Stattdessen beugte Rory sich noch tiefer zu ihr hinab, sodass sein Gesicht nur eine Handbreit vor ihrem schwebte. Leanne spürte, wie ihre Kehle trocken wurde.

»Ich kenne Frauen wie dich«, zischte er leise. »Du bist mit einem schönen Antlitz gesegnet und meinst, das reicht, um das Vertrauen der Menschen zu gewinnen. Wahrscheinlich hast du auf diese Weise auch meinen Vater um den Finger gewickelt.«

Seine Worte trafen sie härter als jede Ohrfeige es hätte tun können. Das also sah er in ihr! Eine billige Hure.

»Aber mich kannst du nicht täuschen«, fuhr er fort. »Was hat eine Frau, die am Königshof gelebt hat, in der Wildnis verloren? Hast du es dir mit einem der Männer bei Hofe verscherzt? Oder wurdest du in den Norden geschickt, um ein paar schottische Lairds auszuspionieren?«

Leanne rang um Fassung. »Wie ich bereits sagte: Ihr besitzt eine blühende Fantasie, Mylord«, brachte sie hervor, und hoffte, er würde das Zittern in ihrer Stimme nicht bemerken. »Meine Reise in den Norden hatte andere Gründe.« Sie machte eine kurze Pause. »Denkt über mich, was Ihr wollt. Es betrübt mich jedoch, dass Ihr eine solch schlechte Meinung von Eurem Vater habt. Denn im Gegensatz zu Euch hat er sich wahrhaft ritterlich verhalten.«

Leanne machte auf dem Absatz kehrt und eilte davon, damit er ihre Tränen nicht sah. In letzter Sekunde erreichte sie die Tür ihres Zimmers und schlug sie von innen zu. Dort brach sie in lautes Schluchzen aus. Sie hatte gehofft, die Niedertracht des Königshofes und ihre Vergangenheit als Mätresse bei den MacGregors endlich hinter sich lassen zu können. Nun stellte sich dieser Ort ebenfalls als Hölle heraus. Und schuld daran war allein dieser Teufel von Fürstensohn!

Ja, sie hatte ihm die Stirn geboten, sich mit bissigen Worten gewehrt. Wenigstens das hatte sie in all den Jahren in Westminster gelernt. Aber selbst bei ihrer scharfzüngigen Antwort hatte sie heute keine Genugtuung empfunden. Dafür hatten seine boshaften Anschuldigungen sie viel zu sehr getroffen. Rory hatte ihr gezeigt, dass es kein Entkommen gab von ihrem niederen Stand und den Dingen, die sie hatte tun müssen, um zu überleben.

Leanne war in ein leises Wimmern verfallen, als es an der Tür hinter ihr klopfte. Hastig kam sie auf die Beine. Ihr war elend zumute. Ihre Augen waren verquollen, ihre Wangen glühten und ihre feuchten Haare standen in alle Richtungen ab. So wollte sie niemandem gegenübertreten, daher öffnete sie die Tür nur einen winzigen Spalt.

»Leanne!« Fenella merkte offenbar sofort, dass etwas nicht stimmte. »Darf ich hereinkommen?«

Leanne zögerte. Eigentlich wollte sie im Moment nur allein sein. Aber sie wollte die Fürstentochter, die sich vorhin so liebevoll um sie gekümmert hatte, auch nicht vor den Kopf stoßen. Also nickte sie und machte die Tür etwas weiter auf.

»Du hast geweint!«, stellte Fenella besorgt fest.

»Ich hatte gerade einen unangenehmen Zusammenstoß mit Eurem Bruder.« Leanne ließ sich auf das Bett sinken.

»Oh je!« Fenella verzog das Gesicht und setzte sich zu ihr. »In letzter Zeit mangelt es Rory wirklich an Manieren. Wie ist es denn zu eurem Streit gekommen, wenn ich fragen darf? Und nenn mich doch bitte einfach Fenella.«

Leanne seufzte und spielte mit einer nassen Haarsträhne. »Auf dem Flur bin ich Alwin und Mariota begegnet, die beiden haben Fangen gespielt. Ich bin mit dem Mädchen ins Gespräch gekommen und da hat sie wohl Dinge gesagt, die sie mir nicht hätte verraten dürfen. Rory hat ihre Worte zufällig mitgehört, sie geschimpft und dann ... dann sind wir aneinander geraten.«

»Das ist so typisch für Rory!«, rief Fenella ärgerlich und schlug mit der flachen Hand auf das Laken. »Seit dem Krieg ist er nur noch misstrauisch, allem und jedem gegenüber. Manchmal denke ich, er ist wahnhaft.«

Leanne nickte. Es beruhigte sie, dass Fenella Rorys Ansichten missbilligte. »Er hat mich grundlos beschuldigt, eine Spionin zu sein, und denkt, ich hätte mich auf schamlose Weise bei eurem Vater eingeschmeichelt. Wie kommt er nur auf solche Gedanken?«

Fenella legte den Kopf schief. »Wie gesagt, der Krieg hat ihn verändert. Es war wohl das Schicksal seines Onkels, das ihn besonders mitgenommen hat.«

»Mariotas Vater?«

»Ganz recht. Der Krieg hat Mariotas Eltern entzweit.«

»Wie furchtbar!«, meinte Leanne bestürzt. Es war schrecklich, dass das Mädchen ohne Mutter und Vater leben musste, auch wenn das Kind bei den MacGregors gut aufgehoben schien. »Wie ist es soweit gekommen?«

Fenella setzte gerade zu einer Erklärung an, als Leanne sie hastig unterbrach. »Nein, warte! Du solltest mir diese Dinge nicht erzählen. Sie gehen mich nichts an. Außerdem könnte es sein, dass man mich doch noch der Spionage bezichtigt«, fügte sie zynisch hinzu.

Fenella rümpfte die Nase. »Zum Glück ist nicht Rory der Laird, sondern mein Vater. Mein Bruder kann dir mit seinen wüsten Anschuldigungen also nichts anhaben. Außerdem merke ich, dass du ein guter Mensch bist. Ich kann sowas spüren, weißt du? Die alte Moira meint, ich hätte die Gabe, das Wesen eines Menschen zu durchschauen.«

»Wirklich?«

»Ja, aber das ist jetzt nicht wichtig.« Fenella machte eine wegwerfende Handbewegung. »Jedenfalls war Mariotas Mutter die zweite Frau von meinem Onkel John. Als er uns damals seine Verlobte vorstellte, waren wir alle überrascht, denn John war schon jahrelang nicht mehr verheiratet gewesen. Wir hätten nicht damit gerechnet, dass er sich noch einmal eine Frau sucht. Aber vielleicht hat er auch an seine Nachfolge gedacht, wer weiß. Seine Verlobte, Aida, war deutlich jünger als er, charmant und eine Frohnatur, und dennoch hatte ich manchmal ein seltsames Gefühl, was sie betraf.« Die Fürstentochter runzelte die Stirn und ihr Blick wurde für einen kurzen Moment abwesend, bevor sie weitersprach. »Im letzten Frühjahr waren die MacGregors bei der Schlacht von Dunbar beteiligt, die dir sicher etwas sagen dürfte.«

Leanne nickte ernst.

»John diente Balliol als einer der wichtigsten Heerführer und Aida drängte darauf, ihn zu begleiten – eine Entscheidung, die ich schon damals nicht nachvollziehen konnte. Statt mit ihrer Tochter auf Glenorchy Castle zu bleiben, ist sie freiwillig mit nach Dunbar gezogen. Am Ende stellte sich heraus, dass sie es war, die meinen Onkel und den Ort seines Lagers an die englische Seite verraten hat. Angeblich hatte sie ein Verhältnis mit einem englischen Earl oder stellte sich das Leben auf der Gewinnerseite angenehmer vor … was weiß ich!«

»Sie hat ihren Gemahl in die Hände der Feinde geführt?« Leanne war schockiert.

»So kann man es nicht sagen. Aida entstammte nämlich selbst einem englischen Elternhaus.«

»Aber dennoch, ihren eigenen Gemahl!«

»Und ihr Kind«, fügte Fenella hinzu. »Aida hat sich entschieden, ihre Tochter in Schottland zurückzulassen, um an der Seite des Earls ein neues Leben zu beginnen.«

»Und Mariotas Vater?«

»Mein Onkel wurde in Dunbar gefangen genommen und nach Frankreich geschickt, wo er eine Mission im Sinne König Edwards erfüllen soll. Der Auftrag ist jedoch gefährlich und die Chancen, dass John lebendig zurückkehrt, gering. Und nun ist seine Tochter bei uns.« Fenella wischte sich eine Träne aus dem Augenwinkel. »Ich bin selbst ohne Mutter aufgewachsen. Sie ist schon kurz nach meiner Geburt verstorben. Aber das, was Mariota durchmacht, ist sicher noch viel schmerzhafter.«

Leanne schwieg betroffen und griff nach Fenellas Hand. »Wie schlägt sie sich denn?«, fragte sie dann.

»Mal so, mal so. Sie vermisst natürlich ihre Eltern. Ich versuche alles, damit sie sich hier wohlfühlt. Immer, wenn sie mich nach John und Aida fragt, weiß ich nie, was ich sagen soll. Ich glaube nicht, dass sie die beiden jemals wiedersehen wird.«

»Du gibst sicher dein Bestes.« Leanne konnte nachempfinden, wie Fenella sich fühlte. Auch sie war für Alwin ganz plötzlich zur Ersatzmutter geworden und zweifelte ständig daran, ob sie dieser Aufgabe gerecht wurde. »Ich glaube, die Kinder könnten sich ganz gut verstehen«, sagte sie, um die gedrückte Stimmung zu lockern.

»Das wäre schön«, meinte Fenella lächelnd. »Mariota fehlt es hier ein wenig an Altersgenossen, fürchte ich.«

»Allerdings bin ich mir nicht sicher, ob Alwin und ich überhaupt bleiben dürfen.«

»Das wird sich heute Abend zeigen.« Fenella erhob sich. »Aber keine Sorge, ich werde ein gutes Wort bei Vater einlegen.«

»Das musst du nicht«, winkte Leanne ab. Leith MacGregor sollte von sich aus entscheiden, ob sie hier willkommen waren. Ob er das Versprechen einer Zuflucht, das er ihr vor Jahren einmal gegeben hatte, wirklich halten würde?

»Wahrscheinlich wird das Abendessen bald aufgetragen«, sagte Fenella. »Wollen wir gemeinsam in die Halle gehen?«

Leanne nickte. Es fühlte sich gut an, eine Verbündete an ihrer Seite zu haben. Auf dem Weg zum Abendessen der Fürstenfamilie holten sie Alwin und Mariota ab, die sich noch in der Obhut einer Kinderfrau befanden.

Als Alwin das üppige Mahl erblickte, das gerade auf der Tafel aufgetragen wurde, musste Leanne ihn zurückhalten, damit er nicht einfach nach vorne stürmte und etwas von den Speisen stibitzte.

»Wir fangen erst an, wenn alle da sind!«

Alwin schürzte die Lippen. »Und wann ist das?«

»Bald«, sagte Leanne schlicht und bemerkte dabei ihr eigenes Magenknurren.

Zum Glück mussten sie sich nicht lange gedulden. Nur einen Moment später erschien der Laird im bogenförmigen Durchgang zum Speisesaal. Er erblickte die Gäste schon von weitem und schritt geradewegs auf sie zu.

»Mylord.« Leanne versank in einen Knicks. »Danke, dass Ihr mich und meinen Bruder an Eurer Tafel willkommen heißt.«

»Lady Leanne!« Leith MacGregor fasste sie an der Schulter und musterte sie knapp. Die Begrüßung war nicht gerade überschwänglich, aber auch nicht unfreundlich. »Wer hätte geglaubt, dass unsere Wege sich tatsächlich noch einmal kreuzen?«

Leanne lächelte. Der Schotte war genau so, wie sie ihn in Erinnerung hatte. Sanft und nachdenklich. Jedoch hatte der Krieg auch bei ihm Spuren hinterlassen. Die Sorgenfalten auf seiner Stirn hatten sich vertieft und ein paar mehr weiße Strähnen durchzogen sein schulterlanges Haar.

Mit einer Geste bat er die Anwesenden, sich zu setzen. Insgeheim fragte Leanne sich, ob Rory auch noch erscheinen würde. Wie würde es nach dem Streit zwischen ihnen sein? Bei der Erinnerung an seinen abschätzigen Blick verging ihr mit einem Mal der Appetit.

»Ihr habt Euch also alleine bis nach Schottland durchgeschlagen?«, fragte der Laird, nachdem er ein kurzes Tischgebet gesprochen hatte.

»Nicht ganz allein, wenn man so will«, antwortete Leanne und wies auf Alwin. »Meinen Bruder habe ich bei einem Besuch in meinem Heimatdorf aufgesammelt.«

»Alwin hat gesagt, er ist dir einfach gefolgt!«, meldete Mariota sich kauend zu Wort.

Leanne errötete. »Das stimmt. Er hat sich nicht davon abbringen lassen, mich zu begleiten.«

Fenella lachte auf. »Das kann ich mir gut vorstellen. Hast du dort deine Familie besucht?«

Leanne nahm einen Schluck Wein, um sich eine wohlüberlegte Antwort zurechtzulegen. »Als ich in Dennmoral ankam, musste ich leider feststellen, dass meine Eltern schon vor einigen Jahren verstorben sind.« Sie tauschte einen Blick mit dem Laird aus. An wie viel ihrer Geschichte, die sie ihm damals erzählt hatte, erinnerte er sich noch?

»Jedenfalls leben dort nur noch meine Geschwister. Und mein Bruder Will ... er hat genug zu tun und muss sich um meine Schwestern kümmern. Dennmoral war nicht mehr der richtige Platz für mich.« Bei den letzten Worten war ihre Stimme gefährlich ins Wanken geraten.

Fenella drückte ihr tröstend die Hand.

»Habt Ihr noch weitere Kinder, Mylord?«, fragte Leanne, um von sich selbst abzulenken. Sie bemerkte, wie sich die Fürstentochter neben ihr versteifte. Hatte sie etwas Falsches gesagt?

Die Augen des Lairds verdunkelten sich. »Mein ältester Sohn Iain ist in englischer Gefangenschaft. Man inhaftierte ihn während des Parlaments in Berwick.«

»Wo sie sich amüsiert hat.«

Leanne erstarrte. Sie musste sich nicht umdrehen, um zu sehen, wer gesprochen hatte. Die Stimme war ihr mittlerweile allzu vertraut.

Rory MacGregor kam zur Tafel gelaufen und fixierte Leanne dabei wie ein Jäger seine Beute. »Ich habe lange überlegt, woher dein Gesicht mir bekannt vorkommt.« Mit einem Ruck zog er an der Stuhllehne und setzte sich. Dann bediente er sich seelenruhig an den Speisen. Der Rest der Tischgäste verfiel in peinliches Schweigen.

Irgendwann räusperte Fenella sich. »Du warst in Berwick?«

»Ja, ich ...« Beschämt senkte Leanne den Blick. »Ich begleitete meinen ... Sir Mortimer.«

»Wer ist Sir Mortimer?«, rief Alwin neugierig.

»Entschuldigt mich«, murmelte Leanne und erhob sich. »Ich fürchte, ich habe keinen Hunger.« Dann stürmte sie aus dem Saal.

Leanne hörte noch, wie Fenella ihren Bruder lautstark zurechtwies, doch als sie um die Ecke gebogen war, verklangen die Stimmen aus der Halle. Mit jedem Schritt, den sie ging, zwang sie sich, tief ein- und auszuatmen. Der heutige Tag war einfach zu viel für sie gewesen, hatte mehr unangenehme Fragen, böse Überraschungen und Offenbarungen bereitgehalten als sie ertragen konnte.

Sie hörte, wie jemand ihr nachkam. Natürlich war es Fenella.

»Leanne, ich muss mich schon wieder entschuldigen, für ...«

»Schon gut«, unterbrach Leanne sie. »Es ist nicht nur Rorys Schuld. Es ist im Moment alles ein wenig zu viel für mich. Alwin und ich kennen uns nicht so gut, wie es scheinen mag. Er weiß so vieles von mir nicht.«

»Etwa von deiner Zeit in Westminster?«, fragte Fenella sanft.

»Er weiß, dass ich dort gelebt habe. Aber nicht, *wie* ich dort gelebt habe. Welche Dinge ich getan habe.« Sie wandte sich ab, um ihr Gesicht zu verbergen. Nach all den Jahren am Königshof hatte sie sich irgendwann mit ihrer Rolle als Mätresse abgefunden, sich eingeredet, dass dies ein gewöhnliches Frauenschicksal war und sie es schlimmer hätte treffen können. Nun, aus der Distanz, kam das Schamgefühl mit aller Macht zurück.

»Ich habe den Eindruck, dass mein Vater mehr über dich weiß, ist es nicht so?«

Leanne nickte.

»Und dennoch hat er sich damals dazu entschlossen, dir zu helfen. Das hätte er nicht getan, wenn er nicht von deinem guten Charakter überzeugt wäre.« Sie zwang Leanne, ihr direkt in die grünen Augen zu blicken. »Ich werde dich nicht dazu drängen, mir deine Geschichte zu erzählen. Solltest du deine Meinung ändern, so verspreche ich, dass ich dich nicht verurteilen werde.«

Leanne blinzelte gerührt. »Und dafür danke ich dir. Aber ich weiß nicht, ob ich selbst mit der Vergangenheit abschließen kann.«

Fenella legte ihr eine Hand an die Wange. »Das wirst du. Du musst dir nur ein wenig Zeit geben.«

27

Ein dichter Nebel hing an diesem Morgen über der Seelandschaft des Loch Awe und dämpfte das Licht der aufgehenden Sonne. Auf den Feldern des MacGregor Landes glitzerte hier und da der Frost – nicht mehr lange, und die ersten Schneeflocken würden sich auf das Tal hinabsenken. Leanne fröstelte an ihrem Platz am Fenster, bewegte sich jedoch nicht von der Stelle.

»Wenn man genau hinsieht, kann man in der Ferne die Highlands erkennen.«

Leanne fuhr herum. Sie hatte nicht bemerkt, dass Leith MacGregor die Halle betreten hatte.

»Entschuldigt, ich wollte Euch nicht erschrecken. Konntet Ihr nicht mehr schlafen?«, erkundigte er sich und kam neben ihr zum Stehen.

»Verzichtet bitte auf die förmliche Anrede, Mylord. Und ja, ich bin schon recht früh aufgewacht.«

»Das geht mir in letzter Zeit auch oft so.« Der Laird seufzte und folgte ihrem Blick auf die langsam erwachende Landschaft.

»Das mit Eurem Sohn Iain tut mir leid«, sagte Leanne, da sie sich denken konnte, welche Richtung seine Gedanken eingeschlagen hatten.

Leith nickte. »Ich bete jeden Tag für ihn. Aber eine Chance auf Freilassung wird es, wenn überhaupt, erst beim nächsten Parlament geben, denn im Moment hält Edward keine Audienzen ab.« Er stützte seine Hände auf die Fensterbank. Eine eisige Brise erfasste sein Haar und ließ es in sein Gesicht wehen. »Dieses Jahr war kein gutes für uns, Leanne. Durch die Gefangennahme meines Bruders kann es sein, dass unser Clan das Gebiet um Glenorchy verliert. Im Moment kümmert sich sein Verwalter um die Burg. Rory hat in den letzten Tagen dort nach dem Rechten gesehen und berichtet Schreckliches vom Zustand der Bewohner. Sie hungern jetzt schon, dabei hat der Winter noch nicht einmal begonnen. Edwards Steuern rauben ihnen die letzten Mittel, die sie noch haben.«

Leanne schwieg betroffen und musste an Rory denken. Er war also auf dem Rückweg aus Glenorchy gewesen, als sie sich im Wald über den Weg gelaufen waren. Kein Wunder, dass seine Laune nicht die Beste gewesen war.

»Wie schlimm hat es Euer eigenes Dorf getroffen?«, fragte sie besorgt.

»Wir haben vergleichsweise wenige Männer verloren. Aber die Zeiten sind trotz allem hart. Im Sommer haben meine Leute Tag und Nacht geschuftet, um möglichst viel Ernte einzufahren, weil der englische König auch einen Anteil an Naturalien einfordert.« Der Laird ballte die Hände zu Fäusten. »Er lässt die Schotten regelrecht ausbluten.«

Leanne rief sich ins Gedächtnis, dass Edward in Westminster mittlerweile als *Hammer of the Scots* bekannt war, was sie wohlweislich verschwieg. Leith MacGregor tat ihr leid. Sie erinnerte sich noch, wie hoffnungsvoll er damals mit einer Handvoll Verbündeter am englischen Königshof für ein friedliches Abkommen gekämpft hatte. Letztendlich hatten all seine Bemühungen den Krieg nicht verhindern können.

»Edward Plantagenet steckt ununterbrochen in Geldnöten«, meinte sie bedauernd. »Erst die Verschuldung durch den Kreuzzug, später der Krieg an der Gascogne, nun sein Einzug in Flandern ...«

»Flandern?« Der Laird wandte sich ihr überrascht zu.

»Ja. Kurz bevor ich den Hof verließ, wurde bekannt, dass Edward Gesandte zum Graf Guido von Flandern schickt, um ein militärisches Bündnis auszuhandeln.«

»Ein Bündnis im Krieg gegen Frankreich?«

Leanne nickte. »Der Krieg dort wird wohl niemals enden, was?«

»Ich bezweifle es«, murmelte Leith. »Und ich fürchte, dass auch der Frieden in Schottland nicht von langer Dauer sein wird. Zumindest nicht aus der Sicht meiner Landsmänner.«

Leanne schluckte. Was wollte er damit andeuten? Etwa eine geplante Rebellion?

Sie entschied, ein weniger heikles Thema anzusprechen. »Ich wollte Euch noch fragen, in welcher Position ich hier auf der Burg arbeiten soll. Wo gibt es noch Bedarf?«

Der Schotte musterte sie aufmerksam. »Fühlst du dich denn wieder kräftig genug, um zu arbeiten?«

»Ja, Mylord. Außerdem stehe ich zutiefst in Eurer Schuld, dafür, dass Ihr mich und meinen Bruder aufnehmt.«

»Ich bin froh, dass der Clan MacGregor euch beiden ein neues Zuhause bieten kann«, sprach der Laird. »Und zu deiner Anstellung: Am besten fragst du mal bei Bridget, unserer Köchin, nach. Sie beschwert sich andauernd, dass sie zu wenige Küchenmägde hat. Alwin kann von mir aus tagsüber zusammen mit Mariota in der Obhut der Kinderfrau bleiben.«

Leanne bedankte sich für sein großzügiges Angebot und machte sich direkt auf den Weg in die Burgküche. Als sie den gedrungen Raum im Erdgeschoss betrat, kam ihr augenblicklich ein Schwall Hitze entgegen, der einen wohligen Schauer auf ihren fröstelnden Armen hinterließ. Die Küche war im Winter wahrlich nicht der schlechteste Ort zum Arbeiten.

»Hallo?«, rief Leanne, da sie keine Menschenseele entdeckte. Eigentlich sollte jemand in der Nähe sein, denn auf der Feuerstelle brodelte ein Kessel mit Haferbrei fleißig vor sich hin. Auf einer Arbeitsplatte hatte man außerdem Brot, Käse und Schinken zusammengestellt. Offensichtlich gab es jemanden in diesem Haushalt, der sich nicht für Haferbrei zum Frühstück begeistern konnte.

»Hallo?«, versuchte sie es noch einmal und wieder rührte sich nichts in dem Gewölbe. Lediglich eine schwarz-weiß gefleckte Katze tauchte in einer der Ecken auf. Sie tapste auf Leanne zu, setzte sich direkt vor ihre Füße und blickte erwartungsvoll zu ihr auf.

»Schhhh, schhh«, machte Leanne und klatschte in die Hände. Eine Katze hatte sicher nichts in der Küche zu suchen. In Westminster hatte man die Tiere sogar gänzlich vertrieben, weil die Kirche sie als die Verkörperung des Bösen ansah – eine Unterstellung, die Leanne ein wenig lächerlich fand. Allerdings dachte dieses gefleckte Exemplar hier nicht einmal daran, sich von der Stelle zu bewegen.

»Oh, guten Morgen!«

Leanne sah auf. Eine hochgewachsene, rundliche Frau huschte durch den Eingang der Küche. »Was kann ich für dich tun, Lassie?«

»Guten Morgen!«, grüßte Leanne zurück und beobachtete erstaunt, wie die Frau zwei Scheiben des Schinkens an die Katze verfütterte. »Ich ... äh, bist du Bridget?«

»Die bin ich!« Die Köchin stemmte die Hände in die Hüften.

»Der Laird schickt mich, er sagt, dir fehlt noch eine Küchenmagd.«

Die Köchin lachte laut auf und hielt sich die Hand vor die Brust. »Das ist wohl die Untertreibung des Jahrhunderts! Nicht ein einziges Küchenmädchen hab ich, seitdem die kleine Ailis mit ihrem Verlobten fortgegangen ist. Der Krieg macht es auch nicht gerade einfacher, neues Dienstpersonal zu finden«, plapperte sie weiter. »Seit Wochen liege ich Leith schon damit in den Ohren. Bisher musste ich immer wieder ein paar der Waschmägde zum Servieren einspannen. Naja, jetzt bist du ja hier. Wie ist denn dein Name?«

»Leanne.«

»Eine Engländerin, was?« Bridget unterzog sie einer kurzen Musterung.

»Ja.« Leanne straffte die Schultern.

»Und hast du vorher schon mal in einer Küche gearbeitet?«

»Das nicht, aber ich habe früher immer das Essen für meine Geschwister zubereitet.«

Die Miene der Köchin strahlte keine große Begeisterung aus. »Naja, wir werden's ja sehen«, murmelte die dunkelblonde Schottin und rührte im Haferbrei. »Deine Haarpracht wirst du auf jeden Fall zusammenbinden müssen. Und hier ist eine Schürze für dich.« Sie warf ihr ein helles Stück Stoff zu. »Dann kannst du dich ja gleich nützlich machen und das Frühstück oben servieren.«

Leanne versuchte, das Zittern ihrer Hände in Schach zu halten, während sie die Stufen zur großen Halle erklomm. Das Tablett auf ihren Armen wog schwer und das Leichtbier schwappte bei jedem ihrer Schritte über den Rand des Kruges. Fluchend bog sie um die Ecke und freute sich darauf, das Tablett gleich auf der Tafel abstellen zu können. Dort war es immer noch duster und still. Bridget hatte ihr erklärt, dass die Herrschaften für gewöhnlich zur siebten Stunde geweckt wurden und etwa eine halbe Stunde später das Frühstück einnahmen. Leanne stellte den Krug und die Becher ab und kehrte wieder zur Küche zurück, um die Speisen hinaufzutragen. Dort wurde ihr klar, dass sie noch zwei weitere Male würde laufen müssen, bis alles zum Frühstück bereit war. Sie stöhnte. Wie hatte Bridget das alles nur alleine geschafft?

Als sie das dritte Mal die Treppe hinaufstieg, schnaufte sie bereits vor Anstrengung. Sie war körperliche Arbeit wirklich nicht mehr gewohnt. Beim Betreten der Halle stellte sie erstaunt fest, dass jemand die Kerzen an den Wänden und am Leuchter über dem Tisch entzündet hatte. Intuitiv huschte ihr Blick zum Fenster.

Rory. Obwohl er aus dem Fenster sah, löste allein seine Präsenz ein Zwicken in ihrer Magengrube aus, ebenso wie das Bedürfnis, die Halle so schnell wie möglich wieder zu verlassen. Sie stellte das Tablett wohl eine Spur zu hastig ab, denn das krachende Geräusch ließ den Fürstensohn herumfahren. Er blinzelte überrascht, als er Leanne erkannte, sagte jedoch nichts.

Eilig nahm sie die letzten Handgriffe am Frühstückstisch der Herrschaften vor und schaffte es, dabei kein einziges Mal in seine Richtung zu sehen. Erleichtert, Rory wieder aus dem Weg gehen zu können, hastete Leanne aus dem Saal. Warum nur hatte sie dabei das Gefühl, dass sein Blick sich mitten durch ihren Rücken bohrte?

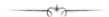

»Hast du Alwin gesehen?«

Bridget fuhr unter Leannes Frage zusammen. »Kind, hast du mich erschreckt!« Die Köchin presste sich die Hand auf die üppige Brust. »Und nein, ich weiß nicht, wo dein Rotzlöffel von Bruder sich herumtreibt!«

»Ich wollte ihn gerade wecken, aber er war nicht mehr auf unserer Kammer. Mariota und die Kinderfrau wissen auch nicht, wo er sein könnte.« Panik schlich sich in Leannes Stimme. Alwin hatte manchmal Flausen im Kopf, tat unvorsichtige Dinge. Was, wenn er sich verirrt hatte? Sie lebten schließlich erst seit drei Wochen auf Kilchurn Castle und der Junge kannte sich noch nicht überall aus.

»Ich bin gleich wieder da!«, rief sie Bridget zu und verschwand, ohne die Antwort der Köchin abzuwarten.

Leanne rannte zu der kleinen Kammer, die sie sich mit ihrem Bruder teilte, und schnappte sich ihren Wollmantel. Vorhin hatte sie bereits die gesamte Burg nach ihm abgesucht, daher vermutete sie, dass er draußen umherstreunte.

Zuerst steuerte sie die Reitställe an. Sie wusste, dass Alwin sich gerne bei den Pferden herumtrieb. Besonders Rorys Hengst Eachann hatte der Junge ins Herz geschlossen, seitdem er damals auf ihm hatte reiten dürfen. Leanne sah sich ausgiebig um, strich Eachann im Vorbeigehen über die Nüstern, aber Alwin konnte sie nirgendwo entdecken. Hier versteckte sich ihr Bruder jedenfalls nicht.

Besorgt verließ sie den hölzernen Unterstand und trat auf den Burghof hinaus. Ihr Blick richtete sich auf die schmale Brücke, welche die Insel, auf die Kilchurn Castle gebaut war, mit dem Festland verband. Konnte es sein, dass ihr Bruder sich davongeschlichen hatte? Aber dann hätten die Wachen ihn sicher bemerkt? Leanne beschloss, die Torwächter zu befragen, als ihre Aufmerksamkeit von Kampfgeräuschen abgelenkt wurde. Mit pochendem Herzen eilte sie in die Richtung, aus der die Rufe kamen. Was hatte der Aufruhr zu bedeuten?

Ihr Puls beruhigte sich erst wieder, als sie erkannte, dass es sich nur um einen Übungskampf handelte. Im Zentrum eines ebenerdigen Platzes bot sich niemand anderes als Rory MacGregor einen Schlagabtausch mit einem der Clansmänner, den Leanne vom Sehen kannte. Um die beiden hatte sich ein Ring aus Zuschauern gebildet, die den Fürstensohn begeistert anfeuerten. Leanne hatte allerdings den Eindruck, dass dies gar nicht vonnöten war. Rory schlug sich fabelhaft und war seinem jugendlichen Gegner in Technik und Ausdauer meilenweit überlegen – das konnte selbst sie erkennen. Gebannt verfolgte sie jede seiner geschmeidigen Bewegungen, wie er mal auswich, mal einen gezielten Schlag austeilte. Sie hatte das Gefühl, dass er das Ende des Kampfes absichtlich hinauszögerte, damit der Jüngere mehr Gelegenheiten zum Üben bekam. Das Hin und Her, das Ducken und Wegdrehen, die Schwerthiebe schienen kein Ende zu nehmen. Beide Männer waren trotz der eisigen Temperaturen mittlerweile schweißüberströmt. Rorys Hemd klebte ihm an der Haut und gab die muskulösen Konturen seines Körpers preis. Einige Strähnen seines schulterlangen Haars fielen ihm in das konzentrierte Gesicht. Leanne ertappte sich dabei, wie sie mit ihm mitfieberte. Das letzte Mal, dass sie so empfunden hatte, war das Turnier zu Erntedank vor etwa einem Jahr gewesen. Derlei Kämpfe, egal ob zu Pferd oder Mann gegen Mann, lösten immer eine seltsame Aufregung in ihr aus, ungeachtet der Tatsache, dass es hier nicht um Leben und Tod ging.

Ihre Faszination wurde jäh unterbrochen, als ein hellblonder Haarschopf in ihrem Sichtfeld auftauchte.

»Alwin!« Leanne rannte über den Hof. »Du kannst doch nicht einfach so verschwinden!«, schimpfte sie und knöpfte seinen kleinen Umhang zu, den er sich achtlos um die Schultern gelegt hatte.

Alwin zog die Nase hoch. »Aber ich will auch mitmachen!« Wie zur Bestätigung streckte er seine Faust in die Höhe, in der er ein kurzes, hölzernes Schwert hielt. Ein Übungsschwert. Oder ein Spielzeug? Leanne war sich nicht sicher.

»Wer hat dir das gegeben?«

»Rory.« Alwins Blick ging zum Fürstensohn, der seinem Gegner gerade die Hand schüttelte. Offensichtlich war der Kampf beendet.

»Und warum?«

»Er sagt, ich muss irgendwann auch mit einem Schwert umgehen können.« Der Stolz in seiner Stimme war unverkennbar.

Leanne presste ihre Lippen aufeinander, um nicht laut zu fluchen. Was bildete Rory sich ein, über die Zukunft ihres Bruders urteilen zu können?

»Geh schon mal rein! Bridget macht dir bestimmt ein Frühstück, wenn du sie lieb fragst.« Das Angebot klang offenbar verlockend, denn Alwin rannte blitzschnell davon.

Ächzend richtete Leanne sich auf und streckte ihren Rücken durch. Nun hatte sie ein Wörtchen mit Rory zu reden. Es kostete sie große Überwindung, ihn anzusprechen, doch da es um Alwin ging, musste es sein.

»Mylord!« Sie trat an Rory heran, der gerade nach seinem Mantel griff, den einer seiner Männer ihm reichte. Verwundert blickte er zu ihr auf. Seit dem Tag ihrer Ankunft hatten sie kaum ein Wort miteinander gewechselt.

»Was gibt es, Leanne?« Sein Atem hinterließ kleine Wölkchen in der eiskalten Luft.

Leanne. Er hatte sie noch nie mit ihrem Namen angesprochen.

Sie versuchte, sich ihre Verwirrung nicht anmerken zu lassen, und kam gleich zum Punkt. »Warum habt Ihr meinem Bruder gesagt, dass er lernen soll, ein Schwert zu führen?«

Rory verschränkte die Arme vor der Brust. »Weil er bald alt genug ist, um mit der Ausbildung zu beginnen.«

»An was für eine Ausbildung denkt Ihr?«

»Die Ausbildung zum Krieger«, antwortete er und kniff die Augen zusammen, als wäre sie schwer von Begriff.

Leanne keuchte auf. »Wie kommt Ihr darauf, ihm solche Flausen in den Kopf zu setzen!? Natürlich, er träumt schon lange davon, einmal ein Ritter zu werden – welcher kleine Junge tut das nicht? Aber wir wissen beide, dass es niemals soweit kommen wird.«

»Nicht alle Krieger sind Ritter«, sagte Rory gelassen, was Leanne nur noch mehr ärgerte.

»Ihr meint also, er soll einmal als Söldner im Krieg dienen? Womöglich für Euren Clan? Das lasse ich nicht zu! Mein Bruder wird nicht in einem dieser sinnlosen Kriege sterben. Eher soll er auf den Feldern arbeiten!«

»Findest du nicht, dass er darüber selbst entscheiden sollte?«, gab der Schotte ungeduldig zurück. »Mein Eindruck ist, dass er unbedingt kämpfen möchte.«

»Er ist ein Kind!«

»Aber nicht für immer, Leanne.« Rorys Stirn legte sich in Falten. »Du kannst ihn nicht auf ewig beschützen.«

Mit seinen Worten hatte er einen wunden Punkt getroffen. Denn genau das war es, was Leanne bis ans Ende ihres Lebens tun wollte. Alwin beschützen. »Er ist die einzige Familie, die ich noch habe«, sagte sie kaum hörbar.

»Das tut mir leid.« In seinen grünen Augen zeigte sich ehrliches Bedauern. Dann wandte er sich von ihr ab und begann, die Waffen auf dem Übungsplatz einzusammeln.

Leanne ließ die Schultern sinken und machte sich auf den Weg in die Küche.

Dass Alwin so viel Zeit bei Rory verbrachte, beunruhigte Leanne. Es gefiel ihr nicht, dass ihr Bruder in dem Fürstensohn ein Vorbild zu sehen schien, das ihn dazu antrieb, nach einem Leben als Krieger zu streben. Wann immer Rory seine Kampfübungen auf dem Hof absolvierte, war Alwin an seiner Seite. Und immer, wenn die Männer des Clans zur Jagd aufbrachen, bettelte er darum, sie begleiten zu dürfen. Natürlich lehnte Rory jedes Mal ab, was der Bewunderung des Jungen keinen Abbruch tat. Jeden Tag erzählte er von dem jungen MacGregor, quasselte seine Schwester selbst noch voll, wenn sie ihn abends zu Bett brachte.

Verärgert warf Leanne ihre Schürze von sich und stapfte aus der Küche. Ihr Bruder war schon wieder nicht aufgetaucht, obwohl sie ihn heute Morgen gebeten hatte, vor dem Mittagessen zu ihr zu kommen, um mit dem Auftragen zu helfen. Sie konnte sich schon genau vorstellen, wo – oder besser gesagt, bei wem – er sich herumtrieb. Der Lärm, der vom Burghof bis hinter die Steinmauern drang, verriet ihr, dass die Männer sich im tiefen Schnee einen Übungskampf lieferten.

Leanne schritt energisch voran und schürzte ärgerlich die Lippen. Dieser unflätige Rory war nicht der richtige Umgang für ihren Bruder. Der Kerl war wild und ungestüm, konnte sich nicht beherrschen und fluchte viel zu viel. Ihr wären sicher noch mehr Argumente eingefallen, weshalb Alwin sich von ihm fernhalten sollte, doch ihre Gedanken wurden jäh unterbrochen, als ihr draußen nicht nur die Kälte, sondern auch ein wildes Spektakel entgegenschlug.

Sie hatte sich getäuscht. Das hier war kein Übungskampf, sondern eine große Schneeballschlacht. Sowohl die Clansleute als auch das Gesinde beteiligten sich daran. Sogar Fenella entdeckte sie unter den zahlreich herumflitzenden Gestalten, deren Mäntel längst mit Schnee bedeckt waren. Und natürlich Mariota und Alwin. Leanne sah, wie die Kinder hinter selbstgebauten Hügeln Schutz suchten, Schneebälle formten und sie auf die Rivalen warfen. Der ganze Hof war erfüllt von Gelächter und Geschrei.

Sie wurde Zeugin, wie Fenella sich der kleinen Mariota von hinten näherte, sie erschreckte und das Mädchen schließlich einmal um die Ställe jagte. Das Kind quietschte vor Aufregung und Vergnügen und Leanne musste unwillkürlich grinsen.

Plötzlich traf sie etwas hart an der Seite. Leanne erschrak und landete auf dem Hintern. Ihre Augen schossen umher und blieben an einem Paar brauner Stiefel hängen. Sie hob den Blick und entdeckte Rory. Er war über und über mit Schnee bedeckt, von den Schultern bis zu den Waden. Selbst im rötlichen Haar blitzte hier und dort etwas Weiß auf.

Doch das war es nicht, was Leanne so stutzig machte.

Rory lächelte.

Sie blinzelte, aber sie hatte richtig gesehen. Er lächelte tatsächlich! Seine Wangen waren von der Kälte gerötet, seine Augen leuchteten und seine Mundwinkel hatten sich zu einem breiten Grinsen verzogen. Er stapfte auf sie zu und bot ihr seine Hand.

»Habt Ihr etwa vergessen, sofort Eure Miene zu verziehen, sobald Ihr meiner ansichtig werdet?« Die spöttischen Worte waren ohne Vorwarnung aus ihr hinausgeplatzt.

Rorys Lächeln gefror so schnell wie die Oberfläche des Loch Awe und Leanne bereute ihre brüsken Worte sofort. Zu spät! Sie biss sich auf die Lippe und kam ohne seine Hilfe auf die Füße.

Er starrte sie an, aber das Leuchten in seinen moosgrünen Augen war verschwunden. Plötzlich verlegen strich Leanne sich den Schnee vom Rock. Warum war sie so aus der Haut gefahren? Er hatte lediglich einen Schneeball nach ihr geworfen. Außerdem war er der Sohn ihres Dienstherrn. Der Gedanke erinnerte sie an ihr eigentliches Vorhaben.

»Das Mittagessen ist bereit, Mylord. Gebt Ihr bitte den anderen Bescheid?«

Rory nickte langsam und wandte sich von ihr ab.

Leanne eilte zurück in die Küche und verzog dabei das Gesicht. Warum hatte sie den Fürstensohn so anfahren müssen?

Weil er dich auf viel schlimmere Weise beleidigt hat, schoss es ihr durch den Kopf. Das stimmte zwar. Aber warum gelang es ihr trotz allem nicht, ihr schlechtes Gewissen abzuschütteln, das sich wie ein dumpfer Schmerz in ihrer Brust ausbreitete?

28

»Mein Kreuz bringt mich noch um!«, zeterte Bridget, ließ den Teig für die Kekse auf die Arbeitsfläche plumpsen und setzte sich stöhnend auf einen Schemel.

»Ich mach das schon!«, meinte Leanne und rührte noch einmal im Kessel. »Die Brühe ist sowieso gleich fertig.«

»Wirklich? Das wäre wunderbar, Lassie.« Bridget nahm ihre Haube ab und strich sich das dunkelblonde Haar aus der verschwitzten Stirn.

Leanne konnte ihre Erschöpfung nachempfinden. Die letzten Tage hatten sie beinahe ununterbrochen in der Küche geschuftet, um alles für das morgige Weihnachtsfest vorzubereiten. Trotz der schwierigen Zeiten hatte der Laird darauf bestanden, den Heiligen Abend so gesellig wie immer zu feiern. Von Fenella wusste Leanne, dass Leith MacGregor schon seit Jahrzehnten auch die Dorfbewohnerschaft nach Kilchurn Castle einlud. Die Burg würde rappelvoll sein und die Arbeit für die Frauen in der Küche enorm. Bridget hatte zwar gemeint, dass einige der Dorffrauen sie morgen beim Auftragen unterstützen würden, aber Leanne war trotzdem skeptisch, wie sie hier viele hundert Menschen bedienen sollten.

Die Köchin erhob sich mit einem geräuschvollen Schnaufen. »Ich gehe mich dann mal hinlegen.« Bei ihrem Weg aus der Küche wankte sie mehr als dass sie ging.

»Gute Nacht!«, rief Leanne ihr nach, bevor sie sich wieder dem Kessel widmete. Nach der Brühe und den Keksen waren noch die Bratensoße und das eingelegte Gemüse an der Reihe. Sie unterdrückte ein Gähnen und sah kurz zum schmalen Küchenfenster. Vermutlich war es bereits mitten in der Nacht. Genau wusste sie es nicht, denn ihr Zeitgefühl hatte sie während der stundenlangen Arbeit längst verloren und das Tageslicht bot zu dieser dunklen Jahreszeit kaum Orientierung.

Obwohl Leanne inzwischen jeden Knochen in ihrem Leib spürte, genoss sie es, hier in vollkommener Ruhe hantieren zu können, während der Großteil des Haushalts bereits schlief. In den letzten Wochen hatte sie immer mehr Spaß an ihrer Arbeit in der Küche gefunden. Sie liebte den Moment, wenn sich verschiedene Zutaten zu einem köstlichen Gericht verbanden und sie Speisen mithilfe von Gewürzen und Kräutern den letzten Schliff verlieh. Bridget war nicht nur eine talentierte Köchin, sondern auch eine geduldige Lehrmeisterin und hatte ihr binnen kürzester Zeit so viel über die Zubereitung schmackhafter Gerichte beigebracht, dass Leanne selbst beim Einschlafen noch Rezepte durch den Kopf schwirrten. Auch die einfachen Arbeiten, wie das Schneiden von Gemüse oder das Kneten eines Teiges, gefielen ihr, weil sie dabei immer ein Gefühl der Ruhe überkam.

Außerdem fühlte Leanne sich nach langer Zeit zum ersten Mal wieder nützlich. Bridget sparte nicht mit Lob und gab ihr das Gefühl, eine gute Hilfe zu sein. Viel wichtiger war jedoch, dass sie nun endlich ihre Schuld begleichen konnte, die sie Leith MacGregor gegenüber empfand. Er hatte ihnen in seiner Großzügigkeit ein sicheres Zuhause geboten, wo Leanne in Frieden leben und Alwin behütet aufwachsen konnte. Etwas, von dem sie nicht mehr zu träumen gewagt hatte.

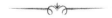

»Aaaufstehen! Es ist Weihnachten!«

Leanne presste sich die Hände auf die Ohren. Warum klang Alwins Stimme am Morgen nur so schrecklich schrill?

»Gleich«, murmelte sie schlaftrunken und zog sich die Decke über den Kopf. »Bridget kümmert sich heute um das Frühstück der Herrschaften.«

»Die sind schon längst fertig«, sagte Alwin. »Wir gehen doch gleich in die Kirche!«

Leanne setzte sich ruckartig auf. »Was!?«

»Fenella hat gesagt, du sollst dich lieber beeilen. Und das Kleid hat sie mir für dich mitgegeben.« Er schwenkte das rostrote Kleid, was sie schon bei ihrer Ankunft auf Kilchurn Castle von Fenella geliehen hatte, vor ihrem Gesicht.

Hastig sprang Leanne aus dem Bett. Offensichtlich hatte sie verschlafen. »Warum hast du mich nicht vorher geweckt?«, schimpfte sie.

Ihr Bruder zuckte nur mit den Schultern und ging dann in die Küche, um sich ein paar Haferkekse zu stibitzen.

Währenddessen wusch Leanne sich in aller Eile das Gesicht und schlüpfte in Fenellas Kleid und ihren Mantel. Für eine aufwendige Frisur blieb keine Zeit, also flocht sie sich auf dem Weg zur Toilette nur einen schnellen Zopf. Als sie in den schneebedeckten Burghof trat, standen dort Alwin und Mariota mit Bridget und dem Kindermädchen Catriona zusammen.

»Die anderen sind schon losgegangen«, klärte Bridget sie mit erhobenen Augenbrauen auf. »Die Fürstenfamilie kann es sich nicht leisten, zu spät zu kommen.«

»Tut mir leid, dass ihr warten musstet«, meinte Leanne zerknirscht, während sich die Gruppe in Bewegung setzte. »Ich habe verschlafen. Letzte Nacht ist es sehr spät geworden.«

»Schon in Ordnung, Lassie«, sagte die Köchin lächelnd. »Und frohe Weihnachten.«

»Frohe Weihnachten«, erwiderte Leanne erleichtert.

Alwin drängte sich beim Gehen an ihre Seite. »Hier.« Er hielt ihr einen Haferkeks hin. »Hab ich für dich aufgehoben.«

»Das ist lieb von dir.« Dankbar nahm Leanne das Gebäck entgegen. Tatsächlich war eine kleine Stärkung genau das, was sie gerade brauchte.

Ihre Aufregung wuchs, als sie die Kirche erblickte, in der die Christmette gefeiert wurde. Es war ihr erster Besuch in dem Dorf, das zum MacGregor Clan gehörte, und sie ängstigte sich vor der Reaktion der Leute, wenn sie herausfanden, dass sie eine Engländerin war. Sie zwang sich, tief durchzuatmen, und griff nach Alwins Hand. Während der Messe würde sie schon niemand in ein Gespräch verwickeln.

Am Eingang des kleinen Gotteshauses schoben sich die letzten Kirchgänger durch die Pforte. Die Gruppe eilte hinterher und drängte sich auf einer der hinteren Bänke zusammen.

Von ihrem Platz aus hatte Leanne die Möglichkeit, die Atmosphäre der steinernen Kirche auf sich wirken zu lassen. Dieser Ort war so anders als alle Gotteshäuser, die sie zuvor besucht hatte, war nicht zu vergleichen mit der schlichten, hölzernen Kirche in Dennmoral und erst recht nicht mit der prächtigen Westminster Abbey. Diese Dorfkirche hatte etwas Heimeliges an sich. Vielleicht lag es an den rustikalen Steinwänden, vielleicht an dem aufwändigen Schmuck, mit dem die Frauen ihre Kirche zu diesem besonderen Anlass versehen hatten. Überall waren Mistelzweige und Tannengrün verteilt, deren harziger Geruch sich in der Luft mit dem Duft der Kerzen verband. Hier und dort hatte man Sterne aus Stroh aufgestellt und eine Krippe neben dem Altar verriet, dass es ein Weihnachtsspiel geben würde.

Der Gottesdienst selbst gestaltete sich kurzweilig. Der Priester verzichtete zu Leannes Erleichterung auf eine allzu ausschweifende Predigt und leitete schon bald das Krippenspiel ein, das von einer Gruppe junger Leute vorgetragen wurde.

Leanne hatte Freude daran, zu sehen, wie gebannt die Kinder die Weihnachtsgeschichte verfolgten. Vermutlich war es das erste Mal, dass Alwin in den Genuss einer solchen Vorführung kam.

Unwillkürlich musste sie an das letzte Weihnachtsfest denken. Sie hatte die Christmette gemeinsam mit Annabel besucht, ihre Freundin hatte über ihren schmerzenden Rücken geklagt und sie hatten sich über die Darbietung der Nichte von Lady Allerton lustig gemacht. Nur wenige Wochen später hatte König Edward den Krieg ausgerufen, Annabel war Mutter geworden und Mortimer war an den Hof zurückgekehrt.

»Ist alles in Ordnung?«, raunte Bridget ihr ins Ohr.

Leanne bemerkte erst jetzt, dass ihr Tränen über die Wangen liefen. »Ich ... ja.« Eilig trocknete sie ihr Gesicht. Doch es wollte ihr nicht mehr gelingen, sich auf das Weihnachtsspiel zu konzentrieren. Ihre Gedanken waren bei Annabel. Wie erging es ihrer Freundin wohl? Hatte die Zeit die Wunden, die Lukes Tod in ihrem Herzen hinterlassen hatten, heilen können? Fühlte sie sich einsam in Westminster? Oder schenkte ihr kleiner Sohn ihr Hoffnung?

»Du bist so still heute«, bemerkte Fenella in der Festhalle und stieß Leanne mit dem Ellbogen in die Seite.

Leanne wollte auf der Bank aufrutschen, kam jedoch nicht besonders weit angesichts der vielen Menschen, die sich hier Seite an Seite drängten. »Und du solltest wohl besser am Tisch deines Vaters sitzen, statt dich mit mir abzugeben«, entgegnete sie.

Fenella hob die Augenbrauen. »Ob du es glaubst oder nicht, aber die MacGregors sprechen mit ihren Clansleuten.«

Leanne ließ den Blick durch den geschmückten Burgsaal schweifen. Sowohl der Laird als auch sein Sohn waren in Gespräche mit der Dorfbewohnerschaft vertieft. »Daran muss ich mich erst noch gewöhnen.«

»Also, was ist los?«, hakte Fenella nach. »War die Vorbereitung des Festmahls zu viel für dich?«

Leanne schüttelte den Kopf. »Es erstaunt mich selbst, aber mit der Hilfe der Frauen aus dem Dorf haben wir es ganz gut hinbekommen. Man merkt, wie viel Wertschätzung sie ihrem Laird entgegenbringen.«

»Da hast du recht.« Fenella lächelte zustimmend. »Aber was ist dann mit dir?«

Leanne seufzte. »Ich wurde heute nur an mein letztes Weihnachtsfest in Westminster erinnert. Und ich musste an eine Freundin denken, der es nicht besonders gut ging, als ich sie das letzte Mal sah. Manchmal frage ich mich, ob ich sie im Stich gelassen habe.«

Fenella legte ihr einen Arm um die Schultern. »Ich weiß zwar nicht viel zu den Umständen deiner Flucht vom Königshof, aber, bei Gott, wenn ich daran denke, in welch verzweifeltem Zustand du hier angekommen bist ... Du hast sicher aus der Not heraus gehandelt. Also mach dir bloß keine Vorwürfe.«

»Danke, Fenella«, sagte Leanne bewegt. »Du weißt immer, wie du mich aufmuntern kannst.«

»Das freut mich. Und sieh dich nur an! Im Vergleich zu vor ein paar Wochen strahlst du förmlich.«

»Was zum Großteil an deinem wunderschönen Kleid liegt«, meinte Leanne und strich über den weichen, roten Stoff. »Danke, dass du es mir noch einmal geliehen hast. Aber das wäre nicht nötig gewesen.«

»Doch, das war es. Ein hübsches Mädchen wie du sollte am Weihnachtsabend nicht ihre Dienstkluft tragen.«

»Wenn du meinst.« Leanne schmunzelte.

»Allerdings!«, rief Fenella, dann breitete sich ein Grinsen auf ihrem Gesicht aus. »Weißt du was? Ich werde es dir schenken. Die Farbe steht dir ohnehin viel besser als mir.«

»Das geht doch nicht! Ich bin eure Küchenmagd, schon vergessen?«

»Natürlich geht das! Es ist schließlich Weihnachten, das Fest der Nächstenliebe«, meinte Fenella augenzwinkernd. »Und dich, Leanne, habe ich wirklich liebgewonnen.«

»Deine Worte sind noch schöner als dein Geschenk«, sagte Leanne gerührt. »Ich danke dir.«

Die Fürstentochter nickte und erhob sich schließlich. »Jetzt musst du mich leider entschuldigen. Eine der Dörflerinnen wollte irgendetwas mit mir besprechen.«

Leanne beobachtete Fenella, wie sie sich unter die Gäste mischte, hier und dort ein gesegnetes Weihnachtsfest wünschte und sich bei den Frauen für die Mithilfe bei dem Festessen bedankte. Es war bewundernswert, wie mühelos es ihr gelang, mit den Menschen ins Gespräch zu kommen, sie auf charmante Weise zum Lachen zu bringen und gleichzeitig ein offenes Ohr für ihre Sorgen zu haben. Und das alles mit ihren siebzehn Jahren! Leanne konnte manchmal kaum glauben, dass Fenella tatsächlich jünger war als sie selbst. Vielleicht lag es daran, dass sie durch den Tod ihrer Mutter schon früh eine Rolle eingenommen hatte, die der einer Fürstin glich. Vor allem die Frauen des Clans schienen sich mit ihren Anliegen lieber an Fenella zu halten, statt an den ältlichen Laird, der zwar ebenfalls gutmütig, aber weniger zugänglich wirkte als seine Tochter.

Und dann war da noch Rory ... Es war nicht schwer, ihn von ihrem Platz aus in der Menschenmenge auszumachen, schließlich überragte er die meisten Männer des Clans. Zu dem festlichen Anlass trug er ein besticktes Wams, dessen dunkelblaue Farbe ihm ausgezeichnet stand, wie Leanne zugeben musste. Sein rotbraunes Haar, das ihm für gewöhnlich locker auf die Schultern fiel, hatte er heute mit einem Lederband zurückgebunden, was seine harten Gesichtskonturen betonte und ihm ein strengeres Aussehen verlieh.

Während sie ihn aus der Ferne beobachtete, musste Leanne feststellen, dass Rory ebenso charmant und aufmerksam mit den Gästen umgehen konnte wie seine Schwester. Er tauschte Floskeln mit den Clansleuten aus, klopfte ihnen auf die Schulter und herzte ihre Kinder, die den jungen MacGregor bewundernd anstarrten. *Sieh an!*, dachte sie überrascht. Er konnte also auch freundlich sein. Sie seufzte und fragte sich, weshalb diese Erkenntnis sie ärgerte.

War er im Grunde ein umgänglicher Mann, dessen Frust und Ablehnung sich nur gegen sie richteten? Oder präsentierte er heute eine Fassade, eine Rolle, die vom Sohn des Lairds erwartet wurde und die er perfekt beherrschte? Leanne war sich nicht sicher.

Eines musste sie Leith MacGregor lassen. Er hatte seinen Kindern ohne die Unterstützung einer Gemahlin Manieren und Werte vermittelt, die ihnen im Umgang mit den Dorfbewohnern zugutekamen. Man spürte, dass die Leute ihren Fürsten und seine Familie wirklich mochten und zu ihnen aufsahen. Dies war alles andere als selbstverständlich, wie Leanne durch ihre Erfahrungen vom Königshof wusste. Natürlich gehorchten die Untertanen ihren Fürsten und diese wiederum ihrem König. Doch diese Art von Gehorsam beruhte meist auf Angst und Zwang. In dieser Halle hingegen sah Leanne Menschen, die in ihrem Anführer tatsächlich einen Beschützer sahen, der sich um ihr Wohlergehen sorgte. Sie fragte sich allerdings, wie Leith MacGregor sein Schutzversprechen gegenüber dem Clan zu halten gedachte, wenn die Schotten wirklich eine Rebellion planten, wie er letztens angedeutet hatte.

Betrübt griff sie nach einem Stück Brot und zerpflückte es mit den Fingern. War das Land der MacGregors und ihre Burg wirklich der sichere Ort, den sie sich für Alwins Zukunft wünschte? Oder würden die englischen Streitkräfte auch hier irgendwann für Verwüstung und Elend sorgen? Sie beobachtete ihren Bruder, der mit Mariota und einigen Dorfkindern in ein Fangspiel verwickelt war, und musste darüber schmunzeln, wie Catriona verzweifelt versuchte, die raufenden Kinder in Schach zu halten.

Inmitten des Gelächters und Stimmengewirrs fühlte sie sich auf einmal schrecklich einsam. Die MacGregors waren mit den Anliegen des Clans beschäftigt, Bridget werkelte unten in der Küche und Alwin freute sich über die Gesellschaft zahlreicher Spielkameraden.

Leanne wagte es nicht, sich in die Unterhaltung ihrer Tischnachbarn einzumischen, aus Sorge, wie die Menschen auf ihre Herkunft reagieren würden.

Seufzend steckte sie sich den letzten Bissen Brot in den Mund. Anstatt hier Trübsal zu blasen, konnte sie genauso gut in die Küche gehen und mit dem riesigen Berg Abwasch beginnen, der dort zweifellos auf sie wartete. Sie erhob sich gerade von der Bank, als eine Stimme sie zurückhielt.

»Hey, Lassie! Du bist neu hier auf der Burg, nicht wahr?« Die Stimme gehörte zu einer Frau mittleren Alters, die Leanne schräg gegenüber saß.

»Ja.« Sie nickte und setzte sich wieder.

»Wie hast du dich bisher eingelebt? Bridget meinte vorhin, du stellst dich erstaunlich gut an in der Küche.«

»Wirklich?«, fragte Leanne überrascht und auch ein bisschen stolz.

»Aye. Dabei hast du vorher noch nie als Küchenmädchen gearbeitet, richtig?« Ehe sie sich's versah, hatte die Dörflerin sie in ein Gespräch verwickelt.

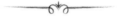

Leanne stolperte beinahe über ihren müden Füße, als sie die letzten Becher und Krüge einsammelte, die vom heutigen Gelage zeugten. Man hatte noch weit bis in die Nacht gefeiert. Auch sie selbst hatte sich länger mit den Schotten unterhalten als erwartet. Die Leute an ihrem Tisch hatten sich interessiert gezeigt, was sie einerseits gefreut, anderseits gezwungen hatte, abzuwägen, welche Details ihrer Vergangenheit sie preisgeben wollte und welche nicht. Die Clansleute hatten sie zudem über Neuigkeiten vom englischen Königshof ausgefragt und Leanne hatte versucht, ihre Fragen so gut wie möglich zu beantworten. Im Gegenzug hatten ihre Tischnachbarn ihr von der Dorfgemeinschaft und dem Leben unter der

Herrschaft der MacGregors erzählt. Wie sie vermutet hatte, standen die Menschen ihrem Laird durchweg positiv gegenüber. Es freute Leanne, dass Leith sich wenigstens der Loyalität seiner Clansleute sicher sein konnte.

Anschließend hatte sie gemeinsam mit Bridget begonnen, die Spuren des Festessens in der Halle zu beseitigen. Nun war es weit nach Mitternacht und der Saal endlich wieder in einem annehmbaren Zustand. Auf wackeligen Beinen balancierte Leanne die Treppe hinab und durchquerte den Flur im Erdgeschoss.

Sie entdeckte die Gestalt, die durch den dunklen Gang rauschte, zu spät. Leanne stieß mit ihr zusammen, die Becher rutschten ihr aus den Händen und fielen mit einem Scheppern zu Boden.

»Oh je!« Die Person schob sich die Gugelhaube vom Kopf und besah sich das Schlamassel.

»Fenella?« Leanne starrte die Fürstentochter ungläubig an und bemerkte den schneeberieselten Umhang. »Kommst du von draußen? Ich dachte, du bist längst schlafen gegangen?«

Fenella ließ sich Zeit mit ihrer Antwort und bückte sich nach den verstreuten Bechern. Zum Glück waren die Behälter aus Messing, sodass es keine Scherben zum Aufsammeln gab.

»Ich war noch einmal in der Kirche«, sprach Fenella endlich und sah auf. Ihre Augen waren gerötet.

»Hast du für deinen Bruder gebetet?«, fragte Leanne sanft.

Fenella nickte traurig und das Zittern um ihre Lippen verriet, dass sie den Tränen schon wieder nahe war. »Es gab noch nie ein Weihnachten ohne Iain, weißt du?« Sie schluchzte auf.

Leanne zog sie in eine Umarmung. »Aber es werden noch viele Weihnachten mit ihm kommen, das verspreche ich dir.«

Sie spürte Fenellas Kopfschütteln an ihrer Schulter. »Das wissen wir nicht. Er sitzt nun schon seit Monaten im Tower. Der König könnte jederzeit veranlassen, dass ...« Ihr versagte die Stimme.

In diesem Moment erkannte Leanne, dass ihre Freundin offensichtlich nicht immer so fröhlich und zuversichtlich war, wie sie sich nach außen gab. Wie schwer musste es für sie sein, die Sorge um ihren ältesten Bruder an Tagen wie diesen zu verbergen?

»Ich glaube nicht, dass Edward die schottischen Kriegsgefangenen exekutieren wird«, meinte Leanne leise. »Schließlich will er die Schotten nicht auslöschen, sondern ausbeuten. Und mit der Inhaftierung ein paar hochrangiger Clanmitglieder demonstriert er lediglich, was geschieht, wenn man sich gegen seine Oberherrschaft auflehnt.«

»Aber Iain ist doch gar kein Kriegsgefangener«, schniefte Fenella.

Leanne horchte auf. »Was meinst du damit? Ich dachte, man hätte ihn in Berwick für seine Taten im Krieg verurteilt?«

Fenella schüttelte den Kopf. »Nein, Iain wurde wegen Mordes verurteilt.«

Wegen Mordes? Leanne war, als würde der Boden unter ihren Füßen ins Wanken geraten.

»Natürlich ist er unschuldig«, schob Fenella eilig hinterher. »Iain würde niemals einen seiner Landsmänner kaltblütig ermorden. Nicht einmal einen Verräter. Er hat einen sanften und aufrichtigen Charakter, weißt du ...«

Sie redete noch weiter, doch ihre Worte drangen nicht zu Leanne durch. Die Geschehnisse von Berwick kehrten mit aller Wucht zurück in ihre Erinnerung. Schreckliche Bilder schoben sich vor ihre Augen.

»... geht es dir gut? Du bist ganz blass?«

Leanne spürte Fenellas Hand auf ihrer Schulter.

»Ich ...« Ihre Stimme war nur ein Krächzen. »Ich bin auf einmal sehr müde. Lass uns morgen noch einmal sprechen.«

Fenella beäugte sie argwöhnisch, wünschte ihr dann aber eine gute Nacht und nahm die Treppe zu den Gemächern der Herrschaften.

Leannes Finger zitterten, als sie die Becher in der Küche abstellte. Danach wankte sie in ihr Zimmer und schloss die Tür besonders leise, um Alwin nicht aufzuwecken.

Kurze Zeit später lag sie mit offenen Augen im Bett und lauschte ihrem hämmernden Herzschlag. Konnte es wirklich sein, dass Fenella bei dem Mord von Luke gesprochen hatte? Oder hatte Iain MacGregor gar nichts mit der Sache zu tun und war für ein anderes Vergehen in Berwick verurteilt worden? Aber Fenella hatte auch den Mord an einem Landsmann, einem Verräter erwähnt ... konnte es sich um einen Zufall handeln?

Stöhnend raufte Leanne sich die Haare. Warum hatte sie sich vorher nie nach den genauen Umständen von Iains Gefangennahme erkundigt? Aus irgendeinem Grund war sie stets davon ausgegangenen, dass er einfach ein weiterer schottischer Kriegsgefangener war, den Edward im Tower von London verrotten ließ. Ein weiterer Erstgeborener, in dem die Krone von England eine Gefahr sah.

Ein Schauer überkam Leanne, als sie sich einen jungen Mann, der Rory ähnelte, in einem modrigen Kerker und mit den Füßen in Ketten, vorstellte. Wie viele Monate hatte man Iain nun schon weggesperrt? Vier? Fünf?

Sie beschloss, gleich am nächsten Tag mit dem Laird zu sprechen. Zuerst musste sie herausfinden, ob es wirklich Luke Campbells Ermordung war, für die man den jungen MacGregor verantwortlich machte.

Der König hatte damals beim Parlament versichert, dass es sich bei dem Täter um einen Schotten handelte. Luke Campbell sei das Opfer eines grausamen Racheaktes geworden, dafür, dass er sich auf die Seite der Engländer gestellt hatte. Selbst Lukes Bruder Neil hatte Leanne gegenüber erwähnt, dass er dieses Motiv für schlüssig hielt.

Der Täter war also ein Schotte gewesen, so viel stand fest. Doch warum Iain MacGregor? Leanne wollte einfach nicht glauben, dass der Sohn des gutherzigen Lairds zu solch einer Tat fähig war, erst recht nicht, nachdem Fenella die Unschuld ihres Bruders so inbrünstig verteidigt hatte. Natürlich, sie war seine Schwester, aber ...

Leanne stieß den Atem aus. Irgendetwas sagte ihr, dass an der ganzen Sache etwas faul war.

29

Während des gesamten Frühmahls hatte Leanne sich den Kopf darüber zerbrochen, wie sie Leith am besten auf das heikle Thema ansprechen sollte, aber als sie dann vor der Kemenate des Lairds stand, suchte sie noch immer nach den passenden Worten. Es gab wohl keine Formulierung, die einen Mordfall auf irgendeine Weise zu beschönigen vermochte. Sie straffte ihre Schultern, um sich selbst Mut zu machen, und klopfte zweimal kräftig an.

Der Laird öffnete ihr persönlich und war sichtlich überrascht, sie hier zu sehen. »Leanne? Was gibt es?«

»Ich muss dringend mit Euch sprechen, Mylord. Es geht um Iain.«

Als sie den Namen seines Sohnes aussprach, blitzte ein erschrockener Ausdruck im Gesicht des Lairds auf. »Komm herein!«

Erst jetzt bemerkte Leanne, dass er nicht alleine war. Hinter einem mächtigen Tisch, der in der Mitte des Raumes platziert war, saß Rory. Er war über ein Dokument gebeugt, in dessen Lektüre er offensichtlich sehr vertieft war, und sah erst auf, als sich sein Vater laut räusperte.

»Leanne?«, murmelte er verwundert und strich sich das Haar zurück.

»Sie hat uns etwas zu sagen, das Iain betrifft«, klärte Leith ihn auf.

Leanne verspürte ein Ziehen in ihrer Magengrube. Rorys Anwesenheit verunsicherte sie, auch wenn er ein Recht darauf hatte, zu hören, was sie zum Fall seines Bruders zu sagen hatte.

»Gestern hat Fenella mir erzählt, dass Iain wegen Mordes verurteilt wurde.«

Vom Schreibpult aus erklang ein zischender Laut. Rory fuhr sich mit der Hand durch das dichte, rötliche Haar. Leanne vermutete, dass er nicht mit der Offenheit seiner Schwester einverstanden war, sagte aber nichts.

»Es geschah beim Parlament in Berwick«, ergriff sein Vater das Wort. Am belegten Klang seiner Stimme erkannte Leanne, wie schwer es ihm fiel, über den Vorfall zu sprechen. »Man beschuldigte Iain, einen Mann namens Luke Campbell ermordet zu haben. Dabei hielt er sich an diesem Abend nicht einmal in der Burg auf.«

Leannes Herzschlag beschleunigte sich. »Er ist fälschlicherweise verurteilt worden.«

Der Laird nickte.

»Aber weshalb lenkte sich der Verdacht auf Iain?«, hakte sie nach.

»Weil man dem König ein Beweisstück präsentieren konnte.« Rory erhob sich und ging zu einer Truhe an der Wand. Dort holte er einen Dolch hervor und schritt auf Leanne zu.

Beim Anblick des Messers überkam sie ein Schauer. »Ist das die Waffe, mit der er ermordet wurde?«

Rory beobachtete sie aufmerksam. »Nein. Dieser Dolch gehört mir. Aber mein Bruder besitzt eine ganz ähnliche Waffe, mit dem Wappen der MacGregors und seinen Initialen.«

Leanne starrte auf den Schaft des Messers und erkannte den gekrönten Löwen wieder, der sich auch auf ihrer bronzenen Münze befand.

»Was genau war es, das du uns mitteilen wolltest?«, fragte Rory, während er den Dolch zurückbrachte.

Leanne räusperte sich. »Luke Campbell ... ich kannte ihn. Ich war gut befreundet mit seiner Gemahlin, ich meine Geliebten, Annabel, jedenfalls lebten sie wie Mann und Frau ...«

»Komm zum Punkt, Lassie«, knurrte Rory ungeduldig.

Leanne holte Luft. »Ich erinnere mich noch genau an die Nacht, in der es geschah, erinnere mich daran, wie man Lukes Leiche wegschaffte, an das Messer in seiner Brust. Aber vor allem erinnere ich mich an Annabels Zustand in den Tagen nach dem Mord. Nein, eigentlich waren es Wochen. Meine Freundin stand unter Schock, sprach tagelang nicht, kümmerte sich nicht um ihr Kind ...«

»Der Tod ihres Mannes hat sie sicher schwer getroffen«, meinte der Laird taktvoll.

»Ja. Aber es gab viele Dinge, die mir jetzt, im Nachhinein, seltsam erscheinen. In ihren Angstattacken berichtete Annabel immer wieder von dem Moment, in dem jemand Luke ein Messer in die Brust rammte. Selbst in ihren Albträumen sprach sie von der Ermordung.«

Rorys Augenbrauen zogen sich zusammen. »Sie hat es mit angesehen?«

»Es ist zumindest sehr wahrscheinlich. Ich habe sie am Anfang oft danach gefragt, auch, um bei der Suche nach dem Täter zu helfen. Aber irgendwann wollte ich sie in ihrer Trauer nicht weiter bedrängen. Ich dachte, dass sie durch den Schock womöglich einige Erinnerungen verloren hat.«

»Aber nun denkst du, dass sie mit Absicht etwas verheimlicht hat?«, kombinierte Rory.

»Ja. Auch wenn ich mir nicht erklären kann, weshalb sie das tun sollte. Sie hat Luke so sehr geliebt. Sicher würde sie wollen, dass der wahre Täter zur Rechenschaft gezogen wird.«

Leith MacGregor stieß einen Pfiff aus. »Das ist der erste Hinweis seit Monaten. Danke, dass du zu mir gekommen bist, Leanne.«

Rory ließ seine Faust auf die Tischplatte knallen. »Ich muss sofort nach Westminster reiten und diese Frau ausfindig machen.«

Sein Vater blickte zum Fenster hinaus, wo der Wind die Schneeflocken herumwirbeln ließ. »Es wird eine beschwerliche Reise werden, so viel ist sicher. Aber wer weiß, wie viel Zeit Iain im Tower noch bleibt ...«

»Ich werde nicht ruhen, ehe der wahre Täter gefasst ist«, sagte Rory entschlossen.

»Für mich gilt das Gleiche«, sprach Leanne. »Ich werde Euch nach Westminster begleiten.«

Die Köpfe der Männer schnellten zu ihr herum.

»Ich bin sicher, dass Annabel nicht mit einem Fremden sprechen wird«, erklärte sie. *Schon gar nicht mit einem Rüpel wie Rory*, setzte sie in Gedanken hinzu.

»Damit könntest du recht haben«, meinte Leith nachdenklich. »Zwar fühle ich mich nicht wohl dabei, dich in diesem Wetter aufbrechen zu lassen, aber wir müssen uns an jeden Strohhalm klammern. Bist du wirklich bereit, diese Reise auf dich zu nehmen?«

Leanne nickte eilig. »Ja. Ich bin den MacGregors zu großem Dank verpflichtet.« Das war jedoch nicht der einzige Grund für ihre Entscheidung. Sie verspürte das Bedürfnis, die Wahrheit über Lukes Tod zu erfahren, so grausam sie auch sein mochte. Und sie musste einfach sehen, was aus Annabel geworden war.

»Ende Februar veranstaltet Edward ein Parlament in Salisbury«, erinnerte sie sich. »Wenn der Fall noch vorher neu aufgerollt werden soll, müssen wir uns sofort auf den Weg nach Westminster machen.«

»Dann reiten wir morgen los«, bestimmte Rory. »Wie gut hältst du dich im Sattel, Leanne?«

Ihre Augen weiteten sich. Aus irgendeinem Grund hatte sie noch keinen Gedanken an *diesen* Teil ihres Plans verloren. »Ich bin noch nie geritten«, gab sie kleinlaut zu.

»Verdammt«, zischte Rory und erntete dafür einen ärgerlichen Blick von seinem Vater.

»Ihr werdet schon eine Lösung finden«, meinte Leith. »Gib Leanne eine genügsame Stute, dann wird sie schon zurechtkommen.«

»In Ordnung«, seufzte Rory notgedrungen.

»Und du, Leanne, wirst dir von Fenella reisetaugliche Kleidung ausleihen«, sagte der Laird. »Die Temperaturen dort draußen sind eisig.«

Das musste Leith ihr nicht zweimal sagen. Leanne graute zwar jetzt schon vor den nächsten Tagen, doch ihr Wunsch, Annabel und den MacGregors zu helfen, war größer als ihre Furcht.

»Hättet ihr nicht wenigstens einen Tag länger warten können?«, schimpfte Fenella, während sie in ihrem Gemach auf und ab lief. »Weihnachten ist noch nicht einmal richtig vorbei und ihr beide brecht zu einer gefährlichen Mission auf!«

»Was würde es bringen, die Reise hinauszuzögern?«, fragte Leanne und streifte einen wollenen Surcot aus Fenellas Garderobe über. »Kannst ... kannst du mir vielleicht kurz helfen?« Ihre Hände hatten sich in den zahllosen Bändern verheddert, die den Stoff an der Vorderseite des Kleides zusammenhielten.

»Und du willst die Zügel eines Pferdes führen?«, spottete Fenella und kam ihr zu Hilfe.

Leanne schnaufte beleidigt. »Es ist schließlich noch kein Meister vom Himmel gefallen. Außerdem bin ich eine geduldige Lernerin.«

»Ach ja?« Fenellas Lippen verzogen sich zu einem breiten Grinsen. »Ich wusste gar nicht, dass Geduld zu deinen Stärken gehört. Zumindest nicht, was meinen Bruder anbelangt. Und mit ihm wirst du viele einsame Stunden verbringen müssen.« Sie kicherte wie ein kleines Mädchen. »Oh, ich kann mir richtig vorstellen, wie ihr beide euch stundenlang giftige Blicke zuwerft und keiner von euch den Mund aufbekommt.«

»Fenella! Deine albernen Kommentare machen die Sache nicht unbedingt besser.«

Die Fürstentochter zog die Nase hoch und setzte eine ernste Miene auf. »Entschuldige. Versprichst du mir, dass ihr euch nicht die Köpfe einschlagt? Ich kann nicht noch einen Bruder verlieren.«

»Ich versuche es«, meinte Leanne seufzend. »Aber versprichst du mir im Gegenzug, dass du dich um Alwin kümmern wirst? Tagsüber hat Catriona natürlich ein Auge auf ihn, aber abends ... ich kann mir vorstellen, dass er sich in unserer Kammer fürchtet.«

»Ich lasse mir etwas einfallen.« Auf die Hilfe ihrer Freundin war Verlass.

»Da ist noch etwas.« Leanne räusperte sich. »Alwin hat oft Albträume und nässt manchmal ins Bett.«

Fenella nickte verständnisvoll. »Ich gebe Catriona Bescheid. Sie wird sich im Fall der Fälle darum kümmern – diskret.«

Leanne lächelte. Fenella hatte ihre Sorgen mal wieder ohne Schwierigkeiten erraten.

»Du bist die Beste!«

»Gib auf dich und Mariota acht, ja?« Leanne schloss ihren Bruder ein letztes Mal in die Arme.

»Ich pass gut auf, bis ihr wieder da seid«, beteuerte er tapfer und ihr Herz schmolz dahin wie die Schneeflocke auf Alwins Nasenrücken.

»Ich bin stolz auf dich«, sagte sie und wischte den Wassertropfen mit ihrem Daumen weg. Nun konnte sie den Aufbruch nicht länger hinauszögern.

Leanne verabschiedete sich von den anderen, dann half Rory ihr beim Aufsteigen. Mit einer schwungvollen Bewegung landete sie im Sattel und wurde augenblicklich von einem Schwindelgefühl erfasst. Tatsächlich saß sie viel höher als sie es sich vom Boden aus vorgestellt hatte.

Hoffentlich war die braune Stute wirklich so genügsam, wie der Laird ihr versichert hatte. Leanne schrak zusammen, als das Tier sich unter ihr in Bewegung setzte.

»Du musst nicht viel tun«, rief Rory ihr zu, der ihre Unsicherheit offensichtlich bemerkte. »Lizzy wird Eachann von selbst folgen.«

Lizzy. So hieß die Stute also. Leanne strich vorsichtig über den langen Hals. Dann winkte sie den Bewohnern von Kilchurn Castle ein letztes Mal zu.

Es war ein denkbar ungünstiges Wetter, um die Behaglichkeit der Burgmauern hinter sich zu lassen. Wie in den letzten Tagen fielen die weißen Flocken ununterbrochen auf die Erde hinab, legten sich auf die Schultern der Reiter und knirschten unter den Hufen der Pferde. Allerdings hatte das langsame Tempo, zu dem die schneebedeckten Wege sie zwangen, auch einen Vorteil. So konnte Leanne sich in Ruhe an Lizzys Bewegungen gewöhnen. Nach einer Weile stellte sie fest, dass das gemächliche Schreiten des Pferdes sogar etwas Beruhigendes hatte. Rory und sein Hengst gaben den Weg vor und sie musste nichts weiter tun als Lizzy ab und an über die dunkelbraune Mähne zu streicheln. Nun, vermutlich musste sie nicht einmal das tun, doch sie hatte vor, sich mit der Stute gut zu stellen. Außerdem wärmte das Fell des Tieres ihre Finger, die durch die Kälte allmählich steif wurden.

Gegen Mittag hatte der Schneefall endlich nachgelassen und Rory beschloss, eine Rast einzulegen. Ohne dass Leanne ihn darum bitten musste, half er ihr beim Absteigen.

»Danke!«, schnaufte sie erleichtert, als sie wieder festen Boden unter ihren Füßen spürte.

Rory breitete ein Schaffell auf der Erde aus, machte ein Lagerfeuer und reichte ihr den Trinkschlauch. »Wenn es dunkel wird, haben wir hoffentlich schon die nächste Unterkunft erreicht«, meinte er und streckte die Hände in Richtung der Flammen aus.

Leanne lächelte vor Erleichterung. »Du glaubst nicht, wie sehr ich mich auf eine warme Mahlzeit und ein bequemes Bett freue.«

»Die Pferde brauchen trockenes Stroh und Futter«, sagte er ungerührt.

Natürlich, dachte Leanne frustriert. Hauptsache Eachann und Lizzy waren versorgt.

»Dann sollten wir es besser nicht drauf ankommen lassen und gleich weiterziehen«, meinte sie und erhob sich hastig. Sie sah keinen Sinn darin, hier noch mehr Zeit zu vertrödeln.

Rory warf ihr einen seltsamen Blick zu, sagte jedoch nichts. Schweigend löschte er das Feuer und schwang sich in den Sattel, nachdem Leanne beteuert hatte, dass sie den Aufstieg schon alleine schaffen würde. Sie fühlte sich gut dabei, Kleinigkeiten wie diese selbstständig zu meistern und nicht immer auf seine Hilfe angewiesen zu sein.

Der Rest ihrer Etappe setzte sich in gleichbleibender Eintönigkeit fort. Die Leute, egal ob arm oder reich, verbrachten die Feiertage mit ihren Familien am heimischen Herd und der Schneesturm tat sein Übriges dazu, dass niemand freiwillig das Haus verließ. Sie blieben zwei einsame Reiter auf menschenleeren Wegen.

Und Leanne fror.

30

Das Mondlicht ließ den Schnee unter den Hufen der Pferde bereits hell leuchten, als das Gasthaus endlich in Sichtweite kam. Die Aussicht auf die Behaglichkeit eines Kamins und ein Dach über dem Kopf trieben Leanne Freudentränen in die Augen. Nach dem stundenlangen Ritt spürte sie kaum noch ihre Füße, ihre Schultern dagegen fühlten sich seltsam verkrampft an. Unsanft rutschte sie aus dem Sattel und als Rory ihr Bescheid gab, dass er die Pferde in den Stall bringen würde, nickte sie nur müde.

Unterdessen trat Leanne in den Schankraum – und blieb irritiert stehen. Nicht ein einziger Gast saß auf den Bänken. Von den Besitzern war ebenfalls keine Spur zu sehen. Allerdings verriet die Glut im Kamin, dass das Haus nicht verlassen war.

»Ist hier jemand?«, rief sie in die Stille hinein, aber da war nur das Pfeifen des Windes, das durch die Fensterverschläge drang.

»Wir haben geschlossen!«, keifte plötzlich eine Stimme und sie hörte, wie es über ihr polterte. Verdutzt bemerkte sie die kleine Person, die eine Treppe hinuntergestiegen kam. Die Gestalt trug eine Kerze vor sich her und Leanne erkannte nun, dass es sich um eine alte Frau mit knochigen Gesichtszügen handelte.

»Wir nehmen keine Gäste auf!«, fuhr die Frau sie an, als sie unten angekommen war. »Was treibt sich ein junges Mädchen wie du überhaupt alleine herum, ha?« Die Alte fuchtelte mit der Kerze vor ihrem Gesicht, bis Leanne nach hinten auswich. Dabei prallte sie mit dem Rücken gegen etwas.

Rory! Er musste unbemerkt hereingekommen sein.

»Sie gehört zu mir«, sagte er schlicht, durchquerte den düsteren Raum und ließ sich an einem Tisch nahe des Kamins nieder.

»Seid Ihr nicht der Sohn des Laird MacGregor?«, staunte die Alte. Daraufhin ließ sie ihm die gleiche Behandlung wie Leanne zukommen und beleuchtete Rorys Züge im Schein der Kerze. Der verzog sein Gesicht dabei zu solch einer ärgerlichen Grimasse, dass Leanne spontan lachen musste.

Das Geräusch ließ die Wirtin zu ihr herumfahren. »Was wollt ihr beide hier? Ich meine, was wollt Ihr hier, Mylord?«, fragte sie, nun wieder an Rory gerichtet. Dieser wechselte mit Leanne einen irritierten Blick aus. Was sollte man in einer Gastwirtschaft schon wollen?

»Etwas Warmes zu essen wäre schön«, bekam sie zur Antwort. »Und wäre es wohl möglich, den Kamin anzufeuern? Meine Begleitung und ich haben eine lange Reise hinter uns.«

Die Wirtin kratzte sich hinterm Ohr. »Es ist nur so, Mylord, wir haben uns heute nicht auf Gäste eingestellt. Ist ja nicht gerade die Zeit, in der so viele Leute reisen.«

»Ich bin sicher, du wirst etwas finden, das unsere Mägen füllt«, sprach Rory ungeduldig und legte eine Silbermünze auf den Tisch.

»Ich werd mal nachsehen, was ich zaubern kann«, murmelte die Alte und verschwand um die Ecke.

Im nächsten Moment meldete sich eine Stimme aus der oberen Etage. »Senga! Was machst du da unten?«

»Nicht jetzt, Osbert!«, schrie die Wirtin zurück und ließ ein paar Töpfe scheppern.

Vielleicht lag es an ihrer Müdigkeit, denn Leanne erschien die ganze Situation so komisch, dass sie plötzlich kichern musste wie ein halbwüchsiges Mädchen.

Zu ihrer Überraschung setzte Rory in ihr Lachen mit ein, bis die beiden schließlich nicht mehr an sich halten konnten und laut losprusteten.

»Auf mich wirkt es eher, als hätten die schon seit Jahren keine Gäste mehr gehabt«, brachte Leanne hervor und schnappte nach Luft.

»*Nicht jetzt, Osbert!*«, äffte Rory die Alte nach und zog eine Grimasse, die Leanne zum Grinsen brachte. Sie hätte nicht gedacht, dass Rory für derlei Späße zu haben war. Er sah anders aus, wenn er lachte. In seinen Augenwinkeln bildeten sich kleine Fältchen und der harte Zug um seinen Mund verschwand. Er besaß ein gewinnendes Lächeln und Leanne bedauerte, dass er es nur so selten zeigte.

Nachdem ihr Lachen verklungen war, breitete sich eine seltsame Stille zwischen ihnen aus. Lediglich das Klappern des Geschirrs drang ab und an in den menschenleeren Schankraum. Leanne sah an Rorys Schulter vorbei, ihre Hände nestelten dabei nervös an ihrem Gürtel. Sie hatte noch nie auf diese Weise mit ihm zusammengesessen, direkt gegenüber und unter vier Augen. Das einzige Mal, dass sie wirklich alleine gesprochen hatten, war kurz nach ihrer Ankunft auf Kilchurn Castle gewesen. Bei der Erinnerung an seine kaltherzigen Worte bildete sich ein Knoten in ihrem Magen. Sie durfte sich nicht von Rorys plötzlicher Heiterkeit täuschen lassen. Vermutlich hielt er sie nur so lange bei Launen, bis sie seinen Bruder befreit hatten, und würde danach genauso abweisend sein wie zuvor. Der junge MacGregor hielt nicht viel von einer Engländerin, die sich in die Belange seines Clans einmischte, das hatte er oft genug klargestellt.

Auf einmal wusste Leanne nicht mehr wohin mit ihren Händen, daher stand sie auf und begann, ein paar Kerzen im dunklen Schankraum zu entzünden. Eigentlich war das die Aufgabe der Wirtin, doch die schien in der Küche schwer beschäftigt zu sein. Während sie die letzte Kerze entzündete, wagte Leanne einen Blick zu Rory. Er schien ihre Befangenheit nicht zu bemerken und starrte unentwegt auf den Dolch, den er auf der Tischplatte zwischen seinen Händen hielt.

Leanne räusperte sich und trat näher. »Was bedeutet die Inschrift auf dem Messer?« Obwohl sie ihm nicht traute, konnten sie sich die Zeit trotzdem mit Geplauder vertreiben. Es war zumindest besser als sich den ganzen Abend nur anzuschweigen.

»S rioghal mo dhream«, sagte Rory leise und blickte zu ihr auf, als wäre er in Gedanken weit weg.

Wieder einmal wunderte Leanne sich über den seltsam gutturalen Klang der gälischen Sprache. »Und was bedeutet das?« Sie setzte sich und beäugte das silberne Schmiedewerk, das mit dem Wappen und der Inschrift des Clans verziert war.

»Königlich ist meine Rasse.«

Leannes Augen weiteten sich überrascht.

»Nach den alten Geschichten geht unsere Familie auf den ersten König Schottlands zurück. Kenneth MacAlpin.«

»Ich hatte keine Ahnung, dass Euer Clan schon so alt ist«, meinte sie erstaunt. Tatsächlich waren die schottischen Clans in ihrer Vorstellung stets Gruppen von Barbaren gewesen, die sich irgendwie zusammengerauft hatten. Zumindest hatten die Höflinge in Westminster dieses Bild vermittelt.

»MacAlpin begründete die Linie schon im neunten Jahrhundert«, fuhr Rory fort und steckte den Dolch zurück an seinen Gürtel. »Wie es mit der Zukunft der MacGregors aussieht, ist allerdings ungewiss. Edward lässt bereits einige schottische Gebiete für sich verwalten. Und seine Hände strecken sich immer weiter gen Norden aus«, erklärte er niedergeschlagen.

Leanne fühlte mit ihm. Es musste schrecklich sein, plötzlich vom Boden der eigenen Vorväter verdrängt zu werden. Daher fielen ihr auch keine tröstenden Worte ein. Edward Plantagenet war ein skrupelloser Mann, dessen Gier nach neuen Gebieten und Geldquellen niemals gestillt war, und das wussten sie beide.

»Erst einmal bringen wir Iain nach Hause«, versuchte sie daher, das Gespräch auf ein anderes, aber nicht minder schwieriges Thema zu lenken.

»Es ist höchste Zeit«, stimmte Rory ihr zu. »Das Leben zuhause ist nicht mehr dasselbe, seitdem Iain verurteilt wurde. Nach Berwick irrte ich noch wochenlang in England herum, versuchte, eine Audienz beim König zu bekommen ... vergeblich.« Seine Hand ballte sich auf dem Tisch zur Faust. »Irgendwann rief mein Vater mich zurück nach Hause, wo bereits andere Probleme warteten.«

»Die Gefangennahme Eures Onkels in Glenorchy.«

»Richtig.« Er musterte sie aufmerksam und fragte sich vermutlich, wie viel sie schon wusste. »Übrigens kannst du meinetwegen auf die höfliche Anrede verzichten.«

Leanne horchte auf. Damit hatte sie nicht gerechnet. Schließlich hatte Rory sie stets spüren lassen, dass er sie als minderwertig ansah.

Er schien ihre Verwunderung zu bemerken und zuckte mit den Schultern. »Ich mache mir nicht viel aus der Etikette.«

»Tatsächlich?«, fragte sie eine Spur zu forsch und senkte daraufhin die Stimme. »Ist das wirklich der Grund oder möchtest du mir schmeicheln, weil ich mich an Iains Rettung beteilige?«

Rorys Miene schlug augenblicklich um. Das Auftauchen der Wirtin verhinderte, dass er etwas entgegnete, aber das wütende Funkeln in seinen Augen verriet, wie sehr ihr Kommentar ihn verärgert hatte.

Leanne presste die Lippen aufeinander. Warum verlor sie in seiner Gegenwart nur andauernd ihre mühsam erlernte Selbstbeherrschung?

»Bitte sehr, Mylord!« Die Alte brachte zwei Teller mit Suppe und stellte ein Tablett mit Brot und kaltem Braten dazu.

Rory bedankte sich bei der Wirtin und stürzte sich auf das Essen. Zuerst verschlang er die heiße Suppe, die nach Steckrüben und Kohl schmeckte. Danach widmete er sich den Beilagen, während Leanne noch Löffel für Löffel von der Suppe schlürfte.

»Warum bist du nach Kilchurn Castle gekommen?«

Leanne zuckte vor Schreck zusammen, der Löffel fiel ihr klappernd aus der Hand. »Warum fragst du?«

Die Kerze auf dem Tisch warf tanzende Schatten auf Rorys Gesicht und ließ sein Haar rötlich schimmern. »Weil wir diese Unterhaltung längst hätten führen sollen.«

Leanne schluckte und kämpfte mit ihrem aufsteigenden Zorn. »Warum jetzt? Als ich auf eurer Burg ankam, hattest du nichts Besseres zu tun als mich zu beschimpfen, obwohl du nichts, *rein gar nichts*, über mich wusstest! Denkst du wirklich, ich bin nach alldem gewillt, dir meine Geschichte zu erzählen?«

Rory starrte sie eine Weile an und senkte schließlich den Kopf. »Es tut mir leid.« Für einen Moment herrschte betretene Stille zwischen ihnen. »Der Gedanke, eine Fremde, dazu noch eine Engländerin, in unserer Mitte zu beherbergen, war einfach zu viel für mich. Und die Reise nach Glenorchy hat mich mehr mitgenommen, als ich zugeben möchte. Das Dorf meines Onkels war in einem furchtbaren Zustand, als ich dort ankam. Viele Männer sind im Krieg gefallen, junge Witwen und Familien wissen nicht, wie sie in Zukunft überleben, geschweige denn Edwards Steuern aufbringen sollen.«

Leanne hörte ihm aufmerksam zu. Sein Bericht deckte sich mit dem, was sie in den Kriegsgebieten um Berwick gesehen hatte. Manche Spuren der englischen Eroberung waren jedoch weniger sichtbar als verbrannte Häuser und aufgehängte Leichen. Im Grunde waren es die hohen Abgaben und Edwards gnadenloses Regime, die dem schottischen Volk das Genick brachen.

»Aber ich bitte dich noch immer, von dir zu erzählen«, fuhr Rory fort. »Das, was wir in Westminster vorhaben, ist gefährlich. Und ich würde mich besser dabei fühlen, den Menschen zu kennen, mit dem ich mich in die Höhle des Löwen begebe.«

Leanne unterbrach den Blickkontakt, da sie das Gefühl hatte, mit seinen moosgrünen Augen zu verschmelzen. Wenn sie über die Vergangenheit sprechen sollte, musste sie alle Sinne beieinanderhaben.

»Was genau möchtest du wissen?«, wand sie sich.

»Wo bist du aufgewachsen? Wie bist du an den königlichen Hof gekommen? Wie hast du meinen Vater kennengelernt?«

Leanne schnaubte. »Das sind ganz schön viele Fragen.«

Da sie Rorys flehenden Blick nicht länger ertragen konnte, begann sie zu erzählen. Wie bei ihrem Gespräch mit seinem Vater fing Leanne bei ihrem Leben in Dennmoral an, erzählte vom Baron Mortimer und ihren ersten Jahren am Hof. Sie ging nicht ins Detail, was ihre Beziehung zu Edmund betraf, vertraute allerdings darauf, dass Rory sich den Rest zusammenreimen konnte. Jeffrey Thorley erwähnte sie nur kurz und im Zusammenhang mit Leith MacGregor. Es war ihr unangenehm, so viel Persönliches preiszugeben. Daher lenkte sie das Thema bald auf ihre Flucht aus Westminster, auf die Bedrohung durch Thomas Lancaster und Mortimers Dahinscheiden.

Als sie ihren Monolog beendet hatte, breitete sich abermals Stille zwischen ihnen aus. Rorys Miene blieb unbewegt und Leanne drängte es danach, zu erfahren, was in seinem Kopf vorging. War er schockiert? Bemitleidete er sie?

»Bereust du es nun, gefragt zu haben?«, fragte sie stattdessen mit einem Hauch Spott in der Stimme. »Es tut mir leid, dass ich dich nicht mit einer fröhlicheren Geschichte unterhalten konnte.«

Rory schüttelte den Kopf und sah zu ihr auf. »Nein. *Mir* tut es leid.«

Also doch Mitleid. Leanne schluckte, unsicher, ob sie sich über seine Anteilnahme freuen sollte oder in ihrem Stolz verletzt war. Vielleicht beides zugleich. »Nun hast du dich schon zum zweiten Mal heute entschuldigt«, versuchte sie es mit einem Scherz und lächelte schief.

Rory erwiderte ihr Lächeln nicht. »Ich hatte keine Ahnung.«

»Wovon?« Leanne hob die Augenbrauen. »Von den Chancen, die das Leben für die Tochter eines Tagelöhners bereithält?«, spöttelte sie.

»Nein. Wie viel Überwindung es dich kosten muss, nach Westminster zurückzukehren.« Rorys Augen begegneten den ihren. Grüne Augen, die die Wahrheit kannten.

Leanne sah hastig zur Seite, versuchte, die aufsteigende Furcht zu unterdrücken, die seine Worte in ihr auslösten. Erst vor wenigen Wochen hatte sie sich geschworen, nie wieder einen Fuß in den königlichen Palast zu setzen. Jenen Ort, an dem sie zuletzt nur noch Grauen erlebt hatte.

»Deine Freundin Annabel muss dir wirklich viel bedeuten, wenn du dich für sie deinen Ängsten stellst.« Rory beugte sich nach vorne und berührte sachte ihre Hand.

Leanne zog sie zurück. Sie war nicht bereit für die plötzliche Intimität zwischen ihnen. Nicht bereit für den Gedanken, dass Rory sie so einfach durchschauen konnte.

Verlegen räusperte sie sich. »Annabel hat einiges mit mir durchgestanden und so viel Schlimmes erlebt. Die Vorstellung, dass sie in ihrer Trauer gefangen ist, ist für mich unerträglich. Allerdings ist sie nicht der einzige Grund, weshalb ich es tue. Ich tue es auch für deinen Vater. Für Fenella.« *Und für dich*, erkannte sie in diesem Moment. »Die MacGregors haben ein Familienmitglied verloren und ich sehe es als meine Pflicht an, zu helfen. Wie du nun weißt, bin ich das deinem Vater schuldig.«

»Und dafür bin ich dir dankbar«, erwiderte er und erhob sich. »Wir sollten jetzt schlafen gehen. Morgen brechen wir in aller Frühe auf.«

Leanne nickte und folgte Rory, der sich bei der Wirtin nach einem Nachtlager erkundigte. Durch den Mangel an anderen Gästen hatten sie zwar die freie Auswahl, was die Zimmer anging, doch da keine der privaten Kammern über eine Feuerstelle verfügte, entschieden sie, ihr Lager vor dem Kamin in der Stube zu beziehen. Rory schaffte zwei Strohsäcke heran, die zu ihrer Erleichterung frisch und trocken aussahen, und legte noch etwas Feuerholz nach. Es war nur ein provisorisches Nachtlager, aber Leanne störte sich nicht daran. Sie war ohnehin so müde, dass ihr die Augen beinahe von selbst zufielen. Innerhalb weniger Atemzüge war sie eingeschlafen.

In ihrem Traum befand sie sich im Speisesaal von Westminster. Der Raum bebte vor Betriebsamkeit. Viele hunderte Menschen tranken, lachten und drängten sich an ihr vorbei, um zur Musik der Spielleute zu tanzen. Ohne sich selbst zu bewegen, wurde Leanne von ihrem Tanz mitgerissen, wirbelte um die eigene Achse. Ihr schwindelte.

Sie blickte in all die bekannten Gesichter. Lady Allerton und ihre Hofdamen. Dort hinten Annabel, die sie aus trüben Augen ansah. Thomas of Lancaster, der sie hämisch angrinste. Warum musterte er sie so schamlos? In diesem Moment realisierte Leanne, dass es nicht nur Lancaster war, der sie anstarrte. Der gesamte Saal hatte sich nach ihr umgedreht. Von einer schrecklichen Vorahnung erfasst, sah sie an sich herab und erschrak. Sie trug keine Kleidung!

Schweißgebadet schreckte Leanne hoch. Versuchte, das Bild vor ihrem inneren Auge zu verscheuchen. *Nur ein Traum*. Sie zwang sich, tief durchzuatmen, aber ihr rasender Puls wollte sich einfach nicht beruhigen.

Leanne blinzelte ein paar Mal in die Dunkelheit. Das Feuer im Kamin war schon fast erloschen. Ächzend legte sie ihren Umhang ab, erhob sich und lief auf wackeligen Beinen zu dem Stapel Feuerholz, der neben dem Kamin bereitlag. Nachdem sie ein paar Holzscheite nachgelegt hatte, ging sie vor der Feuerstelle in die Hocke und schlang ihre Arme um die Knie. Sie lauschte dem leisen Knistern der Flammen, konzentrierte sich auf ihren Atem, spürte, wie ihr Herzschlag allmählich ruhiger wurde.

Sie wusste nicht, wie lange sie schon in dieser Position verharrte, als sie plötzlich erschauerte. Die zugige Winterluft ließ ihren verschwitzten Körper frösteln. Am liebsten hätte Leanne an Ort und Stelle ihr Unterkleid gewechselt. Da sie nicht allein war, begnügte sie sich damit, den Mantel umzulegen. Sie ließ sich auf den Strohsack fallen und streckte ihre Beine aus. Dort wälzte sie sich von Seite zu Seite. Obwohl sie nun todmüde war, hinderte irgendetwas sie daran, wieder einzuschlafen.

Leise fluchend richtete sie sich auf. Es hatte keinen Zweck. Mit ihrer feuchten Kleidung, die ihr unangenehm am Leib klebte, würde sie niemals Schlaf finden. Sie riskierte einen Blick zu Rory, dessen Gesicht in den zitternden Schein des Kaminfeuers getaucht war. Sein Atem ging gleichmäßig, seine Augenlider zuckten im Schlaf und ließen die Schatten seiner dunkelbraunen Wimpern tanzen.

Sehnsüchtig blickte Leanne zu ihrer Satteltasche.

Wenn sie ganz leise wäre, könnte sie sich vielleicht unbemerkt umziehen. Auf Zehenspitzen schlich sie zu ihrem Gepäck und zog ein frisches Unterkleid heraus. Mit einem weiteren Blick zu Rory versicherte sie sich, dass ihr Begleiter immer noch schlief, brachte aber sicherheitshalber ein paar Schritte Abstand zwischen sich und die Lichtquelle.

Mit zittrigen Händen streifte sie ihr Gewand ab, sodass sie für einen kurzen Moment nichts als ihre wollenen Strümpfe trug. Die eisige Luft des Schankraums versah ihren Körper augenblicklich mit einer Gänsehaut. Hastig zog sie sich das frische Gewand über und schlüpfte in den wärmenden Mantel. Dann tapste sie über die Dielen zurück zu ihrer Schlafstatt. Mit einem Gähnen rollte sie sich auf die Seite und hoffte, in dieser Nacht von weiteren Albträumen verschont zu bleiben.

Leanne erwachte, weil ihr ein Schwall frostiger Luft ins Gesicht wehte. Schlaftrunken öffnete sie die Augen und blickte geradewegs auf eine hünenhafte Männergestalt, die im offenen Türrahmen stand.

»Die Tür!«, krächzte sie und verzog das Gesicht. »Mach sie zu!«

Nach ein paar quälenden Atemzügen, in denen ihr die winterliche Brise um die Nase wehte, kam Rory ihrer Aufforderung endlich nach. Gleich darauf bewegten sich seine Stiefel auf sie zu. »Steh auf!«, blaffte er. Verschwunden war jene sanfte Seite, auf die sie am letzten Abend einen kurzen Blick erhascht hatte.

Leanne stöhnte. »Ist es schon Zeit?«

»Wir sind spät dran.« Rory begann, vor ihren Augen die Satteltaschen einzusammeln. »Ich habe schon nach den Pferden gesehen. Wir können sofort losreiten.«

Leanne kam auf die Füße, wobei ihr ganzer Körper schmerzte. »Sofort? Mein Magen könnte ein Frühstück vertragen.«

»Das wundert mich kaum, nachdem du gestern Abend nur zwei Löffel Suppe hattest«, spottete er, ohne von den Taschen aufzusehen. »Aber keine Sorge, ich habe etwas Brot und Käse für unterwegs eingepackt.«

Leanne zog einen Schmollmund. »Eigentlich hatte ich mich auf eine große Portion Haferbrei gefreut.« Normalerweise war sie nicht so wählerisch, doch nach der unruhigen Nacht verspürte sie den Wunsch nach einer wärmenden Mahlzeit.

Rory verdrehte die Augen, murmelte ein „Meinetwegen" und ging in die Küche, um der Wirtin Bescheid zu geben.

Eine halbe Stunde später saßen sie im Sattel. Tatsächlich fühlte Leanne sich nach dem warmen Frühstück ein wenig gestärkt und bereit für die Strapazen der nächsten Etappe.

»Wenigstens schneit es heute nicht mehr unablässig«, meinte sie und strich Lizzy über die Mähne.

Rory nickte. »Die Pferde werden wegen der Schneemassen trotzdem nicht viel schneller vorankommen. Das wird sich erst ein paar Meilen südlich ändern.«

Die Erkenntnis ließ Leanne laut seufzen.

Rory musterte sie von der Seite. »Hast du schlecht geschlafen?«

Ja. Und die Muskeln an meinen Beinen brennen allein vom Aufsitzen.

»Ja, warum fragst du?«

»Nur so«, murmelte er und ritt voran.

Nur so? An seine freundlichen Momente musste Leanne sich wirklich noch gewöhnen. Konnte es sein, dass Rory MacGregor sich für ihren Gemütszustand interessierte?

Oder aber ... Sie spürte, wie ihre Wangen heiß wurden, und war auf einmal froh, dass Rory vorausritt. Er hatte doch wohl nichts von ihrer nächtlichen Aktivität mitbekommen? Die Vorstellung, dass er sie beim Umziehen beobachtet haben könnte, verursachte ein nervöses Flattern in ihrer Bauchgegend. Im nächsten Moment ärgerte sie sich über ihre albernen Gedanken. Der Fürstensohn hatte ihr eine unverbindliche Frage gestellt, mehr nicht. Sorgen sollte sie sich eher wegen ihres Albtraums machen. Die Szenen der letzten Nacht waren grauenvoll gewesen, hatten sie im Traum zum Spott der höfischen Gesellschaft gemacht. Leanne griff nach den Zügeln und versuchte, die Bilder abzuschütteln. Sie musste einen kühlen Kopf bewahren, um in Westminster bestehen zu können. Sonst wäre ihre Mission schon jetzt zum Scheitern verurteilt.

31

Die nächsten Tage verliefen in gleichbleibender Routine. Rory und Leanne ritten bei Morgengrauen los und kehrten kurz nach Einbruch der Dunkelheit in eine Gastwirtschaft ein. Obwohl die vielen Stunden im Sattel oft beschwerlich und eintönig waren, verspürte Leanne selten Langeweile. Seit ihrer Unterhaltung am ersten Abend hatte sich etwas zwischen ihnen verändert. Was genau, vermochte sie nicht zu sagen, doch ihr Umgang war vertrauter und Rory gesprächiger geworden. Sie begann, sich in seiner Gesellschaft immer wohler zu fühlen.

Leanne schob es auf das Gefühl von Sicherheit, das seine Begleitung ihr bot. Trotz der täglichen Strapazen war diese Reise nicht zu vergleichen mit ihrer Flucht aus Westminster, ihrem Herumirren im Wald, ihrem Überlebenskampf mit Alwin. Rory war ein geübter Krieger, der sie im Notfall verteidigen konnte, und sein Rang tat sein Übriges dazu, dass die Menschen ihnen Respekt zollten. Den größten Unterschied aber machte wohl die Tatsache, dass sie dieses Mal keine alleinreisende Frau war. Die Wirtsleute begegneten ihr nicht mehr abschätzig wie damals, sondern verhielten sich zuvorkommend, wenn die beiden in einer Unterkunft ihr Nachtlager bezogen. Erst nachdem sie die Grenze überquert hatten, wurde der Ton rauer, weil die Leute Rorys schottischen Akzent bemerkten.

Als London nur noch zwei Tagesritte entfernt war, kehrte das mulmige Gefühl in Leannes Bauch zurück. Was würde sie im Palast erwarten? Und würde es ihnen gelingen, Iain zu befreien? Ihr war klar, dass ihr Plan nicht besonders ausgereift war. Ihre ganze Hoffnung lag auf Annabel und dem Verdacht, dass ihre Freundin mehr wusste als sie damals preisgegeben hatte.

»Es wird schon gut gehen«, sagte Rory, der dicht neben ihr ritt, und legte seine Hand auf ihren Arm. Dieses Mal zog sie sich nicht zurück. Seine Geste spendete ihr Trost und Zuversicht. Dabei musste er selbst vor Sorge um seinen Bruder fast umkommen. Leanne wandte sich ihm zu und beobachtete sein Profil. Wie viel Überwindung musste es ihn kosten, das Land der Unterdrücker zu bereisen und bei Edward um Gnade zu betteln?

Es schien, als wären sie beide Ausgestoßene an einem Ort, der ihnen nur Leid gebracht hatte. Vielleicht fühlte es sich deshalb so an als wären sie Verbündete.

Am königlichen Hof gab es bis auf Arnaud niemanden mehr, dem Leanne noch trauen konnte. Außerdem musste sie sich auf Begegnungen mit Menschen wie Thomas Lancaster gefasst machen und sich die Konsequenzen vor Augen führen, die ihr Auftauchen in Westminster mit sich bringen könnte. Denn im Grunde war sie nach Mortimers Tod noch immer ein Mündel des Königs. Wenn sie ihm gegenübertrat, war es möglich, dass sie nie wieder nach Kilchurn Castle zurückkehren konnte. Wer wusste schon, welche Pläne seine Majestät für sie, die Rose von Westminster, hatte?

Leannes Augen füllten sich mit Tränen. Sie war nicht bereit dafür, ihr Leben in Schottland hinter sich zu lassen. Obwohl sie erst ein paar Wochen auf Kilchurn Castle verbracht hatte, wusste sie, dass es keinen Ort gab, an dem sie sich je so wohl gefühlt hatte. Vor allem aber war sie nicht bereit dazu, Alwin zurückzulassen. Ihr war bewusst, dass der Junge bei den MacGregors gut versorgt war. Doch ihren Bruder zu verlieren, den sie gerade erst wiedergefunden hatte, war mehr, als sie verkraften konnte.

In ihre trübseligen Gedanken versunken, bemerkte sie nur am Rande, dass Rory absaß und Eachann bei den Zügeln nahm.

»Leanne?« Seine Stimme klang gedämpft. Ihr fiel auf, dass es regnete. »Leanne, steig ab!«

Sie nickte müde und rutschte achtlos aus dem Sattel. Dabei verlor sie das Gleichgewicht und wäre sicher unsanft auf dem Boden gelandet, hätten seine starken Hände an ihrer Taille sie nicht im letzten Moment aufgefangen.

»Vorsicht!«, ermahnte Rory sie ärgerlich, aber der harte Ton passte nicht zu dem sanften Ausdruck in seinen grünen Augen. Leanne konnte die braunen Sprenkel in seiner Iris sehen, den rötlichen Schimmer seiner Wimpern und ein paar vereinzelte Sommersprossen auf seinen Wangen, die ihr nie zuvor aufgefallen waren.

Wie auch? Sie war Rory noch nie so nahe gewesen. So nahe, dass sie sich nur ein winziges Bisschen vorbeugen müsste, um ihn zu berühren. Ihr Herzschlag beschleunigte sich. Warum ließ er nicht von ihr ab? Und warum widerstrebte ihr die Vorstellung, sich aus seinen Armen zu lösen? Für einen Moment trafen sich ihre Blicke, dann flogen Rorys Augen über ihr Gesicht, blieben für den Bruchteil einer Sekunde an ihren Lippen hängen, bis er seinen Kopf ruckartig zur Seite riss.

»Wir müssen die Pferde bei den Zügeln nehmen«, meinte er und machte einen Schritt zurück.

Leanne versuchte, den Sinn seiner Worte zu erfassen. Alles, woran sie denken konnte, waren ihr rasender Puls und der intensive Blick, mit dem er sie zuvor bedacht hatte. Mit fahrigen Bewegungen wischte sie sich ein paar Regentropfen aus der Stirn. »Warum?«

»Dieser Trampelpfad hier scheint etwas sumpfig zu sein. Der Regen hat den Boden aufgeweicht.«

Leanne verstand. Die Pferde sollten den riskanten Wegabschnitt ohne zusätzliche Belastung begehen. Zum Schutz vor dem Regenguss schob sie ihre Kapuze hoch, kraulte ein letztes Mal Lizzys Hals und folgte Rory und seinem Hengst in einigem Abstand.

Sie erkannte sofort, dass Rorys Sorge begründet war, denn als sein Pferd den schlammigen Abschnitt betrat, versanken Eachanns Hufe bis zu den Fesseln im moorigen Untergrund. Der Hengst wurde unruhig, das konnte sie an den hektischen Schweifbewegungen erkennen, aber seinem Besitzer gelang es, das Tier mit einer Mischung aus beruhigenden Worten und einem festen Zügelgriff auf sicheren Boden zu führen.

Nun war Leanne an der Reihe. Sie tat es Rory gleich, versuchte, Lizzy davon zu überzeugen, dass sie keine Scheu vor dem trügerischen Untergrund haben musste, obwohl ihre Handflächen vor Angst feucht wurden. Offensichtlich spürte die Stute, dass etwas nicht stimmte, denn auf halber Strecke spitzte sie plötzlich die Ohren, rollte mit den Augen und wieherte panisch.

»Schhh ... ganz ruhig«, redete Leanne mit wachsender Verzweiflung auf sie ein. Je länger Lizzy auf der Stelle tänzelte desto größer war die Wahrscheinlichkeit, dass ihre Hufe in der dickflüssigen Masse steckenblieben. Leanne zerrte heftig an den Zügeln, bettelte Lizzy an, endlich ihre Beine zu bewegen. Aber das Pferd ließ sich nicht beruhigen, wieherte erbost und streifte sie mit dem Vorderhuf.

Leanne sackte keuchend zusammen. Der Schmerz an ihrer Seite war drückend und breitete sich allmählich über ihren Oberkörper aus. Ihr wurde übel, weniger vor Schmerzen denn aus Angst, dass ihr Pferd im Moor gefangen war. Wie durch einen grauen Schleier nahm sie wahr, dass Rory auf sie zueilte und sie über den schlammigen Boden schleifte. Dann wurde ihr schwarz vor Augen.

Leanne erwachte, weil irgendjemand in ihrer Nähe fluchte. Laut fluchte. Genauer gesagt, direkt an ihrem Ohr. Sie versteifte sich, als sie die Lage erfasste. Ihr Oberkörper lehnte mit dem Rücken an den eines Mannes. Rory. Mittlerweile war ihr seine Stimme, ja, selbst sein Geruch, so vertraut, dass sie ihn unter Tausenden erkannt hätte. Die Frage war nur: Was machten sie beide hier? Ihre Lider fühlten sich schwer an, ihr Schädel dröhnte und ihre Rippen schmerzten.

Sie stöhnte.

»Bist du wach?«, erklang Rorys Stimme dicht hinter ihr.

»Lizzy!«, rief Leanne und blinzelte, ohne auf seine Frage einzugehen.

»Lizzy geht es gut. Sie läuft direkt hinter uns.«

Leanne drehte sich im Sattel, um sich selbst von Lizzys Wohlergehen zu überzeugen. Tatsächlich trottete die Stute genügsam hinter ihnen her, als hätte sie die Gefahr, in der sie gesteckt hatte, längst vergessen.

»Aber was ist mit dir? Wie schlimm hat ihr Huf dich erwischt?« Rorys Blick lag forschend auf ihrem Gesicht und wanderte dann zu ihrer Seite.

»Es schmerzt kaum noch«, meinte sie, obwohl das nicht ganz der Wahrheit entsprach.

»Hoffentlich nur eine Prellung«, murmelte Rory hinter ihr. »Ich hatte ganz schön Angst. Als du auf dem Moor einfach zusammengeklappt bist, dachte ich …« Er ließ den Satz unvollendet.

Leanne räusperte sich verlegen. »Es geht mir gut. Ich denke, ich kann nun wieder alleine reiten.« Ihr Vorschlag war vernünftig und das einzig Richtige. Dennoch überkam sie eine seltsame Enttäuschung, als Rory sofort zustimmend nickte und ihr beim Absitzen half. Vielleicht lag es daran, dass seine Nähe ihr Trost gespendet hatte, nach dem Schock und der Angst, die sie kurz zuvor durchlebt hatte.

Verwirrt schwang Leanne sich in Lizzys Sattel. Es war lange her, dass die Berührung eines Mannes derartige Gefühle in ihr ausgelöst hatte. Trost und Geborgenheit. Und nun war es ausgerechnet dieser unverschämte Schotte, dem es mühelos gelang, sie mit einer Umarmung zu beruhigen. Und dann wiederum gab es diese Momente, in denen er ihr Herz schneller schlagen ließ. So wie jetzt, als sie sich dabei ertappte, wie ihr Blick bewundernd an seinen breiten Schultern hängenblieb. Seufzend zügelte sie ihr Pferd und ließ sich etwas zurückfallen. Was waren das für seltsame Schwärmereien, die seit neuestem in ihrem Kopf umherschwirrten, ganz gleich, ob es ihr gefiel oder nicht? Sie wollte, dass ihr Verhältnis so war wie in den letzten Tagen. Respektvoll aber distanziert. Denn Rory MacGregor war kein Mann, für den sie Gefühle entwickeln durfte.

Fast hätte Leanne gelacht. Bei Gott, vor ein paar Tagen noch hatte sie diesen Kerl gehasst! Außerdem war er ein Krieger, der sich vor allem für die Angelegenheiten seines Clans interessierte, nicht für irgendwelche Frauengeschichten. Während sie diesen Gedanken fasste, wurde ihr bewusst, dass sie niemals über diesen Aspekt seines Lebens nachgedacht hatte. Vielleicht war er bereits verlobt, einer hochgeborenen Schottin versprochen? Er war schließlich in dem passenden Alter dafür.

Leanne stöhnte auf. Weshalb grübelte sie plötzlich über diese Dinge? Sie hatte kein Recht dazu, über die Zukunftspläne des jungen MacGregor zu spekulieren. Außerdem führten derlei Tagträume ohnehin zu nichts. Rory war ein Fürstensohn, sogar von königlichem Blut, wie er letztens offenbart hatte. Sie selbst war im besten Fall eine Küchenmagd mit lasterhafter Vergangenheit. Leanne war sich über ihre eigenen Gefühle nicht im Klaren und was Rorys Verhältnis zu ihr betraf, tappte sie erst recht im Dunkeln. Doch eines wusste sie ganz genau: Eine Beziehung zwischen ihnen durfte nicht sein. Es sei denn, sie wollte ein weiteres Mal in ihrem Leben die Mätresse spielen. Und sie hatte sich geschworen, das nie wieder zu tun.

Nie wieder.

TEIL III

1297

32

Westminster, Januar 1297

Der dichte Nebel, der die Palastmauern an diesem Tag umhüllte wie ein heller Vorhang, passte zu Leannes gedrückter Stimmung. In der Vergangenheit hatte sie Westminster als prunkvollen Bau wahrgenommen, jetzt erinnerten die hohen Mauern sie an ein Gefängnis. An einen Käfig, aus dem sie entkommen war und den sie heute wieder von innen sehen würde.

Rory schien sich ebenfalls unwohl zu fühlen. Seine Augen waren geweitet vor Sorge, wenn auch ein Funke Neugier in der Art lag, wie sein Blick über die einmalige Architektur der Königsresidenz glitt. Leanne fühlte sich an den Tag erinnert, an dem sie selbst zum ersten Mal hier gestanden hatte. An der Pforte zu Edward Plantagenets Reich.

Und nun standen sie beide hier. Sie hatten es tatsächlich geschafft. Vergessen waren die Strapazen der letzten Tage bei der Erkenntnis, dass der eigentliche Kampf ihnen noch bevorstand. Aus einem Impuls heraus griff Leanne nach Rorys Hand. Er drückte sie leicht und gab ihr damit zu verstehen, dass er bereit war. Seite an Seite erklommen sie die Stufen, die sie noch vom Eingang trennten. Als sie sich dem bogenförmigen Tor näherten, stellte sich ihnen sofort eine Palastwache in den Weg.

»Euer Name?« Die Spitze seiner Lanze war auf Rorys Brust gerichtet, der Blick des Mannes misstrauisch.

Am stärker werdenden Druck seiner Hand merkte Leanne, wie sehr Rory sich zusammenreißen musste, um beim forschen Ton des Wächters gelassen zu bleiben.

»Rory MacGregor«, knurrte er leise.

»Ein Schotte, was?« Sein Gegenüber fuchtelte mit der Lanze vor Rorys Gesicht herum und Leanne erkannte bestürzt, dass dessen Geduld nur noch am seidenen Faden hing.

»Mein Begleiter wurde zu einer Audienz seiner Majestät gerufen«, behauptete sie schnell, bevor Rory etwas Falsches sagen konnte. Natürlich war das eine glatte Lüge. Sie konnten froh sein, wenn der König sich überhaupt dazu herabließ, sie anzuhören. »Euer Kumpan dort drüben weiß bereits Bescheid.« Zur Bestätigung winkte Leanne in die Richtung des Soldaten, der am Haupttor postiert war. Ihr Gegenüber konnte schließlich nicht wissen, dass der junge Mann ihnen eine hübsche Summe dafür abgeluchst hatte, dass er sie ohne weitere Fragen hatte passieren lassen.

Die Pferde und die Satteltaschen hatten sie bereits bei einem Stallburschen abgegeben, den Leanne noch von früher kannte. Er war ein Freund von Gilbert und sie vertraute ihm genug, um ihre Habseligkeiten vorerst unter seiner Aufsicht zu lassen.

Ihr Gegenüber schien jedoch ein größeres Hindernis darzustellen. Er kratzte sich hinterm Ohr, während seine Augen immer wieder zwischen Leanne und Rory hin und her huschten. Dann reckte er den Hals, um sich mit dem jüngeren Kumpan am Haupttor mit Gesten zu verständigen. Leanne konnte nicht sehen, wie der Torwächter hinter ihrem Rücken reagierte, was das üble Gefühl in ihrer Magengegend bis ins Unerträgliche steigerte. Würde er sie doch noch auffliegen lassen?

Irgendwann gab der Ältere ein erlösendes „In Ordnung" von sich. Leanne zwang sich, ihre Erleichterung unter einer Maske aus Selbstsicherheit und Hochmut zu verbergen, und schritt betont langsam an dem Bewaffneten vorbei.

Als sie von den dunklen Palastmauern umgeben waren, stieß sie ihren Atem aus, den sie unbewusst angehalten hatte. Die erste Hürde hatten sie gemeistert. Hatten sie sich einmal unter die Höflinge gemischt, würde man ihre Anwesenheit hoffentlich nicht mehr hinterfragen. Schließlich beherbergte der König manchmal bis zu tausend Edelleute in Westminster.

Leanne hatte sich bei Rory untergehakt, aber eigentlich war sie es, die ihn führte. Sein Gang war zögerlich. Bestaunte er die prunkvolle Ausstattung? Oder war es Angst, die ihn lähmte? Leanne vermutete, dass Letzteres der Fall war. Rory war kein Mann, der sich von Luxus beeindrucken ließ. Wahrscheinlich verursachte dieser Ort ihm ebenso Unwohlsein wie ihr.

Um sich von ihrer eigenen Furcht abzulenken, konzentrierte Leanne sich auf ihr Ziel: Annabels Gemach. Es fiel ihr nicht schwer, sich in den vertrauten Gängen zurechtzufinden, und das, obwohl sie den Blick gesenkt hielt. Sie wollte so wenig Aufmerksamkeit erregen wie möglich. Zu diesem Zweck trug sie ein helles Tuch, das ihr Haar bedeckte und ihr bis in die Stirn reichte. Ihr war klar, dass irgendjemand sie trotz dieser Verkleidung früher oder später erkennen würde, allerdings wollte sie mit Annabel sprechen, bevor sich ihre Anwesenheit am Hof herumgesprochen hatte. Außerdem musste sie einfach sehen, was aus ihrer Freundin geworden war. Hatte sie sich von Lukes tragischem Tod erholt? Würde sie ihnen helfen? Oder würde ihr überraschender Besuch sie erschrecken?

Leanne starrte auf den Griff jener Tür, hinter der sich Annabel befand. Zumindest hoffte sie das. Ihr Blick huschte durch den menschenleeren Flur. Der Zeitpunkt war gut. Kaum einer der Edelleute war um diese Uhrzeit bereits auf den Beinen. Sie fasste sich ein Herz und klopfte an, dann machte sie einen Schritt zurück. Die Nervosität ließ ihre Knie wackelig und ihre Handflächen feucht werden. Nichts geschah. Im Gemach blieb es ruhig. Leanne klopfte noch einmal an, energischer dieses Mal. Vielleicht waren Annabel und die Dienerschaft ja noch am Schlafen. Sie tauschte einen besorgten Blick mit Rory aus. Schließlich trat er näher und lauschte an der Tür. Sein Gesicht erhellte sich mit einem Schlag – er musste ein Geräusch vernommen haben. Im nächsten Moment wurde die Tür einen Spalt geöffnet. Ein verschlafenes Dienstmädchen steckte den Kopf hindurch. Die Magd gähnte einmal herzhaft, bevor sie beim Anblick der Besucher verwundert blinzelte.

»Mylord? Mylady?«

»Verzeih die Störung«, sagte Leanne leise, um das Mädchen nicht zu verschrecken. »Ich bin eine alte Freundin von Annabel Bonville. Ich habe eine lange Reise auf mich genommen, um sie zu besuchen. Ist sie hier? Sie und ihr Kind? Kann ich hineingehen?« Die Worte sprudelten plötzlich aus ihr heraus und als ihre Stimme sich überschlug, berührte Rory sachte ihre Schulter.

»Bonville«, murmelte die Dienstmagd. »Die kenne ich nicht, Mylady.«

Leanne räusperte sich hastig. »Ich meine natürlich Annabel Campbell.« Vielleicht war die Magd erst vor kurzem in Annabels Dienste getreten und wusste nichts vom Mädchennamen ihrer Herrin.

Ihr Gegenüber zuckte mit den Achseln. »Ich kenne keine Annabel ... Campbell oder wie auch immer. Jedenfalls bewohnt sie nicht diese Kemenate.«

Das unbeteiligte Auftreten der Magd ärgerte Leanne. »Wer wohnt dann hier?«

Die Dienerin wich einen Schritt zurück. »Bei allem Respekt, Mylady, ich kenne Euch nicht ...«

Leanne stellte einen Fuß in den Türrahmen, aus Angst, das Mädchen könnte sie einfach aussperren. »Du sagst mir jetzt, wer hier wohnt!«, hörte sie sich selbst sprechen. Ihre Stimme war leise, aber offensichtlich bedrohlich genug, um die Magd erblassen zu lassen. Hütete sie etwa ein Geheimnis? War sie beauftragt worden, ungebetene Besucher fernzuhalten? Leanne reckte den Hals, um einen Blick auf die herrschaftliche Bettstatt zu erhaschen. Es lag nur eine Person darin. Handelte es sich um Annabel?

Mit einer schwungvollen Bewegung stieß sie die Tür auf und stolperte in das Gemach. Am Rande nahm sie wahr, dass die Magd hinter ihr laut aufschrie, was sie jedoch nicht interessierte. Sie musste wissen, ob Annabel hier festgehalten wurde. Die Gestalt im Bett wurde durch das Geschrei geweckt, bewegte sich und richtete sich auf.

Leanne blieb abrupt stehen. Das Gesicht der Frau im Bett war verstört und zu einer Grimasse aus Angst verzogen. Aber es war ein völlig unbekanntes.

Annabel war nicht hier. Nicht in dem Gemach, das sie jahrelang bewohnt hatte. Wo war sie dann? Sie wirbelte zu dem Mädchen herum. Die Dienerin wich vor ihr zurück, doch Leanne bekam sie an den Schultern zu fassen. »Wo ist die Frau, die dieses Zimmer zuvor bewohnt hat?!«

»Ich weiß es nicht!«, wimmerte ihr Gegenüber, aber Leanne blieb unnachgiebig.

»Du lügst!«, schrie sie, während ihr Tränen in die Augen schossen.

»Genug, Leanne! Lass sie in Ruhe, sie weiß nichts!«, donnerte Rory neben ihr. Er packte sie am Oberkörper, zwang sie, ihren verkrampften Griff zu lösen, und schleifte sie aus dem Zimmer.

Auf dem Flur sank sie gegen Rorys Brust. Heftige Schluchzer schüttelten ihren Körper und sie wäre sicher zu Boden gegangen, hätte er sie nicht fest an sich gepresst. *Annabel ist fort*, hallte es ihr durch den Kopf. Wie konnte es sein, dass man sie hier nicht einmal kannte? Die schlimmsten Dinge nahmen in ihrer Vorstellung Gestalt an.

»Leanne?« Rory nahm ihr Gesicht in seine Hände. »Gibt es hier einen ruhigen Ort, an dem wir ungestört sind?«

33

Leanne ließ ihren Blick über das ruinöse, moosbedeckte Mauerwerk schweifen. Ihre Hand hielt Rorys dabei fest umschlossen, als wäre er ein Anker in ihrer untergehenden Welt. Es fühlte sich unwirklich an, ausgerechnet mit ihm hier im Kräutergarten zu sitzen. An diesem Ort, der so viele ihrer Erinnerungen bewahrte. Erinnerungen an den Tag, an dem man ihr zum ersten Mal das Herz gebrochen hatte, an unbeschwerte und sorgenvolle Zeiten mit ihren Freundinnen. Bei dem Gedanken an Annabel bahnten sich neue Tränen den Weg in ihre Augenwinkel.

Sofort war Rory bei ihr, legte seinen Arm um ihre Schultern. »Vielleicht ist sie fortgegangen, weil sie es hier am Hof nicht mehr ertragen hat«, versuchte er, sie zu trösten.

»Aber wohin? Sie hat doch niemanden mehr, seitdem ihre Familie mit ihr gebrochen hat!«

Rory strich ihr sanft über den Kopf. »Das weiß ich nicht. Aber wir werden herausfinden, was mit ihr passiert ist. Versprochen.«

Leanne richtete sich auf und straffte ihre Schultern. »Es war ein Schock für mich.« Sie war so fest davon ausgegangen, dass ihre Freundin noch immer am Hof weilte und das gleiche Gemach bewohnte, wie im letzten Herbst.

»Ist es nicht möglich, dass sie einfach eine andere Kammer bezogen hat?«, sprach Rory hoffnungsvoll.

»Das glaube ich nicht. Sonst hätte ihr Name dem Mädchen sicherlich etwas gesagt. Die Dienerschaft weiß normalerweise gut Bescheid.«

Er seufzte. »Dann ist sie also nicht in Westminster.«

»Das befürchte ich.« Leanne wollte sich die Haare raufen und bemerkte dabei, dass sie immer noch den Schleier trug. Mit einer ungeduldigen Bewegung zog sie sich das Tuch vom Kopf und ließ sich die kalte Luft um die Ohren wehen.

»Vorhin ...«, begann sie mit zittriger Stimme, »vorhin habe ich mir eingebildet, man halte Annabel in dem Zimmer gefangen. Ich habe dieses Mädchen bedroht ... weiß Gott, was ich noch getan hätte, wärst du nicht eingeschritten.« Leanne vergrub ihr Gesicht in den Händen. »Rory, ich habe Angst, verrückt zu werden!« Sie spürte, wie ihre Hände nass wurden.

»Du bist nicht verrückt, hörst du?« Rory griff ihr sachte unters Kinn und zwang sie, ihn anzublicken. »Du hattest Angst um deine Freundin, was nur verständlich ist, angesichts der Dinge, die du mir erzählt hast.«

Leanne schniefte. »Meinst du?«

»Ja«, sagte er und strich ihr eine verirrte Strähne aus der Stirn.

»Ich fühle mich unendlich müde. Und schwach. Ich weiß nicht, ob ich es schaffe, weiterzumachen.«

Rorys Augenbrauen zogen sich zusammen. »Du bist nicht schwach. Müde vielleicht, was nicht verwunderlich ist angesichts unserer langen Reise. Aber allein, dass du dich entschieden hast, diesen Weg auf dich zu nehmen, beweist doch, wie stark du bist.«

Erstaunt blickte sie zu ihm auf. So hatte sie die Dinge noch nie gesehen.

»Und wie geschickt du den Palastwächter getäuscht hast ...«

Ist das etwa Bewunderung in seinen Augen?, überlegte sie.

»Du bist viel stärker als du denkst, Leanne.« Sein ernster Blick, als er ihr Gesicht in seine Hände nahm, verriet ihr, dass er nicht scherzte.

Sie verlor sich im geheimnisvollen Grün seiner Iris, nahm die kleinen Wölkchen wahr, die sein Atem in der eiskalten Luft hinterließ. Selbst die feinen Stoppeln auf seinem Kinn konnte sie aus dieser

Nähe sehen. Und dann waren da natürlich seine Lippen, voll und doch auf ihre Weise männlich. Wie sie sich wohl anfühlten? Waren sie weich oder hatte die Kälte sie trocken und rau gemacht?

Sie waren weich und trocken zugleich.

Leanne wusste es in dem Moment, als seine Lippen sich auf ihre legten. Sie erwiderte den Kuss, vorsichtig zunächst, bis ihr Körper sich von selbst aufrichtete und sich ihm entgegenbog. Sie spürte die Wärme seiner Finger, die ihre Wangen streichelten, die plötzliche Geborgenheit, die seine Nähe ihr bot, obgleich ihr Herz im selben Augenblick zu zerspringen drohte. Irgendwann löste sie sich von ihm, atemlos und erhitzt, trotz der eisigen Brise, die sofort zwischen ihre Gesichter fuhr.

Leanne starrte ihn perplex an. Er hatte sie geküsst! Und es hatte sich unglaublich angefühlt. Ihr Herz raste viel zu stürmisch in ihrer Brust, erlaubte ihr nicht, zu sprechen.

Rory erlangte seine Fassung schneller wieder. Ein Lächeln umspielte seine Lippen, die sie gerade noch auf ihren gespürt hatte. »Wir schaffen es gemeinsam.« Seine Worte ließen ihr Herz höher schlagen, verursachten ein warmes Gefühl in ihrer Bauchgegend und sie fühlte sich zum ersten Mal an diesem Tag etwas leichter. »Ich bin an deiner Seite, Leanne, und werde es bleiben, bis wir Annabel gefunden und meinen Bruder nach Hause gebracht haben.«

Da war er. Der Stich, auf den sie gewartet hatte. Der Satz, der ihre Illusion zum Einstürzen brachte und sie zurück auf den Boden der Tatsachen holte. Er hatte sie geküsst, um ihr Trost zu spenden, mehr nicht. Dass ein Kuss für Männer nicht immer etwas mit Gefühlen zu tun hatte, war ihr nicht neu. Dennoch waren seine Worte schmerzhafter, als sie sich eingestehen wollte.

Sie räusperte sich. »Ich gebe dir recht. Unsere Mission kann nur gelingen, wenn wir zusammenhalten.«

Rory nickte. »Lass uns noch einmal nachdenken.« Sein Ton war sachlich. Nichts deutete darauf hin, dass der Kuss ihn auf irgendeine Weise berührt hatte.

Leanne ignorierte die Enttäuschung, die sich in ihrer Kehle ausbreitete wie bittere Galle, und konzentrierte sich auf ihren Plan. »Was Annabel betrifft ... in der Kemenate habe ich für einen kurzen Moment in Erwägung gezogen, dass sie Luke in den Tod gefolgt ist.«

Rorys Augen weiteten sich vor Schreck. »Aber?«

»Obwohl sie Luke so sehr geliebt hat, wie ich es noch nie zuvor bei einem Menschen gesehen habe, kann ich nicht glauben, dass sie den Freitod gewählt hat. Denn eine Sache ist Annabel noch wichtiger als sie selbst: ihr Sohn.«

»Vielleicht wollte sie ihn in Sicherheit bringen«, überlegte Rory laut. »Ich kann mir vorstellen, dass der Hof nicht gerade der beste Ort ist, um ein Kind großzuziehen.«

»Das glaube ich auch«, stimmte Leanne ihm zu. Zumindest klammerte sie sich an die Hoffnung, dass Annabel Westminster aus freien Stücken verlassen hatte, um irgendwo ein ruhiges Leben zu führen. Allerdings hatte sie noch immer keine Antwort auf die Frage, wie sie ihre Freundin ausfindig machen sollte.

»Bei wem könnten wir uns nach ihr erkundigen?«, durchquerte Rory ihre Gedanken. Er war aufgestanden und lief vor ihr auf und ab. »Hattest du nicht gemeint, die Dienerschaft wisse manchmal mehr als man vermuten würde? Hatte Annabel vielleicht eine Magd, die wir befragen könnten?«

Leanne musste sofort an Bethia, Annabels treue Dienerin, denken. »Ja, und ich kenne das Mädchen recht gut. Allerdings stand sie schon seit Jahren in ihrem Dienst und ich könnte mir vorstellen, dass sie Annabel überallhin begleiten würde.«

Rory seufzte enttäuscht. Als Leanne auf einmal aufsprang, riss er seinen Kopf überrascht zur Seite. »Was ist?«

»Ich habe eine Idee, wer vielleicht mehr wissen könnte.«

»Ach ja? Jemand anderes vom Gesinde?«

Leanne schüttelte den Kopf. »Nein, ein alter Freund.«

Leanne zupfte ein paar Mal nervös an ihrem Schleier, dann zwang sie sich, ihren Weg zur Festhalle fortzusetzen. Alles hier war ihr vertraut. Die Gänge mit den hohen Decken, die Gemälde an den Wänden, das Geplänkel der Höflinge, das nun immer lauter zu ihr drang. Und doch war heute alles anders. Sie würde sich nicht an den erlesenen Speisen bedienen, sich nicht an den Gesprächen der Edelleute beteiligen. Heute verfolgte sie nur ein einziges Ziel. Sie musste mit Arnaud sprechen. Aus diesem Grund tauchte sie auch erst am späten Abend hier auf. Die Musiker begannen meist zu spielen, wenn das Abendmahl sich dem Ende zuneigte, weil die Menschen ihnen mit vollem Magen andächtiger lauschten als mit leerem.

Während Leanne sich einen Platz in einer dunklen Ecke des Saals suchte, bemerkte sie ihr eigenes Magenknurren und ärgerte sich, dass sie nicht auf Rory gehört und eine Stärkung zu sich genommen hatte. Rory. Sie hatte beschlossen, heute Abend auf seine Gesellschaft zu verzichten. Nicht nur, weil sie befürchtete, mit ihm an ihrer Seite noch mehr unerwünschte Aufmerksamkeit auf sich zu ziehen. Mit seiner ungehobelten Art und seinem schottischen Akzent würde er unter den Höflingen früher oder später auffallen. Abgesehen davon hatte sie sich nach einer Pause von ihrem ständigen Begleiter gesehnt. Sie musste nachdenken, über das, was heute Morgen zwischen ihnen passiert war. Im Grunde konnte sie Rory keine Vorwürfe machen. Er war gut zu ihr gewesen, hatte ihr Trost gespendet, als sie seelisch am Boden gewesen war. Und er hatte sie geküsst. Nicht einmal dabei hatte er sich unehrenhaft verhalten. Schließlich hatte sie den Kuss erwidert, sich sogar gewünscht, er würde niemals enden, weil er sie für eine Weile all ihre Sorgen hatte vergessen lassen.

Trotzdem war das Gefühl der Enttäuschung noch genauso präsent wie am Morgen. Wie in dem Moment, als er ihr auf nüchterne Weise klargemacht hatte, dass er sich ihr so lange zuwenden würde, bis sie Iain gerettet hatten. Zurück auf Kilchurn Castle würde sie einfach wieder die Küchenmagd der MacGregors sein und er der Fürstensohn, der den Ton angab. Nichts würde sich ändern.

Leanne fluchte innerlich, weil ihre Gedanken ständig um Rory kreisten und sie von ihrer eigentlichen Aufgabe ablenkten. Sie war hier, um die Hofgesellschaft im Auge zu behalten. Ein paar Musiker hatten zu ihren Instrumenten gegriffen, aber Arnaud schien nicht unter ihnen zu sein.

Warum nur widerstrebte ihr die Vorstellung, dass Rory und sie wieder zu ihrem alten Verhältnis zurückkehren würden? Eine Küchenmagd bei den MacGregors – war dies nicht genau das, was sie sich so lange gewünscht hatte? Ein ruhiges Leben zu führen, einer anständigen Arbeit nachzugehen, Alwin in Sicherheit zu wissen. Warum reichte dieser Gedanke plötzlich nicht mehr? Was war sie für eine Person, dass sie durch eine lächerliche Schwärmerei so einfach ins Wanken geriet?

Leanne wurde endlich aus ihrem Gedankenchaos gerissen, als ein schwarzer Lockenschopf in ihr Blickfeld trat. Arnaud! Mit seiner Laute in der Hand steuerte er die Spitze der Tafel an. Also war der König anwesend. Ein Umstand, der ein unangenehmes Ziehen in Leannes Magengegend auslöste. Wie immer gab der Troubadour sich unbeschwert und charmant, als er sich unter dem Jubel der Menschen verbeugte und seine Laute in Position brachte. Leanne wusste nur zu gut, dass Arnaud eine Maske zur Schau trug und man aus seiner Vorführung keineswegs schließen konnte, wie es ihm wirklich ging. Umso weniger konnte sie es erwarten, unter vier Augen mit ihm zu sprechen.

Zunächst aber wurde sie von seiner wundervollen Musik in den Bann gezogen. Konnte es sein, dass sein Gesang noch klangvoller, noch melancholischer geworden war? Eingehüllt von Arnauds magischen Klängen, gelang es ihr, den Abend für eine kurze Zeit zu genießen. Zum Glück suchte keiner der Anwesenden das Gespräch mit ihr – der Schleier schien seinen Zweck zu erfüllen.

Als Arnaud sein letztes Lied ankündigte, kam Leannes Aufregung mit voller Wucht zurück. Ihr ursprünglicher Plan war gewesen, ihn abzupassen, wenn er den Saal verließ. Aber nun, da ihr die Flügeltür auf der gegenüberliegenden Seite ins Auge fiel, wurde sie nervös. Sie hatte nicht bedacht, dass der Musiker genauso gut den anderen Ausgang nehmen könnte. Da sie nicht einmal wusste, welche Kammer er bewohnte, durfte sie die Gelegenheit jedoch nicht verstreichen lassen. Zögerlich machte sie ein paar Schritte vorwärts und löste sich aus dem Schatten. Es war riskant, doch ihr fiel keine andere Möglichkeit ein. Sie wusste, dass Arnauds Blick stets aufmerksam über das Publikum wanderte, während er spielte. Seine Zuhörer zu beobachten war eines seiner Talente, das ihn zu dem Menschenkenner gemacht hatte, der er heute war.

Leanne atmete ein letztes Mal tief durch und schritt weiter vorwärts. Im Gehen griff sie unauffällig nach einem Becher auf einem der Tische. Sie wartete, bis sie das Gefühl hatte, Arnauds Blick auf sich zu wissen. Dann schob sie sich ihren Schleier wie zufällig aus der Stirn und prostete dem Musiker zu.

Die Entfernung zwischen ihnen war groß, aber Leanne bildete sich ein, in seinen Augen etwas aufblitzen gesehen zu haben. Sie stellte den Becher auf einem Tablett ab und wies mit dem Kinn auf die Tür, die in ihrer Nähe lag. Arnauds kaum merkliches Nicken ließ sie innerlich jubeln. Also hatte er sie erkannt! Mit gesenktem Kopf floh sie aus dem Saal und vor der Gefahr, entdeckt zu werden.

Draußen auf dem Gang suchte sie sich eine unbeleuchtete Fensternische. Der Platz direkt an der zugigen Winterluft war nicht gerade der angenehmste Ort, um länger zu verweilen. Aber als Frau, die sich nach einem Abend in der stickigen Festhalle an der kalten Luft erfrischte, würde sie kaum Misstrauen erregen. Leanne dankte Fenella im Geiste für den warmen Stoff ihrer Garnitur, deren Vorteil es außerdem war, dass sie durch ihre Schlichtheit nicht besonders ins Auge stach. Sie war zwar besser gekleidet als das Gesinde, mit den edlen Kleidern der Hofdamen konnte sie an diesem Abend allerdings nicht mithalten.

Leanne verharrte in ihrer Position, bis sie hörte, dass die Musik im Saal verklang und von tosendem Applaus abgelöst wurde. Sie wandte sich halb zu der Tür, aus der nun zahlreiche Bankettbesucher strömten – und Arnaud! Sie wollte gerade auf ihn zueilen, da hatte er sie bereits entdeckt. Schnellen Schrittes schloss er zu ihr auf und zog sie aus der Menge.

Sein Blick huschte erstaunt über ihr Gesicht. »Du bist es wirklich!«, wisperte er und griff nach ihrer Hand. »Und du willst sicher alleine sprechen?« Wie immer hatte Arnaud die Lage sofort erfasst.

Leanne nickte rasch und folgte ihm dicht hinterher. Nachdem sie ein paar Abbiegungen genommen hatten, erreichten sie einen Flur, in dem eine Palastwache postiert war. Arnaud grüßte den Mann flüchtig, entriegelte eine Tür und zog sie hinter sich her. Sie betraten einen großzügigen Raum, der mit einer imposanten Bettstatt mit Baldachin und einer eigenen Feuerstelle ausgestattet war.

»Hier wohnst du?«, fragte Leanne atemlos, als die Tür hinter ihr ins Schloss fiel.

»Ist das die Art, wie du einen alten Freund begrüßt?«, meinte Arnaud in gespielter Empörung und zog sie in eine Umarmung.

Überrumpelt von seiner plötzlichen Nähe, lächelte Leanne verlegen.

Arnaud folgte ihrem Blick durchs Zimmer. »Nicht schlecht, was? Edward hat sich nicht lumpen lassen und seinem ersten Hofmusiker ein eigenes Gemach zur Verfügung gestellt.«

»Und was für eines!«, rief Leanne aus. »Aber lass mich dich ansehen. Es scheint dir gut zu gehen!« Tatsächlich wirkte ihr Freund gesund und wohlgenährt und das Leuchten seiner dunklen Augen war noch genauso strahlend, wie sie es in Erinnerung hatte.

»Das tut es«, bestätigte er. »Aber was ist mit dir? Ich habe mich beinahe zu Tode erschrocken, als ich dich in der Menge entdeckt habe!« Arnaud ließ sich schwungvoll auf das Federbett fallen und lud sie ein, es ihm gleich zu tun.

»So sah es aber ganz und gar nicht aus«, meinte Leanne schmunzelnd. »Du hast deine Fassung bewahrt, wie immer.«

»Das klingt auf seltsame Weise beruhigend«, sagte er mit einem schiefen Lächeln, das seinen markanten Bart zum Hüpfen brachte. Dann wurde seine Miene ernst. »Du bist nicht offiziell zurück, nicht wahr?«

»Nein.« Leanne holte Luft. »Um ehrlich zu sein, suche ich nach Annabel.«

Arnauds düstere Miene ließ sie das Schlimmste befürchten. »Ist sie ...?«

Ihr Freund schüttelte hastig den Kopf. »Annabel ist verschwunden, kurz nachdem du den Hof verlassen hast.«

»Verschwunden?!«

»Warte doch, was ich zu sagen habe«, bat Arnaud und legte seine Hand auf ihre. »Es ging ihr wochenlang schlecht – du weißt ja, in welchem Zustand sie sich nach Lukes Tod befand.« Er seufzte. »Irgendwann wurde es etwas besser. Sie hat wieder gesprochen, wenn auch wenig, und sich mehr für ihren Sohn interessiert.«

»Und dann?«

»Dann hat sie verkündet, sie wolle in ein Kloster gehen.«

»Was?!«, stieß Leanne ungläubig aus und sprang auf die Füße.

Arnaud hob abwehrend die Hände. »Ich weiß auch nicht, was sie dazu bewogen hat. Vielleicht hatte sie das Gefühl, dort Schutz finden zu können.«

Leanne war sicher, dass dies der Grund war. Die Frage war nur, *wovor* Annabel Schutz gesucht hatte. »Und was ist mit Robert?«

»Den hat sie mitgenommen, soweit ich weiß.«

Leanne runzelte die Stirn. Es war ungewöhnlich, dass Frauen ihre Kinder mit ins Kloster brachten. Sicher, in vielen Konventen lebten

Waisenkinder, die von den Nonnen aufgezogen wurden. Aber mit einem Kind dort einzuziehen ... Vielleicht suchte Annabel dort nur vorübergehend Asyl und hatte gar nicht vor, selbst den Schleier zu nehmen? In Leannes Kopf drehte sich alles.

»Weißt du den Namen des Klosters?«

Arnaud rieb sich die Stirn. »Ich glaube, es war Elstow Abbey.«

»Elstow«, wiederholte sie, um sich den Namen einzuprägen.

»Leanne!« Er blickte sie besorgt an. »Worum geht es bei der Sache? Warum musst du Annabel unbedingt finden? Sicher nicht nur, um ihr deine Hilfe anzubieten? Denn ehrlich gesagt, weiß ich nicht, ob sie Hilfe annehmen wird.«

Leanne ließ sich langsam auf das Federbett sinken. »Du hast recht. Es geht nicht nur um sie, auch wenn ich sie natürlich wiedersehen möchte. Es geht um viel mehr, im Grunde um Leben oder Tod eines unschuldigen Mannes.«

»Das klingt furchtbar! Aber was hat sie mit der Sache zu tun?«

»Nun, eigentlich bin ich nicht mal sicher, ob sie das tut«, gab Leanne zu. »Aber da es um Lukes Ermordung geht, muss ich unbedingt mit ihr sprechen.«

Sie erzählte Arnaud die Geschichte von Anfang an, begann bei ihrer Reise nach Dennmoral und schloss bei dem Augenblick, in dem sie erkannt hatte, dass Lukes tragischer Tod mit dem Schicksal des jungen MacGregors verwoben war.

»Und dann habt ihr beide euch einfach auf den Weg nach Westminster gemacht?« Arnaud pfiff durch die Zähne. »Ich muss sagen, das hätte ich dir nicht zugetraut.«

Leanne hob die Augenbrauen. »Ach ja? Dann kennst du mich vielleicht nicht so gut wie du glaubst.« Er musste schließlich nicht wissen, dass diese Reise sie an ihre körperlichen wie seelischen Grenzen gebracht hatte.

»Du musst mir nichts vormachen, Leanne. Ich kann dir die Strapazen im Gesicht ansehen.« Er zwirbelte nachdenklich an seinen

Bartspitzen. »Aber du hattest ja noch diesen hartgesottenen Schotten an deiner Seite. Wie heißt der junge MacGregor noch gleich?«

»Rory«, sagte sie und spürte, wie ihre Wangen heiß wurden.

»Rory MacGregor«, wiederholte Arnaud mit seinem französischen Akzent und blickte sie vielsagend an. »Nun, ich bin dem Schotten jedenfalls dankbar, dass er dich sicher nach Westminster geleitet hat.« Er seufzte. »Ich wünschte, du könntest bleiben.«

»Du weißt, dass das nicht geht. Alwin ist auf Kilchurn Castle besser aufgehoben als hier. Und ich sollte so schnell wie möglich wieder verschwinden. Ich will mir gar nicht vorstellen, welche Pläne Edward sonst für meine Zukunft aushreckt.«

»Er weiß eben um den Wert der *Rose von Westminster*«, meinte Arnaud trocken. »Gnade dem Mann, der ihre Dornen zu spüren bekommt«, neckte er sie und steckte dafür einen ärgerlichen Blick ein.

»Was ist mit dir?«, fragte Leanne daraufhin. »Geht es dir wirklich gut?«

Ihr Freund lächelte, dann zuckte er mit den Schultern. »Du weißt schon. Ich führe ein gutes Leben. Und wenn der Tag kommt ...« Er ließ den Satz unvollendet, aber sie erinnerte sich noch genau an die Worte, die er damals in Berwick benutzt hatte. *Wenn irgendwann der Tag kommen sollte, an dem alles vorbei ist, dann bin ich bereit, dafür zu sterben.*

Leanne konnte nicht verstehen, wie Arnaud es schaffte, jeden Tag mit der Angst zu leben, dass sein Geheimnis aufflog. Sie selbst machte sich jedenfalls furchtbare Sorgen um ihn.

Für ihn schien das Thema abgeschlossen, denn er lenkte das Gespräch wieder auf Annabel. »Angenommen, Annabel weiß mehr, als sie damals vorgab, was wirst du dann tun?«

»Nun, wenn sie Iain MacGregor auf irgendeine Weise entlasten kann, müsste sie vor Edwards Gericht aussagen. Ich bete, dass sie im Fall der Fälle die Kraft dafür aufbringt.«

»Annabels Gemüt wird aber nicht euer einziges Problem sein.« Arnauds Stirn legte sich in Falten. »Eine Frau ohne einen Vormund, der ihre Aussage unterstützt, verschafft sich für gewöhnlich kein Gehör vor Gericht.«

»Du hast recht«, meinte Leanne frustriert. »Soweit hatte ich nicht gedacht.« Arnauds Zweifel brachten sie ins Grübeln, ließen sie im Geiste alle Möglichkeiten durchspielen, bis ihr plötzlich eine Idee in den Sinn kam. »Was ist mit Lukes Bruder, Neil Campbell?«

»Er residiert, soweit ich weiß, noch am Hof«, sprach Arnaud aufgeregt. »Vielleicht könnte er die Rolle als Annabels Vormund übernehmen!«

»Das würde er sicher tun! Schließlich geht es um seinen verstorbenen Bruder.«

»Ich kann ihn ausfindig machen, wenn du möchtest«, bot Arnaud sich an, doch Leanne winkte gleich ab.

»Danke, aber es ist wohl am besten, ich spreche selbst mit ihm. Immerhin kennt er mich recht gut.« Sie ärgerte sich, dass sie nicht früher auf den Gedanken gekommen war, nach Neil Ausschau zu halten.

Leanne räusperte sich. »Da ist noch etwas, das ich dich fragen muss.« Sie begegnete Arnauds wissendem Blick. Offensichtlich ahnte er bereits, was sie beschäftigte.

»Geht es um Sir Mortimer?«

Sie nickte. Lange genug hatte sie den Gedanken an Edmunds Tod von sich geschoben. Nun war es an der Zeit, sich der Vergangenheit zu stellen.

»Er ist nur zwei Tage nach deinem Verschwinden verstorben«, erklärte Arnaud. »Es tut mir leid, dass du dich nicht an seinem Totenbett verabschieden konntest. Ich habe damals vom plötzlichen Auftauchen seiner Gemahlin gehört.«

Leanne schwieg betroffen. Auch wenn das Leben an Edmunds Seite nicht immer angenehm gewesen war, so hatten sie doch viele Jahre gemeinsam erlebt. Daher bedauerte sie sein leidvolles Ende sehr.

»Gibt es denn ein Grab, das ich besuchen könnte?«

Arnaud schüttelte den Kopf. »Meines Wissens ordnete seine Ehefrau die Überführung des Leichnams nach Wigmore Castle an. Der König gestatte ihr diesen Wunsch.«

»Ich verstehe.« Auf einmal fühlte sie sich schrecklich müde.

Arnaud seufzte und strich ihr über den Rücken. »Ich weiß, im letzten Jahr war das Schicksal nicht gerade gütig mit dir. Aber irgendwann werden wieder bessere Zeiten kommen, glaub mir!«

»Ich hoffe es«, murmelte Leanne. Dennoch gab es da eine Stimme in ihr, die sie mahnte, dass ihre schwerste Prüfung noch bevorstand. Sie mussten Iain retten. Annabel und Robert ausfindig machen. Und ihr erster Anhaltspunkt war Neil Campbell.

Mit einem Ächzen erhob sie sich. »Ich muss mich auf die Suche nach Lukes Bruder machen. Aber ich hoffe, wir sehen uns bald wieder.«

»Mal sehen, was du herausfinden kannst«, meinte Arnaud und öffnete ihr die Tür. Bevor sie hinausging, legte er seine Hand auf ihre Schulter. »Pass auf dich auf! Du weißt, dass hier an jeder Ecke Gefahren lauern.«

Das musste er Leanne nicht zweimal sagen. Mit einem Nicken huschte sie auf den Flur hinaus. Ihr graute bereits davor, durch die endlosen Gänge zu geistern. Von einem Treffen mit Lukes Bruder versprach sie sich allerdings zu viel, als dass sie ihrer Furcht hätte nachgeben dürfen. Der Abend war dabei, in die Nacht überzugehen, und Leanne begegnete nur vereinzelt Höflingen, die sich etwas angetrunken auf den Weg zu ihrem Nachtlager machten. Sie steuerte jenen Gebäudetrakt an, in dem ranghohe Vasallen und Berater ihre Privatgemächer besaßen. Denn zu diesen zählte Neil mittlerweile ohne Zweifel. Nach dem Tod seines älteren Bruders lag es an ihm, sich für die Belange des Campbell-Clans einzusetzen. Und das bedeutete in seinem Fall, dass er die gute Beziehung, die Luke zum König gepflegt hatte, um jeden Preis erhalten musste.

Leanne erkannte ihre Chance, als sie einen Pagen um die Ecke biegen sah, und schloss hastig zu dem Halbwüchsigen auf.

Der Junge erlitt einen Schreck und sprang zur Seite, doch er hatte sich schnell wieder gefangen. »Mylady?«, sprach er und verneigte sich vor ihr.

»Guten Abend. Ich bin auf der Suche nach dem Laird Campbell. Kannst du mir sagen, welche Kammer er bewohnt?«

»Ja, Mylady. Sein Gemach befindet sich hinter der zweitletzten Tür auf diesem Gang.«

Das war einfach, frohlockte sie und wollte schon weitergehen, als die Stimme des Pagen sie zurückhielt.

»Ihr werdet ihn dort aber nicht antreffen. Der Laird Campbell hat den Hof heute Morgen mit einer Jagdgesellschaft verlassen.«

Leanne ließ ihre Schultern vor Enttäuschung hängen. »Wann wird er wohl zurückkommen?«

»Nicht früher als in zwei Tagen, fürchte ich.«

Verflucht nochmal. Leanne stieß den Atem aus. Sie hatte Neil also gerade verpasst.

»Ich danke dir«, murmelte sie niedergeschlagen und machte kehrt. Bereits an ihrem ersten Tag in Westminster wurde sie nur mit Problemen konfrontiert. Sie hoffte, dass dies kein schlechtes Omen war. Nein, sie musste zuversichtlich nach vorne schauen. Annabel war fort, aber nicht aus der Welt. Sie würde ihre Freundin finden und mit ihr sprechen, über das, worüber sie damals nicht zu sprechen gewagt hatten. Leanne malte sich das Wiedersehen mit Annabel im Geiste aus, als eine Berührung am Hals sie aus ihrem Tagtraum hochschrecken ließ.

»Wohin denn so schnell?«, ertönte es hinter ihr.

Leanne fühlte sich, als würde sie auf der Stelle zu Eis gefrieren. Wie oft war ihr diese Stimme in ihren Albträumen begegnet, hatte sie bis zum Sonnenaufgang verfolgt?

Sie entwand sich dem Griff um ihren Nacken, um sich dem Unvermeidlichen zu stellen.

34

Thomas of Lancaster hatte sich kaum verändert. Seine schwarzen Haare trug er auf die gleiche Weise wie damals, seinen Bart nur eine Spur länger, und der Blick in seinen grünen Augen war genauso lauernd, wie sie ihn in Erinnerung hatte. Im Gegensatz zu Rorys Augen, die sie stets an weiches Moos denken ließen, hatte Thomas' stechender Blick etwas von einem Raubvogel.

»Lancaster«, sagte sie nur und starrte zurück.

»Ich bin ebenso überrascht wie du«, meinte er mit einem falschen Lächeln. »Wer hätte gedacht, dass sich die Rose so schnell wieder nach Westminster verirrt?«

Leanne erblasste. Nächtelang hatte sie gebetet, Thomas Lancaster nie wieder begegnen zu müssen. Und jetzt stand er direkt vor ihr. Allein, in einem menschenleeren Flur. Noch schlimmer war einzig die Tatsache, dass ausgerechnet er nun von ihrer Rückkehr wusste und den König zweifellos darüber unterrichten würde. Ihr wurde übel vor Angst. Sie wagte einen halbherzigen Versuch, ihm zu entkommen, aber natürlich machte Thomas es ihr nicht so einfach.

»Warum fliehst du, meine Rose? Dabei sind wir gerade erst wieder vereint.«

Sie quietschte vor Schreck, als er sich von hinten an ihren Rücken presste. »Ich sehne mich schon so lange nach dir«, murmelte er dicht an ihrem Ohr und streifte ihren Nacken mit seinem Atem. Leanne erstarrte, als seine Hände ihre Brüste umschlossen und er seinen Unterleib an ihr Gesäß drückte. Sie geriet in Panik und begann zu schwitzen, gleichzeitig brachte ihr Ekelgefühl eine ungeahnte Kraft in ihr hervor. Mit einer schnellen Bewegung schlüpfte sie aus seinem Griff, holte mit der Faust aus und schlug zu.

Der Schlag ging daneben. Zu ihrem Entsetzen schien ihr Widerstand Lancaster zu amüsieren. Immer wieder wich er ihren verzweifelten Schlägen aus, kicherte dabei wie ein alberner Junge. Als er genug hatte, riss er ihr den Schleier vom Haupt und packte sie an den Haaren. Ein stechender Schmerz schoss durch ihren Schädel. Leanne schrie auf.

»Dreckige Hure!«, rief Thomas verächtlich und schleifte sie mit sich. Ihre Augen tränten vor Schmerz. Blindlings stolperte sie ihm hinterher, bis ihr Kopf gegen etwas Festes prallte. Leanne wusste nicht mehr, wo oben und unten war, erkannte jedoch die Umrisse einer Kemenate.

Sie fiel hart zu Boden, hörte, wie eine Tür zugeschlagen wurde. Dann erschien Lancasters Gesicht direkt über ihr. Eine Grimasse aus Wut und Lust, die seine Züge auf seltsame Weise verzerrte. Leanne schrie um Hilfe, aber selbst in ihren Ohren klang ihre Stimme viel zu leise. Niemand würde sie durch die dicken Steinmauern hören. Sie war der Bestie, die sich gierig über sie beugte, vollkommen ausgeliefert. Seine Hände schlossen sich um ihren Hals und er murmelte Worte, die sie nicht verstand. Der Druck auf ihre Kehle verstärkte sich, ihr Atmen wurde mit jeder Sekunde schwächer und die Ränder ihrer Sicht färbten sich schwarz.

Das Nächste, was Leanne wahrnahm, war ihr eigenes Röcheln. Sie begriff, dass Lancaster von ihr abgelassen hatte. Jemand war hereingekommen.

»Rory?«, krächzte sie. Sie erkannte den Mann, der ihr mittlerweile so vertraut war, kaum wieder. Er stand im Türrahmen, seine Hände zu Fäusten geballt. In einer von ihnen hielt er den Schleier, den sie draußen verloren haben musste. Doch es war sein wutverzerrtes Gesicht, das sie vor Schreck aufkeuchen ließ.

Lancaster kam hastig auf die Beine, erkannte die Gefahr, die von dem Fremden ausging, sofort. Aber er war nicht schnell genug.

Rory stürzte sich auf den Earl, prügelte auf ihn ein, bis dieser sich würgend zur Seite rollte. Achtlos schleuderte er den regungslosen Körper gegen die Mauer und wandte sich Leanne zu.

In dem Moment, als er sich vorsichtig über sie beugte, wurde seine Miene weicher.

»Leanne!«, war alles, was er sagte, wieder und wieder. Schweiß rann an seinen Schläfen hinab und seine Finger zitterten, als er nach ihrer Hand griff.

»Wie hast du mich gefunden?«, fragte sie schwach.

»Das spielt jetzt keine Rolle.« Rorys Arm schob sich unter ihren Rücken. »Kannst du aufstehen?«

Sie nickte, was einen stechenden Schmerz in ihrem Kopf auslöste.

»Ich bringe dich fort von hier«, murmelte Rory, während er sie sanft aufrichtete. Leannes Schädel dröhnte, ihr schwindelte und sie klammerte sich Halt suchend an seinen Arm. Dann ging ihr Blick zu Thomas, der stöhnend an der Wand lehnte, die Augen verquollen. Blut rann aus seinen Mundwinkeln. Sein ganzer Anblick stieß sie ab.

»Am liebsten würde ich die Sache zu Ende bringen«, knurrte Rory und Leanne zweifelte keine Sekunde daran, dass er es ernst meinte. »Aber wir haben uns schon genug Probleme eingehandelt.« Mit diesen Worten griff er nach dem Schleier auf dem Boden. Hastig steckte er das blutbefleckte Tuch ein und hob sie auf seine Arme.

Leanne flog an steinernen Gängen und dunklen Fenstern vorbei. Ihr Körper schaukelte auf und ab und das einzige, woran sich ihre Augen festhalten konnten, war Rorys entschlossene Miene. Sie sah seine vor Anspannung verengten Augen, seine geblähten Nasenflügel und spürte seinen hämmernden Herzschlag.

Irgendwann wurden die Steinmauern vom nächtlichen Firmament abgelöst. Die glitzernden Sterne auf schwarzem Grund waren das Letzte, was sie sah, bevor sie das Bewusstsein verlor.

Leanne vernahm ein leises Klopfen an der Tür ihres Gästezimmers. Hastig zog sie sich die Zudecke bis ans Kinn. Sie war gerade erst aufgewacht und hatte noch nicht die Kraft gefunden, sich vollständig anzukleiden. Eine sanfte Röte schlich sich auf ihre Wangen, als Rory hereinkam und neben dem Bett stehenblieb.

»Wie geht es dir?«

»Gut«, log sie und tastete mit der Hand nach ihrer Stirn. Ein Fehler. Als sie gegen die Beule stieß, durchfuhr ein pochender Schmerz ihren Schädel.

»Vorsicht!« Rory eilte an ihre Seite. »Du hast dir heftig den Kopf gestoßen. Und was macht dein Hals?«

Leannes Hand fuhr zu der Stelle, an der Lancaster sie gewürgt hatte. »Gut«, wiederholte sie und dieses Mal war es die Wahrheit. Sie spürte nur noch ein leichtes Druckgefühl und das Sprechen bereitete ihr keine Probleme mehr.

Rory räusperte sich. »Ich dachte, du hast vielleicht Hunger.« Mit diesen Worten wies er auf einen Teller, der auf einem grob gehämmerten Tisch platziert war. Vom Bett aus erkannte Leanne einen Apfel, etwas Brot und Schinken.

»Danke«, hauchte sie, überwältigt von seiner aufmerksamen Geste. Kaum jemand hatte sie je so fürsorglich behandelt. »Am liebsten würde ich aber etwas trinken.«

»Natürlich.« Rory nickte und sie fragte sich, ob es Verlegenheit war, die sie in seinen Zügen las. »Ich hole schnell einen Krug von unten.«

Während er hinausging und die Treppe ins Erdgeschoss nahm, ließ Leanne sich zurück ins Kissen fallen. Ihre Mundwinkel verzogen sich zu einem Lächeln, was sie angesichts der katastrophalen Lage, in der sie sich befanden, selbst wunderte. Weder hatte sie Lancasters brutalen Angriff vergessen noch konnte sie die Verletzungen ignorieren, die er ihr in der letzten Nacht zugefügt hatte. Und auch die Frage um Annabels Verschwinden spukte ununterbrochen in ihrem Kopf herum. Dennoch fühlte sie sich an diesem Tag überraschend hoffnungsvoll. Oder war sie einfach belustigt, weil ausgerechnet Rory MacGregor, der eigensinnige Sohn des Lairds, an ihrem Bett Krankenwache hielt und sie versorgte? Er behandelte sie beinahe so, als wäre sie ihm ebenbürtig. Seit ihrer Abreise war sie nicht länger die Küchenmagd seines Vaters, sondern seine Komplizin. Und sie erschrak über die Erkenntnis, wie sehr ihr diese Rolle gefiel.

Hastig kam Leanne auf die Beine. Vor ihren Augen tanzten Sterne und ihr Schädel dröhnte. Doch sie hielt sich nicht weiter mit ihren Befindlichkeiten auf. Sie musste um jeden Preis verhindern, dass sie sich an ihr neues Verhältnis zu Rory gewöhnte und sich selbst etwas vormachte. *Ich bin an deiner Seite, Leanne, und werde es bleiben, bis wir Annabel gefunden und meinen Bruder nach Hause gebracht haben.* Waren seine Worte nicht Beweis genug, dass nach ihrer Rückkehr alles sein würde wie vorher?

Scham kroch ihr die Kehle hoch. Sie sollten schon längst auf dem Weg zum Kloster sein, statt wegen ihr in diesem Londoner Wirtshaus festzusitzen. Es ging ihr schließlich gut genug, dass sie sich im Sattel halten konnte. Mit einer energischen Bewegung streifte Leanne ihren braunen Surcot über. Zugegebenermaßen gab es einen Teil in ihrem Herzen, der sich danach sehnte, die gemeinsame Zeit mit Rory hinauszuzögern. Sicher war aber auch, dass genau dieser Teil ihr früher oder später zum Verhängnis werden würde.

Auf einmal konnte sie es kaum erwarten, das Gasthaus zu verlassen, obwohl der Wind die Fensterverschläge klappern ließ, als wollte er sie vor der unbarmherzigen Kälte da draußen warnen. Inzwischen zweifelte sie daran, dass die Aufklärung des Mordfalls die größte Gefahr auf dieser Reise darstellen würde. Wovor sie sich in Acht nehmen sollte war vielmehr Rory. Jener Mann, der sie in Versuchung brachte, ihre Prinzipien zu verwerfen und sich ihm an den Hals zu werfen wie ein liebestolles Mädchen.

»Bist du sicher, dass du sofort weiterreiten möchtest?«, wiederholte Rory, während Leanne sich mit schmerzverzerrtem Gesicht in den Sattel schwang.

»Ja«, antwortete sie eine Spur schnippischer als beabsichtigt und trieb Lizzy mit einem leichten Druck ihrer Waden an.

Rory warf ihr einen fragenden Blick zu, sagte jedoch nichts. Seine Konzentration galt nun ohnehin der Aufgabe, Eachann möglichst geschickt aus dem Labyrinth der Londoner Gassen herauszumanövrieren, bis sie die Landstraße erreicht hatten. Leanne tat sich noch schwerer als Rory, der immerhin ein geübter Reiter war. Mehr als einmal keuchte sie erschrocken auf, weil sie glaubte, bei dem dichten Gedränge sicher bald jemanden unter die Hufe zu bekommen. Zum Glück war ihre Stute aufmerksam genug, um alle Zusammenstöße rechtzeitig zu verhindern.

Trotzdem atmete Leanne auf, als der Straßenlärm hinter ihnen allmählich verklang, und sie nur noch die Geräusche der Natur wahrnahm. London zu verlassen nahm ein gewaltiges Gewicht von ihren Schultern, auch wenn sie dem Wiedersehen mit Annabel bereits voller Sorge entgegenblickte. Sie durfte nicht den gleichen Fehler machen wie bei ihrer Ankunft in Westminster und mit zu großen Hoffnung an die Sache herangehen. Aber Aufgeben kam dennoch nicht infrage.

Ihre Augen bohrten sich in Rorys Rücken. Mit ihm hatte sie auch noch einiges zu klären, bevor sie Elstow Abbey erreichten. Seufzend trieb sie Lizzy an, bis sie auf seiner Höhe ritt.

»Was ist?«, fragte er, ohne seinen Blick von der Straße zu lösen.

»Gestern Abend bist du mir gefolgt.«

»Und? Ist dir das letztendlich nicht zugutegekommen?«

»Darum geht es nicht«, meinte Leanne, obwohl sie ihm in diesem Punkt recht geben musste. Sie wollte sich nicht ausmalen, was hätte passieren können, wenn Rory nicht aufgetaucht wäre.

»Worum geht es dann?«, fragte er gereizt und wandte sich ihr zu.

Er ist verärgert, erkannte Leanne. Ihre veränderte Stimmung hatte sich wohl auf ihn übertragen. Mit ihrer Forderung, London sofort zu verlassen, war sie bei ihm zunächst auf Verwunderung gestoßen. Rory hatte sie dazu überreden wollen, sich noch etwas länger auszuruhen, bis sie ihm ungeduldig an den Kopf geworfen hatte, dass es schließlich sein Bruder war, der im Tower verrottete, während sie hier Zeit vertrödelten. Sie hatte zwar einen anderen Wortlaut benutzt, doch es hatte trotzdem gereicht, um Rorys Miene augenblicklich versteinern zu lassen.

»Du hättest mir nicht nachspionieren sollen«, sagte sie. »Nicht, nachdem ich dir erklärt hatte, dass ich alleine mit Arnaud reden will.« Noch während sie sprach, nahm ein Gedanke in ihrem Kopf Form an, so hartnäckig, dass sie ihn nicht ignorieren konnte. »Hast du etwa gedacht, dass Arnaud und ich ...«, begann sie ungläubig. War er etwa eifersüchtig gewesen?

»Mach dich nicht lächerlich!« Rory warf ihr einen abschätzigen Blick zu, der ihr Herz zu Eis gefrieren ließ. »Es interessiert mich nicht, mit wem du dich damals herumgetrieben hast.«

Leanne schnappte nach Luft. Rory war oft ungehobelt, aber nun war er zu weit gegangen. »Wenn es dich nicht interessiert, solltest du dich nicht in meine Angelegenheiten einmischen!«, fauchte sie.

»Mir ist in dieser winzigen Kammer die Decke auf den Kopf gefallen!«

»Und da dachtest du, du siehst mal nach, was ich so treibe? Ich wusste genau, dass du nur für Ärger sorgen würdest, sobald du den Palast betrittst!«

Rory schnaubte wütend. »Ärger? Du nennst es *Ärger,* dass ich dich vor diesem Kerl gerettet habe?«

»Ja, du hast mich gerettet und dafür bin ich dir dankbar«, sprach Leanne eine Spur sanfter. »Aber durch dein unbedachtes Handeln haben wir nun ein viel größeres Problem.«

Rory starrte sie mit aufgerissen Augen an.

»Was ist? Dir ist doch klar, dass die Sache mit Lancaster noch ein böses Nachspiel haben wird?«

»Natürlich«, sagte er mit fester Stimme.

»Was hast du dann?«

»Welches Problem könnte größer sein, als dich von dieser Bestie geschändet zu wissen?« Ohne ihre Antwort abzuwarten, gab er seinem Hengst die Sporen und ritt voraus.

Leanne blickte ihm nachdenklich hinterher. Sie wurde nicht schlau aus diesem Mann, der so anders war als alle, denen sie jemals begegnet war.

35

»Was ist?« Leanne blieb neben Rory stehen. Während ihrer Rast hatte er seinen Blick kaum vom Himmel genommen.

»Ein Sturm.«

Leanne kniff die Augen zusammen. Sie konnte keine Anzeichen eines Unwetters entdecken. Der Schnee fiel in winzigen Flocken auf die Landschaft herab, die bis auf ein paar vereinzelte Baumgruppen eher eintönig daherkam.

»Bist du sicher?« Mit einem Mal war ihr Groll gegenüber Rory wie weggefegt. Bei dem Gedanken, hier im Nirgendwo in einen Schneesturm zu geraten, zog sich ihre Brust vor Angst zusammen.

Er nickte. »Wenn wir uns beeilen, schaffen wir es vielleicht noch in das nächste Dorf, von dem die Wirtin gesprochen hat.«

Leanne kam seiner stummen Aufforderung nach und schwang sich in den Sattel. Es dauerte nicht lange, bis auch sie die Vorboten des nahenden Sturms wahrnahm. Der Wind zog ihr die Kapuze immer wieder vom Kopf, fegte ihr eisig um die Ohren und wehte ihr Schneeflocken ins Gesicht.

Sie blinzelte. Durch ihren Tränenschleier konnte sie mittlerweile kaum etwas erkennen. Nicht einmal Rory, der gerade noch vor ihr gewesen war. Leanne rief seinen Namen, versuchte, ihre aufsteigende Panik zu unterdrücken. Doch nichts geschah. Um sie herum war nichts als grelles Weiß und der tosende Wind, dessen Pfeifen in ihren Ohren heulte. Keine Spur von Rory oder dem Wegesrand, an dem sie sich hätte orientieren können.

Mutlos klammerte sie sich an Lizzys Mähne. Was sollte sie jetzt tun? Sie hatte jegliche Orientierung verloren, wusste nicht mal, in welche Richtung Rory vorangeritten war. Was, wenn ihm etwas zugestoßen war? Mit klammen Händen griff sie nach den Zügeln, aber ihr Pferd bewegte sich keinen Zentimeter. Stattdessen gab Lizzy ein ängstliches Wiehern von sich und begann, auf der Stelle zu tänzeln. Zitternd rutschte Leanne aus dem Sattel und strich der Stute über den Hals. Wenn ihr Pferd nun auch noch durchginge, wäre sie endgültig verloren.

Nach einigen Anläufen gelang es ihr endlich, Lizzy zum Weitergehen zu bringen. Sie wusste nicht einmal, in welche Richtung es sie trieb, setzte einfach einen Schritt vor den nächsten. Vielleicht würde sie ja irgendwann auf einen Unterstand stoßen. Natürlich war das eher Wunschdenken, doch Leanne weigerte sich, inmitten des Schneesturms auszuharren. Die Suche nach Rory musste sie wohl oder übel auf später verschieben. Also biss sie die Zähne zusammen und schob sich gemeinsam mit der Stute vorwärts. Sie hatte bereits jegliches Zeitgefühl verloren, als ihr ein dunkler Fleck in der weißgrauen Wand auffiel, die ihre Sicht beherrschte. Leanne schirmte ihre Augen mit den Händen ab. Was war das dort? Ein Baum? Oder ein großes Tier? Sie begann zu schlottern – dieses Mal vor Angst – und drängte sich eng an Lizzys Seite. Dann bewegte sich die Gestalt.

»Leanne?!«

Als sie Rorys Stimme hörte, wurde ihr ganz flau vor Erleichterung. Zuerst spürte sie seine tastende Hand, dann schlossen sich seine Arme um ihre Schultern. Rasch zog er sie an sich, hüllte sie in seinen großen Umhang.

»Ich bin hier«, rief er gegen den pfeifenden Wind an. »Komm!« Er griff nach ihrer Hand und zog sie mit sich. Leanne fiel ein Stein vom Herzen, als sie erkannte, dass Eachann nur wenige Schritte von ihnen entfernt stand. Also hatten sie keines der Pferde verloren. Gemeinsam kämpften sie sich weiter vorwärts, bis Rory plötzlich innehielt.

»Was ist?«, rief sie besorgt.

Er streckte den Arm aus. »Da vorne! Ein Dorf?«

Leanne runzelte die Stirn. Sie konnte in dem Schneegestöber rein gar nichts erkennen, hoffte aber, dass sich Rorys Vermutung bewahrheitete. Viel länger würden sie es hier draußen nicht mehr aushalten. Rory hatte bereits Lizzys Zügel nehmen müssen, damit sie ihre kältestarren Hände unter den Mantel stecken konnte. Ihre Füße spürte sie kaum noch, weswegen sie mehr humpelte als ging.

Irgendwann drang ein Klingeln an ihre Ohren, wie ein fernes Echo, und Leanne hob den Kopf. War es ihre Erschöpfung, die ihr das Geräusch vorspielte? Doch Rory, der sie verblüfft anblickte, schien es ebenfalls zu hören. Gemeinsam beschleunigten sie ihre Schritte und entdeckten kurz darauf die Quelle des Geräuschs. Ein kleiner Kirchturm, der sich in den nebligen Himmel emporhob. Leanne machte die Umrisse einer Straße aus, auf der einige Menschen in Richtung der Kirche huschten. Offensichtlich wurde das Gotteshaus als Zufluchtsort genutzt. Ihr Herz jubelte. Sie hatten das Dorf erreicht und vermutlich bald ein Dach über dem Kopf.

»Geh schon mal hinein!«, rief Rory ihr zu. »Ich kümmere mich um einen Unterstand für die Pferde.«

Leanne war zu durchgefroren, um zu widersprechen, also eilte sie in Richtung der Kirchpforte. Das Gebäude war aus Stein und besaß bunte Glasfenster, die die Schneemassen daran hinderten, hinein zu wehen. Als Leanne auf die hinterste Reihe der Kirchbänke zustolperte, richteten sich einige Augenpaare auf sie. Vor allem die Kinder musterten die Fremde neugierig. Ihre Eltern waren derweil damit beschäftigt, nachzuzählen, ob sich alle Familienmitglieder in das Steingebäude hatten retten können. Leanne wusste aus eigener Erfahrung, dass die Katen der einfachen Leute einem Sturm dieser Stärke oft nicht gewachsen waren. Während sie von Kindheitserinnerungen eingeholt wurde, rieb sie ihre klammen Hände aneinander und versuchte, sie mithilfe ihres Atems zu wärmen. Die Glocke im Kirchturm läutete unablässig weiter, klingelte in ihren Ohren und erinnerte sie daran, dass Rory noch da draußen war. Mit jedem Glockenschlag wuchs ihre Sorge. War es ihm gelungen, die Pferde in Sicherheit zu bringen? Und war er mittlerweile nicht vollkommen durchgefroren?

Als er endlich in der Kirche auftauchte, wäre Leanne ihm vor Erleichterung am liebsten um den Hals gefallen. Stattdessen blieb sie dicht vor ihm stehen. »Hast du für Lizzy und Eachann einen Platz gefunden?«

Rory nickte müde und strich sich mit dem Ärmel über das feuchte Gesicht. »Es gibt eine Schenke mit eigenem Stall hier im Dorf. Die Pferde sind erstmal im Trockenen.« Mit einem Ächzen ließ er sich auf eine der Bänke fallen.

»Eine Schenke?«, wiederholte sie hoffnungsvoll. Vielleicht konnten sie dort ausharren, bis das Wetter umgeschlagen hatte.

»Ich habe die Wirtin schon gebeten, ein Zimmer vorzubereiten«, erklärte er und Leanne überlegte, ob es ein winziges Lächeln war, das gerade um seine Mundwinkel spielte. Die Vorfreude auf ein warmes Lager schien auch ihn zu beflügeln.

»Bevor wir losgehen, möchte ich allerdings noch ein Gebet für meinen Bruder sprechen, wenn wir schon einmal hier sind.« Er blickte nach vorne zu dem schlichten Altar.

Leanne nickte und rutschte von Rory ab, um ihm etwas Privatsphäre zu gönnen. Sie selbst nutzte die Zeit ebenfalls für Gebete, auch wenn es ihr schwerfiel, sich inmitten der aufgeregten Menge auf das Gespräch mit Gott zu konzentrieren.

Sie betete so, wie ihre Gedanken sie leiteten. An erster Stelle für Iain MacGregor, der diesen Winter im Tower of London ausharrte, dann für Annabel und Robert, die ohne Lukes Unterstützung zurechtkommen mussten. Für Alwin, der sich vermutlich schon fragte, weshalb seine Schwester so lange fortblieb, und zuletzt für Leith und Fenella, die vor Sorge um Iain und Rory sicherlich vergingen. In diesem Moment wurde ihr noch einmal bewusst, wie viele Menschen von dem Gelingen ihres Plans abhängig waren. Die

Vorstellung bereitete ihr Angst und ließ sie um Gottes Beistand bitten.

Leannes Blick wanderte zu den hohen, bunt verglasten Fenstern. Die Schneeflocken stießen noch immer gegen die Scheiben und es sah nicht so aus, als hätte der Sturm sich gelegt. Dennoch zog es sie in besagte Schenke. Sie verspürte das dringende Bedürfnis, ihre nassen Stiefel loszuwerden und sich an einem Feuer zu wärmen. Rory schien es ähnlich zu ergehen, denn er erhob sich im gleichen Moment wie sie.

Der Weg zum Gasthaus war nicht weit und doch waren ihre Mäntel wieder von einer beachtlichen Schneeschicht bedeckt, als sie in den Schankraum traten. Dem Wetter entsprechend waren alle Plätze in der Stube besetzt, weshalb Leanne vorschlug, sofort ihre Kammer im Obergeschoss aufzusuchen. Rory hatte nichts dagegen einzuwenden. Er kaufte der Wirtin noch eine einfache Mahlzeit ab, die aus Brot und Käse bestand, dann folgte er ihr aufs Zimmer.

Als er sah, dass Leanne sich rücklings auf das Bett geworfen hatte, erschien ein Grinsen auf seinem Gesicht.

»Diesen Luxus hattest du wohl nicht erwartet, was?«, zog er sie auf.

Leanne sprang auf die Füße und fragte sich selbst, weshalb sie plötzlich so verlegen war. Vielleicht lag es daran, dass sie noch nie zuvor ein Bett mit Rory geteilt hatte. Die letzte Nacht, in der er sie im halb bewusstlosen Zustand auf die Schlafstatt gebettet hatte, zählte wohl kaum.

»In der Tat hätte ich in einer kleinen Ortschaft wie dieser kein Federbett erwartet«, sprach sie gestelzt und begann, sich aus ihrem Schal zu wickeln.

»So klein ist das Dorf glaube ich gar nicht.« Rory wurde seine feuchten Stiefel los. »Die Kirche wirkt jedenfalls ziemlich prunkvoll für ein Gotteshaus auf dem Land.«

Sie stimmte ihm zu und streckte die Hand nach dem Brotlaib aus. »Die Kälte zerrt wirklich an den Kräften«, meinte sie kauend und wollte sich ein weiteres Stück nehmen, als ihre Finger mit Rorys zusammenstießen. Leanne war, als würde ein glühender Funke auf ihre Haut überspringen. Sie schluckte. Dann hob sie den Blick, nur um in seinen Augen die Bestätigung zu finden, dass auch er es gefühlt hatte. Auf einmal brannte ihre Haut nicht nur dort, wo er sie berührt hatte. Die Hitze kribbelte in ihren Armen, wanderte in ihren Bauch und ließ ihre Wangen erglühen.

Rory gab ein Räuspern von sich und griff nach ihrer Hand. Seine Geste verstärkte das heftige Pochen in ihrer Brust. Es war gewiss nicht das erste Mal, dass sie sich näherkamen, doch heute war es anders ... intimer. Lag es daran, dass sie diese Kammer gemeinsam bewohnten, heute Nacht das Bett teilen würden, als wären sie ein Liebespaar? Die Erinnerung an ihren Kuss brach mit aller Kraft über Leanne herein und in diesem Augenblick wünschte sie sich nichts sehnlicher, als auf die gleiche Weise von ihm berührt zu werden.

»Du hast recht«, riss Rory sie mit einem Mal aus ihrer Fantasie. »Der Sturm hat uns beide an unsere Grenzen gebracht.« Er begann, ihre Hand mit seinem Daumen zu streicheln. »Dort draußen hatte ich solche Angst, dich zu verlieren.«

»Du hattest Angst? Um mich?«

»Ja«, gestand er und wirkte dabei fast ein wenig schüchtern. Er blinzelte und seufzte. »Es tut mir leid, wenn der Gedanke dir lächerlich erscheint.«

»Das tut er nicht«, entgegnete sie schnell, da sie erkannte, wie viel Überwindung es Rory gekostet haben musste, sich ihr zu öffnen. »Im Gegenteil. Ich bin nur überrascht. Ich wusste nicht, dass es dir genauso ergeht wie mir.«

In seinen Augen blitzte etwas auf. Ein Ausdruck, der Leannes Herz heftig klopfen ließ, weil sie die Stimmung zwischen ihnen genau zu deuten wusste. Er sehnte sich nach ihr, so wie sie sich nach ihm. Als wären ihre Gedanken miteinander verbunden, lehnten sie sich im gleichen Moment nach vorne, schlossen die Lücke zwischen sich. Als Leanne seine weichen Lippen auf ihren spürte, ging ein wohliger Schauer durch ihren Körper. Im Gegensatz zu dem flüchtigen Kuss im Kräutergarten war dieser nicht überraschend gekommen. Sie hatte ihn vorhergesehen, sich Rorys Nähe gewünscht, obwohl sie genau wusste, dass es falsch war, was sie hier taten. Ihr Körper schien jedoch ganz anderer Meinung zu sein. Sie presste sich an Rory wie eine Ertrinkende, schlang ihre Arme um seinen Nacken, ließ sich bereitwillig auf seinen Schoß ziehen. Dort konnte sie den Beweis seiner Erregung deutlich spüren. Zu ihrer eigenen Überraschung erfüllte seine Leidenschaft sie nicht mit Ekel oder Furcht. Stattdessen ließ sie ihr eigenes Feuer auflodern, verstärkte das süße Pochen zwischen ihren Beinen, genauso wie den Wunsch, eins mit ihm zu werden.

Rory stöhnte auf, als sie begann, sich an seiner Härte zu reiben. Mit fahrigen Bewegungen löste er die Schnüre an der Rückseite ihres Kleides, bis es ihm endlich gelang, den groben Stoff über ihre Schultern zu schieben. Beinahe andächtig fuhren seine Fingerspitzen an ihrem Schlüsselbein entlang, dann senkte sich sein Mund auf ihr Dekolleté, liebkoste die zarte Haut, bis seine Lippen ihre Brüste erreichten. Leanne bog ihren Rücken durch, gab sich ganz dem wundervollen Gefühl hin, das seine Zunge an ihren erregten Knospen heraufbeschwor. Vorfreude mischte sich mit Nervosität, als seine Hände sich immer tiefer an ihren Seiten hinabschoben und ihren gesamten Oberkörper entblößten. Leanne war wie gefangen von der Sehnsucht, der Bewunderung, die aus seinen Augen sprachen. Noch nie war sie mit einem Mann zusammen gewesen, der ihren Körper sowie ihre Seele auf diese Weise berührte.

Plötzlich riss Rory seinen Kopf nach oben. Einen Atemzug zuvor noch von Lust verschleiert, waren seine Augen nun so klar, als wäre er gerade aus einem bösen Traum erwacht. Beinahe grob schob er sie von sich.

»Wir sollten das nicht tun!«, rief er heiser.

Leanne brauchte einen Moment, um sich zu fangen. »Was ist?«, murmelte sie erschrocken und zog sich das Kleid über ihre Blöße.

Doch Rory schenkte ihr ohnehin keine Beachtung mehr. Mit der einen Hand raufte er sich die Haare, mit der anderen griff er nach der Türklinke. Bevor Leanne wusste, wie ihr geschah, fiel die Tür ins Schloss. Sie war allein.

Rory kehrte erst spät in der Nacht zurück. Als er auf leisen Sohlen in ihr Zimmer schlich, gab Leanne vor, zu schlafen. Dabei hatte sie die letzten Stunden damit verbracht, auf die dunklen Balken im Dachstuhl zu starren und sich in regelmäßigen Abständen die Tränen von den Wangen zu wischen. Aber das musste er nicht wissen. Sie wollte sich die Demütigung ersparen, seinem peinlich berührten Blick zu begegnen, die Enttäuschung in seiner Miene zu lesen.

Die Frage war nur, wem seine Enttäuschung galt. Etwa ihr, weil sie sich ihm hingegeben hatte wie die Dirne, zu der ihre Vergangenheit sie machte? Oder galt sein Groll ihm selbst, weil er seine Lust in ihrer Gegenwart nicht hatte zügeln können? Fand er sie abstoßend, weil er genau wusste, dass sie nicht mehr unberührt war? Ja, das musste es sein. Nur so konnte sie sich seine plötzliche Flucht erklären. Der Gedanke ließ sie vor Schmerz zusammenkrümmen. Erinnerungen an Edmund Mortimer brachen über sie hinein, an damals, als er sie zum ersten Mal in sein Bett geholt hatte. So lange war es ihr gelungen, die Erinnerung in den Tiefen ihrer Seele zu vergraben, jene Zeit aus ihrem Gedächtnis zu verbannen. Leanne presste die Augen fest zusammen, um zu verhindern, dass ihr neue Tränen über die Wangen liefen. Sie verfluchte Rory dafür, dass er die Bilder ihrer Vergangenheit wieder heraufbeschworen hatte. Aber noch mehr hasste sie sich selbst. Denn trotz ihrer Wut und der Scham, die seine Ablehnung in ihr ausgelöst hatte, gelang es ihr nicht, ihre Gefühle für ihn zu leugnen. Trotz allem liebte sie ihn. Trotz allem wünschte sie sich, von ihm in seine Arme gezogen zu werden und dort Vergessen zu finden.

36

Die Abtei von Elstow war eindrucksvoller als Leanne erwartet hatte. Das steinerne Anwesen erstreckte sich über eine Wiese nahe dem Waldrand und besaß einen eigenen Garten, der offensichtlich von den Klosterschwestern gepflegt wurde. Die Frauen sichteten die beiden Reiter schon von weitem. In der geruhsamen Art, die allen Geistlichen eigen war, legten sie ihre Werkzeuge beiseite und schritten auf die Unbekannten zu.

Rory und Leanne tauschten nur einen flüchtigen Blick aus, dann stiegen sie von den Pferden. Seit der letzten Nacht hatten sie ohnehin kaum ein Wort miteinander gewechselt. Leanne bezweifelte, dass sie jemals wieder unbefangen mit ihm sprechen konnte. Sie wusste nur, dass sie diese Reise so schnell wie möglich hinter sich bringen und zurückkehren wollte in ein Leben, in dem Rory nur eine Nebenrolle spielte. Entschlossen ging sie auf eine der Frauen in Nonnenkluft zu, bevor Rory die Schwestern mit seiner forschen Art verschrecken konnte.

»Mylady?«, wurde sie von der Ordensfrau angesprochen. Ihr Gesicht war von Falten zerfurcht, doch in ihren grauen Augen lag eine Neugier, die ihr etwas Jugendliches verlieh.

Leanne schenkte ihr ein höfliches Lächeln. »Seid gegrüßt, Schwester.«

»Wie kann ich Euch helfen, junge Frau?«

»Ich bin eine Freundin von Annabel Bonville. Man sagte mir, dass sie und ihr Kind in diesem Kloster Zuflucht gefunden haben.«

Die Alte legte den Kopf schief. »Das ist richtig. Das Mädchen lebt bei uns. Aber von einem Kind weiß ich nichts.« Während der Blick der Nonne zu Rory wanderte, rang Leanne um Fassung. Warum wusste man hier nichts von Annabels Sohn? War Robert etwas zugestoßen?

»Wenn Ihr Eure Freundin sehen wollt, muss ich zuerst mit der Äbtissin sprechen«, fuhr die Schwester fort.

»Ja«, sagte Leanne schnell. »Das würde ich sehr gerne. Ich danke Euch!«

Die Frau zuckte mit den Schultern. »Mal sehen, was ich tun kann. Beatrice hat stets ein wachsames Auge auf Schützlinge wie Annabel.«

Schützlinge wie Annabel? In Leannes Magen bildete sich ein Knoten. Noch eine Aussage, die sie beunruhigte. Ging es ihrer Freundin so schlecht? Schlimmer als direkt nach Lukes Tod?

Die Nonne wies Rory an, draußen zu warten. Erstaunlicherweise protestierte er nicht, sondern machte sich gleich daran, die Pferde zu versorgen. Erleichtert folgte Leanne der Älteren durch die Klosterpforte. Drinnen tat sich ein nicht enden wollender Flur auf, den die Ordensfrau in beachtlichem Tempo durchlief. Leanne hatte Mühe, mit ihr Schritt zu halten. Wäre sie nicht so nervös gewesen, hätte sie der beeindruckenden Klosterarchitektur sicher mehr Aufmerksamkeit geschenkt, aber im Moment war sie viel zu beschäftigt damit, sich innerlich auf die Begegnung mit der Äbtissin zu wappnen. Sie musste unbedingt die Gunst dieser Frau erlangen, sonst verspielte sie womöglich ihre einzige Chance, zu Annabel durchzudringen.

Schließlich hielt ihre Begleiterin vor einer holzvertäfelten Tür und forderte sie auf, zu warten, bis die Äbtissin sie hereinrief. Leanne dankte der Nonne mit einem Nicken und verschränkte die Arme vor der Brust, in der Hoffnung, auf diese Weise ihren rasenden Herzschlag zu beruhigen.

Als die Tür sich kurze Zeit später öffnete und eine zierliche Person auf den Flur trat, glaubte sie, vor Aufregung zerspringen zu müssen. Die Klostervorsteherin war jünger als in Leannes Vorstellung und besaß hellbraune Augen, eine markante Nase und auffällig schmale Lippen.

»Ihr wollt mit Annabel Bonville sprechen?«, fragte sie ohne Umschweife. Sie sagte dies weder ablehnend noch freundlich, sodass Leanne keinen Anhaltspunkt hatte, woran sie bei Beatrice war.

»Sehr richtig, ehrwürdige Äbtissin«, entgegnete sie und folgte der Frau, die beinahe einen Kopf kleiner war als sie selbst, in deren private Kammer.

Als sich die beiden gegenübersaßen, rang sich Beatrice zu einem Lächeln durch, aber ihre Augen lagen dabei so lauernd auf der Besucherin als würde sie geistig bereits über sie richten. »Annabel bekommt für gewöhnlich keinen Besuch«, begann sie und betrachtete ihre Hände.

»Wie lange hält sie sich schon in diesem Kloster auf?«, fragte Leanne vorsichtig.

»Es sind nun beinahe drei Monate.« Die Aussage der Äbtissin passte zu dem, was Arnaud ihr erzählt hatte. »Ihr kennt sie aus Westminster?«

»Ja, ich kenne sie schon viele Jahre. Ich war dabei als ... als es passiert ist.«

»Ich verstehe.« Beatrice seufzte. »Annabel hat viel durchgemacht.«

Leanne atmete auf – die Äbtissin schien doch Mitgefühl zu besitzen. Es beruhigte sie, dass man sich in Elstow um das Wohlergehen ihrer Freundin sorgte.

»Sie ist gewiss nicht die erste Frau, die von Gottes Pfad abgekommen und schließlich in unserem Kloster gelandet ist«, fuhr Beatrice fort und zerstörte mit ihren harten Worten Leannes eben erwachte Sympathie. »Aber wir haben selten Fälle, bei denen die Mädchen mit einer solch verstörten Seele zurückbleiben.«

Leanne spürte, wie sich ihre Augen mit Tränen füllten. »Wollt Ihr damit sagen, sie ist vom Wahnsinn befallen?«

»Nein. Dafür ist sie zu beherrscht. Aber sie spricht seit ihrer Ankunft kein Wort.«

Leanne sank das Herz. Offensichtlich war ihre Freundin noch tiefer in jenes Loch gefallen, das sich nach Lukes Tod unter ihr aufgetan hatte. Ob Annabel sie überhaupt erkennen würde? Sie öffnete den Mund, um nach Robert zu fragen, hielt sich jedoch im letzten Moment zurück. Irgendetwas in ihr sträubte sich dagegen, mit der Äbtissin über Annabels Sohn zu sprechen. Vielleicht gab es ja einen Grund dafür, dass die andere Nonne nichts von Roberts Existenz wusste.

»Ist noch etwas?«, meinte ihr Gegenüber argwöhnisch.

Leanne schüttelte den Kopf. »Nein, ehrwürdige Äbtissin. Ich würde Annabel nun gerne besuchen.«

»Sicher.« Beatrice erhob sich und blickte zu dem schmalen Fenster oben in der Wand. »Es stürmt zwar nicht mehr so schlimm wie gestern, aber wenn Ihr und Euer Mitreisender für die Nacht eine Unterkunft benötigt, so stehen Euch unsere Gästezimmer zur Verfügung.« Offensichtlich hatte die ältliche Nonne ihr von Rory erzählt.

Leanne bedankte sich höflich, wohl wissend, dass dieses Angebot zu den Pflichten derlei Einrichtungen gehörte und nicht der Gastfreundlichkeit der Äbtissin entsprang.

»Allerdings solltet Ihr Euren Begleiter darauf hinweisen, dass das Tragen von Waffen in unseren Häusern nicht gestattet ist«, fügte Beatrice hinzu.

»Sehr wohl«, antwortete sie lahm und konnte sich dabei bildlich vorstellen, wie Rory sich über diese Auflage hinwegsetzen würde. Sie erhob sich und folgte der Ordensfrau, die sie zu Annabels Zimmer geleitete. Dort angekommen, nickte Beatrice ihr zu und ließ sie allein.

Bevor Leanne es wagte, an die Tür zu klopfen, hielt sie für einen Moment inne. Sie redete sich ein, dass sie sich noch die passenden Worte zurechtlegen musste. Im Grunde hatte sie schlichtweg Angst vor der Begegnung mit Annabel. Wie sehr hatte ihre Freundin sich verändert? Wie würde sie reagieren?

Irgendwann kam sie zu dem Schluss, dass ihr Zögern nichts bewirken würde, außer, dass es ihre Nervosität ins Unerträgliche steigerte. Also nahm sie ihren Mut zusammen und klopfte energisch an. Sie wartete ein paar Atemzüge, aber nichts geschah. Leanne legte ihre Hand auf die Türklinke. Es war nicht abgeschlossen. Durch den Türspalt hindurch erspähte sie Annabels Gestalt in einem kargen Raum, dessen einziges Möbelstück eine schmale Pritsche darstellte. Immerhin verfügte das Zimmer über eine eigene Feuerstelle und ein winziges Fenster, was für eine Klosterzelle schon recht komfortabel war. Ihre Freundin kauerte auf der Bettstatt, die Knie an die Brust gezogen, und starrte auf die gegenüberliegende Wand.

Leanne räusperte sich und trat in den Raum, dabei rief sie leise Annabels Namen. Ihre Freundin wandte sich ihr träge zu. Beim Anblick der Besucherin verengten sich ihre veilchenblauen Augen. Dann entfuhr ihrer Kehle ein Quietschen und sie schreckte hoch. Leanne hoffte, dass Annabel ihr im nächsten Moment vor Wiedersehensfreude um den Hals fallen würde, doch das Gegenteil geschah. Annabel floh rückwärts in eine Zimmerecke und verbarg ihr Gesicht in den Händen, als hätte sie Angst vor ihr.

»Ich bin es! Leanne!« Verzweifelt näherte sie sich ihrer Freundin, für die sie eine Fremde zu sein schien. Annabels Anblick rührte sie zu Tränen. Ihre Haut war so blass, dass die Adern bläulich hindurchschienen, die Augen gerötet und verquollen. Ihr Antlitz ein trauriger Schatten ihrer einstigen Schönheit.

»Annabel!«, begann Leanne noch einmal. »Ich möchte dir helfen.« Aus Angst, dass ihre Freundin Reißaus nehmen könnte, verriegelte sie die Tür. Minutenlang starrten sich die Frauen nur an.

Auf einmal bewegten sich Annabels blasse Lippen. »Leanne!«, krächzte sie.

»Annabel!«, sagte Leanne wieder und lächelte, obwohl ihr zum Weinen zumute war. Vorsichtig machte sie ein paar Schritte vorwärts. »Ich musste dich sehen.« Sie griff nach Annabels Hand. Sie war eiskalt.

Annabel blinzelte heftig, dann brach sie in Tränen aus.

»Schon gut.« Leanne legte ihre Arme um sie. »Alles wird gut.«

»Du bist wirklich hier!«, brachte Annabel zwischen ihren Schluchzern hervor.

»Und du hast deine Stimme nicht verloren!«

Annabel nickte hastig. »Ich ... die Klosterschwestern wissen nichts davon. Wir sollten besser leise sein.«

»Ich verstehe«, log Leanne. Was hatte Annabel vor den Nonnen zu verbergen? Litt ihre Freundin vielleicht doch unter Wahnvorstellungen? »Ich war so erschrocken, als ich hörte, dass du in ein Kloster gegangen bist«, gestand sie und ließ ihren Blick durch den spartanischen Raum schweifen.

»Wie hast du davon erfahren?«, fragte Annabel im Flüsterton.

»Ich bin vor ein paar Tagen nach Westminster gereist. Dort hat mir Arnaud von deinem Verschwinden erzählt.«

»Du warst am Hof?« Annabels Augen weiteten sich. »Man sagte mir, du seist in den Norden geflohen.«

Leanne seufzte. »Das bin ich auch. Der Laird MacGregor hat mich bei sich aufgenommen. Aber dann ist etwas passiert, was mich zur Rückkehr gezwungen hat.« Ihre Freundin schien bei klarem Verstand zu sein und hörte ihr aufmerksam zu, also begann Leanne, zu erzählen. Sie schilderte ihre Flucht nach Schottland, vom Leben auf Kilchurn Castle und den Moment, in dem ihr bewusst geworden war, dass man den falschen Mann zu Lukes Mörder erklärt hatte. Sie fühlte sich schrecklich dabei, dieses Thema vor Annabel anzusprechen, aber es musste sein. Das war sie den MacGregors schuldig, genauso wie Luke und mit Sicherheit auch Annabel selbst.

Warum nur schwieg ihre Freundin die ganze Zeit über, ging nicht auf sie ein, als Leanne sie nach den Umständen zum Tod ihres Geliebten befragte? Eine grauenvolle Ahnung beschlich sie, setzte sich hartnäckig in ihrem Kopf fest. Was, wenn ihre Freundin nicht der Mensch war, der sie vorgab, zu sein? Was, wenn die Kräfte des Leibhaftigen durch sie wirkten, so wie es einige Prediger über die Frauen behaupteten? Bei Annabels kummervoller Miene schob Leanne den fürchterlichen Gedanken jedoch schnell von sich. Dies war ihre Freundin, die sie so gut kannte wie kaum jemand anderen. Sie vertraute ihr seit Jahren und würde jetzt nicht damit aufhören. Wenn sie nur endlich etwas sagen würde ...

»Du verstehst, dass Iain MacGregor jederzeit zur Hinrichtung gerufen werden kann?«, wiederholte sie.

Annabel nickte langsam.

»Warum erzählst du mir dann nicht, was in jener Nacht passiert ist?«, drängte Leanne. »Willst du etwa nicht, dass der wahre Täter gefunden und bestraft wird?« Sie stampfte mit dem Fuß auf. Allmählich machte Annabels unbeteiligte Haltung sie wütend. Es war, als würde sie gegen eine Wand reden.

»Annabel, das Leben eines unschuldigen Mannes steht auf dem Spiel! Du musst mir sagen, was du weißt!«

»Ich weiß nicht mehr als du«, flüsterte sie, aber es war offensichtlich, dass sie etwas verschwieg.

Leanne sprang auf die Beine. »Hör auf, mich anzulügen!«

»Bitte sei leise!«, flehte Annabel und presste sich die Hand auf den Mund, als könnte sie Leanne dadurch irgendwie zum Schweigen bringen.

»Nein, ich werde nicht mehr schweigen! Zum Teufel, Annabel! Kannst du dir nicht vorstellen, welche Sorgen sich Iains Familie macht? Wie sehr sein Vater unter seiner Verhaftung leidet? Du bist doch selbst Mutter!« Bei dem Gedanken fiel Leanne auf, dass sie noch immer nicht über Annabels Sohn gesprochen hatten. »Wo ist eigentlich Robert?« Ihr Blick ging zur Tür. »Ist er in der Obhut der Nonnen?«

Annabel starrte sie verschreckt an und presste die blutleeren Lippen aufeinander.

In diesem Augenblick brach die Erkenntnis über Leanne herein. »Heilige Mutter Gottes! Derjenige, der Luke umgebracht hat, hat auch Robert, nicht wahr?« Endlich machte alles Sinn. Das, was Annabel mehr liebte als ihr eigenes Leben, war ihr Kind.

Annabel erwiderte nichts, aber ihr gequälter Ausdruck war Antwort genug.

Leanne schnappte nach Luft. »Du wirst erpresst, ist es nicht so?«

Annabels Kinn begann zu zittern, ihre veilchenblauen Augen wurden glasig.

Leanne ging vor ihr in die Hocke und griff nach ihrer Hand. »Du musst keine Angst haben. Wir holen Robert zurück! Wir schaffen das gemeinsam, hörst du?«

Annabel wandte sich ab. »Glaubst du, ich habe nicht schon alles versucht, um meinen Sohn zu retten?«

»Aber du warst alleine! Nun hast du mich. Und Rory.«

»Ich darf nicht riskieren, dass er Robert etwas antut«, wimmerte sie. Die Furcht ließ ihren Körper zusammenfallen, bis sie mit den Knien auf dem harten Boden aufschlug. »Bitte zwing mich nicht, dir einen Namen zu nennen!«, flehte sie und sah mit geröteten Augen auf.

Leanne schluckte. Für den Bruchteil einer Sekunde geriet ihre Hartnäckigkeit ins Wanken. Der Moment währte jedoch nicht lange. »Ich verstehe, dass du Angst um Robert hast. Aber wir können ihn seinem Schicksal nicht einfach überlassen! Er braucht dich! Du bist seine Mutter!«

»Eben deswegen muss ich wissen, dass er in Sicherheit ist!«

»Und das ist er bei dem Menschen, der dich erpresst?«

»Den Gedanken, dass er ohne mich aufwächst, kann ich eher ertragen, als dass ihm etwas zustößt. Ich bitte dich! Du darfst nichts unternehmen!« Sie klammerte sich an Leannes Rocksaum. Ein Bild der Verzweiflung.

Leanne sah auf ihren dunklen, zerzausten Haarschopf hinab. »Nein!« Wütend schüttelte sie Annabels Hände ab. Dann stürmte sie aus der Kammer.

Pünktlich zum Abendessen hatte Leannes Stimmung einen Tiefpunkt erreicht. Sie war entsetzt über das triste Leben, das Annabel hier hinter den Klostermauern führte. Ohne Aufgabe, ohne Verbündete. Man hatte ihr das Letzte genommen, was für sie nach Lukes Tod noch von Bedeutung war. Gleichzeitig brachte Annabels Einstellung sie in Rage. Begriff sie denn nicht, wie viel auf dem Spiel stand? Schließlich war nicht nur ihr Kind in Gefahr, sondern auch der zu Unrecht verurteilte Iain MacGregor.

Trübselig rührte Leanne in der einfachen Brühe, an der sie sich als Gast des Klosters hatte bedienen dürfen. Sie hatte an einem separaten Tisch Platz genommen, während die Nonnen zusammen an einer langen Tafel speisten. Leanne beobachtete die Ordensschwestern aus der Ferne. Wie mochte es sein, das ganze Leben inmitten dieser Mauern zu verbringen, niemals in Kontakt mit der Außenwelt zu treten, bis auf die paar Besucher und Bedürftige, die ab und zu auf Elstow Abbey eintrafen? Seufzend widmete Leanne sich wieder ihrer Suppe. Sie hatte keine Ahnung, wie es nun weitergehen sollte. Wenn Annabel sich weigerte, ihr mehr zu verraten, tappten sie genauso im Dunkeln wie zuvor.

Als sie den Kopf hob, erblickte sie eine hochgewachsene Gestalt, die den Speisesaal mit langen Schritten durchquerte. Rory. Er wirkte völlig fehl am Platz in diesen klösterlichen Gemäuern, wie ein Eindringling in der Welt jener Frauen, die ihr Leben Gott gewidmet hatten. Während sein Blick suchend durch den Raum ging, verdrehte Leanne die Augen. Da er sich nicht zu den Klosterschwestern setzen konnte, würde er zwangsläufig zu ihr kommen. Allerdings verspürte sie im Moment ganz und gar nicht das Bedürfnis nach seiner Gesellschaft. Sie wollte in Ruhe über Annabel nachdenken, statt sich bei jedem Blickkontakt mit ihm an den beschämenden Vorfall der letzten Nacht zu erinnern.

Wortlos nahm Rory ihr gegenüber Platz, seine Augen streiften dabei ihre Mahlzeit.

»Die Suppe musst du dir selbst holen«, sagte Leanne schnippisch und wies mit dem Kinn auf den riesigen Kessel, der über einer Feuerstelle an der Wand hing.

Rory verzog keine Miene und ging los, um sich eine Portion zu nehmen. »Dein Gespräch mit Annabel verlief also nicht wie erhofft?«, fragte er, als er sich wieder setzte.

»Das kann man so sagen.«

Bevor Rory nach dem Löffel griff, band er seine feuchten Haarsträhnen zusammen. Offenbar hatte er ein Bad genommen. Während sie erfolglos um ein Geständnis von Annabel gekämpft hatte! Ärger bahnte sich den Weg in Leannes Bauch. In ihrer Vorstellung genoss Rory ein Bad – jedoch nicht alleine. Eine der jüngeren Nonnen umschwärmte ihn, bot sich ihm an ...

Halt! Ihre Fantasie ging mit ihr durch. Es war nicht richtig, dass sie so schlecht über die Schwestern von Elstow Abbey dachte. Und Rory war sicherlich kein Mann, der eine Nonne anrühren würde. *Oder eine Frau wie sie.*

»Leanne!« Sie schreckte hoch, weil seine Hand dicht vor ihrem Gesicht schwebte. Er nahm seinen Löffel wieder auf. »Willst du mir nicht mehr erzählen?«

»Doch«, sprach sie hastig. Er hatte ein Recht darauf, zu erfahren, was zwischen Annabel und ihr gesagt worden war. Also begann sie, zu berichten.

Rorys Miene verdunkelte sich, als er erkannte, dass Annabel keine Information offenbart hatte, die seinen Bruder entlasten könnte.

Eine Weile saßen sie sich schweigend gegenüber. Die Suppe war längst kalt geworden, der Appetit ihnen beiden vergangen.

»Wir sind in eine Sackgasse gelaufen«, murmelte Rory und ließ den Kopf hängen. Er sah so niedergeschlagen aus, dass Leanne intuitiv die Hand nach ihm ausstreckte. Im letzten Moment zog sie sich jedoch zurück.

»Ich fürchte, Annabel war unsere einzige Chance.« Sie biss sich auf die Lippe. »Es macht mich rasend, dass sie die Wahrheit kennt, sie aber für sich behält.«

»Ich kann sie in gewisser Weise verstehen«, meinte Rory seufzend. »Sie schweigt für ihren Sohn.« Leanne blickte überrascht auf. Sie hatte nicht mit so einer verständnisvollen Haltung seinerseits gerechnet. »Wenn wir ihr Kind nur irgendwie in Sicherheit bringen könnten ...«

»Robert könnte überall sein!«, zweifelte sie. »Wir haben keinerlei Anhaltspunkte, was ihn oder seinen Entführer angeht.«

Rorys Augenbrauen zogen sich zusammen. »Entführer, aye ...« An seiner Miene erkannte sie, dass es hinter seiner Stirn arbeitete. »Wissen wir, wer Annabel hierher gebracht hat?«

Leanne schüttelte den Kopf, begriff aber, worauf er hinauswollte. »Du meinst, derjenige, der Robert in seiner Gewalt hat, hat sie hierher eskortiert?«

»Es wäre zumindest eine Möglichkeit.«

Sie nickte. Dabei fiel ihr die ältere Nonne ins Auge, der sie schon heute Mittag begegnet waren. Die Klosterschwester war gerade mit ein paar anderen damit zugange, das Geschirr von der Tafel abzuräumen.

Leanne fasste einen Entschluss. »Warte hier!« Während sie auf die Nonne zusteuerte, spürte sie Rorys verwunderten Blick in ihrem Rücken.

»Gute Frau!«

Die Alte zuckte zusammen und wirbelte herum. »Ihr schon wieder!«

»Verzeiht, Schwester«, meinte Leanne höflich, obwohl sie vor Ungeduld kaum an sich halten konnte. »Es geht um meine Freundin, Annabel Bonville. Mein Begleiter und ich würden Euch gerne ein paar Fragen stellen.«

Die Nonne kniff die Augen zusammen. »Habt Ihr dem Mädchen keinen Besuch abgestattet?«

»Doch, das habe ich.« Leanne spielte nervös mit ihrem Zopf. Sie musste nun die richtigen Worte finden. »Aber Ihr wisst vermutlich, wie es um sie steht. Sie spricht nicht und wirkt auch sonst nicht ganz bei sich.«

Die Alte zuckte mit den Schultern. »Meinetwegen. Wobei ich nicht weiß, wie ich Euch behilflich sein sollte.«

Leanne atmete auf und bedeute Rory mit einem Blick, die Bank zu wechseln, damit die Frau ihnen gegenüber Platz nehmen konnte.

»Also«, begann sie, sobald alle saßen. »Genau genommen geht es nicht um Annabel, sondern den Mann, der sie damals nach Elstow gebracht hat.« Leanne hoffte, dass ihre Stimme nicht so unsicher klang wie sie sich fühlte. Es war ein gefährliches Terrain, auf das sie sich hier begab, schließlich sprach sie nur auf einen Verdacht hin. »Als ich Annabel nach ihm fragte, wirkte sie verängstigt. Kann es sein, dass sie von ihm bedroht wird?«

Die Alte zog die Stirn kraus. »Der Tag, an dem das Mädchen zu uns kam, liegt schon lange zurück und ich erinnere mich nicht mehr genau.«

»Das ist verständlich.« Leanne versuchte, ihre Enttäuschung zu verbergen. Vielleicht sollten sie noch einmal bei den anderen Klosterschwestern Erkundigungen einholen. Allerdings wäre es dann nur eine Frage der Zeit, bis die Äbtissin von ihren Befragungen Wind bekam. Etwas, das Leanne tunlichst vermeiden wollte. Sie traute Beatrice nicht über den Weg.

»Ich meine aber, dass es ihr Cousin war, der sie hierher brachte«, riss die Alte sie aus ihren Gedanken.

»Ihr Cousin?«, hakte Rory nach.

»Ja. Es ist ja nicht ungewöhnlich, dass ein Familienmitglied eine der ... der gefallenen Mädchen bei uns abliefert. Für die Reichen ist es ein bequemer Weg, sie loszuwerden.«

Leannes Herz begann zu rasen. Was die Frau erzählte, machte keinen Sinn. Warum sollte Annabels Familie hinter ihrer Verbannung stecken? Soweit sie wusste, hatte Annabel schon seit Jahren nicht mehr mit ihnen gesprochen.

Rory lehnte sich nach vorne. »Wie sah der Mann aus?«

Die Nonne maß ihr Gegenüber mit den Augen. »Ein wenig wie Ihr, wenn Ihr den Vergleich erlaubt. Rötliches Haar, kräftige Statur.«

Rory wurde blass und Leanne keuchte auf. »Ihr sagt, er sah ihm ähnlich?« In ihrem Kopf drehte es sich. »Rory, was ist ...? Kann es sein ...?«

»Nein!« Er knallte seine Faust so heftig auf die Tischplatte, dass die Nonne vor Schreck aufschrie. Sie hatte ihn noch nie so wütend erlebt. »Nein, Leanne, es kann nicht sein. Iain saß zu dem Zeitpunkt längst im Tower. Er kann es nicht gewesen sein, verdammt noch mal!«

Die Ordensfrau blickte verstört drein. »Keine Flüche in Gottes Haus!«, haspelte sie und schlug ein Kreuz vor der Brust. »Vielleicht irre ich mich ja, Mylord«, schob sie schnell hinterher. »Und es lag nur an Eurem schottischen Akzent, der mich an den Mann erinnerte.«

Leanne wurde hellhörig. »Der Mann war Schotte?«

»Ganz recht. Auch wenn er versucht hat, es zu verbergen. Aber ich habe ein gutes Ohr dafür, sowas rauszuhören.« Sie tippte sich gegen ihren schwarzen Schleier. »Ich habe mir nicht viel dabei gedacht, schließlich haben einige Familien Besitzungen in beiden Ländern. Aber wenn ich's mir recht überlege ...«

In Leannes Kopf verschwamm das Gerede der Nonne zu einem entfernten Rauschen. Ein Schotte, der jedoch nicht Iain MacGregor war, hatte Annabel nach Elstow gebracht. Wer könnte von ihrer Verbannung profitieren? Wer wollte nicht, dass die Umstände des

Meuchelmordes ans Tageslicht kamen? Immer wieder versuchte sie, die Hinweise im Geiste miteinander zu verbinden. *Ein Mann, der Luke Campbell schaden wollte ... rötliches Haar ... von großer Statur.*

Die Erkenntnis ließ sie aufkeuchen. Ihr Kopf fühlte sich plötzlich blutleer an, ihre Hände kribbelten und ihr wurde schlecht.

»Ich glaube, ich weiß, wer Luke getötet hat«, presste sie hervor.

37

Mitten in der Nacht wurde Leanne von einem Hustenanfall geschüttelt. Nach Luft ringend setzte sie sich in der Bettstatt auf und tastete im Dunkeln nach dem Krug, den sie sich am Abend mit auf das Gästezimmer genommen hatte.

Beatrice hatte ihr und Rory jeweils eine der Kammern für die ranghohen Gäste zugewiesen. Diese verfügten zwar über weitaus mehr Luxus als die bescheidenen Schlafzellen der Nonnen, doch man merkte ihnen an, dass sie länger unbewohnt gewesen waren. Staub drang Leanne in die Nase und ließ sie niesen. Allein der Gedanke, dass sie aufgrund ihrer Anspannung ohnehin keinen Schlaf finden konnte, tröstete sie über den ungepflegten Zustand ihrer Gästekammer hinweg.

Gemeinsam mit Rory hatte sie entschieden, Annabel erst wieder am nächsten Morgen aufzusuchen. Für einen kurzen Moment war Leanne sogar versucht gewesen, ihre Freundin gar nicht in ihren Plan einzuweihen und auf eigene Faust zu handeln. Aber dann war es ihr zu grausam erschienen, Elstow Abbey ohne ein Wort des Abschieds zu verlassen und Annabel der Ungewissheit auszusetzen. Außerdem wollte sie sich ihren Verdacht, was Lukes Mörder betraf, bestätigen lassen. Sie war sich sicher, dass Annabel sich erneut weigern würde, ihr die Wahrheit zu sagen, allerdings würde ihre Reaktion bei der Nennung seines Namens sie verraten – dafür kannte Leanne sie zu gut.

Sie war gerade in einen unruhigen Halbschlaf gefallen, als das Gefühl der Atemnot sie erneut überkam – nur deutlich heftiger als zuvor. Panisch riss sie die Augen auf und schlug um sich. Jemand presste ihr die Hände aufs Gesicht! Leanne wehrte sich nach Leibeskräften, versuchte verzweifelt, den Angreifer von sich zu stoßen.

»Leise! Bitte sei leise!«, zischte eine Stimme und der Druck auf ihrem Gesicht ließ etwas nach.

Leanne schnappte nach Luft, starrte ins Dunkel und erkannte im gleichen Augenblick, zu wem die vertraute Stimme und der zierliche Schatten gehörten.

»Annabel! Was tust du hier?« Sie kam auf die Beine, taumelte rückwärts, bis sie die kalte Wand an ihrem Rücken spürte. Ihr Herzschlag hämmerte laut in ihren Ohren. Warum tauchte ihre Freundin mitten in der Nacht bei ihr auf? Hatte sie Annabel unterschätzt? Wozu war eine verzweifelte Mutter fähig?

»Ich muss mit dir reden«, sprach Annabel leise und wickelte sich noch enger in ihren Umhang. Erst jetzt bemerkte Leanne den Beutel, der über ihrer Schulter hing.

»Was ist los?«

»Ich habe nachgedacht.« Sie stieß den Atem aus. »Ich kann so nicht weiterleben. Ohne Robert. Ohne die Wahrheit.«

Leanne fiel ein Stein vom Herzen. War Annabel etwa endlich zur Vernunft gekommen?

»Ich war dabei, als es passierte.« Annabel sah zu ihr auf, aber Leanne konnte ihre Miene nicht erkennen. Im fahlen Mondlicht waren ihre Augen nichts als dunkle Löcher im blassen Gesicht. »Es war Neil. Neil hat Luke umgebracht.« Bei diesen Worten schluchzte sie auf.

Leanne griff nach ihrer Hand. »Das habe ich bereits befürchtet. Oh, es tut mir so leid, Annabel!« Laut ausgesprochen klang die Wahrheit noch entsetzlicher. Luke war tatsächlich von seinem eigenen Bruder ermordet worden. Allein bei der Vorstellung wurde ihr übel.

Eine Weile saßen die Frauen schweigend zusammen, dann drückte Leanne Annabels Hand. »Was nun?«

Daraufhin sprang ihre Freundin auf die Füße. »Wir müssen sofort aufbrechen! Ich habe schon alles gepackt.« Sie wies auf ihre Tasche.

»Es ist mitten in der Nacht, Annabel!«, unterbrach Leanne sie sanft. »Wir sollten lieber ein wenig schlafen und morgen Früh losgehen.«

Annabel schüttelte den Kopf. »Nein, nein, nein. Du verstehst nicht ...«

»Was verstehe ich nicht?«

»Wir müssen jetzt gleich gehen, bevor es zu spät ist!« Ihre Augen irrten gehetzt umher. »Beatrice. Sie darf nichts merken. Ich glaube, sie weiß mehr als sie vorgibt.«

Leanne versteifte sich. Konnte es wirklich sein, dass die Äbtissin Annabel hier gefangen hielt? Oder litt ihre Freundin unter Verfolgungsängsten? Sie war sich nicht sicher, aber jetzt war nicht der richtige Zeitpunkt, um sich darüber den Kopf zu zerbrechen. Lieber sollte sie Annabels neu entflammten Kampfgeist nutzen und sich auf den Weg nach London machen. Wenn es sein musste, zu dieser unchristlichen Stunde.

»Gut«, sagte sie daher. In kürzester Zeit hatte sie ihr Reisegepäck beisammen und legte Surcot und Mantel an. Nun musste sie nur noch Rory wecken, der die benachbarte Kammer bewohnte. Zuvor schob Annabel ihren Kopf durch den Türspalt, um auf den Gang hinauszusehen. »Einige Schwestern halten auch nachts Gebete ab«, erklärte sie flüsternd. Doch auf dem Flur blieb es zum Glück ruhig.

Leanne folgte Annabel nach draußen, dann öffnete sie die Tür zu Rorys Zimmer. Das Quietschen, das sie dabei verursachte, reichte aus, um ihn aus dem Schlaf hochfahren zu lassen.

»Leanne?« Er sprang auf. Da bemerkte er, dass sie nicht alleine war. »Was zum ...?«

Leanne eilte auf ihn zu und legte ihm einen Zeigefinger auf die Lippen. »Annabel hat bestätigt, dass Neil Campbell Lukes Mörder ist«, erklärte sie knapp und begann, seine Habseligkeiten einzusammeln.

Rory starrte sie entgeistert an. Seine Fassung wiedererlangend richtete er sich an Annabel: »Das tut mir leid. Aber warum müsst ihr mich deswegen im Schlaf überfallen?«

»Weil wir sofort verschwinden müssen«, meinte Annabel kaum hörbar.

»Sie befürchtet, dass Beatrice sie an der Flucht hindern wird«, ergänzte Leanne.

»Ist das dein Ernst?« Rory warf die Hände in die Luft. »Wie soll sie das machen?! Will sie Annabel etwa mit einem Schwert bedrohen?«

»Hör auf, uns zu verhöhnen!«, sagte Leanne streng. »Nein, wir haben die Vermutung, dass sie ein Abkommen mit Neil hat. Es könnte sein, dass sie ihn durch ein Schreiben über Annabels Verschwinden informieren wird.«

Nun schien Rory zu begreifen. »Wir müssen ihr einen Schritt voraus sein.« Er stöhnte und erhob sich. »Draußen wird es alles andere als gemütlich sein, das kann ich euch sagen.«

»Egal.« Sie reichte ihm seine Tasche. »Hauptsache, wir kommen schnell nach London. Wo sind deine Waffen?«

Rory bückte sich und holte sein Langschwert und den Bogen unter dem Bett hervor.

Leanne hob eine Augenbraue, verzichtete aber auf einen Kommentar. Immerhin sparten sie wertvolle Zeit dadurch, dass er die Waffen in das Gebäude geschmuggelt hatte.

Sein Geschick kam ihnen ebenfalls zugute, als es darum ging, Eachann und Lizzy unbemerkt aus dem Stall zu holen. Leanne hatte schon befürchtet, dass Annabel und sie noch länger hier im Schutze des Waldrands herumstehen mussten, aber er schloss bereits nach kurzer Zeit zu ihnen auf.

Als sie Annabel anbot, mit Rory zu reiten, winkte ihre Freundin sofort ab. »Ich glaube nicht, dass ich meine Reitkünste so schnell verloren habe«, meinte sie und lächelte zum ersten Mal seit ihrem Wiedersehen. Leanne hatte vergessen, dass Annabel einer gut situierten Familie entstammte und dort sicher eine Reitausbildung genossen hatte.

»Gut«, mischte Rory sich ein. »Dann sollte Leanne zu mir aufsteigen.«

»Nein, danke.« Leanne schwang sich hinter Annabel in den Sattel. »Wir Frauen sind wohl deutlich leichter zusammen. Ich will Eachann nicht unnötig belasten.«

»Ich glaube nicht, dass Eachann ...«

»Lass gut sein, Rory!«, fiel sie ihm ins Wort und bedachte ihn mit einem grimmigen Blick. Annabel zuckte vor ihr zusammen, sagte aber nichts. Stattdessen gab sie Lizzy mit dem Druck ihrer Waden das Zeichen zum Aufbruch. Sie alle wollten diesen Ort so schnell wie möglich hinter sich lassen.

Allerdings gestaltete sich ihr nächtlicher Ritt beschwerlicher als gedacht. Ein paar Stunden später – Leanne wusste nicht, welchen Wegabschnitt sie bereits hinter sich gebracht hatten – war es immer noch stockdunkel und vor allem eiskalt, und ihre Zehen waren längst steif gefroren. Umso größer fiel ihre Erleichterung aus, als Rory vorschlug, sich kurz an einem Lagerfeuer aufzuwärmen. Als die drei sich um das Feuer versammelt hatten, begann er, Annabel ein paar Fragen zu stellen.

»Ich verstehe nicht, warum Neil Campbell noch in Westminster weilt«, sprach er freiheraus. »Besitzt er kein Anwesen in Schottland, um das er sich kümmern muss?«

Annabels Mundwinkel bogen sich nach unten. »Ich denke, er will den Platz seines Bruders einnehmen. Sich ganz nach oben in Edwards Gunst kämpfen.«

»Wirklich?«, fragte Leanne verblüfft. Irgendwie konnte sie sich den impulsiven Neil so gar nicht als Berater des Königs vorstellen. Aber das war wohl kaum ein Argument. Wie schlecht sie seinen wahren Charakter kannte, hatte sich schließlich in den letzten Tagen herausgestellt. Es war seltsam. Sie hatte so viele Stunden in seiner Gesellschaft verbracht. Niemals hätte sie gedacht, dass Neil zu solch einer Grausamkeit wie dem Mord an seinem eigenen Bruder fähig war. Und das alles nur für ein bisschen mehr Macht.

»Er wäre nicht der erste Zweitgeborene, der für einen Titel, Geld und Ansehen über Leichen geht«, merkte Rory an, als hätte er ihre Gedanken gelesen.

»Er ist ein Monster«, sprach Annabel leise, während sie in die Flammen starrte. »Wir haben es nur zu spät erkannt. Jede Nacht in meinen Träumen sehe ich ihn wieder vor mir. Wie er in unser Zimmer kommt und Luke den Dolch ins Herz ...« Bei den letzten Worten versagte ihr die Stimme.

»Du musst Neil nicht gegenübertreten«, meinte Leanne und legte einen Arm um sie. »Zumindest nicht sofort. Wir müssen ohnehin erst Robert finden.«

»Darüber habe ich mir auch schon den Kopf zerbrochen.« Annabel schlug die Hände vor dem Gesicht zusammen. »Neil darf auf keinen Fall Wind von meiner Anwesenheit in Westminster bekommen.«

»Am besten, du betrittst den Palast erst gar nicht«, überlegte Rory. »Wir sollten dich lieber irgendwo in der Stadt unterbringen. Währenddessen werden Leanne und ich nachforschen, wohin man deinen Sohn gebracht hat.«

»Wie wollt ihr das anstellen?«, zweifelte Annabel und auch Leanne spitzte die Ohren.

»Ich bin mir noch nicht sicher«, gab Rory zu. »Aber meistens genügen doch ein paar Silbermünzen, um die Leute zum Reden zu bringen. Ich kann mir außerdem vorstellen, dass nicht jeder aus dem Gefolge der Campbells seinem neuen Herrn treu ergeben ist.«

Leanne nickte, insgeheim war ihr jedoch äußerst unwohl bei dem Gedanken, dass ihre nächsten Schritte von so viel Glück und Zufall abhängig waren. Wenigstens hatte sie schon eine Idee, wo sie Annabel in London unterbringen konnten.

Als sich die Gruppe am nächsten Morgen durch die engen Gassen der Hauptstadt drängte, wäre Leanne vor Müdigkeit beinahe aus dem Sattel gerutscht. Sie hatten die letzte Etappe ohne eine einzige Rast zurückgelegt. Allein um in das Stadtviertel zu gelangen, in dem Gilberts Eltern lebten, benötigten sie noch eine knappe Stunde. Dann endlich erkannte Leanne die Gegend wieder und entdeckte auch das Haus, in dem Velma und Gilbert ihre Hochzeit gefeiert hatten. Dieses Mal waren die Fensterläden wegen der Kälte geschlossen und eine dünne Schneeschicht bedeckte das Dach. Sie bedeutete den anderen, zu warten, und klopfte an die Haustür.

Es dauerte nicht lange bis Gilberts Mutter öffnete. Sie hatte befürchtet, dass die Frau sie vielleicht nicht wiedererkennen würde, doch die Ältere begann sofort zu strahlen, als sie die Besucherin erblickte. Obwohl es ihr mehr als unhöflich erschien, platzte Leanne gleich mit der Frage heraus, wo sie das Haus von Velma und Gilbert finden könne. Eine gemeinsame Freundin brauche Velmas Hilfe.

Ihr Gegenüber schien sofort zu begreifen, dass es um Annabel ging, die mit Rory etwas abseits stand und verzweifelt dreinblickte.

»Natürlich«, sagte sie und bot sich sogar an, die Gruppe persönlich zu ihrer Schwiegertochter zu begleiten. Zum Glück war deren Haus nicht weit entfernt und Leanne und Annabel blickten schon bald in ein bekanntes Gesicht, das zu einem runder gewordenen Körper gehörte.

»Leanne!«, stieß Velma verdattert aus. »Und Annabel!« Sie zog die Freundinnen an sich. »Was führt euch zu mir? Geht es euch gut?« Dass dem nicht so war, hatte sie sicher längst erraten, aber Leanne überging die Frage zunächst.

»Dir geht es offensichtlich sehr gut«, meinte sie mit einem Blick auf Velmas Bauch. »Du strahlst ja förmlich!«

»Ja, wir können uns nicht beklagen.« Velma legte lächelnd eine Hand auf ihre Mitte. »Aber lasst uns drinnen reden.« Gegen ein paar Pence betraute sie die Nachbarsjungen mit der Aufgabe, auf die beiden Pferde aufzupassen, dann scheuchte sie die drei Reisenden ins Innere.

Leanne bestaunte den großzügigen Wohnbereich. Offensichtlich verdiente Gilbert gut mit seiner Arbeit in der Schmiede. Sie machte Velma mit Rory vertraut und berichtete eilig, was sie nach London geführt hatte.

Velma lauschte ihrer Erzählung mit wachsendem Entsetzen und musste das Gesagte erst einmal verdauen. Natürlich war sie sofort damit einverstanden, Annabel bei sich aufzunehmen.

Leanne war erleichtert, ihre Freundin in guten Händen zu wissen. Nur so konnte sie sich vollends auf das konzentrieren, was ihnen noch bevorstand. Der eigentliche Kampf.

Das Glück blieb ihnen auch dann noch hold, als sie zum zweiten Mal im königlichen Palast eintrafen. Der diensthabende Wächter interessierte sich nicht besonders für die Ankömmlinge und stellte bei ihrem Einlass keine neugierigen Fragen. Die Tatsache, dass sie die Kleidung von Edelleuten trugen, schien ihm auszureichen.

Leanne war froh über den Schutz, den die Wintermäntel und Kapuzen ihnen boten. Nicht nur wegen der eisigen Temperaturen, die zu dieser Jahreszeit auch innerhalb der Palastmauern herrschten. Die Kopfbedeckungen verhinderten außerdem, dass man sie bereits aus der Ferne erkannte – ein beruhigender Gedanke, schließlich konnten sie an jeder Ecke Neil Campbell begegnen.

Wie besprochen trennten sich hier ihre Wege. Rory wollte damit beginnen, sich einen Überblick über Neils Bedienstete zu verschaffen, während Leanne hoffte, Arnaud auf seiner Kammer anzutreffen. Der Barde wusste über fast alle Mitglieder des Hofstaats Bescheid, daher verfügte er vielleicht auch über Informationen zu Campbell.

In ihrer Aufregung hatte Leanne Schwierigkeiten, sich an den Weg zu Arnauds Kammer zu erinnern. Erst bog sie falsch ab, dann hatte sie das Gefühl, im Kreis zu laufen. Ihre Beine zitterten bereits vor Erschöpfung und Nervosität, als sie endlich wieder ihre Orientierung erlangte und schließlich vor der Kemenate des Musikers stand.

Bitte, sei hier!, flehte sie innerlich und rüttelte ungeduldig an der Tür. Sie wusste, dass Arnaud gerne bis in die Mittagsstunden schlief, weil es bei seinen abendlichen Auftritten oft spät wurde. Als sich die Tür ohne Vorwarnung öffnete, wurde sie von der schwungvollen Bewegung mitgerissen.

»Huch!« Arnaud fing sie im letzten Moment auf. »Leanne?« Seine Stimme klang belegt. Wie befürchtet, hatte sie ihn aus dem Schlaf gerissen.

»Tut mir leid, dass ich so hereinplatze«, entschuldigte sie sich und taumelte zur Bettstatt.

»Das kann man wohl sagen«, meinte Arnaud stirnrunzelnd. Erst jetzt fiel ihr auf, dass er lediglich ein Hemd trug, das seine Hüften gerade so bedeckte. Verlegen wandte sie den Blick ab, während er sich eine Hose anzog.

»Wir haben Annabel gefunden. In Elstow.« Sie erzählte ihm, was seit ihrem letzten Besuch in Westminster passiert war.

»Neil Campbell also«, sprach Arnaud kopfschüttelnd, als sie mit ihrem Bericht fertig war. »Was für eine schreckliche Geschichte!«

Leanne stimmte ihm zu. »Nun zählt jeder Tag. Daher wollte ich dich fragen, ob du eine Idee hast, wie wir etwas über Roberts Aufenthaltsort herausfinden können? Rory versucht bereits, mit dem Gesinde ins Gespräch zu kommen.«

Arnaud verzog das Gesicht. »Ich weiß nicht, ob das so klug ist. Vielleicht ist seine Dienerschaft ihm treu ergeben und informiert ihren Herrn sofort über Rorys verdächtiges Verhalten.«

»Das ist uns bewusst. Aber einen anderen Weg gibt es wohl kaum.«

»Lasst mich euch helfen!«, bot er sich an. »Ich kenne ein paar Leute, die sich diskret umhören können.«

»Das wäre wunderbar!« Sie fiel Arnaud um den Hals.

»Keine Sorge. Ich bin sicher, ihr könnt Neil Campbell schon bald das Handwerk legen. Aber erst einmal solltest du dich ausruhen, Leanne. Wann hast du das letzte Mal geschlafen?«

»Keine Zeit«, murmelte sie und wankte zur Tür. »Bis später!«

Auf dem Weg zu den Ställen fragte sie sich, ob Rory in der Zwischenzeit wohl etwas hatte herausfinden können. Als sie den Unterstand betrat und dabei Ausschau nach Lizzy und Eachann hielt, begriff sie, warum er diesen Treffpunkt ausgewählt hatte. Im Stall war die Kälte im Gegensatz zu draußen einigermaßen erträglich. Außerdem war davon auszugehen, dass sich hier keine neugierigen Ohren herumtrieben.

Rory erreichte den Treffpunkt nur ein paar Minuten später. Als sie auf ihn zueilte, trat ein Lächeln auf sein Gesicht.

»Gute Neuigkeiten?«

»Aye.« Er zog sie hinter die Pferde, sodass sie vor den Blicken der Stallburschen geschützt waren. »Neil Campbell ist noch immer mit dem Jagdtrupp unterwegs.«

»Das verschafft uns ein wenig Zeit«, erkannte Leanne erleichtert.

Rory nickte. »Und ich habe mit seiner Dienstmagd gesprochen. Ihr Name ist Bethia. Sie meinte, ihr kennt euch.«

»Bethia?« Annabels ehemalige Dienerin erschien vor ihrem innerem Auge. »Es war sicher nicht ihre Entscheidung, in Neils Dienste zu treten. Sie hätte ihre Herrin niemals im Stich gelassen.«

»Sie hat so etwas in der Art durchblicken lassen. Jedenfalls konnte sie mir einen Hinweis geben. Neil hat wohl einen Gefolgsmann namens Walter, der sich einmal die Woche auf den Weg in die Stadt macht. Niemand aus dem Gesinde weiß, was er in London treibt, aber Bethia hat die Vermutung, dass es etwas mit Robert zu tun hat.«

Leanne begriff. »Man lässt das Kind überwachen.« Da bemerkte sie Rorys grüblerische Miene. »Was ist?«

Er seufzte. »Ich weiß nicht. Irgendwie erscheint mir der Aufwand sehr groß, den Neil für Annabels Schweigen betreibt. Ihre Verbannung ins Kloster ... vielleicht zahlte er Beatrice sogar Schweigegeld. Und dann schickt er regelmäßig einen Handlanger los, um nach dem Jungen zu sehen?«

Leanne kniff die Augen zusammen. »Wie hätte er sie sonst loswerden sollen?«

Rory schwieg, bis sie von selbst auf die Antwort kam. Ihr wurde augenblicklich schlecht. »Über solche Dinge will ich nicht einmal nachdenken, hörst du?« Wütend stieß sie ihn gegen die Brust.

»Das will ich auch nicht!« Er hob abwehrend die Hände. »Ich frage mich nur, ob wir womöglich etwas übersehen haben.«

»Vielleicht steckt ja doch noch ein Funken Menschlichkeit in ihm?«, überlegte sie. Dabei wusste sie nicht einmal, welches Los für Annabel das schlimmere gewesen wäre. Der Tod oder ihr Dasein im Kloster zu fristen, mit dem Wissen, ihren Sohn nie wiederzusehen.

Rory zuckte mit den Schultern. »Ich kann Neil kaum einschätzen. Ich bin ihm nur einmal begegnet, damals in Berwick. Wahrscheinlich war es der gleiche Tag, an dem er Iains Dolch entwendet hat.« Seine Augen nahmen einen kummervollen Ausdruck an, so wie immer, wenn er über seinen Bruder sprach.

»Was wollen wir jetzt tun?«, fragte Leanne, um ihn abzulenken. »Wirst du mit Neils Gefolgsmann sprechen?«

Er schüttelte den Kopf. »Nein, das ist zu riskant. Ich werde ihn beobachten und ihm folgen, wenn er sich wieder nach London aufmacht.«

Sie stöhnte. »Aber das kann noch Tage dauern! Und in der Zwischenzeit könnte Neil zurückkommen.«

»Bethia meinte, dass Walter seinen Ausflug meistens in der Wochenmitte unternimmt. Also morgen, wenn wir Glück haben!«

»Wenigstens etwas«, murmelte Leanne.

»Und mit Neils Auftauchen müssen wir ohnehin rechnen.«

»Langsam habe ich genug von diesem Versteckspiel«, klagte sie. Seit ihrer Abreise aus Elstow war sie das reinste Nervenbündel.

»Bald ist es vorbei.«

Leanne ließ es geschehen, dass Rory sie in seine Arme zog, denn obwohl sie es sich nicht eingestehen wollte, brauchte sie seine Nähe und seinen Zuspruch so dringend wie noch nie zuvor. Ganz gleich, wie sehr sich ihr Verstand dagegen wehrte.

»Ich würde gerne selbst mit Bethia sprechen«, meinte sie irgendwann und löste sich von ihm.

Er nickte. »Das kann ich verstehen. Ich bringe dich zu ihr.«

Leanne streichelte Lizzy noch einmal über den Hals, dann verließen die beiden den Stall und durchquerten den schneebedeckten Hof.

Drinnen angekommen ergriff die alte Nervosität von ihr Besitz. Jetzt, zur Mittagszeit, waren die Flure deutlich belebter als am Morgen. Immer, wenn sie irgendwo ein bekanntes Gesicht entdeckte, zog sich ihr Magen vor Schreck zusammen. Plötzlich zweifelte sie daran, ob es so weise gewesen war, sich wegen Bethia noch einmal unter die Hofgesellschaft zu mischen. Aber nun war es zu spät, denn sie befanden sich schon auf halbem Weg zu den Privatgemächern der Edelleute.

»Halt den Blick gesenkt!«, raunte Rory ihr zu.

Widerwillig kam Leanne seiner Aufforderung nach. Zwar wusste sie, dass sie ihr Gesicht verbergen musste, doch gleichzeitig konnte sie dem Drang, nachzusehen, ob sie misstrauisch beäugt wurden, kaum widerstehen. Erst als sie die letzte Abbiegung genommen hatten, erlaubte sie sich, aufzuatmen, und schob sich die Gugelhaube vom Kopf.

»Wollen wir hinein- ...« Sie brachte ihren Satz nicht zu Ende, da sich Rorys Hand im selben Moment grob um ihr Handgelenk schloss. »Aua!« Empört sah sie zu ihm auf und wollte ihn gerade anfahren, was das sollte, als auch sie es sah: eine Gruppe Palastwächter, die sich im Gleichschritt auf sie zubewegte. Aber es waren nicht die Bewaffneten, deren Anblick Leanne das Blut in den Adern gefrieren ließ, sondern jener Mann, der den Trupp mit einem selbstgefälligen Grinsen anführte. Thomas of Lancaster.

Ebenso wie Rory blickte sie panisch um sich, obwohl ihr bereits klar war, dass eine Flucht ausgeschlossen war. Lancaster hatte sie gesucht – und gefunden. Nur wenige Schritte von ihnen entfernt gab er seinen Männern das Zeichen zum Halt. Selbst aus der Ferne konnte sie die Rachelust in seinen Augen lodern sehen.

»Was wollt Ihr?«, warf Rory ihm entgegen und stellte sich schützend vor Leanne. Sein gesamter Körper spannte sich an, als würde er sich für den Kampf bereit machen. Sie betete, dass er besonnen genug war, Lancaster nicht anzugreifen. Denn dieses Mal würde er nicht als Gewinner hervorgehen. Der Earl schleifte eine kleine Armee hinter sich her und sprach dementsprechend siegessicher.

»Ergreift die beiden.«

38

Den Weg durch die Palastflure nahm Leanne wie durch einen Schleier wahr. Ihre schlimmste Angst hatte sich erfüllt. Wie hatten sie nur so töricht sein können, zu glauben, dass man sie hier in Westminster nicht aufspüren würde? Dass Thomas nicht auf Rache sinnen würde? Dieser Mann kannte keine Vergebung. Er nahm sich das, was er wollte und bestrafte alle, die sich ihm in den Weg stellten.

Rory. Leanne wurde schlecht vor Angst. Sie hielt inne, bis einer der Wächter ihr den Schwertschaft in den Rücken rammte und sie zum Weitergehen zwang. Man würde Rory – vielleicht auch sie beide – einsperren, weil er einen der mächtigsten Männer bei Hofe angegriffen hatte. Sicher würde sich niemand für den Grund interessieren, weshalb der Schotte so gehandelt hatte. Sie würden in irgendeinem Kerker verrotten, genauso wie Iain MacGregor. Und Annabel würde Robert nie wieder zu Gesicht bekommen.

All das war ihre Schuld! Weil sie sich in Lancasters Anwesenheit nicht hatte zusammenreißen können. Weil sie auf die wahnwitzige Idee gekommen war, sich ohne Geleitschutz auf feindlichem Territorium zu bewegen.

»Leanne, ich …«, setzte Rory leise an, doch Thomas' Faustschlag brachte ihn augenblicklich zum Schweigen. Erst Rorys Aufkeuchen, der Anblick der Blutstropfen, die aus seiner Nase quollen, die grobe Weise, in der die Soldaten seine Arme nach hinten rissen, holten sie aus ihrer Trance heraus. Sie schrie seinen Namen.

Da tauchte Lancasters Grimasse vor ihrem Gesicht auf. »Ich werde euch beide büßen lassen, für das, was ihr getan habt.« Als er grinste, meinte Leanne, den Teufel höchstpersönlich vor sich zu haben. Sein Lächeln entblößte eine unvollständige Zahnreihe. Rory musste ihm bei der Prügelei mindestens einen Zahn ausgeschlagen haben.

Thomas trat zurück und gab den Blick auf den Thron seiner Majestät frei. Leanne wurde eiskalt. Erst jetzt realisierte sie, dass der Earl sie in Edwards Audienzsaal geschleift hatte. Also würde der König persönlich über sie richten. Sie begann, am ganzen Körper zu zittern. Sie war keine Unbekannte am Königshof. Sicher wusste Edward von ihrem Verschwinden im letzten Herbst und würde sie nun umso härter bestrafen. Womöglich, indem er sie seinem treuen Vasallen als Hure gab. Leanne sah zu Lancaster und fasste einen Entschluss. Eher würde sie sterben als sich diesem Monster hinzugeben!

Sie richtete ihre Aufmerksamkeit auf jene Person, die durch die Flügeltür hereinkam – und nicht der König war. Stattdessen sah sie sich John de Warenne gegenüber. Was hatte Edwards Kommandant mit der Sache zu tun?

Nicht nur sie schien sich diese Frage zu stellen.

»Wo ist seine Majestät?«, rief Lancaster entrüstet.

De Warenne ließ sich in aller Ruhe auf einem Lehnstuhl neben dem Thron nieder und verschränkte seine Hände. »Seiner Majestät ist heute nicht wohl, daher betraute er mich mit der Aufgabe, mich um alle Anliegen zu kümmern. Also sprecht, Lancaster!« Der gelangweilte Ton seiner Stimme ließ erahnen, wie wenig Lust der Kriegsherr verspürte, sich mit den Problemen der Höflinge zu befassen.

Der Earl plusterte sich auf, seine Wangen verfärbten sich rötlich. Wahrscheinlich war er es nicht gewohnt, so herablassend behandelt zu werden. »Ich bin hier, um diesen Mann«, er wies mit der Hand auf seinen Gefangenen, »Rory MacGregor, anzuklagen. Er hat mich vor wenigen Tagen auf hinterhältigste Weise angegriffen.«

De Warenne lehnte sich nach vorne. Er besah sich den Beschuldigten, musterte anschließend Leanne und den Ankläger, ohne seine Miene zu verziehen. Allerdings war da etwas in seinen Augen, das Leanne einen Funken Hoffnung schenkte. Der Kriegsherr mochte Lancaster nicht. Das konnte sie trotz ihrer Aufregung spüren. Sie vermutete sogar, dass er den machtgierigen Earl verachtete. Aber ob diese Tatsache ausreichen würde, um sie zu retten?

»MacGregor«, murmelte De Warenne nachdenklich. »Weshalb sagt mir dieser Name etwas?«

Rory versteifte sich neben Leanne. *Gott steh uns bei*, betete sie. Nun würde alles ans Licht kommen.

»Weil sein Bruder, Iain MacGregor, im Sommer für den Mord an Luke Campbell angeklagt wurde«, sprach Lancaster und blickte die beiden triumphierend an. Wie immer hatte er sich bestens über seinen Gegner informiert.

De Warenne rieb sich das Kinn. »Richtig. Das Parlament in Berwick.« Sein Tonfall ließ nicht erahnen, ob diese Information seine Haltung gegenüber dem Schotten beeinflusste. »Nun, was sagt *Ihr* zu Lancasters Anschuldigung, MacGregor?«, kam er wieder auf den ursprünglichen Konflikt zurück.

Rory wischte sich das Blut vom Mund und machte einen Schritt nach vorne. »Es ist wahr, Mylord, ich habe den Earl angegriffen. Aber nur, weil er sie« – er wies auf Leanne – »schänden wollte. Ich bin mir sicher, er hätte sie sogar umgebracht, wäre ich nicht dazwischen gegangen.« Sein Ton war genauso bedrohlich wie der Blick, den er Thomas zuwarf. »Und soweit ich weiß«, fuhr er fort, »ist es das gute Recht eines jeden Mannes, seine Gemahlin bis aufs Blut zu verteidigen.«

Seine Gemahlin? Leanne senkte rasch den Kopf, damit niemand den erschrockenen Blick in ihren Augen sehen konnte. *Wovon, zur Hölle, sprach Rory?*

»Sie ist Eure Ehefrau?«, hakte De Warenne nach.

»Aye, Mylord.«

»Das ist das Lächerlichste, was ich je gehört habe!«, rief Thomas. »Der Schotte lügt! Ist das nicht offensichtlich?«

»Lancaster, welchen Ton maßt Ihr Euch an?«, wies De Warenne ihn barsch zurecht. »Und warum sollte dieser Mann lügen?«

»Weil er ein dahergelaufener Schotte ist und sie, sie ist die Rose von Westminster, verdammt noch mal!«, brüllte Thomas und ignorierte mit seiner Wutrede die Zurechtweisung des Kommandanten.

»Lancaster!«, grollte De Warenne noch einmal und kam auf die Beine. »Eure Anschuldigung scheint mir eher persönlicher Natur, so wie Ihr Euch aufführt. Aber das ist ja nichts Neues. Selbst seine Majestät verliert allmählich die Geduld mit Euch! Hört endlich auf, Eure persönlichen Fehden hier vorzutragen und die Palastwachen für Eure Zwecke zu missbrauchen. Denn die haben, weiß Gott, Besseres zu tun!« Dem Kommandanten war endgültig der Kragen geplatzt. Mit einem „Hinaus!" zwang er den jungen Earl und die Soldaten, den Saal zu verlassen. Lancasters Hautfarbe war mittlerweile zu einem tiefen Rot übergegangen. Er sah aus, als würde er De Warenne am liebsten an den Hals springen. Doch er schien wohl einzusehen, dass er diesen Kampf verloren hatte. Wutschnaubend stürmte er aus dem Audienzsaal.

Verdutzt blieben Leanne und Rory zurück. Konnte es sein, dass sie der Schlinge um ihren Hals so einfach entkommen waren?

»Was für ein Nichtsnutz!«, polterte De Warenne mit einem Kopfschütteln. Er schien den Earl wirklich zu verachten. Dann winkte er die beiden noch einmal zu sich heran. Leannes Herz pochte wild. Was würde jetzt kommen?

»Ihr habt also wirklich die Lady Leanne geehelicht?«, richtete er sich an Rory.

Leanne erstarrte. Offensichtlich kannte De Warenne sie sehr wohl. Welche Erklärung auch immer Rory gedachte ihm aufzutischen, sie hoffte, dass sie überzeugend war.

»Aye, Mylord«, sagte ihr falscher Gemahl so ruhig und bestimmt, dass sie ihm die Lüge beinahe selbst abkaufte.

»Wahrlich ein ungewöhnliches Arrangement«, bemerkte der Ältere und beugte sich nach vorne. »Habt Ihr denn eine Urkunde vorzuweisen?«

»Selbstverständlich existiert eine Urkunde über die Eheschließung, Mylord. Jedoch befindet sie sich auf Kilchurn Castle, in meiner Heimat«, sagte Rory, ohne mit der Wimper zu zucken.

»Natürlich.« Der Kommandant lehnte sich zurück, offenbar wirkte das Argument auf ihn plausibel.

»Mylord«, sprach Rory, als sich Schweigen zwischen ihnen auftat. »Meine Gemahlin und ich haben einen weiten Weg hinter uns. Wir würden uns nun gerne zurückziehen, wenn Ihr gestattet?«

De Warenne nickte. »Man sieht Euch die Müdigkeit an. Seid Ihr etwa heute erst eingetroffen?«

Rory bejahte, woraufhin der Kommandant einen Lakaien herbeiwinkte und damit beauftragte, ein Zimmer für die Eheleute herzurichten.

»Ich wünsche Euch einen erfolgreichen Aufenthalt in Westminster, Schotte«, meinte er schließlich noch. Leanne erkannte die Anspielung in seinen Worten. De Warenne war nicht dumm und ahnte sicher längst, dass Rorys Auftauchen am englischen Königshof etwas mit der Verhaftung seines Bruders zu tun hatte.

Rorys Antwort war eine überraschend galante Verbeugung.

»Was hast du dir dabei gedacht!?« Leanne knallte die Tür hinter sich zu.

Rory hob abwehrend die Hände, doch sie ließ ihn erst gar nicht zu Wort kommen. »Bist du wahnsinnig? Du kannst dich nicht einfach als mein Gemahl ausgeben!«

Nun verengten sich seine Augen zu Schlitzen. »Wenn du es noch lauter hinausschreist, wird es bald ganz Westminster wissen!«, grollte er und ließ sich auf die Bettstatt fallen.

Seine Lässigkeit angesichts der heiklen Lage brachte Leanne zur Weißglut. »Was, wenn De Warenne dieses Gerücht verbreitet? Die Leute werden Fragen stellen. Wirst du ihnen, was unsere *Ehe* betrifft, ebenfalls eine fadenscheinige Erklärung auftischen?«

Rory schnaubte. »Wenigstens *hatte* ich eine Erklärung!«

»Du hättest mich wenigstens vorwarnen können.«

»Und wann?« Er stand auf und ging auf sie zu. »Wann, bitte, hätte ich das tun sollen? Ich musste improvisieren.« Er verschränkte die Arme vor der breiten Brust. »Schau mich nicht so vorwurfsvoll an! Dir geht schließlich auch eine Lüge nach der anderen über die Lippen.«

Leanne keuchte auf. Seine Worte trafen sie hart, auch wenn sie nicht einmal wusste, weshalb. »Aber das waren Kleinigkeiten. Nicht so etwas wie … das!«

»Keine Sorge, Leanne. Wenn alles so läuft wie geplant, ist diese Farce in wenigen Tagen vorbei.« Täuschte sie sich, oder schwang ein bitterer Ton in seiner Stimme mit?

Sie ging zum Fenster, weniger um die Aussicht auf den verschneiten königlichen Garten zu genießen, sondern um ihm den Blick auf ihr Gesicht zu verwehren. Natürlich wünschte auch sie sich so schnell wie möglich nach Kilchurn Castle zurück, aber dass Rory ihre Gesellschaft als Farce bezeichnete, verletzte sie. Erst recht nach allem, was zwischen ihnen passiert war. Verärgert über ihre eigene Sentimentalität wischte sie sich eine einsame Träne von der Wange. Wahrscheinlich war sie einfach nur erschöpft.

Zaghaft sah sie über ihre Schulter. Rory hatte sich bereits auf dem Federbett ausgebreitet, seine Lider waren geschlossen. Leannes Mundwinkel zuckten verächtlich. Es sah ihm ähnlich, keine weitere Sekunde über ihren Streit nachzusinnen. Es war ihm egal.

Seufzend ging sie zum Bett und beobachtete sein im Schlaf entspanntes Gesicht. Rorys Notlüge hatte ihnen ein gemeinsames Zimmer beschert, was bedeutete, dass sie ihm schon wieder nicht ausweichen konnte. Ein paar Atemzüge lang stand sie weiter so da, tat nichts, außer ihn zu betrachten. *Nur noch wenige Tage*, hallte seine Stimme in ihr nach. Dann würden sie wieder getrennte Wege gehen.

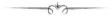

Ein kalter Lufthauch zog durch das geöffnete Fenster und kitzelte Leanne an der Nase. Sie rutschte noch weiter unter die Decke, genoss die Wärme, die der große Mann an ihrem Rücken ausstrahlte.

So verlockend.

So verboten.

Leanne versteifte sich und schlug die Augen auf. Ihr Blick folgte der Linie ihres Körpers, der sich unter der Decke abzeichnete. Im Schlaf hatte sie sich unbewusst an Rorys Brust geschmiegt. Es wäre ihr peinlich gewesen, hätte allein sie sich ihm aufgedrängt. Doch dem war nicht so. Rory schien ihre Nähe ebenso zu brauchen wie sie die seine. Obwohl er seinem gleichmäßigen Atem zufolge fest schlief, hatte er seinen Arm um ihre Taille gelegt, ließ seine Hand locker auf ihrem Bauch ruhen.

Leanne seufzte und schloss die Augen. Nur noch einen Augenblick. Nur noch einen winzigen Moment lang würde sie die Vertrautheit zwischen ihnen genießen, sich vormachen, dass sie keine Magd war und er nicht ihr Dienstherr. Leugnen, dass sie viel zu unterschiedlich waren, um auch nur einen einzigen Tag ohne einen Streit zu überstehen. Stattdessen träumte sie von seinem Kuss, spürte seine Präsenz mit jeder Faser ihres Körpers.

Als Leanne das nächste Mal die Augen aufschlug, waren die Fensterläden geschlossen und der Raum stockduster. Sie hätte nicht sagen können, ob es früher Abend oder mitten in der Nacht war. Gähnend drehte sie sich auf den Rücken und tastete mit ihrer Hand nach dem Laken. Aber da war niemand. Offensichtlich war Rory hinausgegangen. Sorgenvoll ging ihr Blick zur Tür, deren Umrisse sich in der Dunkelheit nur erahnen ließen. Hoffentlich tat Rory nichts Unvorsichtiges.

Plötzlich fröstelte Leanne in dem unbeheizten Raum. Sie stand auf und öffnete die Tür einen kleinen Spalt, um etwas Licht aus dem Gang in das Zimmer zu lassen. Während sie sich einen Überblick über ihre Kemenate verschaffte, der sie vorhin kaum Beachtung geschenkt hatte, entdeckte sie einen Stapel Feuerholz neben dem Kamin. Erleichtert schnappte sie sich eines der Hölzer und entzündete es mithilfe der Fackel draußen auf dem Gang. Dann warf sie das brennende Stück in den Kamin. Es dauerte nicht lange, bis die Feuerstelle das kleine Zimmer mit einer wohligen Wärme erfüllte. Leanne seufzte. Nun, da sie nicht mehr fror, machten sich ihre anderen Bedürfnisse umso lauter bemerkbar. Ihr Magen grummelte, außerdem musste sie dringend einen Abtritt aufsuchen. Allerdings wollte sie die Kammer nicht verlassen, bevor Rory zurück war. Sie hatte gesehen, dass es keinen Schlüssel zu ihrer Tür gab, mit dem sie das Zimmer hätte verriegeln können. Zudem war ihr nicht wohl bei dem Gedanken, den lodernden Kamin unbeaufsichtigt zu lassen. Um sich abzulenken, nahm sie ihr Reisegepäck aus dem Leinenbeutel, legte ihre Wäsche ordentlich zusammen und breitete das hoffnungslos zerknitterte Ersatzkleid auf dem Bett aus. Wenn sie länger in Westminster blieben als gedacht, könnte sie das Gewand, das Fenella ihr großzügigerweise geliehen hatte, vielleicht brauchen. Es war aus dunkelblauem Tuch und am Ausschnitt und den Ärmeln mit einer hellen Samtborte besetzt und konnte mit den edlen Roben der Hofdamen durchaus mithalten. Beim Anblick des wunderschönen Kleides wurde Leanne mit einem Mal wehmütig.

Zum einen erinnerte es sie daran, wie sehr sie ihre Freundin auf Kilchurn Castle vermisste. Obwohl sie die Fürstentochter erst seit ein paar Wochen kannte, war Fenella ihre wichtigste Vertraute geworden und Leanne hätte alles dafür gegeben, ihrer Freundin jetzt das Herz ausschütten zu können. Doch das edle Gewand brachte noch andere Erinnerungen zurück. Vor nicht allzu langer Zeit hatte sie selbst solchen Luxus besessen, war von Mortimer mal hier, mal dort, mit Kleidung und Schmuck beschenkt worden. Es war nicht so, dass diese Dinge ihr fehlten, aber den feinen Stoff unter ihren Fingern zu spüren, weckte heute eine unerwartete Sehnsucht in ihr.

Aus einem Impuls heraus legte Leanne ihr Reisekleid ab und schlüpfte in das dunkelblaue Gewand. Es passte wie angegossen und war lediglich einen Hauch zu kurz, weil sie etwas größer war als Fenella. Mit der Schnürung am Rücken konnte man die Weite des Oberteils regulieren, was zwar raffiniert war, sie jedoch vor ein Problem stellte. Derlei Gewänder wurden für Frauen geschneidert, die eine Zofe besaßen, nicht für Leute wie sie. Leanne fluchte leise, als sie ihre Arme bei dem Versuch, die Schnüre eigenhändig zu schließen, verrenkte.

»Kann ich dir helfen?«

Ertappt ließ sie die Hände sinken. Sie hatte nicht bemerkt, dass Rory lautlos eingetreten war. Als er sie sorgfältig musterte, lag Erstaunen in seinem Blick.

»Das Kleid ist von Fenella, falls du dich das gefragt hast.«

»Ich weiß«, sagte er und ging mit schnellen Schritten auf sie zu.

Leanne sog die Luft ein, als sie spürte, dass seine Hände sich auf ihren Rücken legten. »Danke für deine Hilfe«, presste sie hervor und versuchte, sich nicht in der Vorstellung zu verlieren, wie Rory sie berührte. Er machte es ihr leichter, dadurch, dass er mehr als einmal fluchte, weil ihm die dünnen Schnüre immer wieder aus den kräftigen Händen glitten. Nach einer gefühlten Ewigkeit trat er zurück.

»Danke«, wiederholte sie, dann rauschte sie ohne Vorwarnung aus dem Zimmer.

Gegen Mitternacht – sie hatte nun endlich wieder ein Zeitgefühl – stand Leanne abermals vor ihrer Kammer. In der einen Hand balancierte sie ein Tablett mit dem Abendessen, mit der anderen machte sie die Tür auf.

Rorys Augen leuchteten, als er die gebratenen Hähnchenkeulen neben dem Brotlaib entdeckte und sie freute sich, dass sie seinen Appetit richtig eingeschätzt hatte.

»Wo hast du denn dieses Festmahl aufgetrieben?«

Sie lächelte. »Das ist einer der Vorteile Westminsters. Die Küche schläft nie.«

Rory zog eine Grimasse. »Die Bediensteten tun mir leid.«

»Mir auch«, kam es ihr, ohne nachzudenken, über die Lippen.

»Was ist?« Rory war aufgestanden, um den zweiten Schemel zum Tisch zu tragen, und hielt abrupt inne.

»Nichts.« Leanne schüttelte den Kopf und stellte das Tablett ab. Es war seltsam, so über die Palastangestellten zu sprechen. Schließlich hatte auch sie einst unter Sunnivas Regiment als Dienstmagd angefangen. Bilder eines schüchternen, hageren Mädchens tauchten vor ihrem Auge auf. Sie blinzelte ein paar Mal, um die Erinnerung zu vertreiben.

»Ich habe nachgedacht.« Sie richtete sich auf und blickte Rory fest in die Augen. Er kaute bereits an dem Hähnchen und gab ihr mit einem Blick zu verstehen, dass er ihr aufmerksam zuhörte.

»Ich bin unseren Plan für morgen durchgegangen. Angenommen, es gelingt uns wirklich, Walter zu verfolgen, dann können wir Robert holen und zu Annabel bringen. Aber was dann?«

»Was meinst du?« Rory ließ die Hände sinken.

»Ich meine, wie gehen wir danach weiter vor?«

»Das hatten wir doch schon besprochen. Wir werden den Fall dem König vortragen und – so Gott will – wird er Campbell anstelle meines Bruders wegsperren.«

»Das Problem ist nur, dass wir doch gar keine Beweise haben.«

Rory starrte sie verständnislos an. »Es gibt nun mal kein Beweisstück mehr! Die königliche Garde hat Iains Dolch nach dem Mord an sich genommen. Aber Annabel wird doch aussagen?«

»Und hier liegt das Problem.« Leanne seufzte. »Heute, bei der Unterredung mit De Warenne, ist mir etwas klar geworden. Es ging um unsere vermeintliche Ehe. Der Kommandant hat seine Fragen nur an dich gerichtet, ungeachtet der Tatsache, dass du für ihn ein Fremder bist, während er mich schon lange kennt. Dennoch wird dein Wort stets mehr Gewicht haben als das meine.«

Endlich schien Rory zu begreifen, worauf sie hinauswollte. »Weil du eine Frau bist.«

»Ja.« Sie spielte mit dem Zopf in ihrer Hand. »Ich meine, wird man Annabel überhaupt Gehör schenken? Was ist, wenn man sie einfach als verbittertes Weib abtut, das wirres Zeug erzählt? Ich bin sicher, dass Neil nicht so einfach klein beigeben wird. Dann steht ihr Wort gegen seines.«

»Du hast recht.« Rory wischte sich die Hände an einem Tuch ab und stützte sich auf die Tischplatte. »Dass Annabel nicht rechtmäßig mit Luke verheiratet war, macht die Sache nicht gerade einfacher.«

Sie nickte betrübt. »Seit ihre Familie sie verstoßen hat, ist sie ganz auf sich allein gestellt.«

»Wenn sie einen Vormund hätte, der für sie einstehen könnte ...« Rory begann, im Zimmer auf und ab zu laufen. »Meinst du wirklich, ihre Familie würde gar nichts mehr für sie tun?«

»Ich weiß es nicht«, sagte Leanne wahrheitsgemäß.

»Vielleicht könnten wir einen Brief an ihren Vater schicken, es wenigstens versuchen?«

»Das ist eine gute Idee.« Es war zumindest besser, als nichts zu unternehmen und lediglich auf Edwards Güte zu hoffen. Möglicherweise würde sich Annabels Vater, Robert Bonville, doch noch erweichen lassen, wenn er von dem tragischen Schicksal seiner Tochter erfuhr.

Rory strich sich über das zerknitterte Hemd. »Ich gehe schnell los und hole alles Nötige. Wenn man hier um Mitternacht gebratene Hühnerschenkel bekommt, wird sich wohl auch irgendwo Schreibzeug auftreiben lassen«, sagte er trocken und verschwand.

39

Am nächsten Morgen saßen Rory und Leanne wie auf heißen Kohlen am Fenster und warteten darauf, dass Bethia ihnen das Signal zum Aufbruch gab. Das Mädchen hatte versprochen, Bescheid zu geben, sobald Walter sich auf den Weg in die Stadt machte. Beide waren sie in ihre eigenen Gedanken versunken und doch bereit, jeden Moment aufzuspringen und die Verfolgung aufzunehmen.

Leanne hatte all ihre Überredungskunst aufbringen müssen, um Rory davon zu überzeugen, dass sie ihn besser begleiten sollte. Schließlich hatte sie ihn mit dem Argument umgestimmt, dass sie als Paar weniger Misstrauen erregen würden als ein bewaffneter Mann alleine.

Vor Nervosität hatte in der letzten Nacht keiner richtig schlafen können. Und auch jetzt fürchtete Leanne sich vor dem, was sie in London erwarten würde. Hatte man sich gut um Robert gekümmert? Sie rechnete im Kopf nach. Er musste nun beinahe ein Jahr alt sein. Die Monate seit seiner Geburt waren im Flug vergangen, aber er war noch immer ein winziges, hilfloses Wesen, das seine Mutter mit Sicherheit schmerzlich vermisste. Sie mochte sich kaum vorstellen, wie es Annabel während all dieser Zeit ergangen war. Im Nachhinein betrachtet war es kein Wunder, dass sie ihre Freundin in einem solch verstörten Zustand angetroffen hatte. Wie es ihr wohl jetzt erging? Sicher tat Velma ihr Bestes, um Annabel beizustehen. Trotzdem wäre Leanne heute gerne bei ihr gewesen.

Sie stützte ihr Kinn auf ihre Faust und betrachtete Rory. Ihm schien es nicht viel anders zu ergehen als ihr. Unter seinen Augen lagen dunkle Schatten, seine Stirn war in Falten gelegt. Was ihm durch den Kopf ging, war nicht schwer zu erraten.

»Hast du seit der Verhaftung noch einmal mit Iain gesprochen?«, durchbrach sie irgendwann die Stille.

»Nein«, krächzte Rory und räusperte sich. »Natürlich haben wir ihm Briefe geschickt, aber wer weiß schon, ob sie ihn jemals erreicht haben.«

»Ich bin sicher, er weiß, dass ihr für ihn kämpft.«

»Das hoffe ich, denn er würde das Gleiche für jeden von uns tun.«

Leanne lehnte sich zurück. »Wie ist er denn so?«

»Iain?« Rory blickte aus dem Fenster und beobachtete ein paar Stallburschen dabei, wie sie Pferde über den schneebedeckten Hof führten. »Manche sagen, er ist das genaue Gegenteil von mir. Ruhig und besonnen. Aber auch klug und mutig.« Ein kleines Lächeln umspielte seine Lippen. »Gute Eigenschaften für den zukünftigen Laird der MacGregors.«

Leanne schmunzelte. Nicht nur, weil Rory die Vorzüge seines älteren Bruders so stolz vorgetragen hatte, sondern auch, weil er gerade indirekt zugegeben hatte, dass er selbst oft aufbrausend und impulsiv reagierte.

»Was wird er wohl tun, wenn er nach Schottland zurückkommt? Gibt es vielleicht eine Braut, die dort auf ihn wartet?« Sie biss sich auf die Lippe und wusste selbst nicht, was sie geritten hatte, so eine persönliche Frage zu stellen.

Rorys Miene verdunkelte sich. Offensichtlich empfand er ihre Direktheit ebenso unangebracht.

»Es tut mir leid, ich hätte nicht ...«, begann sie, doch er schnitt ihr das Wort ab.

»Es stand einmal eine Verlobung im Raum, aber letztendlich ist sie nicht zustande gekommen. Eine Fehde mit den Buchanans ...« Man konnte ihm ansehen, wie ungern er über das Thema sprach.

»Schon gut«, winkte Leanne ab. »Du musst es mir nicht erzählen. Bedienstete sollten sich ohnehin nicht in die persönlichen Belange ihrer Herrschaften einmischen.«

Rory wandte sich ihr zu und kniff die Augen zusammen. Dann tat er etwas, mit dem sie nicht gerechnet hätte. Er griff nach ihrer Hand. »Leanne, du brauchst dich nicht zu entschuldigen. Erst recht nicht mit dieser Begründung. Ich glaube, wir wissen beide längst, dass zwischen uns ...« Er schluckte und führte den Satz nicht zu Ende.

Das machte es Leanne leichter. So würden ihre nächsten Worte nicht allzu sehr wehtun. Sie entzog sich seiner Berührung. »Rory, du täuschst dich. Da ist nichts zwischen uns. Ich bin die Küchenmagd deines Vaters, mehr nicht. Keine Mätresse oder Gespielin, kein Zeitvertreib, kein ...«

Das Klopfen an der Tür unterbrach ihren Monolog. Leanne blickte zu Rory, der zeitgleich mit ihr aufsprang und zur Tür hastete.

Auf dem Flur stand die nach Atem ringende Bethia. »Es geht los!«, brachte sie hervor. »Walter holt jetzt sein Pferd. Ich glaube, es ist ein Rappe. Er selbst trägt ein rotes Wams.«

»Danke, Bethia!« Leanne drückte die Hände des Mädchens und eilte daraufhin Rory hinterher. Sie hatte Mühe, mit ihm Schritt zu halten, und ärgerte sich, dass er kein einziges Mal zu ihr zurückblickte. Erst bei den Ställen holte sie ihn ein.

»Rory!«, schnaufte sie, nur um von ihm hinter eine der Stallwände gezogen zu werden. Empört wollte sie ihn anfahren, aber er presste seine Hand bereits auf ihren Mund, um genau dies zu verhindern. Der alarmierte Blick in seinen Augen milderte ihre Wut ein wenig ab. Er wies mit dem Kinn ins Stallinnere. Sie folgte seiner Bewegung und erblickte den Hinterkopf eines dunkelhaarigen Mannes, der gerade dabei war, seinem Pferd das Zaumzeug anzulegen. Einem Rappen.

Leanne nickte und gab ihm damit zu verstehen, dass sie begriff. Sie wartete, bis Walter sich dem Sattel widmete. In geduckter Haltung schlich sie sich zum Stall, um zu Lizzy und Eachann zu gelangen. Rory folgte dicht hinter ihr. In aller Eile sattelten sie die Pferde. Keine Sekunde zu früh, denn Walter führte seinen Rappen bereits aus der Holzbaracke.

Die große Betriebsamkeit auf dem Hof erlaubte es ihnen, Neils Gefolgsmann unauffällig im Auge zu behalten. Nachdem sie das Tor passiert hatten, kletterten sie auf die Pferde und passten sich Walters gemächlichem Tempo an. Auch hier kam ihnen das rege Treiben zugute. Es mussten mehr als hundert Menschen sein, die an diesem Tag den Weg nach London bestritten, wie Leanne erstaunt bemerkte. Nach außen hin wirkte ihr Ausflug vielleicht wie ein Spazierritt, aber innerlich hatte sie das Gefühl, vor Nervosität gleich aus dem Sattel zu kippen.

Es war nicht verwunderlich, dass Walter sich bei seinem Auftrag Zeit ließ, denn sein Herr war noch nicht zurück in Westminster und der Ritt nach London stellte vermutlich eine willkommene Abwechslung zu seinen sonstigen Aufgaben dar. Leanne dagegen konnte gar nicht schnell genug in die Stadt kommen. So Gott wollte, würde sie in kurzer Zeit den kleinen Robert in den Armen halten und ihn seiner Mutter übergeben. Für einen Augenblick überkam sie die Sorge, dass sie den Jungen womöglich nicht wiedererkennen würde. Schließlich hatte sie ihn das letzte Mal vor ein paar Monaten gesehen. Jeder wusste, wie schnell sich Kinder in diesem Alter entwickelten.

Ohne seinen Blick von Walter und der Straße zu nehmen, griff Rory nach ihrer Hand. »Es wird alles gut gehen«, raunte er ihr zu und Leanne hatte das Gefühl, dass er damit sowohl sie als auch sich selbst zu beruhigen versuchte.

Trotz seiner aufmunternden Worte wurde sie ihre Beklemmung nicht los. All ihre Sinne waren geschärft, konzentrierten sich auf jede von Walters Bewegungen. Immer wieder überkam sie ein Schreck, wenn sie dachte, den Reiter in der Menschenmenge aus den Augen verloren zu haben, nur, um bei seinem Auftauchen dann erleichtert aufzuatmen.

Je näher sie dem Stadtzentrum kamen, desto schwieriger gestaltete es sich jedoch, Walter zu verfolgen. Er steuerte auf ein Viertel zu, das Leanne noch nie zuvor besucht hatte. Die Straßen waren belebt und laut, aber nicht auf angenehme Weise. Der Ton der Bewohner war grob, genau wie ihre Kleidung. Sie sah kaum jemanden, dessen Gewand nicht zahlreiche Löcher aufwies und eine Wäsche dringend nötig hatte. Als sie an einem behelfsmäßigen Markt vorbeikamen, verstärkte sich ihr Eindruck, dass sie sich in einer der ärmsten Gegenden Londons befanden. Das Angebot der Lebensmittel wirkte geradezu kümmerlich auf den viel zu großen Tischen und das Kohlgemüse schien ebenso alt zu sein wie das Fleisch, um das sich selbst bei diesen Temperaturen ein Schwarm Fliegen versammelt hatte. Leanne verzog angeekelt das Gesicht und begegnete dem Blick der Verkäuferin, die ihre Grimasse mit einer ausdruckslosen Miene parierte.

»Was will Walter bloß in diesem Elendsviertel?«, meinte sie zu Rory. »Hier kommt man ja kaum noch durch mit den Pferden.«

Das Gleiche schien Neils Gefolgsmann zu denken, denn im selben Augenblick sprang er von seinem Rappen und ging auf einen schäbigen Stall zu, vor dessen Wand ein älterer Mann mit Filzhut lehnte.

»Hinter die Pferde!«, warnte Rory sie schnell und half ihr der Eile wegen beim Absteigen. Während Leanne tat, als würde sie sich für die Tonbecher interessieren, die einer der Händler auf dem Markt feilbot, behielt Rory Neils Komplizen im Auge.

»Verdammt!«

Leanne fuhr herum. »Was ist?«

»Er geht zu Fuß weiter. Lass uns schnell die Pferde dort unterbringen.«

Rory wandte sich an den Besitzer des Stalls, der den offensichtlich wohlhabenden Leuten eine ungehörige Summe dafür abverlangte, damit sie Eachann und Lizzy bei ihm unterstellen konnten. Doch heute mussten sie auf das Feilschen verzichten. Stattdessen hasteten sie in die Richtung, in die Walter weitergegangen war. Leanne musste rennen, um mit Rory Schritt zu halten, aber in ihrer Aufregung bemerkte sie das heftige Seitenstechen und das Brennen ihrer Lungen kaum. Alle Aufmerksamkeit richtete sie nach vorne, bis sie Walters dunklen Haarschopf endlich wieder in der Menschenmenge erblickte. »Da ist er!«, rief sie Rory zu, dann wurde sie von einem Hustenanfall geschüttelt.

»Ganz ruhig.« Rory legte ihr eine Hand auf die Schulter. »Wir dürfen ihm ohnehin nicht zu nahe kommen.«

Nun, da sie ihr Tempo verlangsamt hatten, fröstelte Leanne in ihrem verschwitzten Gewand. Auf einmal war ihr schwummrig zumute. *Nicht jetzt!*, stöhnte sie innerlich. Wieso drohten ihre Kräfte, sie ausgerechnet jetzt im Stich zu lassen? Sie stolperte gegen Rory, der sie mit den Händen auffing.

»Leanne! Geht es dir gut?«, meinte er besorgt. »Ich hoffe es, denn Walter ist gerade dort hineingegangen.« Er wies mit dem Kopf auf ein zweistöckiges Haus, welches sich von den anderen Behausungen in der Straße abhob, weil es aus Stein gebaut war.

»Ja, lass uns ihm nachgehen!« Mit einem Mal war sie wieder ganz da. Ihr Herz pochte immer schneller, je näher sie dem mysteriösen Haus kamen. Denn mit jedem Schritt wurde auch der Lärm immer schlimmer, der aus dem Gebäude drang. Geschrei und Geheule. Es klang fürchterlich, so sehr, dass Leanne kurz vor der Tür der Mut verließ. »Würdest du ...?«

Rory nickte, schob sich an ihr vorbei und stieß die Tür auf. Augenblicklich schlug ihnen ein furchtbarer Gestank entgegen, der nach einer Mischung aus Exkrementen und Erbrochenem roch. Viel schlimmer jedoch war der Anblick, der sich vor Leanne auftat, als sich ihre Augen allmählich an das Dunkel gewöhnt hatten. In dem riesigen Raum war eine unüberschaubare Zahl Kinder zusammengepfercht. Säuglinge, Kleinkinder und solche, die ihr bis zur Hüfte reichten. Manche lehnten apathisch an der Wand, einige lagen zusammengedrängt auf Strohsäcken, andere liefen schreiend über die Dielen. Während Leanne und Rory vor Entsetzen erstarrten, streckten sich bereits die ersten kleinen Hände nach ihnen aus, bettelten nach Essen. Ein Mädchen zerrte an Leannes Rock und machte sich an ihrem Gürtel zu schaffen.

»Rory, wo ist Walter hin?«

Endlich löste er sich aus seiner Starre, den Blick Richtung Obergeschoss gewandt. »Nach oben!«

Die beiden eilten die Treppe hinauf. Oben befand sich eine Stube mit mehreren Betten. Und Walter, der in ein Gespräch mit einer ärmlich gekleideten Frau vertieft war. Sie war es, die die beiden Fremden zuerst erblickte. Die Frau fuhr erschrocken zusammen. »Kann ich Euch helfen, Mylord?« Dabei machte sie einen Schritt zurück und gab den Blick auf das Kind in ihren Armen frei.

»Robert!« Leanne stürmte nach vorn, aber Walter versperrte ihr den Weg.

»Wer seid Ihr? Und was wollt Ihr mit dem Sohn meines Herrn?«

»Mit dem Sohn Eures Herrn?«, wiederholte sie ungläubig. »Das hat er dir erzählt?«

»Neil Campbell hat keinen Anspruch auf dieses Kind«, mischte Rory sich ein. »Es ist nicht das seine.« Im selben Moment begann Robert zu schreien.

Rorys Bestimmtheit schien den Mann ins Wanken zu bringen. Er sah kurz zu Robert, dann zu Leanne. »Seid Ihr etwa seine Mutter?«

»Nein ... nein, das bin ich nicht«, haspelte sie. »Aber ich werde ihn seiner Mutter übergeben.« Sie unternahm einen neuen Versuch, zu Robert zu gelangen. Im nächsten Atemzug schwebte eine Messerspitze an ihrer Kehle.

»Den Teufel wirst du tun!«

Schneller als sie reagieren konnte, entriss Walter der Frau das Kind und rannte die Treppe hinunter. Er stolperte und Robert wurde zu Boden geschleudert.

Leanne schrie auf.

Während Rory Neils Gefolgsmann hinterherjagte, beugte sie sich über Annabels Sohn. Seine veilchenblauen Augen waren weit aufgerissen, doch sein Schreien war verstummt. Ein schlechtes Zeichen.

Leannes Augen füllten sich mit Tränen. Ihre Hände gingen hastig über Roberts kleinen Körper. Hatte er sich verletzt? Sie konnte kein Blut entdecken, aber sie wusste, dass man bei einem solchen Sturz auch innere Verletzungen erleiden konnte. Da bemerkte sie das Stroh, das sich in ihren Händen verfangen hatte. Robert war auf einem der Strohsäcke gelandet. War dies seine Rettung? Sie strich ihm über die Stirn und die runden Wangen. Sah, wie sein kleiner Mund sich öffnete und schließlich einen Schrei ausstieß.

Erleichtert sank Leanne neben dem Kind zu Boden und schloss es in ihre Arme. *Danke, Herr! Danke, dass du Robert beschützt hast.*

Als Leanne erwachte, blickte sie auf dunkle Dachbalken und Kräuterbüschel, die man an der Decke befestigt hatte. Sie spürte das weiche Federbett unter ihren müden Knochen und erinnerte sich dunkel daran, dass Rory sie angewiesen hatte, sich auszuruhen, sobald sie einen Fuß in Velmas Heim gesetzt hatten. Dabei hatte sie sich so darauf gefreut, Robert endlich seiner Mutter zu übergeben.

Robert.

Mit einem Schlag war Leanne hellwach. Waren Annabel und Velma schon vom Markt zurückgekehrt? Und war Robert wohlauf?

Stöhnend setzte sie sich auf und fand im gleichen Moment eine Antwort auf all ihre Fragen. An einem Tisch vor dem Kamin saßen Velma und Gilbert mit Rory zusammen. Doch es waren Annabel und Robert, die ihr Herz endgültig zum Jubeln brachten. Die beiden vereint zu sehen, war ein bewegender Anblick, der sich für immer in ihren Geist brannte.

Sie wollte etwas sagen, aber ihr Hals fühlte sich seltsam geschwollen an und sie brachte nur ein trockenes Husten hervor.

»Leanne!« Rory sprang auf und kniete sich neben das Bett. »Wie geht es dir?« Er reichte ihr etwas zu trinken, dann befühlte er ihre Stirn. »Verdammt! Du glühst ja!«

Seine Worte schienen die anderen zu alarmieren, denn sowohl Velma und Gilbert als auch Annabel kamen zum Bett geeilt.

»Du siehst wirklich nicht gut aus«, meinte Velma besorgt und griff nach ihrer Hand.

»Ich freue mich auch, dich wiederzusehen«, versuchte Leanne es mit einem Scherz, den ihre Freundin jedoch überging.

Stattdessen wandte sie sich Rory zu. Leanne schnappte nur Gesprächsfetzen auf. »... kann unmöglich zurückkehren ... krank.« Das Lauschen verschlimmerte ihre Kopfschmerzen allerdings so sehr, dass sie irgendwann aufgab und die Augen schloss. Wieso nur glaubte Rory, dass sie an einem Fieber litt? Sie fror so schlimm, dass es sie am ganzen Körper schüttelte. Und das, obwohl sie in zwei Decken gewickelt war.

In ihrem Traum befand sich Leanne in der Mitte des Längsschiffs der Westminster Abbey.

Viele hundert Menschen standen zwischen den Kirchenbänken und starrten sie an. Leanne trug ihr dunkelrotes Kleid, dessen trompetenförmige Ärmel beinahe den steinernen Boden streiften. Sie bewegte sich auf den Altar zu, obwohl ihr Bauchgefühl sie warnte, dass dort vorne eine Gefahr lauerte. Doch sie musste gehorchen. Der Präsenz der Soldaten, die sie eskortierten, war sie sich nur allzu deutlich bewusst.

Mit jedem Schritt wuchs ihre Nervosität. Sie erkannte einen dunkelhaarigen Mann, der ihr, mit dem Rücken zugewandt, beim Altar stand. Vor Furcht meinte sie, keinen Meter weitergehen zu können, aber ihre Füße trugen sie tapfer voran. Dabei trafen ihre Augen auf ein wohlbekanntes Gesicht. Edward Plantagenet. Der König saß in einem Lehnstuhl neben dem Altar und nickte ihr hoheitsvoll zu, dann richtete er seinen Blick wieder auf den Bräutigam.

Den Bräutigam?

Leanne spürte, wie ihr Herz einen Schlag aussetzte. War dies ihre Hochzeit? Die Gedanken in ihrem Kopf rasten, aber die Erkenntnis kam zu spät. Sie war bereits vorne angelangt. Ihr Bräutigam drehte sich zu ihr um.

Thomas of Lancaster.

Auf diese Weise hatte er sie noch nie angesehen. Milde. Bewundernd. Beinahe glaubte sie, einen völlig anderen Menschen vor sich zu haben. Irritiert starrte sie ihn an, die Worte des Priesters nahm sie dabei nur als entferntes Echo wahr.

Doch je länger sie Thomas beobachtete, desto mehr schienen sich seine Gesichtszüge zu verändern. In seine Augen trat die gewohnte Härte, seine Lippen kräuselten sich wie so oft zu einem arroganten Grinsen.

Plötzlich war es totenstill in dem riesigen Saal. Leanne begriff, dass der Priester sie gerade vermählt hatte. Panik erfasste sie. Ihr Verstand sagte ihr, dass sie fliehen sollte, aber ausgerechnet jetzt ließen ihre Beine sie im Stich. Hilflos sah sie dabei zu, wie Lancaster sich zu ihr hinunterbeugte.

Er wird mich küssen!, schoss es ihr durch den Kopf. Abscheu überkam sie in dem Moment, als seine Hände sich um ihren Hals legten. Atemlos wartete Leanne auf das Unvermeidliche, darauf, dass seine Lippen sie berührten.

Stattdessen verstärkte sich sein Griff um ihren Hals. So sehr, dass sie Sterne vor ihren Augen tanzen sah. Ihr Mund öffnete sich vor Entsetzen, aber ihr Schrei blieb stumm. Ihre Augen schielten zu den umstehenden Menschen, doch niemand eilte ihr zu Hilfe. Im Gegenteil, die Leute waren wie gebannt von dem Spektakel, das sich vorne beim Altar abspielte. Selbst der König lächelte zufrieden. Irgendwann, als Leanne nur noch dunkle Flecken vor ihrer Nase erkannte, ihre Muskeln schlaff wurden und ihr Herzschlag sich verlangsamte, klatschte seine Majestät in die Hände. Immer mehr Menschen stimmten in den Beifall mit ein. Der gesamte Hofstaat spendete Applaus, während sie zu Boden ging.

»Sie zittert so fürchterlich!« Leanne konnte die Stimme deutlich hören. Sie sprach direkt an ihrem Ohr und klang schrecklich besorgt. »Das Fieber! Es ist noch nicht runtergegangen.«

Ein Kind begann zu schreien und sie hörte jemanden über die knarzenden Dielen laufen. Das Geschrei schwoll immer lauter an, dröhnte in ihrem Kopf. Noch schlimmer war das Gefühl der Machtlosigkeit, das Leanne bei dem Geräusch befiel. Was war mit dem Kind? War es in Sicherheit? Ihr Geist glich einer zähen Masse, die die Gedanken in ihrem Kopf zu einem wirren Etwas vermischte und sie davon abhielt, aufzuwachen. Oder sich zu erinnern. Leanne kämpfte mit aller Kraft gegen die Trägheit in ihrem Schädel an. Sie wusste, da war etwas Wichtiges ... etwas, wofür sie weiter kämpfen musste, nicht schwach sein durfte. Sie schaffte es nicht, ihre Augen zu öffnen, doch sie brachte ein leises Stöhnen zustande. Laut genug offenbar, um sich bemerkbar zu machen.

»Leanne! Bist du wach?« Es war die gleiche besorgte Stimme wie vorhin. »Hier, du musst trinken!« Sie spürte einen kühlen Tropfen auf ihren Lippen. Es musste sich um Zauberwasser handeln, denn es schmeckte besser als alles, was sie je zuvor getrunken hatte. Sie nahm einen Schluck. Und noch einen. Bis sie keine Kraft mehr hatte. Dann glitt sie zurück in die Dunkelheit.

Ihr nächster Traum war angenehmer als der erste, denn sie begegnete einem freundlichen Menschen.

Er hatte eine tiefe, männliche Stimme, die Behagen und Sehnsucht zugleich in ihr weckte. Der Mann tat nicht viel, außer an ihrem Bett zu sitzen und zu erzählen. Und Leanne lauschte seinen Worten gerne.

Er begann bei seiner Kindheit, die er auf einer Burg verbracht hatte und die glücklich gewesen war. Bis zu jenem Tag, an dem seine Mutter im Kindbett verstarb. Aber dafür hatte der Himmel seiner Familie ein anderes Geschenk gemacht. Eine kleine Schwester, welche die beiden Brüder so lieb gewannen, dass sie schworen, sie auf immer zu beschützen. Die Jungen wurden zu Männern, bis sie irgendwann selbst ins Heiratsalter kamen.

Das Schicksal brachte aber nicht nur für den Ältesten eine Braut, nein, auch für den Jüngeren hatte man schnell ein Mädchen gefunden. Es waren zwei Schwestern, die Töchter eines benachbarten Stammes, welche man mit den Männern verheiraten wollte.

Doch die Heiratspläne scheiterten. Dabei ging es weder um Geld oder Fehden, die diesen Bund aus der Welt schafften, nein, es ging allein um Selbstsucht. Denn der jüngere der Brüder hatte etwas Unverzeihliches verlauten lassen. Er würde die Braut nicht nehmen, da er nichts für sie empfinde und sich nicht mit einer Frau zufriedengeben werde, für die er nicht einmal Sympathie hegte. Seine dreisten Worte lösten einen Skandal aus. Der Vater der Mädchen war über diese Schmach so erbost, dass er die Verlobung für beide seiner Töchter zurückzog.

Bald darauf kamen Unruhen in dem Land auf, die jenen Vorfall weit in den Hintergrund rückten. Schon seit Jahrzehnten hatten Gefahren unter der Oberfläche gebrodelt, nun stand der Krieg unausweichlich bevor. Es war ein Krieg mit furchtbaren Schlachten, in denen viele Männer ihr Leben ließen, der Frauen zu Witwen und Kinder zu Waisen machte. Mit jeder Woche verlor der törichte Sohn mehr Hoffnung. Nicht nur wurde sein Land belagert, der Feind hatte auch seinen älteren Bruder gefangen genommen. Die Situation schien so ausweglos, dass der junge Mann sich vor allem und jedem verschloss, um den Schmerz in seinem Herzen erträglich zu machen.

»... aber dann ist etwas passiert, womit ich niemals gerechnet hätte. Ich habe wieder Hoffnung gefunden. Durch dich. Weil du mir gezeigt hast, dass wir niemals aufgeben dürfen. Auch uns selbst nicht. Egal, was wir durchgemacht haben, was wir ertragen mussten. Du, Leanne, bist einer der stärksten Menschen, denen ich je begegnet bin. Du hast so viel durchgestanden, so viele gerettet ... nun musst du für dich selbst kämpfen, hörst du? Ich werde nicht ohne dich nach Kilchurn zurückkehren!«

Während er die letzten Worte sprach, fügte sich das Rätsel um die mysteriöse Stimme in ihrem Kopf zusammen. Sein Ruf war so vertraut und fordernd. Er brauchte sie! Und mit einem Mal wusste sie, wer an ihrem Bett saß. Nicht im Traum, sondern hier und jetzt.

Im Geiste formte sie den Namen jenes Mannes, dessen Nähe ihre Seele schon die ganze Zeit über gefühlt hatte.
Rory.

40

Leanne erwachte mit einem schrecklichen Durstgefühl. Sie richtete sich auf, wunderte sich über die Stille in Velmas Haus und erkannte den Grund dafür, als sie ihre Freundin schlafend auf einem Strohsack entdeckte. Um sie nicht zu wecken, kam sie lautlos auf die Füße. Ihre Beine waren schwach und zitterten, aber es gelang ihr, in die Küche zu laufen und sich einen Krug mit undefinierbarer Flüssigkeit zu nehmen. Dem Geschmack nach schien es abgekühlter Kräutersud zu sein. Sie schaffte es gerade so, ein paar Schlucke zu trinken. Anschließend fühlte sie sich so erschöpft, dass sie wieder zu ihrem Bett zurückkehrte. Als sie sich auf das weiche Federbett sinken ließ, entfuhr ihr ein Stöhnen.

Velma zuckte im Schlaf, dann öffneten sich ihre geschwollenen Augen. »Du bist wach!«, rief sie keine Sekunde später. Sie eilte zu der Kranken und fiel auf die Knie. »Gott sei Dank!« Sie schlug ein Kreuz vor der Brust. »Wie geht es dir? Bist du durstig? Oder hungrig? Wir hatten solche Angst um dich! Dein Fieber wollte einfach nicht zurückgehen ...«

Gerührt bemerkte Leanne, dass Tränen über Velmas Wangen kullerten. Ihre Freundin hatte sich offenbar riesige Sorgen gemacht.

»Durst«, krächzte sie nur, da ihr das Sprechen schwerfiel. »Essen«, setzte sie noch hinzu, als sie ihren eingefallenen Bauch unter ihrer Hand spürte.

»Natürlich!« Velma sprang auf und wirbelte in der Küche herum. In Windeseile hatte sie für Leanne Tee und Haferbrei gezaubert.

»Hier!« Sie hielt ihr einen Löffel hin und fütterte sie wie ein kleines Kind.

»Danke«, brachte Leanne nach einer Weile hervor. Sie merkte, wie es ihr mit jedem Löffel Brei etwas besser ging. »Wo sind die anderen?«, fragte sie, während ihr Blick durch das leere Haus schweifte. Als sie eingeschlafen war, waren doch alle hier versammelt gewesen.

»Annabel und Robert haben wir bei Gilberts Eltern untergebracht. Es war etwas eng hier, außerdem hatten wir Angst, dass du den Kleinen vielleicht anstecken könntest. Aber ich glaube, es war nur eine heftige Erkältung. Ist eigentlich nicht verwunderlich nach allem, was du durchstehen musstest.«

Als Velma zwischen ihrem Gerede Luft holte, nutzte Leanne die Chance, um sich zu bedanken. »Danke, dass du dich um mich gekümmert hast. Und es war sicher eine vernünftige Entscheidung, Annabel und Robert wegzubringen.« Sie drückte Velmas Hand. »Was ist mit Rory?« Kaum hatte sie seinen Namen ausgesprochen, kam die Erinnerung an ihren Traum mit aller Macht zurück. Er hatte so viel erzählt, so viel von sich preisgegeben. Leanne schüttelte den Kopf. Das Fieber musste ihrem Geist etwas vorgespielt haben.

»Ich schätze, er wird bald aus dem Palast zurückkommen«, meinte Velma mit einem Blick zur Tür. »In den letzten Tagen hat er dort Ausschau gehalten, nach – du weißt schon – und versucht, noch ein paar Informationen zu bekommen. Aber nachmittags war er immer hier, hat stundenlang an deinem Bett gesessen ...« Ihre Augen nahmen einen verträumten Ausdruck an.

»Velma!«, wurde sie unterbrochen. »Was meinst du mit *in den letzten Tagen*? Wie lange habe ich denn geschlafen?«

»Geschlafen? Leanne, du hast im Fieber gelegen! Drei Tage lang.« Bei diesen Worten befühlte sie die Stirn der Kranken. »Es ist ganz plötzlich gesunken, beinahe ein Wunder ...«

Leanne ging nicht auf Velmas Schilderung ihrer Krankheit ein. Dafür war sie viel zu erschüttert von der Tatsache, dass sie drei Tage verschlafen hatte. Mühsam richtete sie sich auf. »Was sagst du da? Was ist mit Neils Anklage? Was ist mit Iain? Wir haben keine Zeit zu verlieren!«

Ihre Freundin drängte sie energisch zum Bett zurück. »Es stimmt, dass dir und den anderen die Audienz bei Edward noch bevorsteht. Aber wir haben gemeinsam beschlossen, dass wir warten, bis du wieder wohlauf bist. Wir alle haben für dich gebetet.«

»Gut«, meinte Leanne ungeduldig. »Jetzt bin ich ja gesund. Also sollten wir sofort aufbrechen.«

Velma bedachte sie mit einem strengen Blick. »Leanne! Bist du wirklich so leichtsinnig? Wenn du dich jetzt nicht ausruhst, wirst du wieder zusammenbrechen. Nein, du wirst noch ein wenig hierbleiben müssen, ob es dir passt oder nicht!«

Leanne schwieg betreten. Sie hatte Velma noch nie so herrisch erlebt. Es behagte ihr ganz und gar nicht, die Kranke zu spielen, doch sie stand so tief in der Schuld ihrer Freundin, dass sie ihr wohl oder übel gehorchen musste.

»In Ordnung«, sagte sie kleinlaut und seufzte. Dann wies sie auf ihr zerknittertes Kleid. »Darf ich wenigstens aufstehen und diese Sachen loswerden? Sie sind völlig verschwitzt und klamm.«

Velma nickte und führte sie zu den Waschtrögen. Leanne bedankte sich mit einem Lächeln. Sie hielt es wirklich keinen Atemzug länger in diesem Gewand aus, in dem sie sich schon vor sich selbst ekelte. Außerdem wollte sie nicht, dass Rory sie in diesem Zustand sah.

Nur kurze Zeit später öffnete sich die Haustür einen Spalt. Leanne, die auf Velmas Anweisung hin immer noch im Bett lag, richtete sich erwartungsvoll auf. Es war Gilbert, der wohl zum Mittagessen nach Hause kam. Nachdem er die Tür hinter sich geschlossen hatte, ging sein Blick sofort zum Krankenlager.

»Leanne?«, rief er überrascht. »Du bist wach?«

»Ja, das ist sie!« Velma kam angerauscht und fiel ihrem Mann in die Arme.

Erst in diesem Moment begriff Leanne, wie viel Sorgen sich ihre Freundin die ganze Zeit über gemacht hatte. Sie fühlte sich gleich noch schlechter. »Danke auch an dich, Gilbert, dass ihr mich hier aufgenommen habt. Das hätte nicht jeder getan.«

Gilbert löste sich aus der Umarmung und ging auf sie zu. »Du musst uns nicht danken. Wir sind einfach nur froh, dass du wieder auf den Beinen bist.« Bei diesen Worten griff er nach ihrer Hand. Leanne erwiderte sein Lächeln. Es war eine Wohltat, in Gilberts gutmütiges Gesicht zu blicken, das sie so lange nicht mehr gesehen hatte. Ihr fiel auf, dass seine Statur im Vergleich zu damals tatsächlich noch etwas kräftiger geworden war. Wahrscheinlich verlangte ihm die Arbeit in der Schmiede einiges ab.

»Wie geht es euch überhaupt?«, fragte sie ein wenig verlegen. »Das letzte Mal hatten wir ja kaum Zeit zum Plaudern.«

»Uns dreien geht es gut«, meinte Gilbert mit einem Blick zu Velma, die ihre Hand im selben Moment auf ihren gerundeten Bauch legte. Stolz trat bei diesen Worten in die Augen der werdenden Eltern.

Gilbert wandte sich ihr wieder zu. »Meine Anstellung wirft gutes Geld ab und über den Besitzer der Werkstatt kann ich mich auch nicht beklagen. Velma erledigt nebenher ein paar Näharbeiten, um noch etwas dazuzuverdienen.«

Leanne sah erstaunt zu ihrer Freundin. »Das wusste ich gar nicht, aber es freut mich. Du warst schon immer so geschickt mit der Nadel. Ganz im Gegensatz zu mir.« Die anderen lachten, doch Leanne zog eine Grimasse. »Es geht euch gut und kaum tauchen wir auf, habt ihr einen Haufen Probleme am Hals.«

Velma wollte gerade auf sie zugehen, als sich die Tür zum zweiten Mal öffnete. Leanne ahnte bereits, um welche Besucher es sich handelte. Das kindliche Gebrabbel kündigte Robert und Annabel an. Die beiden wiedervereint zu sehen, sandte erneut ein Hochgefühl durch ihren Körper. Sie hatten es tatsächlich geschafft. Robert hatte seine Mutter wieder.

Da bemerkte Leanne, dass sich hinter Annabel eine weitere Gestalt durch den Türrahmen schob.

»Heute waren schon wieder so viele ...«, begann Rory, dann blieb er wie vom Blitz getroffen stehen. Seine Augen fixierten Leanne. Ohne seinen Satz zu beenden, stürmte er an Annabel vorbei, direkt auf sie zu. Sie dachte, dass er sie in seine Arme schließen würde, aber er hielt sich im letzten Moment zurück. Stattdessen setzte er sich in einigem Abstand zu ihr aufs Bett.

»Ich bin nicht ansteckend, falls du das befürchtest«, sagte sie und merkte dabei selbst, wie verletzt sie klang.

Rory schüttelte langsam den Kopf. Was sollte das nun wieder bedeuten?

Mit einem Mal verschwand der düstere Blick in seinen Augen, machte einem ungewohnten Leuchten Platz. Er lächelte. »Du bist wieder gesund?«, fragte er so leise, dass nur sie es hören konnte.

»Ich glaube schon, auch wenn ich mich noch etwas schwach fühle. Aber keine Sorge, unseren Plan können wir trotzdem angehen.« Sicher befürchtete er, dass ihr Zustand die Audienz bei Edward um einiges verzögern würde.

Aber er ging nicht einmal auf das Thema ein. Stattdessen rutschte er zu ihr auf, neigte seinen Kopf und drückte einen Kuss auf ihre Stirn.

Leanne war überwältigt von den Gefühlen, die seine Berührung in ihr auslöste. Er war so zärtlich. Vor allem aber war er ihr nah. Sie schlang die Arme um seine Schultern, weil ihr Körper danach verlangte. Und weil sie ihn brauchte. Ihren Kopf an seine Brust gelehnt, begann sie plötzlich zu schluchzen. Es war kein zurückhaltendes Weinen, wie das der Damen am Königshof, sondern laute, hässliche Schluchzer, die durch das ganze Zimmer hallten und ihre Nase zum Laufen brachten. All die Anspannung, all die Angst, die sie in den letzten Wochen empfunden hatte, kamen mit einem Mal in ihr hoch.

Rory ließ sie die ganze Zeit über nicht los und als Leanne zu ihm aufblickte, sah sie, dass in seinen Augen ebenfalls Tränen standen. Er blieb so lange bei ihr, bis ihre Schluchzer verebbten und ihr Atem sich beruhigte.

»Danke. Ich ... es geht schon«, flüsterte sie irgendwann, nicht ohne ihm noch einmal zärtlich über die Wange zu streichen.

Als Leanne sich erhob, sah sie sich plötzlich den anderen gegenüber. Um ihre Verlegenheit zu überspielen, ging sie zu Annabel, die ihren Sohn auf dem Arm trug. »Es ist wundervoll, euch beide zusammen zu sehen.«

Ihre Freundin strahlte. »Und das alles habe ich dir zu verdanken. Ich werde das niemals vergessen.« Nun wurden auch noch ihre Augen feucht.

»Er sieht munter aus!« Leanne strich Robert über das dunkle Haar.

»Er ist gesund und dafür danke ich Gott. Allerdings hat die Trennung uns beiden sehr zugesetzt«, seufzte Annabel traurig.

»Ihr müsst euch eben wieder aneinander gewöhnen.« Leanne gab sich Mühe, zuversichtlich zu klingen. Sie wusste nicht, was für Auswirkungen es hatte, wenn ein so kleines Kind für drei Monate von seiner Mutter getrennt war. Aber sie wusste, Annabels Liebe zu ihrem Sohn war so groß, dass sie es schaffen würden.

»Das Essen ist fertig«, verkündete Velma in der Küche. »Wer hätte gedacht, dass wir heute schon alle zusammen am Tisch sitzen können?« Sie warf Leanne ein Lächeln zu und stellte den Kessel mit der Gerstensuppe auf die Holzplatte.

Nachdem sich alle eine Portion genommen hatten, besprach die Runde das weitere Vorgehen. Allerdings fiel es Leanne schwer, sich auf das Thema zu konzentrieren, weil ihre Gedanken immer wieder zu Rory abdrifteten, der sich gleich neben sie gesetzt hatte. Dass er unter dem Tisch ab und zu wie zufällig ihre Hand berührte, machte die Sache nicht gerade einfacher. Sie versank in Erinnerungen an ihren Fiebertraum, in dem Rory ihr stundenlang von der Vergangenheit erzählt hatte. Wie viel von dem, was sie behalten hatte, war real? Und welchen Teil hatte sie sich nur eingebildet?

Durch Velma wusste sie inzwischen, dass Rory wirklich stundenlang an ihrem Krankenbett gewacht hatte. Die Tatsache verblüffte sie und warf ein völlig neues Licht auf ihn. Sie hätte Rory nicht für eine solch fürsorgliche Person gehalten. Allerdings hatte er Annabel bei seinem Rückweg aus Westminster auch täglich zu Velmas Haus begleitet, wie man ihr vorhin erzählt hatte. Vielleicht steckte doch mehr Ehrenmann in ihm, als gedacht?

Sie wurde durch seine tiefe Stimme aus ihren Gedanken gerissen. »Wie es aussieht, hat Neil bisher noch keinen Verdacht geschöpft. Er spaziert munter in Westminster umher«, sprach er verächtlich. »Offensichtlich hat er noch nicht einmal das Verschwinden seines Gefolgsmannes bemerkt.«

Leanne erstarrte. »Ich habe noch gar nicht darüber nachgedacht, was mit Walter passiert ist, nachdem ...«

»Offenbar ist er verschwunden. Ich vermute, der Kerl versteckt sich vor Campbell, weil der ihm die Hölle heiß macht, wenn er mitbekommt, dass Robert aus dem Waisenhaus verschwunden ist.«

Leanne rieb sich die Stirn. »Du *vermutest*? Das heißt, er könnte jeden Tag wieder im Palast auftauchen und dich dort entdecken? Dich an Neil verraten? Und du bist trotzdem täglich nach Westminster gegangen?«

Rorys Blick begegnete ihrem. Es lag ein Hauch Trotz darin. »Mir blieb nichts anderes übrig. Ich musste sichergehen, dass Neil wieder am Hof eingetroffen ist.«

»Was, wenn er demnächst doch an Robert denkt?«, schaltete Gilbert sich ein. »Und einen anderen Mann zur gewohnten Zeit losschickt, um nach ihm zu sehen? Er hat so viele Umstände um das Kind gemacht« – er sah entschuldigend zu Annabel – »da kann ich mir nicht vorstellen, dass seine Wachsamkeit so plötzlich nachlässt.«

Rory gab ihm Recht und auch die anderen stimmten zu. Gemeinsam kamen sie zu dem Schluss, dass sie möglichst schnell handeln sollten, bevor Neil in der nächsten Woche jemanden beauftragte, das Waisenhaus zu besuchen.

»Also bleiben uns nur noch vier Tage«, erkannte Leanne bestürzt. »Wir müssen sofort aufbrechen und beim König vorsprechen, bevor Neil etwas ahnt.«

Rory nickte und griff unter dem Tisch nach ihrer Hand. »Das denke ich auch. Aber Leanne muss hierbleiben.«

»Was?« Sie glaubte, sich verhört zu haben.

»Rory hat recht«, meinte Annabel. »Wenn du für die Audienz nach Westminster kommst, gehst du nur unnötige Risiken ein. Wir wissen beide, dass der König dich schon immer im Auge hatte.« Leanne wollte gerade anmerken, dass sie durch die Scheinehe mit Rory sicher sei, doch ihre Freundin sprach bereits weiter. »Im Grunde sind es auch Rory und ich, die etwas gegen Neil vorzubringen haben. Die fälschliche Verurteilung seines Bruders und den Mord an dem Vater meines Sohnes.«

Leanne gab zähneknirschend nach. Natürlich stimmte es, was Annabel da sagte. Aber sie hätte die beiden dennoch lieber begleitet. Wie Rory sich in der Gegenwart der englischen Aristokratie verhielt, wusste sie ja bereits. Bei der Vorstellung, dass er den König höchstpersönlich mit einer Ansprache überzeugen musste, wurde ihr angst und bange. Und Annabel besaß ein solch schüchternes Auftreten, dass sie ihr ebenfalls nicht als geeignete Kandidatin für das Vorbringen der Anklage erschien.

Leanne tröstete sich mit dem Gedanken, dass sie die Zeit wenigstens nutzen konnte, um wieder zu Kräften zu kommen. Denn den Prozess gegen Neil Campbell würde sie auf keinen Fall verpassen.

Leanne seufzte und schlug die Augen auf. Sie würde ja doch keinen Schlaf finden. Dabei war sie ganz allein im Haus. Gilbert war wieder in der Schmiede und Velma war losgegangen, um ein paar ausgebesserte Näharbeiten zu ihren Kunden zu bringen. Leanne nahm sich vor, Rory bei ihrer Abreise zu bitten, Velma und Gilbert ein wenig Geld dazulassen. Sie fühlte sich nicht wohl bei dem Gedanken, dass die beiden sie hier tagelang umsorgten und dabei ihren hart verdienten Lohn aufbrauchten.

Sie ließ ihren Blick zum Fenster schweifen. Selbst in diesem besseren Viertel der Hauptstadt drängten sich die Menschen auf den Straßen. Das Geschrei von Marktleuten vermischte sich mit den Geräuschen der lebend verkauften Tiere, dem Lachen und Heulen von Kindern. Leanne presste sich die Hände auf die Ohren. In den letzten Tagen, in denen das Fieber sie ans Bett gefesselt hatte, war ihr der Lärm nie so sehr aufgefallen. Heute machte der Geräuschpegel sie jedoch nervös. Wie Rory und Annabel sich wohl gerade schlugen? Und was hatte der König zu den Anschuldigungen zu sagen? Würde er den Bittstellern erlauben, die Anklage als Gerichtsfall vorzutragen?

Leanne suchte den Abort auf dem Hinterhof des Hauses auf, dann ging sie rastlos durch die Stube, auf der Suche nach Beschäftigung. Sie begann, die Kohlereste von der Feuerstelle zu entfernen, und legte frisches Holz bereit. Anschließend griff sie nach dem Besen, der in der Zimmerecke lehnte, und fegte den gesamten Wohnraum. Da Velma vergleichsweise großen Wert auf Reinlichkeit legte, war es nicht allzu dreckig im Haus, aber Leanne hatte nun wenigstens das Gefühl, etwas Nützliches zu tun, wenn die beiden schon ihretwegen auf Strohsäcken statt in ihrem eigenen Bett schlafen mussten. Heute Abend würde sie darauf bestehen, auf dem Boden zu schlafen. Sie war schließlich nicht mehr schwerkrank.

Leanne hielt in der Bewegung inne, als sie ein Klopfen an der Tür vernahm. Waren Annabel und Rory schon zurück? Hatte der König sie so schnell vorgelassen? Mit klopfendem Herzen legte sie den

Besen beiseite, wischte ihre Hände an ihrem Kleid ab und entriegelte die Tür.

Verstört starrte sie ihr Gegenüber an. Sein Auftritt war so unerwartet, dass sie einmal blinzeln musste, um zu begreifen, wen sie hier vor sich hatte. Sie begann, am ganzen Leib zu zittern.

Als er ihre Reaktion bemerkte, verzog sich sein Mund zu einem falschen Lächeln. »Hallo, Leanne.«

Leanne war nicht imstande, sich von der Stelle zu rühren. Ihr Instinkt befahl ihr zu fliehen. Nur, wohin? Neil Campbell versperrte ihr den Weg nach draußen. Bestürzt bemerkte sie, dass er nicht alleine war. Hinter ihm baute sich ein weiterer Mann auf, dessen Gesicht ihr ebenfalls bekannt war. Walter. Neils Gefolgsmann hatte die Lippen vor Wut zusammengepresst und beugte sich zu seinem Herrn hinüber.

»Das ist sie, Mylord!«

Seine zischende Stimme ließ Leanne zusammenfahren und ihre Knie vor Angst schlottern, sodass sich ihre Finger Halt suchend in die Türkante gruben. Ihre Gedanken rasten. Gegen die beiden hätte sie niemals eine Chance. Dennoch musste sie etwas unternehmen, konnte nicht einfach kampflos aufgeben. Sie wankte auf der Stelle, täuschte einen Ohnmachtsanfall vor, indem sie sich vornüberbeugte, nur um ihren Körper im nächsten Moment hochzureißen und Neil einen kräftigen Tritt in den Schritt zu verpassen. Der Schmerz ließ ihn aufstöhnen und zusammenkrümmen, aber Leanne sah es nicht mehr, da sie längst herumgewirbelt war und zum Hinterausgang des Hauses eilte. Sie hastete durch die Stube, stolperte fast über einen Korb und bekam den Riegel zu fassen, mit dem die Hintertür von innen verschlossen war. Vor Angst zitterten ihre Hände so sehr, dass ihre Finger von dem Metallstück abrutschten. *Verdammt!* Ihre Augen füllten sich mit Tränen. Sie schaffte es nicht.

Immer wieder versuchte sie, den Mechanismus zu bedienen, doch ausgerechnet jetzt ließen sie ihre Hände im Stich.

Leanne schrie auf, als ein brennender Schmerz durch ihre Kopfhaut zog. Einer der Männer hatte sie an den Haaren gepackt und schleifte sie zurück in den Wohnraum. Sie erkannte Walters Gestalt über sich, sah den Tritt voraus. Trotzdem heulte sie vor Schmerz auf, als sein Fuß sich in ihre Magengegend bohrte. »Das ist für letztes Mal, du Hure!«

»Warte!« Neil kam hustend aus der Ecke gekrochen. Sein rotblondes Haar hing ihm wirr in die Stirn. »Überlass sie mir!«

Walter schnaubte erbost, ließ aber von ihr ab, um seinem Herrn Platz zu machen. Neil baute sich vor Leanne auf und blickte auf sie herab. »Ich habe mir unser Wiedersehen auch anders vorgestellt, das muss ich sagen.« Sie wusste nicht, ob er zornig war oder sie verspottete. Vermutlich beides zugleich. Es war jedoch der kalte Ausdruck in seinen blauen Augen, der sie bis ins Mark erschütterte. Obwohl sie Annabels Bericht Glauben geschenkt hatte, hatte sie unbewusst doch daran gezweifelt, dass Neil wirklich die Schuld am Tod seines eigenen Bruders trug. Sie hatte sich den zurückhaltenden Campbell niemals so grausam vorstellen können. Als sie nun in sein Gesicht blickte, wurde ihr klar, dass sie den Schotten die ganze Zeit über falsch eingeschätzt hatte, lediglich eine Maske von ihm gesehen hatte. Der Mann, der jetzt vor ihr stand, schien zu allem fähig. Und die Angst, dass er auch sie töten würde, immer realer.

»Wo ist dein Begleiter?«

»Welcher Begleiter?« Leanne stellte sich dumm. »Ich bin alleine hier!«

Neil stampfte mit dem Fuß auf, nur eine Haaresbreite von ihrem Kopf entfernt. »Du weißt genau, von wem ich spreche! Diesem dreckigen MacGregor, der das Kind geraubt hat.« Sein Blick ging hastig durch das Zimmer. Vermutete er etwa, dass Robert hier war? Leanne dankte Gott, dass dem nicht so war. So konnte er lediglich ihr etwas antun.

»Das Kind geraubt?«, brachte sie trotz ihrer Furcht hervor. »*Du* bist es, der Annabel den Sohn weggenommen hat! Und ihre große Liebe! Deinen eigenen Bruder!« Sie redete sich in Rage. »Und das alles nur, um dich selbst an die Macht zu bringen!« Leanne hielt sich nicht mehr zurück, nun, da sie begriffen hatte, dass ihre Situation ohnehin ausweglos war.

Neils Miene wirkte wie versteinert. Die Farbe war aus seinem Gesicht gewichen, der Ausdruck in seinen Augen lauernd. Langsam ging er neben ihr in die Hocke, kam mit seinem Mund ganz dicht an ihr Ohr. »Du weißt gar nichts! Erzähl mir lieber, wo dieser MacGregor steckt, mit dem du dich in letzter Zeit herumtreibst.«

Bei seinen geflüsterten Worten wurde Leanne übel. Hatte Neil ihr nachspioniert, sie beobachtet? Oder wusste er nur, was sein Komplize ihm erzählt hatte? Auf einmal wurde sie von einer riesigen Sorge um Rory überwältigt. Und natürlich waren auch Annabel und Robert in höchster Gefahr, wenn dieser Wahnsinnige sich ihnen in den Weg stellte. Ihre Gedanken rasten, suchten fieberhaft nach einer Lösung, während Neil sie mit Argusaugen beobachtete. Dann schlug ihre Angst mit einem Mal in ein anderes Gefühl um.

Sie stützte sich auf, reckte ihr Kinn nach oben und sah ihren Gegner voller Hohn an. »Du kommst zu spät, Neil. Jetzt, in diesem Moment, sind Rory und Annabel in Westminster und sprechen beim König vor. Ich bin sicher, dass Edward schon ein Urteil gegen dich ausgesprochen hat.«

Neil sah aus, als hätte man ihm eine heftige Ohrfeige verpasst. Seine Gesichtszüge entglitten ihm und er wurde noch einen Ton blasser. Er stand auf. »Nein. Nein ... Das ist nicht wahr.« Ob er zu ihr oder mit sich selbst sprach, wusste sie nicht.

Leanne wollte seine Erschütterung ausnutzen, um unauffällig nach hinten zu rutschen und auf die Beine zu kommen. Doch im nächsten Moment presste sich Neils Stiefel auf ihre Brust. Sie keuchte auf. Sein Gewicht quetschte ihre Lungen zusammen und drückte ihr die Luft ab. Panik schob sich wie ein schwarzes Band vor ihre Augen. Mal war es Neils, mal Lancasters Fratze, die vor ihrem Gesicht auftauchten.

Plötzlich wurde der Druck auf ihre Brust schwächer. Leanne schnappte nach Luft. Ohne zu zögern, streckte sie die Arme aus, bekam Neils Bein zu fassen und riss es zur Seite. Er stürzte und heulte auf, als sein Knie hart auf die Bodenplanken traf.

Leanne kroch hustend davon. Ihr Atem ging rasselnd und ihre Augen irrten hektisch durch den Raum. Was hatte Neil gerade abgelenkt?

Kampfgeräusche. Nun sah auch sie die zwei Männer, die in der Küche miteinander rangen. Walter und Gilbert. Er musste unbemerkt hereingekommen sein. Noch nie hatte sie Velmas Mann so grimmig erlebt. Während er dem Angreifer auswich und selbst ein paar Hiebe austeilte, wirkte seine Miene entschlossen und zu allem bereit. Offensichtlich hatte er die Situation und die Gefahr, in der sie beide schwebten, sofort erkannt. Aber besaß er überhaupt eine Chance gegen den Hünen? Dem riesenhaften Walter wirkte selbst Gilbert unterlegen.

Leanne schrie auf, als Gilbert einen Schlag in die Magengegend abbekam und gegen die Wand hinter sich stolperte. Nun war auch Neil wieder auf die Beine gekommen. Er hinkte zwar etwas, trotzdem schloss er viel zu schnell zu den anderen auf. Leanne schickte ein Stoßgebet in den Himmel. *Bitte lass Gilbert nicht sterben!*, flehte sie zu Gott. Ihr schlimmster Albtraum war Realität geworden. Sie hatte ihre Freunde in die Gefahr hineingezogen. Sie würde sich niemals vergeben, wenn ...

Ein polternder Laut erklang in der Küche und durchbrach ihre düstere Vorstellung. Leanne riss die Augen auf. Der Riese war zu Boden gegangen. Selbst aus der Ferne erkannte sie die Wunde an Walters Schläfe. Erschrocken und erleichtert zugleich starrte sie Gilbert an, der breitbeinig über dem leblosen Körper stand. In seiner Hand lag ein Schürhaken, den er wohl irgendwie zu fassen bekommen hatte.

Neil wirkte ebenso versteinert wie Gilbert. Schweigend standen sich die Männer gegenüber. Keiner ergriff die Initiative für einen Angriff, doch jede Seite lag auf der Lauer. Leanne folgte Neils Blick zu Gilberts Waffe. Er hatte den Schürhaken fest umschlossen. Blut tropfte von der Metallstange auf den Boden. Neil verzog das Gesicht, dann stürmte er zur Tür.

Im gleichen Moment sackte Gilbert gegen die Wand und presste sich die Hand auf den Bauch. Leanne eilte zu ihm. »Es tut mir so leid!«, murmelte sie wieder und wieder, bis Gilbert sie mit einer Handbewegung unterbrach.

Er sah flüchtig zu Walters leblosen Körper, warf die Waffe mit einem Ächzen von sich und wischte sich mit dem Ärmel über die verschwitzte Stirn. Fragend hob er den Blick. »Was nun, Leanne?«

41

Leanne vergrub die Hände in den Taschen ihres Mantels. Es war zugig im Audienzsaal des Königs. So sehr, dass den Hofdamen gestattet wurde, ihre wärmsten Gewänder zu tragen. Leanne war froh, in ihren großen Umhang gehüllt zu sein. Er vermittelte ihr ein Gefühl von Sicherheit in einer feindlichen Umgebung, so als könnte er sie irgendwie vor den Blicken der Höflinge schützen. Natürlich war das nur eine Illusion. Ihr war bewusst, dass sie, ebenso wie Rory und Annabel, von allen Seiten angestarrt wurden. Es schien fast, als sei ganz Westminster heute auf den Beinen, um der Verhandlung in aller Herrgottsfrühe beiwohnen zu können.

Sie hörte Annabel neben sich schniefen. Offenbar fror ihre Freundin genauso schlimm wie sie. Oder lag es daran, dass ihre Gedanken an diesem Tag bei Luke waren?

Leanne richtete ihren Blick auf den leeren Thron und widerstand dem Drang, von einem Bein auf das andere zu treten. Es war nicht unüblich, dass der König mit deutlicher Verspätung eintraf, denn der Gerichtsfall war sicherlich nicht die einzige Angelegenheit, mit der er sich an diesem Morgen befassen musste. Außerdem drückte er damit seine besondere Machtposition aus. Sollte der Hofstaat sich doch die Beine in den Bauch stehen.

Zum wiederholten Mal blickte Leanne über ihre Schulter, um Velmas ermutigendem Lächeln zu begegnen. Sie bewunderte die Stärke ihrer Freundin. Velma hatte sich bei alldem, was sie durchgemacht hatten, großzügig und vernünftig gezeigt. Nicht einmal Leannes Entschuldigung für Gilberts Verletzungen hatte sie annehmen wollen. Zwar hatte sich der Schmied schnell wieder von dem Kampf mit Walter erholt, aber Leanne plagte nach wie vor ein schlechtes Gewissen, da sie die Männer in Velmas und Gilberts Heim gelockt hatte. Trotz der Aufregung hatten beide darauf bestanden, heute dabei zu sein. Sie wollten sich den Moment nicht entgehen lassen, in dem man Neil Campbell endlich zur Rechenschaft zog. Niemand von ihnen wollte das. Dennoch graute Leanne davor, wieder in sein Angesicht blicken zu müssen, die Skrupellosigkeit seines Wesens zu erkennen.

Es hatte nicht lange gedauert, bis die königliche Garde ihn aufgespürt hatte. Nachdem Leanne und Gilbert nach Westminster geeilt waren und von den Geschehnissen berichtet hatten, hatte man sofort einen Suchtrupp losgeschickt. Neil war bei dem Versuch, die Stadt gen Norden zu verlassen, nicht weit gekommen. Unweit der Stadtgrenze hatte man ihn am Wegesrand gefunden. Angeblich hatte sein Pferd ihn abgeworfen. Vielleicht aber war es auch sein verletztes Knie gewesen, das seinen Plan durchkreuzt hatte. Bei dem Gedanken erfasste Leanne eine grimmige Genugtuung, die allerdings nicht lange anhielt, da in diesem Moment das Echo von Schritten erklang. Sie merkte, wie Rory sich an ihrer Seite versteifte und widerstand dem Drang, nach seiner Hand zu greifen. So viel stand heute auf dem Spiel. In den letzten Tagen hatte er noch weniger gesprochen als sonst und war immer wieder verschwunden. Erst als die Nachricht von Neils Gefangennahme sie erreicht hatte, war der grimmige Ausdruck ab und zu aus seinem Gesicht gewichen. Heute jedoch – das spürte Leanne – war er das reinste Nervenbündel. Auch wenn er sich Mühe gab, es sich nicht anmerken zu lassen.

Alle Köpfe im Saal drehten sich nach links, wo eine Flügeltür von zwei Wachmännern aufgezogen wurde. Neil Campbell betrat den Raum, begleitet von einer vierköpfigen Eskorte. Bei seinem Anblick sog Leanne die Luft ein. In ihrer Vorstellung hatte sie sich ausgemalt, wie Neil hinkend und gebrochen den Raum betreten würde. Um Gnade betteln würde. Wie sehr hatte sie sich getäuscht.

Der Angeklagte strotzte vor Selbstbewusstsein. Seine prunkvolle Kleidung saß einwandfrei, die langen Haare waren ordentlich zusammengebunden und sein Gang war trotz der Verletzung stolz. Neils Miene blieb völlig undurchschaubar, bis zu jenem Moment, in dem er neben den Anklägern zum Stehen kam und Leannes Blick begegnete. Dabei verzogen sich seine Mundwinkel zu einem frechen Grinsen.

Eilig wandte Leanne den Blick ab. Sie konnte seine arrogante Miene, die er selbst in seiner aussichtslosen Lage zur Schau trug, keine Sekunde länger ertragen. Weshalb wirkte Neil nur so selbstsicher? Begriff er denn nicht, dass auch für ihn heute alles auf dem Spiel stand? Oder hatte er noch einen letzten Trumpf im Ärmel? Während sie fieberhaft überlegte, ob sie irgendeinen Aspekt übersehen hatte, schwoll die Lautstärke im Saal immer mehr an. Der König traf ein.

Edward Plantagenet wiederzusehen, löste ein unangenehmes Gefühl in Leannes Magengegend aus. Nach all den Jahren, die sie am Hof gelebt – oder besser gesagt, überlebt – hatte, erfüllte sein Anblick sie immer noch mit Angst. Angst, dass er sie zwingen würde, in Westminster zu bleiben. Angst, dass er über ihre Zukunft bestimmen würde und sie einem seiner Vasallen als Gespielin gab. Ob er mittlerweile von ihrer angeblichen Heirat erfahren hatte? Bis auf John de Warenne und Thomas Lancaster wusste vielleicht niemand von ihrer Lüge. Velma, Gilbert und Annabel hatten sie natürlich ins Bild gesetzt, damit sich keiner am Hof verplapperte.

Nervös beobachtete Leanne den König, während sein Kanzler den Gerichtsfall mit den üblichen Floskeln vortrug. Wie so oft wirkte Edward ein wenig rastlos, so als wären derlei Angelegenheiten unwillkommene Unterbrechungen in seinem Alltag, der vorwiegend aus Kriegsstrategien und Steuermaßnahmen bestand. Sein langer Körper war ein wenig zusammengesunken, die Schläfen grauer als Leanne sie in Erinnerung hatte. Offensichtlich hatten die schottische Eroberung und der Krieg mit Frankreich an den Kräften des Herrschers gezehrt.

»Ihr sagt also, dass Iain MacGregor zu Unrecht im Tower festgehalten wird?«, unterbrach Edward den Kanzler ungeduldig. Leanne bemerkte, dass sein Lispeln, das er meist gut zu verbergen vermochte, heute besonders ausgeprägt war. Ein weiteres Indiz für seine Erschöpfung.

Der Kanzler wollte bereits antworten, doch Edward verdeutlichte mit einer Geste, dass seine Frage an Rory gerichtet war.

»Ja, Euer Majestät«, sprach der Angesprochene klar und deutlich. »Der Verdacht wurde mit Absicht auf meinen Bruder gelenkt, indem sein Dolch entwendet und als Mordwaffe verwendet wurde.«

Leanne atmete auf und nickte Rory unauffällig zu. Sie war stolz auf ihn und auch ein bisschen erleichtert, weil es ihm gelungen war, die Antwort respektvoll und gleichzeitig bestimmt vorzutragen.

Der König faltete die Hände. »Eine schwere Anschuldigung. Habt Ihr Beweise für Eure Erklärung?«

Sie hatten mit dieser Frage gerechnet, dennoch löste Edwards Misstrauen einen Kloß in Leannes Hals aus. Zum Glück behielt Rory die Fassung.

»An erster Stelle denke ich, dass der Fluchtversuch des Angeklagten ein Hinweis auf seine Schuld ist.« Er machte eine kurze Pause, um sich der Zustimmung der Umstehenden zu versichern. »Und die Lady Annabel – ehemals Bonville – wird seiner Majestät berichten, was Neil Campbell getan hat, um sie zum Schweigen zu bringen. Denn sie musste selbst mit ansehen, wie der Vater ihres Kindes getötet wurde. Nach dem Mord versteckte Campbell sie in einem Kloster und nahm ihr den Sohn, damit sie es nicht wagte, ihr Schweigen zu brechen.«

Ein Raunen ging durch die Menge und Annabel erntete von allen Seiten mitleidige Blicke. Nicht aber vom König, wie Leanne mit Sorge feststellte.

Edward besprach sich gedämpft mit seinem Kanzler, dann richtete er das Wort an Neil Campbell. »Was habt Ihr zu den Vorwürfen zu sagen?«

Der Schotte machte einen Schritt nach vorne. »Ich sage, dass diese Frau«, er wies mit dem Zeigefinger auf Annabel, »eine Lügnerin ist!« Seine donnernde Stimme hallte durch den Saal und ließ Annabel zusammenzucken. »Sie hat den Tod meines Bruders nicht verkraftet. Sie ist vom Wahnsinn befallen und hat sich die ganze Geschichte ausgedacht!«

Erneut schwoll das Raunen im Audienzsaal an. Die Höflinge ergötzten sich an dem Disput, der vor ihren Augen ausgetragen wurde. Leanne presste ihre Lippen aufeinander, damit sie nicht aus Versehen das Wort ergriff. Sie durfte nur sprechen, wenn der König sie dazu aufforderte.

»Wenn Ihr die Dame nicht behelligt habt – warum sollte sie sich dann eine solche Geschichte ausdenken?«, mischte der Kanzler sich ein.

»Wie ich schon sagte«, meinte Neil, »seit Lukes Tod kann sie keinen klaren Gedanken mehr fassen.« Der bedauernde Blick, den er der Witwe dabei zuwarf, war so falsch, dass es Leanne kalt den Rücken hinunterlief.

»Wem wollt Ihr mehr Glauben schenken, Euer Majestät?«, fuhr Campbell fort. »Mir, der Euch treue Dienste erwiesen hat, oder einer gebrochenen Frau von zweifelhafter Moral? Sie war schließlich nicht einmal rechtmäßig mit meinem Bruder verheiratet!«

Leanne schnappte nach Luft und sah zu Annabel. Sie hätte erwartet, dass sich die Wangen ihrer Freundin in diesem Moment vor Scham rot verfärben würden, aber das Gegenteil war der Fall. Aus ihrem Gesicht war jegliche Farbe gewichen, ebenso wie ihr Kampfesgeist. Nichts als Traurigkeit sprach aus ihrer Haltung und den veilchenblauen Augen, die starr zu Boden gerichtet waren.

»Ich würde ihren Worten an Eurer Stelle nicht zu viel Glauben schenken, Euer Majestät«, diffamierte er Annabel weiter und verbeugte sich in Richtung des Königs.

Leanne schauderte und schloss für einen kurzen Moment die Augen, um Neils Schauspiel nicht länger mitansehen zu müssen. Das durfte einfach nicht wahr sein! Dass er Annabel als verwirrt hinstellte, damit hatten sie gerechnet. Doch indem er sich auf so abscheuliche Weise bei Edward anbiederte und als Ehrenmann darstellte, brachte er Leannes Nervenkostüm endgültig zum Einstürzen. Sie musste etwas sagen, auch wenn sie damit gegen die Etikette verstieß.

»Euer Majestät ...«, setzte sie an. Im gleichen Atemzug brach ein kleiner Tumult im Saal aus und die Menschenmenge bewegte sich aufgeregt.

»Lasst mich durch!«, ertönte eine herrische Stimme. Die Person schob sich vorwärts und landete schließlich in der ersten Reihe. Es handelte sich um einen älteren Mann von untersetzter Statur, mit dunklem, etwas lichtem Haar und kostbarer Kleidung. Leanne hatte ihn noch nie am Hof gesehen.

»Vater?«, rief Annabel ungläubig aus und starrte den Fremden mit weit aufgerissenen Augen an. »Was tust du hier?«

Nun begriff Leanne endlich, was hier vor sich ging. Sie tauschte einen überraschten Blick mit Rory aus. Sie hatten Annabel nicht erzählt, dass sie ihren Vater kontaktiert hatten – aus Angst, er würde nicht kommen und ihre Freundin dann nur enttäuscht zurückbleiben. Keiner von ihnen hatte mehr mit seinem Erscheinen gerechnet.

»Wer seid Ihr?«, richtete der Kanzler sich mürrisch an den Störenfried.

»Vergebt, Mylord.« Der Mann wandte sich dem König zu und verbeugte sich knapp. »Euer Majestät. Mein Name ist Robert Bonville und ich bin hier, um meine Tochter Annabel in diesem Fall als Vormund zu vertreten.«

Bevor Edward etwas erwidern konnte, ging Neil Campbell dazwischen. »Das ist Unrecht! Ihr könnt hier nicht plötzlich auftauchen und für sie eintreten. Schließlich habt Ihr sie selbst verstoßen!«

Der König forderte Annabels Vater mit einer Geste auf, weiterzusprechen.

»Es ist wahr, dass ich meine Tochter enteignet habe.« Er blickte Annabel traurig an. »Sie hat einen Fehler begangen und damit gleichzeitig entschieden, den Namen Bonville hinter sich zu lassen.«

Während er sprach, beobachtete Leanne ihre Freundin aufmerksam. Ihre Augen waren noch immer geweitet, auch wenn ihr Blick sich bei den letzten Worten ihres Vaters auf den Boden geheftet hatte. Wie musste es wohl für sie sein, ihrem Vater nach all den Jahren wiederzubegegnen? Und unter diesen Umständen?

»Dennoch ist sie mein Fleisch und Blut und ich kenne sie gut genug, um Euch zu versichern, dass sie keineswegs vom Wahnsinn befallen ist«, fuhr der alte Mann fort. »Sie mag vielleicht ein wenig zu viel nach ihrem Gefühl handeln, aber ich schwöre Euch, sie würde niemals in solcher Sache lügen. Sie hat ein gutes Herz, Euer Majestät.«

Im Saal war Stille eingekehrt. Jeder war gerührt von der Rede des besorgten Vaters. Und alle Blicke richteten sich auf Annabel, der die Tränen unaufhaltsam über die Wangen liefen und deren Schultern beim lautlosen Weinen bebten. Sie wirkte so aufgebracht, so verletzlich, dass Leanne sie am liebsten in ihre Arme gezogen hätte. Stattdessen griff sie lediglich nach ihrer Hand.

»Ich will meinen Sohn sehen«, sagte Annabel so leise, dass nur sie es hören konnte.

»Es ist bald vorbei«, versuchte Leanne, sie zu trösten. »Dann gehen wir direkt zu ihm.« Der Junge war in der Obhut von Bethia, Annabels ehemaliger Dienstmagd, weil Kinder im Audienzsaal des Königs nicht willkommen waren. Das Mädchen hatte sich gleich nach Neils Flucht auf die Suche nach ihrer früheren Herrin gemacht.

Der König räusperte sich vom Thron aus. Selbst er schien angesichts der emotionalen Situation etwas verlegen. »Eure Vormundschaft in diesem Fall erkenne ich an, Robert Bonville.« Leanne drückte Annabels Hand und schenkte Rory ein Lächeln. Edwards Entscheidung, auf Bonville zu hören, war ein hoffnungsvolles Zeichen. »Ich werde mich nun mit meinen Beratern zurückziehen, um ein Urteil zu fällen.«

Nein!, schrie Leanne innerlich. Warum musste Edward sie noch weiter auf die Folter spannen? Hatte nicht längst jeder der Anwesenden begriffen, dass Neil hier der Schuldige war?

Edward verschwand für einige Zeit. In ihrer Nervosität erschienen Leanne die Minuten wie Stunden. Die Tatsache, dass sich sowohl die Ankläger wie auch der Angeklagte während der Abwesenheit seiner Majestät keinen Schritt bewegen durften, machte die Wartezeit zur Qual für alle Beteiligten. Annabel konnte sich kaum noch auf den Beinen halten und Rory wirkte, als wäre er neben ihr zu Stein geworden. Seine Augen waren stumpf auf den Thron gerichtet, als würde er die Menschen um sich herum nicht einmal bemerken. Diese zerrissen sich längst das Maul über den Streitfall im Gerichtssaal, Annabels Familie und die Probleme, die die Schotten angeblich in ihr Land brachten. Leanne war von ihrem Verhalten abgestoßen. Vor nicht allzu langer Zeit hatte sie sich selbst an derlei Geschwätz beteiligt, um unter den Höflingen Anerkennung zu erfahren. Doch jetzt wollte sie um keinen Preis mehr zu diesen Menschen dazugehören.

Ihre Stimmung hob sich erst, als sie ein bekanntes Gesicht unter den Palastbewohnern entdeckte. Arnaud stand in der Nähe einer der Flügeltüren und fiel dadurch auf, dass er sich keiner der Gesprächsgruppen angeschlossen hatte. Als er ihren Blick bemerkte, lächelte er Leanne aufmunternd zu. Sie hob die Hand zum Gruß. Es bedeutete ihr viel, dass Arnaud, der solchen Anlässen für gewöhnlich fernblieb, heute gekommen war. Auch er hatte seinen Teil zur Aufklärung dieses Falls beigetragen.

Nach einer gefühlten Ewigkeit kehrte der König endlich wieder zurück. Stille legte sich augenblicklich über den Raum und Leanne wagte es kaum, zu atmen. Edward nahm auf dem Thron Platz, nickte seinem Kanzler zu und sprach das Urteil: »Ich erkläre hiermit Neil Campbell für schuldig, den Mord an seinem Bruder Luke Campbell begangen zu haben. Als Beweis für seine Schuld wird seine Flucht aus Westminster ebenso wie die Aussage der ehemaligen Lady Bonville erachtet.«

Leanne schwindelte vor Erleichterung. Konnte es wirklich sein, dass nun alles vorbei war? Sie lächelte Rory zu, doch dessen Blick war fest auf Neil Campbell gerichtet. Leanne erschrak vor dem Hass in seinen Augen.

»Es ist vorbei, Rory«, raunte sie ihm zu. »Nun erfährt Iain Gerechtigkeit.« Aber ihre beschwichtigenden Worte schienen ihn nicht zu erreichen. Weshalb nur zeigte Rory seine Freude nicht? Seine Miene war beinahe so düster wie die des Verurteilten.

Der König gebot den Leuten, zu schweigen. »Neil Campbell wird eine einjährige Haftstrafe verbringen. Des Weiteren ist er zu einer Zahlung von einhundert Pfund in Form von Silber verpflichtet.« Mit diesen Worten, und indem er seine Unterschrift auf ein Dokument setzte, schloss er das Gericht.

»Nein!«, rief Rory plötzlich, so laut, dass Leanne vor Schreck zusammenzuckte. »Dieser Mann hat mehr als ein Jahr im Tower verdient. Mein Bruder sitzt dort schon seit vielen Monaten. Unschuldig!«

Ein Raunen ging durch die Menge. Es gab ein paar Laute der Zustimmung, aber auch viel Kopfschütteln über den Schotten, der es wagte, die Entscheidung des Königs anzufechten.

Edward, der sich bereits erhoben hatte, bedachte Rory mit einem kühlen Blick. »Das Urteil ist gefällt. Seid froh, dass Euer Bruder der Gefangenschaft noch einmal entkommen ist!«

Leanne spürte, wie Rory neben ihr vor Zorn bebte. Seine Augen waren zu Schlitzen verengt, seine Hände zu Fäusten geballt.

»Rory!«, brachte sie panisch hervor und rüttelte an seinem Arm. »Rory! Sieh mich an.«

Widerwillig wandte er sich ihr zu, sein Gesicht eine grimmige Maske.

»Sieh mich an. Es ist vorbei! Iain ist frei!« Er durfte jetzt nicht den Kopf verlieren. Sie hielt seinem Blick so lange stand, bis sein Ausdruck endlich wieder milder wurde und sie den Mann vor sich sah, den sie kannte und liebte.

»Wir haben es geschafft«, sagte sie noch einmal, nicht zuletzt, weil der König und seine Vertrauten sich mittlerweile entfernt hatten und Rory keine Gelegenheit mehr hatte, einen gefährlichen Fehler zu begehen. Nun, da er sich beruhigt hatte, konnte sie sich endlich Annabel widmen. Ihre Freundin stand nach wie vor zitternd auf der Stelle. Leanne schloss ihre Arme um den bebenden Leib und fragte sich, ob Annabel einen Schock erlitten hatte. Da bemerkte sie, dass noch eine andere Person Annabel aufmerksam beobachtete. Robert Bonville stand nur wenige Schritte von ihnen entfernt und nahm seine Tochter in Augenschein. Sein Gesicht spiegelte eine Vielzahl an Gefühlen wider, dennoch wusste Leanne seinen Ausdruck nicht zu deuten.

Schließlich hob Annabel den Kopf und begegnete seinem Blick. »Danke, Vater.« Es waren schlichte Worte und doch trafen sie Leanne bis ins Mark. Ihr Gegenüber musterte die jungen Frauen, dann blieben seine Augen wieder am Antlitz seiner Tochter hängen. In diesem Moment erkannte Leanne die Ähnlichkeit zwischen den beiden, die feinen Gesichtszüge, die spitze Nase und die hellen Augen.

Robert Bonville öffnete den Mund, als wollte er etwas sagen. Er schien es sich jedoch anders zu überlegen und nickte seiner Tochter lediglich knapp zu. Ohne noch einmal zurückzusehen, verließ er den Saal.

42

Nur einen Tag nach der Verhandlung wurde Iain MacGregor aus dem Tower entlassen. Man gestattete Rory, seinen Bruder persönlich aus der Festung südöstlich von London zu eskortieren. Ihm schlossen sich sowohl Leanne als auch Velma und Gilbert an. Sie alle wollten dabei sein, wenn Iain MacGregor nach Monaten der Haft in die Freiheit entlassen wurde. Weil keiner wusste, in welchem Zustand sich Rorys Bruder befand, hatten sie zur Sicherheit einen Karren und etwas Proviant mitgebracht.

Als die Türme der berüchtigten Festung in Sicht kamen, tauschten Leanne und Velma einen besorgten Blick aus. Gestern hatten sie noch bis spät in die Nacht geredet. Neben der Euphorie über Iains Freisprechung hatte sich nach Edwards Gerichtsurteil auch ein anderes Gefühl in der Runde breitgemacht: Wut. Keiner von ihnen empfand Neils lächerlich kurze Haftstrafe als gerecht. Immerhin hatte er einen Menschen getötet und zwei weitere entführt!

Letztendlich hatten sie sich Edwards Entscheidung nur so erklären können, dass der König schlichtweg auf Neil Campbell angewiesen war. Der Schotte war ihm, ebenso wie damals sein Bruder, zu einem wichtigen Berater im Kampf gegen die Rebellen im Norden geworden. Und die saftige Geldstrafe war nur ein weiteres Indiz dafür, wie dringend Edward Silber brauchte. Da der König das Urteil seinen eigenen Bedürfnissen angepasst hatte, hatte Neils Verurteilung bei aller Erleichterung einen faden Beigeschmack. Rory litt wohl am meisten unter dem Kalkül seiner Majestät. Leanne, die mit Velma auf der Ladefläche des Karrens saß, musterte ihn beunruhigt.

Obwohl er nun endlich wieder sprach, schien es, als wäre gestern etwas in ihm zerbrochen. Sie seufzte und hoffte, dass das Wiedersehen mit seinem Bruder ihn fröhlicher stimmen würde, denn sie ertrug es nicht, ihn so niedergeschlagen zu sehen.

Auch ihr wurde mulmig zumute, als der Karren den Hügel zur Burganlage hinauffuhr und das Tor zur Festung passierte. Der Ort war zwar auf seine Weise herrschaftlich, doch die unheilvolle Atmosphäre, die von ihm ausging, setzte sich wie ein schweres Gewicht auf ihre Brust. Wie viele hohe Adelige man hier wohl schon gefangen gehalten hatte, wie vielen den Kopf abgeschlagen? Leanne wusste nur zu gut, dass Edward mit denjenigen, die in seine Ungnade gefallen waren, nicht gerade zimperlich umging. *Außer, er braucht sie noch für seine eigenen Zwecke*, überlegte sie und verzog das Gesicht. So hatte Edward auch John Balliol nach dessen vernichtender Niederlage auf unbestimmte Zeit in den Tower gesperrt.

Auf dem Hof der Anlage schwangen sich Gilbert und Rory aus dem Sattel und die Frauen beeilten sich, vom Karren zu kommen. Keiner konnte es erwarten, den Gefangenen in die Freiheit zu begleiten. Nachdem Rory mit dem diensthabenden Wachmann alle Formalitäten geklärt hatte, geleitete man die Gruppe zu Iains Zelle.

Leanne raffte ihre Röcke und folgte den anderen auf einer schmalen Treppe, die in die oberen Etagen des Gebäudes führte. Mit einer Mischung aus Faszination und Grauen nahm sie die Umgebung auf. In der gesamten Festung hatte sie bisher keine einzige Frau zu Gesicht bekommen. Ohne Frage, die Welt, die sich hinter den dicken Mauern des Towers auftat, wurde von Männern dominiert.

Während sie einen erhöhten Gang durchliefen, sah Leanne Wachmänner bei ihren Kampfübungen und Küchenjungen, die ihr kaum bis zur Schulter reichten und deren dünne Arme mit Platten voller Essen beladen waren. Als sie einen Blick durch die schmalen Fensternischen warf, erblickte sie zwei wohlhabend gekleidete Männer, die über die großflächige Gartenanlage spazierten. Dabei wusste sie, dass der Eindruck des entspannten Zeitvertreibs täuschte. Rory hatte ihr erklärt, dass Edward vor allem aristokratische Männer im Tower gefangen hielt – jene, deren Stand es nicht erlaubte, sie in einen dreckigen Kerker zu werfen, die aber dennoch Tag und Nacht bewacht werden mussten. Hohe Adelige, die in Ungnade gefallen waren und mit Sicherheit auch ein paar Mitglieder der schottischen Aristokratie, die es gewagt hatten, sich gegen den *Hammer of the Scots* aufzulehnen. Sie hatte keinen Zweifel daran, dass es sich bei den Spaziergängern im Garten um Gefangene handelte, denen man gestattete, sich für eine Weile an der frischen Luft die Beine zu vertreten. Selbst aus der Entfernung erkannte sie, wie aufmerksam die Männer von einer Gruppe Bewaffneter beäugt wurden.

Leanne wandte den Blick von der Szene ab, um zu den anderen aufzuschließen. Der Trupp war in der Zwischenzeit bereits um die nächste Ecke gebogen und so war sie für einen kurzen Moment alleine mit der düsteren Aura des Towers. Die meterdicken Wände schienen zu ihr zu sprechen, von den zahlreichen Toten zu erzählen, die man an diesem Ort für Hochverrat und andere Vergehen bestraft hatte. Leanne schüttelte den Kopf über ihre Gaukelbilder, aber es wollte ihr nicht gelingen, sie loszuwerden, da sie immer wieder entfernte Laute zu hören glaubte. Drangen da etwa Stimmen zu ihr hinauf? Ihr schien, als führte man irgendwo ein leises Gespräch. Und irgendwo schrie jemand unter Qualen auf. Es war nur ein undeutliches Echo, und doch reichte das Geräusch aus, um sie einen ängstlichen Blick über ihre Schulter werfen zu lassen. Stimmten die Geschichten, die man sich erzählte, etwa wirklich? Besaß der Tower eine Folterkammer tief unter der Erde, in denen man Geständnisse aus Menschen herauspresste? Die Vorstellung ließ Leanne frösteln. Sie beschleunigte ihre Schritte und war unendlich erleichtert, als sie ihre Freunde wiedersah.

Velma, Gilbert und Rory hatten vor einem Holztor Aufstellung bezogen, während der Gefängniswärter mit einem seiner Kumpanen diskutierte. In der Zwischenzeit begab sich Leanne an Rorys

Seite, der so angespannt war, dass er davon nicht einmal Notiz zu nehmen schien. Sie konnte seine Nervosität nur allzu gut nachvollziehen. Welche Sorgen würde sie sich machen, wenn Alwin in Gefahr wäre? Seit ihrer Abreise war kein einziger Tag vergangen, an dem sie nicht an ihn gedacht und ihn vermisst hatte.

Als einer der Aufseher die Gruppe passieren ließ, pochte Leannes Herz immer wilder. Die vielen Türen, Gitter und Wachen, denen sie auf dem Weg bis zu Iains Zelle begegneten, machten sie unruhig. Der Aufwand, der hier betrieben wurde, um einen einzelnen Gefangenen zu bewachen, erschien ihr riesig. Lag es daran, dass Iain des Mordes beschuldigt worden war, oder hegte der König ein instinktives Misstrauen gegen den schottischen Fürstensohn? Vielleicht war Edward durch all die Jahrzehnte, in denen er Aufstände niedergeschlagen hatte, schlichtweg übervorsichtig geworden. Leanne kam nicht weiter zum Grübeln, da sie ihr Ziel nun erreicht hatten. Die Gruppe bezog vor der Gefängniszelle Stellung, während einer der Wachmänner mit einem Schlüsselbund hantierte und das Schloss mit einem lauten Klirren aufspringen ließ.

Obwohl Leanne glaubte, vor Neugier zu zerbersten, hielt sie sich zunächst im Hintergrund, um Rory einen Augenblick alleine mit seinem Bruder zu geben. Von ihrem Platz aus konnte sie kaum etwas erkennen, denn die Kammer war beinahe völlig in Dunkelheit getaucht. Lediglich ein schmaler Schlitz im groben Mauerwerk ließ etwas Tageslicht hinein.

Zusammen mit Velma und Gilbert lauschte sie gespannt, erwartete jeden Moment Jubel oder Laute der Freude zu hören, doch in der Zelle blieb es still. Nervös knetete sie ihre Hände. Seit Wochen hatte sie auf diesen Tag hingefiebert und konnte es kaum erwarten, Iain endlich zu begegnen. Wie war Rorys Bruder wohl? Sahen sich die beiden ähnlich? Hatte ihm die Gefangenschaft sehr zugesetzt? War das der Grund, weshalb es so still blieb? Leanne stöhnte und handelte sich dabei einen mahnenden Blick von Velma ein.

Gerade als sie beschloss, Rory entgegen ihrer Vorsätze zu folgen, tat sich etwas in der Kammer. Es ertönte ein Rumpeln, dann leises Gemurmel, schließlich ein Lachen. Leanne war, als würde sich ein riesiges Gewicht von ihrer Brust heben. Ihre Mundwinkel verzogen sich zu einem Lächeln, das noch breiter wurde, als die beiden Männer aus der Gefängniszelle herauskamen.

Sie glaubte, Rory noch nie so glücklich gesehen zu haben. Er strahlte über das ganze Gesicht, ebenso wie sein Bruder. Iain MacGregor war Rory äußerlich recht ähnlich. Er war zwar einen halben Kopf kleiner als der Jüngere, aber gleichermaßen kräftig, was angesichts seiner monatelangen Haft erstaunlich war. Sein Gesicht wirkte allerdings etwas eingefallen, die markante Nase blass und die haselnussbraunen Augen dunkel umschattet.

Auf einmal fühlte Leanne sich fehl am Platz. Was, wenn alles zu viel für Iain war? Die überraschende Freilassung. Seinen Bruder plötzlich vor sich zu sehen. Und dann erwartete ihn noch eine Gruppe völlig fremder Menschen direkt vor seiner Zelle.

»Das ist Leanne«, sagte Rory jedoch im gleichen Augenblick und stellte sie einander vor. Iain schenkte ihr ein schüchternes Lächeln. »Und das sind Gilbert und Velma. Sie alle haben für deine Freilassung gekämpft.«

Iains Augen fixierten die Fremden, blieben an Velmas kugeligem Bauch und an Gilberts Gesicht hängen, das noch immer Spuren von Walters Schlägen trug. »Bei Gott«, brachte er bewegt hervor. »Ich weiß zwar nicht, wie ihr das angestellt habt, doch glaubt mir, ich werde euch auf ewig dankbar sein.« Seine Augen glänzten vor Rührung, huschten ungläubig über den kargen Flur und wie Leanne schon befürchtet hatte, war Iain ein wenig überwältigt von der Situation. Wahrscheinlich war sein Körper auch nicht mehr an Bewegung gewöhnt. Er kam ins Wanken und musste sich auf Rorys Schulter stützen, um nicht zu fallen.

»Hier, nimm einen Schluck Ale!« Vorausschauend, wie Velma war, hatte sie an alles gedacht und den Trinkschlauch bis zur Zelle mitgebracht. Iain lächelte dankbar und hob den Schlauch mit zittrigen Händen zum Mund.

Rory nickte ihm aufmunternd zu und wies mit dem Kinn auf das Ende des langen Gangs. »Fühlst du dich kräftig genug, um alleine zu gehen? Draußen wartet ein Karren, aber bis dorthin ...«

»Nein«, unterbrach Iain ihn leise aber bestimmt. »Ich werde dieses Gefängnis auf meinen eigenen Füßen verlassen.« Mit dem grimmigen Ausdruck, der nun auf seinem Gesicht erschien, sah er Rory plötzlich noch viel ähnlicher. Leanne konnte nur zu gut verstehen, dass Iain nach all der Demütigung einen letzten Rest Stolz bewahren wollte. Allerdings bereitete ihr sein geschwächter Zustand Sorge. Iain sah kein einziges Mal zu seiner Zelle zurück – vermutlich hatte man ihm all seine persönlichen Gegenstände genommen. Seine Augen waren voller Entschlossenheit auf die Tür am Ende des Gangs gerichtet und man konnte ihm förmlich ansehen, wie sehr es ihn drängte, die Festung zu verlassen. Er löste sich von Rorys Schulter und machte einen Schritt nach vorne. Dann hastete er auf einmal so schnell über den steinernen Boden, dass die anderen kaum hinterherkamen.

»Nicht so eilig!«, rief Leanne, aber ihre Warnung kam zu spät. Iains Beine knickten unter ihm ein. Er stolperte und stürzte unsanft auf den harten Boden.

»Verdammt!«, fluchte Rory halb ärgerlich, halb besorgt, und beugte sich zu seinem Bruder hinunter. »Was rennst du auch einfach davon!«

»Es geht mir gut«, meinte Iain schnell, doch das Flackern seiner Lider strafte seine Worte Lügen.

»Lass uns eine kurze Pause machen«, schlug Leanne vor und war erleichtert, als Iain nickte.

Gilbert und Rory stützten Iain und führten ihn zu einer Bank. Dort lehnte er sich ächzend gegen die Wand.

Velma kramte in ihrem Beutel und zog einen Honigkuchen hervor. »Vielleicht hilft eine kleine Stärkung?«, meinte sie und zwinkerte Iain zu.

Sie musste ihn nicht zweimal bitten. Die Geschwindigkeit, mit der er das Gebäck verschlang, ließ erahnen, dass die Mahlzeiten während seiner Gefangenschaft nicht gerade üppig ausgefallen waren. Leanne wollte sich gar nicht ausmalen, was er in den letzten Monaten durchgemacht hatte, und freute sich umso mehr, als Iains Gesicht endlich wieder etwas Farbe bekam.

Mit einem erleichterten Seufzer hob sie den Kopf und blickte geradewegs in Rorys Augen. Seine Miene war ein Spiegelbild ihrer eigenen Gefühle. Die Schatten unter seinen Augen und die rötlichen Bartstoppeln, die in den letzten Tagen auf seinen Wangen gesprossen waren, ließen ihn müde wirken und zeugten von seiner Erschöpfung. Aber da war noch etwas anderes in seinen Zügen. Etwas, das Leanne dort schon seit langer Zeit nicht mehr gesehen hatte, und das ihren Herzschlag augenblicklich beschleunigte. Da war ein Strahlen in seinen moosgrünen Augen. Ein Ausdruck, der ihn endlich wieder lebendig und teilnahmsvoll wirken ließ – sie war sogar so kühn, es hoffnungsvoll zu nennen, nun, da ein kleines Lächeln um seine Mundwinkel spielte. Es war nur eine winzige Veränderung in seiner Mimik, bei der ihre Knie weich wurden, weil sie wusste, dass sie ihr galt. Ein kurzer Moment, in dem sie stumme Worte austauschten. *Sie hatten es geschafft.* Leanne erwiderte sein Lächeln und konnte nichts dagegen tun, dass ihre Hand die seine suchte. Sie sehnte sich nach seiner Nähe und ihm schien es nicht anders zu ergehen, denn er verschränkte seine Finger mit ihren und strich ihr sanft über den Handrücken. Trotz der unheimlichen Umgebung wurde Leanne ganz warm ums Herz und sie wünschte sich unwillkürlich, sich an seine starke Brust lehnen zu können.

Ihr Tagtraum wurde jäh unterbrochen, als Rory seine Hand ruckartig wegzog. Leannes Blick schoss automatisch zu Iain, dann wieder zu Rory. Hatte er Angst, dass sein Bruder die Vertrautheit zwischen ihnen bemerkte? Bei dem Gedanken bildete sich ein Kloß in ihrem Hals, der sich erst wieder löste, als ihr klar wurde, dass Rory in eine ganz andere Richtung sah. Leanne folgte seinem Blick – und erlitt einen Schock. Neil Campbell war hier.

Er stand weit weg von ihnen und war von einer Schar Soldaten umgeben, aber Leanne erkannte seine vertraute Gestalt sofort. Sie fühlte, wie das Blut mit einem Schlag aus ihrem Kopf wich. Warum nur musste das Schicksal sie noch einmal auf dieses Scheusal treffen lassen? Sie hatte gehofft, ihn nie wieder zu sehen, hatte versucht, all die schrecklichen Erinnerungen in die hinterste Ecke ihres Bewusstseins zu drängen. Doch bei seinem Anblick sah sie alles wieder vor sich. Lukes leblosen Körper in Berwick und Neils triumphierendes Lächeln, als er sie in London aufgespürt hatte.

Rory reagierte noch viel heftiger auf Neils Erscheinen. Seine Züge wurden hart und die Erschöpfung in seinen Augen wich glühendem Zorn. Leanne bemerkte, dass seine Muskeln sich anspannten, bereit machten für etwas, das auf keinen Fall passieren durfte. Bevor sie es verhindern konnte, sprintete Rory los und heftete sich der Gruppe an die Fersen.

Panik kroch Leanne die Kehle hoch. Sie hätte es vorhersehen müssen. Ihn aufhalten sollen. Rory war zu unbeherrscht, um sich mit den Ungerechtigkeiten des Lebens abzufinden. Würde sein impulsives Handeln ihm heute zum Verhängnis werden? Würde er Neil Campbell etwas antun und damit sein eigenes Ende besiegeln?

»Bleibt hier bei Iain!«, wies sie die anderen an und rannte Rory hinterher.

Leanne schlitterte über den Steinboden, handelte sich bei der Wegbiegung eine Schramme an der Schulter ein und verlangsamte ihre Schritte erst, als der Trupp wieder in Sichtweite kam. Erleichtert rang sie nach Atem. Sie konnte nichts Auffälliges an Neils Eskorte entdecken. Aber wo zur Hölle steckte Rory? Verstört blickte sie um sich, während die Schritte der Wachmänner immer leiser wurden.

Da vernahm sie eine Bewegung im Augenwinkel. Rory stand dicht an das Mauerwerk gedrängt, beobachtete die Gruppe und verzog das Gesicht, als er Leanne entdeckte. Indem er einen Finger auf die Lippen legte, bedeutete er ihr, leise zu sein, dann winkte er sie mit einer Handbewegung zu sich.

»Was soll das werden?«, zischte Leanne wütend und besorgt zugleich.

Rorys Antwort beschränkte sich auf ein ärgerliches Zucken seiner Augenbrauen. Mit einem Arm presste er sie gegen die provisorische Deckung, während er gleichzeitig die Eskorte im Auge behielt.

»Geh wieder zu den anderen!«, flüsterte er und sprang mit einer geschmeidigen Bewegung aus dem Versteck hervor.

Leanne dachte nicht einen Moment daran, sich an Rorys Anweisung zu halten. Die Entschlossenheit in seinem Blick hatte ihr Angst gemacht. Sie musste ihm folgen. Auf leisen Sohlen schlug sie die gleiche Richtung ein wie er, immer darauf bedacht, einen Abstand sowohl zu ihm, als auch zu den Soldaten einzuhalten.

Die Furcht schnürte ihr die Kehle zu. Nicht nur vor Rorys fraglichem Vorhaben, sondern auch vor der Gefahr, von einem der Wärter entdeckt zu werden, die hier auf den Gängen patrouillierten. Was würde man von einer Frau halten, die sich alleine durch die Flure des Towers schlich? Sicher nichts Gutes. Leanne versuchte, ihre Panik zu unterdrücken, um sich auf Rory konzentrieren zu können. Sie bemerkte, dass er an einer weiteren Wegbiegung zum Stehen gekommen war, und, wie schon zuvor, dicht hinter der Mauer ausharrte. Er schien zu warten, doch worauf?

Leanne folgte ihm lautlos und bekam auf diese Weise mit, in welche der Zellen man Neil Campbell steckte. Ein Schlüssel drehte sich im Schloss und das eiserne Tor ging mit einem Quietschen auf. Die Männer beeilten sich, den Verurteilten in die Zelle zu werfen, und entfernten sich anschließend mit eiligen Schritten. Wahrscheinlich war die Palastwache froh, den Auftrag hinter sich gebracht zu haben und wieder nach Westminster zurückkehren zu dürfen.

Allerdings bezog einer der hiesigen Wärter neben dem Tor Stellung. Leanne stöhnte innerlich auf. Warum musste der Mann sich genau dort positionieren? Was auch immer Rory vorhatte, es involvierte sicher nicht die Konfrontation mit einem dieser Kerle.

Aber wie so oft, wenn es um Rory ging, wurde sie eines Besseren belehrt. Er zögerte gerade so lange, bis die Eskorte außer Sichtweite war, dann lief er zielstrebig auf den jungen Mann vor der Gefängniszelle zu.

Der Wärter zuckte beim Auftauchen des hochgewachsenen Fremden zusammen, seine Finger legten sich blitzschnell auf den Schaft seines Langschwertes. Rory hob die Hände und gab seinem Gegenüber damit zu verstehen, dass er unbewaffnet war. Sein Messer hatte man ihm vor dem Betreten des Gefängnistraktes abgenommen. Dennoch war das Misstrauen nicht aus den Zügen des Wächters verschwunden.

»Was wollt Ihr?«, warf er dem Fremden entgegen. Seine Augen huschten so hilflos über den menschenleeren Gang, dass er Leanne fast leidtat.

Rory ging noch ein Stück auf den Mann zu und begann, auf ihn einzureden. Da er mit gedämpfter Stimme sprach, konnte Leanne seine Worte nicht verstehen. Aber spätestens, als er seine Geldkatze vom Gürtel löste, ahnte sie, was er vorhatte. Zuerst dachte sie, der Aufseher würde die Münzen nicht annehmen, die Rory ihm entgegenstreckte. Doch nach einem kurzen Moment des Zögerns, in dem sich die Wangen des Burschen rötlich verfärbten, griff er schließlich zu. Er schloss das Tor auf, warf Rory einen verlegenen Blick zu und schlenderte betont langsam davon.

Leanne sprach innerlich ein Dankesgebet, als der Mann endlich weit genug entfernt war und sie Rory folgen konnte. Auf leisen Sohlen verließ sie ihr Versteck und eilte zu dem eisernen Tor, hinter dem er verschwunden war.

Sie griff nach dem Metallgitter, drängte sich an der unebenen Mauer vorbei und lehnte das Tor mit höchster Vorsicht an, damit kein Geräusch sie verriet. Allerdings klopfte ihr Herz so laut in ihrer Brust, dass sie fürchtete, Rory könnte sie schon allein dadurch hören. Sie presste eine Hand auf Nase und Mund, nicht zuletzt, um den unangenehmen Geruch abzumildern, der diesem Ort anhaftete – eine Mischung aus feuchtem Stein, morschem Holz und menschlichen Exkrementen. Leanne blinzelte ein paar Mal in die Dunkelheit, bis sie die Umrisse der Kammer ausmachte. Sie befand sich in einem kleinen Vorraum, die eigentliche Gefängniszelle begann erst weiter hinten und war durch ein zweites Gitter abgetrennt.

»Was willst du, MacGregor?«, kam es heiser aus der Zelle.

Leanne erschrak, im Gegensatz zu Rory, der aus einem Schatten hervortrat und sich direkt vor die Abtrennung stellte, hinter der Neil kauerte. Durch das schmale Fenster fiel ein einsamer Sonnenstrahl, der Rorys Gesicht blass und unheimlich wirken ließ. Leanne wurde von einem unguten Gefühl gepackt.

»Ich will wissen«, knurrte er leise und ging in die Hocke, »warum du es getan hast!«

Sein Gegenüber räkelte sich seelenruhig auf dem Strohsack. »Ich habe keine Ahnung, was du meinst.«

»Natürlich hast du das!« Rorys Hände schossen nach vorne und legten sich um die Eisenstangen. »Ich will wissen, warum du deinen eigenen Bruder getötet und die Schuld auf Iain geschoben hast, verdammt noch mal!«

Neil setzte sich mit einem Ächzen auf und zuckte mit den Schultern. »Du warst bei der Anhörung dabei. Manchen Männern reicht es eben nicht, an zweiter Stelle zu stehen. Es wundert mich, dass gerade du das nicht verstehst. Erzähl mir nicht, dass es keinen Moment gab, in dem du nicht heimlich froh warst, dass Iain hinter Gittern saß, während du zuhause den Nachfolger des Lairds spielen konntest.«

Diese Worte brachten Rory endgültig zum Explodieren. Er sprang vorwärts, erwischte Neils Kragen und legte seine Hände um dessen Kehle. Leanne unterdrückte einen Aufschrei, als Neils Kopf hart gegen die Metallstangen prallte.

»Wag es nicht, so über mich oder meinen Bruder zu sprechen! Vielleicht hast du den Verstand verloren, doch ob du es glaubst oder nicht, bei den MacGregors gibt es noch so etwas wie Loyalität!« Während seiner Rede hatte er die Hände keinen Moment von Neils Kehle genommen. Der Gefangene zuckte vergeblich unter dem unnachgiebigen Griff und schnappte nach Luft. Entsetzt starrte Leanne zu den Männern. Rory würde ihn töten! Gerade, als sie eine Warnung von sich geben wollte, lockerte er seinen Griff und schleuderte Neil gegen die gegenüberliegende Mauer.

Neil stöhnte und tastete nach seiner blutigen Nase, kam jedoch überraschend schnell auf die Beine. Sein Atem ging rasselnd, als er die Stimme hob. »Offensichtlich bist du nicht so leicht zu täuschen, wie das noble Volk in Westminster«, höhnte er und Leanne wunderte sich einmal mehr über seinen gelassenen Ton.

»Sprich eindeutig!«, forderte Rory ihn ungeduldig auf. Sein Blick huschte kurz zum Ausgang, wobei er Leanne um Haaresbreite entdeckt hätte. Vermutlich hatte er Angst, dass der Wächter schneller zurückkam als gedacht. Leanne fürchtete selbst eine Begegnung mit dem Aufseher, allerdings musste sie einfach mit anhören, was Rory aus Neil herausbekam. Also lauschte sie weiter.

»Luke musste sterben«, seufzte Neil und löste mit seinem Geständnis einen eisigen Schauer in ihr aus. »Er war schon immer weich und beeinflussbar. Tat alles, wenn es nur dem Frieden diente. Am Ende lief er Edward hinterher wie ein unterwürfiger Hund.«

Leannes Stirn legte sich in Falten. War dies nicht genau das, was Neil nun selbst tat? Dem König zur Seite zu stehen, ihm als Berater zu dienen? Ein Gedanke drängte sich ihr auf, unaufhaltsam und schrecklich.

Rory schien ähnliche Schlüsse zu ziehen, denn er rieb sich mit der Hand über die Stirn. »Du hasst Edward«, stellte er fest.

»Natürlich hasse ich ihn!« Neils Beherrschung war mit einem Mal verflogen. »Er hat unser Land verwüstet, unsere Krieger getötet und bereichert sich an unserem Grund!« Nun waren es seine Hände, die sich um die Eisenstangen legten. Der besessene Blick in seinen Augen jagte Leanne Angst ein.

Rory wirkte ebenso schockiert und machte einen Schritt zurück. »Was hast du vor?« Dann gab er sich die Antwort selbst. »Du willst Edward weiterhin beraten und dein Wissen nutzen, um hinter seinem Rücken eine Rebellion anzuzetteln?«

»Aye.« Neil verzog den Mund zu einem schiefen Lächeln. »Wir könnten mehr Männer wie dich gebrauchen, MacGregor, scharfsinnig und kräftig wie du bist.« Er rieb sich den geschundenen Hals.

»Wir?«

Neil schnaubte. »Dachtest du etwa, ich bin der einzige Schotte, der sich für die Zukunft meines Landes etwas anderes wünscht als die Ausbeutung durch Edward?«

Rory schwieg für ein paar Atemzüge. »Wie soll das gelingen?« Er klang neugierig, aber auch skeptisch. »Edwards Armee ist riesig.«

»Nicht, wenn sie über mehrere Länder verstreut ist. Und bis dahin werde ich längst wieder frei sein.«

Kalter Schweiß trat auf Leannes Stirn. Das, was Neil da andeutete, war Hochverrat. Offenbar hatte er sich schon vor langer Zeit zum schottischen Gegenschlag entschlossen. Es schien, als verfolge er einen ausgefeilten Plan. Was würde Rory dazu sagen?

»Deine Augen verraten dich, MacGregor. Ich kann sehen, dass du dich ebenfalls nach einer Rebellion sehnst.« Er machte einen Schritt auf Rory zu. »Mein Angebot steht noch. Wenn du dich entscheiden solltest, an meiner Seite zu kämpfen, werde ich dir den Namen einer meiner Männer mitteilen. Du kannst ihn in Schottland ...«

»Nein!« Rorys Stimme hallte von den Steinmauern wider und brachte Neil zum Schweigen. »Selbst wenn ich für mein Land kämpfen will, würde ich es niemals an deiner Seite tun. Zum Teufel, du hast deinen eigenen Bruder auf dem Gewissen! Ich würde niemals den Fehler machen, dir zu vertrauen, Landsmann hin oder her.« Er spuckte vor Neil aus.

»Du verstehst nicht!« Der Gefangene umklammerte das Gitter und sah dabei aus, als würde er die Zähne fletschen. »Es geht um unser Volk! Wir kämpfen für etwas, das größer ist als wir selbst oder unsere Familien. Für Schottland!« Sein Ruf ließ Leanne erschauern.

»Auch ich habe in Dunbar gekämpft«, gab Rory beherrscht zurück. »Aber deine Methoden ...«

Leanne hatte genug gehört. Sie blinzelte, stieß sich von der Wand ab und verschwand leise aus der Kammer. Während sie zu den anderen zurückeilte, versuchte sie, ihre Gedanken zu sortieren. Rory hatte also den richtigen Riecher gehabt. Hinter Neils Brudermord steckte viel mehr als nur Machtgier. Dieser Mann war besessen von der Befreiung Schottlands, so sehr, dass er zu furchtbaren Mitteln gegriffen hatte. Sie war froh, dass Rory ihm die Stirn geboten hatte, und doch konnte sie ihre Angst nicht gänzlich abschütteln. Neil Campbells Worte hatten wie eine düstere Prophezeiung geklungen, ein Versprechen von Rebellion, Krieg und unzähligen Toten. Sie wollte sich nicht vorstellen, dass die MacGregors und ihr Clan nach dem letzten Jahr noch mehr Schrecken erleben mussten. Sie dachte an Alwin und vermisste ihn plötzlich so heftig wie schon lange nicht mehr. Es war längst an der Zeit, nach Hause zurückzukehren. Ja, sie sollte sich lieber auf das Hier und Jetzt besinnen. Das sagte sie sich, bis sie die anderen in der Ferne erblickte.

Iain lehnte noch immer gegen die Mauer, und auch wenn er schon etwas besser aussah als zuvor, war er doch auf ihre Hilfe angewiesen. Sie sollten ihn schnellstmöglich nach Kilchurn Castle zurückbringen, wo er sich erholen konnte.

Velma erblickte sie zuerst und kam ihr entgegen. »Wo warst du? Du bist ja schneeweiß!«

»Ich ...« Leanne wusste nicht, was sie sagen sollte. Sie konnte jetzt nicht von den ungeheuerlichen Dingen sprechen, die sie soeben mitbekommen hatte.

»Ich habe mir fürchterliche Sorgen gemacht«, schalt Velma sie und stemmte die Hände in die Seiten. »Und wohin ist Rory so plötzlich verschwunden? Er wirkte ja so, als wäre der Leibhaftige hinter ihm her!« Zwischen ihren hellen Brauen bildete sich eine steile Falte.

Leanne seufzte. Ihre Freundin hatte jedes Recht, wütend zu sein. Aber nun war nicht der Moment für eine längere Erklärung. »Er hat Neil Campbell entdeckt«, sagte sie leise und verzog das Gesicht.

»Was!? Ich dachte, man hätte ihn schon gestern überführt.«

»Offenbar nicht. Jedenfalls hat Rory ihn gesehen und ist ihm hinterher. Wahrscheinlich wollte er Neil noch einmal seine Meinung sagen«, sprach sie vage und hoffte, dass sie es dabei belassen konnte.

»Das kann ich mir vorstellen«, sagte Velma nachdenklich. Sie hakte sich bei Leanne unter und ging gemeinsam mit ihr zu den Männern.

»Wie geht es Iain?«, fragte Leanne in die Runde.

»Besser«, meinte dieser und bemühte sich um ein Lächeln. »Aber wo ist Rory?«

»Er wurde aufgehalten, aber er kommt sicher gleich.« Sie versuchte, die Sorge in ihrer Stimme zu verbergen. Ihr war nicht wohl bei dem Gedanken, dass er sich noch immer in Neils Zelle herumtrieb.

»Da vorne!«, rief Gilbert irgendwann und die anderen schreckten hoch.

Erleichterung durchströmte Leanne bei Rorys Anblick und ließ sie für einen winzigen Moment die Augen schließen. Er war wieder bei ihr. In Sicherheit.

»Entschuldigt«, brachte Rory hastig hervor. »Ich wurde aufgehalten.«

Leanne tauschte einen vielsagenden Blick mit Velma. Wäre die Situation nicht so ernst gewesen, hätten sie wohl darüber gelacht, dass Rory bei seiner Ausrede genau den gleichen Wortlaut verwendet hatte wie sie.

»Fühlst du dich gut genug, weiterzugehen?«, fragte er seinen Bruder.

Iain schnitt eine Grimasse. »*Du* bist es, auf den wir die ganze Zeit gewartet haben«, spottete er und richtete sich auf. Er wankte zwar noch immer ein wenig, doch mit Gilbert und Rory zu seinen Seiten war er vor weiteren Stürzen gefeit.

Die Gruppe bewältigte den Weg hinunter zum Hof schneller als erwartet. Niemand wollte sich länger als notwendig in der Festung aufhalten. Das galt am meisten für Iain, der seine Augen immer wieder fassungslos zum Himmel richtete.

»Hat man dir keine Spaziergänge gestattet?«, fragte Leanne vorsichtig, während sie sich zu ihm und Velma auf die Ladefläche des Karrens gesellte.

Iain verneinte, ohne das Lächeln auf seinen Lippen zu verlieren. »Dafür bin ich umso dankbarer, wieder frische Luft zu atmen und keine Mauern über dem Kopf zu haben. Und wenn ich erst daran denke, wieder in die Highlands zurückzukehren ...« Ein sehnsüchtiger Ausdruck trat in seine braunen Augen.

Velma lächelte. »Leanne hat mir viel von Schottland erzählt. Die Landschaft muss wirklich herrlich sein.«

»Aye, das ist sie«, meinte Iain stolz und nickte. Dann fiel sein Blick auf Leanne. »Ich habe so viele Fragen ...« Er wirkte durcheinander, was nur verständlich war. Schließlich hatte er bis zum heutigen Morgen keinen Schimmer gehabt, dass er den Tower jemals wieder verlassen würde.

»Und wir werden sie alle beantworten«, sagte sie lächelnd und strich ihm aufmunternd über den Arm.

43

Noch bevor der Wagen vor Gilberts und Velmas Haus anhielt, trat Annabel aus der Tür. »Ihr seid zurück!«, jubelte sie und stürmte zur Ladefläche. Dann entdeckte sie Rorys Bruder zwischen den Frauen. »Oh, Ihr müsst Iain MacGregor sein!« Sie versank in einen Knicks.

Er zog die Stirn kraus, die formelle Anrede schien ihm nicht geheuer zu sein. »Nenn mich gerne Iain«, meinte er verlegen. »Und du bist sicher Annabel?« Auf dem Weg in die Stadt hatten Velma und Leanne ihm von den letzten Wochen berichtet.

Annabel nickte und lächelte. Dann wandte sie sich an ihre Freundinnen. »Es ist also alles gut gegangen?«

»Ja«, sagte Velma und schmunzelte über Annabels Überschwänglichkeit. »Aber lass uns drinnen reden. Wir alle können etwas Warmes vertragen.«

Die Runde versammelte sich für eine Stärkung um den langen Tisch. Velma hatte schon am Abend zuvor einen Eintopf zubereitet, der nun dampfend in ihrer Mitte stand. Gilbert, der den geliehenen Pferdewagen zurückgebracht hatte, stieß ein wenig später dazu.

Wie Velma prophezeit hatte, war jeder nach dem aufregenden Morgen hungrig. Aber auch das Bedürfnis, über das Geschehene zu sprechen, war groß, allen voran natürlich bei Iain. Doch auch die anderen ließen die letzten Tage Revue passieren, so als wäre dies notwendig, um endgültig mit den aufreibenden Erlebnissen abzuschließen. Edwards Gerichtsbeschluss und Neil Campbells viel zu geringe Bestrafung waren dabei die Hauptthemen. Während sich Gilbert und Annabel über Neils Arroganz ereiferten, schweiften

Leannes Gedanken zu der Szene in der Gefängniszelle ab. Verstohlen beobachtete sie Rory, der ihr schräg gegenüber saß. Wie ging es ihm mit dem Wissen, das Campbell ihm heute eröffnet hatte? Würde er jemals seinen Frieden finden mit der Ungerechtigkeit, die seinem Bruder widerfahren war? Und was war mit der Rebellion, von der Neil gesprochen hatte? Leanne konnte es Rory nicht verdenken, falls er an einen Verteidigungsschlag dachte, auch wenn ihr vor einem erneuten Blutvergießen graute.

Sie fragte sich, ob er überhaupt vorhatte, jemandem von dem Gespräch mit Neil zu erzählen. Zumindest bis jetzt hatte er das Thema vor den anderen nicht angesprochen. Und dass sie gelauscht hatte, konnte er schließlich nicht wissen. Sie betrachtete Rory noch eingehender. Obwohl er immer wieder nickte und lächelte, wirkte er etwas abwesend und bedrückt. Vielleicht wollte er sein Wissen erst einmal vorenthalten, um die Stimmung nicht zu trüben. Aber im Grunde musste ihm klar sein, dass er ihr – oder zumindest seinem Bruder – nichts vormachen konnte. Irgendwann würde er Neils Geheimnis sicher preisgeben. Jedenfalls hoffte sie das.

Annabel stieß sie in die Seite und riss sie damit aus ihrer Grübelei. »Kommst du mit hinüber? Ich glaube, Robert zahnt wieder.«

Leanne blickte sie benommen an. Sie hatte nicht einmal bemerkt, dass Robert im Nebenzimmer begonnen hatte zu schreien.

»Natürlich«, sagte sie schnell und erhob sich. Noch während sie ihrer Freundin folgte, erschien ihr Annabels Frage merkwürdig. Normalerweise bat sie nie um Hilfe, wenn es um Robert ging. Daher vermutete sie, dass ihre Freundin unter vier Augen sprechen wollte. Ein Blick in Annabels Gesicht sagte ihr, dass sie richtig lag.

»Was ist los?«

Annabel ließ sich Zeit mit ihrer Antwort, widmete sich erst ihrem Sohn, den sie auf den Arm nahm und sanft wiegte. »Leanne, ich ...«, begann sie und vergrub ihre Wange an Roberts dunklem Köpfchen. »Ich weiß nicht, wo ich hingehen soll.«

Leanne schwieg betroffen. Die letzten Tage waren so ereignisreich gewesen, dass sie gar nicht über Annabels Zukunft nachgedacht hatte. »In Westminster willst du sicher nicht bleiben, richtig?«, fragte sie sanft.

Annabel schüttelte vehement den Kopf. »Selbst wenn man mir dort weiterhin eine Unterkunft bereitstellen würde, was ich bezweifle, würde ich nach alldem nie wieder dorthin zurückgehen wollen. Außerdem ist es nicht der richtige Ort für Robert.«

»Da hast du recht«, stimmte Leanne ihr zu. Sie suchte fieberhaft nach einer Lösung, aber ihr wollte einfach nichts einfallen. Zu ihrer Familie konnte Annabel nach wie vor nicht zurückkehren. Sie wollte ihr den Vorschlag machen, sich in London eine Existenz aufzubauen. Velma würde ihr sicher helfen. Aber schon die Vorstellung, dass sich die zarte Annabel in der Stadt als Dienstmagd verdingte, war so unpassend, dass Leanne die Idee gleich wieder verwarf. Und außerdem – wer würde sich dann um Robert kümmern?

»Ich brauche mehr Zeit zum Überlegen«, gestand sie zerknirscht und ließ sich auf einen Stuhl sinken. »Hast du vielleicht sonstige Verwandte, irgendjemanden, der dich aufnehmen könnte?«

Annabel verneinte. »Aber ich habe eine bessere Idee. Könnte ich nicht mit euch nach Kilchurn Castle kommen?«

»Du willst nach Schottland?«

»Ja, ich könnte doch bei den MacGregors leben. Sie scheinen sehr anständige Leute zu sein. Stell dir nur vor, ich könnte bei dir und Alwin wohnen und Robert hätte dort auch ein sicheres Heim ...« Sie schien so begeistert von ihrem Vorschlag, dass Leanne sich fragte, wie lange sie dieser Idee schon nachhing.

»Du sagst ja gar nichts!«, meinte Annabel schließlich und die Enttäuschung in ihrer Stimme war nicht zu überhören.

»Entschuldige.« Leanne spielte mit ihrem Zopf. »Natürlich wäre es wunderbar, wenn du uns begleiten würdest. Nur kann ich nicht sagen, was die MacGregors davon halten. Du weißt, dass der Laird mich als Küchenmagd angestellt hat?«, fragte sie und hoffte, Annabel würde den Wink verstehen. Obwohl die MacGregors sehr großzügig waren, konnten sie es sich nicht leisten, dauerhaft Gäste aufzunehmen. Dafür waren die Zeiten einfach zu schlecht.

»Oh, ich kann arbeiten!«, meinte Annabel entschlossen. »Ich kann nähen und sticken, ich kann mich um Kinder kümmern ...«

Leanne seufzte und verkniff sich eine Antwort. Sie konnte Annabel jetzt nicht sagen, dass es in Glenstrae sicher genügend Dorffrauen gab, die diesen Tätigkeiten nachgingen und froh über jede Anstellung waren. Da fiel ihr Blick jedoch auf Robert, der sich mittlerweile beruhigt hatte und an Annabels Brust zappelte. Nachdem ihre Freundin sowohl ihre gesellschaftliche Stellung als auch ihren Mann verloren hatte, waren ihre Ansprüche und Hoffnungen genau die gleichen wie die jener Frauen, die in den niederen Stand hineingeboren waren. Wer, wenn nicht sie, hatte das Recht auf einen Neuanfang, eine Chance, sich zu beweisen?

»Könntest du mit Rory und Iain sprechen und ein gutes Wort für mich einlegen?«, flehte Annabel, ihre veilchenfarbenen Augen weit aufgerissen.

Leanne lächelte und nickte. »Das werde ich.« Sie erhob sich, denn es galt keine Zeit zu verlieren. Die MacGregors wollten alsbald gen Norden aufbrechen und es war sicher klüger, sie nicht erst im letzten Moment mit dieser wichtigen Frage zu konfrontieren.

»Hörst du? Tante Leanne wird mit ihnen reden. Und dann werden wir beide nach Schottland gehen!«, klang Annabels liebliche Stimme ihr nach, als sie die Tür hinter sich schloss.

Leanne stieß den Atem aus. *Tante Leanne*. So sehr sie sich über Annabels Worte freute, so sehr spürte sie auch die Last der Verantwortung auf ihren Schultern. Lag die Zukunft ihrer Freundin wirklich in ihren Händen?

Zurück am Tisch musste sie feststellen, dass ohnehin nur ein MacGregor ansprechbar war. Iain hatte sich hingelegt und schnarchte leise auf jener Bettstatt, die ihr zuletzt noch als Krankenlager gedient hatte.

»Kann ich kurz mit dir reden?«, bat sie Rory, der erstaunt zu ihr aufblickte. Er nickte, erhob sich wortlos vom Tisch und ging ihr voran durch die Haustür. Auf der Straße war es zu dieser Uhrzeit äußerst belebt, was es Leanne erschwerte, sich auf das heikle Gespräch zu konzentrieren.

»Was ist los?«, meinte Rory besorgt und verschränkte die Arme vor der Brust.

»Annabel.« Sie räusperte sich. »Sie möchte mit nach Kilchurn Castle kommen.«

»Was?!« Rory reagierte ebenso erstaunt wie sie selbst zuvor. »Und was will sie dort?«

»Eine Zukunft«, meinte Leanne wahrheitsgemäß. »Du weißt, dass sie nicht zurück zu den Bonvilles kann. Und auch in Westminster kann sie nicht bleiben.«

»Kann sie nicht oder will sie nicht?«, zweifelte Rory. Er schien wenig begeistert von dem Vorschlag.

»Bitte, sie braucht unsere Hilfe!«, drängte Leanne.

»Die MacGregors sind keine reichen Gönner, die munter Almosen an Fremde verteilen können«, brummte Rory und sprach damit jene Worte aus, vor denen Leanne sich gefürchtet hatte.

»Aber Annabel ist doch keine Fremde! Außerdem wäre dein Bruder ohne sie jetzt vielleicht nicht frei.« Während sie ihn aufmerksam beobachtete, konnte sie sehen, wie es hinter seiner Stirn arbeitete. »Bitte, zeig ein wenig Herz!«, flehte sie und berührte sachte seinen Arm.

»Meinetwegen«, stieß er schließlich aus und seufzte. »Auch wenn sie die Geliebte eines verfluchten Campbells war!«

Daher also wehte der Wind. Offenbar war ihm nicht wohl dabei, die Witwe eines Landesverräters aufzunehmen. Doch er hatte Ja gesagt und das war alles, was zählte.

»Danke«, hauchte Leanne und warf sich vor Erleichterung in seine Arme. Rorys Antwort war nicht mehr als ein Grummeln, dessen Vibration sie an seiner Brust spürte. Sie genoss seine Nähe, die sie wie ein warmer Mantel umhüllte, als er seine Arme um sie schlang.

Rorys Lippen legten sich auf ihren Scheitel, dann auf ihre Stirn. »Ich habe dich vermisst«, murmelte er.

Leanne hob das Kinn. Es wäre so einfach, sich jetzt auf die Zehen zu stellen, den winzigen Abstand zwischen ihren Gesichtern zu schließen und sich in einem lang ersehnten Kuss zu verlieren.

Stattdessen stellte sie die Frage, die ihr schon den ganzen Tag auf der Zunge brannte. »Warum bist du Neil heute Morgen gefolgt?«

Rory wich ihrem Blick aus. »Kannst du dir das nicht denken? Ich musste diesen Mistkerl noch einmal sehen. Vor allem musste ich ihn hinter Gittern sehen.«

»Das verstehe ich«, meinte Leanne sanft. Sie räusperte sich. »Und, hat es dir die Genugtuung verschafft, die du dir erhofft hast?« Ihr Herz pochte viel zu schnell in ihrer Brust. Sie löste sich von ihm, damit er es nicht bemerkte. Würde er ihr nun die Wahrheit erzählen?

»Ja«, sagte Rory schlicht, aber er war kein guter Lügner. Vor allem schien er ihr immer noch nicht zu vertrauen. Warum sonst hielt er Neils Rede vor ihr geheim?

Sie nickte enttäuscht und sah zur Haustür. »Wir sollten wieder hineingehen.«

Rory folgte ihr, ohne zu protestieren.

»Ihr seid hier jederzeit willkommen!«, sagte Velma zum Abschied und richtete sich dabei an die gesamte Gruppe.

Ein seltenes Lächeln trat auf Rorys Lippen. »Und ihr seid herzlich eingeladen, uns einen Besuch auf Kilchurn Castle abzustatten.« Es war ein höfliches Angebot, von dem alle wussten, dass Velma und Gilbert es niemals annehmen würden. Sie waren an London gebunden, erst recht, da sie bald Eltern sein würden.

Dann erhob Iain das Wort. »Was ihr beide für mich, aber auch Leanne und Annabel getan habt, kann ich euch niemals zurückzahlen. Aber bitte nehmt wenigstens diesen kleinen Dank an.« Er löste eine Geldkatze von seinem Gürtel und reichte sie dem Paar.

»Das ist sehr großzügig von dir, aber auf keinen Fall nötig«, sagte Gilbert bestimmt. »Wir haben gerne geholfen.«

Velma pflichtete ihm mit einem Nicken bei. »Wir sind einfach nur froh, dass euer Schrecken nun ein Ende hat.« Bei diesen Worten strich sie dem kleinen Robert liebevoll über die Wange. Es war einer dieser Momente, in denen Leanne wieder einmal klar wurde, was für eine wundervolle Mutter Velma abgeben würde. Ihr wurde schwer ums Herz, als sie daran dachte, dass sie das Kind ihrer Freundin vielleicht nie zu Gesicht bekommen würde.

»Ich bestehe darauf«, sagte Iain. »Wir haben in euren Betten geschlafen und bei euch gegessen. Ihr wart uns eine große Unterstützung und mir wäre wirklich wohler, wenn ich sie euch wenigstens teilweise zurückzahlen kann.«

Velma seufzte kapitulierend. »Wenn es dir so wichtig ist«, meinte sie augenzwinkernd und ließ den Beutel unter ihrem Mantel verschwinden.

Der Abschied zwischen den Frauen fiel deutlich dramatischer aus. Tränen flossen und man schwor sich, die andere niemals zu vergessen.

»Wie könnte ich dich je vergessen, Velma?«, sprach Leanne gerührt. »Ich bin so stolz auf dich und deine kleine Familie.« Und das stimmte. Velma war mutig wie kaum eine andere Frau, die sie kannte. Das war sie schon damals gewesen, als sie ihr als junges Mädchen im Dienstbotentrakt von Westminster zur Seite gestanden hatte. Und in den letzten Wochen hatte sich gezeigt, dass sich an ihrer unerschütterlichen Hilfsbereitschaft niemals etwas ändern würde.

»Und ich erst auf dich«, gab Velma zurück und zog sie an sich. »Du hast damals aus dem Bauch heraus die richtige Entscheidung getroffen, als du zu Leith MacGregor geflohen bist.« Sie senkte ihre Stimme und sprach so dicht an Leannes Ohr, dass nur sie es verstehen konnte. »Ist es nicht erstaunlich, wie das Schicksal Annabel, dich und die MacGregors zusammengeführt hat? Ich habe so ein Gefühl, dass deine Zukunft in Schottland liegt, meine Liebe.«

Leanne runzelte die Stirn. Es kam nicht oft vor, dass Velma in solch rätselhafter Weise sprach. Doch bevor sie ihre Freundin danach fragen konnte, war diese schon zurück an Gilberts Seite getreten.

Nachdem sich noch einmal alle Lebwohl gesagt hatten, machte sich die Gruppe schweren Herzens davon. Sie mussten Lizzy und Eachann bei dem Stall am Rande der Stadt abholen, in dem die Tiere seit drei Tagen untergebracht waren, und nach weiteren Pferden suchen, die den Rest ihrer Gruppe in den Norden tragen würden. Schließlich waren sie nun zwei Leute mehr als bei ihrer Anreise.

Auf dem Weg zum Stadtrand hing Leanne ihren Gedanken nach. Sie würden London und England hinter sich lassen, aber sie wusste, dass dieser Abschied ein trügerischer war. Edwards Regime würde sie bis über die Landesgrenzen hinaus verfolgen und ihr Leben auch in Zukunft beeinflussen. Dieses Wissen machte sie traurig und wütend zugleich. Warum nur kannte die Machtgier der Plantagenets keine Grenzen?

Sie zwang sich, an die guten Dinge zu denken, die vor ihr lagen. Sie würde Alwin wiedersehen, Fenella und Bridget. Auch den ältlichen Laird hatte sie längst ins Herz geschlossen. Sie vermisste die Vertrautheit, die die Arbeit in der Küche ihr bot, und den Luxus ihres eigenen Betts. Es gab einiges, worauf sie sich freuen konnte, auch wenn noch so viel ungewiss blieb. Zum zweiten Mal an diesem Tag musterte sie Rory, der wiederum mit undurchdringlicher Miene auf das dichte Gedränge um sie herum blickte. Wie er sich wohl seine Zukunft vorstellte? Leanne konnte nicht verhindern, dass sich ihr ein sehr genaues Bild aufdrängte. Früher oder später würde Rory heiraten. Mit Sicherheit eine schottische Aristokratin, eine Wahl, von der sich die MacGregors Stabilität und Wohlstand erhofften. Bei der Vorstellung zog sich ihre Brust schmerzhaft zusammen und eine leise Stimme aus ihrem Innersten meldete sich, die ihr sagte, dass sie es nicht ertragen würde, mit anzusehen, wie Rory mit einer anderen Frau glücklich wurde. Nicht nach all dem, was sie zusammen erlebt und durchgestanden hatten. Nicht nachdem sie sich ihrer Gefühle für ihn klar geworden war. Es war ein egoistischer Gedanke, dessen war sie sich bewusst. Daher schwor sie sich auch, mindestens so lange auf Kilchurn Castle zu verweilen, bis Alwin die Mündigkeit erreicht hatte und nicht mehr auf sie angewiesen war. Sie würde ihm die Entscheidung selbst überlassen, ob er bei den MacGregors bleiben oder mit ihr weiterziehen wollte.

In diesem Moment verfluchte Leanne ihr törichtes Herz. Zum ersten Mal in ihrem Leben kannte sie ein echtes Zuhause. Einen Ort, an dem sie sich sicher und willkommen fühlte. Doch sie zerstörte alles, indem sie sich in den falschen Mann verliebte. Einen Mann, dessen Gefühle ihr ein Mysterium waren, der zweifellos etwas Besseres verdient hatte, als eine abgelegte Mätresse. Waren das nicht seine Worte gewesen, damals? Der Streit schien Jahrzehnte her zu sein, dabei musste es sich um höchstens drei Monate handeln. In der Zwischenzeit war jedoch so viel geschehen, dass Leanne das Gefühl hatte, Rory MacGregor noch einmal gänzlich neu kennengelernt zu haben. Sie wusste nun von seiner fürsorglichen, liebevollen Seite, die er meist unter seiner harten Schale verbarg. Auch jetzt, während er mit seinem Bruder sprach und dabei aufmunternd lächelte, erhaschte sie einen Blick auf sein wahres Ich.

Allerdings verdunkelte sich seine Miene abrupt, als sie auf den Stall zusteuerten. Rory war alles andere als begeistert gewesen, die Tiere so lange in der Obhut von Fremden zu lassen. Er hatte wohl schon Erfahrung mit Stallmeistern gemacht, die die Pferde schlecht behandelten. Doch in diesem Fall schien seine Sorge unbegründet.

Sie entdeckte Lizzy, die dösend am Rande der eingezäunten Weide stand, und lief auf sie zu. Die Stute begrüßte sie mit einem freudigen Schnauben, was Leanne ein wenig stolz machte. »Sie kennt mich mittlerweile wirklich gut«, meinte sie zu Annabel.

»Das sehe ich«, gab ihre Freundin zurück, aber das Lächeln auf ihren Lippen wirkte nicht echt.

»Was ist? Machst du dir Sorgen wegen Robert?« Leanne musste zugeben, dass der Gedanke, eine solche Strecke mit einem Kleinkind zurückzulegen, ein wenig beängstigend war. Erst recht zu dieser Jahreszeit.

Annabel schüttelte den Kopf. »Nein, das ist es nicht. Rory hat mir bereits versprochen, dass wir ausreichend Pausen einlegen werden. Es ist nur wegen der Pferde ...«

»Wegen der Pferde? Aber du bist doch eine geübte Reiterin!«

Bevor sie eine Antwort bekommen konnte, war Annabel schon in Richtung der Brüder geeilt, die gerade mit dem Stallmeister sprachen. Leanne folgte ihr verwundert.

»... das ist definitiv zu viel!«, dröhnte Iains Stimme ungewohnt herrisch zu ihr hinüber. Sie spitzte die Ohren. Waren die beiden etwa am Feilschen um den Preis für die zusätzlichen Pferde?

»Für diese Summe bekommt Ihr vielleicht einen alten Ackergaul, aber keine zähen Pferde, wie die meinen!«, gab der Besitzer schnippisch zurück und machte eine ausschweifende Handbewegung zur Weide.

Rory fluchte leise, aber der erwartete Wutanfall blieb aus, was Leanne schon fast Sorgen bereitete. Konnte es etwa sein, dass die Geldvorräte der beiden nahezu aufgebraucht waren? Hatte Rory die Kosten der Reise unterschätzt?

Leanne sah sich schon zu Fuß nach Schottland wandern, als Annabel zaghaft die Stimme erhob.

»Ich könnte vielleicht helfen.« Sie schob den Ärmel ihres Gewands nach oben und nestelte an dem Ring an ihrer Hand. »Ein Geschenk von Luke«, erklärte sie den Brüdern, denn Leanne kannte das Schmuckstück nur zu gut. Sie hatte Annabel noch nie ohne es gesehen. Umso mehr bedrückte es sie, ihrer Freundin nun dabei zuzusehen, wie sie den Silberring mit zittrigen Bewegungen über den Knöchel ihres Ringfingers schob.

»Hier«, sagte sie mit brüchiger Stimme und hielt den MacGregors das Schmuckstück hin. »Ihr habt ohnehin schon zu viel für mich getan. Ich will meine Schuld begleichen.«

Sie gab sich tapfer, doch da Leanne wusste, wie sehr Annabel an diesem bedeutungsvollen Gegenstand hing, war die rühmliche Geste auch bei ihr mit großem Schmerz verbunden. Hastig sah sie zu Rory, gab ihm mit einem Kopfschütteln zu verstehen, wie wenig sie von der Sache hielt. Er kniff die Augenbrauen zusammen, blickte nur noch einmal flüchtig auf den Silberring und nickte schließlich.

»Behalte den Ring.«

»Bist du sicher?«, hakte Annabel nach, obwohl die Erleichterung in ihrer Stimme nicht zu überhören war.

»Aye«, sagte Iain. »Bis nach Hause werden wir es wohl irgendwie schaffen, nicht wahr, Rory?«

Dieser richtete seine Augen auf den Stallmeister, der die Szene aufmerksam beobachtet hatte. »Unser Angebot steht. Mehr werden wir nicht zahlen. Mehr *können* wir nicht zahlen«, verbesserte er sich.

Der Mann schlug die Augen nieder, seufzte und stieß den Atem aus. »Meinetwegen. Aber ich tu's nur wegen Eurer Lady.« Er warf Annabel einen mitleidigen Blick zu und stapfte los.

Leanne atmete erleichtert auf und drückte Annabels Hand, an der längst wieder Lukes Ring steckte.

44

»Na, starrst du schon wieder Löcher in den Himmel?«, scherzte Leanne und trat neben Iain.

Rorys Bruder grinste. »Es mag vielleicht seltsam aussehen, aber für mich ist es immer noch ein Wunder, wieder in den Himmel blicken zu können.«

Leanne folgte seinem sehnsüchtigen Blick, der auf den dichten, weißen Nebel gerichtet war. Nur ein paar vereinzelte Berggipfel durchstießen am Horizont die Wolkendecke, kündeten von den Highlands, die sie in wenigen Tagen erreichen würden.

Die beiden horchten auf und rissen die Köpfe herum, als eine Reihe Flüche am Lagerfeuer erklang. Dort schmiss Rory einen Stapel dünner Äste von sich und starrte wütend auf die heftig qualmende Feuerstelle. Offensichtlich hatte er feuchtes Holz benutzt. Als er Iains und Leannes Blick auf sich bemerkte, kniff er die Augen zusammen, machte auf dem Absatz kehrt und stapfte zurück ins Unterholz.

Leanne konnte sich das Schmunzeln nicht verkneifen. »Er kann manchmal so ungeduldig sein.«

»Aye.« Iain lachte, bevor seine Miene wieder ernster wurde. »Er hat noch viel zu lernen.«

Leanne konnte nur rätseln, was er damit meinte. Für gewöhnlich ließ Iain nicht den großen Bruder raushängen, der den Jüngeren maßregelte.

»Die letzten Monate haben mich verändert«, erklärte Iain auf ihren fragenden Blick hin. »Die Anklage in Berwick und die Gefangennahme haben mich ohne Vorwarnung erwischt. Und irgendwann, nach ein paar Wochen im Tower, in denen mich keine einzige Nachricht von der Außenwelt erreicht hatte, habe ich die Hoffnung verloren, dass ich jemals dort rauskommen, geschweige denn meine Heimat wiedersehen würde.« Eine düstere Erinnerung blitzte in seinen braunen Augen auf, gab den Blick auf das Grauen frei, das er während seiner Haft erlebt haben musste.

Leanne fühlte sich seltsam hilflos, als sie ihre Hand auf seinen Arm legte. »Deine Familie hat dir immer wieder Briefe geschrieben, aber sie haben dich wohl nicht erreicht.«

Iain senkte den Kopf. »Ich weiß. Rory hat es mir erzählt. Anfangs habe ich noch fest daran geglaubt, dass meine Familie alle Hebel in Bewegung setzen würde, um mich dort herauszuholen. Doch nach ein paar Wochen begann ich zu zweifeln. Obwohl mir klar war, dass Briefe an Gefangene oft abgefangen werden, habe ich irgendwann gedacht, sie hätten mich vielleicht vergessen.«

Sein Geständnis war so erschütternd, dass Leanne augenblicklich mit den Tränen kämpfte. »Dein Vater und deine Geschwister lieben dich, Iain. Davon konnte ich mich auf eurer Burg selbst überzeugen. Sie haben jeden Tag an dich gedacht und für dich gebetet.«

Iain stieß den Atem aus. »Du hast natürlich recht. Es tut mir leid, dass du dir meine kindischen Gedanken anhören musstest«, meinte er, plötzlich verlegen.

»Du bist alles andere als kindisch, Iain«, widersprach Leanne und sah ihm fest in die Augen. »So viel Zeit in einer einsamen Gefängniszelle bringt auch die stärksten Gemüter an ihre Grenzen. Aber ich bin sicher, wenn du erst einmal auf Kilchurn Castle bist, wirst du den Tower endgültig hinter dir lassen können.«

»Ich hoffe es«, meinte Iain und sah erneut zu den Highlands.

Leanne wollte schon weitergehen, um Annabel Gesellschaft zu leisten, die während ihrer Rast mit Robert herumspazierte, als Iains Stimme sie zurückhielt.

»Das gerade war eigentlich nicht das, was ich meinte, als ich sagte, der Tower hätte mich verändert.«

Leanne spitzte die Ohren. »Was wolltest du dann sagen?«

»Ich habe nun erkannt, dass man jeden Tag, der einem auf Erden vergönnt ist, nutzen sollte. Die schönen Dinge genießen sollte, die uns das Leben bietet. Denn schließlich wissen wir nie, was der nächste Morgen bringt.« Der bittere Klang seiner Stimme verriet ihr, dass er von seiner Verhaftung sprach.

Leanne sah nachdenklich zum Himmel. Iain hatte recht. Manchmal machte sie sich so viele Sorgen, dass sie dabei all die guten Dinge aus den Augen verlor. Und manchmal wusste sie selbst nicht, was sie sich eigentlich wünschte. In ihrem bisherigen Leben war kein Platz gewesen für Leichtigkeit oder kühne Träume.

»Du solltest mit ihm reden«, sagte Iain sanft und doch zuckte sie zusammen. Sie hatte nicht bemerkt, dass sie die ganze Zeit über Rory angestarrt hatte, der längst wieder zu ihrem Lager zurückgekehrt war.

»Mit ihm reden?«, fragte Leanne ertappt und spürte, wie die Hitze in ihre Wangen schoss.

»Ich weiß zwar nicht, was zwischen euch passiert ist, aber ich sehe sehr wohl, dass ihr beide unglücklich seid.«

»Es ist kompliziert«, meinte sie ausweichend und überlegte dabei, wie viel Iain wohl von ihren Gefühlen für Rory ahnte.

»Alles, was das Herz betrifft, ist kompliziert, oder nicht?«, sprach er geradeheraus. »Aber bitte denk über meine Worte nach. Wäre es nicht gut, die Sache lieber gleich zu klären, statt sich noch länger damit zu quälen?«

Leannes Lippen verzogen sich zu einem skeptischen Strich. Sie erkannte die Vernunft in Iains Worten, was seinen Vorschlag deswegen aber nicht reizvoller machte. Die Wahrheit war, dass sie fürchterliche Angst hatte. Sie wollte Rory nicht gestehen, was sie für ihn empfand. Zum einen, weil es sich wohl kaum schickte, dass eine Magd ihrem Dienstherrn eine Liebeserklärung machte, zum anderen, weil sie befürchtete, dass es um sein Herz ganz anders stand als um das ihre. Wie sollte sie ihm danach wieder unter die Augen treten? Wenn sie weiterhin auf Kilchurn Castle arbeiten wollte, wären Begegnungen mit ihm unvermeidlich. Sie hatte schon viel in ihrem Leben ertragen, aber ob sie die Kraft hätte, Rorys mitleidigen Blick auf sich zu spüren, bezweifelte sie.

»Ich bin die Magd eures Vaters«, murmelte sie kaum hörbar. »Und werde niemals etwas anderes sein.«

Iain verschränkte die Arme vor der Brust. »Wir wissen beide, dass das nicht stimmt. Mein Vater hätte dich nicht aufgenommen, wenn er nicht dein gutes Herz erkannt hätte. Und ich bin mir sicher, dass du für Rory weit mehr bist als nur eine Angestellte auf unserer Burg.«

»Ja. Als ich ihn das erste Mal traf, hat er ziemlich deutlich gemacht, für was er mich hält«, wisperte sie voller Bitterkeit.

»Er hat ein aufbrausendes Temperament und vergreift sich oft im Ton«, gab Iain zu. »Aber er meint es nicht so. Tust du mir einen Gefallen und gehst dennoch zu ihm?«

Leanne stöhnte. Wie konnte sie Iain, der so viel durchgemacht hatte, diese Bitte abschlagen? »Na gut«, stieß sie irgendwann aus und setzte eine grimmige Miene auf, als könnte sie ihr tobendes Herz dadurch überlisten.

Obwohl Rory am Lagerfeuer in eine Schnitzarbeit vertieft zu sein schien, sprang er sofort auf, als Leanne sich ihm näherte.

»Was gibt es?«

Mit einem Mal kam sie sich furchtbar dumm vor, doch jetzt war es zu spät, um einfach kehrtzumachen. »Dein Bruder ist der Meinung, wir sollten reden«, sprach sie also und zwang sich, ihm in die Augen zu sehen.

Verwunderung blitzte für den Bruchteil einer Sekunde in seiner grünen Iris auf, dann legte sich seine Stirn in Falten. Mit einem unverständlichen Brummen griff er nach ihrem Arm und zog sie in den

Schutz des Waldes hinein, wobei Leanne beinahe über ihre eigenen Füße stolperte.

Hier, zwischen den Bäumen, war der Nebel noch dichter als auf der Lichtung. Er umhüllte sie und Rory wie ein Vorhang, schien sie von der restlichen Welt zu isolieren. So, als gäbe es nur sie und ihn. Sofort drängte sich ihr das Bild zweier eng umschlungener Gestalten auf. Wie einfach wäre es, ihr Gesicht an seiner Brust zu vergraben und endlich wieder seine Nähe zu spüren, die sie so vermisste?

Leanne ärgerte sich über die Richtung, die ihre Gedanken einschlugen, und besann sich auf das, was sie ihm zu sagen hatte.

Doch bevor sie den Mund aufmachen konnte, kam Rory ihr zuvor. »Ich habe dich vermisst«, sagte er, wie schon damals in London. Seine Stimme klang aufrichtig und fast ein bisschen traurig.

Leanne straffte die Schultern. Sie durfte nicht den Fehler begehen, sich jetzt von seiner Sanftheit umgarnen zu lassen. Schließlich hatte nicht nur er gelitten. »Und ich habe keine Lust mehr auf deine Spielchen, Rory MacGregor!«, rief sie streng und reckte ihr Kinn empor, um seinem Blick zu begegnen.

»Was für Spielchen?«, fragte er gereizt, ohne sich nur einen Zentimeter zu bewegen.

Sie öffnete ihre Arme in einer hilflosen Geste. »Alles! Es macht dir wohl Spaß, mich mal so, mal so zu behandeln! Erst beschimpfst du mich, dann gibst du dich als mein Gemahl aus, teilst das Bett mit mir ...«

»Du kannst mir vieles vorwerfen, aber nicht, dass ich dir gegen deinen Willen zu nahe gekommen wäre!«, warf er ihr wütend entgegen. »Glaub mir, ich kenne einige Männer, die deine Situation mit Sicherheit ausgenutzt hätten.«

»Oh, verzeih!«, sagte Leanne spitz. »Dann muss ich mich wohl bedanken, dass du dich nicht einfach über die unglückselige Magd in deinem Bett hergemacht hast. Wie überaus ehrenhaft von dir!«

»Du hast kein Recht, so zu sprechen!«, wies er sie scharf zurecht und packte sie an den Schultern.

Leanne entwand sich seinem Griff und stolperte zurück. »Warum nicht? Wirst du dich sonst bei deinem Vater beschweren? Mich eures Landes verweisen?«, rief sie verächtlich.

Rorys Wangen verloren an Farbe. »Lass gefälligst meinen Vater außen vor! Schließlich bin ich es, mit dem du ganz offensichtlich ein Problem hast.« Seine Stimme war nicht mehr so laut wie zuvor, aber der bedrohliche Unterton war nicht daraus verschwunden.

Eine Weile starrten sie sich nur an. Leanne spürte, dass sie am ganzen Leib zitterte. Nun würden sie sich also aussprechen.

»Was ist das zwischen uns?«, fragte Rory matt und runzelte die Stirn. »Ich dachte, ich könnte dir vertrauen!«

»*Du* sprichst von Vertrauen?« Sie verschränkte die Arme vor der Brust, als könnte sie den Schmerz in ihrem Innersten dadurch irgendwie erträglicher machen. »Warum hast du mir dann verschwiegen, was du im Tower herausgefunden hast? Weshalb Luke wirklich sterben musste?«

Rorys Gesicht wurde noch eine Spur blasser. »Verdammt! Also bist du mir damals doch hinterhergeschlichen.«

»Ja, das bin ich!«, rief sie trotzig. »Ich wollte dir helfen, verhindern, dass du etwas Dummes anstellst.«

»Verflucht, Leanne! Ich bin kein kleines Kind, auf das du aufpassen musst!«

Sie seufzte, zu erschöpft, um sich auch noch über sein leichtfertiges Handeln zu streiten. »Wenigstens Iain hättest du von Neils Geständnis erzählen müssen. Immerhin ist er derjenige, der ein halbes Jahr im Tower gesessen hat.«

Rory stemmte die Hände in die Seiten und schwieg.

Es dauerte eine Weile, bis sie begriff. »Du hast es ihm bereits erzählt, nicht wahr?« Die Enttäuschung wog schwer auf ihrer Brust, denn er hatte gerade einmal mehr bewiesen, dass er ihr nicht so sehr vertraute, wie er vorgab.

»Ich verstehe.« Sie nahm ihren letzten Rest Würde zusammen, nickte und wandte sich zum Gehen.

Doch Rory war schneller. Blitzartig schloss sich seine Faust um ihr Handgelenk. Er baute sich vor ihr auf, versperrte ihr den Weg.

»Ich konnte es dir nicht erzählen.« Seine Miene war unergründlich, was es Leanne noch schwerer machte, die Bedeutung seiner Worte zu entschlüsseln.

»Und warum nicht?«

Er stieß den Atem aus, ließ die Schultern hängen und sah schräg an ihr vorbei. »Weil ich nicht wollte, dass du denkst, dass alle Schotten so sind wie er. Wie Neil.«

Leanne starrte entgeistert auf sein Profil. »Du dachtest *was*? Dass ich …« Rorys Erklärung verschlug ihr für einen Moment die Sprache. Sie wusste nicht, ob sie lachen oder weinen sollte.

»Das ist das Dümmste, was ich je gehört habe!«, rief sie schließlich aus. »Denkst du etwa, ich bin so einfältig, dass ich meine Meinung über ein ganzes Volk an einem Menschen wie Neil festmache? Und ich – bin ich etwa genauso machtgierig wie Edward, mein rechtmäßiger König, nur weil ich ebenfalls Engländerin bin?«, spottete sie. Sie hatte ihn für klüger gehalten. Hatte er denn gar nichts gelernt in den letzten Wochen? Dass man über die Herkunft eines Menschen niemals auf seinen Charakter schließen konnte?

Ihr Lachen ärgerte ihn. Das erkannte sie an seinen wütend funkelnden Augen, seiner finsteren Aura, die selbst die Nebelwand um sie herum zu verscheuchen schien.

»Es war nicht der einzige Grund«, sprach er zornig. »In dieser Gefängniszelle wurden gefährliche Dinge gesagt. Dinge, für die jeder Mitwisser des Hochverrats beschuldigt werden könnte.«

»Ich weiß. Ich habe lange genug am Hof gelebt, um mir über die Bedeutung von Neils Plänen bewusst zu sein. Aber auch ich bin kein Kind, Rory. Ich bin weder einfältig noch leichtsinnig und würde meine Freunde niemals verraten. Ich dachte, du wüsstest das.«

»Zum Teufel, Leanne!«, fluchte er. »Ich wollte dich lediglich beschützen.«

»Beschützen, indem du mich anlügst?«, zweifelte sie. »Ich fürchte, wir haben ein abweichendes Verständnis davon, was Vertrauen bedeutet. Es würde mich wohl nicht so sehr ärgern, wenn nicht ausgerechnet *du* bei unserer Abreise gesagt hättest, wir müssten von nun an mit offenen Karten spielen.«

Wutschnaubend machte sie auf dem Absatz kehrt. Dieses Mal hielt er sie nicht zurück.

Als sie Iain im Lager begegnete, zog sie auf seinen fragenden Blick hin nur eine Grimasse. Das Gespräch mit Rory war alles andere als bereinigend gewesen. Es hatte die Dinge zwischen ihnen nur noch verschlimmert und ließ sie mit einem Gefühl der inneren Leere zurück.

45

Leanne ließ die Zügel los, um ihre Hände unter dem weichen Stoff ihres Mantels verschwinden zu lassen. *Nur noch ein paar Meilen*, hatten die MacGregors vorhin gesagt. Und dass sie Kilchurn Castle noch an diesem Abend erreichen würden. Daraufhin hatten Annabel und sie sofort eingewilligt, heute lieber ein wenig länger im Dunkeln zu reiten, statt so kurz vor dem Ziel ein weiteres Mal in ein Gasthaus einzukehren. Leanne hatte das Gefühl, nach all den Übernachtungen in mehr oder weniger empfehlenswerten Schenken keine kratzigen Strohsäcke und faden Eintöpfe mehr sehen zu können. Außerdem vermisste sie ihr eigenes Bett.

Doch nun, in der klirrenden Kälte dieser Februarnacht, die ihr ununterbrochen die Schneeflocken ins Gesicht wehte, fragte sie sich, ob die Entscheidung wirklich so klug gewesen war. Obwohl sie im Gegensatz zu damals, als sie alleine mit Alwin durch die Wälder geirrt war, diesmal nicht um ihre Sicherheit bangen musste, hatte der nächtliche Ritt etwas Unheimliches. Die mondbeschienene Landschaft lag ruhig da und der Schnee schluckte selbst das Klappern der Hufe, sodass lediglich Roberts leises Wimmern die Stille dann und wann durchbrach.

Sie verbot sich, Iain ein weiteres Mal danach zu fragen, wie viel Wegstrecke sie noch vor sich hatten. Ihre verbleibende Kraft nutzte sie lieber dafür, nicht vor Erschöpfung aus dem Sattel zu kippen und ihre kältestarren Zehen dann und wann in ihren Stiefeln zu bewegen. Größere Sorgen bereitete ihr allerdings Annabels Zustand. Ihre zierliche Gestalt war im Sattel zusammengesunken, ihre ganze Haltung darauf bedacht, das Kind an ihrer Brust zu wärmen. Viel länger würde sie nicht mehr durchhalten.

Sie ritten noch ein gutes Stück, dann hallte Rorys Ruf zu ihr hinüber. »Wir sind da!«

Leanne richtete sich träge auf und blinzelte. Der Schneefall hatte ihre Wimpern verklebt und ihre Sicht getrübt. Obwohl sie angestrengt in die Richtung sah, in die Rory gezeigt hatte, konnte sie rein gar nichts entdecken. Doch sie vertraute darauf, dass die MacGregors ihr Land schon erkennen würden. Um sich von ihrer Ungeduld abzulenken, ritt sie an Annabels Seite.

»Hast du gehört?«, rief sie ihr zu. »Wir sind bald da! Im Warmen!« Da ihre Freundin keine Reaktion zeigte, streckte Leanne die Hand aus und lehnte sich so hinüber, dass sie Annabels Schulter berühren konnte. Trotz der vielen Schichten, die ihre Freundin am Leib trug, spürte sie die zarten Knochen unter ihren Händen, und nicht zum ersten Mal machte sie sich Sorgen. Während der Monate im Kloster war Annabel regelrecht abgemagert und der Prozess in Westminster hatte sein Übriges dazu getan, um sie zu schwächen.

Leanne betete gerade, dass ihre Freundin in Glenstrae wieder zu Kräften kommen möge, als sie einen ersten Blick auf die Burg erhaschte. Im fahlen Mondschein erhob sie sich wie ein riesiger Felsen auf der kleinen Halbinsel am Loch Awe. Und obwohl Kilchurn Castle nach außen hin bedrohlich und düster wirken mochte, spürte Leanne, wie der Anblick der Festung ihr neuen Mut verlieh. Schon bald würde sie Alwin wieder in die Arme schließen. Sie konnte sich bildhaft vorstellen, wie der Junge bei ihrem Erscheinen große Augen bekam und sie nach jeder Einzelheit ihrer Reise ausfragte. Während sie im Geiste an einer kindgerechten Erzählung ihrer Erlebnisse feilte, überquerte die Gruppe bereits die schmale Brücke, die das Festland mit dem Wohnsitz der MacGregors verband.

Aufgrund der Kälte, oder vielleicht auch, weil man keine Gäste erwartete, hatte man keine Wachen am Eingang der Burg postiert. Das Falltor war jedoch heruntergelassen.

Leanne ballte die Hände zu Fäusten, um sich davon abzuhalten, vor Ungeduld so lange gegen die Eisenstangen zu trommeln, bis irgendeiner der Bewohner sie hörte und hereinließ.

»Das nenne ich ein freundliches Willkommen!«, spottete Iain neben ihr und blickte an der verwitterten Mauer seines Familiensitzes hinauf.

Rory stieß einen ärgerlichen Laut aus. »Sie hätten die Wache nicht unbesetzt lassen dürfen!«

»Das spielt jetzt keine Rolle«, sprach Leanne ungeduldig. »Annabel hält nicht mehr lange durch.«

Sie erntete ein Augenrollen und machte sich schon auf einen bissigen Kommentar gefasst, als Iain die beiden mit einer Handbewegung unterbrach.

»Wartet! Da vorne ist jemand.« Behände sprang er von seinem Hengst und trat an das Gitter. »He du!«

Leanne reckte neugierig den Hals. Sie erblickte eine schmale Gestalt, die mit einem Eimer bewaffnet über den Burghof huschte. Als Iain ein weiteres Mal auf sich aufmerksam machte, verlangsamte die Person ihre Schritte und wandte sich ihnen zu. Es war ein schlaksiger Junge, der Iain durch das Falltor hindurch ungläubig anstarrte und sich ihnen zaghaft näherte.

»Seid Ihr es wirklich, Mylord?«

»Aye!«, rief Iain ihm zu. »Und nun lass das Tor hoch, Roger!«

Nachdem er seine Überraschung überwunden hatte, warf der Junge den Eimer zu Boden und machte sich an der Kurbel zu schaffen, mit deren Hilfe sich die Absperrung hochziehen ließ.

Auch Lizzy und Eachann erkannten ihr Zuhause wieder und beschritten die kurze Strecke zu den Ställen so eilig, dass Roger sich dicht gegen das Gemäuer drängen musste, um nicht von den Tieren gestreift zu werden.

Der Halbwüchsige starrte die durchgefrorene Gruppe mit großen Augen an. »Ich werde sofort in der Küche Bescheid geben, Mylord! Ihr und Eure Begleiter seid sicher hungrig?«

»Allerdings«, sagte Rory. »Und hol auch ein paar Burschen, damit die Pferde versorgt werden.«

Der Junge nickte eifrig. Bevor er zurück in die Festung rannte, drehte er sich noch einmal um. »Das heißt also, Ihr seid wirklich frei, Mylord?«

»Aye!« Iain lächelte. »Die hier«, er wies mit dem Kinn auf die anderen, »haben mich aus dem Tower geholt.«

Die Augen des Burschen wurden noch größer und das Grinsen auf seinem Gesicht verriet, wie sehr er sich darauf freute, die frohe Botschaft unter den Burgbewohnern zu verbreiten.

»Tu mir einen Gefallen, Junge, und behalte unsere Ankunft erst einmal für dich«, sagte Iain jedoch und legte seine Hände beschwichtigend auf die schmalen Schultern. »Wir wollen schließlich nicht die ganze Bewohnerschaft wecken. Lieber belassen wir es bei einer schönen Überraschung morgen früh.«

Der Junge zog einen Schmollmund, nickte aber und huschte flink die Stufen zum Eingang der Burg hinauf.

»Ich frage mich, was der Bursche hier draußen zu suchen hatte«, sprach Rory, als seine Gestalt durch die Tür verschwunden war.

Iain zuckte mit den Schultern und grinste. »Ich bin einfach nur froh, dass uns eine Nacht in der Kälte erspart geblieben ist.« Seine scherzhafte Miene schlug um, als er sah, dass Annabel kraftlos aus dem Sattel rutschte. Bevor die junge Frau unsanft auf dem Boden aufkommen konnte, hatte er seine Hände schon um ihre Taille gelegt und setzte sie vorsichtig ab. »Würdest du vielleicht ...?«, meinte er zu Leanne, die auch ohne Worte verstand.

»Lass uns hineingehen, Annabel.« Sie überließ die Pferde den Männern und geleitete ihre Freundin in die Burg. Sie kannte diesen Ort inzwischen gut genug, um sich in den Gängen der Festung mühelos zurechtzufinden. Die Herausforderung bestand eher darin, Annabel daran zu hindern im Stehen einzuschlafen, und sie ohne weitere Stürze ins Bett zu bringen. Sie wirkte genauso müde wie das Kind, das schon seit Stunden an ihrer Brust quengelte. Mit letzter

Kraft bugsierte Leanne sie in Richtung der Gästezimmer. Sie wusste, dass Iain und Rory sicher nichts dagegen hätten, wenn sie Annabel erst einmal hier unterbrachte. Wie es danach weiterging, würde sich morgen zeigen. Während sie ihre Freundin die letzten Meter stützte, dachte sie darüber nach, welche Veränderungen sich ab morgen noch auf Kilchurn Castle, nein, im ganzen Clan, ergeben würden. Wie würden die Menschen auf die Rückkehr des Fürstensohns reagieren? Und wie würde es für sie selbst weitergehen?

Leanne verwarf ihre Grübelei, die nichts in ihrem vor Müdigkeit vernebelten Geist zu suchen hatte. Vorsichtig führte sie Annabel in eines der Gästezimmer und nahm ihr Robert ab, damit sie sich aus dem dicken Mantel schälen konnte.

»Danke«, murmelte Annabel und ließ die Schultern kreisen, die vom stundenlangen Tragen sicher schmerzten. Nachdem sich ihre Freundin auf dem Federbett ausgestreckt hatte, legte Leanne Robert zu seiner Mutter und widmete sich dann dem Kamin, um etwas Wärme in das klamme Zimmer zu bringen. Ihr Feuereisen war schon ziemlich abgenutzt und sie brauchte mehrere Anläufe, aber irgendwann gelang es ihr, ein kleines Feuer zu entzünden. Sie erhob sich, streckte ihren von der Reise gepeinigten Rücken durch und warf einen letzten Blick auf Mutter und Sohn. Beide waren längst tief am Schlafen. Annabels Brust hob und senkte sich geruhsam und aus Roberts winzigem Mund ertönte ein leises Schnarchen. Leanne nahm das friedliche Bild für ein paar Atemzüge auf, dann schloss sie sachte die Tür.

Als sie sich die Treppe zum Dienstbotentrakt hinunterschleppte, wurde sie sich der bleiernen Müdigkeit in ihren Gliedern bewusst, spürte jeden einzelnen Knochen in ihrem Leib. Ihr graute vor der Vorstellung, gleich morgen früh wieder bei Bridget am Herd zu stehen, denn im Moment fühlte sie sich so, als müsste sie drei volle Tage lang nur schlafen.

Trotz der Schwere in ihren Beinen gelang es ihr, den vertrauten Gang mit den Kammern des Gesindes lautlos zu durchqueren.

Auf leisen Sohlen schlich Leanne zu dem Zimmer, das Alwin und sie bewohnten, und drückte die Klinke herunter. Ein vorfreudiges Lächeln erschien auf ihren Lippen, als sie sich vorstellte, endlich wieder in das Gesicht ihres kleinen Bruders zu blicken. Durch die Tür fiel ein schmaler Lichtstrahl in die Kammer, doch der Rest war in Dunkelheit getaucht, sodass ihre Augen eine Weile brauchten, um irgendetwas zu erkennen. Sie starrte in die nächtliche Schwärze – und erschrak. Alwins Bett war leer. Die Zudecke war ordentlich zusammengefaltet, das Laken glattgestrichen. Leanne war, als würde ihr Herzschlag für einen Moment aussetzen. Wo zum Teufel steckte Alwin? Ihre Augen huschten panisch durch das Zimmer, über ihre eigene leere Bettstatt, den unbenutzten Tisch. Nirgendwo gab es einen Hinweis auf die Frage, wo ihr Bruder sein könnte. Panik kroch ihr die Kehle hinauf. War Alwin etwas zugestoßen?

Die Anweisung der Männer, dass sie die Burgbewohnerschaft schlafen lassen sollten, ignorierend, beschloss Leanne, überall nach Alwin zu suchen. Und wenn sie dafür ganz Kilchurn Castle aufwecken musste.

Schwungvoll trat sie aus der Tür und stieß dabei mit einer dunkelhaarigen Frau zusammen. Leanne entfuhr ein Schrei. Im nächsten Moment presste sie sich die Hand auf ihr hämmerndes Herz.

»Catriona!«

Das Kindermädchen keuchte auf und wich zurück. Sie hatte wohl ebenfalls einen Schreck abbekommen.

»Leanne, ich wollte nicht ...«, begann sie, wurde jedoch sofort unterbrochen.

»Alwin – hast du ihn gesehen? Er ist nicht hier!«

Catriona nickte und tätschelte ihr die Hand. »Beruhig dich, Mädchen! Deswegen bin ich ja hier. Dem Jungen geht es gut, er schläft allerdings seit kurz nach deiner Abreise bei mir und Mariota.«

Leanne ließ vor Erleichterung die Schultern sinken. »Oh.«

»Er hat sich nachts immer gefürchtet, so ganz allein in der Kammer, da hab ich mir gedacht, dass es wohl das Beste wäre, ihn einfach zu mir und dem Mädchen zu nehmen.«

»Danke!«, sagte Leanne. »Das war sehr freundlich von dir.« Sie hatte sich ganz umsonst Sorgen gemacht und vergessen, dass man sich hier auf Kilchurn Castle gut um ihren Bruder kümmerte. Vielleicht lag es an ihrer Verfassung, doch bei dem Gedanken kamen ihr unwillkürlich die Tränen. Noch nie hatte sie so viel Fürsorglichkeit erfahren wie auf dem Land der MacGregors. Manchmal glaubte sie, sich kneifen zu müssen, um zu begreifen, dass sie und Alwin hier wirklich ein Zuhause gefunden hatten.

»Ist alles in Ordnung?«, kommentierte Catriona ihren plötzlichen Gefühlsausbruch und legte den Kopf schief. »Ich kann Alwin aufwecken, wenn du ihn sehen willst?«

»Danke«, schniefte Leanne, »aber ich denke, ich lasse ihn lieber schlafen. Es ist schließlich schon sehr spät.«

Catriona nickte und gähnte herzhaft, wobei die Haube auf ihrem Kopf ins Rutschen geriet. »Aye, das kann man wohl sagen. Ich war ja selbst schon am Schlafen, als der junge Herr mich weckte. Aber so hab ich wenigstens gleich mitbekommen, dass es euch gelang, seinen Bruder zu befreien. Es ist wirklich ein Wunder!« Ihr Grinsen verdrängte die Müdigkeit aus ihren braunen Augen.

»Ja, das ist es«, stimmte Leanne ihr lächelnd zu. Dann legte sich ihre Stirn in Falten. »Warte – Rory hat dich geweckt?«

Catriona unterdrückte ein weiteres Gähnen. »Er kam vorbei, um nach Mariota zu sehen. Dabei hat er auch Alwin entdeckt und mich gebeten, dir Bescheid zu geben. Er meinte, du würdest dir sonst sicher Sorgen machen.«

Leanne schwieg, zu gerührt, um etwas zu entgegnen. Dass Rory so vorausschauend gehandelt hatte, zeigte ihr, wie gut er sie mittlerweile kannte. Und auch, dass sie ihm nicht gänzlich egal war. Eine Welle der Dankbarkeit durchflutete sie und brachte sie zum Lächeln.

»Ich gehe jetzt wieder ins Bett«, drang die Stimme des Kindermädchens zu ihr. »Und du siehst aus, als könntest du ebenfalls eine Mütze Schlaf vertragen.«

Leanne nickte abwesend, bedankte sich bei Catriona und zog sich in ihr Zimmer zurück. Dort ließ sie sich schwerfällig auf das Bett sinken. Sie schlüpfte aus ihren Stiefeln, bog ihren verspannten Rücken durch und streckte sich der Länge nach aus. So lag sie eine Weile da.

Sie hatte angenommen, dass sie sofort einschlafen würde, sobald ihr Körper das Laken berührte, aber dem war nicht so. Stattdessen blieben ihre Lider geöffnet, während ihre Augen unbestimmte Punkte in der nächtlichen Schwärze fixierten. Jeder Teil ihres Körpers, von den Schultern bis zu den Zehenspitzen, schmerzte, sehnte sich nach der Erholung, die ihr tosender Geist ihr nicht gewähren wollte. Je mehr sie sich bemühte, zur Ruhe zu kommen, desto lebhafter schwirrten die Bilder in ihrem Kopf umher. Leanne musste an ihre Reisen denken – nicht nur an jene, die sie an Rorys Seite bestritten hatte, sondern auch an die Zeit, in der sie alleine auf der Flucht gewesen war. Seufzend fuhr sie sich durch das aufgelöste Haar. So oft in ihrem Leben war sie davongelaufen. Vor dem Zorn ihres Vaters, der Enge ihrer Kate. Später vor Sir Mortimer. Schließlich vor der Grausamkeit Thomas Lancasters und der Skrupellosigkeit des Königs. Sie presste ihre Augen fest zusammen, als könnte sie die Qualen der Vergangenheit auf diese Weise ausblenden. Warum musste der dumpfe Schmerz sie ausgerechnet jetzt überraschen, wo sie doch in Sicherheit war und ihr Körper nach Erholung schrie?

Als Leanne sich mit einem Ächzen aufrichtete, merkte sie, dass sie zitterte. Sie kam auf die Füße und entledigte sich ihrer klammen Reisekleidung. Obwohl es in ihrem Zimmer beinahe stockdunkel war, fand sie ohne Probleme ein frisches Nachthemd in ihrer Kleidertruhe. Ungeduldig schob sie sich das lockere Gewand über den Kopf. Dann zog sie ihre kniehohen Wollstrümpfe an und hüllte sich in einen warmen Mantel. So angezogen kroch sie fröstelnd ins Bett.

Die Behaglichkeit ihrer frischen Kleidung und die Wärme, die sich unter der Decke ausbreitete, schafften es, ihren Herzschlag allmählich zu beruhigen. Mit ihrem Geist sah es allerdings anders aus. Unruhig wälzte sie sich von einer Seite auf die andere, verfluchte die Dämonen, die ihr den Schlaf raubten. Sie konnte es sich nicht leisten, unausgeschlafen zu sein. Schon morgen musste sie zurück an die Arbeit gehen, ihre Pflicht dem Laird gegenüber tun. Außerdem würde Alwin sicher pünktlich zur Morgendämmerung vor ihrer Tür stehen.

Leanne stöhnte und rollte sich zusammen wie die Katze, die sie und Bridget manchmal in der Küche besuchte. In diesem Augenblick beneidete sie das Tier. Die Katze musste sich keine Sorgen um ihre Zukunft machen oder Gefühle durchleben, die weder willkommen noch angebracht waren.

Die Reise nach Westminster war zwar ein Erfolg gewesen, aber ein kleiner Teil ihrer selbst wünschte sich, sie hätte die Burg niemals verlassen. Denn hier hätte sie niemals Rorys Lippen auf ihren gespürt, wäre niemals unter seinen Händen zerschmolzen wie das Wachs einer brennenden Kerze. Wüsste nicht, dass es einen Ort gab, an dem sich all ihr Leid, all ihre Sorgen in nur einem Atemzug in Luft auflösten. In seinen Armen.

Eine einsame Träne rollte ihre Wange hinab, ein Zeugnis der Wut, die in ihrem Herzen mit der Traurigkeit rang. In diesem Moment verfluchte sie Neil Campbell. Dass er Annabel ihres Geliebten und Robert seines Vaters beraubt hatte, zählte sicherlich zu seinen schlimmsten Vergehen, und sie hoffte, dass er dafür in der Hölle schmoren würde. Aber er war auch der Grund, weshalb sie in dieser Nacht einen Schmerz fühlen musste, der rein gar nichts mit den körperlichen Strapazen der Reise zu tun hatte.

Obwohl ihr Geist von dem Hass auf Neil erfüllt war, war es bald ein anderes Gesicht, das sich vor ihr inneres Auge schob. Verwundert durchlebte Leanne das erste Aufeinandertreffen mit Iain MacGregor. Wie sie ihn aus dem Tower geholt hatten. Wie aufmerksam er sich gegenüber Annabel, aber auch Gilbert und Velma, verhalten hatte. Und schließlich der Moment auf der Waldlichtung, in dem sie zum ersten Mal eine Unterhaltung geführt hatten, die über das übliche Geplänkel hinausgegangen war.

Ich habe nun erkannt, dass man jeden Tag, der einem auf Erden vergönnt ist, nutzen sollte. Die schönen Dinge genießen sollte, die uns das Leben bietet. Denn schließlich wissen wir nie, was der nächste Morgen bringt.

Iains Worte hallten als fernes Echo in ihr nach und ließen nicht von ihr ab, so sehr sie sich auch sträubte. *Weil es die Wahrheit ist,* schoss es ihr unbarmherzig durch den Kopf.

Im selben Atemzug beschleunigte sich ihr Herzschlag. Als sie auf die Beine kam, schwindelte ihr. Doch ihre Füße ließen sie nicht im Stich. Sie schienen genau zu wissen, was sie als Nächstes tun sollten. Die Kälte ignorierend, ging sie in ihren Strümpfen zur Tür, machte sich nicht einmal die Mühe, diese hinter sich zu schließen. Die Flure von Kilchurn Castle waren so ruhig, dass man meinen konnte, keine Menschenseele bewohne die alten Gemäuer. Lediglich das Knarzen von Holzdielen und das Tippeln kleiner Nagetiere durchbrach hier und da die einsame Stille.

Wie von selbst erklommen Leannes Beine die Treppe. Mit jeder Stufe wuchs ihre Nervosität, die die Müdigkeit in ihren Gliedern betäubte und stattdessen all ihre Sinne schärfte. Oben angekommen blieb sie unschlüssig stehen. Sie trat an das Fenster, durch das ein kalter Zug in den Gang wehte. Unterhalb der Burgmauern tat sich der Loch Awe in all seiner Pracht auf. Das Mondlicht glitzerte auf der sanft gekräuselten Wasseroberfläche, die Bäume setzten sich schwarz gegen den Horizont ab und wirkten wie Wächter, die den Stammsitz der MacGregors des Nachts beschützten. Ein Seufzer entfuhr Leannes Brust. Sie liebte dieses mystische Land ebenso sehr wie den Mann, der auf diesem Boden geboren war. Und zum ersten Mal in ihrem Leben war sie froh, eine Frau zu sein, die nichts mehr zu verlieren hatte.

Lautlos huschte sie über die Dielen der oberen Etage, in der sich die fürstlichen Gemächer befanden. Ihre letzten Zweifel verflogen beim Anblick des warmen Lichtstrahls, der aus einem der Zimmer drang und sie einlud, näherzutreten. So als hätte er sie erwartet.

Sie nahm all ihren Mut zusammen, zwang sich, weiterzugehen. Vielleicht war das, was sie vorhatte, ihr Untergang. Der Gedanke hätte sie vermutlich beängstigt, wüsste sie nicht, dass sie genauso verloren war, wenn sie nichts unternähme. Daher hörte sie auf Iains Stimme, die sie mahnte, nicht gegen das zu kämpfen, was sie wirklich wollte. Denn was sie wollte, war nicht länger ein unbestimmter Traum. Nein, er war real, war ihr so nah, dass sie nur wenige Schritte von ihm trennten.

Leanne zog sachte an der Tür, gerade so weit, dass sie hindurchschlüpfen konnte. Sie hatte sich nicht geirrt. Rory war tatsächlich noch wach. Sein Oberkörper lehnte gegen das Fußende seines Bettes, die langen Beine hatte er von sich gestreckt. Sein grüblerischer, auf das Kaminfeuer gerichtete Blick strafte seine entspannte Haltung jedoch Lügen.

»Kannst du auch nicht schlafen?«

Er zuckte zusammen. Als er sie an der Tür entdeckte, weiteten sich seine Augen, dann erschien ein Ausdruck in ihnen, den Leanne nicht zu deuten wusste. Dass kein Wort über seine Lippen kam, machte die Sache nicht gerade leichter. Mit einem Mal war sie verlegen. War es ein Fehler gewesen, in Rorys privaten Rückzugsort einzudringen?

Es war ein schöner Raum mit schlichter Einrichtung, dessen Kernstück ebenjenes Bett bildete, an dem Rory gerade lehnte. Der Kamin war deutlich breiter als die kleinen Feuerstellen in den Zimmern der Dienerschaft. Kein Wunder angesichts der Weitläufigkeit dieses Gemachs. Die auf den Dielen verlegten Felle strahlten Behaglichkeit aus, während die bestickten Wandteppiche dem Raum einen gewissen fürstlichen Stolz verliehen.

Und sie stand hier in ihren Wollstrümpfen, den Mantel lose um ihr Nachthemd gewickelt. Leanne errötete, als sie sah, dass auch Rory ihre spärliche Bekleidung nicht entgangen war und sein Blick auf ihrem ungewohnt tiefen Ausschnitt lag. Sie stolperte rückwärts und sorgte mit ihrer ungeschickten Bewegung dafür, dass die Tür krachend ins Schloss fiel.

Ein erschrockenes Quietschen entfuhr ihrer Kehle. Leanne begegnete Rorys aufmerksamem Blick und hatte das Gefühl, nun gänzlich in Flammen zu stehen. Er hatte sich erhoben und lehnte lässig gegen den Kaminsims, seine Mundwinkel zuckten amüsiert.

»Lachst du mich aus?«, fragte sie beschämt.

»Nein«, sagte er, ohne sein Grinsen dabei zu verlieren. Der Schein des Feuers warf flackernde Schatten auf sein maskulines Gesicht und ließ ihn unverschämt gut aussehen. Leanne schluckte, als ihr auffiel, dass Rory ebenfalls wenig am Leib trug. Stiefel, Gürtel und das Obergewand aus robustem Stoff, die er während der Reise meist getragen hatte, hatte er abgelegt. Sein Leinenhemd war bis zu den Ellbogen hochgekrempelt und entblößte seine kräftigen Unterarme.

Obwohl sie Rory gewiss nicht zum ersten Mal so informell gekleidet sah und ihm schon öfters nahegekommen war, versetzte sein Anblick sie in solche Aufregung, dass sie fürchtete, ihre Beine würden unter ihr nachgeben. Die ganze Situation hatte etwas Verbotenes an sich und dessen waren sie sich beide bewusst. Im Gegensatz zu ihrem Täuschungsmanöver in Westminster gab es dieses Mal keinen echten Grund dafür, dass sie sich in derselben Kemenate aufhielten. Nein, heute war es eine unbestimmte Macht, eine unerfüllte Sehnsucht gewesen, die sie in seine Nähe getrieben hatte.

Nun, da sie sich schweigend gegenüberstanden, nichts taten, als sich anzustarren, war Leanne plötzlich nicht mehr sicher, ob ihr Vorhaben so weise gewesen war.

»Willst du gar nichts sagen?«, brachte sie mit schwacher Stimme hervor.

Er ließ sich Zeit mit seiner Antwort, räusperte sich erst, ohne den Blick von ihr zu nehmen. »Ich weiß nicht. Die letzten Male, als wir uns unterhalten haben, ist es nicht besonders gut ausgegangen, findest du nicht?« Sein Sarkasmus konnte den bitteren Klang seiner Stimme nicht abmildern.

Leanne schlug die Augen nieder. Rory hatte recht. Ihre letzten Gespräche waren fast immer im Desaster geendet, hatten auf beiden Seiten Zorn heraufbeschworen. Und doch schaffte sie es nicht, sich von ihm fernzuhalten.

Unschlüssig, was sie auf seine ehrlichen aber harten Worte erwidern sollte, wechselte sie das Thema. »Ich wollte mich bedanken. Dafür, dass du Catriona zu mir geschickt hast.«

Rory nickte, wandte den Kopf und starrte ins Kaminfeuer. »Wie geht es Annabel und Robert?«

»Ich habe sie in eines der Gästezimmer gebracht. Sie waren beide furchtbar erschöpft. Aber ich denke, ein paar ruhige Tage werden ihre Kräfte wiederherstellen.«

»Aye.«

Da war sie wieder. Die Stille zwischen ihnen, die mit jedem Atemzug lauter und unerträglicher wurde. Leannes Finger schlossen sich um die Türklinke, gewillt, der seltsamen Spannung ein Ende zu bereiten, als sie im Augenwinkel eine Bewegung wahrnahm.

Rory hatte einen Schritt auf sie zugemacht. Während Leannes Hand an der Tür verharrte, begegnete sie seinem Blick. Wieder einmal war sie gefangen von dem leuchtenden Grün seiner Iris, die sich soeben etwas verdunkelt hatte. Obwohl seine Augen auf ihrem Gesicht lagen, fühlte es sich an, als würde er ihren Körper allein durch seinen Blick entkleiden. Die Vorstellung sandte einen wohligen Schauer über ihre Haut, weckte Erinnerungen an seine zärtlichen Berührungen.

Ihr Herz pochte wie wild, als sie sich von der Tür abstieß, im gleichen Moment, in dem er auf sie zukam. Er blieb so dicht vor ihr stehen, dass sie den sanften Schwung seiner Lippen bewundern, seinen vertrauten Geruch einatmen konnte.

Er neigte den Kopf und kam ihr so nahe, dass sie glaubte, er würde sie küssen. Stattdessen schob sich sein Mund dicht an ihrer Wange vorbei und verharrte an ihrem Ohr.

»Wie wäre es, wenn wir für eine Weile auf das Reden verzichten? Es gibt nämlich ganz andere Dinge, die ich lieber mit dir tun würde.« Sein Atem kitzelte ihren Hals, während die Bedeutung seiner Worte ihren Geist erreichte und eine Hitze in ihr auslöste, die bis in ihren Unterleib schoss.

Leanne hob ihr Kinn, sodass sich ihre Nasenspitzen berührten. Seine Pupillen waren groß und hungrig; das wilde Pochen an seinem Hals verriet ihr, dass er ebenso nervös war wie sie. Sie schloss die Augen, redete sich ein, dass sie keine Angst haben musste. Schließlich hatte sie dies schon viele Male getan. Doch als sich ihre Blicke wieder trafen, sie das Zittern ihrer Hände spürte, musste sie sich eingestehen, dass das hier etwas völlig anderes war.

Es war Rory.

Leanne seufzte dankbar auf, als seine Lippen die ihren berührten. Sein Kuss verscheuchte die Zweifel in ihrem Kopf, blendete jegliches Denken aus. Im Gegensatz zu dem stürmischen Kuss, den sie damals geteilt hatten, war dieser hier voller Behutsamkeit. Sein Mund streifte die zarte Haut ihrer Lippen nur ganz leicht, bot ihr Zeit, sich an seine Nähe zu gewöhnen.

Irgendwann wollte sie mehr. Sie neigte ihren Kopf zu Seite, öffnete ihre Lippen einen Spalt und hieß ihn willkommen, indem sie ihren Körper an den seinen presste. Er folgte ihrer Einladung, liebkoste sie mit seiner Zunge, bis Leanne ein ungeduldiges Stöhnen entfuhr. Am Rande ihres Bewusstseins nahm sie wahr, dass sie ihre Hände auf seinen Rücken gelegt hatte. Nicht etwa, weil sie Halt suchte – denn sie war sicher in seinen starken Armen, die sie aufrecht hielten, während sich seine Küsse an ihrem Hals fortsetzten. Nein, sie umschlang ihn, weil sie es liebte, das Spiel seiner Muskeln unter ihren Händen zu spüren. Von dem Drang überwältigt, jede Stelle seines Körpers zu erkunden, glitten ihre Finger unter sein Hemd, strichen über das Relief seiner Bauchmuskeln und tiefer hinab. Sein Keuchen, als sie seine Härte streichelte, brachte sie zum Lächeln. Er war genauso bereit wie sie. Rory begegnete ihrem Blick, grinste und schob ihre Hand sanft von sich.

Er musterte sie aufmerksam, dann zog er ihr den Mantel mit einem Ruck von den Schultern, sodass der schwere Stoff mit einem Mal zu Boden fiel. Dagegen war das Tempo, mit dem er den Saum ihres Nachthemdes anhob, beinahe andächtig.

Eine Gänsehaut überkam Leanne, als sie seinen bewundernden Blick auf ihrem bloßen Körper spürte, die sich nur noch verstärkte, als seine Daumen sanft über ihre Brustwarzen strichen. Eine winzige Berührung, die es schaffte, all ihre Sinne auf das süße Pochen zwischen ihren Beinen zu lenken, das mit jedem Atemzug stärker wurde. Ein Verlangen, welches nur gestillt werden konnte, indem sie die Hitze seiner Haut auf der ihren spürte.

Ungeduldig nestelte sie an seinem Hemd und ärgerte sich über das Zittern ihrer Hände. Rory kam ihr zu Hilfe, indem er das Gewand mit einer schnellen Bewegung über den Kopf zog und achtlos von sich warf. Nun trennte nur noch der dünne Stoff seiner Hose ihre intimsten Stellen voneinander. Ein Umstand, den Leanne schnellstmöglich ändern wollte. Aber ihre fahrigen Hände weigerten sich erneut, ihr zu gehorchen.

Rory bemerkte ihre Anspannung und zog sie an sich, strich ihr sanft über den Rücken, bis sich ihr Herzschlag ein wenig beruhigte. Die Mischung aus Nervosität und Erregung ließ ihre Knie dennoch weich werden und Leanne erkannte, dass sie längst nicht mehr Herrin über ihren eigenen Körper war. Doch das war nicht schlimm. Denn sie vertraute diesem Mann, der sie so zärtlich liebkoste, als wäre sie das Kostbarste, was er je in den Händen gehalten hatte. Sie ließ sich fallen und überließ sich seinen Armen, die sie vorsichtig anhoben und zum Bett trugen.

Leanne hob die Hand, ließ ihre Fingerspitzen sachte über Rorys Haut gleiten. Sie war warm und glatt, bis auf die längliche Narbe, die knapp unter seinem linken Schulterblatt begann und am unteren Rücken endete.

»Dunbar«, sagte er schlicht, trotzdem wusste sie sofort, wovon er sprach. Sie rechnete im Kopf nach. Über ein halbes Jahr war die Schlacht von Dunbar nun her. Unwillkürlich stellte sie sich Rory im Kampfgetümmel vor. Stellte sich vor, wie das Schwert des Gegners sein Kettenhemd zerriss.

Rory hob die Augenbrauen und streichelte ihre Wange. »Sieht es so schlimm aus?« Er musste ihren Gesichtsausdruck missdeutet haben. »Ich bin sicher, in ein paar Jahren wirst du dort nur noch eine blasse Linie erkennen.«

Leanne schüttelte den Kopf, den sie auf ihre Hand gestützt hatte. Da wurde ihr die Bedeutung seiner Worte bewusst.

»In ein paar Jahren?«, fragte sie und verfluchte sich noch im selben Atemzug dafür. Warum konnte sie nicht einfach den Mund halten, den Augenblick genießen? Sie kannte die Antwort auf die Frage, die zwischen ihnen stand. Aber es war bereits zu spät. Rory setzte zu einer Entgegnung an.

»Ja, in ein paar Jahren.«

Leanne richtete sich überrascht auf. Das war nicht die Antwort, mit der sie gerechnet hatte. Oder begriff Rory etwa nicht, worauf sich ihre Frage bezog? Aus der grüblerischen Falte, die sich auf seiner Stirn gebildet hatte, wurde sie nicht viel schlauer.

»Leanne«, sprach er und setzte sich ebenfalls auf. Seine Hand schob sich unter ihr Kinn, zwang sie, ihn anzublicken. »Ich lasse dich jetzt nicht wieder gehen. Es sei denn, du willst es.«

Sie verlor sich in seinem sehnsüchtigen Blick, in dem gleichzeitig etwas Flehendes lag. Dann besann sie sich auf das, was gesagt werden musste. »Was ich will, Rory, bist du. Aber wie ...?«

Sie schluckte und rang mit den Händen, wies auf das schmuckvoll eingerichtete Zimmer, das den Stellenwert seines Bewohners betonte.

Rory ließ sich auf den Rücken fallen. »Ich bin sicher, mein Vater ist dir lebenslänglich dankbar, dafür, dass du seinen ältesten Sohn aus dem Tower geholt und den jüngeren zur Vernunft gebracht hast.«

Bei seinen Worten musste sie schmunzeln, trotz der Sorge, die sich dumpf in ihrem Hinterkopf meldete. »Bist du sicher? Vernunft sieht für mich eigentlich anders aus«, meinte sie mit einem schiefen Grinsen und wies auf das Laken, auf dem sich ihre entblößten Körper räkelten.

Rory zog sie an sich, drückte ihr einen Kuss auf die Lippen und lächelte. »Das ist das Vernünftigste, was ich seit langem getan habe.« Als sie sich zurücklehnte, fuhr er mit dem Daumen die Linie ihrer Wangenknochen nach. »Wir werden einen Weg finden.« Er sagte dies mit solcher Gewissheit, dass Leanne versucht war, ihm tatsächlich zu glauben.

»Lass uns jetzt nicht darüber reden«, meinte sie, mehr zu sich selbst als zu ihm, denn sie bereute es, das Thema erst in sein Schlafzimmer hineingelassen zu haben. »Ich will diese Nacht einfach nur genießen – mit dir.«

Rory schien ihre Worte als Einladung zu begreifen. Er stützte sich auf den Ellbogen und fuhr mit seiner Hand sachte über ihren entblößten Bauch, umkreiste ihren Nabel. Leanne fühlte sich auf wundersame Weise geborgen und frei zugleich. Sie spürte weder Scham noch Angst. Pures Glück floss durch ihre Adern, als sie das Gesicht jenes Mannes bewunderte, den sie liebte. Und als sie seinen sinnlichen Blick bemerkte, der allein ihr galt, schlug ihr Herz vor Freude etwas schneller. Gleichzeitig brach in diesem Moment eine Erinnerung über sie hinein – unbarmherzig und schmerzhaft.

»Damals, kurz vor Elstow«, begann sie leise und Rory hob träge den Kopf. »Als wir in der Unterkunft das Bett geteilt haben und ...«

Obwohl es angesichts der Situation, in der sie sich befanden, keinen Sinn machte, war sie plötzlich verlegen und die Worte wollten ihr nicht recht über die Lippen kommen. »Als du auf einmal aus dem Zimmer gestürmt bist. Da dachte ich, du findest mich abstoßend. Weil ich so viele Jahre bei Sir Mortimer gelebt habe.«

Rorys Hand stockte in der Bewegung, seine Augen wurden schmal. »Du dachtest *was*?«

Er wandte den Kopf ab, setzte sich auf und Leanne fürchtete die Worte, die nun aus seinem Mund kommen würden. Seine Hände waren zu Fäusten geballt und krallten sich fest in das Laken. Aus irgendeinem Grund hatte ihr Geständnis ihn verstört.

»Bei Gott, Leanne!« Er sah streng aus und doch war der Kuss, den er ihr auf die Stirn hauchte, überraschend zart. »Wie konntest du je so etwas denken? Ich habe mich damals im letzten Moment zusammengerissen, weil ich eben nicht einer dieser Männer wie Mortimer sein wollte. Der Nächste, der dich einfach überfällt.« Leanne war dankbar für seine Umschreibungen. Sie hätte es nicht ertragen, hier, in diesem Bett, von ihren Jahren als Mätresse zu sprechen.

»Außerdem hatte ich Angst«, gestand Rory.

Leannes Augen weiteten sich. »Wovor? Ich dachte damals, du seist wütend.«

Er seufzte. »Ich war verwirrt. Ich hatte noch nie solche Gefühle, als ich ... mit einer Frau ... es war überwältigend«, schloss er und sie bemerkte amüsiert, wie sich seine Ohren bei seiner stockenden Erklärung verfärbten.

»Ich bin also sehr überwältigend?«, neckte sie ihn mit hochgezogenen Augenbrauen.

»Aye, das bist du«, sprach er und beugte sich über sie. »Noch mehr als ich es mir jemals erträumt habe. Und glaub mir, ich habe oft von dir geträumt. Sehr oft. Einer der Gründe, weshalb ich es kaum erwarten kann, jeden Teil von dir kennenzulernen.« Seine Augen verdunkelten sich um eine Nuance. Neugier, gepaart mit Lust, hatte sich vor das Grün seiner Iris geschoben.

Umso unpassender erschien Leanne das Kichern, welches plötzlich aus ihrem Mund drang.

Rory hielt in der Bewegung inne und wich zurück. »Was ist so lustig?«

»Nichts«, brachte sie gepresst hervor, konnte das Grinsen in ihrem Gesicht aber nicht vertreiben. »Du kennst nicht mal meinen richtigen Namen.«

»Deinen Namen?« Zwischen Rorys Brauen bildete sich eine Falte, ein Zeichen, dass sie seine volle Aufmerksamkeit hatte.

Leanne nickte und begegnete seinem gespannten Blick.

»Mein Name ist Anne.«

ENDE

Dir hat dieses Buch gefallen?

Dann würde ich mich sehr über eine Rezension auf Amazon, LovelyBooks oder Books on Demand freuen.

Du möchtest mehr zu meinen Buch-Projekten erfahren?

Instagram: @camilla.warno
Facebook: Camilla Warno – Autorin
Website: www.camilla-warno.de

Nachwort

Inspiriert zu diesem Roman wurde ich durch meine persönliche Leidenschaft für Schottland. Ich hatte schon mehrmals die Gelegenheit, dieses eindrucksvolle und sympathische Land zu bereisen, und war jedes Mal überwältigt von der magischen Landschaft, aber auch der wechselvollen Geschichte, die sich in zahlreichen Festungen und Burgruinen (über 2000) widerspiegelt. Das mittelalterliche Schottland ist stark geprägt von der englischen Oberherrschaft, von Krieg und Rebellion. Die Beschäftigung mit der Thematik führte mich zu der Frage, wo der Ursprung jener Konflikte lag. Bei meiner Recherche stieß ich schnell auf den ersten schottischen Unabhängigkeitskrieg und auf den Mann, der den Norden nach dem Erbfolgedrama der schottischen Königslinie unter seine Herrschaft zwang:

Edward I. (1239 - 1307), König von England von 1272 bis 1307

Edward I. gilt als beeindruckender wie skrupelloser Regent, dessen Macht sich über diverse Herrschaftsfelder erstreckte. Seiner anglonormannischen Abstammung der Linie Anjou-Plantagenet verdankte er die Herrschaft über die Gascogne (im Südwesten des heutigen Frankreichs), später kamen Gebiete in Irland und Wales hinzu. Gerade die walisische Eroberung verlangte dem jungen König einiges ab und war ein Ergebnis zahlloser Allianzen, Schlachten und Kämpfe gegen Aufständische.

Edward verschaffte sich Respekt als erfolgreicher Feldherr, allerdings wurden seine kostspieligen Kriege auf dem Rücken der englischen Bevölkerung ausgetragen, die er mit ständigen Steuererhöhungen belastete. Auch beim Adel machte sich der König mit seinen

Forderungen keine Freunde – schon bald übten die Fürsten in der Tradition der Magna Charta Druck auf ihn aus. So entstand unter Edward I. das Parlament als Form der Ratsversammlung mit den Kronvasallen und den Vertretern der Grafschaften, die verhindern sollte, dass der König eigenhändig Steuererhöhungen beschließen konnte.

Ab den 1290er Jahren fokussierte sich seine Außenpolitik auf die Kriege in Frankreich und Schottland, die in „Die Rose von Westminster" ausführlicher behandelt werden. Das schottische Erbfolgedrama spielte Edward bei seinem Bestreben, seine Macht im Norden durchzusetzen, in die Hände. Zunächst bestimmte er John Balliol zum schottischen König, obwohl dieser für sein mangelndes Durchsetzungsvermögen und seine fehlende Weitsicht bekannt war. Balliols Abwesenheit bei einem Gerichtsfall und der Bündnisschluss mit Frankreich wurden in England als klare Provokation aufgefasst, was 1296 schließlich die Kriegserklärung zur Folge hatte.

Wenn Edward nicht gerade einen Feldzug anführte, weilte er in seiner Königsresidenz, dem *Palace of Westminster*, südwestlich des bürgerlichen Londons. Diesen Stammsitz der englischen Krone muss man als eigene Kleinstadt begreifen, auf dem sich administrative Apparate der Monarchie neben einem Versorgungssystem aus Vertretern der verschiedenen Zünfte reihten.

Darüber hinaus diente Westminster als Ort für Staatsempfänge, Parlamente sowie Feste und Bankette. Auch Turniere und Gesellschaftsspiele waren Teil des höfischen Amüsements. Vor allem das Schachspiel erfreute sich traditionell einer großen Beliebtheit. In „Die Rose von Westminster" lasse ich die Protagonisten außerdem öfters zu Spielkarten greifen. Was das Kartenspiel betrifft, sind uns erste Überlieferungen insbesondere aus den 1370er Jahren bekannt – in Form von Verboten gegen das populäre Glücksspiel. In der Vermutung, dass das Kartenspiel schon etwas früher Einzug am Hof gehalten haben dürfte, findet dieser Zeitvertreib Erwähnung im Roman.

Die genaue Architektur des alten Palasts, der 1834 einem Brand zum Opfer fiel, ist nicht überliefert. Erhalten ist lediglich der Prunksaal *Westminster Hall* und die berühmte Palastkirche *Westminster Abbey* (ursprünglich *St. Peter*), die im Laufe der Jahrhunderte jedoch vielen architektonischen Veränderungen unterlag.

Edwards Ehe mit Eleonore von Kastilien (1241 - 1290) gilt als glücklich und brachte vierzehn (möglicherweise sogar sechzehn) Kinder hervor, von denen nur der jüngste Sohn und fünf Töchter das Kindesalter überlebten. Eleonore begleitete ihren Gemahl auf einige Feldzüge und Reisen, darunter der Kreuzzug ins Heilige Land, und schien ihm als Beraterin zur Seite gestanden zu haben. Nach ihrem Tod ließ Edward zwölf monumentale Eleanor-Kreuze errichten, die den Weg des Leichenzugs von Harby in Nottinghamshire bis nach Westminster markierten. Erst neun Jahre später vermählte er sich erneut, mit der etwa vierzig Jahre jüngeren Margarete von Frankreich (1279 - 1318), die er ebenfalls geliebt haben soll und mit der er drei weitere Kinder hatte. Zweck dieser Ehe war u. a. die Befriedung der englisch-französischen Beziehungen.

Edwards Regentschaft in ihrer Gesamtheit zu erläutern, würde den Rahmen dieses Nachworts sprengen. Jedoch kann gesagt werden, dass es sich bei dem Herrscher um einen berüchtigten Kriegsstrategen handelte, dessen Leben ihn für mittelalterliche Verhältnisse an eine Vielzahl von Orten führte. Zu nennen sind hier etwa seine Aufenthalte in Frankreich sowie die Stationen Sizilien, Tunis und Akkon während seines Kreuzzugs ab dem Jahr 1270. Für einen tieferen Einblick in die Person und die Politik Edwards I. empfehle ich die Biografien aus der Feder von Caroline Burt und Marc Morris.

Kommen wir zur zweiten historischen Persönlichkeit, die im Roman eine wichtige Rolle einnimmt:

Edmund Mortimer, 2. Baron Mortimer und 1. Baron Wigmore (1251 - 1304)

Nach dem Tod seines älteren Bruders und seines Vaters trat Edmund im Jahr 1282 das Familienerbe an, welches mehrere Gebiete in den Welsh Marches umfasste und dessen Kern die Festung Wigmore Castle bildete. 1285 ehelichte er die anglofranzösische Adelige Margaret de Fiennes (1268 - 1334), mit der er sechs Kinder hatte. Edmund Mortimer und Edward I. trafen im Zuge der walisischen Eroberung aufeinander: Angeblich misstraute Mortimer der Loyalität seiner eigenen Untertanen und schlug sich auf die Seite des englischen Königs, indem er den walisischen Fürsten und Rebellenanführer Llywelyn ap Gruffydd in den Welsh Marches in einen Hinterhalt lockte. Damit erlangte er die Gunst des Monarchen und wurde von ihm zum Ritter geschlagen. Das gute Verhältnis zu Edward setzte sich für viele Jahre fort, wurde jedoch durch gelegentliche Konflikte unterbrochen. Edmund Mortimer diente der Krone als Militär während der Kriege mit Frankreich und Schottland und wurde regelmäßig zu den Parlamenten eingeladen. Was seine Todesumstände betrifft, so habe ich mir in „Die Rose von Westminster" eine Abweichung erlaubt. Im Roman stirbt der Baron bereits 1296 an den Folgen einer Verletzung, die er sich bei einem Überfall zugezogen hat. Tatsächlich ereilte ihn dieses Schicksal erst im Jahr 1304.

Als Inspiration für den Bösewicht in „Die Rose von Westminster" diente mir:

Thomas of Lancaster, 2. Earl of Lancaster (1278 - 1322)

Thomas war der älteste Sohn Edmund Crouchbacks, dem Bruder Edwards I., und somit dessen Neffe. Im Jahr 1293, in dem meine Protagonistin an den königlichen Hof kommt, muss er – wie Anne – fünfzehn Jahre alt gewesen sein. Ich gebe zu, dass ich ihm gedanklich (und in der Figurenbeschreibung) etwa fünf Jahre hinzugedichtet habe. Im Alter von sechzehn Jahren heiratete er die dreizehnjährige Alice de Lacy (auch aus diesem Grund erschien mir die „künstliche Alterung" sinnvoll). Die Ehe der beiden war jedoch nicht glücklich und blieb kinderlos. Allerdings pflegte Thomas of Lancaster eine Reihe unehelicher Verhältnisse, aus denen mindestens ein illegitimer Sohn hervorging. Obwohl er durch sein Erbe über umfangreiche Besitzungen vor allem in Nordengland verfügte, verbrachte er seine Jugend weitestgehend in Westminster und kämpfte an der Seite Edwards I. im Krieg gegen Schottland. Durch seine politischen Ambitionen, auf die ich an dieser Stelle nicht genauer eingehen werde, brachte er sich zunächst an die Spitze der englischen Monarchie, fiel später jedoch in Ungnade.

Cecile of Lancaster ist eine fiktive Figur, da Thomas lediglich zwei jüngere Brüder hatte.

Die MacGregors und die Campbells

Fast genauso alt wie die Rivalität zwischen England und Schottland ist die Clanfehde der MacGregors und Campbells. Bekannt sind uns vor allem die Konflikte aus dem 16. Jahrhundert, doch auch hier stellte sich mir die Frage, wo der Ursprung der jahrhundertelangen Feindschaft lag.

Die Wurzeln des Clans MacGregor lassen sich bis ins frühe Mittelalter zurückverfolgen. Auf die Frage zur königlichen Abstammung des Clans gibt es in der Forschung keine eindeutige Antwort. Im 13. und beginnenden 14. Jahrhundert beherrschten die MacGregors die Gebiete Glenorchy, Glenlochy und Glenstrae in Argyll und Perthshire. Einer ihrer Stammsitze befand sich am Loch Awe, einem Süßwassersee, dessen Länge sich über 37 Kilometer erstreckt.

Auch die Campbells waren am Loch Awe beheimatet, überliefert ist hier etwa die Burg Ardchonnel Castle auf der Insel Innis Chonnell, deren Bauphase auf die erste Hälfte des 13. Jahrhunderts geschätzt wird.

Bei der Recherche zu beiden Clans haben folgende Details mein Interesse geweckt:

Im Zuge des schottischen Unabhängigkeitskrieges (1296 - 1328) belohnte Robert the Bruce den Clan Campbell (namentlich Neil Campbell) mit der Baronie um den Loch Awe, die zuvor den größten Besitz der MacGregors ausgemacht hatte. Zudem ist die Gefangennahme Iain MacGregors im Jahr 1296 (vermutlich durch die Campbells) überliefert.

Die historischen Fakten haben mich zu einer Romanhandlung inspiriert, in welcher der glühende Unabhängigkeitskämpfer Neil Campbell seinen Einflussbereich auf Kosten Iain MacGregors zu erweitern versucht. Genaueres über das Schicksal des unglückseligen MacGregor ist nicht bekannt, es ist jedoch anzunehmen, dass er der Gefangenschaft nicht so glimpflich davonkam wie in „Die Rose von Westminster". Es handelt sich bei meiner Schilderung daher um eine freie Interpretation der Ereignisse um das Jahr 1296, die sich u. a. aus der problematischen Forschungslage ergibt.

Was den MacGregor-Stammsitz am Loch Awe betrifft, so habe ich für den Roman die Bezeichnung „Kilchurn Castle" herangezogen. Tatsächlich ist die heute zu besichtigende Burgruine Kilchurn Castle jedoch ein Bauprojekt der Campbells, welche die Festung um das Jahr 1450 errichtet haben – auf dem Grund, der zuvor den MacGregors gehört hatte. Die Forschung besagt, dass es an dieser Stelle mit hoher Wahrscheinlichkeit bereits eine MacGregor-Burg gab, auf deren Ruinen die Campbells schließlich Kilchurn Castle errichteten. Ein Name existiert für jene frühe MacGregor-Burg allerdings nicht, weshalb ich mir erlaubt habe, im Roman auf die Bezeichnung „Kilchurn Castle" zurückzugreifen.

Vielen Dank an dieser Stelle an Jürgen MacGregor und die German Clan Gregor Society für die hilfsbereite Unterstützung bei meinen diesbezüglichen Recherchefragen.

Danksagung

Wie immer möchte ich an dieser Stelle zuerst meiner Familie danken, die gefühlt auch schon ein halbes SchriftstellerInnen-Dasein führt, weil ich meine Lieben so sehr in die Aspekte meines Autorinnenlebens involviere (ob sie es wollen oder nicht!). Da ist zunächst der Mann an meiner Seite, der mich in jeglichem emotionalen Stadium erträgt, mich bestärkt, tröstet, mir Mut macht und mich auch mal auf den Boden der Tatsachen holt, wenn es nötig ist. Dann ist da meine Schwester, schnellste Testleserin aller Zeiten, die man zu jeder Uhrzeit per Sprachnachricht mit irgendwelchen Gedankenblitzen behelligen darf. Meine Mama, die trotz ihrer knappen Freizeit regelmäßig als Manuskript-Detektivin für Plotlücken und Fehlerchen zum Einsatz kommt. Meine FreundInnen, die genau wissen, dass auf die Frage „Und, wie läuft's mit dem Buch?" ein mindestens zehnminütiger Wortschwall folgen wird und dennoch fragen. Besonderer Dank geht an Cora, die mich mit ihren wertvollen Anmerkungen unterstützt hat.

Zu FreundInnen sind inzwischen auch meine Schreib-KollegInnen aus der „Schreibmaschinen-Gruppe" geworden. Was als Zusammenschluss einiger wissenshungriger Bookstagram-Accounts begann, ist irgendwann zu einem festen Team gewachsen, das sich in jeglichen Fragen des kreativen Schreibens und insbesondere des Selfpublishings unterstützt. Bookstagram ist meiner Meinung nach ein Phänomen, das die Bezeichnung „soziales Netzwerk" verdient, da ich dort schon viele wunderbare und vor allem kollegiale Personen kennenlernen durfte. Erwähnen will ich an dieser Stelle Angela Beumann, Bücherwurm, Bloggerin (Buechersucht.de) und Testleserin, die mich quasi seit der ersten Stunde meines Autorinnendaseins durch ihr Feedback unterstützt. Auch die liebe Helena Faye, geschätzte Kollegin und ebenfalls Testleserin dieses Romans, ist eine unglaublich herzensgute und hilfsbereite Person, mit der ich mich regelmäßig über die Höhen und Tiefen des Schreiballtags und sonstige Lebensfragen austauschen darf. Zuletzt möchte ich Susanne Degenhardt danken, meiner wunderbaren Korrektorin, die mir dabei geholfen hat, diesem Buch den letzten Schliff zu verleihen und mir mit viel Geduld und gutem Rat zur Seite gestanden hat.

Ohne euch würde mir das Schreiben nur halb so viel Spaß machen!

Inhaltswarnung zum Roman: Körperliche, sexuelle und psychische Gewalt, Suizidversuch, Emesis, Geburt.